根本說一切有部毗柰耶
唐三藏法師義淨奉 制譯

清刻龍藏佛說法變相圖

根本說一切有部毗柰耶卷第一

唐三藏法師義淨奉　制譯

毗柰耶序

稽首大悲尊　能哀愍一切　面滿如初日
目淨若青蓮　佛生調伏家　弟子衆調伏
調伏除衆過　敬禮法中尊　佛說三藏教
毗柰耶爲首　我於此教中　略申其讚頌
如樹根爲最　條榦由是生　佛說律爲本
能生諸善法　譬如大堤防　暴流不能越
戒法亦如是　能遮於毀禁　諸佛證菩提
獨覺身心靜　及以阿羅漢　咸由律行成
三世諸賢聖　遠離有爲縛　皆以律爲本
能至安隱處　若此調伏教　安住於世間
即是諸如來　正法藏不滅　戒是能安立
如來正法燈　離此即便無　安隱涅槃路

佛遊於世間　隨處說經法　律教不如是
故知難值遇　如地載群生　能長諸卉木
律教亦如是　能生諸福智　佛說由律教
能生衆功德　奉持得解脫　毀破生惡趣
象馬若不調　制之以鉤策　律教亦如是
不調令善順　如城有隍塹　能禦諸怨敵
律教亦如是　能防於破戒　譬如大海水
能漂於死屍　律教亦如是　能除諸破戒
律是法中王　諸佛之導首　苾芻喻商旅
此爲無價珍　破戒逾蛇毒　律如阿伽陀
盛壯意難調　以律爲轡勒　律於善道處
常與作橋梁　亦於惡趣海　能與爲船栰
若行於險路　戒爲善導者　若墜無畏城
以戒爲梯隥　大師最勝尊　親說於律教
此二無差別　咸應歸命禮　佛及聖弟子
咸依律教住　於戒生恭敬　故我命歸禮
我依律讚歎　此說應尊重　於初首歸依
吉祥事成就　毗柰耶大海　涯際淼難知
差別相無窮　豈我能詳悉　大師律教海
甚深難可測　我今隨自能　略讚於少分
世尊涅槃時　普告諸大衆　汝於我滅後
咸應尊敬戒　故我申讚頌　欲說毗柰耶
仁等應至心　善聽調伏教
別解脫經難得聞　經於無量俱胝劫
讀誦受持亦如是　如說行者更難遇
諸佛出現於世樂　演說微妙正法樂
僧伽一心同見樂　和合俱修勇進樂
若見聖人則爲樂　并與共住亦爲樂
若不見諸愚癡人　是則名爲常受樂
見具尸羅者爲樂　若見多聞亦名樂

見阿羅漢是眞樂　由於後有不生故
於河津處妙階樂　以法降怨戰勝樂
證得正慧果生時　能除我慢盡爲樂
若有能爲決定意　善伏根欲具多聞
從少至老處林中　寂靜閑居蘭若樂

合十指恭敬　禮釋迦師子　別解脫調伏
我說仁善聽　聽已當正行　如大仙所說
於諸小罪中　勇猛亦勤護　心馬難制止
勇決恒相續　別解脫如銜　有百針極利
若人違軌則　聞教便能止　大士若良馬
當出煩惱陣　若人無此銜　亦不曾喜樂
彼没煩惱陣　速轉於生死

總攝頌曰

若作不淨行　不與取斷人　妄說上人法
斯皆不共住

不淨行學處第一之一

別攝頌曰

蘇陣那無犯　苾芻在林中　弱腰及長根
妙喜三皆犯　晝日房中睡　開林離欲人
善與昔因緣　應知頌總攝

爾時薄伽梵從初證覺於十二年中諸聲聞弟子無有過失未生瘡皰世尊爲諸弟子說略別解脫戒經曰

一切惡莫作　一切善應修　徧調於自心
是則諸佛教　護身爲善哉　能護語亦善
護意爲善哉　盡護最爲善　苾芻護一切
能解脫衆苦

善護於口言　亦善護於意　身莫作諸惡
常淨三種業　是則能隨順　大仙所行道

至十三年在佛栗氏國時羯蘭鐸迦村羯蘭

鐸迦子名蘇陣那富有資財多諸僕使金銀珍寶穀麥盈溢所貯資貨如毗沙門天王於同類族娶女爲妻歡樂而住彼於異時於佛法僧深生敬信歸依三寶受五學處所謂殺生偷盜欲邪行虛誑語及飲諸酒悉皆遠離由斯敬信日漸增廣便以正信捨家趣非家剃除鬚髮而被法服既出家已與諸親屬相雜而住猶如昔日在家無異爾時具壽蘇陣那便自思念豈容我於善說法律而爲出家應證未證應得未得與諸親族相雜而住我今宜應捨離親屬執持衣鉢遊行人間作是念已便捨親屬行詣他方逢世飢饉乞食難得父母於子尚不相濟況餘乞人時蘇陣那作是念已今我親屬財食殷富宜應就彼羯蘭鐸迦村勸於僧田廣設供養若麨若粥或常施食或請喚食或八日十四日十五日食教諸親屬少興福業爲饒益事時蘇陣那便捨他方執持衣鉢漸次遊行遂至羯蘭鐸迦村去斯不遠在阿蘭若住小房中時蘇陣那詣親屬所廣爲諸人讚揚佛法僧寶令於大衆設諸供養而作饒益時蘇陣那在阿蘭若修杜多行但三衣糞掃衣常乞食次第乞時諸親族於日日中恒以上妙甘美飲食施衆僧已蘇陣那持衣鉢入村中以次而乞到其本舍既無所獲捨之而出蘇陣那母有事他行時有老婢遥見蘇陣那憶識容顔知無所獲疾疾而去老婢見已詣蘇陣那母處白言大家知不長子蘇陣那久離鄉邑今還故居乞求不獲疾疾而去時蘇陣那母作如是念豈非我子有憶戀耶情生不樂欲歸於俗不

愛沙門被沙門所苦羞慙猒捨沙門行耶作是念已遂使出村屆蘇陣那所居之處告曰蘇陣那汝有憶戀耶情生不樂欲歸俗耶不愛沙門被沙門所苦羞慙猒捨沙門行耶蘇陣那我家中物及娉時財汝且聽說我自所有金銀之物積爲大聚兩邊人坐互不相見又汝父財物官印金錢數有百千萬億況復諸餘雜類財貨汝可還家隨情受樂任爲福施說是語已時蘇陣那白母言我無憶戀情有不樂歸還故居亦無不愛沙門被沙門所苦羞慙猒捨時蘇陣那母聞是語已便自思念非我所堪令其返服應可別設餘計時母還舍告新婦曰爾若月期時至可報我知新婦敬諾後於異時月期既至白言大家我今月期時至欲何所作姑曰時過洗浴冠衆華鬘塗以名香著諸瓔珞嚴身之具咸令備盡如蘇陣那昔在家日情所樂事皆悉爲之婦既聞已莊飾事周還至姑所白言大家如蘇陣那昔所愛好我已爲之沐浴嚴身著諸衣服若有所作今是其時時蘇陣那母遂與新婦同車而去詣蘇陣那所住之處到已下車足步而進時蘇陣那在小房外遊步經行母既見已告曰蘇陣那如汝所云無有憶戀廣說如上今汝新婦身淨宜留種子無令財物沒入於官時蘇陣那先未制戒不見欲過覩少年婦情生染著欲火燒心告其母曰我豈合耶母曰爲留種子法應如是時蘇陣那牽故二手便向屏處脫去法服遂即再三行不淨行時有有情至求勝行有解脫性趣向涅槃棄背生死三界五趣無心樂著以最後身

從勝妙天來託婦胎若明慧女人有五種別智異於餘女一知男子有欲心二知時節三知從其人得娠四知是男五知是女若是男者依右脇住若是女者居在左脇時彼婦人心生歡喜白其姑曰大家知不我已有娠居在右脇必定是男光顯宗胄其姑聞已心大慶喜作如是言我於昔來情希善子紹嗣家門冀彼長成終懷報德常修福慧利益我等姑知是事便以新婦置在高樓隨時供給女醫調膳不令差舛身具瓔珞如天婇女遊歡喜園進止威儀常處床座足不履地目不覩惡色耳不聽惡聲寢食往來曾無違忤經九月已便生一子顏貌端嚴人所愛樂額廣眉長鼻高脩直頂圓若蓋色美如金垂手過膝衆皆敬仰經三十日歡會宗親其姑以兒告諸親曰此子今者欲作何名衆人議曰此兒因種子法而求得之可名種子其姑即便授八養母二供乳哺二作褓持二爲澡浴二共歡戲給以乳酪酥精石蜜及餘上妙甘美飲食而用資養速便長大如蓮出池既漸童年學諸伎藝算數書印取與質納皆盡其妙於八種術善能占相所謂相寶相衣相宅相牛相象相馬相男相女彼於異時深生正信歸向三寶受五學處同父信心念念增長遂捨家趣非家求出離行於善說法律剃除鬚髮而被法服獨處閑靜無放逸心策勤勇猛專念而住淨修梵行於現法中證悟圓滿破無明㲉斷三界惑成阿羅漢三明六通具八解脫得如實知我生已盡梵行已立所作已辦不受後有心無障礙如手撝空刀割香塗愛

憎不起觀金與土等無有異於諸名利無不棄捨釋梵諸天悉皆恭敬爾時具壽種子證阿羅漢受解脱樂即説頌曰

聖行已圓滿　不墜於父財　我此最後身　盡除諸過患

時蘇陣那作不淨行已世尊於無量百千聲聞苾芻大衆中而爲説法所謂離貪瞋癡心慧解脱時蘇陣那亦在衆中聽佛説法旣聞法已心懷愁惱深生追悔赧容伏面黙爾無言即便歸房懷憂而住後於異時有諸苾芻巡觀房宇次至蘇陣那所住之房共爲談話見蘇陣那懷愁而住時諸苾芻謂蘇陣那曰汝於先時見有客至逢迎歡笑先唱善來爲持衣鉢及諸資具何故今時見我等來心懷愁惱伏面而住黙然無語汝蘇陣那爲身病也爲心痛乎時蘇陣那告言諸具壽我非身病而心有焦熱問言何故心有焦熱時蘇陣那具説其事時諸苾芻聞其説已不喜不嫌從座而去還詣佛所到已禮佛雙足在一面坐以此因縁具白世尊世尊爾時告諸苾芻曰此蘇陣那於有漏中先作非法行不淨行爾時世尊以此因縁集苾芻衆佛是知者見者知而問非知不問時而問非時不問有利而問無利不問破决堤防爲除疑惑有利而問告蘇陣那言汝實作斯不端嚴事耶白佛言實爾大德佛告蘇陣那汝非沙門非隨順行不清淨非威儀非出家人之所應作蘇陣那云何汝今於我所説離貪瞋癡心慧解脱微妙法中而爲出家作斯非法可惡之事癡人寧以男根置在猛害毒蛇口中不安女根

中世尊以種種方便說猒汚事訶責蘇陣那已告諸苾芻曰由此因緣我觀十利爲聲聞弟子於毘柰耶制其學處云何爲十一攝取於僧故二令僧歡喜故三令僧安樂住故四降伏破戒故五慚者得安故六不信令信故七信者增長故八斷現在有漏故九斷未來有漏故十令梵行得久住故顯揚正法廣利人天我今爲諸聲聞弟子於毗柰耶制其學處應如是說

若復苾芻與苾芻同得學處不捨學處學羸不自說作不淨行兩交會法此苾芻亦得波羅市迦不應共住

爾時世尊爲諸苾芻制斯學處已在羯蘭鐸迦池竹林園中于時有一苾芻去斯不遠在阿蘭若小室中住於彼林中有一雌獮猴貪飲食故至苾芻所苾芻每以殘食與之便即共行不淨行時有衆多苾芻廵遊觀看詣阿蘭若至苾芻住處便共言談在一面坐彼雌獮猴憶先惡事來至其所目視苾芻以身相就苾芻見已羞見餘人即便遮却如是再三時雌獮猴遂大瞋怒即以足爪爬𠢹苾芻頭面及衣並皆破裂便向一邊鳴吽跳躑時諸苾芻見是事已即便問曰具壽此野獮猴何故初來先觀爾面復以身就汝見便遮如是再三瞋怒爬𠢹身衣並破鳴吽跳躑時彼苾芻具以事白諸苾芻聞告言具壽豈非世尊遮諸苾芻行不淨行彼便報曰世尊制戒但制人趣不遮旁生時諸苾芻聞是語已不嫌不喜捨之而去并與俱行往詣佛所禮佛足已在一面坐便以上事具白世尊世尊告曰

人趣尚制況復旁生彼愚癡人犯波羅市迦
爾時世尊以此因緣集苾芻衆知而故問苾芻汝實作是不端嚴事罪惡法耶白言實爾世尊以種種訶責廣說如前爾時世尊告諸苾芻前是創制今是隨制我今更於毗柰耶中爲諸苾芻制其學處應如是說

若復苾芻與諸苾芻同得學處不捨學處學羸不自說作不淨行兩交會法乃至共旁生此苾芻亦得波羅市迦不應共住

若復苾芻者謂蘇陣那等苾芻有五一名字苾芻二自言苾芻三乞求苾芻四破煩惱苾芻五白四羯磨圓具苾芻言名字苾芻者如人立字名作苾芻或世共許或是苾芻種族因此喚爲苾芻是謂名字苾芻云何自言苾芻若人實非苾芻自言我是苾芻或是賊主自稱苾芻是謂自言苾芻云何乞求苾芻若諸俗人常爲乞求以自活命是名乞求苾芻云何破煩惱苾芻若人能斷諸漏煩惱所有焦熱諸苦異熟未來生老死能善了知永除根本如斷多羅樹頭證不生法是名破煩惱苾芻云何白四羯磨圓具苾芻謂身無障難作法圓滿是不應訶是名羯磨圓具苾芻今此所言苾芻義者意取第五言復者謂更有餘如是流類與諸苾芻者謂共諸餘苾芻也同得學處者若有先受圓具已經百歲所應學事與新受者等無有異若新受圓具所應學事與百歲圓具者事亦不殊所謂尸羅學處持犯軌儀咸皆相似而得故名同得學處言不捨學處者齊何名爲不捨學處謂對癲狂心亂痛惱所纏聾瘂癡人而捨學處皆不

名爲捨若於獨靜處作獨靜想或於獨靜處作不獨靜想或於不獨靜處作獨靜想非捨學處若中方人對邊方人作中方語捨不成捨若解成捨若邊方人對中方人作邊方語若中方人對中方人作邊方語捨不成捨若解成捨若邊方人對邊方人作中方語准上應知若對睡眠入定非人天等變化旁生及諸形像或時鬧亂或不審告住本性人皆不成捨言學羸不説者應爲四句有捨學處非學羸而説有學羸而説非捨學處有捨學處學羸而説有不捨學處非學羸而説云何有捨學處非學羸而説如有苾芻情懷顧戀欲希還俗於沙門道無愛樂心爲沙門所苦羞慙猒背詰苾芻所作如是言具壽存念我某甲今捨學處是名捨學處或云我捨佛陀達摩僧伽或云我捨素呾羅毗柰耶摩窒哩迦或云我捨鄔波馱耶阿遮利耶或云知我是俗人知我是求寂扇侘半擇迦汙苾芻尼殺父害母殺阿羅漢破和合僧惡心出佛身血是外道是趣外道者賊住別住不共住人乃至説云我於仁等同法者同梵行者非是伴類是名捨學處非學羸而説云何有學羸而説非捨學處如有苾芻懷情顧戀欲希還俗於沙門道無愛樂心爲沙門所苦羞慙猒背詰苾芻所作如是言具壽知不梵行難立靜處難居獨一難住難居林野受惡卧具我憶父母兄弟姊妹受業師主我欲學諸工巧及營農業於我家族情希紹繼若苾芻雖作如是種種追悔言詞然而不云我捨學處是名學羸而説非捨學處云何學羸而説亦捨學

處如有苾芻情懷顧戀廣說如前乃至作追悔言而云我捨學處廣說如前乃至同梵行者非是伴類是名學羸而說亦捨學處云何不捨學處非學羸而說謂除前相是謂學羸不說言作不淨行者即是婬欲言婬欲者謂兩相交會也法者此據非法名之爲法身業行非名之爲作乃至共旁生者謂獼猴等此者謂指其人苾芻者謂得苾芻性云何苾芻性謂受圓具云何圓具謂白四羯磨於所作事如法成就究竟滿足其進受人以圓滿心希求具戒要祈誓受情無恚恨以言表白語業彰顯故名圓具

波羅市迦者是極重罪極可厭惡可嫌棄不可愛若苾芻亦纔犯時即非沙門非釋迦子失苾芻性乖涅槃性墮落崩倒被他所勝不可救濟如截多羅樹頭更不復生不能鬱茂增長廣大故名波羅市迦

言不共住者謂此犯人不得與諸苾芻而作共住若褒灑陀若隨意事若單白白二白四羯磨若衆有事應差十二種人此非差限若法若食不共受用是應擯棄由此名爲不應共住此中犯相其事云何攝頌曰

於三處行婬　三瘡隔不隔　壞不壞死活
半擇迦男女　見他睡行婬　或與酒藥等
被逼樂不樂　犯不犯應知

若苾芻於其三處作不淨行行婬欲法得波羅市迦云何三處謂以生支入大小便道及口纔入即得波羅市迦若苾芻共三種人作不淨行得波羅市迦云何爲三謂女男半擇迦若苾芻作行婬意於活人女三瘡不壞於

彼行婬以有隔入有隔以有隔入無隔以無隔入有隔以無隔入無隔入時得波羅市迦若苾芻於活人女三瘡損壞於彼行婬隔等同前入得窣吐羅底也若於死人女三瘡不壞隔等同前入得波羅市迦

若苾芻於死人女三瘡損壞隔等同前入得窣吐羅底也如於人女若活若死得罪重輕如是應知於非人女旁生女若活若死於三瘡門有損無損有隔無隔得罪輕重同前若於人男非人男旁生男若活若死於二瘡門有損無損及以隔等得罪同前若男半擇迦非人旁生半擇迦若活若死於二瘡門有損無損及以隔等得罪同前若苾芻於眠睡苾芻行不淨行若睡苾芻於初中後不覺知者無犯其行婬者得根本罪若睡苾芻初知中後不知者無犯其行婬者得根本罪若初皆知後不知者無犯行婬者得根本罪若初中後皆知而無心受樂者無犯其行婬者得根本罪若初中後皆知有心受樂者二俱得根本罪若苾芻初向眠睡苾芻處有犯無犯既爾若向苾芻尼處式叉摩拏求寂求寂女處得罪輕重如上應知若苾芻尼式叉摩拏及求寂女向苾芻處及求寂處各各有犯無犯准前應說若求寂向苾芻苾芻尼式叉摩拏求寂求寂女處有犯無犯亦如上說若苾芻以米酒華酒根皮等酒與苾芻令熟醉著行不淨行而醉苾芻於初中後有知不知受樂不樂得罪輕重有犯無犯乃至餘衆與酒令醉如上睡眠廣說如醉既爾若以呪術及藥令彼迷亂於彼諸境行不淨行乃至餘衆

互爲得罪有無如上若苾芻強逼他苾芻共行不淨行若被逼者初入之時作心受樂二俱滅擯若入時不樂入已樂二俱滅擯若入時不樂入已不樂出時樂二俱滅擯若被逼者三時不樂無犯逼他者滅擯如逼苾芻若逼苾芻尼及下餘衆准事應知若苾芻等互相淩逼如前所説爾時室羅伐城中有一長者於同類族娶女爲妻得意相親歡樂而住未久之間便生一子腰脊輭弱猶如猫兎經三七日歡會宗親其父以兒告諸親曰此兒今者欲作何名衆人議曰此兒腰輭應與立字名爲弱腰即此童兒年漸長大便於善説法律而求出家既出家已於所住聚落而行乞食攝護威儀諸根無亂善防心意還詣所居飲食訖收衣鉢洗足已入房中欲染心發便以生支内自口中而受欲樂後於異時有諸苾芻因看房舍既入房已見彼弱腰作如是事情懷悒歎而問之曰具壽汝作何事報言我受欲樂苾芻報曰豈非世尊制行婬法報言具壽佛遮於他不制於自時諸苾芻聞是語已不嫌不喜捨之而去往詣佛所如常威儀以事白佛佛言於他尚制況復自身此之癡人犯波羅市迦若苾芻作行欲心爲受樂意起自生支内著口中或以他根入自口内得根本罪

時室羅伐城有長者子其根極長時人因此名曰長根於佛法中出家圓具入自房中以已生支内大便道而取欲樂時餘苾芻因行房舍見彼長根作如是事問何所爲乃至報曰佛制他人於自何過諸苾芻白佛佛言於

他尚制況復自身此之癡人犯波羅市迦

佛在室羅伐城給孤獨園時嗢逝尼城有大商主名曰難陀大富多財受用豐足所有資產如毗沙門天王於同類族娶女爲妻歡樂而住雖淹歲月竟無子息爲求子故於諸天祠及諸神祇處處求乞不遂所願然世有云由乞求故便獲子者此誠虛妄斯若是實人皆千子如轉輪王然由三事方有子息一者父母交會二者其母身淨應合有娠三者食香現前時彼商主業緣合會時有一天從勝妙天來託婦胎若聰慧女人有五別智廣如上說乃至娠在右脇喜白其夫遂置高樓隨時給侍如天婇女月滿生子衆相具足其父以兒告諸親曰此兒今者欲作何名然中國法所誕子息若儀容端正人所樂觀者名孫陀羅難陀時彼諸親共相議曰今此孩子儀容端正衆人樂觀是商主難陀之子應與此兒名孫陀羅難陀授八養母速便長大如蓮處池學綜四明藝窮八術其父爾時於春夏冬爲造三殿并三苑園三種婇女謂上中下陞妙樓觀奏諸伎樂是時難陀商主常爲計算取與出納無時暫休時孫陀羅難陀白其父曰何苦計算無暫閑時難陀報曰汝豈鎮處高樓終日歡戲而能辦家業耶而我必須知其家業孫陀羅難陀聞父語已即便自念父出此言欲警覺我跪而請曰若如是者我欲遊方經求產業願垂見許父曰汝今宜住我有珍財何勞遠覓孫陀羅難陀報曰父雖有財我必須去父便生念我今應可息彼求心即持鎖鑰徧開七庫示以金銀成與未成

悉皆充滿告孫陀羅難陀曰既有如是財寶豐盈汝宜端拱受諸欲樂隨情持施修造福田欲遊他方此事應息答曰父以此物告示於我我若有子將何以示父即生念善哉此說我亡之後須憂家業我今現在漸教其事且令持貨試往他方一則學作經求二則見我親識徧觀方邑情無所迷作是思已命其妻曰我身没後此孫陀羅難陀當憂家業具以前事而告知之妻曰此成善事可隨意行父報子曰汝所發心誠亦佳矣我身亡後汝知家務以前所陳咸皆勸誘令持財貨馳逐他方時商主難陀即便遣人摇鈴吹貝普告城邑所有居人及四方商客今者商主孫陀羅難陀欲持貨物求利他方仁等若能相隨去者關河津濟不輸稅直所有行資並當預辦時有五百商人聞此告令各備財貨佇待行期時父難陀廣設商客普召行人既並食已而告之曰諸君當知此孫陀羅難陀是我之子我觀仁等心無別異君等商人欲詣他方求財利者有其三患所謂博弈及以酒色若見孫陀羅難陀染三惑者應當遮止有利益處勸進修行若諸君等遮惡勸善能隨教者斯曰善哉若不用語仁等宜應易所將物持貨言歸并告孫陀羅難陀曰汝是我子所餘商人與汝無别彼有善言宜當見用子便敬諾卜擇良辰即以車馬載負諸物與五百人共爲伴侶俱尋遠路到室羅伐城於一店中安置貨物時室羅伐城有一婬女名曰賢首以衒色爲業顔貌奇特人所樂見若得五百金錢者方與同宿時彼婬女聞有商人遠

自嗢逝尼城彼有商主名曰難陀其子孫陀羅難陀儀容端正人所樂觀與五百商人遠來至此於我店上安其貨物停止而住即便生念我若不能總奪彼財不復自名爲賢首矣便命女使曰於某肆上有一商主名孫陀羅難陀多財巨富汝持華鬘塗香上服至彼告言商主此是大家賢首遣我持來聊申微信復告之曰何意商主寄居店肆宜可暫來女使即便持諸華鬘詣商主所委悉告知時孫陀羅難陀聞已告使女曰汝且前行我著香鬘隨後而去時彼使女即前歸家報大家曰令我先來彼當尋至時彼賢首聞使語已情生喜悅即便掃灑庭宇布列名華以妙香熏盛設床座張施帷幔以待商人是時孫陀羅難陀即便洗浴著雜淨衣具以華纓而自嚴飾車馬僕從詣賢首舍是時賢首遙見彼來容貌威儀有乖常類問使女曰此是商主孫陀羅難陀耶使女答曰爾賢首喜悅即說頌曰

不簡富將貧　無論良與賤　但令美容貌
便亂女人心

根本說一切有部毗柰耶卷第一

音釋

卉 許貴切草之總名 隍塹 隍胡光切塹七艷切隍城池無水曰隍有水曰塹 轡勒 轡彼義切轡也勒盧則切絡銜也 栰 房越切編竹木爲筏也 陞 音升登也 梯隥 梯吐雞切木階也隥都鄧切登陟之道也 淼 音渺大水也 銜 胡讒切口含物也 皰 皮教切瘡也 羯 居竭切 鐸 徒落切

麨尺沼切乾粮也娉匹正切娶問也娠失人切孕也脇虚業切腋下也

舛昌兗切錯亂也哺薄故切口飼也褓補抱切繈褓也㲉克角切撝

許爲切指麾也赧乃板切慚而赤也爬蒲巴切搔也爴居縛切爪持也

跳他弔切超越也創初亮切始也癲都年切狂也閙奴教切喧鬧也

呾當割切咥徒結切侘丑駕切脊資昔切背呂也悒於汲切憂

卜也嗢烏沒切淹衣廉切久留也誕徒案切綜子宋切綜理也鑰

以灼切鎖也佇直呂切立也衒黄絹切自矜自鬻也

根本說一切有部毗柰耶卷第二

唐三藏法師義淨奉　制譯

不淨行學處第一之二

爾時孫陀羅難陀即便下乘欲入其舍是時賢首疾下高樓出門迎接俯身相就引入舍中安置妙牀令止息已問其名字答曰我字孫陀羅難陀賢首答曰善哉立名與身相稱若仁父母不立此名我今爲爾名作孫陀羅難陀時孫陀羅難陀曰汝字何等答曰我字賢首報曰善哉名實相稱向使汝父母不立此名我今爲爾立賢首名時孫陀羅難陀問賢首曰同居一宿當酬幾何女曰何意同彼凡人出言庸淺侍女告曰一夜止宿須五百金錢孫陀羅難陀報從者曰汝可每日常送五百金錢因即共彼歡娛而住凡貪欲之人難有猒足雖淹多日無棄捨心常使家人曰送錢直諸人議曰我等商主去已多時今何所在更不相見既承父囑應可尋求便問家人商主何在家人報曰仁等今日憶商主耶初至即便往婬女舍商人曰我等何容捨而不問還歸之日必被父瞋令使往喚商主聞已尋欲出門是時賢首執彼衣裾告言君今知不世有二人可行欲樂一顏容美麗二盛壯少年汝既兩兼且受欲樂年衰髮白可覓資財既被留連報使者曰汝可前去我即隨行使者以緣具報商客衆人集會佇望歸還久待不來俱行就彼既至門已報門人曰汝可入室報商主知同侶衆人並居門首宜可暫出有所評論使人報已商主欲出時彼賢首復執衣裾告言且住彼諸商客情欲求我

共來相喚不許淹停凡貪欲者日增繫縛時孫陀羅難陀便報使曰仁等且去待我情足方可歸還使人以言出報商客聞已共相告曰觀此情況無可奈何即共交易賣所來貨更收餘物整命徒侶循路而歸送物之人於斯斷絶後時賢首遇見使人告言何意更不送物使者報曰商旅已歸何處求物女復問曰豈可孫陀羅難陀物亦並持歸報言亦去時彼賢首聞此語已便共孫陀羅難陀經二三宿告言我無田業及以工商但藉諸人而爲活命應須計日與我資財若不爾者汝宜速去容他後人孫陀羅難陀曰汝曾無有相顧戀心報言爾可不聞世人有語

倡女本求財　無財便棄捨　猶如無果樹
鳥棄不停留

時孫陀羅難陀聞此語已復報之曰若與汝財即隨男意如其物盡便生棄心女曰汝豈不聞

若其天降雨　山河並澍流　男子與資財
倡女隨情轉

孫陀羅難陀曰倡女爲人不可付信女報之曰

倡女至日暮　觀他若已身　夜闌心漸薄
天明棄如草

孫陀羅難陀曰賢首有財男子汝即相親無物之人頻能見棄女曰

若人有資財　倡女皆同愛　如牛噉軟草
無財誰重覩

孫陀羅難陀知其情異即便欲出倡女思念此孫陀羅難陀顏貌超絶便見難求乃至諸

餘男子未持物來宜可且留勿令即去便急牽衣不使其出報言仁之家内可不戲言耶我出戲言何由見怍彼性躭婬隨言即住時有男子持五百金錢來入其舍女知彼意即對孫陀羅難陀前共爲非法孫陀羅難陀見已生念苦哉倡女何太無情對我目前便行鄙媟尋即棄去不諳道路躑躅街衢失其所趣時有苾芻從城乞食而出彼既見已隨後而行時彼苾芻既至寺已安其食鉢并置水羅抖擻僧伽胝濯足洗手濾水觀蟲作曼荼羅取其落葉布地而食時孫陀羅難陀在前而立苾芻問曰汝豈能食我殘食耶彼便自念我若不食飢困當死報言願食即以鉢餘令食食訖問曰賢者汝從何來報言聖者我是嗢逝尼城商主難陀之子名孫陀羅難陀我從本舍多持財物遠共徒侶來此經求比爲欲情在婬女舍所有財貨皆並喪亡惟獨一身受玆艱苦苾芻報曰若如是者何不出家時孫陀羅難陀念曰我若歸鄉被人所笑不如今者隨處安身即報苾芻我求出家時彼苾芻如法如律便與出家并受圓具於二三日教行法已報言賢者汝可不聞鹿不養鹿室羅伐城極甚寬廣隨應行處乞食自資既受教已於日初分執持衣鉢入城乞食時彼婬女心生追悔我所爲非彼孫陀羅難陀顏貌端嚴盛年少壯不可多得我爲錢財便見驅遣報使女曰汝若重見孫陀羅難陀宜請入來時孫陀羅難陀先不諳知乞食之處巡行至彼婬女之家使女遥見即疾走歸報大家曰孫陀羅難陀今在門外報言喚入使

女曰今已出家報曰縱使出家亦宜喚入便引令進賢首見已椎胷告曰聖者何故棄我出家孫陀羅難陀報曰汝薄情懷貪覓財物如何對我爲非禮乎既被欺輕寧不捨俗報言聖者女人體多過失我之一罪幸可相容我身及財皆屬尊者幸當共我同昔交歡孫陀羅難陀曰汝無智物先有錢財已被汝費今時更欲破我戒耶女曰若在内指於外泄或在外指於内泄者未成破戒孫陀羅難陀聞已生念豈非苾芻行乞食時作如是事若不爾者此何得知時孫陀羅難陀爲人好色便置衣鉢隨語行非既暢欲情一面而住時彼婬女即盛種種上妙飲食滿鉢授與報言聖者若有所須當數來此便持鉢食還向寺中爾時世尊於大衆中爲說法要所謂離貪瞋癡心慧解脫孫陀羅難陀聞說法時心懷愁悶極生追悔起惡作心默爾無言掖容伏面憂思而住形容萎悴無有威光如刈生葦暴之於日諸苾芻問曰具壽孫陀羅難陀汝爲身病爲心痛乎彼既羞慙默然無報時有醫人來過其所諸苾芻告曰賢者暫爲觀察此少苾芻有何疾患醫爲診已報諸人曰此具壽身無所苦心有焦熱苾芻問曰如何心熱報言聖者我之醫人但療身病不治於心仁等苾芻解除心病便捨而去時諸苾芻問言具壽汝無父母宗親但惟我等同梵行者是汝親識汝可實陳我爲贍養即以鄙事告之諸苾芻曰誰謂春華遂遭霜雹汝始圓具瘡皰便生時諸苾芻聞其語已不喜不瞋捨之而去行詣佛所禮雙足已在一面坐具以

白佛佛言此愚癡人犯波羅市迦若苾芻作行欲心爲受樂意以已生支置小便道内揩外泄外揩内泄得波羅市迦

爾時佛在室羅伐城給孤獨園時此城中有一長者初始婚娶婦即命終第二第三乃至第七悉皆命過時人並皆喚爲妨婦因以爲名自茲已後更欲取妻人皆不與作如是說我今豈可令女死耶我不能與復求寡女欲娶爲妻彼便告曰我不惜命入汝舍乎時彼長者求妻不得自知家事後於異時有一知友來過其宅問曰仁何所爲報曰我營家事告曰何意汝今自知家務報言已娶七婦皆並喪亡友曰何不求餘答言比日雖求人不見與皆云我豈不惜女耶若如是者何不更求諸餘寡女長者具答如前友曰去斯不遠有老婬女君何不求報云今我家室豈作婬坊友曰彼女久來已捨惡法試往求之便到彼宅問言比得安不彼報曰善來欲何所覓答曰故來相求汝何所屬答言與我衣食我便屬彼報言昔汝爲過能悛改不答曰我豈不見諸餘丈夫而我本心久離惡法報言若能爾者與我同居給爾衣食所有家務咸代我知即隨至舍所有家業並皆分付告曰此是汝宅汝所與者我當受用婦知家事衣食豐盈未久之間身極肥盛於彼門前有諸倡女相隨欲往逝多林中問諸女曰汝欲何去報云往逝多林觀看功德告云且住待我莊飾與汝俱行整服未周諸女便過出門不見急步相尋諸女前行皆已入寺然此寺中有一苾芻開戶而睡衣裳撩亂生支遂起時諸

婬女廵房觀看既見是事衆皆大笑而出時老婬女見諸女人行笑而出告曰汝何所笑豈不聞乎若寺中笑者得齵齒報時彼諸女默然捨去老女念曰豈非諸女於此寺中廵行觀看或見雞鬬或覩獼猴由是諠笑時彼老女入寺廵看於一房内見有苾芻開户而睡身體露現婬情既起遂便於上而作非法苾芻睡著不自覺知時彼女人便作是念我等婬女解六十四能此出家人解六十五不作言語得受欲樂時彼老女既暢婬情遂便以手覺彼苾芻報言聖者我之家第在某坊中若有所須宜當見就苾芻報曰汝愚癡人汙僧住處令我無心受斯惡事誰能更復向汝家中女聞默去時彼苾芻情生惡作豈非我犯他勝罪耶白諸苾芻苾芻白佛佛告苾芻汝有受樂心不白言我時睡重無受樂心佛告諸苾芻此人無犯由無樂心然我爲諸苾芻近村坊住者制其行法汝等諦聽若諸苾芻寺近村坊晝日睡者應居閉門或令苾芻守護或以下裙急相絞繫若不依者膃著床時得惡作罪

佛在室羅伐城給孤獨園時此城中有一苾芻在阿蘭若中得四靜慮時彼數來禮世尊足及諸耆老尊宿苾芻時蘭若苾芻身患瘡疥有少年苾芻先與相識白言上座身患瘡疥何不問醫而爲治療上座報曰未來有法必定將至世間之人共不愛樂共所嫌賤人皆不免所謂是死此之瘡疥及我已身相隨而去何須療治少年曰如世尊説持戒之人若久存者有多福業而得增長福業增故久

受天樂應問醫人時彼上座便就醫處醫人問曰聖者身有瘡疥答曰爾告曰何不療治答曰爲此故來可示方藥告曰聖者食好食已取芥子油徧塗其身於日中坐必當得損苾芻曰施我辛油醫曰聖者我說其方不以藥施若來問者咸皆與藥我之衣食必見貧窮然有某甲長者患此瘡疥我爲煎油從彼乞求必應可得苾芻曰彼不肯與報言聖者彼人信敬必當相授苾芻曰賢者願爾無病即是汝施便捨而去即往詣彼長者之宅彼人見已問言聖者身多瘡疥答言如是可用辛油塗身於日中坐苾芻報曰爲此故來聞仁有油幸能見遺當招福果長者曰共立要契若其今日受我供養我當施與答言佳食即以好食而供奉之食了便以小鉢盛滿辛油持與苾芻苾芻報言願得無病捨之而去至阿蘭若著麤弊衣油徧塗身於日中坐身有樂觸倚卧而睡於其根內有嗢指徵伽蟲齧彼生支因斯遂起衣裳撩亂時有肥壯婦女爲覓牛糞來至其傍見彼形露便起欲心即於其上行非法事苾芻睡覺身體羸劣不能遮止女暢欲情報言聖者我住某處仁有所須當行詣彼苾芻報曰汝愚癡人汙阿蘭若我現無心受此惡法況能重更過爾宅耶女人默而捨去苾芻情生惡作豈非我犯他勝罪耶具以其事白諸苾芻諸苾芻白佛佛告苾芻汝有受樂心不白佛言我已離欲無受樂心佛告諸苾芻此人無犯無欲心故然我爲諸苾芻住阿蘭若處者制其行法汝等應聽若在阿蘭若處於舍四邊應以柵籬棘

剌徧障若欲睡時應令苾芻守護或以裙裾急相絞繫若不依者得惡作罪時諸苾芻咸皆有疑請世尊曰阿蘭若苾芻坐得四禪離於欲染何故生支尚起世尊告曰有五因緣未離欲人生支得起謂大小便逼風勢所持嗢指徵伽蟲所齧欲染現前是名爲五有四因緣離欲人生支起謂大小便逼風勢所持爲蟲所齧是名爲四時彼苾芻被嗢指徵伽蟲所齧而生支起非欲染也時諸苾芻又復有疑請問世尊惟願大慈爲斷疑惑何意蘇陣那羯蘭鐸迦子苾芻於無過失無瘡皰時最初生皰作不淨行世尊告曰汝諸苾芻非但今日最初生皰乃至過去無瘡皰時亦最初生皰汝等應聽然此世界將壞之時多諸有情生光音天妙色意成支體圓滿諸根無缺身有光明騰空自在喜樂爲食長壽而住爾時大地爲一海水汝諸苾芻此大海水由風鼓激和合一類猶如熟乳既其冷已有凝結生上有地味色香美味悉皆具足色若生酥味甜如蜜汝諸苾芻此界成時一類有情福命俱盡從光音天殁而來於此人同分中妙色意成諸根具足身有光曜乘空往來以喜樂爲食長壽而住爾時此世界中無有日月星辰度數晝夜剎那臘婆須臾半月一月半年一年男女之別但相喚言薩埵薩埵是時衆内有一有情禀性耽嗜忽以指端甞彼地味隨甞之時情生愛著隨愛著故段食是資爾時方名初受段食諸餘有情見此食時即便相學食其地味時諸有情既飡地味身漸堅重光明隱没爾時世界皆悉黑闇汝諸

苾芻世界闇時法爾即有日月星辰度數晝夜刹那臘婆須臾年月等别彼諸有情食此地味長壽而住若少食者身有光明若多食者身無光彩由食多少形有勝劣由勝劣故更互相輕我光色勝汝容顔劣由相慢故惡法便生由惡生故地味便没汝諸苾芻地味没故時彼有情共集一處憂愁而住皆悉唱言奇哉美味奇哉美味猶若今人曾食好食後追念時作如是語奇哉美味奇哉美味彼諸有情地味没時咸作是説奇哉美味然而不知此語所詮何義汝諸苾芻地味没已時諸有情由福力故有地餅出色香味具色如少女華味如新熟蜜食此地餅長壽而住若少食者身有光明因相輕慢如前廣説乃至地餅没故時諸有情共集一處憂愁而住作如是語苦哉苦哉由如有人先遭苦事重憶念時作如是語苦哉苦哉我昔曾遭如是惡事是諸有情地餅没時亦復如是然而不知此言所詮何義汝諸苾芻地餅没已時諸有情由福力故有林藤出色香味具色如雍菜華味如新熟蜜食此林藤長壽而住若少食者身有光明因相輕慢廣如前説乃至林藤没故時諸有情共集一處憂愁而住作如是語汝離我前汝離我前由如有人極相瞋恨不許當前廣説如上汝諸苾芻林藤没已時諸有情由福力故有妙香稻不種自生無糠穢長四指旦暮收穫苗則隨生至暮旦時米便成熟雖復數取而無異状以此充食長壽而住時彼有情由段食故滓穢在身為欲蠲除便生二道由斯遂有男女根生更相染著

不與取學處第二

佛在王舍城羯蘭鐸迦池竹林園中時有但尼迦苾芻先是陶師之子於阿蘭若草室中住時但尼迦入王舍城於可行處次第乞食時此城中牧牛羊人取薪草人正道活命邪道活命人苾芻去後打破其室取草木去但尼迦還見其室破悉將草木即便更造新室如是再三被諸人等同前打破但尼迦便即思惟嗚呼甚苦嗚呼極苦我纔乞食便被諸人打破我室如是至三我自善解祖父已來工巧之事何不造作全成瓦室但尼迦即自掘土以無蟲水和作熟泥先造室基次起牆壁安中棚覆上蓋衣竿笐象牙杙牀枯方座窻牖門樞泥既乾已將諸采色而圖畫之用乾柴牛糞并草燒之極善成熟其色紅赤如

生染著故遂相親近因造非法諸餘有情見此事時競以糞掃瓦石而棄擲之作如是語汝是可惡有情作此非法咄汝今何故汙辱有情始從一宿乃至七宿不共同居擯於衆外猶如今日初爲嫁娶皆以香華雜物而散擲之願言常得安樂汝諸苾芻昔時非法今將爲法昔時非律今將爲律昔所嫌賤今爲美妙由彼時人驅擯出故樂行惡法遂共聚集造立房舍而作非法此爲最初營立家宅便有家室名生時有有情不行惡法降伏諸根名勝人也佛告諸苾芻汝等勿生異念往時劫初創造非法穢汙有情生瘡皰者今蘇陣那是於我教中先無瘡皰最初造惡行不淨行汙清淨衆是故諸苾芻應當降伏染瞋癡心勿爲放逸

金錢華時但尼迦苾芻作如是念我室善成形色可愛宜可自爲歡慶時但尼迦於隨近苾芻囑爲看室執持衣鉢行化人間世尊常法乃至未入涅槃已來持身安隱爲化有情故時時往觀地獄旁生餓鬼天處人間蘭若屍林山海及餘住處爾時世尊欲按行住處告具壽阿難陀曰汝去告諸苾芻如來今欲往觀住處汝等苾芻有樂隨行者宜可持衣時阿難陀奉世尊教即往林樹若寺内若外房及經行處告諸苾芻曰今者世尊欲觀住處若仁等有樂隨行者宜可持衣時諸苾芻聞是語已各各持衣詣世尊所爾時世尊與諸苾芻隨次巡行往但尼迦住處世尊至已見但尼迦房全以瓦成其色紅赤如金錢華見已告諸苾芻曰此是誰房諸苾芻白佛言是但尼迦苾芻陶師之子自造此室佛告諸苾芻可破此室由此縁故諸外道等謗讟於我言沙門喬答摩現在住世而聲聞衆中有作如是有漏法者何況滅度時諸苾芻奉世尊教打破其室爾時世尊見破室已捨之而去時但尼迦苾芻來見室破即告隨近苾芻曰誰破我室諸苾芻曰是大師教令苾芻打破但尼迦曰法主世尊勅令破者斯爲善破爾時王舍城中有一掌木大臣是但尼迦苾芻先時知友言談得意時但尼迦便作是念掌木大臣是我親友我從覓木更造木舍作是念已詣大臣處白言仁今知不摩竭陀國勝身之子未生怨王先與我木我欲取用可見相授大臣答曰聖者若大王與木斯成大善隨意將去但是城中所有諸木皆是未生

怨王之所掌守極牢蔵護爲欲修補王舍大城破落之處亦爲難事而貯此木不許與他時但尼迦苾芻遂取一木割截將去是時守城大臣巡行街衢見一大木被截將去見此事已極大驚怖便作是念豈非摩竭陀國未生怨王將有怨賊欲入城耶此木乃是王所掌護不許與他何故有人輙便將去見是事已即便詣彼掌木臣所告言大臣知不我向巡行街衢見一大木被截將去我時見已極大驚怖身毛皆竪豈非未生怨王將有怨賊欲入城耶或掌木官將此大木與餘人耶大臣告曰我不曾以此木與人然我曾見但尼迦苾芻作如是語未生怨王與我此木仁當見與我時答曰聖者若是大王曾與木者幸即將去隨意所用豈非是彼將此木耶是時守城大臣即便往白未生怨王王今知不我向巡行街衢見有一木是大王所須擬欲修補并爲難事遂被他人斬截將去我既見已極大驚怖身毛皆竪豈非大王將有怨家盜賊當入城耶即便問彼掌木大臣曰君不將木與他人不彼便答云我不曾以此木與人然我曾見但尼迦苾芻言王與木時掌木官報云王若與者可隨意取時彼苾芻即便斬截大木將去豈復大王曾憶將木與餘人耶王曰我不曾憶即命掌木大臣大臣奉命欲詣王所爾時但尼迦苾芻因有少事入王舍城時掌木官遥見但尼迦苾芻報言聖者知不爲仁取木王今喚我苾芻報言汝可先行吾當隨去時掌木官即便先行但尼迦後至并與來使俱詣王門到已而住時彼使者便

詣王所白言大王其掌木官今在門外其苾芻雖不被喚亦來在門王曰掌木之人且勿令入其出家者應可喚來使者出喚苾芻入見伸手願言大王無病長壽在一面立時王告但尼迦苾芻曰聖者他不與木合輙取耶但尼迦言不合王曰若爾何故取我木去但尼迦言是王先與王曰我不曾憶仁若憶者爲我憶之但尼迦言王豈不憶初受灌頂位時於大衆中作師子吼唱如是言於我國中若沙門婆羅門持戒修善不行竊盜者我之境内所有草木及水隨意取用王曰我據無主物作如是語此木乃是他所掌物因何輙取但尼迦曰王言據無主者此乃何干王事王聞此語發大瞋怒額起三峯攢眉顰蹙張目振手曰沙門汝今合死我不能殺汝即宜速去從今已往更不得如此是時人衆共出大聲作如是語希奇摩竭陀國未生怨王禀性暴烈所爲造次沙門合死但以言責而便放免時但尼迦還到住處白諸苾芻我向幾被未生怨王所殺諸苾芻問其故但尼迦具以因緣告諸苾芻時諸苾芻以此因緣往白世尊世尊命具壽阿難陁曰汝可著僧伽胝衣將一苾芻入王舍城街衢之所衆人聚處若婆羅門居士或村邑聚落商主富人若信不信於如是等皆當具問盜幾許物犯王國法合當死罪時阿難陁受佛教已入王舍城如佛所教具問諸人盜幾許物王法應死諸人報曰若五磨灑若過五磨灑是當合死阿難陁聞已出王舍城至世尊所禮雙足已在一面立白世尊言大德如佛所教徧問諸人

齊何合死彼皆報我若盜五磨灑若過五磨灑王法合死

爾時世尊以此因緣集苾芻僧伽知而故問非不知問時而問非時不問有利故問無利不問破決堤防斷除疑惑爲利益故知時而問汝但尼迦苾芻陶師之子汝實作如此不端嚴事取王木耶但尼迦言實爾大德世尊訶責曰汝之所爲非沙門非淨行非隨順行非出家者所應作事世尊種種訶責已告諸苾芻曰我觀十利乃至正法久住爲諸聲聞弟子於毗柰耶制其學處應如是說若復苾芻若在聚落若空閑處他不與物以盜心取如是盜時若王若大臣若捉若殺若縛驅擯若訶責言咄男子汝是賊癡無所知作如是盜如是盜者此苾芻亦得波羅市迦不應共住若復苾芻者謂但尼迦餘義如上若聚落者謂牆柵内空閑處者謂牆柵外他者謂女男黄門不與者謂無人授與物謂金等以盜心取者謂他不與物賊心而取如是盜時者若五磨灑或過五磨灑若王者謂刹帝利若婆羅門若薜舍若戍達羅受刹帝利王灌頂位者皆名爲王若有女人受灌頂位亦名爲王若大臣者謂王輔相爲王圖議政事以自存活捉者謂執將來殺者謂斷其命縛者有三種縛謂鐵木繩驅擯者謂逐令出國作如是訶責咄男子汝是賊汝癡無所知者是輕毀言若此者指行盜人苾芻者謂得苾芻性云何苾芻性謂受圓具云何圓具謂白四羯磨於所作事如法成就究竟滿足其進受人以圓滿心希求具足要祈誓受情無恚恨以

言表白語業彰顯故名圓具波羅市迦者是極重罪極可猒惡是可嫌賤不可愛樂若人犯此罪時亦纔犯巳即非沙門非釋迦子失苾芻性乖涅槃性墮落崩倒被他所勝不可救濟如截多羅樹頭不能鬱茂增長廣大名波羅市迦不應共住者此人不得與諸餘苾芻而作共住若褒灑陀若隨意事若單白白二白四羯磨若十二種人羯磨並不應差由此故名不應共住此中犯相其事云何

總攝頌曰

自取於地上　或在空中墮　氈乘及營田　輸稅并無足　掬荼羅世羅　總收於十事

別攝頌曰

自取不與取　盗心他掌物　及作他物想　有三五不同　復有四四殊　并二五差別　斯皆據重物　隨處事應知

有三種相若苾芻於他重物不與而取得波羅市迦云何爲三謂自取或看取或遣使取云何自取謂自盗取或自引取舉離本處云何看取謂自看盗取或自看引取舉離本處云何遣使取謂自遣使取或遣使引取離本處若苾芻以此三緣於他重物不與而取得波羅市迦復有三緣苾芻於他重物不與而取得波羅市迦云何爲三謂他不與體是重物離本處云何不與取曽無男女黃門授與其物是謂不與取云何體是重物若滿五磨灑若過五磨灑云何離本處謂從此處移向餘處苾芻以此三緣於他重物不與而取得波羅市迦復有三緣苾芻於他重物不與而取得波羅市迦云何爲三謂起盗心與方便

離本處云何起盜心謂有賊心欲盜他物云何與方便若手若足而與進趣離處等如前應知復有三緣苾芻於他重物不與而取得波羅市迦云何爲三謂他所掌物離是我物離本處云何他所掌物謂是重物若女男黄門攝爲已有是名他所掌物重物離處如前應知復有三緣苾芻於他重物不與而取得波羅市迦云何爲三作他掌物想體是重物離本處云何他掌物想若苾芻作如是念此物是他女男等所掌作物想餘如上說復有四緣苾芻於他重物不與而取得波羅市迦謂他所掌物作他物想是重物離本處苾芻得波羅市迦復有四緣苾芻於他重物不與而取得波羅市迦云何爲四謂有盜心起方便是重物離本處餘如上說復有四緣苾芻他物不與取得波羅市迦云何爲四是他所護作屬已想是重物舉離處何謂他所護如人有重物安在器中若自守護或令四兵而共防護云何屬已想人有重物置箱器等中作屬已想此是我物餘如上說復有四緣苾芻於他重物不與而取得波羅市迦謂有守護無屬已想或無守護有屬已想重物離處何謂有守護無屬已想如有盜賊破諸城邑逃竄林野時守路人奪得彼物聚在一處而守護之不執屬已何謂無守護有屬已想如有重物安在箱器等中無人馬等兵而爲守護有屬已想不與而取重物離處得罪同前復有五緣苾芻他物不與取得波羅市迦云何爲五非已物想非親友想非暫用想取時不語他有盜心得波羅市迦復有五緣苾芻

無犯云何爲五作已有想親友想暫用想取時語他無盜心者無犯

根本說一切有部毗柰耶卷第二

音釋

裾斤於切衣裾也澍朱戍切時雨霔也媟先結切嬻也躑躅躑直炙切躅厨玉切躑躅行不進也抖擻抖當口切擻蘇后切抖擻振舉也濾良倨切漉也諳烏含切悉也椎直垂切擊也揩苦皆切泄先結切刈音藝割也診章忍切候脈曰診悛此緣切改也齵音愚齒偏也扂徒點切户牡也絞古巧切縛也齧五結切噬也柵楚革切編木爲之也激古歷切蕩激也滓側氏切澱也棚蒲庚切棧閣也筅下浪切衣架也杙與職切橛也枮知林切斫木櫍也樞昌朱切户樞也讟從谷切痛怨而謗也攢徂官切蹙聚也顰蹙顰毗賓切顰眉也蹙子六切蹙額也竄七亂切匿也

根本説一切有部毗柰耶卷第三

唐三藏法師義淨奉　制譯

不與取學處第二之二

攝頌曰

若在於地上　或時在器中　或復在場篅

田處諸根藥

若苾芻知他重物安在地上所謂頸珠臂釧眞珠瓔珞諸莊嚴具苾芻盜心起方便從牀座起整衣而去乃至未觸著來得惡作罪若觸未移處得窣吐羅底也若舉離處是謂爲盜隨時准價若滿五磨灑得波羅市迦若不滿五磨灑得窣吐羅底也若其地平一段細滑是謂一處若地皮起或復破裂或爲大縫或時書字種種綵畫是謂異處若盤器等一段細滑是謂一處若有破裂乃至綵畫是謂異處若人重物安在場中所謂頸珠乃至瓔珞苾芻盜心起方便乃至未觸著來得惡作罪若觸未移處得窣吐羅底也若舉離處是謂爲盜隨時准價若滿五者得波羅市迦若不滿者得窣吐羅底也若場上穀麥等平緫爲一色者是謂一處若穀麥等高下不平作種種色是謂異處若他重物安篅窖中謂諸寶物瓔珞之具若苾芻起盜心興方便乃至未觸著來得惡作罪若觸未移處得窣吐羅底也若舉離處滿五得根本罪若不滿者得窣吐羅底也若人重物安在篅窖内若篅窖中穀麥等與口平滿緫爲一色是謂一處若穀麥等不與口齊高下不平作種種色或復有木及席薦等爲障隔者是謂異處若人田中有諸根藥謂香附子黃薑白薑及諸根藥

烏頭等類苾芻興方便起盜心乃至未觸已來得惡作罪若觸未移處得窣吐羅底也若離本處滿五得根本罪不滿得窣吐羅底也

攝頌曰

屋等處有三　鳥物復三種　禁呪取伏藏

此有三不同

若是人物雜色之衣安在屋上若苾芻起盜心興方便安梯隥以物鉤斵而墜其上乃至未觸已來得惡作罪若觸著衣而未離處得窣吐羅底也若舉離處是名爲盜應准其價得罪同前若浣衣人屋上曬衣被風吹去墮在苾芻經行之處或落門傍若苾芻起盜心興方便乃至未觸已來得惡作罪若觸著時得窣吐羅底也若舉離處得罪同前若人重物安在樓上謂諸寶物瓔珞之具若苾芻起盜心興方便安梯隥以物鉤斵而墜其上乃至未觸已來得惡作罪若觸未離本處得窣吐羅底也若舉離處得罪同前若人於舍宅內或園池邊種華果樹於節會日以上妙物而嚴飾之所謂諸寶瓔珞之具及雜繒綵時有飛鳥謂珠是肉銜之而去若苾芻起盜心興方便而捉彼鳥乃至未觸瓔珞已來得惡作罪若觸未離本處作鳥物想得惡作罪若舉離處是名爲盜應准其價若滿五者得窣吐羅底也若不滿者得惡作罪若苾芻作如是念此是人物寧容禽鳥得有瓔珞若雖觸著未舉離處得窣吐羅底也舉離處時若滿五者得根本罪若不滿者得窣吐羅底也若人以諸寶物及瓔珞具置箱中安屋上時有飛鳥持物將去若苾芻起盜心興方便而捉

彼鳥乃至未觸瓔珞已來得惡作罪若觸彼物時未離本處作鳥物想得惡作罪若舉離處是名爲盜應准其價若滿五者得窣吐羅底也若不滿者得惡作罪若苾芻作如是念此是人物寧容禽鳥得有瓔珞雖觸著未舉離處得窣吐羅底也舉離處時若滿五者得根本罪若不滿者得窣吐羅底也若人舍中或在池内爲戲樂故養畜諸鳥謂鸚鵡舍利俱枳羅鳥命命鳥等便以種種諸瓔珞具而莊飾之苾芻見已起盜心興方便遂捉彼鳥乃至未觸莊嚴具來得惡作罪若觸彼物時未離本處作鳥物想亦得惡作若舉離處是名爲盜應准其價若滿五者得窣吐羅底也若不滿者得惡作罪若於此物作人物想非鳥物想雖觸著未離本處得窣吐羅底也若舉離處滿五者得根本罪不滿五者得麤罪若有苾芻於二伏藏一是有主一是無主苾芻意欲取彼有主伏藏從床而起整帶衣服作曼荼羅於彼四方釘朅地羅木以五色線而圍繫之於火鑪内然諸雜木口誦禁呪作如是言有主伏藏來無主伏藏勿來若於彼時有主伏藏隨言來者乃至未見已來得窣吐羅底也若眼見時是名爲盜應准其價若滿五者得根本罪若不滿者得麤罪若作是言無主伏藏應來有主伏藏勿來若於彼時無主伏藏隨言來者乃至未見已來得惡作罪若眼見時是名爲盜應准價若滿五者得窣吐羅底也若不滿者得惡作罪若於有主無主伏藏各於異時別別作法而盜取者隨事重輕如上得罪

攝頌曰

若物在氈席　或於石板等　華果奇妙樹

隨處事應知

若人重物安在氈席及地敷上所謂諸寶及瓔珞具若苾芻起盜心興方便乃至未觸已來得惡作罪若觸彼物未離本處得窣吐羅底也若舉離處是名爲盜隨時准價得罪同前若彼草敷同一色者是名一處若種種色別異不同是名異處若人重物安在石上乃至不滿得窣吐羅底也若石細滑總爲一段者是名一處若剥裂縫開或時書字或種種彩畫是謂異處石上既爾乃至板木牆壁薦席蓋覆衣幞衣襆衣桁象牙杙床座處若四足經架若門門閫安物之時事並同前若三種樹謂華樹菓樹奇妙樹苾芻斬截盜華樹等價滿不滿得罪同前

攝頌曰

若物在鞍韉　及象馬車轝　肥瘦應隨時

偷船事差別

如人重物置在鞍處所謂諸寶衆瓔珞具苾芻起盜心興方便乃至未舁未觸已來得惡作罪若觸著物未移本處得窣吐羅底也若移處時價若滿五得罪同前若於鞍上以一色物而蓋覆者是謂一處若雜色物而蓋覆者是謂別處若人重物安在象上所謂諸寶衆瓔珞具若苾芻起盜心興方便乃至未舁未觸已來得惡作罪若觸著物未移處得窣吐羅底也若移處時價若滿五得罪同前若其此象皮肉血脉皆充滿者是謂一處若其身羸瘦若牙耳鼻及腹筋脊腿據一一處是

謂别處移離處時皆得本罪若不移處得窣吐羅底也若於象上莊飾幰帳於此帳上安諸寶物衆瓔珞具若苾芻起盗心興方便乃至未舁未觸已來得惡作罪若觸著物未離處得窣吐羅底也若移處價若滿五得罪同前若此帳上以一色物而蓋覆者是謂一處若異色物蓋是謂别處如象既爾馬車步車牛車乃至諸轝亦並同前若苾芻見船以纜繫之於橛有心盗去摇動之時得惡作罪若解隨流乃至眼見已來得窣吐羅底也至不見處價若滿五得根本罪若不滿者得窣吐羅底也若逆水而上准與河闊分齊相似者得根本罪未及其處得窣吐羅底也若從此岸盗向彼岸眼見分齊與前無異若牽船上岸盗而去者亦准眼見分齊若沉在泥中後時將去泥掩之時此即成盗得罪同前若苾芻於盗物時或藏泥中若燒若穿若破作如是念勿令此物屬汝屬我者得窣吐羅底也

攝頌曰

營田有三種　船有三種殊　鵝鴈及池華
獵漁并盗水　弟子教賊處　三種事不同

若人秋時營作田業所謂稻蔗瞌田苾芻見自田中恐水乏少遂於共有渠内塞他水口決已田畦作如是念令我田好彼勿成熟若自成他損准價滿五得根本罪不滿者得窣吐羅底也若見水多於共渠内泄他水口塞已田畦作如是念令我田好勿彼成熟若自成他損若滿五者得根本罪若不滿者得窣吐羅底也

物有四種不同一體重價重二體輕價重三

體重價輕四體輕價輕云何體重價重謂末尼真珠吠瑠璃珂貝璧玉珊瑚金銀碼碯硨磲赤珠右旋是云何體輕價重謂繒綵及絲鬱金香蘇泣迷羅是云何體重價輕謂鐵錫是云何體輕價輕謂毛麻木綿劫貝絮是若以上諸物置三種船中謂蘿船木船皮船若以體重價重體輕價輕隨置一船若船破時物主告曰水上浮者任取若沉沒者屬我若苾芻起盜心與方便入水沉沒乃至未觸物來得惡作罪若觸著者得窣吐羅底也若舉離處價滿五者得根本罪若不滿者得窣吐羅底也若沉泥中復擬取者准前得罪若作非自他心沉之於泥不使其物屬彼屬我者准前得罪以下諸戒准此應知若以體輕價重體重價輕物隨置一船若船破時物主告曰水內沉者任取水上浮者屬我若苾芻起盜心與方便浮水而取乃至未觸物來得惡作罪若觸著者得窣吐羅底也若舉離處應准其價得罪同前若沉泥中復擬取者准前得罪若人於家中或泉池所爲戲玩故安置種種雜類諸鳥鵝鴈鴛鴦等以衆瓔珞而莊飾之苾芻起盜心與方便入水中捉彼諸鳥乃至未觸瓔珞以來得惡作罪若觸著時作如是念我取鳥物亦惡作罪若離本處應准其價若滿五者得窣吐羅底也若不滿者得惡作罪若作是念我取人物寧容禽鳥得有瓔珞若觸物時窣吐羅底也若離本處應准其價滿五根本不滿得窣吐羅底也若於池中有水生華所謂青蓮華嗢鉢羅華白蓮華拘牟頭分陀利迦香華時華衆人所愛苾芻

起盜心興方便入池盜華乃至未觸以來得惡作罪若觸其華採折持去結之爲束乃至未離處來得窣吐羅底也若舉離處同前得罪於池四邊種陸生華樹所謂阿地木多迦占博迦波吒羅婆利師迦摩利迦如是等種種華樹苾芻起方便興盜心欲盜彼華乃至未觸已來得惡作罪若陞樹採折其華置衣裾內乃至未離處及離處來准前得罪

若有獵師及彼徒黨於林野處安諸獵具謂罥索等爲捕諸獸爲殺害業苾芻盜心取獵具准價得罪若起悲心毀獵具作如是念勿由此故令衆多命而置傷害令彼獵徒獲無量罪者得惡作罪以下諸戒同此應知苾芻盜心見在弶鹿而解放者價若滿五得根本罪若不滿者得窣吐羅底也若捕魚人及彼徒黨於河陂處截其要口安置梁筌殺諸魚類苾芻盜心取彼筌時同前得罪若作悲心同前得罪若於筌中盜彼魚者應准其價同前得罪若多商旅持衆貨物過彼險途其水難得以衆器具持水而行若甕若坑若瓶若皮囊然於人畜水有分齊苾芻起盜心興方便若取人水分未觸及觸准前得罪若旁生分滿五得窣吐羅底也不滿得惡作罪

如贍部洲人共結商旅持衆貨物陞舶入海欲求珍寶爲無水故以種種器藏貯其水所謂甕坑瓶囊然其水分人與旁生請受有別苾芻起盜心興方便盜人分時准前得罪取旁生分亦准前得罪時有弟子與其二師隨路行去師有衣物持付弟子手時弟子有盜心故徐行不進乃至眼見處來得窣吐羅底

也至不見處若滿五者得根本罪若不滿者得窣吐羅底也若弟子棄師在前急去齊眼見不見處來准前得罪若弟子有盜心欲取師衣從房中趣閣上若從閣上往房中或從閣下至門簷階下或於寺三層棚上向下而出斯皆乃至眼見不見處來同前得罪若有苾芻在阿蘭若處住有破村賊到苾芻所作如是問大德頗知某村某家處不苾芻答言我知某處賊復問言彼家多女人少男子無惡犬無多叢棘易入易出於我無害取得物不若得稱意我當與大德共分其物若彼苾芻答言仁者我知某甲舍多女人少男子無惡狗叢棘易入易出於汝無傷能得其物苾芻作是教已賊還與物乃至未取分已來得窣吐羅底也若取賊分得罪輕重同前若其苾芻共彼盜賊作是語已於賊去後遂生追悔就彼賊處作如是語仁等知不我意造次不審思量便作是語如愚小癡昧不善其事妄爲訓對然彼家内少女人多男子多惡狗叢棘難入難出不令汝等無傷取物隨彼賊徒去與不去苾芻得窣吐羅底也若此苾芻見其賊黨欲劫村邑往到彼家作如是語仁等警覺好自謹慎今夜必有盜賊來入勿令財物皆被賊將或容身命亦遭傷殺隨彼盜賊來與不來苾芻亦得窣吐羅底也若苾芻如前所作偷盜方便有三種事何謂爲三謂田事宅事店事田事有二種取一言訟取二圍繞取何謂言訟取若苾芻爲共俗人爭地詣斷事官所若苾芻不如俗人勝者得窣吐羅底也若苾芻得勝乃至俗人心未息來苾

芻得窣吐羅底也若彼俗人心息者應准其價同前得罪是謂言訟取何謂圍繞取若苾芻於他田處若以樹枝若以席障若作壍坑若以牆壁圍繞乃至圍未合來得窣吐羅底也若其圍合得罪同前是名圍繞盜田事既爾宅事店事如上應知

攝頌曰

稅物持寄他　將他物前去　不受便強著
爲父母持行　又爲三寶故　與直後均分
衣主爲持將　令他染不染　將稅入小門
總奪商人物

爾時世尊初證無上智教未廣被時諸苾芻難過關稅俗人易過時有衆多苾芻與大商旅遊行他國路次稅關諸苾芻告賈人曰賢者我等現有少多應稅之物仁爲我等持行過關方可與我勿令我分入彼稅官賈人曰爾遂與持物過關還彼苾芻苾芻漸行至一住處先住苾芻見客初至便遥問言善來具壽行李安不山河關稅無勞擾耶答曰極善來大德隨我行來無他惱亂問曰豈諸具壽無應稅物答曰我有得意賈人爲持過關方授與我諸苾芻告曰合作如是至關稅處藏物過耶答曰縱令不合我已過竟時行路苾芻心懷追悔我將不犯波羅市迦以此因緣白諸苾芻諸苾芻白佛佛言諸苾芻無犯然諸苾芻不應持物私過稅處違者得越法罪

爾時世尊於杖林中令摩揭陀影勝王得見諦已便往室羅伐城爲高薩羅勝光王說少年經令得調伏時彼二王各宣教令於我國中所有苾芻同王太子放免稅直諸苾芻尼

同後宮人亦免稅事由此苾芻及苾芻尼越過關河無輸稅事是時世尊教法弘廣時諸苾芻易過關稅俗人難過時有苾芻隨他商旅出外遊行至於稅處時諸賈人禮苾芻足作如是語聖者我於長時爲寒熱所逼風熱毒蟲蚊虻等害求諸財物勤勞辛苦其所獲利皆爲三寶興設供養我今所有輸稅之物仁等爲我持過稅關當還與我時諸苾芻爲持過已還與賈人苾芻漸行至室羅伐時諸苾芻告曰善來具壽行李安不廣如上說答言大德我亦爲他施作恩益豈復自身得有勞苦諸苾芻曰其事如何時彼苾芻以事具白諸苾芻曰合作如是至關稅處藏物過耶答曰縱令不合我已過竟時此苾芻心懷追悔我將不犯波羅市迦以此因緣白諸苾芻諸苾芻白佛佛言此苾芻無犯然諸苾芻不應持物私越稅處違者得越法罪

時有苾芻隨商旅遊行至於稅所時諸賈人禮苾芻足作如是語聖者我於長時爲寒熱飢渴所逼廣說如上其所獲利皆爲三寶興設供養我今所有輸稅之物仁等爲我持過稅關當還與我苾芻曰佛已制戒苾芻不應至輸稅處不與直過我今不敢持物過稅是時賈人便作斯念苾芻不肯持過我等宜應矯設方便告苾芻曰聖者我輩今朝情有擾亂不能辦食仁等入村隨緣自乞時諸苾芻咸詣村中苾芻去後諸人各取苾芻衣袋鉢囊并雜物袋安已稅物苾芻得食還歸商旅食事既了持已衣鉢同過稅處時諸賈人皆來開解苾芻衣物苾芻告曰何故仁等輙觸

我物諸人報曰聖者我以稅物安仁袋中我令欲取苾芻告曰賢者汝等故心令我犯罪彼便報曰仁等於此不起三業何有過耶時諸苾芻心生惡作豈非我等得波羅市迦時諸苾芻漸至羅伐舊住苾芻見而告曰善來具壽行李安不廣說如上答曰我無辛苦然我在路入村乞食同伴商人開我衣袋以諸稅物私內袋中我等不知持過稅處後時見已便生惡作豈非我犯波羅市迦時諸苾芻以此因緣具白世尊世尊告曰苾芻無犯然諸苾芻所有衣鉢若無看者不應捨去應留守護人若不看者得越法罪時有苾芻隨商旅行入村乞食留一人看物時看守人須去便利或復取水時諸賈人各以稅物置苾芻衣鉢袋中同前過關來取稅物乃至告諸苾芻諸苾芻白佛佛言諸苾芻無犯若看守物應留二苾芻時有苾芻留二苾芻看守其物時一苾芻或因便利或復取水時諸賈人共詣看守一苾芻所有執手者有捉足者便以稅物置衣袋中苾芻念曰同梵行者來我當告知諸苾芻乞食而還時賈人等矯設方便現鬧亂相令彼苾芻不獲相告既過稅處各來取物苾芻告曰何故仁等輒觸我物賈人告曰我以稅物安此袋中時諸苾芻告曰令汝二人看守衣物云何更令我等共犯罪耶時二苾芻具陳其事時諸苾芻心生惡作將無我犯波羅市迦具以其事白諸苾芻苾芻白佛佛言無犯其看物人見他安物應令俗人或使求寂拔出其物若無此輩應自抽出各付彼人若異此者得越法罪

佛在室羅伐城給孤獨園時彼城中有一長者令子出家因向他方得兩張氎遂作是念如世尊説雖復出家於父母處應須濟給我此二氎一擬與父一擬與母是時苾芻棄餘住處還歸故居往室羅伐路次稅關稅人問曰聖者頗有可稅物不答言賢者我無稅物告言且住可將物來試爲觀察纔披衣袋見兩張氎告言聖者仁於善説法律而爲出家寧容爲此兩氎作故妄語告言賢者此非我物問言誰物答曰一是父物一是母物報言父亦我不識母亦我不識還我稅直方可聽行久住稽留取其稅直遂放令去彼至城已心生惡作告諸苾芻苾芻白佛佛言無犯不應但作此語云是父母而已應對稅官作如是語賢者如世尊説父母於子有大勞苦護持長養資以乳哺贍部洲中爲教導者假使其子一肩持母一肩持父經於百年不生疲倦或滿此大地末尼眞珠瑠璃珂貝珊瑚碼碯金銀璧玉牟薩羅寶赤珠右旋如是諸寶咸持供養令得富樂或居尊位雖作此事亦未能報父母之恩若其父母無信心者令住正信若無戒者令住禁戒若性慳者令行惠施無智慧者令起智慧子能如是於父母處善巧勸喻令安住者方曰報恩父母既有如是深厚之德今欲持此物往報其恩若作如是讚説父母恩惠之時放去者善若不放者與稅而去若不與者得窣吐羅罪

根本説一切有部毗柰耶卷第三

音釋

釧樞絹切臂環也　縫扶用切衣會也　篅市緣切竹器也　窖古孝切地藏也　斲竹角切斫也　枳諸氏切　朅丘謁切　剥北角切割也　樸扶足切帕也　櫃求位切匣也　桁下浪切衣架也　鞍韉鞍烏寒切韉則前切鞍韉馬鞁具也　腿吐猥切股也　幰虛偃切車上張繒也　橛其月切杙也　畦戶圭切　甕於貢切　罥規縣切網也　弶其亮切施罟於道也　筌此緣切取魚竹器也　坩口含徒古二切瓦器也　舶傍陌切大船也　詶市流切以言荅也　坑口莖切塹也

根本說一切有部毗柰耶卷第四

唐三藏法師義淨奉　制譯

不與取學處第二之三

爾時薄伽梵在室羅伐城逝多林給孤獨園為諸苾芻說供養法門而說頌曰

若人不作福　常受於苦報　若能修福者

今世後世樂

時諸苾芻既聞斯說多行乞匃於佛法僧廣興供養時佛教法漸更增廣於此城中有一長者娶妻未久誕生一子既漸長大遂便出家時諸苾芻作如是念今此城中多有苾芻乞求難得我今宜可行詣餘方為佛法僧而興供養便於他處隨意乞求多獲種種繒綵之物盛滿衣袋還室羅伐路次稅關稅人問曰聖者頗有稅物不答言賢者我無稅物告言且住可將物來試為觀察纔披衣袋見雜色物填滿袋中稅官告曰若此袋盛不合稅者豈待驅負方輸稅耶苾芻告曰賢者此非我物問言誰許答言一是佛物二是法物三是僧物報言我復寧知佛法僧事但須與稅方任前行久住稽留取其稅直放之而去遂至室羅伐城心生追悔白諸苾芻苾芻白佛佛言此人無犯不應但作此語云是三寶物應對稅官作如是說讚佛法僧云何讚佛所謂薄伽梵如來應正等覺明行足善逝世間解無上士調御丈夫天人師佛世尊是名讚佛云何讚法所謂世尊善說法要於現法中得無熱惱隨機演說令趣涅槃內證三明智慧圓滿是謂讚法云何讚僧世尊所有聲聞弟子安住正理直心恭敬隨順勝法於衆僧

中有得預流向預流果者有得一來向一來果者有得不還向不還果者有得阿羅漢向阿羅漢果者此八大人皆尸羅圓滿三摩地圓滿般若圓滿解脱圓滿解脱知見圓滿是合歸依是應恭敬是謂世間勝上福田是謂讃僧如是讃歎三寶之時放去者善若不放者應與税直而去若不與者得窣吐羅罪時有苾芻供養三寶故持諸雜物過税關處雖對税者讃歎三寶然此税官不肯虚放從索税直是時苾芻隨持一分而授與之佛言應可均分不應偏與苾芻均物時節延遲遂失商旅便被盜賊虎豹所傷佛言不應在路而作分判隨持一分與彼税官至住處已均分其物若異此者得越法罪

佛在室羅伐城給孤獨園於此城中有一苾芻明解三藏衆所識知善能説法辯才無滯遊行人間至王舍城三月安居竟欲求商旅往室羅伐城禮世尊足時有商主欲持財貨往室羅伐苾芻聞已詣商主處爲説三種勝福業事謂施戒修説此法時令彼商主心生敬信遂請苾芻家中供養并持妙氎而奉上之便禮雙足作如是語聖者令我欲作何事苾芻曰賢者我今欲往室羅伐城禮世尊足可於我所起悲愍心而爲護念答言極善便與商主隨路而行商主告曰仁爲乞食我爲修福從王舍城乃至室羅伐於此中間衣服飲食臥具醫藥所有資緣幸不須慮苾芻許之路次税關商主所有財貨並輸税訖便作是念我物輸訖聖者白氎猶未輸税若索税者物從我出應取彼氎安我物中告苾芻曰

聖者白氎可見與我答曰仁所施物情生悔耶答曰我無悔心然我之物已輸稅訖仁氎未輸若索稅者物從我出答曰賢者世尊已制學處苾芻有物持過稅關不輸直者犯根本罪是時商主便念察斯意趣不肯與氎我自知時告言聖者我於今朝情有擾亂不及營食仁可入村隨緣求覓苾芻聞語行詣村中商主取氎安已物中旣至稅所稅人問曰聖者仁衣袋中有稅物不苾芻曰我有一氎答曰將來試爲觀察苾芻開袋不見其氎便現愁容反手而歎是時稅者告苾芻曰何故愁顏反手長歎苾芻曰我有一氎被賊偷去稅者曰何但仁被賊偷我亦被偷由失此物我無所得是時苾芻過稅處已商主告曰何故憂愁情有不樂答曰仁有施福無受用福

答曰何意如此苾芻曰仁所施氎被賊將去答曰非賊將去我恐稅處從索稅直權將此物安我貨中必若須者我今見授答曰賢者寧被賊偷不由此故令我犯罪答曰聖者仁於此物不起三業豈有罪耶苾芻聞已心生悔恨次至室羅伐城諸苾芻曰善來具壽行李安不苾芻具以事告諸苾芻諸苾芻白佛佛言彼苾芻無犯然於行路所有軌式我今說之行路苾芻入村乞食所有衣物應作記驗迴還之時應好觀察若不依者得越法罪

佛在給孤獨園有二苾芻一老一少共爲伴侶人間遊行老者多有衣物資生之具少者資具寡少于時老者欲至稅關物合輸稅作是念我有可稅之物若彼問時我若言無得故妄語若我道有必索稅直作何方便免斯

二事即作是念可持我物與彼少年待過稅關我當自取語彼少年曰可暫借我擎物少年便念豈非老人身生疲倦令我持物遂便受取在前而去稅者問曰聖者有何稅物不答言我無稅物稅官放過老者空手隨後而至稅官不問過稅所已語言具壽還我衣鉢少者問曰上座令者勞已歇耶答曰我不爲勞令汝持物但爲我有稅物作如是念若彼稅官問我有稅物不我若言無得故妄語若言有者定輸稅直爲此方便令汝持物行過稅所今既過已當可相還若如是者上座自身得免稅直令我得罪答曰汝不相知何因得罪時少苾芻心生悔恨至室羅伐城到毗訶羅諸苾芻見告言善來具壽行路安樂不答曰何有安樂問言何意具以上緣告諸苾

芻諸苾芻白佛佛言彼苾芻無犯然諸苾芻行路之時若不問知不應爲他持物若爲持時應須具問此中無有可稅物不如是問者善若不問者得越法罪佛言不應持可稅物而過稅關若持過者得越法罪時有六十苾芻人間遊行至一聚落有一長者大富饒財多諸受用深懷敬信見諸苾芻請就家食食已人各施一雙白氎苾芻告曰長者佛遮我等持稅物過關云何我今得取此物長者黙然不復施與時諸苾芻爲呪願已隨路而去至室羅伐已諸苾芻告言善來具壽行路安樂不答曰行路安樂然有施主延請我等就宅而食食竟人各欲施一雙白氎我等不受由佛制戒不聽苾芻持稅物過關因斯失利諸苾芻聞已白佛佛言應受受已應染時有

苾芻得物欲染爲求染汁柴瓮釜器因此延遲遂失商旅被虎狼等之所傷害時諸苾芻以緣白佛佛言應以水灑揬令破裂隨意持去既至稅所仍不免稅佛言應用水洗或以牛糞汁而爲壞色仍不免稅佛言乃至應截縷繿若有難緣我所開者於無難時即不應用若常用者得越法罪

佛在室羅伐城給孤獨園時有苾芻在王舍城夏三月安居竟未及分衣欲向室羅伐城禮世尊足時諸苾芻告曰何事怱遽待分衣利方可遊行時彼苾芻情不樂住有一苾芻便將一氎贈之而去彼受氎已便作是念我若壞色無暇得與同梵行者而爲告別應與知識苾芻令其壞色便持此氎與彼令染報云爲我染訖安衣袋中我暫巡房與苾芻別時彼知識情懷懶墮不能爲染還依本色安著袋中時彼苾芻持衣而去行至稅處時彼稅人問苾芻曰聖者頗有多少可稅物不苾芻報曰賢者我無稅物稅官曰但且將來試爲觀察彼便將示纔開衣袋見一大氎報言聖者仁於善說法律之中以信出家寧容爲一張氎故作妄語報言賢者我實不知然我臨途他與我氎我持此氎令知識者爲我壞色安衣袋中我與諸人共爲告別彼懷懶墮不作壞色而安袋中稅人答曰彼非仁知識是我知識由此緣故令我得物可還稅直隨意前行時彼苾芻與直而去心懷悔恨順路而行至室羅伐城苾芻住處諸苾芻見而告曰善來具壽行路安樂不答曰何有安樂諸苾芻曰如何不樂具以上事告諸苾芻諸苾

芻白佛佛言此苾芻無犯然此苾芻應問彼苾芻然後取物應問彼言與我涂未若不問而取者得越法罪

佛在室羅伐城給孤獨園時六衆苾芻難陀向鄔波難陀作如是語彼諸黑鉢者皆以獼猴脂用塗其足若欲行時多獲利養迴還之時復受客利衆人愛念悉皆敬重我等事同井蛙不曾出入我等如何能獲利養得使衆人皆共欽仰我今宜去同諸苾芻鄔波難陀問曰欲何處去難陀答曰我今且去求覓商旅遂遇商旅欲詣北方告曰仁等欲何所詣答曰我等欲向北方難陀報曰我願同行商人曰北方居處其地磽确多有惡犬人性麤踈仁等於彼未能愛樂難陀曰土地雖惡情樂觀方商人曰若樂去者可共同行難陀鄔波難陀遂與商旅同至北方初到之時心便不樂遂於清旦行詣鄽中時彼商人俱來禮足問言聖者北方何似生愛樂不報言賢者我初到時情生不樂商人曰豈不先時以事相報北方居處其地磽确多有惡犬人性麤踈仁等於彼未能愛樂聖者今既不樂欲還中國耶報商人曰我今欲還商人曰我近至此未有交易不及即還有餘知識交易已了欲歸中國仁可隨去我今將仁投寄知識難陀曰善即入商營隨路而去六衆性畏風塵或前或後商旅前去別遇賈客從中國來共相慰問仁自何方答云我從中國又問中國交易得利多少於諸關稅無疲勞耶答言中國交易雖多獲利然於關戍索稅極多事同劫賊實言相告終不見容所有貨物盡奪將

去時北方商人聞此語已各懷憂惱以手拄頤沉吟路傍是時六衆尋後來至問商人曰諸君何爲以手拄頤懷愁而住商人曰聖者我等常爲寒熱飢渴所逼蚊虻風雨虵虺所害勤勞辛苦無暫休息欲求財物安樂受用由是我等遠詣中國今聞商旅傳彼消息中國與易獲利雖多然關稅處皆被欺奪事同劫賊所有資貨侵掠皆盡我等聞此寧得不憂六衆報曰仁等是我知識何事須憂商人曰聖者豈能爲我啓白王知不枉輸稅六衆曰我亦不能爲君啓王然室羅伐城王有制令其不知者不從索稅有十八大門三十六小門於彼小門我當共入商人聞已歡喜而去去城不遠有一聚落於彼停住六衆報曰仁等且應歇息駝馬待至日暮方可入城時

室羅伐掌稅諸人聞有北方商旅欲至於城門處祭祀藥义守門而住六衆告曰今既日暮可趣小門共入城内是時商旅爭驅鞍䭾俱入城中既至天明於市店上張設北方貨物時有一人不及前徒從大門入稅官見已問曰爾從何來答曰我從某聚落來問曰我聞北方有大商旅在彼居停其事虛實報云彼即是我同伴商旅我獨在後彼已入城稅官聞已心生忿惱作如是言我在城門守立而待曽不見過何處入耶彼人報曰若不信者與我同行至鄽肆中自驗虛實是時稅官即共彼人行至店中見諸商客出北方貨羅列交易稅人見已問曰誰將汝等入此城耶答言我足報云我亦知君足行而入我今欲問誰將君入入在何門答言我從私門問曰

我今與仁義同親友幸可實言誰相引導答云聖者六衆稅官聞已便起譏嫌罵云此釋迦子是大惡賊非眞沙門知是他財方便偷盜諸苾芻聞已白佛佛言苾芻不應教他私路不輸稅直若教他者得越法罪是時稅官便作斯念此之六衆皆是豪俠沙門應共結親知令其心喜鄔波難陀日初分時執持衣鉢入城乞食是時稅官見而往就作如是語我畔睇聖者鄔波難陀答曰賢者願爾無病長壽稅官問曰鉢中有食不我欲暫看報曰賢者汝欲於我鉢中覓稅物耶聖者我自盟誓實無此心若有美味當惠少許我欲食之報曰豈見河水而倒流乎仁應與我非我與仁聖者我戲言耳願過我舍鄔波難陀即至其家彼以上妙食滿鉢授與頂禮雙足作如是白聖者我是大德給侍之人有事當告我悉奉行報曰賢者願無病長壽捨之而去爾時六衆苾芻凡在住處多遊門首意欲爲諸來往沙門婆羅門宣說法要有論議者當折伏之我等六衆名稱遠聞利養增廣時鄔波難陀所居之房與路相近於高閣上初夜後夜警覺思惟時有偷稅人去寺不遠夜行而過時鄔波難陀明解聲相既聞商旅行過之聲與常不同而遥問曰行者是誰彼便默爾遂疾下重閣詣行人處而問之曰君等何人夜行而過報言聖者我是偷稅商人鄔波難陀報言癡人勝光大王恒於此寺供養衆僧常令充足上座憍陳如親自爲王而作呪願願大王所有資生受用珍玩未有者令有已有者常令增廣汝有貨物合大路入城今既

夜行欲偷税直我今豈得捨而不言我當與汝作無利事時彼商人懼而告曰聖者仁懷大慈願見容恕我於聖者不敢忘恩報曰汝等欲何所作答曰有少食直我當持奉報曰汝若能與隨汝意去彼行稍遠自相議曰勝光大王所有税直我尚不與況此鄔波難陀無髮秃人我能還彼飲食直耶即便夜入室羅伐城旦詣鄽中貨易而去時鄔波難陀疾疾食竟門前洗鉢顧望四方時有少年苾芻見彼四顧問曰上座何故瞻視四方報言具壽我有知識商人持諸貨物入室羅伐城我今望彼少年報曰上座食時彼人已去時鄔波難陀心生忿怒作如是念我亦被欺彼無知人以拳投刃以針刺石我於彼輩所應作者當自知之時彼賈人不久還來同前捉得

告言我亦被汝之所調誑白言聖者我於前時有少急事不遑就禮願重相容前後之恩悉皆報謝報言賢者若實與者隨汝意去既去稍遠同前議曰勝光大王我不與税豈秃沙門我能相與鄔波難陀作如是念前已許我不來報恩無更於今還復相誑作是念已早起持衣詣市鄽内見彼商人交易財賄現彼相貌商人報曰聖者物未出手待交易訖不敢違命願且相容賈人交易持貨而去不過寺門鄔波難陀疾歸住處食訖洗鉢廣説如前乃至商人已去鄔波難陀聞是語已轉增忿恨攘臂怒曰無識小人更復調我若更見者我當執縛令彼終身不爲賈客時經未久還復重來鄔波難陀同前捉得告曰汝等數數詭誑於我今我所作令汝知之白言大

德願見容恕我等賈人事多閙亂雖復失期更不敢爾前二恩直并及此迴待貨易訖一時俱送鄔波難陀遂生念曰我若苦言彼便知覺作是念已告曰賢者能實與不報言定與若如是者汝等且住我先爲汝觀其道路勿令汝等致招罪責我得惡名去寺不遠商人被賊彼諸商人隨語而住鄔波難陀疾往諳彼税官之處竊聽其言是時税人警覺而坐共相議曰我等如何得不愁惱多有賈人數數偷税從小門入不輸其利計會時至王性暴烈必不容許我之妻子及餘親屬定當獄死時鄔波難陀至衆人所告曰仁等何故懷憂報言聖者我等寧得不憂多有賈人數數偷税從小門入不輸利直計會時至王性暴烈不許分踈具述如上鄔波難陀告曰癡人誰令汝作掌税官人惟合多與杖木常令負土或復擔樵如何於偷税人不能奪取財物彼便白言聖者室羅伐城王舊有令知者税不知者不税無極重税云何總奪鄔波難陀曰汝無智人室羅伐城有極重税知而方税彼便白言我等久作税官常索税直惟聞知而取税不聞有極重税我今如何作極重税鄔波難陀曰汝等宜住我且迴還放偷税賊汝當捉取總奪其財賈人若云室羅伐城知而方税無極重税者汝等當告有極重税知而方税若云我等久爲商客不曾聞有極重税令有極重税生君等可來共往鄭中詣平斷處若作是語者必莫隨言應可將向王處若王作如是語我久爲王不聞室羅伐城有極重税何故今時有極重税生應白王曰

古昔大王梵摩達多與諸商賈及聚落人共爲制令若從其園其天祠處或衆人集處而入城者知而方稅不知無稅若不從此園及天祠處衆人集處而入城者合極重稅總沒其物若言此制令何所在當報王曰在其庫内安其稅中於赤銅鍱上分明書記王當遣取親自檢之是時稅官依鄔波難陀語即便奪彼賈人所有財貨賈人曰君等何故強奪我財室羅伐城知而方稅無極重稅宜依分數取已放我稅官告曰室羅伐城偷路賈人當極重稅我不放汝賈人報曰我等久爲商客惟聞此城知而取稅無極重稅如何今日有極重稅生今可相隨詣平斷處稅官告曰我不能向尋常斷處可將汝等直向王所時諸賈人高聲大喚詣平斷處告諸人曰諸君知不我有財貨並被奪去顧見救濟時平斷人共詣王所而白王曰今有賈客來至城中所有財貨並被稅官收奪將去顧王准法而見救濟是時大王命近臣曰喚稅官來奉命追至王曰汝等何意於彼賈人盡奪財貨皆白王曰此等諸人是偷稅者室羅伐城有極重罰由此緣故我等稅人盡取其物王曰我久爲王不知此城有極重罰何意今時有極重罰宜可依實而取稅直放賈人去稅官白言古昔大王梵摩達多與諸商賈及聚落人共爲制令具說如前王告稅官曰若是我父所作教令是帝釋令是梵王令斯爲定量便告掌庫人曰將銅鍱勑來奉教取來對王讀訖王聞父令悲不自勝泣而言曰若我先王所作教令是帝釋令是梵王令總奪財貨斯

爲善取時諸賈人遂便絶望啼泣而出便問税官曰誰報仁等道我來耶彼便報曰無人見語我自聞知然我昔來非不知有爲懷悲愍不能盡奪汝今過分我不能忍賈人報曰仁等何處得有悲心今我與君事同知友幸當見報誰先語君彼見告言便告之曰聖者六衆相告時彼賈人咸共識罵出諸惡言此釋迦子是大惡賊非眞沙門如是教他奪我財物諸苾芻聞已白佛佛言苾芻不應教他奪賈人物若教奪者得越法罪

攝頌曰

無足及二足　四足及多足　若盜如是類
輕重准應知

言無足者謂虵蛭鱓此之三種是弄虵人王家醫人及山野人之所貯畜何謂弄虵人謂取其虵弄以活命何謂王家醫人謂諸醫人以蛭療病而爲活命何謂山野人如山中人取無足蟲與藥令吐瓦中熟爆以供飲酒若苾芻盜此等蟲時應准其價滿五得根本罪不滿得方便罪言二足者謂人及鳥若盜人時有三方便期處定時現相云何期處報彼人云汝若見我在菜園中或衆人集處或在天祠當爾之時知事成就是謂期處云何定時汝若晨朝或午時或晡時遥見我者知事成就是謂定時云何現相汝若見我新剃鬚髮著赤色衣持鉢執錫盛滿酥油沙糖石蜜見此相時知事成就是謂現相如是盜時應准其價得罪同前若盜鳥時有二方便謂從地擎舉若空中墮落云何擎舉鳥在地上擎舉偷去滿不滿如上説云何空墮如捕鳥人

火燎原澤爲欲取鳥被烟火逼時墮在苾芻經行之處或門屋前若苾芻盜心取時滿不滿如上說云何四足謂象馬駝驢牛羊獐鹿猪兎等若欲盜時有二方便爲從群處或於繫處苾芻於象群中盜象去時齊眼見處來得窣吐羅底也至不見處得根本罪云何繫處若象繫柱若樹若牆柵內苾芻解放得罪如上盜象旣爾自餘馬等苾芻盜時如前應知云何多足所謂蠐螬蝗蛾諸蜂蟻蠍等此中所須者謂於二處謂斷事官守城者海商客何謂斷事官謂斷事人畜養多足謂蜂蠍等貯在甕內見被罰人不臣伏時令以手足內彼甕中彼螫痛時疾承其事或多出錢物何謂守城者謂掌城者於坏甕內多貯諸蜂若怨敵來與之共戰若不退者可於城頭放其蜂甕賊被蜂螫四散逃走何謂海商客謂人入海爲求珍貨坏瓦器中多養諸蜂以防急難賊來共戰若勝者善若不如者便持蜂甕遙擲賊船不能復戰四散而去

攝頌曰

旃荼羅及蘇陀夷　取衣比身無盜想
師弟不語婆蘇多　自作已分持小鉢
月護知他欲取衣　難勝持將得麤罪
南國中方不相領　拾得他物速應還

佛在室羅伐城逝多林給孤獨園有二苾芻共爲知友得意相親同住一處一名旃荼羅二名蘇陀夷其旃荼羅衆所識知有大福德而形短小多有衣鉢網絡腰條等其蘇陀夷少有知識其形長大但有三衣而復故弊形體多露諸苾芻告曰具壽汝今少欲衣破露

形爲多利養爲無利養答言無利彼便報曰何不乞求答言誰當捨彼佛法僧田而施於我彼便報曰其旃荼羅苾芻是汝親友多諸知識有長衣鉢網絡腰條何不從覓答言彼不肯與復問汝已從彼而乞求耶答言未乞報曰豈聞水聲而便脱鞋耶汝宜乞求彼應見恵既被勸喻便詣旃荼羅處彼行不在便作是念此旃荼羅其形矬小取彼僧伽胝我試量度若與我身量得相似者我當從覓若不相當何事干忤便入彼房觀其衣物於衣笐上見僧伽胝即便取彼便看長短時旃荼羅從外忽至見而報曰汝以賊心取我衣著得波羅市迦答言具壽我無盜心取此衣物但作是念旃荼羅其形卑小取彼僧伽胝試復量度若與我身量得相稱者我當從覓若不應量者何用如是煩惱資具耶彼便報曰具壽不須强諱謾作分疎汝以賊心取我衣著得波羅市迦聞此語已便生追悔豈非我犯重罪耶告諸苾芻諸苾芻白佛佛言苾芻汝以何心彼便以實具白世尊佛言此苾芻若作量度心者無犯然諸苾芻不應非親友處爲親友想有三種親友謂下中上於下親友作下心委寄若中親友作中下心委寄若上親友作上中下心委寄若苾芻於非親友作親友心相委寄者得越法罪

根本説一切有部毗柰耶卷第四

音釋

摙練結切縿也縷纚縷朧主切綫也纚求位切纖餘也磽确磽苦交切确胡角切磽确石地也鄽直連切市物邸舍也頤盈之切頷也虺許偉切蝮也掠離灼切奪也譏嫌譏居依切誚也嫌戶兼切慊也睇大計切小視也攘如羊切攘臂捋臂也鍱以輒切與葉同蛭鱓蛭職日切水蟲也鱓常演切魚名爆巴校切火烈也燎力照切縱火也蠍許竭切毒蟲也蜇陟列切蟲毒也鞋戶皆切革屐也矬昨禾切短也

根本説一切有部毗柰耶卷第五

唐三藏法師義淨奉　制譯

不與取學處第二之四

爾時薄伽梵在室羅伐城逝多林給孤獨園有二苾芻一名蘇師牟二名婆蘇達多共爲知友情義相順時蘇師牟有好大鉢婆蘇達多有好小鉢彼於異時俱並食訖一處洗鉢時蘇師牟取婆蘇達多小鉢安大鉢中作如是語具壽婆蘇達多若人有此二鉢足得省緣修諸善品婆蘇達多曰汝若欲得何不取之時婆蘇達多於一聚落有少緣事語蘇師牟曰具壽我於其處有少緣事有能爲我辦是事者我持小鉢與之問曰汝言實不答曰實與時蘇師牟聞此言已便欲爲去覆生悔念勿由此緣令同梵行者作如是説蘇師牟

與他客作遂不復行時蘇師牟於彼聚落有緣須去遂作是念我爲自身并辦彼緣斯亦佳矣即便往彼了其二事還告婆蘇達多曰汝彼聚落所有營務我已爲辦宜授小鉢婆蘇達多曰汝自緣去非爲於我我之小鉢誰能與汝蘇師牟曰汝不與者我當自取婆蘇達多曰汝若合得何不取之時婆蘇達多有緣出外蘇師牟即取小鉢安已鉢中婆蘇達多歸不見鉢問言具壽誰將我小鉢去蘇師牟曰是物主將去婆蘇達多曰是誰之物曰是我物婆蘇達多怒曰汝賊心取得波羅市迦蘇師牟聞已追悔即以此緣告諸苾芻諸苾芻白佛佛問蘇師牟汝以何心取他小鉢具以白佛佛言此苾芻作已物心取鉢無犯然諸苾芻不應受顧與他作務若博換作業

及求福作無犯苾芻受顧作務者得越法罪
佛在室羅伐城逝多林給孤獨園時此城中
有二苾芻一名難勝一名月護共結親友言
談得意其月護衆所識知有大福德多足衣
鉢鉢絡腰絛難勝少有知識但畜三衣而復
破弊有餘苾芻告言具壽汝今何故少欲著
此破衣不能覆體爲有而不著爲無可得耶
難勝荅曰我無得處告曰何不乞求荅曰誰
肯捨三寶聖衆施我凡人彼便告曰月護苾
芻是汝親友言談得意多有衣鉢鉢絡腰絛
何不從乞難勝曰彼不肯與告曰汝先從彼
乞求未難勝曰聞彼慳悋我不從乞告曰豈
涉度者遥聞水聲便脱靴履汝但往乞或當
見與既聞勸已往月護所告言具壽當施我
鉢月護報曰我不相與難勝曰不與我鉢可
與我僧伽胝月護曰我豈是汝守庫藏人索
鉢不得又覓大衣乃至少縷尚不相與況復
衣耶時難勝聞已心生忿怒曰彼有作務我
常爲先何故我今從乞云不與縷若我不能
總奪彼物者我即不名爲難勝也從此作意
欲取其物遂見月護自染衣服難勝至其所
告言具壽我今亦欲助汝染衣彼言甚善當
助我作難勝爲彼染衣摩挍翻覆觀察其衣
月護見已便作是念看彼意趣翻覆我衣子
細觀察必定有心偷我衣去既起疑心染衣
乾已置衣袋中枕頭而卧是諸苾芻初夜後
夜警覺思惟作意而住是時難勝告月護曰
我等俱行共修善品月護報曰汝且前去我
身疲倦隨後當行彼聞便去是時月護便作
是念我若去者必當失衣我若不去闕修善

品作何方便得不失衣復修善業即以自衣袋安彼頭邊持彼衣囊枕頭而卧時彼難勝既作業已還來偃息是時月護告難勝曰具壽可起共修善品答曰我已作了疲勞暫息汝當起作月護便去難勝念曰我且觀時堪得行未時既將曉於彼頭邊取其衣袋出門而去便作是念我試觀察是何色衣令我犯波羅市迦耶開袋乃見便是自已破弊故衣遂生憂惱作如是念我爲自衣犯他勝罪非出家行當噉鐵丸復作是念我今且往問佛世尊若堪住者於世尊所修其梵行若不堪者當作白衣作是念已往世尊所是時世尊於彼無量百千苾芻衆中而爲說法爾時世尊遥見難勝來告諸苾芻曰汝等見彼苾芻從外來不白言已見佛言此癡人難勝盜取已衣得窣吐羅底也告諸苾芻汝等當知若盜心取有此過失是故苾芻雖已衣鉢不應以盜心取若盜取者得窣吐羅底也罪

佛在室羅伐城逝多林給孤獨園時二苾芻尼一住東房一住南房其東房苾芻尼前行南房苾芻尼從後是二苾芻尼俱詣佛所禮佛足已在一面坐佛爲說法彼聞法已禮佛而退時東房尼在前而去以僧伽胝置在肩上其衣欲墮南房尼見告言聖者衣欲墮時東房尼前行思法復爲方言有異不相領解不覺衣墮時南房尼便取其衣作如是念今若與者妨彼專思待到住處我當授與既到住處時東房尼遂於房外洗足已便入房中半跏而坐時南房尼復作是念若我今時與彼衣者還復同前廢修善品待出定已當

付其衣遂於已房置衣架上時東房尼至旦告弟子曰將我僧伽胝來我欲乞食弟子入房徧觀架上不見師衣還白言聖者不見僧伽胝師曰可詣南房尼處求覓弟子至彼房中見僧伽胝在衣架上問曰誰將衣來置此架上南房尼曰是我將來弟子曰何故將來以事具答時彼弟子與南房尼先有嫌隙怒而告曰汝以賊心偷此衣來置已房內汝得波羅市迦時南房尼即作是念豈非我實犯波羅市迦耶具以此緣告諸苾芻尼尼白苾芻衆苾芻白佛佛問南房尼曰汝取衣時可不告彼白佛言我雖言告彼不領解佛言方言有異不相領解者無犯然此過失皆由拾得他物久不還主而自貯畜由此緣故若苾芻苾芻尼拾得遺落衣物不應久持若久持者得越法罪時有苾芻見他遺物知是某甲苾芻許便詣彼房扣門而喚彼便出定告曰是誰答曰具壽我於其處拾得汝衣汝可領取時彼告言具壽寧我此衣被賊將去豈緣此故令汝扣門驚我勝定時彼苾芻便生追悔作如是念豈非我令驚彼靜慮而獲罪耶以此因緣告諸苾芻諸苾芻白佛佛言彼苾芻無犯然諸苾芻不爲小緣起他勝定若得遺物將詣主邊以繩懸置令後取得勿驚寂定若異此者得越法罪時有苾芻見他遺物識知是某甲苾芻許便持此物詣彼苾芻告言具壽此是汝物我拾得來汝當領取時彼物主與此苾芻先有嫌隙告言非汝拾得故作賊心偷盜我物汝可依法而説其罪時彼苾芻心生追悔非我緣此而獲罪耶以此因

緣告諸苾芻諸苾芻白佛佛言此苾芻無犯然諸苾芻得他遺物應可持付知僧事人其知事人得此物已於數日中應可再三以物白衆本主索者可即將還若無認者入四方僧隨衆受用若異此者得越法罪

攝頌曰

世羅尼弟子　試他從乞油　目連作神通

妝還長者子　畢隣陀婆蹉　取兒并護物

廣叙其盜事　隨説可應知

佛在室羅伐城逝多林給孤獨園時有阿羅漢苾芻尼名曰世羅斷諸煩惱時有賣香童子見世羅尼深生敬重往就其所殷勤致禮白言聖者所須之物於我家中皆隨意取所有言教我皆頂受時苾芻尼告曰賢首善哉願汝無病後於異時世羅苾芻尼身嬰重病不能乞食有餘苾芻尼巡行乞食時賣香童子見而致禮問言聖者世羅苾芻尼何因不見報言賢首彼身染患童子告曰聖者我先白言若有所須隨意取用曾不見來從我求覓彼有所須願尊爲取彼便報曰如是賢首願汝無病作是語已捨之而去如是乃至三返殷勤請與時有年少苾芻尼便生是念我屢聞此童子所言我宜試之爲虚爲實便持小鉢授與童子告言賢首聖者世羅今須少油時彼童子有新壓油盛滿小鉢授與彼尼告言聖者更有所須隨意來取時苾芻尼受已而去即以此油塗世羅身徧及手足油並罄盡世羅病愈便行乞食時彼童子見便禮足白言聖者久不相見尼便報曰我比嬰患白言聖者先已言請若有所須於我家中皆

隨意取曾不遣信從我求覓惟見一尼云聖者患從我取油我以新油盛滿小鉢持付彼尼世羅報曰善哉童子願汝無病言畢而去次第乞已還本住處告諸少尼曰是誰就彼賣香童子持油鉢來有尼報言聖者我行乞食見彼童子再三告我聖者世羅我已言請若有所須皆隨意取曾不見來從我求索若彼世羅有所須者願爲持去我便生念應可試之驗其虛實即持小鉢授與童子告曰聖者世羅今患須油時彼童子盛滿新油而授與我我得油已將至房中而爲聖者塗身手足尋皆用盡時世羅尼告少尼曰我曾令汝就彼童子取覓油不少尼答曰不曾使我時有餘苾芻尼與此少尼先有嫌隙聞此語已告世羅曰聖者今此少尼緣仁疾苦豈但一處擅取於油室羅伐城徧皆求乞他勝之罪其數難知時少尼聞此語已生追悔心豈我實犯他勝罪耶以此因緣白諸苾芻尼諸苾芻尼白苾芻衆諸苾芻白佛佛問彼少尼曰汝以何心從彼乞油白佛言我於童子而起試心佛告苾芻若作試心此苾芻尼無犯然諸苾芻苾芻尼不問病者不應爲乞若乞取時問病者曰爲向衆僧養病堂處而求藥耶爲詣信心及親族處若親族多者於誰處求隨所指示應爲求覓若苾芻苾芻尼不問病人而爲乞求者得越法罪

佛在室羅伐城逝多林給孤獨園是時具壽大目乾連於日初分執持衣鉢入室羅伐城次第乞食至給孤獨長者宅是時長者教其兒子讀誦外典聲明雜論時大目乾連見彼

長者教其兒息讀誦外典告曰長者此諸童子讀習何書長者白言阿離耶此是外典告言長者夫外典者如鐵石榴辛苦作得終不堪食習學外書亦復如是徒費功勞終無所獲不由此故而能出離入正定聚斷諸煩惱然佛所説初中後善若解了者能趣涅槃何意不教習讀佛法長者白言聖者無人能教尊者報曰我當教讀長者白言善哉聖者幸爲教示便告子曰汝今宜往逝多林中詣尊者處而學佛法童子唯然受教時彼長者於日日中與其童子瓔珞嚴身并諸侍從往給孤園中聖者目連處受學佛法然其國内於秋初時常有迦栗底迦賊當諸苾芻夏安居竟時諸秋賊共相議曰我與汝等欲作何業於此年中不假劬勞豐足衣食安樂受用我聞給孤獨長者於日日中常令兒子身具瓔珞往給孤園内詣聖者目連處受學佛法可於中路共劫取之聖者謂子在長者宅長者謂兒在聖者處各不相知未即求覓我等若能偷得是兒當盡形壽爲我僕使如不得者取其瓔珞嚴身之具我緣此故不假劬勞得受安樂共爲討已即於中路而待童子見具瓔珞欲往園中遂便共劫童子時彼從者見賊將去奔走歸舍告長者曰受業童子被秋賊劫將是時長者即便急往勝光王所白言大王我子被秋賊劫去今從大王欲乞此子時王聞已勅毗盧宅加曰汝宜急去掩捕秋賊覓長者子時毗盧宅加與給孤獨長者先有嫌隙雖奉王教未爲急行時有一天於聖者大目連處深生敬重白言聖者知不仁之

弟子被秋賊將去可爲急計時大目連便作是念此之童兒我若不救子與父母皆生離苦不敬信人聞而心悅其敬信者或生退轉往來之者被賊將去誰復更肯入逝多林我今宜可速現神力取彼童兒作是念巳聖者目連現大神通化作毗盧宅加軍衆於其四方擊大戰鼓時彼秋賊忽見軍圍悉皆驚怖作如是言仁等當知毗盧宅加與諸軍士四面圍合當棄小兒免被囚執即棄童子逃走而去是時聖者大目乾連遂攝神力於其路側宴坐樹下時彼童子隨路而來問言童子汝何處來白言聖者我被秋賊將去誰奪汝來是毗盧宅加報言童子可急歸舍汝之父母極生憂惱明日可來依舊受業是時童子受教而歸時毗盧宅加嚴整四軍象馬車步出室羅伐城見彼童子問曰汝何處來答言我向逝多林於其中路遭秋賊劫去誰取汝來報言是毗盧宅加將軍毗盧宅加便作是念我始欲去云何而言是我取來豈非別有大德聖者具諸威力取是兒來問童子曰爾於彼處見有何人童子答言我於路側見聖者大目乾連毗盧宅加念曰是彼大德神力取來餘無能者如是知巳心生歡喜高聲唱言我等今者快得善利於我國中得有如是大智聖者具諸威力於現法中及未來世諸漏永盡作斯讚歎還室羅伐城時六衆苾芻因事出城於路逢見而問之曰仁讚歎誰答曰歎仁聖衆我等何事令仁讚歎答曰給孤獨長者子被秋賊將去聖者大目乾連以神通力奪其子來六衆報曰汝愚癡人我輩雖

有如是神力人不敬信然有於彼拔髮癡人露形外道心生敬愛若彼露形見此事者爲彼秋賊指其出路毗盧宅加聞已默然是時六衆苾芻難陀鄔波難陀共相謂曰我等且已善答其事然少欲者今現犯罪我等往彼令其悔過便還住處飯食已訖詣聖者目連所先致敬已白言上座願見容許欲有詰問報言隨意白言上座給孤獨長者子被秋賊將去仁奪將來其事虚實報言是我將來白言我先具知上座已住靜慮受解脱樂我實不知雖有慈悲而不能普於弟子處慇念將來於彼秋賊令生恐怖又他所攝物強奪令歸仁今犯罪可如法悔答言具壽我不見罪是時六衆互相議曰仁等當知如世尊説不見罪者當與此人作捨置羯磨便往至彼知事人所報言具壽應鳴揵椎今欲作捨置羯磨授事問曰所作爲誰報言有少欲者實自犯罪而不悔過我今爲彼作捨置事爾時身子爲衆之首告授事人曰無令有人於最勝法中欲作衰損又問言具壽與誰作徧住法或覆本徧住意喜出罪答言更無別事但爲聖者大目連犯罪不見欲作捨置羯磨身子報曰具壽勿以小縁見惱耆德然薄伽梵是一切智見於無上智境得大自在能斷他疑汝可諮問如佛所教我當奉持時諸苾芻以事白佛佛知時而問廣如上説爾時佛告大目連曰汝以何心現神通力取彼童子是時目連以事白佛佛告諸苾芻目連苾芻作如是心現神力者無犯

佛在王舍城竹林園中時具壽畢隣陀婆蹉

外甥於其舍中習讀外典時畢隣陀婆蹉於日初分執持衣鉢入王舍城次第乞食至妹夫舍見兒學業問妹夫曰此兒讀者是何書論答言外典尊者令棄外學勸習佛經便爲妹夫親教兒子廣說如上乃至具諸瓔珞往竹林中被秋賊劫將安置船中沿流欲去時從彼者見賊將去奔走歸舍白大家曰受業童子被秋賊劫去時彼妹夫即便急往影勝王所白言大王我子被秋賊劫去今從大王乞子時王勑彼未生怨曰汝宜急去掩捕秋賊覓婆羅門子時未生怨與婆羅門先有嫌隙雖奉王教未爲急去時有天女於聖者畢隣陀婆蹉處深生敬重白言聖者知不仁之外甥被秋賊將去畢隣陀婆蹉便作是念此之外甥我不救者子與父母各生離苦不敬信人聞而心悅其敬信者或生追悔往來之者被賊將去誰復更肯入竹林中我今宜可現神通力作是念已聖者以神通力到彼船邊令彼賊船不能得去時彼秋賊作如是念何意我船不復前進而於岸邊見聖者畢隣陀婆蹉佇立而望時賊告曰聖者何因惱我報曰汝以惡法而惱於我非我惱汝若我不證如是聖法婆羅門子永被將去賊言聖者我放此兒任意收取即令上岸是時聖者遂攝神力告外甥曰汝可速歸見汝父母明當受業童子於路逢未生怨嚴整四軍出王舍城路見童子問曰汝何處來答言我向竹林於其中路被賊劫去誰取汝來答言是我舅畢隣陀婆蹉時未生怨心生歡喜高聲唱言我等今者快得善利於我國中得有如是大

智聖者具諸威力於現法中及未來世諸漏永盡作是讚歎還王舍城時六衆苾芻因事出城於路逢見而問之曰仁讚歎誰答曰歎仁聖衆我等何事仁今讚歎答言婆羅門子往竹林中被賊將去聖者畢隣陀婆蹉以神通力奪得其子六衆報曰汝愚癡人我輩雖有如是神力人不敬信然有拔髮癡人露形外道反更於彼心生敬信若彼露形見此事者爲彼秋賊指其出路時未生怨黙然無對時六衆苾芻難陀鄔波難陀自相謂言我等且已善答其事然少欲者今現犯罪我等往彼令其悔過便還住處飯食已訖隨次致敬已詣聖者畢隣陀婆蹉所白言上座願見容許欲有詰問報言隨意婆羅門子被秋賊將去仁奪將來其事虛實報言是實我取將來

白言我先具知上座已住靜慮解脱勝樂我實不知有慈不徧於親族處愍念將來於彼秋賊心生不忍又他所攝物強奪將來仁既犯罪可如法悔答言具壽我不見罪是時六衆互相議曰仁等當知如世尊說不見罪者當與此人作捨置羯磨授事者誰可鳴揵椎應爲此人作捨置羯磨便往至彼授事人所報言具壽應鳴揵椎授事問曰所爲何事報言爲少欲者實有犯罪而不悔過我欲爲彼作捨置事爾時身子爲衆上座觀察其事可不之宜告授事人曰具壽與誰作徧住法或覆本徧住法意喜出罪答言更無別事但爲聖者畢隣陀婆蹉犯罪不見與作捨置羯磨身子報曰具壽勿以小緣惱亂耆德然薄伽梵是一切智見於無上智境得大自在能斷

他疑汝可諮問如佛所教我當奉行時諸苾芻以事白佛佛知時而問廣如上説爾時佛告畢隣陀婆蹉曰汝以何心現神通力取婆羅門子時畢隣陀婆蹉具以其事白佛佛告諸苾芻畢隣陀婆蹉若作此心現神力者無犯佛在王舍城羯蘭鐸迦池竹林園中時頻毗娑羅王常法每日恒往禮世尊足并諸大德上座苾芻曾於一時禮佛足已在一面坐聽佛説法時佛爲彼頻毗娑羅説衆法要示教利喜王聞法已禮佛而去便往詣彼具壽畢隣陀婆蹉住處時畢隣陀婆蹉於所住房有破壞處躬自修葺遥見王來便灑手足至常坐處整容而坐王前禮足在一面坐白言聖者何自執勞答言大王夫出家者皆自執務我既出家欲令誰作王言若如是者我爲聖者供給事人白言大王願王無病長壽如是乃至五返皆如上白我爲聖者供給事人時具壽畢隣陀婆蹉有一弟子爲性質直便白王曰自從大王許親教師供給事者若我本師依大王言捨不修理所有房舍皆已破壞王便報曰聖者豈我已曾許給事人耶白言大王非惟一度如是至五王國事繁忘不能記王之常法但有出言臣必書記問記事人曰我實曾許給事人耶答言實爾已經五返若如是者當合罰我我今應與五百淨人以充給事便告大臣曰宜給聖者五百使人時畢隣陀婆蹉而白王曰大王我緣出家總捨給事令得使者欲何所爲白言聖者爲僧衆事當可受之若如王言我當白佛王言聖者可往白佛時畢隣陀婆蹉以事白佛佛言

若爲僧衆當可受之時畢隣陀婆蹉奉教而受時給侍人雖施入僧未蠲王役是諸人等白聖者曰我等初聞作僧給侍心實歡喜豈謂一身備遭兩役報言賢首汝等勿慮我當爲汝白大王知後於異時影勝王詣聖者所頂禮足已在一面坐是時尊者白言大王前所施僧給侍人等豈復大王生追悔耶王言聖者我實曾無追悔之念又白王曰何意諸人未免王役王於爾時勑大臣曰我施聖者給侍之人既捨入僧可免王役大臣奉教即皆放免彼於異時國家興造須人作使大臣追喚莫有來者不施僧人亦皆妄説是給侍人是時大臣以事白王縁有役使追喚不來皆云我是僧家給使王曰若如是者可悉如舊令充王役從此已後先所施者並充王使其所施人詣尊者所白言我等還充國役可爲我等重白大王聖者爲白所給侍人令免追悔王曰何意白言給侍人還充王役王言聖者但有官役咸言我是僧給侍人令事有闕唯願聖者可爲別作淨人之坊簡異其人無令雜亂聖者報王我當白佛王言可爾時畢隣陀婆蹉以事白佛佛言我今聽許造淨人坊時諸苾芻不知何處應造佛言王城精舍於此中間聞喚聲處當可造立時諸苾芻受佛教已往白大臣令於此處奉世尊教造淨人坊是時大臣便白王知王言隨佛所教大臣徧告諸淨人曰僧今爲汝別造住處汝等今可總就彼作淨人聞已即往其處共造住坊安置已訖是時淨人常住竹林充僧給使時苾芻衆告諸人曰清淨之業應可作之

不清淨事皆不應作由作淨業故曰淨人若防護住處名守僧園人彼清淨人及守僧園人每日皆往竹林中諠亂苾芻妨修行業諸苾芻白佛佛告諸苾芻勿令恒集有事應喚若無使役令住本坊時諸苾芻又白佛言彼諸淨人所須衣食如何給濟佛言爲僧使者可給衣食不驅使者勿與衣食有老病者可給衣食并諸藥餌後於異時鄔波難陀次知僧事告諸淨人曰賢者我是知僧事人汝等明旦早來入寺爾時王舍城内於諸苾芻夏安居竟常有迦栗底迦賊此諸秋賊共相議曰我與汝等欲作何業不假劬勞於此年中豐足衣食受用安樂彼秋賊中有一作人曾被苾芻驅使諳知僧事告諸賊曰竹林園處有淨人坊多有財物共往劫取於此年中我

等豐樂一賊告曰彼諸苾芻是淨人主巡門乞匃尚不充軀況此淨人得有財物其賊報曰汝等不知諸苾芻等雖常乞食惠施者多復自經求計其財物王舍城人亦不能及況諸淨人豈無衣物是時群賊僉議已定即於其夜詣淨人坊欲劫其物時有天人於聖者畢隣陀婆蹉處深生敬信往白聖者曰有諸秋賊劫彼淨人聖者慈悲願爲救護時畢隣陀婆蹉便作是念我不救者令彼淨人心生愁苦廣說如上我今宜可現神通力作是念已於淨人坊化作鐵牆周帀圍繞是時賊徒持所盜物欲出其坊但見鐵牆堅無出路心生惶怖棄所盜物於須臾頃不見鐵牆是時賊徒還持盜物所化鐵牆忽然復現如是至七賊相謂曰汝等知不必有聖者具大威德

護斯物故現此神通我應棄物急共逃竄時賊以物聚之一處悉皆奔走淨人覺已競共諠聲唱言被賊彼既失財共生憂惱徧繞住坊求覓其物遂見衣物聚在一處便生歡喜即持其物各還舍中守護而卧是時彼天於其夢中告諸人曰汝等不被秋賊之所劫盜皆是聖者畢隣陀婆蹉神力所致既至天明共相謂曰我等免失財物皆是聖者恩力更無餘人能起慈念我等宜應略伸供養咸共灑沐著鮮白衣塗飾香鬘持供養物詣竹林中時鄔波難陀晨朝起已執持鏁鑰欲開寺門屏除燈燭塗掃堂宇敷設座席於窣堵波香華供養陛上閣鳴揵椎四顧而望遥見諸人著鮮白衣香鬘莊飾鄔波難陀便生是念彼諸來者是何居士商主富人晨朝至此既近門已知是淨人鄔波難陀便生瞋怒遥告之曰我未令汝晨旦早來何因至此淨人白曰聖者我等昨夜若無聖者畢隣陀婆蹉慈悲護念我等財物被賊偷盡鄔波難陀告淨人曰汝恃彼力競騁諠譁我爲彼人作治罰法作是語已便呼六衆共詣聖者畢隣陀婆蹉所白言上座願見容許欲有詰問答言隨意白言於淨人坊所有財物被賊偷去神力奪留是事虚實答言實爾白言我先知上座已住静慮解脱勝樂然我不知雖有慈悲不能普及於淨人所慜而護念於秋賊處圍以鐵牆又他已攝物强奪而留仁既犯罪可如法悔廣説如上乃至鳴椎欲爲捨置上座舍利子令其審察諸苾芻白佛佛告畢隣陀婆蹉曰汝以何心現神通力留淨人物畢隣陀

婆蹉具以事白佛佛告諸苾芻畢隣陀婆蹉若作此心現神力者無犯又無犯者最初未制戒癡狂心亂痛惱所纏

根本說一切有部毗柰耶卷第五

音釋

絡盧各切聯絡也　絛土刀切編絲也　鞾履鞾許戈切履力紙切　抆武粉切拭也　隙綺戟切釁也　掩捕掩衣儉切乘其不備而覆也捕薄故切擒也　揵椎梵語也此云鐘亦云磬隨有瓦木銅鐵鳴者皆曰揵椎揵巨寒切椎音搥　蹉七何切　沿與專切從流而下也　餌而志切　僉七廉切皆也　諠譁諠許元切譁呼瓜切諠譁驚呼也

根本說一切有部毗柰耶卷第六

唐三藏法師義淨奉制譯

斷人命學處第三之一

總攝頌曰

初緣䭾索迦　內身等行殺　毒害起屍鬼
後論浴室事

別攝頌曰

䭾索迦波洛　善語及吉祥　鉢衣并墮胎
長者鹿梵志

爾時薄伽梵在室羅伐城逝多林給孤獨園時此城中有二苾芻一名䭾索迦二名波洛迦得意相親共爲交友彼於異時波洛迦染患䭾索迦爲看病人時波洛迦忽於夜中大聲啼泣䭾索迦問曰具壽何意啼泣報言我患飢渴所逼䭾索迦報曰具壽於出家法當可抑之假令有食無授與人況復今時無食可得彼便啼泣迄至天明云我飢渴䭾索迦曰具壽且嚼齒木我問醫人至醫人處報云賢首今有少年忽嬰時患彼所宜者當爲處方醫人報曰聖者彼之苾芻應與如是如是藥時波洛迦於䭾索迦去後便從牀起整衣服著革屣取君持執齒木出門外澡漱已有餘苾芻問曰具壽波洛迦何意通宵困苦啼泣報言我極飢渴問言我有水粥何不噉之答言極善我今須噉既噉足已復有苾芻問言具壽我今有乳酪粥餅及肉羹何不食之報言欲得即便就房貪餐食之遂便太飽側脇而卧時䭾索迦問醫人已疾疾而還醫所說藥兼亦持至告言具壽波洛迦宜可起嚼齒木報言已了䭾索迦言善好即爲作壇指

拭銅器喚起可食護彼意故即便起坐時馱索迦令人持食而授與之取兩三匙食而便卧馱索迦曰具壽何意不食報言我情不欲告言汝於通夜極相惱亂啼哭稱飢令我與食而云不欲汝於今者定死不疑時餘苾芻報言具壽馱索迦無勞見逼已於我處噉水乳酪粥薄餅及肉並皆飽足馱索迦問波洛迦曰具壽汝實飡噉美飲食耶即便徐徐緩聲愧而言曰我已噉訖時馱索迦便告之曰我爲汝故衣鉢盤盡廢修善業而爲給侍汝自於身不善將慎寧噉毒藥不應如是飡所忌食時波洛迦聞此語已深懷愧耻便作是念同梵行者善哉此言責及於我乃至寧噉毒藥不飡忌物我今實可服於毒藥即從座起於雜藥囊中檢得毒藥遂便噉之藥發瞑眩幾將欲死兩眼翻戴口中嘔沫啼泣唱言馱索迦我死我死時馱索迦聞已驚怖而至問言具壽波洛迦何不忍疾而啼泣耶波洛迦曰聞汝爲我求藥辛苦不自將慎寧服毒藥不應如是噉所忌食我便生念同梵行者爲我劬勞不能自慎我今當可服其毒藥遂於囊中檢見毒藥即便噉之時馱索迦聞是語已悲淚盈目而告之曰具壽汝今何故作不善事即便疾走往問醫人其藥毒烈勢不可持遂便命過時馱索迦醫處得藥馳走而還見波洛迦命已終沒便生追悔作如是念豈非我今是勸死耶以此因縁告諸苾芻諸苾芻白佛佛告諸苾芻彼馱索迦無殺心故無犯然諸苾芻不應於病人前作如是言説令彼病者聞已求死若作是語者得越法罪

此是緣起然而世尊尚未爲諸聲聞弟子於毗柰耶制其學處

佛在室羅伐城給孤獨園時此城中有二苾芻一名善語一名吉祥情義相得共爲親友善語苾芻捨畋獵出家吉祥苾芻捨長者出家有二童子是善語外甥父母俱亡流離巡歷至逝多林門外而住是時善語出門遇見審觀顏貌知是宿親即便告曰汝之父母今在何處童子答曰並已身亡善語聞已不覺流淚時諸苾芻見而問曰此二童子是何人耶答曰是我外甥苾芻告曰既是舅親何不收養答曰我行乞食尚不自供況復於他而能存養苾芻告曰令此二子供給苾芻樹葉華果及以齒木苾芻當與鉢中餘食令得充濟時善語聞已即便收養是二童子禀性恭勤善爲給侍爲諸苾芻取樹葉華果及供齒木時諸苾芻惠以餘食幷給衣資既經多時年漸長大容貌充滿曾於一時在寺門前遊戲而住有餘親屬手執弓箭於逝多林前逐鹿而過問童子曰汝等何緣得住於此童子報曰我舅於此釋子中出家我依而住獵人告曰汝舅爲人不自存活於釋子中而求出家汝等豈復不存活耶應可立志習其父業童子即便報親屬曰舅於我等實有深恩今可諮彼諮決其事便往舅所白言聖者我今奉辭欲習父業舅即報曰我以信施養汝二人云何於今還修惡行二子白曰設令頂繫金鬘我尚須棄孰能捨置祖父業乎遂不用舅言俱捨而去作畋獵事以自活命後時吉祥身嬰重患善語爲看病人于時吉祥爲病

苦所逼便自生念我今持戒不造衆惡天堂解脫如隔輕幔今宜捨棄苦所依身當生勝處復作是念我今苦逼誰當行殺斷我命耶遂憶善語有二外甥禀性麤暴彼能殺我何假餘人作是念已告善語曰具壽仁之外甥今在何處報曰彼二名字我不喜聞皆以信施而爲存養彼於今時俱行惡業同其祖父爲捕獵事斷諸生命以自存活吉祥曰勿於彼二生嫌恨心然彼二子在逝多林乃至蜫蟲未曾見害惡人勸誘令爲殺業仁今特宜於彼惡黨勸令捨離仁行出外我病獨居更無餘人能相供侍仁若見者可喚將來令看侍我是時善語出行乞食便見二子販肉屠肆外甥見舅俱來禮足善語于時恨而告曰我與汝等是何親屬答言是舅彼具壽吉祥復是何親答曰彼亦是舅便告之曰自汝去後彼嬰疾患曾不重來暫與相見答言我實不知今即往看欲何所作報言彼有教者汝當爲作語已而去時彼二子便詣吉祥禮雙足已在一面坐吉祥見已告二子曰聖者善語與汝何親答言是舅我今與汝復是何親答亦是舅吉祥告言我比嬰患汝曾不來暫看於我答言阿舅我實不知纔始聞說我等即至吉祥告曰汝等願我生天堂不答言願生告言若如是者我向他方豐樂之所天堂解脫如隔輕幔我願捨棄苦所依身當生樂處汝今宜可斷我命根彼便答言何有是事假使餘人來害舅者我當殺彼寧容我等共斷舅命告曰善語豈不已告汝等彼有教者汝當爲作報曰聞說若聞說者宜相用語與

我斷此煩惱命根彼時二子共相議曰豈非我舅先有籌量故喚我來作如是事時二子中一極麤獷即持利刀割斷喉命便以白氎通覆死屍時善語還而告之曰汝等看守病人豈得令睡答言阿舅此舅令睡更無起期善語聞說驚怪異常便自思曰我今宜應更審尋問是時二子具述事緣是時善語心生惶怖便去白氎見其被殺心即追悔豈非我是求持刀者斷他命耶時彼善語親愛別離轉增悔恨具以此事告諸苾芻諸苾芻白佛佛告諸苾芻彼苾芻無殺心故無犯然諸苾芻不應令無智人爲看病者必有他緣須自出外於不善解看病之人當可教示勿令病者非理損害墮水火食諸毒藥持刀斧墮崖塹或墜高樹食所忌食皆應遮止無令因此而致傷害若苾芻令無智人瞻視病者又不善教棄而出去得越法罪此是緣起未制學處

佛在室羅伐城給孤獨園於此城中有一苾芻所用之鉢色壞有孔餘苾芻告言具壽汝所用鉢有孔色壞何不熏治報曰若熏治者多有所須瓦籠牛糞及油麻滓等苾芻告言具壽汝若無鉢豈得存耶報曰我無鉢者寧復得存然於其處有一苾芻身嬰重患不久命終彼有一鉢光淨圓好堪得受用彼若死者我當取之諸苾芻聞而告曰具壽汝爲鉢故生此極惡旃荼羅心彼聞慚恥復生追悔默爾而住將非我今有犯罪耶即以此緣告諸苾芻諸苾芻白佛佛告諸苾芻彼苾芻無願死心故無犯然諸苾芻不應爲鉢生此極惡旃荼羅心起此心者得越法罪然諸苾芻

護持其鉢當如眼睛應綴者綴應熏者熏若苾芻有鉢應合熏綴而不爲者得越法罪此是緣起未制學處

佛在室羅伐城給孤獨園於此城中有一苾芻僧伽胝衣破弊塵垢有餘苾芻告言具壽汝僧伽胝破弊塵垢何不浣染縫治報曰若修補者多有所須柴薪染汁針線盆等苾芻告曰汝若無衣得存濟耶答言我若無衣寧得存濟然於其處有一苾芻身嬰重病不久命終彼有僧伽胝衣新染赤色堪得受用我當取之諸苾芻聞而告曰具壽汝爲衣故生此極惡旃荼羅心彼聞慚耻便生追悔黙爾而住將非我今有犯罪耶即以此緣告諸苾芻諸苾芻白佛佛告諸苾芻彼苾芻無願死心故無犯然諸苾芻不應爲衣生此極惡旃荼羅心起此心者得越法罪然諸苾芻護惜衣服當如身皮應浣染縫治者當隨事作若不作者得越法罪此是緣起未制學處

佛在室羅伐城給孤獨園於此城中有一長者名曰勝軍大富多財受用豐足於同類族娶女爲妻未久之間婦便懷妊經於九月遂誕一男色相端嚴人所樂見經三七日歡會宗親其父以兒告諸親曰此兒今者欲作何名衆人議曰此是長者勝軍之子應與立字名曰大軍未經多時復生一子顏貌奇特倍勝於兄人相圓滿乃至廣說如前詳議大軍之弟名曰小軍後時勝軍其妻亡没禮送林野以火焚之日月既淹憂懷漸捨便自思惟我更娶妻恐惱二子大軍成立即爲娶妻長者不久便遭衰疾雖加藥物羸頓日增慰喻

二子而説頌曰

積聚皆銷散　崇高必墮落　合會終别離

有命咸歸死

説此語已即便命終備具凶儀焚之郊外大軍爲父廣修福業自念慈父在日供我衣資今既身亡宜自求覓無墜家業我今應可持諸財貨往詣他方求利取活作是念已告小軍曰弟今知不慈父在日衣食無乏棄背之後須自營求汝宜在家勤心檢校我欲求利暫往他方隨有所得以存生計弟答兄曰善哉是時大軍多齎貨物往詣他方凡所經求無不諧偶書報弟曰我甚安隱多獲利財汝宜歡慰善知家業因貪利故更詣遠方後於異時重以書報如有頌曰

由貪故求利　得利轉生貪　應作不應作

爲貪皆忘失

展轉求利遠趣邊方經歷多年音信無繼其大軍婦豐衣美食欲念便生即於小軍現婬染相小軍不許欲念更增告曰仁何不念小軍聞之掩耳告曰勿作此言長嫂如母女人情僞不學而知遂著弊衣歸父母舍現憂惱相卧麤惡牀母及家人俱告之曰有何憂苦而至此耶白言女人苦事可不共知我被欲心之所纏逼母以種種方便而誨喻之然於弊牀寢卧不起重白母曰我被欲心所逼母應爲我求别丈夫其母俛仰而告之曰汝之小郎容貌端正何不求之答言我已苦求彼不相許母便告曰汝豈不見諸餘婦人夫壻遠行專守貞操汝今何意獨懷憂苦報曰彼之夫主時有信來可有希望我夫信絶定是

身亡母雖勸誘仍卧不起復白母曰且置餘語宜可爲我求覓丈夫若違我情必私逃竄二家門族招大惡聲于時父母宗親共相議曰觀此女意鄙見不移宜應具諸飲食以命小軍小軍蒙召便來赴席食已告小軍曰今有私事故令相屈仁之長嫂爲欲所逼可留心眷納勿使私奔小軍聞已便自思惟此嫂幼年來入我舍無宜輙遣别適異人又恐二家惡聲彰露作是念已開意相從便共歸家以備妻室同居未久遂便有娠女伴見怪而問之曰汝腹是何從何而得報曰我從夫去決志孀居汝等何因妄相黚汙復有親密女人私相謂曰汝雖欲掩相貌已彰遂報有娠問言誰許答是小軍女伴告曰若是小郎此復何過腹既漸大兄有書來報小軍曰我此

興易遂至遠方所有經求悉皆遂意汝勿憂惱不久當還小軍聞已深生悔恨私自念曰我憶大兄如旱思雨久絶音信身復不來我本無心作斯惡行鄙事彰露方始言歸世有言曰怨家之重無越侵妻兄來若知必害於我今宜逃避竄跡遠方又更思量家鄉難捨今勝光王以釋迦子同王太子自在無礙我當就彼而爲出家兄縱迴還欲何所作即便詣彼逝多林中就一苾芻白言聖者我欲出家願垂矜許答曰財命非久能捨出家斯爲甚善遂與剃髮令服法衣并受圓具略教儀式告言賢首鹿不養鹿相濟極難室羅伐城其處寬廣汝宜乞食以自資身小軍白言鄔波馱耶我今奉教即於晨旦執持衣鉢入城乞食遂至本家其妻遥見椎胷告曰小軍何

意棄我出家報曰勿爲此語爾豈不知我憶大兄如旱思雨書信既絶身復不來我遂與汝作斯惡事兄來定知必害於我彼便報曰仁欲自免我復如何小軍曰我被他逼元無本心汝爲欲纏自當勉力言已捨去是時小軍有舊親識先解醫方詣其本家問小軍所在其妻報曰我被欺辱棄我出家問曰何在答曰在逝多林沙門住處如不信者可往尋求依言往求見苾芻衆形服相似不知誰是小軍詢問苾芻小軍何在時有苾芻指示其處亦既見已問小軍曰何不相語來此出家答曰不應責我輙爾出家具述兄書兼陳已過事不獲已而作沙門友人報曰我本解醫頗練方藥若懷胎者有藥能銷小軍聞之默然而住時彼知識即爲合藥令女送去與小軍婦屬曰此之散藥是小軍苾芻遣我送來暖水和服必得平善其女至彼具以事告婦聞取藥依教服之胎便墮落無妊娠相人共覺知諸女問曰胎今何在報曰我先已言夫壻行後孀居守志勿以惡事來相塵黕時親密女私告之曰汝先所云是小軍許何因今日云我先無答曰從彼而來還從彼去又問如何報曰小軍與我毒藥服已胎銷諸女相告各起譏嫌諸釋迦子能爲惡事非眞沙門與人毒藥令彼墮胎此之惡聲徧滿城邑皆云小軍苾芻作斯罪業諸苾芻聞便往白佛佛告小軍汝豈實作如是事耶白言不也世尊我但隨喜爾時世尊告諸苾芻由彼小軍無殺心故無犯然諸苾芻不應於如是事心生隨喜若隨喜者得越法罪不久之間大軍

得利歡喜而還去城不遠且暫停住凡世間人聞善助喜見惡相憂有人報彼婦人大軍來到財利豐盈應生歡喜婦人巧詐不學而知既聞此言心甚憂懼著麤弊服卧在惡牀時彼大軍既入城已於鄽肆處安置貨物即便還家見其所居無吉祥相問僕使曰家主在何答云在室中卧聞已往就告言賢首汝聞我來豈不欣慶答言今聞仁至實生歡喜但仁所留小軍令守護我彼便壞我問曰何爲答曰小軍非理強見凌逼大軍報云彼不欺汝是欺於我汝宜速起我能治之小軍今何所在答曰聞君將至私走出家問在何處在逝多林釋子之處報其妻曰彼處豈是施無畏城我當於彼以法治罰時有别人往告之曰小軍知不爾兄來至問曰兄有何言報言汝兄作如是語彼逝多林豈是施無畏城我當以苦法治罰時弟聞已生大憂怖作如是念我由懼彼而來出家豈於此處還遭彼害雖知苾芻同王太子無有障礙然我有過若來相見必害於我我今宜應逃避而去是時小軍作是念已便白師曰鄔波馱耶我由怖彼而求出家聞彼欲來苦害於我本師問曰彼是何人白言彼是我兄今從遠來擬相屠害作如是語豈逝多林是無畏城當以苦法而欲治我雖知國法同王太子安隱無礙然我有過必害於我今宜避去其師告曰汝欲何之小軍曰我今欲詣王舍城師曰彼處有我知識苾芻可齎我書投彼而住必以恩慈護念於汝白言甚善時彼親教即便作書與彼苾芻曰此之小軍是我弟子今欲往彼

遠相投寄仁可流恩願垂覆護令安樂住時彼小軍既得書已禮師而出左右顧瞻情懷怖懼漸次而進到王舍城訪彼苾芻見已禮足以親教書而授於彼時彼苾芻披讀書已告言善來具壽我如汝舊師汝如我弟子宜於我邊受學佛法汝有所須衣鉢絡囊水羅條帶我皆資給令無闕乏然世尊說苾芻有二種所應作事所謂禪思讀誦汝今樂何白言我樂靜慮答言甚善依法而教時彼便往至寒林中棄屍之處策勵勤修斷諸結惑證無生法得阿羅漢果離三界染觀金與土平等不殊刀割香塗了無二想如手撝空心無罣礙能以大智破無明㲉三明六通四無礙辯悉皆具足諸有愛著利養恭敬無不棄捨帝釋諸天所共讚歎後於異時大軍往詣逝多林中問諸苾芻曰聖者頗有此城長者之子名曰小軍於此出家不答言有與汝何親曰是弟今在何處彼已遠去詣王舍城時彼大軍禮足而去便作是念設令往彼彼亦非是施無畏城我當至彼以法治罰大軍即多齎路糧到王舍城往竹林中問諸苾芻曰聖者頗有室羅伐城長者之子名曰小軍先已出家來至此不報言彼與汝何親答言是弟又問今在何處在寒林中棄屍之處聞已即往而彼林內多有苾芻同修梵行大軍與弟離別既久有肤形容於衆人中卒未能識良久細察方始識知大軍思念彼若識我必起害心應且潛形別爲謀計便出林中四顧而望見有獵人執持弓箭欲求禽獸就而問曰仁今執持弓箭欲何所爲獵者報言我欲畋

遊問曰汝之所獲得利多少答曰或時得利或不得利問曰如若得利其數幾何答曰可得五六金錢即便報曰我今與汝五百金錢汝能爲我殺一怨家苾芻不時彼獵人由貪利故便取其物取已念曰此諸苾芻國王恩許事同太子自在無礙我於朝夕常此往來若殺苾芻我之妻孥必當獄死又念我於晝日曾入此林心生恐怖身毛皆竪此諸大德無問晝夜常在此林得安隱住豈非成辦殊勝行耶然而此人如白胡椒不知生處我既得物可反殺之即便彎弓形如乇字彀以毒箭洞貫心胷既遭苦毒便起惡心今此獵人反害我者必是小軍先爲謀計我今雖死於當生處誓害小軍發惡願已即便捨命遂於小軍門梱之下而作毒虵雖阿羅漢若不預觀不知其事是時小軍因開門扇碾殺其虵毒心不息後受虵身於門上梱同前碾殺於牀脚下復作毒虵如是四返於牀脚下皆被壓殺其虵每死轉更受生身漸微細毒心增甚後於異時在衣笐間受毒虵身是時小軍獨於靜室嘿然而坐是時毒虵由宿怨心擲墮身上以毒螫彼是時小軍遂便大叫告諸苾芻具壽有異毒虵猛熾可畏小如鐵箸長四寸許墮我身上以毒相螫汝等俱來共捉我身舁出房外勿令於此身肉潰裂如把壓砂開手便散是時具壽舍利子去此不遠於一樹下宴坐思惟聞彼叫聲即便往就問小軍曰我不見汝顏容有異何故汝今作如是說有異毒虵猛熾可畏小如鐵箸長四寸許墮我身上汝等俱來共捉我身舁出房外勿

令於此身肉潰裂如把壥砂開手便散是時小軍白舍利子言大德若於眼耳鼻舌身意有我我所於色聲香味觸法有我我所於地水火風空識有我我所於色受想行識有我我所者如是之人可使諸根容色變異大德我今不然於諸根境六界五蘊無我我所豈使我今容色變異大德舍利子我於長夜所有我我所我慢執著隨眠煩惱已知已斷求拔根栽如斷多羅樹頭不復增長於未來世不復更生豈使我今容色變異時具壽舍利子與衆多苾芻共舁小軍而出房外纔舁出已小軍之身百片潰爛如把砂壥開手便散是時尊者舍利子說伽陀曰

梵行已成立　聖道已善修　壽盡時歡喜
猶如捨衆病　梵行已成立　聖道已善修
壽盡時歡喜　猶如捨毒器　梵行已成立
聖道已善修　死時無恐懼　猶如出火宅
梵行已成立　聖道已善修　以智觀世間
猶如於草木　所作事已辦　不住於生死
於諸後有中　其身不相續

爾時小軍既涅槃已尊者舍利子共諸苾芻收其骨肉焚燒供養往世尊所禮佛足已在一面住白言世尊小軍苾芻毒蛇嗜身猛熾可畏如細鐵箸長四寸許螫以害毒其身潰裂如把壥砂開手便散今已涅槃世尊告曰舍利子若小軍苾芻當爾之時誦此伽他及禁呪者不爲蛇毒之所中害身不潰裂散若壥砂時舍利子請世尊曰何謂伽他及以禁呪唯願世尊爲我宣說我等聞已咸共受持爾時世尊爲諸苾芻說伽他及禁呪曰

我於持國主　及曷羅末泥　緝婆金跋羅
咸悉生慈念　喬答摩醜目　難陀小難陀
無足二足等　亦起於慈念　於一切諸龍
依水而居者　行住有情類　我悉起慈心
一切人天衆　神鬼及傍生　咸皆獲利安
無病常歡喜　所見皆賢善　不遇諸怨惡
我悉興慈念　毒害勿相侵　我於崖谷險
一切處遊行　齧毒及害毒　常勿相忓嬈
世尊大慈父　所有眞實言　我說佛語故
諸毒勿侵我　貪欲瞋恚癡　爲世間大毒
由佛眞實力　諸毒自銷亡　貪欲瞋恚癡
爲世間大毒　由法眞實力　諸毒自銷亡
貪欲瞋恚癡　爲世間大毒　由僧眞實力
諸毒自銷亡　滅除諸毒害　擁護而攝受
佛除一切毒　虵害汝銷亡

怛姪他唵　敦鼻麗　敦鼻麗　敦薜　鉢利　敦薜　捺帝蘇捺帝　雞捺帝　牟奈褭　蘇牟奈褭　彈帝尼　攞雞世　遮盧計薜　嗢毗盈具麗　莎訶

佛告舍利子若小軍苾芻當時若自若他說此伽陀及神呪者必免毒虵之所侵害不令其身潰爛分裂如把塵砂開手皆散時諸苾芻咸皆有疑白言世尊唯願斷我疑念今欲請問小軍苾芻曾作何業由彼業力而於今身生大富家多饒財寶復作何業由彼業力於世尊所而爲出家斷諸煩惱得阿羅漢果復作何業由彼業力雖得聖果被毒虵螫逼惱身心而入涅槃爾時世尊告諸苾芻曰此小軍苾芻曾所作業必須自受而彼小軍自所作業增長時熟緣變現前如影隨形必定

感報無餘代受汝諸苾芻若人所作善惡之業不於外界地水火風令其受報皆於自身蘊界處中而招異熟即說頌曰

假令經百劫　所作業不亡　因緣會遇時　果報還自受

汝諸苾芻於往昔時無佛出世有獨覺聖者出現世間哀愍貧窮自常受用弊惡衣食獨如麟角惟一福田時有一村獵師居住去村不遠有大林池於彼池邊多諸禽獸之所棲集時彼獵人多置機弶羉膠罥索於日日中多獲鳥獸是時獨覺遇至彼村在天祠中依止而住於日初分執持衣鉢入村乞食既得食已便作是念此之天祠人多誼雜於聚落外有寂靜林我當乞食在彼而住漸次求覓遂到池邊見有靜林堪得居住便以衣鉢置在一邊濾水觀蟲以洗手足取諸落葉布地而坐飯食已訖洗手及鉢安置鉢已即便洗足於一樹下跏趺而坐威儀寂定猶如龍王盤身而住即於是日聞人氣故禽獸不來時彼獵人晨朝早起詣彼池邊徧觀機弶一無所獲便作是念我於他日機弶不空何故今時一無所得即於池邊四望觀察遂覩人跡尋蹤而至便見獨覺威儀寂靜跏趺而坐見已生念我今觀此出家之人威儀寂靜似愛住處若我今者不斷其命能令於我衣食斷絕以毒害意不觀未來即便彎弓縠其毒箭中彼要處時彼聖者作如是念豈得令此無識獵師長於惡趣受大苦惱我應授手拔濟令出猶如鵝王飛騰空界身出水火現大神通諸異生類見神通者速即歸依如摧大樹

遥禮彼足而白之曰眞實福田唯願速下唯願速下我癡無識沉没欲泥願見慈悲哀憐濟拔是時獨覺爲愍彼故縱身而下獵師悲感跪拔毒箭以物繫之白聖者願至我家爲辦瘡藥若須金泥用塗瘡上亦爲求覓于時獨覺便作是念今我此身臭爛膿血所應得者今已得之我今當可入無餘依妙涅槃界還昇虚空現諸神變而入涅槃時彼獵師多財大富以諸香木焚聖者身復持牛乳而滅於火便將餘骨盛置金瓶四衢道邊起舍利羅塔并持種種繒蓋幢旛華香伎樂伸供養已至心禮塔而發願言我實愚迷不識善惡遂於如是眞實福田造極重罪願於後世勿招惡報所有供養善根於當來身常處富樂豐饒受用顔容端正見者歡喜具足如是殊勝福德當得承事最勝大師不生猒倦諸苾芻汝等當知彼獵師者即小軍是由於昔時以毒藥箭射彼獨覺要害之處此惡業力便於無間大地獄中滿足一劫受燒然苦有餘殘業於五百生中常被毒害雖復今身得阿羅漢果還遭毒害而入涅槃由彼發願生富樂家顔容端正乃至今時莫不備受廣説如上及至於我法中而爲出家斷諸結惑證阿羅漢果我於百千俱胝獨覺之中爲最勝師彼承事我不生猒倦是故苾芻汝等應知若純白業得純白異熟若純黑業得純黑異熟若黑白雜業得雜異熟汝諸苾芻當捨純黑業及以雜業於純白業當勤修學此是縁起仍未制學處

根本説一切有部毗柰耶卷第六

音釋

嚼在爵切齧也　屣所綺切屨屬　餮他結切貪食也　匙市之切匕也　罄苦定切空也　瞑眩瞑音面眩熒絹切瞑眩憒亂也　嘔沫嘔於口切吐也沫莫割切涎沫也　幔莫半切帷幔也　獷古猛切麤惡也　孀色莊切嫠女也　彀古候切張弓引滿也　碾尼展切轢也　螫施隻切蟲行毒也　箸直倨切與筯同　舁羊朱切對舉也　潰胡對切散也　黐膠黐丑知切膠古肴切

根本説一切有部毗柰耶卷第七

唐三藏法師義淨奉制譯

斷人命學處第三之二

爾時薄伽梵在室羅伐城逝多林給孤獨園時彼城中有一長者於同類族娶女爲妻歡娛未久便誕一息年漸長大母遂身亡其父於後更娶繼室于時長者告後妻曰汝頗能於不親生子而存養育同苦樂不答言我能未經多月婦遂有娠便生惡念我若生子當以彼兒用充僕使不應令彼起憍慢心便給麤衣惡食加以鞭杖苦楚子告父曰父令知不繼親於我以惡衣食而見濟給數加鞭杖苦楚非常父報子曰我當爲汝誡勑於母不使更然便告妻曰賢首我於先時已相告語能於不親生子而存養育同苦樂不汝答言能何故今時不順前語便於此子以惡衣食而見濟給數加鞭杖苦楚非常答言我爲教詔欲令勝進恐有世人怪笑於我實無異心夫曰汝不須教更不得以惡衣食加諸楚毒令生怨苦報云更不如是不久之間便誕一子遂於前子倍生惡意同前苦楚子便生念我父於母不能止遏還復踵前苦楚於我今可捨出家便至父所白言繼親於我不垂愍念父雖止遏尚不慈憐今欲出家願見聽許豈能於此受苦命終長者便念我此後婦爲性不仁雖頻勸誡仍不悛改從彼出家冀全其命便告子曰我今放汝隨意出家蒙父許已往逝多林投一苾芻而請出家時彼苾芻與出家已并授圓具告言具壽凡出家人有二種業所謂禪誦我此修定汝樂何業白言

鄔波馱耶我樂讀誦報曰善哉汝學三藏彼便生念三藏教法文義深廣我之本師心樂靜慮誰當於此教授我耶我今宜可別往他處白師曰欲往他方習學三藏報言甚善隨汝意去時彼弟子辭往他方徧學三藏博通文義爲大法師詞辯分明演說無礙便自思念如世尊說父母於子有大劬勞護持長養資以乳哺贍部洲中教示我者最爲第一假使其子左肩擔父右肩擔母經於百年不生疲倦或滿大地末尼眞珠瑠璃珂貝璧玉珊瑚金銀碼碯牟薩羅寶赤珠右旋如是諸珍咸持供養令受安樂雖作此事亦未能報父母之恩若父母無信心者令住正信若無戒者令持禁戒若性慳者令行惠施無智慧者令起智慧子能如是於父母處勸喻策勵令安住者方曰報恩然而我父於三寶中未生信敬我今宜往爲說法要便持衣鉢往室羅伐城漸次遊行旣至本國住逝多林名稱普聞衆人讚仰彼長者子旣出家已便遊他國博通三藏還逝多林時彼長者旣聞此說心生歡慰我子出家遠遊他國徧閑三藏今得旋歸住逝多林我今宜往共申慶喜即便往詣逝多林中遂見其子告曰善來苾芻自汝離我徧閑佛教今還故居我深喜悅作是語已在一面坐時彼苾芻爲說種種微妙句義其父聞法起深信心爲受三歸并五學處時彼長者即請苾芻明當就食彼默然受父禮而去中路生念我向倉卒不善思量請子歸家明當設食我婦爲人稟性踈慢忽於我子無敬重心今欲如何復更思念已爲言請不

可重收我今宜可善言誘喻勿令瞋忿至家告曰賢首有子逃亡身死出家此之三事爲一爲異報言三事無異告曰賢首汝之前子離家出俗爲善苾芻遊適他方妙閑三藏今者來至逝多林中其妻報曰若如是者何不請來就舍而食答言我已請訖宜應具辦美膳時彼婦人心生喜悅冷熱隨時悉皆具辦旦令使者往逝多林白言大德飲食已備宜可知時時彼苾芻於日初分執持衣鉢行詣父舍到已洗足於所設座就之而坐灑手滌鉢長者及妻自手授與上妙飲食食既飽滿澡漱已盛鉢器時彼父母禮足而坐聽説法要時彼繼母聞説法已深生敬信請受三歸并五學處爾時彼家既受化已諸苾芻苾芻尼皆來集會猶如渴者奔驟泉池但有捨施修營咸於二部僧處長者異時身嬰重病子聞父患便作是念我當爲父説法冀得痊除如是時時到其父所白言父於今時勿復憂慮所以者何父今因我爲善知識歸佛法僧受五學處布施持戒廣修諸福捨此苦身當生善道天堂解脱如隔輕幔答言實爾我因子故發信敬心捨此身已冀生勝處時子苾芻爲説法已捨之而去父作是念我子善閑三藏爲大法師智慧聰敏辯才無礙有所宣陳並皆眞實我今病重苦惱非常宜可方便自斷其命復更思念我今病重何有餘人能爲斷命其家有婢名波利迦麤壯愚鈍復生是念此波利迦必能殺我更無别人能作斯事去此不遠有居士子爲婚娶事時長者婦被召相看將波利迦隨後而去婚姻既了時

長者妻告波利迦曰汝宜還家警覺長者勿令晝睡待我辤別隨後即行其婢承命歸家至長者所長者告曰汝何處來波利迦具以事白問言婚姻好不答言善好告曰我今與汝作此婚姻汝意喜不答言甚喜復告曰隨我所言汝皆作者知汝心喜答言隨言皆作長者曰今有非人入我腹内汝爲我出問曰欲於何處令鬼出耶報曰先從脚按次腨及膝乃至胷頸宜可急扼雖動勿放時彼愚婢承言即作長者被扼旣急便生悔心若波利迦得重相放斯爲極善時波利迦憶先言教雖見動揺不肯相放因斯苦劇遂即命終時有天人見此事已於虛空中說伽他曰

若被愚人扼　　或時遭鼈齩　　波利迦急按
豈有得全生

旣命終已便以衾氈通身而覆長者婦歸問其婢曰令汝前來警覺長者何故不看令其晝睡時婦即以手揺病人欲令警覺其婢報曰不須警覺我爲大家於長者腹中按出惡鬼由斯暫得安隱眠睡時長者婦遂作是念我試觀察此之惡鬼其狀如何舉衾視之見已命終便作是念非是我夫自斷其命定是前妻之子解三藏者由彼爲其說如是法父勿憂慮所以者何父今因我爲善知識故歸佛法僧受五學處布施持戒廣修諸福捨此苦身當生善道天堂解脫如陽輕幔今旣身死必得生天苾芻若來我當共活所有家務令其檢校作是念已憂苦纏懷具飾凶儀送屍林野焚燒事畢憂恨而住時三藏子聞父身亡便作是念一切諸行皆悉無常我今宜

往爲彼繼親宣說法要旣至家已其母遥見即便罵言汝前婦兒令得來至由解三藏說生天法令父命終今可還家與我共活所有家務汝並知之時彼苾芻聞是語已心懷愧耻捨之而去便生悔恨作如是念豈非我今是勸死耶即以此事告諸苾芻諸苾芻白佛佛言諸苾芻彼苾芻無犯然諸苾芻不應對彼重病人前說如是法能令病者聞已樂死若苾芻說如是法令彼病人欲求死者得越法罪此是縁起未制學處

佛在廣嚴城勝慧河側娑羅雉林爲諸苾芻說不淨觀讃修不淨觀汝諸苾芻應修不淨觀由於此觀修習多修習故得大果利如世尊說教諸苾芻修不淨觀得大果利時諸苾芻便修不淨觀旣修習已於膿血身深生猒患或持刀自殺或服毒藥或以繩自縊或自墜高崖或展轉相害有一苾芻於膿血身深生猒離便往詣彼鹿林梵志沙門所作如是言汝來賢首與汝衣鉢當斷我命是時梵志即斷其命便持血刀往勝慧河側就水而洗時有天魔從水涌出告梵志曰善哉賢首汝今所作多獲福德汝於沙門具戒具德未度者令度未脫者令脫未安者令安未涅槃者令得涅槃更有餘利得彼衣鉢時彼梵志轉更增益罪惡之見便作是念我今實爾獲諸功德能於沙門具戒行者度脫安樂至涅槃處復有餘利獲彼衣鉢時彼梵志便挾利刀詣僧住處及餘房院經行之所而告之曰若有苾芻具足戒行當我度脫安樂令至涅槃時有一苾芻猒耻自身便出房外告梵志曰

賢首我未度脫安樂涅槃汝當令我得涅槃處時彼梵志即便就殺如是二三乃至六十苾芻悉皆斷命爾時苾芻衆漸減少佛於十五日褒灑陀時於如常座既安坐已觀苾芻衆告具壽阿難陀曰何故苾芻數漸減少存者無幾時阿難陀白世尊曰佛於一時爲諸苾芻讃修不淨觀若於此觀修習多修習者得大果利時諸苾芻便修不淨觀已於膿血身深生猒患或有自殺或求他斷命魔來勸喻乃至殺盡六十苾芻由此縁故僧衆減少佛告諸苾芻展轉教殺是事實不白佛言世尊實爾爾時世尊告諸苾芻汝所爲非非沙門非隨順行是不清淨非出家者所應爲事作種種訶責已告諸苾芻曰我觀十利從攝取於僧乃至正法久住利益人天我今爲諸聲聞弟子於毗柰耶制其學處應如是說若復苾芻若人若人胎故自手斷其命或持刀授與或自持刀或求持刀者若勸死讃死語言咄男子何用此罪累不淨惡活爲汝今寧死勝生隨自心念以餘言說勸讃令死彼因死者此苾芻亦得波羅市迦不應共住苾芻義如上言人者謂於母腹已具六根所謂眼耳鼻舌身意人胎者謂初入母腹但有三根謂身命意故者謂是故心非錯悞等自手者謂自手行殺斷命者令彼命根不得相續或持刀授與者若知彼人欲得自殺便以大刀剃刀刺刀等而安其處欲令自害或自持刀者謂自力劣不能行殺但自執刀令他捉手而斷人命或求持刀者謂覓男女半擇迦等令其行殺言勸死者於三種人勸之令死謂

破戒人持戒人及以病人云何勸破戒如有苾芻於破戒苾芻有所求覓若衣鉢絡囊水羅絛帶及餘沙門命緣資具時彼苾芻作如是念若彼破戒命存在者彼衣鉢等無由能得我應詣彼勸之令死即便往彼作如是言具壽知不汝今破戒作諸罪業身語意三常造衆惡具壽乃至汝命得長存者所作惡業轉更增多由惡增故於彼長時受地獄苦若破戒者聞此語已作如是問具壽我今欲何所作彼便報曰應可捨身自斷其命若彼苾芻或可捨身或時自殺彼苾芻得波羅市迦若破戒苾芻不受勸者彼苾芻得窣吐羅底也時勸死者雖説如前勸死語已心生追悔便往詣彼破戒苾芻所作如是言具壽當知我前所説猶如愚小不善分别不審思量倉卒而説具壽若能親近善友説除先罪汝之所作三業不善由彼力故而得清淨由清淨故捨此身已當生天上若破戒者或問彼曰具壽我今欲何所作答言汝勿捨身汝勿自殺若不自殺者彼苾芻得窣吐羅底也若破戒人雖聞前語不用其言而便自殺其勸死者亦得窣吐羅底也是謂苾芻勸破戒人死云何勸持戒人死如有苾芻於持戒苾芻有所求覓若衣鉢等廣説乃至即便往彼作如是言具壽知不汝既持戒修諸善法又能展手施恒常施愛樂施廣大施分布施具壽汝有此福必生天上若持戒人聞此語已作如是問具壽我今欲何所作彼便報曰應可捨身自斷其命若彼苾芻聞是語已便自斷命彼苾芻得波羅市迦若持戒苾芻不受勸者

彼苾芻得窣吐羅底也時勸死者雖説如是勸死語已心生追悔便往詣彼持戒苾芻所作如是言具壽當知我前所説猶如愚小不善分別不審思量倉卒而説具壽既能持戒修諸善法乃至必生天上若持戒者或問彼曰我今欲何所作報言具壽汝勿捨身汝勿自殺若不自殺者彼苾芻得窣吐羅底也若雖聞前語不用其言而便自殺彼苾芻亦得窣吐羅底也是謂苾芻勸持戒人死云何勸病人死如有苾芻於病苾芻有所希求若衣鉢等命緣資具時彼苾芻作如是念彼重病人命存在者彼衣鉢等無由能得我應往彼勸之令死即便往彼作如是言具壽知不汝既重病極受苦惱汝若久存病轉增劇常受辛苦若病苾芻聞此語已作如是問我今欲何所作彼便報曰應可捨身自斷其命若病苾芻聞是語已恐更辛苦便自斷命彼苾芻得波羅市迦若病苾芻不受勸者彼苾芻得窣吐羅底也時彼苾芻雖説如前勸死方便已心生追悔便往詣彼病者苾芻所作如是言具壽當知我前所説猶如愚小不善分別不審思量倉卒而説具壽汝今宜可覓善知識能爲汝求應病之藥供給飲食如法相看隨順不逆若能爾者不久便當病愈安樂氣力平復隨意遊行若病苾芻或問彼曰具壽汝今令我欲何所作報言汝勿捨身汝勿自殺若不自殺者彼苾芻得窣吐羅底也若病苾芻雖聞前語不用其言而便自殺彼苾芻亦得窣吐羅底是謂苾芻勸病者死言讃死者若有苾芻於樂死人前作讃死語咄男子

者是呼召言汝今何用如是罪累乃至死勝於生者皆是出輕毀言隨自心念者謂隨自心而生異念以餘言説者謂以衆多方便勸彼令死讃者於病人前説讃美言欲令必死心無所顧若彼由此方便而命終者謂彼苾芻由此所説方便而致命終不由餘事謂非此餘善心等事苾芻者謂有苾芻性苾芻性者謂受圓具廣如上説波羅市迦義亦如上此中犯相其事云何攝頌曰

有時以內身　或用於外物　或內外二合是名爲殺相

云何內身殺謂若苾芻有殺心若以一指打彼女男半擇迦等由此方便而命終者此苾芻得波羅市迦或當時不死由此爲緣後乃死者此苾芻亦得波羅市迦若當時不死後亦不死者得窣吐羅底也如以一指若以五指拳腕頭肩及餘身分乃至足指而行於彼欲令斷命若彼死者此苾芻得波羅市迦若當時不死後由此死者苾芻亦得波羅市迦若不死者得窣吐羅底也是名內身行殺云何外物殺若苾芻有殺心以竹鐵等箭射彼女男半擇迦等由此方便而命終者此苾芻得波羅市迦不即命終後方死者亦得波羅市迦若當時不死後亦不死者得窣吐羅底也若矛矟輪con及餘兵刃乃至棗核遥擲彼人作殺害心欲令其死由此方便而命終者此苾芻得波羅市迦不即命終後方死者亦得波羅市迦若當時不死後亦不死者得窣吐羅底也是名外物殺云何內外合殺若苾芻有殺心手執大刀殺彼女男半擇迦等由

此方便而命終者此苾芻得波羅市迦不即命終後方死者亦得波羅市迦若當時不死後亦不死者得窣吐羅底也如大刀既爾諸餘兩刃半刃矟杖之類乃至草莛打斫於彼作殺害心欲令其死由此方便而命終者得波羅市迦或得窣吐羅底也廣如上説是名內外合殺

攝頌曰

若以毒藥末　及在二依處　或時以諸酒

機關等害人

云何以毒藥若苾芻有殺心若以毒藥若毒和食謂餅飯等殺女男半擇迦由此方便而命終者得波羅市迦或得窣吐羅底也廣説如上是名毒藥殺云何毒末殺若苾芻有殺心以諸毒末或用摩身或將洗浴或和塗香或塗香鬘或雜香煙殺彼女男半擇迦等由此方便而命終者此苾芻得波羅市迦或得窣吐羅底也廣説如上是名毒末殺云何依處殺此有二種一因地稽留二因木稽留何謂因地稽留若苾芻有殺心掘地作穽於內置機羂絆其脚欲殺男女半擇迦因此而死或放師子虎豹鵰鷲鳥等而噉食之或以風吹日曝形質銷盡或令飢渴羸瘦由此方便而命終者此苾芻得波羅市迦若不死者得窣吐羅底也餘如上説如脚既爾若脛若髀若腰若胷乃至於頸而為羂絆或時欲令師子等食乃至飢渴羸瘦由此方便而命終者得波羅市迦或窣吐羅底也廣如上説是名因地稽留殺云何因木稽留殺若苾芻故心欲殺女男半擇迦等或於大木若柱若橛以

濕繩索而繫其足因此而死或時欲令師子等食乃至飢渴銷瘦由此方便而命終者得波羅市迦或窣吐羅底也廣如上説是名因木稽留殺云何酒醉殺若苾芻故心欲殺女男半擇迦等與米酒令飲因此致死或令師子等食乃至飢渴羸瘦由此方便而致命終得波羅市迦或窣吐羅底也廣如上説如米酒既爾乃至根莖華葉果酒或呪其酒或以藥酒飲令心亂癡無所識由此方便而致命終或由醉故欲令王賊怨家而斷其命得波羅市迦或窣吐羅底也廣如上説是名以酒殺云何機弓殺若苾芻故心欲殺女男半擇迦等便設機弓施以鐵箭或安諸刀等置於路側若彼女男及半擇迦從此而過便截手足或復斬頭及餘身分由此方便而致命終者此苾芻得波羅市迦或窣吐羅底也如機弓既爾若作踢發及餘機關欲斷人命事罪同前攝頌曰

若起全半屍　墮胎并作呪　推落及水火

遣使寒熱殺

云何起屍殺若苾芻故心欲殺女男半擇迦等便於黑月十四日詣屍林所見新死屍乃至蟻子未傷損者便以黄土揩拭香水洗屍以新氎一雙徧覆身體以酥塗足誦呪呪之于時死屍頻伸欲起安在兩輪車上以二銅鈴繫於頸下以兩刃刀置於手中其屍即起便問呪師曰汝欲令我殺害誰耶呪師報曰汝頗識彼某甲女男半擇迦不答言我識報曰汝可往彼斷其命根若命斷者苾芻得波羅市迦若於彼家以諸藥草而爲鬘帶横繫

門上及置水瓶或門繫牸牛并同色犢子或繫牸羊并同色羊羔或家有磨藥石并有石軸或門有因陀羅杙或火常不滅或家安形像或有佛真身或轉輪王或轉輪王母或懷輪王胎或有菩薩或有菩薩母或有懷菩薩胎或將欲誦戒或正誦戒時或將欲誦四阿笈摩經或正誦時若復大經欲誦正誦謂小空大空經增五增三經幻網經影勝王迎佛經勝幡經若有如是等事守護之時彼所起屍不能得入者此苾芻皆得窣吐羅底也或不善解起屍之法起屍卻來殺其呪師此苾芻得窣吐羅底也若呪師苾芻殺彼起屍亦得窣吐羅底也云何起半屍事並同前於中別者車但一輪一鈴繫頸刃惟一刃乃至結罪廣如上說云何墮胎殺苾芻欲殺懷胎母不欲殺子即便柔蹋其腹若母死非胎者苾芻得波羅市迦若胎死非母者得窣吐羅底也若二俱死於母得波羅市迦若二俱不死得窣吐羅底也若苾芻欲殺於胎不欲殺母即便柔蹋其腹若胎死非母苾芻得波羅市迦若母死非胎得窣吐羅底也若二俱死得波羅市迦若二俱不死得窣吐羅底也云何作呪殺若苾芻有殺心起方便欲殺女男半擇迦作曼荼羅安置火鑪然火投木口誦禁呪作如是念若燒木盡令彼女男半擇迦命根即斷若火中木纔始燒半彼命斷者此苾芻得窣吐羅底也若木燒盡彼命終者得波羅市迦若苾芻有殺心起方便欲殺女男半擇迦以油麻芥子各一升置於臼中擣之口誦禁呪作如是念若臼中物擣若成末令彼

命終未未已來彼命終者此苾芻得窣吐羅底也若碎成末彼命終者苾芻得波羅市迦若苾芻有殺心起方便以黄牛乳一升置於器中以指攪乳口誦禁呪作如是念若器中乳盡變成血即令彼人命根斷絶若乳未盡成血彼命終者得窣吐羅底也若盡成血彼命終者得波羅市迦若苾芻欲殺人起方便以五色綫刺僧伽胝口誦禁呪作如是念作此衣了令彼命終若衣未了彼命終者得窣吐羅底也衣了死者得波羅市迦若苾芻欲殺人起方便以指畫地口誦禁呪作如是念畫滿七數令彼命終若未滿七彼命終者得窣吐羅底也滿七死者得波羅市迦是名作呪殺云何推墮殺若苾芻欲殺人於崖岸危險等處推彼令墮由此死者得波羅市迦當時不死後因此死亦得波羅市迦當時不死後亦不死得窣吐羅底也如崖既爾或於牆樹處或於象馬車輿牀座頭肩腰背髀膝腨足及餘身分而推墮時由此死者得波羅市迦若當時不死後因此死亦得波羅市迦若當時不死後亦不死得窣吐羅底也是名推墮殺云何於水殺若苾芻欲殺人推置水中因此死者得波羅市迦不死窣吐羅底也廣如上説水謂河海池井水乃至以水一掬投彼口中令死是名於水殺云何於火殺若苾芻欲殺人推置火中因此而死苾芻得波羅市迦廣如上説火謂若燒村林城邑乃至以火炭置彼口中令死是名火殺云何驅使殺若苾芻欲殺人即遣其人向險難處而致死者得波羅市迦或窣吐羅底也廣如上説險

難處者謂賊怨家虎豹師子等處使人經過令其致死是名驅使殺云何寒凍殺若苾芻欲殺人於極寒時猛風嚴烈若晝安置陰中若夜置於露地令坐濕草因此而死苾芻得波羅市迦或窣吐羅底也廣如上說是名寒凍殺云何炎熱殺若苾芻欲殺人於極熱時身生痱瘡若晝置於露地若夜安密室中熏以烟火覆以席薦及毛毯等因此而死苾芻得波羅市迦或窣吐羅底也廣如上說是名炎熱殺攝頌曰

浴室及溫堂　迦留不觀座　施醋有二別
十七惱令亡　蘭若老苾芻　重輕隨事識

云何浴室事爾時世尊住曠野林中是時有一乞食苾芻於得意居士家時時往詣爲說妙法令彼居士生敬信心爲受三歸并五學處後時復往爲說七有事福業居士白言聖者我欲爲僧作有依福業事苾芻答曰甚善此事應作白言聖者欲何所作答言僧今現無浴室宜可爲作白言聖者我有財物無檢校人答言我爲檢校修營福業白言甚善時彼居士多與財物任其營作苾芻即爲修造時曠野林中有大節會諸傭作人皆不來集時彼苾芻召彼傭人而告之曰賢首汝等今日何故不來白言聖者今日諸人爲大歡會緣此不來報曰賢首諸有福人可爲歡會汝等客作活命何歡會耶汝來爲作倍與價直白言聖者彼有福人常爲歡會我傭力者時復一逢設令兩倍酬我價直亦不能作言已便去時彼居士作如是念我今往觀所作福業爲至幾何晨旦往觀並未營作到苾芻所

禮足白言聖者何意傭人今日不作報言居士彼不肯作白言何意報曰彼傭力人作如是語今日世人共爲歡會我不能作居士白言聖者彼客作人有何歡會豈非聖者不酬價直彼不肯耶報言居士我酬一倍仍不肯作便報我言諸有福人常爲歡會我傭力者時復一逢設與兩倍亦不能作居士言聖者我修此福不爲自身不爲親屬善哉聖者爲我助成勿令廢闕時彼苾芻以事白佛佛言事未了者令諸苾芻助彼修造時諸苾芻依世尊教即助營造展轉擲甎執不牢固甎遂墮落打苾芻頭因而致死時諸苾芻心生追悔作如是言諸具壽此乞食者多事營爲强自辛苦我之所愛同梵行者非分致死共生疑念豈非緣此我等共犯波羅市迦耶時諸苾芻以此因緣具白世尊世尊告曰汝諸苾芻皆無有犯然諸苾芻不應展轉擲甎應以手相授若甎有璺裂告知方授不爾者得越法罪佛言應助作業時諸苾芻盡日而作諸婆羅門居士等咸生譏議云何苾芻終日作業猶若傭人時諸苾芻以此因緣具白世尊世尊告曰不應終日而作應可半日營其事業時諸苾芻於炎夏時午後營作於寒冬時午前而作佛言不應爾於寒冬時午後而作於炎夏時午前而作彼諸苾芻臨至食時方休作務泥土汙身便行乞食諸不信者見而譏笑曰聖者仁等作務過傭力人彼客作者未至食時尚知休息仁等營爲臨食方止時諸苾芻以此因緣具白世尊世尊告曰准量日時早須休作若乞食者當整容儀方行乞

食若僧食者亦應預辦赴常食處如世尊言整理威儀方行乞食及赴食處者諸苾芻不知何者是預整威儀佛言乃至得洗手足幷洗鉢器已來是名預辦凡諸苾芻若營造時所有行法我今爲説若檢校人者知彼諸人晨朝執作宜辦小食若午後時爲覓非時漿及塗手足油若檢校人不依教者得越法罪是名浴室事

根本説一切有部毗柰耶卷第七

音釋

勵力制切勉力也　腨市兖切腓腸也　頸經郢切頭莖也　扼乙革切握也　鼈齩鼈必列切齩五巧切齧也　挾胡頰切持也　腕烏貫切手腕也　矛矟矛莫浮切勾兵也矟所角切矛屬　穳祖管切小矛也　莛特丁切草莖也　穽疾政切陷也　羈絆羈居宜切係也絆北慢切縶足也　脛胡定切脚脛也　髀甲履切股也　蹋達合切戲也　笈其立切　疿芳味切　毯吐敢切毛席也　璺音問罅也

根本説一切有部毗柰耶卷第八

唐三藏法師義淨奉　制譯

斷人命學處第三之三

云何温堂事

爾時薄伽梵在曠野林中苾芻造温堂事同浴室於中别者如世尊言事未了者應可令諸苾芻相助營作時諸苾芻於温堂處助其營作共舁材木安置梁棟匠人在下遥共持舉移木之時苾芻手脱大木隨落打匠人頭因此致死時諸苾芻心生追悔作如是言諸具壽此乞食人多事營爲强作辛苦緣此營作打殺匠人豈非我等犯波羅市迦耶以此因緣具白世尊世尊告曰汝等無犯然諸苾芻不應輒舉力不禁物必有事緣須移轉者應問著俗人衆共扶舉若舉若放相告同時若苾芻不依教者得越法罪如世尊言苾芻不應輒移重物力不禁者諸苾芻不知齊同是應舉物佛言若俗人一擔之重苾芻應分兩人違者得越法罪是謂温堂事

云何黑迦留陀夷事

時具壽黑迦留陀夷佛在室羅伐城給孤獨園教化旃荼女人令生敬信爲受三歸并五學處時彼女人頂禮足已請言聖者若有藥食資緣闕乏我皆奉施時迦留陀夷不肯爲受告女人曰大妹世尊之教普利爲首我今意欲饒益多人女人白言聖者若不見許受我所請我今欲爲聖者敷設妙座每乞食來常於此坐食訖而去答言可爾常於日日就彼坐食食已便去時迦留陀夷别有因緣須詣他處便作是念我今宜往報妹令知即便詣彼告言大妹我今欲往

人間遊行汝自將愛白言聖者幸可早歸勿於他處久爲留滯令我愁憶告已還逝多林將欲行去爾時世尊欲人間遊行命具壽阿難陀曰汝可告諸苾芻我欲人間遊行乃至廣說時阿難陀告諸苾芻曰諸大德世尊今欲人間遊行若諸大德樂欲行者應可料理衣服時迦留陀夷聞斯語已作如是念隨佛行者有十八種利益一無王怖二無賊怖三無水怖四無火怖五無敵國怖六無師子虎狼惡獸等怖七無關塞怖八無津稅怖九無闕防援怖十無人怖十一無非人怖十二於時時間得見諸天十三得聞天聲十四見大光明十五聞授記音十六共受妙法十七共受飲食十八身無病苦時迦留陀夷念曰隨佛多益我今宜應從佛行化即便不去時旃荼舍有別女人誕生一息是時旃荼告別女曰汝可洗浴孩兒以新白氎嚴飾其身置仙人座上令兒長命彼便依教置於座中時迦留陀夷乞得食已詣旃荼舍然阿羅漢不預觀察聖智不行便於舊座放身而坐時孩兒母忙怖告曰聖者座有孩兒彼便急起兒已命絕其母見已即便號哭時迦留陀夷報言大妹汝勿啼哭汝之孩兒植短命業如世尊說諸行無常是生滅法然我今者理應啼泣雖得阿羅漢果不善觀察大師世尊以我爲緣於諸弟子當制學處以此因緣告諸苾芻諸苾芻白佛佛告諸苾芻迦留陀夷無犯然諸苾芻往俗舍中不善觀座不應輒坐不觀而坐得越法罪是名迦留陀夷事

云何施醋二緣事佛在室羅伐城給孤獨園

於此城中有二長者大富饒財多諸僕使是時二人共爲知友得意相親於後漸漸二俱貧悴二人議曰昔日富樂今時貧苦何用活爲我今宜可俱共出家便於善說法律之中剃除鬚髮修出離行後於異時一人染患一相看侍其病漸羸不能復起便問病者曰具壽在俗之日曾病苦不報言曾有問曰何藥對治答言曾飲鹽醋若爾今者何不飲之答言我飲彼即爲覓鹽醋與之令飲飲已便死時彼苾芻因生追悔將非我與不相宜藥令彼命過犯他勝耶以此因緣告諸苾芻諸苾芻白佛佛告諸苾芻彼苾芻無犯然諸苾芻不問醫人不應輒與病人藥服若無醫人應問苾芻曾是醫者此若無者應問曾與醫人爲知識者此若無者應問曾遭病人此若無者應問看舊苾芻若苾芻不問醫人乃至看舊輒以自意與病人藥得越法罪時諸苾芻共生疑念俱往白佛言世尊有何因緣彼病苾芻醋先是藥今服便死佛言彼昔在家是痰癊病今是風熱由此緣故昔藥今非

佛在室羅伐城給孤獨園時彼摩揭陁影勝王得見諦已與八萬諸天并摩揭陁國婆羅門居士無量百千衆俱時影勝王於王舍城擊鼓宣令普告王城及外來者諸人當知於我國中居住之者不應作賊若作賊者當遠流擯所失之直我以庫物而用酬塡

爾時世尊爲勝光王說少年經令生信已時勝光王於憍薩羅國擊鼓宣令普告城邑及四方客曰諸人當知於我國中現居住者不應作賊若作賊者當斷其命所失之直我以

庫物而用酬填于時摩揭陁及憍薩羅兩境之賊聞斯令已咸悉投彼二國中間隨處而住時二國人皆共聞知多有賊徒在兩界中群聚而住邀諸商旅劫物殺人時摩揭陁有諸商人欲往憍薩羅國聞此事已遂多覓防援人持諸賄貨隨路而去過摩揭國界入憍薩羅境是時商人告諸人曰仁等當知我聞憍薩羅勝光王雄猛暴烈我設遭賊能以庫物共相酬補此防援人可放歸去時防援人告別而返時諸賊侶於其要路安伺候人時伺候人見諸防援悉皆去已報賊徒曰援人已去君等宜行入商旅中奪其財物是時諸賊於險林中便破商旅或斷其命或傷支體或有逃走往至室羅伐城塵土坌身便詣王所白言大王我等商人今至王國賄物皆失

王曰何意白言大王於王國境被賊劫奪時勝光王即便勑語毗盧宅迦太子曰汝可急往擒彼賊徒并所盜物太子既奉勑已嚴整四兵象馬車步於險要處尋知賊徒時彼群賊不覺兵至於一林中共分財物于時太子掩其不備或有當時斬殺或有逃竄林野餘所擒獲得六十人賊既破已太子便將六十賊徒并所得物送至王所致敬已白大王曰此是賊徒并所盜物王問賊曰爾豈不聞我宣教令若作賊者當斷其命所失之直我以庫物而用酬填賊言並聞王曰汝若聞者何因作賊奪彼商人白言大王若不作賊貧窮不活王曰若爾但取其物何故殺人白言欲令其怖是故須殺王曰若爾我今有法令汝恐怖曾所未見今日見之王性暴虐勑大臣

曰今可將此賊徒至彼屠所斬其手足被賊商客以我庫物而用酬塡大臣奉教將諸賊侶往至屍林斬其手足所盜之物依數酬與如世尊説告諸苾芻汝等當知於自他損惱自他安樂應善觀察何以故汝諸苾芻自他損惱自他安樂斯等皆是可猒離處

時諸苾芻憶持佛語爲生猒故多往屍林時有諸苾芻尼亦詣屍林見諸群賊手足皆斷時有一人亦在屍林共觀諸群賊作如是語若有好心慜斯苦者可以鹽醋與之令飲於此死已當更受生飲母新乳時諸苾芻尼中有一苾芻尼名曰圓滿麤壯愚直聞此語已便作是念我於善説法律之中得爲出家云何我今捨斯福聚我今宜可求覓鹽醋而施與之時苾芻尼俱還住處圓滿獨詣城中求得鹽醋滿一大埦并瓦甌六十持還賊所時彼諸賊爲苦嬰纏飢渴所逼求活無路見苾芻尼便作是語善哉聖者我爲渴逼願以埦水見相救濟時苾芻尼作求福心先與甌已次行鹽醋人皆滿器得已便飲皆悉命終時苾芻尼暮方還寺寺門已閉即便扣喚寺尼問曰扣門者誰報言我是圓滿問言汝今何故曰暮方還報言姊妹隨喜姊妹隨喜諸苾芻尼問曰汝作何事爲得阿羅漢果爲得不還一來預流果耶或爲僧伽造住處耶或爲僧伽求得飲食妙衣服耶報言姊妹仁等更無所作唯求飲食衣服苾芻尼問曰此皆無者汝作何事圓滿報曰仁等於屍林處豈不見彼斬手截足六十人乎答言我見圓滿曰我爲教化多得鹽醋人各飽飲悉已命終於

當生處飲毋新乳諸苾芻尼聞而告曰癡人以他勝罪塡滿腹中而令我等共生隨喜於時圓滿聞已追悔便作是念將非我犯他勝罪耶以此因縁告諸苾芻諸苾芻白佛佛言此苾芻尼無犯若有故心令他死者得他勝罪然諸苾芻尼不應於病人處而與其醋令飲命終應作是心此之病人由斯藥故令得早差者無犯若苾芻苾芻尼作如是念由此藥故彼當命終若因死者得他勝罪

佛在室羅伐城給孤獨園時具壽大目連將十七衆童子與其出家并授圓具以鄔波離爲首此十七人若有一人爲知事者彼之十六盡皆相助彼於異時有法事起通夜誦經是十七人共來撿校復於別日僧伽有浴室事起彼亦詳來共相借助復於別日中有一人合知寺事即於是日莊嚴寺宇時知事人專心看守中有一人作如是念我困且眠彼十六人豈可不能守護時十六人各生是念我困且眠其十六人並皆熟睡惟有一知事者通夜撿校不得眠睡旣至天明屏燈樹開寺門掃灑房庭觀水淨不瞻日時候敷設牀座窣堵波處燒香普熏於寺上閣便鳴揵椎時十六人聞揵椎聲方始眠覺各各從房持鉢而出見彼一人周慞馳走撿校寺事時十六人共相謂曰諸具壽豈無一人助斯營作時有一人作如是語我生是念我困且眠餘十六人豈可不能撿校諸人悉皆作如是語詳聞此已共相謂曰此之一人於我等處凡有所作常爲先首我不相助彼定生瞋我等食竟從乞歡喜食已詳至其所俱共懺摩其

少年者即便禮足若老大者手撫其肩告言具壽汝可容恕時彼默然而不應對有親友者以指擊攊彼笑而告曰施喜施喜諸人各念此好方便若一若二乃至諸人悉共擊攊時彼風氣上衝即便命殞諸人見死悲號大哭時諸苾芻恠而問之何謂汝今共聚啼哭彼便報曰大德我曹昔日有十七衆今但十六寧不悲啼又我得意同梵行死有愛別離苦復有他勝罪云何得不悲惱時諸苾芻聞已而去彼十六人各在一邊懷憂而住有餘苾芻知其同伴擊攊致死見而責曰具壽汝十七衆如燒草火猋然猋滅或時戲樂或復憂愁彼爲憂火燎心雖聞此語竟不酬對時諸苾芻以緣白佛佛言彼諸苾芻無殺心故無犯然諸苾芻不應相擊攊若擊攊者得越法罪

佛在室羅伐城給孤獨園去此不遠有一聚落彼有長者大富饒財多諸僕使有淨信心意樂賢善彼爲僧伽造一住處其狀高大有妙石門廊宇周環悉皆嚴飾見者歡喜於此住處請六十苾芻夏安居竟作隨意事已任緣而去時彼施主見寺空虛令人守護恐有賊徒盜牀褥等復有六十苾芻人間遊行屆斯聚落求覓停處時有一人報苾芻曰聖者何不住寺報言賢首何處有寺答曰村外林中有好住處苾芻便往見守護人彼遥見已告言善來即給與房舍牀褥被枕及小坐牀并三拒木告言聖者可先濾水我今暫往白長者知告長者曰仁今福德倍更增長有六十客苾芻來至寺所長者聞已驚喜交集報

家人曰汝等可取酥蜜沙糖石榴石蜜蒲萄胡椒乾薑蓽茇堪作非時漿物持往寺中有客僧伽來至住處欲作非時漿令其飽飲家人聞已如所處分咸將至寺時諸苾芻既濾水已各任威儀隨處而住是時長者便往寺中遥見苾芻如蓮華叢充滿寺内倍益信心深加歸向說伽陀曰

若村若林中　若高若下處　衆僧居住者
令生愛樂心

作非時漿調和既訖自手授與諸苾芻衆飽飲漿已爾時長者禮衆僧足自執香鑪引諸僧衆出繞制底還歸住處在上座前長跪而住上座爲說法要長者白言明日中時唯願聖衆就我宅中哀受微供苾芻許之禮足而去彼於明日辦諸美膳供養衆僧衆僧食已為其呪願方歸住處復於中後設非時漿既澡漱已長者手執香鑪於上座前白大衆曰聖者此之住處我不爲身亦不爲親屬然本意者但爲四方僧伽造立願見哀愍於此夏安居諸苾芻告長者曰世尊法主今現住在室羅伐城於時時中聞說授記某甲苾芻證阿羅漢某甲苾芻成不淨觀勝光大王勝鬘夫人仙授世主毗舍佉母及餘長者婆羅門等並皆敬信我等往彼若法若食皆同受用我等欲往長者白言受法義利惟仁所知衣食資身我願供給幸可留心於此停住四事供養當無闕乏上座告言諸具壽如世尊說若其施主有敬信者應須悲愍增長信心我今欲於此住既作留意即便於此内外觀察遂見香華滿樹美菓盈枝清沼茂林皆可愛

樂上座告曰諸具壽今此住處華菓豐盈若前安居菓實未熟我等宜可作後安居既籌議已遂後安居時彼長者惟造一寺所有福業皆在其中於此聚落及餘村坊更無別寺諸人福業亦皆臻湊時諸苾芻於此安居多獲利養隨意事訖於此而住時有迦栗底迦賊共相議曰我等當作何業於一歲中不假劬勞衣食豐足有作是説我等宜應偷苾芻物餘賊報曰彼一日中過百門閫辛苦乞索僅得充軀彼何所有中有一賊諳委苾芻告諸人曰汝等不知彼大有物所以知有此造寺長者信心淳善惟造一寺所有福業皆在其中於此聚落及餘村坊更無別寺諸人福業亦皆臻湊時諸苾芻於此安居多獲利養若不信者可共親觀諸人報曰若爾汝可先行我當後去報言善好即便整理衣服緩步從容口誦伽陀旋行制底便入寺內時門首有莫訶羅苾芻賊見禮足而問聖者此是誰寺房宇莊嚴令人愛樂願生天者是其樣隱苾芻報言賢首是某長者之所興建問言聖者此是毗訶羅爲是毗伽多苾芻問曰何謂毗訶羅何謂毗伽多報曰若資具充滿是毗訶羅所須闕乏是毗伽多苾芻報曰賢首若如是者此是毗訶羅非毗伽多於此住處資産豐盈受用具足賊便報曰聖者若足飲者不應飡土若足衣者不應著樹皮仁之衣服應有多少時莫訶羅稟性愚直便攜賊手共進房中報言汝觀架上衣物多少問言聖者此是仁物爲僧物耶報言賢首是我私物問言聖者仁是上座爲是法師報言賢

首我非上座亦非法師我是求寂居僧之下報曰仁所有物我已知之然於衆庫有貯積不報言賢首我居最下尚什物豐足何況僧中報言聖者大衆厨内羹食之物爲用瓦器爲銅釜耶苾芻即便將示庫屋告言於此庫中充滿銅器既知此已賊便欲出報言聖者向來廢仁善品妨我生業今且辭去後更伸禮報言善賊乃禮足而去詣諸賊所告曰我於彼寺覩已觀察財物豐贍如富商客宜可偷取中有一人告諸賊曰我曾聞說有六十人善閑弓矢於此出家不可造次輙爲偷劫若衆集聽經方可入寺諸人問曰不知何日當欲誦經其諳委人告諸賊曰八日已過月半當誦即便屈指數日而住至十五日上座自說波羅底木叉爲長淨已令誦經者歴師子座纔誦伽他曰

佛在給園中　能斷一切惑　諸根皆寂定
告衆如是言　我於人天衆　宣示微妙法
聞已如說行　得盡苦邊際

于時賊徒扣門而喚苾芻問曰汝是何人報言聖者我是善男子時諸苾芻便作是念或聚落人來此聽法我爲開門其門既開賊徒競入爭取財物苾芻告曰汝向報言是善男子今來入寺便竊我財賊便報言聖者我有二名在外名善男子入寺名劫賊苾芻告曰作汝名者非是好人偷得物已即便出寺時諸苾芻既遭賊已共相議曰諸具壽如世尊說凡𤛓乳者不應令盡今此長者若見遭賊出物供寺復與我等定當傾竭宜往室羅伐城同梵行處求覓衣服曰我等形露如何涉

途一人告曰晝入草叢夜當涉路不白長者於是便行漸至室羅伐城彼諸苾芻初夜後夜警覺思惟勤修善品見露形者來至門前慞惶顧望彼諸苾芻遥問之曰汝等露形拔髮之輩因何至斯此是毗訶羅非汝住處答言具壽我是苾芻非露形外道復問曰豈有如是形相苾芻答曰被賊偷劫問曰汝名何等答曰我名佛護法護僧護等彼便答曰善來善來具壽即爲開門彼便入寺或以三衣或以二裙或僧脚崎或漉水羅或鉢腰條隨其所有皆共周給時諸苾芻以緣白佛佛言凡於夜中未善諳識不應輒與開門可問種族名字若體悉者方爲開門然誦經時應令苾芻而爲守護若知賊至應現驚怖作叱喝相勿與開門作如是語將揵椎來并及椎杵時輪僧伽胝七條五條衣袋搭鉤條索等物來聞是語聲賊便驚去若衆首上座所有行法我今制之凡欲衆集誦經之時上座應問知事人曰門已閉未寺内徧看不差守護人未請誦經人未大小行處並掃拭未若衆上座如前所制不依行者得越法罪

爾時給孤獨園舊住苾芻告被賊苾芻曰諸具壽我等隨有多少衣鉢共相分給猶未赒贍然被賊之處造寺長者信心淳厚宜應往彼重與相見必以衣服共相濟給聞此語已便共籌議諸具壽同梵行者善哉此説然我等輩前來怱遽不白長者今可更去告彼令知或容見濟多少衣服即便至長者處長者見已禮而問曰聖者何不相告遂即他行苾芻報曰長者如世尊説夫犂乳者應留少許

當時我等作如是念寺令遭賊長者見已出物供寺復給我等必致傾竭恐相惱觸故不白知便往室羅伐城於同梵行處求覓衣服長者白言聖者寺中遭賊豈我家内亦遭賊耶善哉聖者爲哀愍我重來相見既倍生恭敬人别各奉十三資具彼賊聞已還復重來便於夜中誦經之時扣門而喚時諸苾芻知是賊至共相告曰諸具壽昔時矯賊今更再來宜依佛教作大驚叱莫與開門即便高聲唱言急將揵椎椎棒時輪僧伽胝七條五條衣袋搭鉤條索物來諸賊聞已便大驚惶奔走而散時有諸天說伽陀曰

兩足牟尼能說教　令諸弟子恐怖賊
口出驚喚善防身　五百群寇皆奔散

時諳悉苾芻者告賊伴曰仁等何故輒自驚走賊徒答曰汝豈不聞有六十人出家皆善弓矢如何我等不奔走耶然而我輩先不曾聞揵椎棒等如是器仗必當相殺彼便答曰此等皆非是實器仗諸賊問曰此是何物報曰揵椎木鳴以集僧棒椎是打揵椎物時輪用觀日影僧伽胝等及以條索是衣服所須袋擬盛貯三衣搭鉤開門之鑰我等不應驚怖還可共偷于時群賊悉皆覆去彼有賊帥登梯而上是時寺内有莫訶羅苾芻爲守護者見彼陛梯便作是念此之頑賊劫我衣鉢令使露形今若縱捨還令我等露形而住我當與彼現恐怖相即便徐行取揵椎木打賊頭上賊被木打落梯而死莫訶羅即便大喚有賊有賊時諸苾芻便廢聽經爭陛上閣問言賊在何處莫訶羅報曰於此寺邊陛梯而

上我示驚怖並已逃奔諸人報曰令賊逃奔斯爲甚善天曉開門尋賊上處便見賊頭流血而死衆既見已各懷驚怖共相告曰前非遭賊今是遭賊由打殺人遂令我輩犯他勝罪時諸苾芻便生追悔以緣白佛佛言汝等無犯然諸苾芻不應作如是心打彼身上其所擲物可在傍邊或於背後欲令恐怖作驚呼聲若苾芻作如是心打彼身者得越法罪

云何老苾芻佛在室羅伐給孤獨園於此城中有一長者於同類族娶女爲妻後誕一男年漸長大是時長者資財損失親族乖離其妻旣亡便告子曰我今衰老不復能知家中事業我欲別汝情希出家子白父曰若如是者我亦出家父報子曰斯亦善哉遂即父子相隨詣給孤園中至一苾芻處旣禮足已白言聖者我欲出家苾芻問曰豈此童子亦願出家答言亦願問無障難俱與出家佛教常式老者受利小者知事是時父子二人常被驅役子白父曰我被衆欺常令作務爲無學業今可共往他方受習經典父言善哉與汝同去所到之處爲其年小還被驅馳即令知事子白父曰室羅伐城雖令知事然法主世尊親在於彼於時時中聞說授記某甲苾芻證阿羅漢某甲苾芻成不淨觀勝光大王勝鬘夫人仙授世主毗舍佉母及餘長者婆羅門等並皆敬信我等至彼若法若食皆同受用今欲還彼便棄餘方至室羅伐欲到住處午時旣逼聞揵椎聲便報父曰揵椎聲促宜應急往父老疲困不能速行其子強推令其進路子作是念推行有益復更強推是時老

父面覆於地塵土滿口因即命終子見父死遂大號哭置之路左持其衣鉢往逝多林諸苾芻見告言善來莫訶羅子汝之老父今在何處彼便啼哭苾芻問曰具壽何故啼泣報言我父已死諸苾芻告曰具壽諸行無常是生滅法汝於善說法律捨家出家當自裁抑勿生憂苦報言我推父倒地因即命終當我殺父苾芻報曰如汝所言深合啼哭一得無間罪二得波羅市迦在阿鼻地獄長時受苦時諸苾芻以緣白佛佛言彼無有犯然諸苾芻不應在行路中有困乏者強推令去我今爲諸行路苾芻制其行法若道行時見疲極者當與按摩解勞爲擎衣鉢及諸資具能去者善若不能去者當可先行至住處已灑鉢請葉觀察無蟲可爲請食不能來者持食往迎勿令絕食若在非時送非時漿道行苾芻如我所制不依行者得越法罪

時諸苾芻悉皆有疑俱往白佛言世尊何因緣故彼莫訶羅子斷父命根非無間罪亦非波羅市迦佛言汝諸苾芻此人非但今日殺父無罪於往昔時已曾殺父不得重罪汝等應聽於過去世一聚落中有浣衣人惟有一子年漸長大時聚落中有大節會時人多並洗濯衣服是時父子多得垢衣父告子曰既洗多衣不能歸食汝可持飯向彼池邊子於後時持食而去父既食已告其子曰汝當浣衣我困且眠即便睡著然父頭上無髮多有蚊蟲來唼其頂子浣衣已來至父邊見其頭上多有蚊蚋即便爲拂蚊子貪血打去還來怒而言曰今我存在豈使蚊蟲飲我父血將

浣衣棒以打蚊蟲蚊雖散飛父頭遂破因而命絕于時有天說伽陀曰

寧與智者爲怨惡　不共愚人結親友
猶如癡子拂蚊蟲　棒打父頭因命過

汝諸苾芻勿生異念彼時浣衣老人者即莫訶羅是彼時子者即推父苾芻是往時雖復殺父非無間罪今時亦爾雖斷父命非無間罪不犯波羅市迦又無犯者最初未制戒癡狂心亂痛惱所纏

根本說一切有部毗柰耶卷第八

音釋

攊（郎擊切擊也）殞（于敏切歿也）蓽茇（蓽壁吉切茇北末切）臻湊（臻側詵切至也湊倉奏切聚也）攜（戶圭切提也）㲉（古候切取牛羊乳也）崎（去奇切）漉（盧谷切濾也）叱喝（叱昌栗切喝許葛切叱喝並訶也）賙贍（賙職流切贍時艶切賙贍振給也）唼（子合切入口也）蚋（而銳切飛蟲也）

根本説一切有部毗柰耶卷第九

唐三藏法師義淨奉　制譯

妄説自得上人法學處第四之一

攝頌曰

最初劫比羅　漁人衆五百　苾芻住蘭若
自顯記相違

爾時薄伽梵在廣嚴城獼猴池側高閣堂中。時有五百漁人於勝慧河邊結侶而住。時彼漁人有二大網，一名小足，二名大足。買魚人少便用小足，買魚人多即用大足，若大節會即二網俱張。彼於異時廣嚴城中有大節會，買魚者衆，二網俱張，分五百人以爲二朋，各持一網。施小足者多獲魚鼈黿鼉之類，岸上委積如大穀聚。時有摩竭大魚海中眠睡，隨潮泛濫遂入勝慧河中。持大足者即便網得，時二百五十人共牽其網，網逼魚身即便睡覺，曳網并人隨流而去。各大驚叫告小足人曰：我等并網並被魚牽，仁可俱來共我相濟。彼既聞已俱來共牽，五百諸人與網同去不能持得。時五百人發聲大叫告隨近人曰：諸人當知，我五百人及大足網並被魚牽隨流而下，共來相濟。時近作者若放牛羊人、採樵蘇人、正道活命人、邪道活命人及餘諸人百千萬衆俱來牽網。時彼諸人身體傷損，其網破裂，極大艱辛方牽上岸。其摩竭魚有一十八頭三十六眼，或有人頭，或有象頭，或有馬頭、駝頭、驢頭、牛頭、獼猴頭、師子頭、虎頭、豹頭、熊頭、羆頭、猫頭、鹿頭、水牛頭、猪頭、狗頭、魚頭。于時四遠諸人遞相告語：勝慧河側五百漁人張大足網捕得一魚，牽在岸上，其形奇

大有十八頭三十六眼諸人聞已時有無量百千俱胝那庾多衆競集河所或有情生喜樂往彼觀瞻或有先世善根警悟令去廣嚴城内有外道六師亦生喜樂共至魚所大衆雲集注目詳觀共相告曰仁等各並識此頭不生希有心指撝而住諸佛常法觀察世間無不見聞無不知者恒起大悲饒益一切於救護中最爲第一最爲雄猛無有二言依定慧住顯發三明善修三學善調三業度四暴流安四神足於長夜中修四攝行捨除五蓋遠離五支超越五道六根具足六度圓滿七財普施開七覺華離世八法示八正路永斷九結明閑九定充滿十力名聞十方諸自在中最爲殊勝得諸無畏降伏魔怨震大雷音作師子吼晝夜六時常以佛眼觀察世間誰增誰減誰遭苦厄誰向惡趣誰陷欲泥誰堪受化作何方便拔濟令出無聖財者令得聖財以智安膳那破無明膜無善根者令種善根有善根者令其增長置人天路安隱無礙趣涅槃城如前説言

假使大海潮　或失於期限　佛於所化者
濟度不過時　如母有一兒　常護其身命
佛於所化者　愍念過於彼　佛於諸有情
慈念不捨離　思濟其苦難　如母牛隨犢

爾時世尊作如是念此摩竭魚令遭苦厄於先佛所已植善根我因魚故放大教網化度有情宜往勝慧河側諸佛常法未入涅槃安住於世爲欲憐愍所化有情時往捺洛迦傍生餓鬼人天諸趣或往屍林或往河處今由此事世尊欲往勝慧河邊即便微笑口中出

五色光或時下照或復上昇其光下者至無間獄并餘地獄若受炎熱皆得清涼若處寒氷便獲温暖彼諸有情各得安樂皆作是念我與汝等爲從地獄死生餘處耶爾時世尊令彼有情生信心已復現餘相彼見相已皆作是念我等不於此死而生餘處然我必由無上大聖威德力故令我身心現受安樂既生敬信能滅諸苦於人天趣受勝妙身當爲法器見眞諦理其上昇者至色究竟天光中演說苦空無常無我等法并說二伽他曰

汝當於佛教　勤求出離道　能破生死軍
如象摧草舍　於佛法律中　勇進常修學
能捨於生死　得盡苦邊際

時彼光明徧照三千大千世界還至佛所若佛世尊說過去事光從背入若說未來事光從胷入若說地獄事光從足下入若說傍生事光從足跟入若說餓鬼事光從足指入若說人事光從膝入若說力輪王事光從左手掌入若說轉輪王事光從右手掌入若說天事光從臍入若說聲聞事光從口入若說獨覺事光從眉間入若記阿耨多羅三藐三菩提事光從頂入是時光明繞佛三帀從臍而入時具壽阿難陀合掌恭敬而白佛言世尊如來應正等覺熙怡微笑非無因緣即說伽他而請佛曰

口出種種妙光明　流滿大千非一相
周徧十方諸剎土　如日光照盡虛空
佛是衆生最勝因　能除憍慢及憂慼
無緣不啓於金口　微笑當必演希奇
安詳審諦牟尼尊　樂欲聞者能爲說

如師子王發妙吼　願爲我等決疑心
如大海内妙山王　若無因緣不摇動
自在慈悲現微笑　爲渴仰者説因緣
爾時世尊告阿難陀曰如是如是阿難陀非無因緣如來應正等覺輙現微笑汝今應可告諸苾芻如來欲往河岸遊行若諸具壽樂欲隨從如來去者當可持衣時具壽阿難陀承佛教已告諸苾芻曰諸具壽佛今欲往河岸遊行若諸具壽樂隨從者當可持衣時諸苾芻既奉教已俱來從佛爾時世尊往勝慧河自調伏故調伏圍繞自寂靜故寂靜圍繞解脱解脱圍繞安隱安隱圍繞善順善順圍繞阿羅漢阿羅漢圍繞離欲離欲圍繞端嚴端嚴圍繞如栴檀林栴檀圍繞猶如象王衆象圍繞如師子王師子圍繞如大牛王諸牛圍繞猶如鵝王諸鵝圍繞如妙翅鳥諸鳥圍繞如婆羅門學徒圍繞猶如大醫病者圍繞如大將軍兵衆圍繞如大導師行旅圍繞猶如商主賈客圍繞如大長者人衆圍繞如大國王諸臣圍繞如轉輪王千子圍繞猶如明月衆星圍繞猶如日輪千光圍繞如持國天王乾闥婆衆圍繞如增長天王拘畔荼衆圍繞如醜目天王龍衆圍繞如多聞天王藥叉衆圍繞如淨妙王阿蘇羅衆圍繞猶如帝釋三十三天圍繞如梵天王梵衆圍繞猶如大海湛然安靜猶如大雲靉靆垂布猶如象王屏息狂醉調伏諸根威儀寂靜三十二相而爲莊飾八十種好以自嚴身圓光一尋朗踰千日安步徐進如移寶山十力四無畏大悲三念住無量功德皆悉圓滿諸大聲聞尊者

阿若憍陳如尊者馬勝尊者婆瑟波尊者大名尊者無滅尊者舍利子尊者大目連尊者迦葉波尊者阿難陀尊者頡離伐底如是等諸大聲聞及諸苾芻衆共往河側時諸大衆遥見世尊并苾芻衆自遠而來諸不信者共相議曰諸人當知我聞沙門瞿答摩斷諸喜樂彼亦愛好來觀此魚諸敬信者便作是說諸人應知如佛世尊久除喜樂豈非今日緣此魚故爲諸大衆降大慈悲欲說希奇微妙法共說頌曰

牟尼久捨喜樂心　無信之人生誹謗
最勝今來於此處　心爲時衆說微言

是時大衆見世尊至悉皆驚起由佛世尊爲菩薩時於師僧父母尊重之處常起恭敬故爾時世尊入大衆中在苾芻前就座而坐便告五百漁人曰賢首汝等先身曾作惡業因此緣故生在卑賤漁捕人中汝今更復手執刀網爲殺害業而自活命今於此死何處受生漁人請曰我今不知欲何所作世尊告曰汝今宜可放魚鼈等水族之類彼白佛言如世尊教即便放捨爾時世尊以神通力令魚鼈等如游於水入勝慧河惟摩竭魚獨留不去憶前生事能作人語共佛詶答爾時世尊告摩竭魚曰汝是劫比羅不答言我是劫比羅世尊復問汝曾作身語意惡行不答言曾作汝頗知此三種惡行招惡異熟不答言我知汝知此業自身受不答言現受誰是汝惡知識答言我母彼生何處答言生捺洛迦汝生何趣答言在傍生中於此死已當生何處答言我於此死生捺洛迦時摩竭魚作是語

已即便啼泣爾時世尊說伽他曰

汝墮傍生趣　我今無奈何　處在無暇中
啼泣當何益　我今悲愍汝　汝宜發善心
猒離傍生身　當得昇天上

時摩竭魚聞是語已於世尊所深生敬信世尊即爲說三句法告言賢首

諸行皆無常　諸法悉無我　寂靜即涅槃

是名三法印

是時大會各生希有共相議曰何意此魚世尊垂問令憶宿世復爲人語共佛詶荅諸人當知大聖如來威德尊重我等庸微不敢諮問我宜共請尊者阿難陀處問其所由如說信受時敬信者即便共詣阿難陀所白言尊者何意此魚善解人言共佛世尊論宿命事時阿難陀報諸人曰汝今宜往請問世尊諸人答曰如來世尊威德嚴重我等庸愚不敢輕觸阿難陀曰我亦同汝懼佛威嚴今爲汝等略問其事時具壽阿難陀即從座起往世尊所禮雙足已在一面立白言世尊此魚何緣能解人語共佛世尊論宿命事爾時世尊告阿難陀曰汝今欲聞此摩竭魚宿世緣不時阿難陀白言世尊我等樂聞今正是時唯願爲說此魚宿世所有因緣我等苾芻及諸大衆得聞法已信受奉持佛告阿難陀汝當諦聽至極作意善思念之於過去世此賢劫中人壽二萬歲時有佛世尊出現於世號迦葉波如來應正徧知明行圓滿善逝世間解無上士調御丈夫天人師佛薄伽梵在婆羅痆斯城仙人墮處施鹿林中與大苾芻衆二萬人俱時彼城中王名訖栗枳時世安樂穀

稼豐稔人民衆多畜產滋盛無有鬬諍兵甲休息亦無病苦及諸賊盜正法理國爲大法王於其國中有婆羅門童子言從本國遠詣南方彼有婆羅門博通衆藝善解四明遠近諸方皆來歸湊是時童子便詣其所到已致敬於一面坐彼婆羅門曰善來童子汝從何來何所求見答言我從中國來欲於大師足下親承道業師問之曰欲學何書答曰學四明論報言善哉應如是學此是婆羅門所應作事是時童子即便受學凡諸學者至休假日或往河池沐浴或往城市觀望或採香薪以充祭祀是時童子至休假日與諸學徒共採薪木便於路中共相問曰君等皆是婆羅門姓從何處來一人報曰我從東方來一人曰我從西國來一人曰我從北方來時彼童子曰我從中國來諸人問曰諸餘方國我並略聞中國軌儀未曾見說即說頌曰

智慧出東方　兩舌在西國　敬順生南國
惡口居北方

時諸學徒問童子曰汝之中國其事云何童子答曰我之中國特勝諸方甘蔗香稻果實充足畜產豐饒快樂安隱人物繁多咸重慈濟聰明福德技藝過人有殑伽河吉祥清潔於河兩岸其水平流有十八處仙人住止各大精苦現得昇天復問之曰中國之地頗有聰叡辯才善能談論如我師不答曰現今中國有一論師如師子王自在無礙我師見之自懷慚恥時彼童子讚美中方諸人既聞悉皆樂往時諸童子各持薪木至本師舍安置薪已詣其師處各白師曰此之童子讚美中

方今我諸人悉皆樂去其師報曰中國美妙人皆甚言但可耳聞無宜即去諸徒曰彼童子説現今中國有一論師如師子王自在無礙我師若見必懷慚耻其師報曰地豐珍寶人多俊乂我豈自説區宇之内唯我一人更無勝者復白師曰若如是者我今樂去一徧觀方國二洗沐仙河於大論師伏膺受業降伏諸論談吐激揚發起名譽多獲財利時婆羅門性少緣務愛慜學徒報諸人曰汝等宜應將我資具鹿皮踈服三拒君持并祠祀器我今與汝俱去尋師彼便受教共往中國所至城邑輿大論塲諸來論者皆被挫折壞其車轝懷愧而歸或以灰瓶打其頭上如教射處烏鳥散飛或有繒蓋幢旛遠近迎接咸稱弟子隨從而行時婆羅門漸次遊行所過城邑皆爲上首至婆羅痆斯城便自生念我今何故捨其根本而取枝條凡有聰明解激論者及餘學士咸在王庭我今宜應自詣王所作是念已即便往詣訖栗枳王既至王所爲王呪願願王降伏諸怨長命無病作是言已在一面坐而啓王曰大王當知我於本國頗亦尋師曾習少多書論文字欲於王所建立論端敢共諸人略申激難王既聞已命大臣曰今我國中有談論者堪與此人共爲詶對不白言有問在何處白言在某聚落有婆羅門名劫比羅設摩善解四明及餘書論能立已義善破他宗大智聰明如火騰燄於衆人中而爲上首王曰可喚將來大臣奉教便喚論師既至王所呪願同前在一面坐大臣啓曰此是所喚解論大師王曰善哉大師頗能

對我與婆羅門共相問難不答曰我能王勑臣曰卿今宜可嚴飾論場立敵兩朋善爲處置大臣奉教嚴飾王便整駕親至論所王既坐已大臣啓曰大王欲遣誰作前宗王曰婆羅門遠自南國主客之禮請作前宗彼婆羅門便立論宗申說巧詞有五百頌辯捷明利聽者罕知時劫比羅設摩一聞悟會便斥是非此是相違此是不定此不成就時婆羅門既被破已黙然而住凡論議者不能訓答即墮負處時王見勝便大歡喜問言大師住在何處白言大王在某聚落報言大師善爲談論彼之聚落用賞論功即便謝王歡喜而去既獲富盛遂取新妻未久之間便誕一息初生之日黃髮被頭三七既終廣召親族欲爲兒子建立嘉名父告親曰今我此兒欲立何字宗親告曰此是劫比羅設摩兒又初生之時髮作劫比羅色應與此子名劫比羅既爲立字撫育滋養哺以乳酪間以諸酥隨時服玩勝妙之物便速長大如蓮華出池既成立已便教習學書印算數俗務取與皆悉明了次教婆羅門威儀法式執灰執土及持瓶器洗沐之法清淨軌儀梵聲蓬聲四明諸論所謂頡力明論耶樹明論娑摩明論阿闥明論自解祠祀教他祠祀自解讀誦教他讀誦施物受財所有方軌明此六事成大婆羅門博通衆典顯發自宗斥破他論聰敏智慧如大明炬後於異時劫比羅設摩教五百婆羅門子誦婆羅門典時子劫比羅亦教習學便白父曰頡利遮字其義云何父告之曰汝所問字其義甚深先師共傳卒難解了復問父曰

豈古大師無義而説然我忖度少有依俙其父聞已便即思念世間之人皆欲子勝令劫比羅道藝勝我當以五百童子而委付之便告子曰汝今道藝勝我此五百人汝當教誨即依父命教五百人父捨學徒無復餘事隨心所樂在處遊行彼於異時往施鹿林所詣一苾芻白言聖者此之文句其義云何苾芻答曰賢首汝今不應作如是問若作此問義不周悉應如是問方得圓滿時婆羅門既被教訶便即生念我所致問尚不堪任況能與之共爲敵論於苾芻處生敬信心於時時中請就家食時婆羅門後便𣲖患告其子曰曰月所臨處更無餘人與汝等者我命終後於諸論場汝無疑懼惟除迦葉波佛聲聞弟子何以故彼宗寬廣甚深難測世論不能伏俗智不能知衆一其心不求名利故汝不應共爲論激子言甚善時婆羅門所患漸增雖加湯藥日就羸困如有説云

積聚皆銷散　崇高必墮落　合會終别離　有命咸歸死

時婆羅門即便命終其子與諸眷屬以五綵繒轝送至屍林以火焚訖懷憂而住諸餘論師聞彼父死共相告曰仁等當知彼善論婆羅門今已身死我等宜往詰訖栗枳王請申論事即便共往既至王所呪願王已便啓王曰我等曾於師邊少學文字敢欲親對王所建立論端王告臣曰卿今宜往命彼論師大臣答曰彼師已死王曰由此縁故如場中烏雀今並競來然彼大師頗有兒息及兄弟耶大臣白言有子名劫比羅　王曰宜可命來奉

命便喚既至王所呪願王已在一面坐大臣白王此是大師之子名劫比羅王言善來今有諸方論師遠近咸萃欲於我所興建論端汝能共彼相詶對不便白王曰敢申論難便立論場令其激難王便整駕親觀得失即令諸來論八並爲宗主遣劫比羅共爲敵論所有詰問隨事窮研諸立論人咸皆杜口凡論義不答即墮負處時王既見無礙辯才極生希有而歎之曰此兒年在弱歲德冠群英歡喜驚嗟特異優賞令乘大象灌頂稱尊號曰論王衆所瞻仰其劫比羅母遙生憂念豈我小兒爲性輕躁被奪封邑無面歸耶作是思惟懷愁而住時劫比羅既蒙灌頂爲大論王群彦相隨共還本宅其母忽遽而告之曰汝已摧破諸論師不便報母曰並已破訖惟除

迦葉波佛聲聞弟子其母即便迴面揮手時劫比羅即白母曰何意慈尊迴面揮手母曰汝今知不所有封邑猶未能安終被苾芻共相侵奪汝今宜往折彼沙門便白母曰慈父亡日誡以遺言日月光臨更無餘人與汝等者我命終後於諸論場汝無疑懼惟除迦葉波佛聲聞弟子何以故彼宗寬廣甚深難測世論不能伏俗智不能知衆一其心不求名利汝勿共論母便報曰汝父在日是沙門奴豈汝今時還作奴也宜可即行挫其鋒鋭劫比羅禀性仁孝無違母言便往鹿園於其中路逢一苾芻即便問言苾芻從何處來報言仙人墮處施鹿林來問曰仙人墮處有幾許苾芻答曰強逾二萬問曰苾芻之衆其數巳多所有經典未知多少報曰苾芻經典總有

三藏問曰其一一藏數量如何報言一藏頌有十萬問曰在家俗侶頗得聞不報言得聞二藏謂論及經毗柰耶教是出家軌式俗不合聞劫比羅便作是念其激論法不許他知作斯念已白苾芻曰仁今爲我且說少多佛家要義苾芻便念此婆羅門是論難者爲稱量我而發斯問爲當不解而見請耶我今試之誦伽他曰

何處流當止　何處道應行　世間苦樂事
何處當窮盡

說伽他已而報之曰婆羅門汝當爲我解斯頌義時劫比羅於諸明處周徧思量盡其慧解莫測其義云何流止云何道行即便四顧勿有餘人見聞於我遂作是念若於此處有證義人即令我身交被挫折便行矯詐報苾芻曰我觀此頌宗緒綿長其義深遠汝宜且向婆羅痆斯我有少緣當行鹿苑不可倉卒爲陳其義後時重會解亦不難既言別已詣鹿林中見諸苾芻讀誦禪思勤求出道深生敬信即自思念誰復不顧後世情懷磣毒於斯智者興覓過心共申狂論作是念已遂還本居母見問曰汝已摧破迦葉波弟子耶白母曰看母意趣欲得亡失現居封邑母告子曰所說何義兒即報曰試往鹿林路逢苾芻並悉如前具報於母母既聞已報曰若如是者汝今宜可學於佛法白言欲學何事報曰彼論義法不教俗旅汝可出家從其受學復白母曰寧容勝族於雜類中爲小因緣投出家也母報之曰待學得已後當歸俗豈於頭上生蔓草耶其兒稟性仁孝被母驅逼便欲

出家遂至鹿林到苾芻處告言大德我欲出家時彼苾芻便作是念此婆羅門善能激論若出家者紹隆佛法作是念已報曰善哉隨汝意樂榮名富盛皆悉無常能捨出家斯爲最善劫比羅曰我於此處人皆識知可往他鄉方爲出俗苾芻言善遂即將往餘方與其出家并受圓具便教習學三藏俱明爲大法師詞辯無滯若闡誦經法必陞衆寶師子之座吹雙螺震大皷王及士庶悉皆雲集聞者歡喜時劫比羅便自生念我之勤學其功已成宜往婆羅痆斯迦葉波佛所親奉大師承事供養既至城已母聞子來即便尋見至鹿林中見子問曰汝已摧伏迦葉波佛沙門弟子耶便白母曰我雖解教而未證果彼諸弟子教證俱明我復何能輙相摧折其母報曰

汝必須摧被母驅催不能自免便白母曰若聞莊嚴寶座擊皷吹螺大衆集時母當來至母報言善時至我來後於異時劫比羅次陞法座大衆皆集母聞皷震驚往鹿林於高座邊默爾而住是時法師便陞高座初演正法後雜邪言時諸苾芻聞而告曰具壽汝莫謗毀佛教建魔幟摧法幢捨此身已當生惡趣即無言對便下高座遂白母曰見此事不答言見劫比羅曰豈不已言我但解教彼教證俱閑豈我於彼能爲挫折母曰我當教汝激論方便汝若更爲說法之時先談正法後述邪宗彼諸苾芻作訶諫言引善惡事不聽語者汝當口陳刀劒出不義言彼諸沙門畏惡名稱即自默然時俗諸人謂其墮負便報母曰是好方便見陞座時母當重來報言好便

於後時同前屈請吹螺擊鼓七衆俱集其毋遂來於座後邊默然而坐時劫比羅即陞高座准式誦經初誦正經後陳邪法時諸苾芻告言具壽汝勿破正典邪乃至當生惡趣便憶毋言曰出刀劒報苾芻曰汝口如象口何所識知若法非法律非律汝如馬口如馲駝口驢口牛口獼猴口師子口虎口豹口熊口羆口猫口鹿口水牛口猪口狗口魚口愚人口汝復寧知法及非法時諸苾芻共相告曰此既口陳刀劒我等宜行其不忍者悉皆捨去其容忍者在座而聽作是念若陳正法我宜聽之若說邪宗彼當受苦時劫比羅於學無學諸聖苾芻作十八種惡口罵詈便下高座白其毋曰令喜不毋告子曰我今大喜宜可共歸劫比羅曰我不能歸我於迦葉波佛無上正覺教法之中情所愛尚毋曰汝豈不聞婆羅門典父毋言教不可輒違汝今即應共我歸舍便報毋曰我不能去若我流轉於生死中願莫重遭如是之毋由惡知識故令我於學無學聖人之所出麤獷言緣此惡業必定當來招苦異熟是時彼毋既喚不得便於婆羅痆斯街衢巷陌人衆之處作如是語諸人當知迦葉波弟子強奪我兒仁當助我諸人聞已其敬信者共相安撫不信之人便生調弄是時老毋恥辱纏懷便嘔熱血因即命過生捺洛迦劫比羅苾芻由作十八種惡口罵學無學人及諸苾芻故令命終之後生摩竭魚中其形可惡時諸大衆聞佛說已共相謂曰諸人當知彼劫比羅苾芻爲大法師辯才無礙善能說法令百千衆聞者歡喜但

由惡口生惡道中我等命終當生何處作是思惟懷憂而住爾時世尊觀察大衆意樂煩惱根性差别隨其所宜而爲説法既聞法已有得煖頂忍世間第一法或得預流一來不還果者或有出家盡諸有漏獲阿羅漢或於聲聞菩提或於獨覺菩提或於無上菩提心生希願後令大衆於三寶所生極信心爾時世尊爲大利益廣調伏已捨之而去

時摩竭大魚便自生念我今不應於世尊所聞三句法而更食耶即便斷食傍生之趣火力增强飢渴所逼於世尊所敬重逾深即便命過生四大王衆天凡生天者若男若女即生三念我從何死今於何生由作何業便憶前身我於傍生趣死今生四大王衆天由於佛所生敬信故時彼天子便作是念我今不應留住經宿方見世尊是時天子作是念已即莊嚴身具諸瓔珞光明殊妙便以衣角盛妙天華所謂嗢鉢羅華鉢頭摩華拘物頭華分陀利迦華曼陀羅華過初夜分來詣佛所便布天華供養佛已頂禮雙足在一面坐是彼天子光明赫弈周徧照曜高閣堂中爾時世尊隨彼天子意樂根性爲其説法令悟諦理是時天子既聞法已即於座上得預流果既見諦已白世尊曰大德由佛世尊令我證得解脱之果此非父母人王天衆沙門婆羅門親友眷屬之所能作我遇世尊善知識故於地獄傍生餓鬼趣中拔濟令出安置人天勝妙之處當盡生死得涅槃路乾竭血海超越骨山無始積集薩迦耶見以金剛智杵而摧碎之得預流果我今歸依佛法僧寶唯願

世尊證知我是鄔波索迦始從今日乃至命存受五學處不殺生乃至不飲酒即於佛前而說頌曰

我由佛力故　永閉三惡道　得生勝妙天
長歸涅槃路　我依世尊故　今得清淨眼
證見眞諦理　當盡苦海際　佛超於人大
離生老死患　有海中難遇　我逢今得果
我以莊嚴身　淨心禮佛足　右繞除怨者
今往赴天宮

時摩竭魚天子旣稱所願猶如商主多獲財利亦如農夫多收稼穡如勇健者降伏怨敵如重病人除去衆疾時彼天子辭佛而去便往天宮時諸苾芻於初後夜警覺專心思惟而住見世尊處有大光明便生疑念至天曉已白世尊曰於昨夜中豈有梵世諸天及天帝釋或四天王或有諸餘威德天衆來禮世尊耶世尊告曰諸苾芻非是梵天及餘天衆汝等苾芻豈不見彼摩竭大魚有十八頭我爲彼說三句妙法苾芻白佛我等皆見佛言彼於中夜來至我所我爲說法得見諦已還詣天宮時諸苾芻復白佛言此前身摩竭魚天子曾作何業得生四天王處復由何業親於佛所證四眞諦世尊告曰諸苾芻彼魚天子自所作業增長時熟緣變現前猶如暴流不可迴轉決定感報無餘代受汝諸苾芻彼魚天子凡所自作惡業不於外界地水火風令其受報然於自身蘊界處中而受異熟即說頌曰

假令經百劫　所作業不亡　因緣會遇時
果報還自受

汝諸苾芻有生受業有後受業云何生受業此於前身爲摩竭魚由於我邊起敬信心故彼業異熟生在四大王衆天是名生受業云何後受業即劫比羅於迦葉波佛正等正覺教法之中而爲出家讀誦受持爲人演說於蘊界處十二緣生及處非處悉皆善巧由彼積集善根業力得生天上今於我所見四眞諦是名後受業苾芻當知若純黑業得純黑異熟若純白業得純白異熟若黑白雜業得雜異熟是故苾芻應離純黑及黑白雜業當勤修學純白之業時諸苾芻聞佛說已歡喜信受

時彼五百漁人共相告曰仁等親聞彼劫比羅爲大法師善解三藏辯才無礙化百千人能令聞者悉生歡喜但由惡口墮傍生中我等常爲惡業無有慈悲廣殺有情以自活命我等死後何處受生我等今時若不生在下賤家者亦於如來善說法律而爲出家發勇猛心勤求不倦超度四軛越四暴流作是語已各以手支頰懷憂而住諸佛常法未入涅槃安住於世爲欲憐愍所化有情晝夜六時常以佛眼觀諸世間廣說如上諸大聲聞亦復如是時具壽舍利子以聲聞慧眼觀察世間便見五百漁人心生猒離懷憂而住即便往詣五百人所而告之曰賢首何意汝等以手支頰懷憂而住時漁人答言聖者我今云何得不愁苦我等親聞彼劫比羅爲大法師善解三藏演說無滯化百千人能令聞者悉生歡喜但由惡口墮傍生中我等常爲惡業無有慈悲廣殺有情以自活命我等死後何

處受生我等今時若不生在下賤家者亦於如來善說法律而爲出家發勇猛心勤求不倦超四軛越四流斯我無分寧不憂苦是時舍利子而告之曰賢首牟尼法主聖教之中不以家門氏族爲勝但以正行爲先即說頌曰

如來教法中　不問於族姓　但觀過去世
所作善惡業

若汝等情有希願於佛法中欲求出家并受近圓爲苾芻者汝等宜應往世尊所求請出家世尊知時滿汝所願諸人白言聖者若得如是我當請佛而求出家時舍利子遂將五百善男子往詣佛所禮佛足已在一面坐白佛言世尊大德此五百善男子深心希願於善說法律求欲出家并受近圓而爲苾芻惟願世尊爲憐愍故與其出家并受近圓爾時世尊告五百人曰善來苾芻可修梵行於佛言下鬚髮自落法衣著身瓶鉢在手威儀具足如百歲苾芻頌曰

世尊唱善來　髮落衣鉢具　諸根咸寂定
隨念悉皆成

根本說一切有部毗柰耶卷第九

音釋

黿鼉（黿愚袁切鼉徒何切）馲駝（馲力各切駝徒何切）熊羆（熊胡弓切羆波爲切）膜（慕各切）跟（古痕切足踵也）齎（祖奚切與賫同）疕（女黠切）稔（忍甚切穀熟也）殑（渠拯切）叡（以芮切明達也）甃（側救切）頡（胡結切）緒（徐呂切端也）慘（七感切酷毒也）幟（昌志切旗也）穡（所力切）軛（於革切）頰（古協切面旁也）

根本説一切有部毗柰耶卷第十

唐三藏法師義淨奉　制譯

妄説自得上人法學處第四之二

爾時薄伽梵與五百漁人出家圓具已從薛舍離詣竹林聚落北有朴擟波林依之而住時逢飢饉乞食難得父母於子尚不相濟況餘乞人爾時世尊告諸苾芻曰今時飢饉乞食難得父子尚不相濟汝等宜應各隨親友得意之處於薛舍離隨近聚落而作安居我與阿難陀於此林住苾芻聞已唯然受教各隨親友於薛舍離隨近聚落而作安居時彼五百善來苾芻見斯事已共相告曰仁等當知如世尊説今時飢饉乞食難得父子尚不相濟況餘乞人汝等宜應各隨親友於薛舍離隨近聚落而作安居我與阿難陀於此林住我等於此無有眷屬可得依止作安居事然於捕漁人村有我眷屬宜往相問於其村外權爲草室而作安居時五百苾芻即便往至捕漁村所問其眷屬權爲小室村外居停時諸苾芻共相謂曰我等少聞未有學識若諸親眷來相請問我等云何爲其説法若彼來時我等宜應更相讚歎汝諸眷屬大獲善利汝聚落中得有如是勝妙僧衆於此安居此苾芻得無常想於無常苦想於苦空想於空無我想猒離食想於諸世間無愛樂想過患想斷除想離欲想滅想死想不淨想青瘀想膖脹想膿流想蟲食想血塗想離散想白骨想觀空想此苾芻得初靜慮二靜慮三靜慮四靜慮得慈悲喜捨空無邊處識無邊處無所有處非想非非想處此得四果六神通

八解脱後於異時彼諸眷屬來相看問時諸苾芻見眷屬來即便更互共相讃歎汝諸眷屬大獲善利汝聚落中得有如是勝妙僧衆於此安居此苾芻得無常想廣説乃至得八解脱時諸眷屬旣聞説已白言聖者仁等證得如是勝果答言皆得時俗諸人聞得果者咸生愛樂於自父母妻子親屬而不拯濟於諸苾芻各以飲食共相供給

爾時世尊未入涅槃安住於世與諸弟子二時大集一謂五月十五日欲安居時二謂八月十五日隨意了時若前安居者受教勑已往詣城邑村坊聚落而作安居至隨意了皆來集會隨所證獲皆悉白知其未證者請求證法近薛舍離安居苾芻三月既満作衣已竟顔色憔悴形容羸瘦執持衣鉢往竹林村旣至村已時具壽阿難陀遥見諸苾芻於同梵行者起憐愛心遥唱善來即前迎接爲持衣鉢錫杖軍持并餘雜物沙門資具又問具壽仁等何處安居而得來至答言我於佛栗氏聚落三月安居今來至此阿難陀曰諸仁於彼安居三月之内乞求飲食不勞苦耶答曰雖於彼處得安樂住然乞飲食甚大艱辛時阿難陀即便報曰實爾具壽自驗衰羸容色憔悴准知飲食定是難求時捕漁村五百苾芻旣安居了執持衣鉢亦至此村顔色鮮好容貌肥盛時阿難陀遥見諸苾芻於同梵行者起憐愍心遥唱善來即前迎接爲持衣鉢并餘雜物如前具問乃至問言於捕漁村飲食易求安樂行不苾芻報曰我於彼住實得安樂所乞飲食易得不難阿難陀報言具

壽自驗肥充容色光澤准知飲食定是易求時阿難陀即便問曰今既時世飢饉飲食難求父母妻子尚不相濟何故仁等食易得耶彼便答曰我於眷屬自相讃歎云此苾芻得無常想乃至得八解脫阿難陀問曰所陳之事爲實爲虛答言是虛問言具壽仁等豈合爲少飲食實無上人法自稱得耶彼便答曰從合不合我等已作時諸苾芻樂少欲者皆共譏嫌訶責非法云何汝等爲貪飲食實無上人法自稱得耶時諸苾芻以緣白佛佛以此緣集苾芻衆知而故問如前廣說佛問勝慧河邊諸苾芻曰汝諸苾芻實無上人法自言得耶彼白佛言實爾大德爾時世尊種種訶責諸苾芻汝非沙門非隨順行所不應爲非威儀非出家者所作汝諸苾芻應知世間有三大賊云何爲三諸苾芻如有大賊若百衆若千衆若百千衆便往到彼城邑聚落穿牆解鑰偷盜他物或時斷路傷殺或時放火燒村或破王庫藏或劫掠城坊是名第一大賊住在世間諸苾芻如有大賊無百衆無千衆無百千衆不往城邑聚落穿牆解鑰偷盜他物亦不斷路燒村破王庫藏等然取僧薪草華果及竹木等賣已自活或與餘人是名第二大賊住在世間又諸苾芻有其大賊無百衆無千衆無百千衆不往城邑聚落穿牆解鑰偷盜他物乃至不取僧祇草等活命與人然於自身實未證得上人之法妄說已有是名第三大賊住在世間汝諸苾芻第一大賊第二大賊不名大賊是名小賊汝諸苾芻若實無上人之法自稱得者於人天魔梵沙

門婆羅門中是極大賊説伽他曰
實非阿羅漢　説言我身是　於諸人天中
是名爲大賊
爾時世尊種種訶責彼苾芻已告諸苾芻曰
我觀十利爲諸弟子於毗柰耶制其學處應
如是説
若復苾芻實無知無徧知自知不得上人法
寂靜聖者殊勝證悟智見安樂住而言我知
我見彼於異時若問若不問欲自清淨故作
如是説諸具壽我實不知不見言知言見虚
誑妄語得波羅市迦不應共住
爾時世尊爲諸苾芻制學處已時有衆多苾
芻在阿蘭若住受麤卧具勤策相應得少自
相寂止方便世間作意折伏煩惱欲染瞋恚
不復現行時彼即便更相告言具壽汝今知
不阿蘭若中所應得者我今已得我生已盡
梵行已立所作已辦不受後有我今可捨蘭
若住處往聚落中便捨靜林就村而住時彼
數數見諸女人又見淨人及諸求寂共爲雜
住煩惱還起欲染瞋恚還復現行時彼諸人
各作是念世尊爲諸弟子於毗柰耶制其學
處若復苾芻實無知無徧知自知不得上人
法寂靜聖者殊勝證悟智見安樂住而言我
知我見彼於異時若問若不問欲自清淨故
作是説諸具壽我實不知不見言知言見虚
誑妄語者得波羅市迦不應共住時諸苾芻
即相告曰我等住阿蘭若受麤卧具勤策相
應得少自相寂止方便折伏煩惱便棄靜林
來至聚落旣觀諸境煩惱現行如前廣説豈
非我等犯他勝耶我等共詣具壽阿難陀所

以事陳告如彼所說我當奉行即便到彼問具壽阿難陀曰具壽知不如佛世尊爲諸弟子制其學處

若復苾芻乃至波羅市迦不應共住我等在阿蘭若煩惱不起今來聚落煩惱還生廣說如前我皆有疑豈非我等犯波羅市迦耶當問具壽阿難陀如彼所說我當奉行由是事故我等今來至具壽所詳欲諮決豈非我等犯波羅市迦耶爾時具壽阿難陀聞諸苾芻說是事已遂將諸人往世尊所頂禮佛足在一面坐時具壽阿難陀白佛言世尊大德如是爲諸苾芻於毗柰耶制其學處若復苾芻廣說乃至得波羅市迦不應共住此諸苾芻在阿蘭若住受邊際卧具勤策相應得少自相寂止方便作意折伏煩惱欲染瞋恚不復現行時彼即便更相告語具壽汝今知不阿蘭若中所應得著我今已得我生已盡梵行已立所作已辦不受後有我今宜捨蘭若住處往聚落中即便捨靜就村住處時彼數數見諸女人又見淨人及諸求寂共爲雜住煩惱還起欲染現行彼諸苾芻各生疑念將非我犯波羅市迦耶故來問我我不敢決咸來至此大德世尊將非彼犯極重罪耶世尊告曰阿難陀除增上慢彼無有犯爾時世尊種種方便爲愛樂戒者爲尊重戒者隨順勸喻爲說法已告諸苾芻曰汝諸苾芻如是應知前是創制此是隨開我今爲諸聲聞弟子當如是說

若復苾芻實無知無徧知自知不得上人法寂靜聖者殊勝證悟智見安樂住而言我知

我見彼於異時若問若不問欲自清淨故作如是說諸具壽我實不知不見言知言見虛誑妄語除增上慢此苾芻亦得波羅市迦不應共住

苾芻義如上言無知者謂不知色受想行識言無徧知者謂不徧知色受想行識上人法者上謂色界在欲界上無色界在色界上人謂凡人法者謂五蓋等能除此蓋名之爲上寂靜者謂是湼槃言聖者謂佛及聲聞殊勝證悟者謂四沙門果預流一來不還阿羅漢智者謂四智苦智集智滅智道智及餘諸智見者謂四聖諦見言安樂住者謂四靜慮是修非生我知者謂知四諦法而言我見者謂見天見龍見藥叉見揭路荼健達婆緊那羅莫呼洛伽鳩槃荼羯吒布單那畢舍遮鬼我聞天聲乃至畢舍遮鬼我往天處乃至畢舍遮處彼諸天龍乃至畢舍遮來至我所我與諸天等常爲狎習共作言談彼諸天等亦來就我常爲狎習共作言談其實未證而言我證謂得無常想廣說乃至得八解脫彼於異時者謂是别時若問者謂被他問若不問者謂自生悔恨而懷憂惱欲自清淨者謂希出罪作如是語具壽我實不知者謂意識也我實不見者謂眼識也虛誑妄語者是異名說除增上慢者謂除增上慢人實未證得自謂已得由無誑心故不犯根本此者謂指其人苾芻者謂住苾芻性廣說如上乃至不應差作十二種人是故名爲不應共住此中犯相其事云何

攝頌曰

見相阿蘭若　舍中受妙座　能知於自相
方便顯其身

若苾芻如是樂欲如是忍可作如是語我見諸天乃至羯吒布單那者得波羅市迦乃至我見糞掃鬼者得窣吐羅底也若苾芻如是樂欲如是忍可作如是語我聞諸天乃至羯吒布單那者得波羅市迦乃至糞掃鬼者得窣吐羅底也苾芻妄心作如是語我諸天處乃至羯吒布單那處者得波羅市迦乃至糞掃鬼處者得窣吐羅底也若苾芻妄心作如是語諸天來至我所乃至羯吒布單那來至我所者得波羅市迦乃至糞掃鬼者得窣吐羅底也若苾芻妄心作如是語我共諸天常爲狎習共作言談乃至羯吒布單那者得波羅市迦若云糞掃鬼者得窣吐羅底也若苾芻妄心作如是語諸天來共我常爲狎習共作言說乃至羯吒布單那者得波羅市迦若云糞掃鬼者得窣吐羅底也若苾芻妄心作如是語實不得無常想而言我得者得波羅市迦乃至妄言得俱解脫皆得波羅市迦若苾芻妄心作如是語有多苾芻若在村坊或阿蘭若處住多被非人之所嬈亂於中若得預流一來不還阿羅漢果者非人即不嬈亂我在彼處不被非人之所嬈亂者得波羅市迦若苾芻妄心作如是語於某舍中受他請食敷設雜綵勝妙之座若得四果者方就其座而受飲食我亦得彼勝妙座食者是苾芻得波羅市迦若有衆多苾芻在阿蘭若村中住少於自相而心得定以世俗道伏除煩惱欲貪瞋恚而不現行苾芻妄心作如是語我

亦在彼阿蘭若住得少自相定以世俗道伏除煩惱欲貪瞋恚亦不現行者得波羅市迦若苾芻妄心欲自顯已作如是語有苾芻親見諸天不言是我得窣吐羅底也如是乃至見羯吒布單那不言是我者得窣吐羅底也乃至糞掃鬼者得惡作罪若苾芻妄心作如是語有苾芻聞諸天聲不言是我得窣吐羅底也如是乃至聞羯吒布單那不言是我者得窣吐羅底也乃至糞掃鬼者得惡作罪若苾芻妄心作如是語苾芻往詣天處不言是我者得窣吐羅底也乃至羯吒布單那處得窣吐羅底也乃至糞掃鬼者得惡作罪若苾芻妄心作如是語有苾芻諸天來就乃至羯吒布單那不言是我得窣吐羅底也若糞掃鬼者得惡作罪若苾芻妄心作如是語有苾芻常往天處共諸天言談議論乃至羯吒布單那不言是我者得窣吐羅底也若糞掃鬼者得惡作罪若苾芻妄心作如是語有苾芻諸天來就言談議論乃至羯吒布單那不言是我者得窣吐羅底也糞掃同前若苾芻妄心作如是語有苾芻得無常想如前廣說乃至得八解脫不言是我是苾芻得窣吐羅底也如有衆多苾芻在阿蘭若村住常被非人之所嬈亂中有苾芻得四果者不被非人之所嬈亂苾芻妄心作如是語有苾芻在彼村住不被非人之所嬈亂不言是我得窣吐羅底也若有衆多苾芻在俗舍中坐勝妙座而受其食皆獲四果苾芻妄心作如是語有苾芻於彼舍中受勝妙座不言是我者得窣吐羅底也若諸苾芻在阿蘭若村住得少自相

定以世俗道伏除煩惱欲貪瞋恚亦不現行不言是我者得窣吐羅底也若苾芻妄心作如是語有苾芻在彼村住得少自相定乃至煩惱皆不現行不言是我者得窣吐羅底也

攝頌曰

記戰與言違　旱時天雨少　業力男成女　溫泉聽象聲

佛在廣嚴城獼猴池側高閣堂中時摩揭陀國未生怨王與廣嚴城諸栗呫毗先有違逆未生怨王乃嚴整四兵象馬車步往佛栗氏國欲共鬬戰時佛栗氏國人告廣嚴城栗呫毗曰摩揭陀國未生怨王嚴整四兵來此欲戰時彼聞已亦嚴四兵出城拒逆兵衆出時具壽大目連執持衣鉢於日初分入廣嚴城欲行乞食時此城中栗呫毗衆遥見大目連共相謂曰君等知不尊者大目連我比曾聞是第三聖無有少事而不見知我等宜應問彼聖者兩國交戰誰得勝耶即便往問白言聖者摩揭陀國未生怨王來破我國今出相禦兩陣交戰誰當勝耶尊者報曰汝等得勝彼既聞已共相謂曰聖者目連與我等記戰當得勝諸人聞已歡喜踊躍情欺彼敵掩其不備即與共戰遂便大破軍兵瓦解逐北追奔欲至殑伽河岸廣嚴城人既得勝已倍生勇鋭時未生怨王便生是念此城中人心懷凶猛今若度河彼來取我如網取魚盡當殺害作是念已徧告軍衆咸可併心迴兵共戰衆聞王教各作是念我等辭國來伐廣嚴今者不應被破而活咸即同心迴兵共戰時此城人遂便退敗走入城中閉門自固其摩揭

陀王既得勝已收軍率旅還王舍城於後城中諸栗呫毗於街衢巷陌共起譏嫌彼大目連記我戰勝今我此城總被敗喪何戰勝耶是時六衆苾芻入城乞食聞彼譏嫌而問之曰汝等今者譏嫌何人諸人答曰譏嫌汝等六衆報曰我等作何罪過令汝譏嫌諸人報曰聖者大目連記我戰勝今我此城總被他破豈戰勝耶六衆答曰汝初鬪戰何國得勝諸人報曰我等鬪戰初時得勝六衆答曰汝戰得勝即合却迴誰更遣汝逐他軍衆汝豈不聞野干被迫力同猛虎彼諸人衆聞此語已自知無理默然不答于時六衆苾芻共相謂曰我等且應時機答戰勝事令彼人衆不作大嫌然大目連有所犯罪我今應詰令其說悔是時六衆苾芻既還住處食已詣大目

連所合掌恭敬禮足白言我等今者諮詰少事唯願慈悲賜垂聽許目連報曰五部之罪任意舉言六衆白言尊者與栗呫毗記戰得勝而廣嚴城被他所破豈是勝耶持鉢乞食可不自供而更妄語虛記他事不見實狀令衆譏嫌遂令我等所行之處謗議盈途乞食不得仁既犯罪應如法悔目連報曰具壽我不見罪是時六衆共相謂曰仁等知不如世尊說若不見罪應與作不見罪捨置羯磨犯云不見是難容隱誰是授事人遣鳴揵椎授事問曰欲何所爲答曰少欲目連有犯不見今應與作捨置羯磨時授事人便與六衆往上座所時具壽舍利子爲衆上座時授事人告上座曰須鳴揵椎上座問曰欲作何事勿令正法致有毀損爲誰作徧住法乃至出罪

報言無如是等事但爲尊者大目連妄記他事廣説如上不肯見罪我等依法與作不見罪羯磨舍利子言具壽汝等勿作非法惱亂耆宿有德苾芻大師世尊具一切智於一切事得大自在汝今應往請佛決疑隨佛所教汝當奉行時諸苾芻以此因緣往白世尊世尊告曰凡戰鬭時非人先戰後次於人若非人戰勝人亦得勝當爾目連記粟呫毗剋得勝時廣嚴城非人戰勝王舍城非人不如既至河岸王城非人得勝廣嚴城不如但記初勝不記於後若作如是始終問者目連當時具答其事汝諸苾芻大目連無犯若苾芻作如是心而記事者無犯若異此者得越法罪

佛在廣嚴城獼猴池側高閣堂中時諸外道與俗授記十二年中天旱不雨具壽大目連執持衣鉢入廣嚴城次行乞食時城中人問言聖者何時天雨目連報曰過七日已天當降雨諸人聞説過七日已聖記天雨是時諸人於倉廩内所有穀麥咸種田中過七日已雲騰雷震惟降少雨纔得掩塵即便停息時諸人等便於市肆街衢之所皆共譏嫌諸人知不寧信外道不信沙門釋迦之子常以袈裟覆體如樺樹皮實無知覺時六衆苾芻方入乞食聞此嫌言便問之曰仁等嫌誰答言我嫌汝等告曰我等何過令汝譏嫌諸人報曰大目連明言見記過七日已必當降雨我等聞已於倉廩内所有穀麥咸種田中而天不雨六衆報曰汝等常親外道若見彼記雲興電擊纔少霑灑即便唱令天時大雨目連所記天雨尚多地有流水然彼聖者豈爲汝

等作如是記所種苗稼悉皆成熟答言不爾六衆報曰若如是者彼有何過汝等見譏彼即無言默然而住六衆苾芻共相謂曰難陀鄔波難陀我且隨時答諸人衆然少欲目連自身犯罪我等就彼令其説悔還入寺中食訖收衣鉢已便往詣彼大目連所白言畔睇上座目連答言無病彼復重言上座願見容許我欲詰罪答曰五部罪中隨意當詰白言上座知不外道所記十二年中天旱無雨仁記七日已後天當降雨上座應可褰衣勿令泥汙持鉢乞食豈不充身何故虚心妄記他事遂令我等所行之處謗毀盈途乞食不得仁既犯罪應如法悔目連報曰具壽我不見罪是時六衆共相謂曰仁等知不如世尊説若不見罪應與作不見罪捨置羯磨誰是授事人遣鳴揵椎廣説乃至舍利子爲上座令往白佛佛告諸苾芻有五因緣天不降雨而星曆人不善了知記言天雨云何爲五苾芻當知若見雲興電擊雷震風鷩時星曆人記言天雨然此大地有其火界上騰虚空令雨乾燥此是第一不雨因緣復次苾芻若見雲起風鷩時星曆人記言天雨然於虚空有大風起便吹此雨於杖林内或羯陵伽蘭若林中令雨偏澍此是第二不雨因緣復次苾芻若見雲起風鷩時星曆人記言天雨然於此時行雨天神縱逸而住於時時間不澍甘雨此是第三不雨因緣復次苾芻乃至星曆人記言天雨由諸有情愛樂惡法非分起貪住於邪見緣此事故於時時中天不降雨此是第四不雨因緣復次苾芻乃至星曆人記言

天雨然羅怙羅阿修羅王從大海出便以兩手棒其雨水棄大海中此是第五不雨因緣而星曆人不知記言天雨苾芻當知目連記雨之時羅怙羅阿修羅王以手捧雨棄大海中然非無雨豈彼當時問言稼穡皆成熟不爾時目連即依事答苾芻當知大目連無犯若異此者得越法罪

世尊在廣嚴城獼猴池側高閣堂中時有無衣外道門徒於此城住其婦懷妊是時具壽大目連入城乞食次至外道門徒家時彼家主既見尊者便作是念此大目連衆所共聞是第三聖無不知見我今應問我婦懷妊爲男爲女作是念已問目連曰聖者我婦懷妊爲女爲男尊者報曰賢首腹内是男凡諸世人聞富盛時悉皆歡喜即便慶躍以好上妙香美飲食盛滿鉢中授與尊者復便請曰餘日更來報言無病辭之而去近此外道門徒之舍有露形人爲外師首見大目連持滿鉢去即便念曰我惟有一施食之家還被沙門釋迦之子教化侵奪此非好事我今宜往到長者邊問其所以共彼沙門作何籌議即便疾疾往至其家問言長者沙門目連來至家不長者報言來至告曰仁何所問報言我問婦今懷妊爲男爲女報言是男時露形者善明卜筮卜知是女即便迴面翻掌而笑長者見已進而問曰何意迴面翻掌而笑報言我觀是女不見有男時彼長者面現瞋相額起三峯而告之曰汝拔髮露形何所知見豈大目連智不及汝聖者授記必定誕男汝之淺識強云生女彼見罵已還更算之剋定是女

即便作色告長者曰假令沙門瞿答摩說云是男此不是男必定生女彼既月滿便生於女時彼長者及諸家眷咸起譏嫌廣興謗議寧彼外道記事不虛不同沙門言皆是妄目連記男反更生女是時流言遍徧城郭時諸人等便於市肆街衢之所咸共譏嫌諸人知不寧親外道不信沙門釋迦之子時六衆苾芻方入乞食聞此嫌言便告彼曰仁等嫌誰答言我嫌汝等報云我有何過令汝譏嫌諸人報曰聖者目連記外道婦當生於男今遂生女六衆聞已告諸人曰世間諸人咸皆漂沒無智之海惟佛世尊於授記事出言無妄餘所說者容有參差然人之所生非男即女豈復生狗及獼猴耶諸人聞已默然不答是時六衆難陀鄔波難陀共相告曰我且隨時

答諸人衆然少欲目連自犯其罪廣說如前乃至報曰五部罪中隨意當詰白言上座應知豈不憶記彼外道門徒懷妊之婦生必是男今既生女可相慶賀沙糖石蜜恣意飡噉持鉢乞食可不濟飢更以虛心妄記他事遂令我等乞食不得仁既犯罪應如法悔目連報曰具壽我不見罪是時六衆喚授事人鳴揵椎集衆僧廣說如前乃至世尊告曰汝諸苾芻有其四處不可思量若強思者心則迷亂或令發狂云何爲四一思量神我二思量世間三思量有情業異熟四思量諸佛境界然大目連授記之時其實是男彼於後時由業異熟轉之爲女若彼長者問大目連我婦產時爲男爲女時大目連記言是男汝諸苾芻目連當時據現事記故無有犯

佛在王舍城羯蘭鐸迦池竹林園中於此城内有一長者聞有説言若不預告設僧飲食者彼即忽然財食交報所求增長時彼長者即作是念欲覓錢財此好方便我今宜可不預告知忽設僧食即往市肆多買淨肉於大鑊内加以酥油作好美粥既備辦已往至城門告守門人曰汝今當知若見苾芻欲乞食者令詣我家答言善哉我當遣去彼見苾芻欲行乞食報言聖者某甲長者今日中前施乞者食時乞食者既聞告已皆悉往彼長者宅中時彼長者各以美粥滿鉢授與苾芻苾芻受已並還本處隨情飽食于時天氣陰凝寒風慘冽諸苾芻共相謂曰鉢膩難洗我等宜應詣温泉所暖水洗之即往泉邊各洗其鉢有一少年苾芻便作是念此之温水從何處來去斯不遠鄔波難陀亦自洗鉢時少年者便到其所致敬問曰大德鄔波難陀此之温水從何處來時大目連亦在温泉洗鉢鄔波難陀教少年曰汝今可往問少欲者時彼少年至目連所齊整威儀倍加恭敬問言大德此之温水從何處來報言具壽從無熱惱大池處來鄔波難陀適聞此説白言上座勿害正經勿虧法眼我雖未證豈無阿笈摩耶如佛所説無熱大池所有諸水具八功德所謂冷美輕輭清淨香潔飲不損喉入腹無患如所記言便違功德然而持鉢乞食不濟身飢以虚誑言妄記他事廣説乃至往白世尊世尊告曰汝諸苾芻温泉水實從無熱池而來至此苾芻白佛言若其此水從彼來者何意令熱世尊告曰汝等應知彼池水經遊五

百熱捺落迦方至於此由斯緣故遂變成熱若問目連何因熱者彼便具答不冷因緣汝諸苾芻然彼目連作如是想說時無犯

佛在室羅伐城給孤獨園是時具壽大目連告諸苾芻曰具壽我入無所有定聞曼陀難池水之岸有諸象王吼叫之聲鄔波難陀於衆中坐聞此說已作如是言上座勿虧正理勿害法眼我雖未證豈無聖教如世尊說若入無所有定者必當遠離色聲諸境如何入定而得聞聲所授記者必無是處廣說如前六衆詰罪鳴椎集衆與大目連作捨置羯磨時舍利子令往白佛諸苾芻以此因緣具白世尊世尊告曰汝諸苾芻如大目連所言無妄雖復現入無所有處定諸色聲想悉皆遠離然大目連獲得靜慮解脫勝妙等持速出速入雖是出定謂在定中便以其事告諸苾芻我在定中聞象吼叫汝諸苾芻此大目連以實想說無犯又無犯者謂最初犯人或癡狂心亂痛惱所纏

根本說一切有部毗奈耶卷第十

音釋

飢饉（飢居宜切穀不熟也饉渠槿切菜不熟也）薜（蒲計切）瘀（依倨切氣血壅也）䏶脹（䏶匹江切脹知亮切）憔悴（憔昨焦切悴秦醉切憔悴與顦顇同）呫（他叶切）樺（胡化切木名）詰（苦吉切問也）褰（去乾切）筮（時制切揲蓍也）囂（許橋切聲也）

根本說一切有部毗柰耶卷第十一

唐三藏法師義淨奉　制譯

十三僧伽伐尸沙法

攝頌曰

泄觸鄙供媒　小房大寺謗　片似破僧事

隨從汙慢語

故泄精學處第一

爾時薄伽梵在室羅伐城逝多林給孤獨園時具壽鄔陀夷常所作事若在聚落村坊寺內止住之處晨朝早起灑掃庭宇以新牛糞而塗拭之方向房外淨洗手足嚼齒木已於日初分執持衣鉢入聚落中或村坊內次行乞食然不善護身根不住正念既得食已遂還本處飯食訖收衣鉢洗足已便入房中以自消息若彼欲意現在前時即手執生支泄精取樂時有衆多苾芻看行房舍遂至鄔陀夷所住之處共相慰問在一面坐時諸苾芻問鄔陀夷曰具壽堪忍衆事無諸病惱安樂行不不以乞食爲勞苦也即報諸苾芻曰我今堪忍衆事無有病惱乞食易得安樂而住諸人問曰何意具壽堪忍衆事得無憂惱安樂而住耶鄔陀夷曰具壽知不我之常業若在聚落村坊寺內止住之處於晨朝早起灑掃庭宇廣說如前乃至手執生支泄精取樂由此因緣得除熱惱安樂而住不以乞食爲苦時諸苾芻聞是語已不喜不嫌捨之而去往世尊所禮佛足已在一面坐具以上事白佛佛以此緣觀二事故集苾芻衆云何爲二一者欲令我諸聲聞弟子知所作事是非法故二者由此爲緣我欲爲諸聲聞制學處故

諸佛常法知而故問乃至廣説爾時世尊知時而問鄔陀夷曰汝實作如是不端嚴事耶答言實爾世尊以種種訶責言汝所爲非沙門非隨順法非清淨行非出家人之所應作云何癡人於我善説法律之中而爲出家聞説離貪瞋癡心慧解脱微妙之法而汝作斯不善之事癡人寧以手執可畏黑蛇不以染心自捉生支故泄不淨云何汝癡人以其兩手受彼信心婆羅門諸長者等所施飯食云何以手作此非法將爲安樂世尊作此種種訶責已告諸苾芻曰我觀十利廣説如前爲諸聲聞弟子於毗柰耶制其學處當如是説若復苾芻故泄精者僧伽伐尸沙爾時世尊爲諸苾芻制學處已時有諸苾芻於睡夢中泄精各生追悔心不安樂共相謂曰仁今知不世尊爲諸苾芻於毗柰耶制其學處若苾芻以故心泄精者得僧伽伐尸沙我等睡時夢中泄精于時有泄精想豈非我等犯僧伽伐尸沙耶宜應共詣具壽阿難陀所具陳其事如彼所説我當奉持時諸苾芻即便共詣阿難陀所到已白言具壽阿難陀知不如佛世尊爲諸聲聞於毗柰耶制其學處若復苾芻故泄精者僧伽伐尸沙我等於睡夢中泄精皆有想心咸生追悔豈非我等犯僧伽伐尸沙耶由此故來請問大德如所陳説我當持之時阿難陀聞此語已將諸苾芻詣世尊所禮佛足已在一面坐阿難陀白佛言世尊大德爲諸苾芻制其學處若復苾芻故泄精得僧伽伐尸沙此諸苾芻於睡夢中泄精皆有想心彼諸具壽咸生追悔將非我犯僧殘

罪耶不知諸苾芻爲犯不犯世尊告阿難陀曰彼諸苾芻想心緣慮我不云無然在夢中非是實事應除夢中爾時世尊讚能持戒者讚敬重戒者爲諸苾芻說隨順法令於善品得增長已告諸苾芻曰前是創制今是隨開是故我今爲諸苾芻於毗柰耶重制學處應如是說若復苾芻故心泄精除夢中僧伽伐尸沙苾芻義如上故心者謂故作意泄者謂精正流泄移其本處精有五種謂青黄赤厚薄此中青者謂是輪王及輪王長子受灌頂法其精俱青所餘諸子其色皆黄輪印大臣其色皆赤已長成人其精厚未長成人其精薄若人被女欲所傷若擔重物或涉長途或身根損壞如斯等類容有五精除夢中者若在夢中無犯僧伽者若犯此罪應依僧伽而行其法及依僧伽而得出罪不依別人阿伐尸沙者是餘殘義若苾芻於四波羅市迦法中隨犯其一無有餘殘不得共住此十三法苾芻雖犯而有餘殘是可治故名曰僧殘此中犯相其事云何有五事別一爲樂故二爲呪故三爲種子故四爲藥故五爲自試故云何爲樂若苾芻爲泄精樂故於内色處有染欲心起方便發動生支而泄精受樂者得僧伽伐尸沙雖加方便若精不泄得窣吐羅底也如是若爲揺動生支樂故而故泄精或爲摩觸捉搦樂故而故泄精或爲出生支頭樂故而故泄精得罪輕重廣如上說如爲樂既爾若爲呪爲求種子爲藥或爲試力而泄精者得罪輕重如上若苾芻爲樂故欲出青精於内色處有染欲心起方便而泄其精或求

黃赤厚薄等得罪如上內色既爾外色亦然

攝頌曰

若舞及於空　精動身中泄　揩摩出時樂
染意量生支　或時染心視　或逆流順流
及逆風順風　應知罪輕重

若苾芻因作舞時泄精者得吐羅罪若精不泄得惡作罪若苾芻故於空中搖膀而泄精者得窣吐羅底也若精不泄者得惡作罪若苾芻精戰動時遂便攝意而精泄者得窣吐羅底也若不泄者得惡作罪若精巳泄尚在身中而加方便使精泄者得窣吐羅底也若不泄者得惡作罪若苾芻受他揩身因而精泄者得窣吐羅底也若有染心而不泄者得惡作罪若苾芻量生支作心受樂因而精泄者得窣吐羅底也若不泄者得惡作罪若苾芻以染心觀視生支得惡作罪若苾芻以染欲心以巳生支逆流而持得窣吐羅底也若順流而持得惡作罪若苾芻以染欲心以生支逆風而持得窣吐羅底也若順風持得惡作罪無犯者若走若跳戲若浮若越坑塹欄楯若行觸髀觸衣若入浴室若憶故二若見可愛之色或搔疥癢無受樂心而精流泄斯皆無犯又無犯者最初犯人或癡狂心亂痛惱所纏

觸女學處第二

佛在室羅伐城逝多林給孤獨園時六衆苾芻共相告曰我等每於晨朝恒令一人在逝多林門若有婆羅門長者居士來往經過爲說法要有論議者我當折伏令名稱遠聞衆所欽仰比六衆苾芻於六大城所有氏族種

類及諸工巧名諱差别無處不知無人不識時具壽鄔陀夷於晨朝時爵齒木被僧伽胝禮窣覩波已於逝多門外經行遊適此城常法若婆羅門居士居士婦共出都城往芳林内周徧遊觀持諸華果入逝多林禮世尊足并諸大德時有衆多居士居士婦至逝多林鄔陀夷見已作如是言善來姊妹猶如初月時一現耳諸女答曰大德如世尊説若人居在八無暇中於清淨行無容修習我之女身多諸障難鎮營家業復是第九無容暇事時鄔陀夷聞是語已報語女曰汝豈不聞

昔有婆竭王　廣營衆事業　所作事未畢
其命已終亡　汝等營家業　其事無竟時
死是人共嫌　寧知忽來至

諸女聞已答言大德我緣此故來入寺中禮世尊足并諸上座大德苾芻鄔陀夷曰善來姊妹如世尊説以不堅身而求堅法汝等來入寺中隨喜禮拜實爲善事汝等於此寺中頗請苾芻爲引導人指授房舍及塔廟不諸女報曰大德豈我手執明炬而更求燈燭今捨大德别請餘人爲引導耶時鄔陀夷便作是念若我爲其指授房舍廢修善品若不指授交有所闕入城乞食誰當見與雖廢正修宜應指授便灑手足即執香華引導而進説伽他曰

若人以眞金　日施百千兩　不如暫入寺
誠心一禮塔

姊妹此是如來所居香殿然佛世尊晝夜六時常以佛眼觀察世間誰增誰減誰遭苦厄誰向惡道陷没欲泥誰堪受化作何方便拔

濟令出無聖財者令得聖財以智安膳那破無明膜無善根者令種善根有善根者令其增長安人天路能盡苦際趣涅槃城時鄔陀夷說伽他曰

假使大海潮　或失於期限　佛於所化者
濟度不過時　如母有一兒　常護其身命
佛於所化者　愍念過於彼　佛以大悲心
徧於生死內　常隨所化者　如母牛憐犢

然佛世尊應正等覺具足十力四無所畏作師子吼覺悟羣迷汝應至心禮敬尊足

次至餘房而告之曰此是上座阿若憍陳如所住之房諸妹然此世間盲冥無識既罕將導長夜輪迴爾時世尊初成正覺以妙智藥爲開法眼三轉法輪令其啟悟於大師衆弟子之中最爲上首耆年宿德善修梵行受持法衣此爲初首汝應至心禮敬其足

次至尊者大迦葉波所住之房告言諸妹此是大婆羅門勝妙之族捨九百九十九具犂牛二百餘碩碎金大麥六十億金錢有十八封邑僕使傭人有十六聚落興易商估妻名迦畢梨身如金色儀容美麗無與等者如此衆事並皆棄捨如捐涕唾於後夜時捨百千上服著麤氎僧伽胝歸佛出家住於林藪假使狂象舉目視之便捨狂醉少欲知足修杜多行於大師衆弟子之中威德尊重最爲第一汝應至心禮敬其足

次至尊者舍利子所住之房告言諸妹此是貴族婆羅門子捨俗出家年始十六諦精聲明經心悟解諸外論者並皆摧伏如世尊說

一切世間智　惟除於如來　不及身子智

十六分之一　一切人天智　皆如舍利子不及如來智　十六分之一

於大師衆弟子之中有大智慧具足辯才最爲第一汝應至心禮敬其足

次至尊者大目乾連所住之房告言諸妹此是輔國大臣婆羅門子捨貴勝位而爲出家有大神力能以足指動帝釋宫於大師衆弟子之中有大威德具大神通最爲第一汝應至心禮敬其足

次至尊者阿尼盧陀所住之房告言諸妹此是佛堂弟亦捨貴位隨佛出家有大勢力曾有商主於大海中遭遇厄難稱其名字船得安隱不損珍財還到故居於大師衆弟子之中得淨天眼最爲第一汝應至心禮敬其足

次至尊者阿難陀所住之房告言諸妹此是佛堂弟捨俗出家於世尊所親奉供侍雖經長夜無勞倦心大智聰明聖所稱歎如來所説一切經典聞悉能受如瓶瀉水置之異器於大師衆弟子之中多聞總持最爲第一汝應至心禮敬其足

次至尊者難陀所住之房告言諸妹此是佛親弟捨俗出家若不出家爲轉輪王於大師衆弟子之中善護諸根能防外境最爲第一汝應至心禮敬其足

次至具壽羅怙羅所住之房告言諸妹此是佛之子捨俗出家若不出家當爲轉輪王於大師衆弟子之中愛重學處奉持無失最爲第一汝應至心禮敬其足

次至難陀鄔波難陀阿説迦補捺婆素迦闡陀所住之房此是我房汝當觀禮既觀看已

命之令坐其鄔陀夷是婬染行於其房中瑩飾莊嚴壁皆彩畫以氍綿褥安在臥牀諸妙箱篋用貯資具於机案上著香水瓶并諸杓器時鄔陀夷告諸女曰姊妹爲先飡小食爲飲蜜漿諸女報曰大德豈有河水而逆流耶理應我等先有供養寧容返受大德施耶善哉聖者我有所須幸當見施即便問曰爾何所須諸女報曰未曾聞法願爲我說鄔陀夷曰善哉姊妹如世尊說於諸世間有其六事希有難遇云何爲六一諸佛出世難可逢遇二如來所說微妙法律難可得聞三人身難得四中國難生五諸根難具六信心難發姊妹此是難事汝已得之當起信心如親對佛坐聽法要我當爲說是時諸女即便禮敬鄔陀夷足在一面坐專心聽法時鄔陀夷即爲

說法隨所說法便生染心猶如呪師不善呪術呪鬼病者隨所呪時被鬼所打其鄔陀夷亦復如是隨所說法被染觸心染心既生從座而起即便以手摩觸女身時諸女中有相愛者染言調戲身手相觸若不愛者即出房外徐步詹廊共生嫌賤作譏議言誰知水內更出火光於歸依處返生恐怖我等昔日謂此僧房安隱涅槃離惱無礙然更於此有諸災患恐怖憂惱彼譏嫌時苾芻聞已問言姊妹汝嫌罵誰答言我罵仁等報言我作何事令汝生嫌答言我等昔來雖遭賊處及猖狂人不聞鄙語如鄔陀夷所說我之身體雖被夫主時有摩觸未如鄔陀夷強見凌逼若我父母兄弟姊妹夫主聞者乃至不聽我等望逝多林況入園中而伸禮敬諸苾芻報曰姊

妹彼苾芻具持禁戒是大臣子而性多愛欲作此方便用暢染心女人答言聖者如牛角雖利豈可及破自腹耶設有染心寧得自虧梵行諸苾芻曰姊妹且住我當遮止答言聖者若爲遮止深是善哉若不遮者我等終不以足重來遊踐逝多園林苾芻報曰我共遮止不使更然時諸女人共嫌而去時具壽鄔陀夷便行笑出房諸苾芻見而問曰大德鄔陀夷所爲鄙媟汙辱沙門何意恣情更爲歡笑鄔陀夷報曰我作何事我豈飲酒噉葱蒜耶諸苾芻曰麤重之事汝尚爲之飲酒噉蒜何疑不作報曰我作何事諸苾芻曰此婆羅門居士婦女譏罵而去豈非過耶報曰汝等但解執持黒鉢巡家乞求慳嫉纏心日見增甚乃至不能爲他説四句法見他演説更起嫉嫌諸苾芻曰我觀具壽雖數爲説曾無一人能見諦者報曰且令根熟漸入諦門諸苾芻有少欲者皆共譏嫌而訶責曰云何苾芻所作非理應懷恥愧翻起貢高時諸苾芻以此因縁具白世尊世尊因此集諸苾芻知而故問汝鄔陀夷實作如是鄙惡事耶白言實爾佛言汝所爲非非沙門非隨順不清淨所不應爲爾時世尊種種訶責已告諸苾芻我觀十利乃至我今爲諸聲聞弟子於毗柰耶制其學處應如是説

若復苾芻以染纏心與女人身相觸若捉手若捉臂若捉髮若觸一一身分作受樂心者僧伽伐尸沙

若復苾芻者謂鄔陀夷或復餘類以染纏心者有是染心而非纏心有是纏非染或俱有

俱無云何染而非纏謂有染心非極染心現在前時云何纏而非染謂心緣外境有所繫著未起染心云何染纏俱心謂有染心極染心貪求前境心有繫著云何染纏俱非謂除前相女人者若婦若童女堪行欲事身相觸者謂以身就身作摩觸事捉手者謂腕已前捉臂者謂腕已後捉髮者謂是頭髮及相繫縷帶一一身分者謂諸支節作受樂心者情受欲樂僧伽伐尸沙者廣說如前此中犯相其事云何有其九事云何爲九謂觸極觸憑捉牽曳上下徧抱云何爲觸若苾芻以染纏心共堪行婬女人故觸彼頭無有衣隔得僧伽伐尸沙有衣隔者得窣吐羅底也如頭既爾若觸肩背𦜝腨乃至足指有衣無衣皆如上說如觸既爾極觸憑捉亦復如是云何爲

牽若苾芻以染纏心捉堪行婬女從遠牽至近從近推令遠得罪同前云何爲曳謂苾芻捉女人從右畔曳向左邊或從左邊曳向右畔或從足至頭或從頭向足云何爲上謂捉女人從地舉上過於足指若無衣隔得根本罪若有衣隔得方便罪足指既爾若過脛膝及餘身分乃至于頂若舉上牀座若象馬車轝或上樓閣若苾芻有染纏心而受觸樂作快意想隨以身分觸著之時若無衣隔得根本罪若有衣隔得方便罪是名舉上云何爲下若苾芻捉堪行婬女從樓閣上擎令向下或至象馬車乘牀座之上擎下乃至足指著地得罪同前是名爲下云何徧抱若苾芻於堪行婬女人以手捉搦其項乃至足指隨觸身分得罪同前凡觸女身若是堪行婬者無

衣隔時得根本罪有衣得方便罪若不堪者無衣得麤罪有衣得惡作若苾芻以染纏心觸男黃門堪行婬者無衣麤罪有衣惡作若無堪者有衣無衣俱得惡作若觸傍生堪與無堪並得惡作若無染心觸母女姊妹並皆無犯若見女人被水所漂或時自縊或噉毒藥等爲救濟時觸皆無犯又無犯者最初犯人或癡狂心亂痛惱所纏

說鄙惡語學處第三

佛在室羅伐城逝多林給孤獨園時鄔陀夷苾芻緣起同前乃至隨所說法被染觸心染心既生便對女人說麤惡語謂是鄙惡婬欲相應猶如夫妻論說俗事時諸女中有相愛者鄙言調戲身相拊拍若不愛者便出房外作譏嫌言誰知水内更出火光於歸依處返生恐怖廣說如前乃至制其學處應如是說若復苾芻以染纏心共女人作鄙惡不軌婬欲相應語如夫妻者僧伽伐尸沙

若復苾芻者謂鄔陀夷或復餘類以染纏心者有其四句廣說如前言女人者謂婦及童女於善惡言能解其義鄙惡語者有其二種一是波羅市迦因起二是僧伽伐尸沙因起云何名此爲鄙惡語答有自性鄙故因起鄙故惡者謂罪過也謂說婬欲交會之言如夫妻者猶如夫婦說非法語僧伽伐尸沙者廣如上說

此中犯相其事云何有其九事謂善說惡說直乞方便乞直問曲問引事讚歎瞋罵云何善說若苾芻以染纏心對堪能女解善惡言作如是說姊妹汝三瘡門實是善好形狀可

愛若與葉婆合說之時得僧伽伐尸沙若不與葉婆合說者得窣吐羅底也是名善說云何惡說若苾芻以染纏心對堪能女解善惡言作如是說姊妹汝三瘡門實是不好形狀可惡若與葉婆合說之時得僧伽伐尸沙若不與葉婆合者得窣吐羅底也是名惡說葉婆者正自西方說男女交合不軌之言若唯此方音者言多鄙媟又復方音隨處不定故存本字然西方教授說此言時亦不全道以鄙惡故但云葉字婆字耳云何直乞謂若苾芻乃至作如是語姊妹來共我作如是如是事若與葉婆合說之時得僧伽伐尸沙若不合說得窣吐羅底也是名直乞云何方便乞廣說如前乃至作如是語姊妹若有女人共男子作如是事此女必為男所愛重汝若共我作如是事我今亦當憐愛於汝若與葉婆合說得僧伽伐尸沙若不合說得窣吐羅底也是名方便乞云何直問廣說如前乃至作如是語姊妹若有男子共女人作如是事此男子必為女人之所愛念我今共汝作如是事汝能於我生憐愛不餘並同前云何曲問廣說如前乃至作如是語姊妹若有女人共男子作如是事此女人必為男子所愛我今愛汝汝於我處能作如是事不餘並同前云何引事廣說如前乃至作如是語姊妹我先曾於某處園中天祠之所大衆聚集共諸女人噉美妙食飲好蜜漿布列香華敷勝牀座便於通夜庭列明燈共彼女人作如是語若姊妹當時來赴集者我亦共汝作如是事餘並同前云何讚歎廣說如前乃至作如是語姊妹若有男子與汝作如是語姊妹若有男子與汝作如是事彼得是樂及受天

樂我亦共汝作如是如是事亦得現樂及受天樂餘並同前云何瞋罵謂若苾芻以染纏心對堪能女解善惡言作如是說汝應共蛇及驢畜等作婬欲事作斯罵辱若與葉婆合說者得僧伽伐尸沙若不合說得窣吐羅底也是名瞋罵如前苾芻對婦童女說其九事若婦童女是堪者解善惡言來對苾芻作如是語聖者仁二瘡門實是善好形狀可愛若苾芻聞是說已以染纏心作受樂意印可而住隨所說時以言報答若與葉婆合說得僧伽伐尸沙若不合說得窣吐羅底也是名善說云何惡說廣說如前乃至女人來對苾芻作如是語聖者仁二瘡門實是不好形狀可惡餘如上說云何直乞廣說如前乃至女人來對苾芻作如是語聖者來共我作如是如是事餘如上說云何方便乞廣說如前乃至女人來對苾芻作如是語若有男子共女人作如是如是事此男必爲女所愛重仁若共我作如是如是事我今亦當極相憐愛餘如上說云何直問廣說如前乃至女人來對苾芻作如是語聖者若有女人共男子作如是如是事此女人必爲男子之所愛念我今共仁作如是事能於我生憐愛不餘如前說云何曲問廣說如前乃至作是語聖者若有男子共女人作如是事此男子必爲女人所愛我今愛仁仁於我處能作如是事不餘並同前云何引事廣說如前乃至作如是語聖者我曾於某處園中天祠之所大衆聚集共諸男子噉美妙食飲好蜜漿布列香華敷勝牀座便於通夜庭列明燈共諸男子作如是事

若聖者當時來赴集者我亦共仁作如是如是事餘並同前云何讃歎乃至作如是語聖者若有女人共仁作如是事彼得現樂及受天樂我亦共仁作如是事亦得現樂及受天樂餘並同前云何瞋罵謂是堪行婬女解善惡言來對苾芻作如是語汝應共驢畜等作婬欲事作斯罵辱若苾芻以染愛心作受樂意印可而住隨所說時以言報答若與葉婆合說得僧伽伐尸沙若不合說得窣吐羅底也若無力女者得窣吐羅底也若男子半擇迦堪行婬得窣吐羅底也不堪者得惡作若傍生趣有力無力皆惡作罪無犯者若說葉縛言(大麥也)或說葉摩尼言(帷幔也)若於方國雖說鄙惡言然非所諱者皆非是犯又無犯者最初犯人或癡狂心亂痛惱所纏

索供養學處第四

爾時佛在室羅伐城逝多林給孤獨園時六衆苾芻常所作事每於晨朝恒令一人在逝多林門看守而住時鄔陀夷見諸人衆來入寺中即便引導指授房舍禮佛及僧廣說如前乃至爲女說法自讃其身姊妹此是第一供養中最如我相似持戒修善應以婬欲法而爲供養說此語時於女人中情相許者即便歡笑其不樂者出譏嫌言廣說如前諸苾芻聞已訶責便往白佛佛以此緣集諸苾芻乃至爲諸苾芻制其學處應如是說若復苾芻以染纏心於女人前自歎身言姊妹若苾芻與我相似具足尸羅有勝善法修梵行者可持此婬欲法而供養之若苾芻如是語者僧伽伐尸沙

若復苾芻者謂鄔陀夷復更有餘如是等類以染纏心者有其四句廣說如前言女人者謂婦及童女於善惡言能解其義謂歎自身求索供養言姊妹等此是供養中勝者謂是第一也與我相似者自指其身具足尸羅者謂具戒蘊有勝善法者謂具定蘊言梵行者謂具慧蘊言將此婬欲法者此中法言目其非法將此婬欲非餘事也婬欲者謂不淨行餘如上說此中犯相其事云何有十八事謂最勝殊妙賢善應供可愛廣博極最極勝極殊極妙極賢極善極應供極可愛極廣博若苾芻以染纏心對堪能女作如是語姊妹於供養中此事爲最謂如我類具足戒行應以婬欲法供養我者得僧伽伐尸沙如說最言其事既爾乃至極廣大准說應知具戒既然善法梵行亦復如是一一別說或云我是具戒善法具戒梵行善法具戒善法梵行梵行具戒梵行善法二二合說或云我是具戒善法梵行善法梵行具戒梵行具戒善法三三合說若云如我等類以婬欲法而供養者得僧伽伐尸沙若苾芻對堪行婬女人以染纏心作如是說姊妹此供養中最如我等類具戒之人應可供養而不與婬欲法合說者得窣吐羅底也如最既爾乃至極廣大准說應知如是一一別說二二合說三三合說皆得窣吐羅底也若苾芻對堪行婬女以染纏心作如是說姊妹此供養中最若有苾芻是具戒人應可供養與婬欲法合說不云如我等類者得窣吐羅底也餘如前說若苾芻廣說如前不云如我等類不與婬欲法合說者得

突色訖理多一一別說等准上應知如對堪行婬女得根本罪若對不堪者得方便罪若對堪行婬男子半擇迦得窣吐羅底也若對不堪者得惡作罪若對傍生類有力無力皆惟惡作又無犯者最初犯人癡狂心亂痛惱所纏

根本說一切有部毗柰耶卷第十一

音釋

嚼在爵切咀嚼也 窣蘇骨切 搦呢角切按也 揩苦皆切擦也 胯苦化切股間也 跳田聊切躍也 越他弔切越也 塹七豔切溝也 楯竪尹切闌檻也 髀部禮切股也 擻蘇牢切手爬也 膜慕各切胲膜也 洟他計切 唾吐卧切 篋苦協切箱屬 机居矣切案屬 媟先結切嬻也 蒜蘇貫切辛菜也 腕烏貫切臂節也 緵子紅切絲縷也 憑皮冰切依也 臍徂奚切肚臍也 腨市兖切腓腸也 脛下頂切脚脛也 膝息七切膝頭節也 縊於計切自經也

根本說一切有部毗柰耶卷第十二

唐三藏法師義淨奉　制譯

媒嫁學處第五

爾時薄伽梵在室羅伐城逝多林給孤獨園時此城中有一長者名黒鹿子於佛法僧深生敬信歸依三寶受五學處不殺生不偷盜不欲邪行不妄語不飲諸酒於此城中多有知識婆羅門居士得意之處若彼家中有女長成堪行婚娶者便問黒鹿子言汝知某家有童男不報言知有彼復問言彼之童子策勤無惰善營家業能於妻子多給衣食不令辛苦少令作務不若黒鹿子報云彼雖有男性多懶惰不營家業不能令其妻子安樂衣食無匱聞此語時即不娉與若其報云彼家童子策勤無惰善營家業能於妻子多給衣食不令辛苦聞此語時即便娉與若求婦者問黒鹿子曰仁知彼家有女娉不報言知有彼即問言彼之童女策勤無惰能營家業不若言不能即不娶其女若言能者便媾婚姻若人嫁女至彼夫家不稱女意是時女族於黒鹿子即便嫌罵作如是說我與黒鹿子得意相知親友之處遣作媒娉翻令我女獲此艱辛所求衣食不能充濟若向夫家衣食充足女不營勞於黒鹿子即便稱讃若有男家取得婦已其婦不勤家事不稱夫心於黒鹿子即便同前廣生嫌罵若有男家取得婦已孝養恭勤能辦家業夫妻相順於黒鹿子即便同前廣生稱讃時黒鹿子於室羅伐城美惡聲譽俱時彰顯後於他日黒鹿子於三寶中倍生敬信遂於善說法律之中而爲出家

既出家已還復如前於其親友廣行媒嫁其黒鹿子再於城中善惡聲出此但縁起然世尊尚未爲諸聲聞弟子於毗柰耶制其學處爾時六衆苾芻亦行媒嫁持男意語女持女意語男乃至男女私通亦爲媾合時外道等咸作譏嫌仁等應知此沙門釋子作不應作亦行媒嫁與我何殊誰復能持朝中飲食施此禿頭沙門釋子時諸苾芻以此因縁具白世尊世尊即以此縁集諸苾芻知而故問告六衆曰汝實持男意語女持女意語男及以私通爲媒嫁事耶白言是實爾時世尊訶責六衆苾芻曰汝非沙門非隨順非清淨行非善威儀非出家人之所應作是時世尊種種訶責已告諸苾芻曰我觀十利乃至爲諸苾芻制其學處應如是説

若復苾芻作媒嫁事以男意語女以女意語男若爲成婦及私通事乃至須臾頃僧伽伐尸沙

若復苾芻者謂黒鹿子及六衆苾芻餘義如上言媒嫁者謂爲使往還以男意語女以女意語男者謂持彼此男女之意更相告知若爲成婦及私通事者有七種婦十種私通云何七種婦謂水授財娉王旗自樂衣食共活須臾攝頌曰

七婦謂水授　財娉王旗得　自樂衣食住

共活及須臾

水授婦者謂不取財物女之父母以水澍彼女夫手中而告曰我今此女與汝爲妻汝當善自防護勿令他人輒有欺犯是名水授婦財娉者謂得財物以女授之如上廣説是名

財娉婦王旗婦者如剎帝利灌頂大王嚴整兵旗伐不臣國既戰勝已而宣令曰隨意所獲女任充妻室此由王旗力獲女為妻妾又若有人自為賊主打破村城獲女為婦是名王旗婦自樂婦者若女童女自行詣彼得意男處告言我今樂與仁為妻彼便攝受是名自樂婦衣食婦者若女童女詣彼男子處告曰汝當給我衣食我當與汝為妻是名衣食婦共活婦者若女童女詣彼男處告言我所有財及汝財物併在一處共為活命是名共活婦須臾婦者謂是暫時而為婦事是名須臾婦云何十種私通謂為十人所護父護母護兄弟護姊妹護大公護大家護親護種護族護王法護攝頌曰

十護謂父母　兄弟及姊妹　大公與大家
親種族王法

云何父護若女人其夫身死或被禁縛或時逃叛其父防護是名父護母護亦爾云何兄弟護若女人父母及夫並皆亡沒或時散失至兄弟家而為住止兄弟衛護是名兄弟護姊妹亦然云何大公護若女人父母宗親並皆亡沒其夫疾患或復癲狂流移散失依大公住大公告曰新婦汝可歡懷於我邊住我憐念汝如觀已子大公即便如法守護是名大公護大家護亦然云何親護從七祖已來所有眷屬並名為親過此非親若女人父母兄弟姊妹夫主並皆亡沒或癲狂等或流離他土便於餘親依止而住名為親護云何種護謂婆羅門剎帝利薛舍戍達羅女依種而住名為種護云何族護謂於婆羅門等中有

別氏族如頗羅墮社高妾婆蹉等女由此護名爲族護云何王法護若女人親族並無唯有一身由王法故無人敢欺是名王法護又有法護者若有女人孀居守節潔行貞心人不欺犯是名法護僧伽伐尸沙者義如上此中犯相其事云何如前諸婦離別之狀有其七種攝頌曰

正鬬及已鬬　折草投三瓦　依法非我妻
普告多人語

云何爲七一正鬬即離二鬬後方離三折草三段離四三方擲瓦離五依法對親離六言非我婦離七普告衆人離若苾芻見他俗人於初三婦因鬬諍等作離別時若作初離和之令合得一惡作若作第二離和之得二惡作若作第三離和之得三惡作若作第四第五第六離和之如次得一二三麤罪若作第七離和得僧殘若餘之四婦及十私通於七種離中隨一離別若苾芻更重和合者皆得僧殘罪攝頌曰

自受從使受　二苾芻四儀　前後相隨行
尊卑緣及事

若苾芻自受語自往語自還報得僧伽伐尸沙若苾芻自受語自往語遣使還報僧伽伐尸沙若苾芻自受語遣使往語自還報僧伽伐尸沙若苾芻自受語遣使往語使還報僧伽伐尸沙若苾芻於使邊受語自往語自還報或於使邊受語自往語遣使報或於使邊受語遣使往語自還報或於使邊受語遣使語遣使報並得僧殘若苾芻於使使邊受語自往語自還報或於使使邊受語自往語遣

使報或於使使邊受語遣使語自還報或於使使邊受語遣使語遣使報並得僧殘若二苾芻自受語二俱往語二俱還報俱得僧殘若二苾芻自受語二俱往語皆不還報二俱二麤罪若二苾芻自受語俱不往語俱不還報二俱一麤罪若二苾芻自受語一云汝傳我意往語還報依言作者二俱僧殘若二苾芻自受語一云我但往語不還報一便還報其往語還報者得僧殘其不還報者得二麤罪若二苾芻自受語一云我不往語亦不還報其往語還報者得僧殘罪其不往語不還報者得一麤罪若一苾芻共一男子一女人同路而去若彼男子語苾芻言聖者頗能語此女人作如是語汝能與此男子爲婦或暫時共住不或復女人語苾芻言聖者頗能語此男子作如是語汝能與此女人爲夫或暫時共住不若此苾芻受此言已即便爲語還報得僧殘如行既爾立及坐卧准此應知如是若二苾芻二男二女若三苾芻三男三女等乃至廣說得僧殘罪若二苾芻一前行一隨行前行者自受語往語還報前行者得僧殘隨行者無犯若前行苾芻自受語遣隨行苾芻往語得實已前行苾芻自還報前行苾芻得二麤罪隨行苾芻得一麤罪若前行苾芻自受語前行苾芻自往語遣隨行苾芻還報前行苾芻得二麤罪隨行苾芻得一麤罪若前行苾芻自受語已遣隨行苾芻往語還報隨行苾芻得二麤罪前行苾芻得一麤罪如前行苾芻隨行苾芻所作事業得罪多少如是應知隨行苾芻遣前行者所作事業得

罪多少准説應知有二家長者一自在一不自在言自在者是爲主義於自男女取與隨情若往官司或衆人集處雖説虛事人亦信受是名自在不自在者是卑下義於自男女取與無力若往官司或衆人集處雖説實事人不信受是名不自在苾芻於自在人邊受語往語自在還報自在得僧殘苾芻於自在邊受語往語自在還報不自在得二麤罪一惡作苾芻於自在邊受語往語不自在還報自在得二麤罪一惡作苾芻自在邊受語往語不自在還報不自在得一麤罪二惡作苾芻不自在邊受語往語不自在還報自在得二惡作一麤罪苾芻不自在邊受語往語自在還報不自在得二惡作一麤罪苾芻不自在邊受語往語自在還報自在得二麤罪一惡作苾芻不自在邊受語往語不自在還報不自在得三惡作苾芻復有三緣爲媒嫁事雖受得三不以言報亦成媒事云何爲三一期處二定時三現相何謂期處告彼人云若見我在某園中或某天祠或衆人集處汝則當知其事成就是名期處云何定時若於小食時或於中時或於晡時見我汝則當知其事成就是名定時云何現相若見我新剃髮或著新大衣或執錫杖或時持鉢盛滿酥油汝則當知其事成就是名現相是爲三緣雖受得言不以言報亦成媒事復有三事爲使之時亦成媒事云何爲三一言二書三手印若苾芻自受言使以言往語以言還報者得僧殘若苾芻自受言使以言往語以書報者得僧殘若苾芻自受言使以書往語以言還

報者得僧殘若苾芻自受言使以書往語以書還報者得僧殘若苾芻自受言使以書往語若以期處或以定時或以現相而還報者俱得僧殘是謂言使兼書有五差別若苾芻自受言使以言往語以言還報者得僧殘若苾芻自受言使以言往語以手印還報者得僧殘若苾芻自受言使以手印往語以言還報者得僧殘若苾芻自受言使以手印往語以手印還報者得僧殘若苾芻自受言使以手印往語若以期處或以定時或以現相而還報者得僧殘是謂言使兼手印有五差別如於言兼書印有二五不同如是於書兼言手印於手印兼言書及言書手印更互相兼應爲廣説若門師苾芻至施主家作如是語此女長成何不出適此男既大何不取妻者皆惡作罪若言此女何不往夫家若云此男何不向婦舍亦皆得惡作門師苾芻至施主家作違逆言皆得惡作若無犯者謂初犯人或癡狂心亂痛惱所纏

造小房學處第六

佛在室羅伐城逝多林給孤獨園時有衆多苾芻廣造房舍或嫌太長太短或嫌寛狹或復朽故不堪修理悉皆棄捨更造新屋自作使人多有營務便廢習誦妨礙思惟復從長者居士數數乞求草木車乘及營作人惱諸施主時具壽摩訶迦葉波在此城邊阿蘭若處住聞諸苾芻多造房舍乃至惱諸施主聞是事已往世尊所禮佛雙足在一面坐白佛言世尊聞有衆多苾芻多造房舍或嫌廣狹復更造新妨修善品乃至惱諸施主如前具

白唯願世尊爲哀愍故教諸苾芻造房舍法式爾時世尊聞具壽迦葉波說是語已默然而許時迦葉波知佛許已禮足而去時迦葉波至夜曉已爲欲將護同梵行者故執持衣鉢遊行人間爾時世尊以此因緣集諸苾芻乃至問言汝諸苾芻汝實造諸房舍或嫌寬狹廣作營爲乃至惱諸施主諸苾芻言實爾世尊爾時世尊種種訶責多欲無猒難滿難養讚歎少欲知足易滿易養趣得供身修杜多行威儀齊整稱量而受告諸苾芻曰我觀十利乃至爲諸苾芻於毗柰耶中制其學處當如是說

若復苾芻自乞作小房無主爲己作當應量作此中量者長佛十二張手廣七張手是苾芻應將苾芻衆往觀處所彼苾芻衆應觀處所是應法淨處無諍競處有進趣處若苾芻於不應法不淨處有諍競處無進趣處自乞作房無主自爲己不將諸苾芻往觀處所於如是處過量作者僧伽伐尸沙

若復苾芻者謂是此法中人餘義如上自乞者自乞草木求覓車乘及以人功小房者得於其中容四威儀謂行住坐卧作者或自作或使人作無主者謂無男女或半擇迦等爲其施主爲己作者謂爲自身當應量作此中量者長佛十二張手佛者謂是大師此一張手當中人三張手十二張手長中人十八肘廣七張手謂寬中人十肘半是苾芻者謂造房人應將苾芻衆往觀處等者若不先自觀察不應即將諸苾芻往若自觀處所有蛇蠍蟲蟻等爲窟穴處是名不淨不應求法若清

淨者次當觀察所住之處若近王家及以天祠或長者宅外道家苾芻尼寺或有好樹須伐是名有諍競不應求法若無此患於其四邊下至一尋容得往來亦須觀察若有河井或臨崖坎是名無進趣不應求法若處清淨無諍競有進趣者彼苾芻應往寺中敷座鳴椎先以言白衆集已於大衆中脱革屣偏露右肩隨其大小致敬已於上座前蹲踞而住合掌作是言大德僧伽聽我某甲營作苾芻於造房處已觀察清淨我某甲營作苾芻於清淨處欲造小房求僧聽許唯願大德僧伽聽我某甲營作苾芻於清淨處造房慈愍故如是至三時諸苾芻不應信彼苾芻言不往觀察諸苾芻應共往觀察或時衆僧令可信者衆多苾芻往看房處若有如前不清淨有諍競無進趣處不應許作若處清淨無諸妨難者彼苾芻應歸住處如法集僧已於上座前蹲踞而住作如是語大德僧伽聽彼某甲營作苾芻造小房處我等親已觀察處所清淨無諸妨難僧伽今可知時次令一苾芻作白羯磨應如是作

大德僧伽聽此某甲營作苾芻於造房處觀知清淨此營作苾芻於造房處事皆應法清淨今從僧伽乞聽許若僧伽時至應聽許僧伽今與營作苾芻某甲於應法清淨處許作房舍白如是次作羯磨准白應爲若彼苾芻既衆許已隨意當作勿致疑惑言僧伽伐尸沙者此罪依僧而得除滅乃至出罪非依別人無殘有殘已如上說此中犯相其事云何若苾芻於不淨處有諍競處無進趣處自作

使人作小房時於此三中隨有一過皆得窣吐羅底也若僧不許而作者亦窣吐羅底也若過量作者亦窣吐羅底也若總具前過而作房者得僧伽伐尸沙若有苾芻往餘苾芻處作如是語仁當爲我於無諍競有進趣處求僧聽許勿令過量造作小房時彼苾芻爲作小房於有諍競處或於無進趣處或僧不聽許或過量作彼營作苾芻皆得窣吐羅底也若總具前過而作房者得僧伽伐尸沙若彼苾芻往營作苾芻所作如是語汝今作房極是善好如我所教不相違背若有少闕草木泥等我當供給若於有諍處或於無進趣處或僧不聽許或時過量二人皆得窣吐羅底也若總具前過二人俱得僧伽伐尸沙若彼苾芻至營作苾芻所作如是語汝今作房極爲不善如我所言皆相違背有所闕少皆不供給其營作人如前得罪彼苾芻無犯若得先成屋及舊受用房或修營舊室者無犯又無犯者謂最初犯人或癡狂心亂痛惱所纏

造大寺學處第七

佛在憍閃毗瞿師羅園時六衆苾芻於他寺中止住之時常起嫌賤是時難陀語鄔波難陀曰當觀此寺棟宇傾隤墻壁崩毁猶如象舍不可停居時諸苾芻聞而告曰諸具壽仁等惟知住他舊寺自無功力能安片石及造小菴而復留言譏嫌他事是時六衆互相謂曰難陀鄔波難陀我今極被黒鉢者之所輕賤我等宜應别造餘寺令黒鉢者曾所不見復相告曰我等若皆共營作者彼黒鉢人得

我瑕隙便作是語六衆苾芻並皆營作如傭力人致令我等乞食之時人見輕賤我今宜應於自衆內差請一人聰明利智善識機宜能以細針引入麤杵少作言說多獲珍財者我當請作授事之人鄔波難陀報言極善然我衆內誰是聰明利智善識機宜聖者闡陀即其人也我等宜應共詣其所既俱至已而白之曰具壽闡陀仁今知不即具以上事次第告知惟有大德智慧辯才善識機宜堪充知事闡陀告曰善哉善哉此大福田自他俱利無違衆意共成隨喜是時具壽闡陀便於房外洗足已即入房中結跏而坐作是念以何方便我為僧伽能建大寺復更思惟今此世間人天諸衆於世尊所普生敬信彼某甲家於具壽阿慎若憍陳如心生敬信彼家於具壽馬勝所彼家於跋陁羅所彼家於婆澀波所彼家於大名所彼家於滿慈所彼家於無垢所彼家於牛王所彼家於舍利子所彼家於大目連所如是及餘諸大苾芻皆有施主別生敬信我既無好施主當憑告誰而能造寺時此城中有一婆羅門大富多財然稟性慳澀乃至滌器之水亦不惠人若能化彼令生信者可為僧伽造大住處是時闡陀至天明已著衣持鉢入憍閃毗而行乞食先於一二家得片麨已便往詣彼婆羅門家欲入其舍時守門者告言法師此是婆羅門家無宜輒入闡陀報曰如佛世尊乞食之人但遮五處一唱令家二婬女家三酤酒家四旃荼羅家五王家豈可此家是前五種時守門者報言法師大見譏弄此非唱令乃至王家然

是其甲婆羅門宅仁不須入是時闡陀便作是念求執衣裾尚不聽近欲求餘物豈可得耶于時有一長者新誕兒息為大歡慶奏諸鼓樂多將舞伎在門前過彼守門者貪觀伎樂便離其門是時闡陀即便竊入時彼威儀庠序如離欲人時婆羅門既遥見來而告之曰善來大德闡陀宜於此坐暫時停息然闡陀所陳未得方便告婆羅門曰我已巡門乞得片麨仁可為羅時婆羅門告小婢曰汝可取羅為羅此麨其女即便奉教為羅是時闡陀於所羅麨就之觀察婆羅門問曰仁何所觀闡陀告曰我欲觀蟲若有蟲者我不應食婆羅門報曰若食蟲者當有何過報曰如世尊言若殺生者由數習故身壞命終墮於地獄受諸苦惱設得為人短命多疾然闡陀苾芻徧閑三藏無礙辯才善能說法即為婆羅門宣說法要十惡業道廣為敷陳時婆羅門既聞法已心生敬信即便入舍令辦種種上妙噉嚼香美飲食供養闡陀闡陀見已即便生念我聞本釜一煑便休若受此食即為前食亦為後食告言施主我已受得他所施麨豈容見棄噉美食耶婆羅門曰我宗族法先得麤食後逢美妙棄前惡食實無愆犯闡陀報曰婆羅門族不持戒行隨意所為我受戒品云何受他信施輒輕棄耶時婆羅門聞此語已倍生深信闡陀即便見辭而去婆羅門告曰大德於時時間賜過我舍闡陀報曰我實欲得數數相過而守門人如暴獄卒不聽前進時婆羅門喚守門者告云汝見法師闡陀不應遮止門人答曰爾是時闡陀便即思

念若更有餘黒鉢者入不識機宜令施主失信我今宜可預設方便不令其入報守門者曰男子汝今知不此婆羅門我以大緣令生敬信門人報曰我已知之告云汝從今後勿令諸餘黒鉢輙入此門若令入者我當與汝重杖替以别人彼便報曰仁入此門非我所欲豈令餘者而輙進耶請勿爲慮是時闡陀於時時間來詣其舍爲婆羅門夫婦宣揚妙法令受三歸持五學處時婆羅門盡家所有皆悉罄心持以奉施隨所須者咸無悋惜是時闡陀一無所受後於異時來過其宅爲婆羅門讃説七種有事福業彼婆羅門聞説福利深生歡喜白闡陀曰聖者我今欲修有事福業報言賢首今正是時隨意當作婆羅門曰欲作何事闡陀報言可爲衆僧營造住處即便生念我已屢曾家資總施然而聖者乃至縷線曾不爲受今時雖許復爲衆僧覩斯少欲殊深敬重白言大德我今實有衆多財物欲爲僧伽然地皆屬王無處造寺闡陀報曰賢首仁不須憂我爲詣王求覔其地闡陀念曰我今先當參請於誰爲見國王爲大臣耶參請之法不從於王應從使者是時闡陀向大臣家而爲參請大臣問曰聖者闡陀何意來此報大臣曰今有某甲婆羅門欲爲僧伽營造住處然爲地皆屬王無處營造我今爲此敢欲白王幸願仁慈助我成就大臣報曰聖者王若閑居我當相喚彼於異時王無機事但有大臣命一人曰汝宜往喚聖者闡陀彼人奉命往喚來至王門告守門人曰汝今宜去啓白大王苾芻闡陀來至門外欲見

大王時守門者即爲奏知王聞遣入大德闡陀誰復遮止既至王所即便呪願願王無病長壽王爲設座即便就坐時彼大臣爲白王曰法師闡陀是釋迦子捨俗出家善閑三藏辯才無礙有大福德王曰我先知之善來聖者因何得至闡陀白言大王有某甲婆羅門欲爲僧伽興建住處然地是王物我今爲此諮白大王王曰聖者隨情所欲必樂於此任作僧園我當出外必其不爾惟除王宅餘外園田隨情造立闡陀呪願曰願王無病長壽辭退而去爾時闡陀還至住處告六衆曰難陀鄔波難陀仁等隨喜王與我願惟除王宅餘有園田隨情造寺是時六衆即便共往婆羅門舍告曰賢首仁今當知王與我願惟除王宅自外園田隨情造寺賢首所費錢財宜當見授時彼即便多與財物既得物已持之而去共相謂曰欲於何處造毗訶羅一人議曰從憍閃毗向瞿師羅園於此中間有一大樹形狀可愛有婆羅門於此樹下教五百童子而受學業每有苾芻於此經過時諸學徒常爲調弄咄苾芻此是初乞食人此是第二乞食人鉢袋開張多有容受常欺笑我我今惱彼當伐其樹充寺所須作是議已即便往詣客作行中雇五百傭人共論價直便將諸人來詣寺所傭人告言聖者示我作處即便告曰且飡小食食已問言聖者何處當作報言且油塗身片時當作次與晡食至黃曛時告言聖者當還價直報言癡人汝等今日未作生活從我索價傭人報曰豈可聖者令我作業我不作耶闡陀報曰賢首汝可持籠把

钁執斧我當一倍還汝價直當隨我來示汝作處便將諸人詣彼大樹報言可伐此樹傭人告曰此是形勝大樹我無二頭誰能輒伐報曰癡人王與我願惟除王宫自外所有隨充造寺何緣不伐時諸傭人即便共議我今爲斫所有罪罰彼自當知即便伐樹斬斫令碎并掘其根棄於河内平治其地以繩拼基共相謂曰難陀鄔波難陀於此地中與僧伽造寺此處與佛世尊而作香殿此處作門樓此處作溫室此作淨廚此作靜慮堂此作看病堂既布置已捨之而去彼諸學生常所作事於日日中每使一人晨朝早起於彼樹下灑掃清淨以新牛糞而塗飾之即於是日詣彼樹下不見其樹即便走報其師云不見樹時餘學徒見言無樹而調之曰先生知不此人定是昨日以醋和餅而食熱氣衝眼不覩其樹師即更令幹事學生往觀其樹彼至其所亦不見樹還報師曰如彼所說其樹實無既聞此說博士自率五百學徒往舊樹邊詳觀其事有憶念者而報之曰此是先生常講說處此是我等蘊業之處時彼學徒共思念已懷憂而住時有行人來過其處問言先生何爲憂惱報曰君今知不此處曾有形勝大樹忽於昨夜不委誰誅報言先生我昨黄曛見有六衆將客作者咸持斧钁豈非是彼而剪伐耶雖聞此言憂懷未歇是時六衆來詣其處問博士曰先生何故似帶憂色答言聖者此處先有形勝大樹不知何意昨夜銷亡六衆聞已即便大笑婆羅門曰豈是仁等伐此樹耶六衆報曰癡人我等故欲惱亂於汝

豈汝不憶曾作此言調弄我等此是第一乞食人此是第二乞食人鉢袋開張多有容受婆羅門曰沙門釋子固守怨嫌咸共譏罵如斯之類焚燒正法失沙門行形勝大樹無事斬伐諸苾芻聞以緣白佛佛以此緣集諸苾芻廣說如前乃至爲諸苾芻制其學處當如是說

若復苾芻作大住處有主爲衆作是苾芻應將苾芻衆往觀處所彼苾芻應觀處所是應法淨處無諍競處有進趣處若苾芻於不應法處不淨處有諍競處無進趣處作大住處有主爲衆作不將諸苾芻往觀處所於如是處造大住處者僧伽伐尸沙

若復苾芻者謂是六衆餘義如上作大寺者大有二種一施物大二形量大此中大者謂施物大言住處者謂得容行住坐卧四威儀有主者謂有女男半擇迦等爲作施主爲衆作者謂爲如來及苾芻僧衆應將苾芻衆等者應將苾芻觀其處所清淨無諍是有進趣還白大衆乞求聽許衆秉白二許其營作並廣說如前犯相輕重一二共作乃至癡狂心亂痛惱所纏亦如前房廣說其事

根本說一切有部毗柰耶卷第十二

音釋

娉匹正切要問也　媾古候切合也　癲都年切狂病也　薜蒲計切　蹉七何切　孀色莊切寡婦也　狹胡夾切隘也　蠍許竭切毒蟲也　屣所綺切履也　蹲踞蹲徂尊切踞居御切　隙綺戟切璺也　澀所立切　麨尺沼切乾糧也　曛許云切日入也　钁居縛切大鉏也　拼補耕切彈也以繩直物也

根本說一切有部毗柰耶卷第十三

唐三藏法師義淨奉　制譯

無根謗學處第八之一

爾時薄伽梵在王舍城羯蘭鐸迦池竹林園中時波波國中有一壯士大臣名曰勝軍大富多財受用豐足所有資產如毗沙門王雖非王族時諸壯士作灌頂法扶以為王於勝族女納以為妃歡樂而住雖淹歲月竟無男女為求子故祈禱神祇徧諸天廟及同生天希望後嗣不遂所願然世有云由乞求故便獲子者此誠虛妄斯若是實人皆千子如轉輪王然由三事方有子息云何為三一者父母交會事二者其母身淨應合有娠三者食香現前彼王業緣合會時有一天從勝妙天下託蘊王妃是最後生樂修勝行有解脫性趣向涅槃猒背生死於諸有中皆不欣樂若聰慧女人有五別智廣說如上乃至娠在右脅喜白王曰大王當知我所懷孕必是光顯宗族現居右脅是男不疑時王聞已即大歡慶作如是語我從久來常思繼嗣紹我洪業我既長養終懷返報廣為惠施福利宗親我沒世後稱揚我名而為咒願願我父母所生之處以福莊嚴是時彼王置妃高樓隨意而住適其時節供給所須常令女醫為調飲食冷熱合度諸味具足奇妙珠瓔以為嚴飾如天婇女遊歡喜園常處牀座足不履地目不觀惡色耳不聽惡聲經九月已便誕一息顏貌奇特人所愛樂額廣眉長鼻高修直頂圓若蓋色美如金垂手過膝衆所稱歎過二七日聚會宗親其父以兒示諸親曰此兒今者

當立何字其兒生已自然淨潔未離胅褥不爲便利諸人議曰中國之法若天然淨潔者名之爲實然此童兒稟識清淨未離胅褥便利不爲淨潔過人便成實物復是壯力大王之子應與立字名實力子其實力子誕生之日五百壯士各並生男隨其家族而立名字時勝軍王即以太子授八養母二供乳哺二作褓持二爲澡浴二共歡戲給以乳酪餖餬石蜜速便長大如蓮出池時有相師於毋懷中覩見孩子即便生念此孩子者是二足福田若人於此少興供養彼人當獲勝功德利作是念已告乳毋曰幸見慈悲授我孩子我欲隨情少時供養乳毋報曰我於孩子實無自在汝欲得者可白王知是時相師詣大王所而白王言王之聖子是勝福田若人於此少興供養彼人當獲勝功德利幸見授我微申供養時王報曰可隨汝意時彼相師便抱歸舍先沐浴已次塗妙香以上價衣而覆身上以酥蜜乳粥盛寶器中持以奉上既供養已送歸王所是時童子年漸長大備教書筭手印伎術悉皆明了又刹帝利王種族之法所有業藝咸令習學所謂乘騎象馬控御兵車刀器干戈鉤索之類手足奇巧斫射之儀無不通解時同日生五百童子如前技藝亦皆明達其父爾時於春夏冬爲造三殿并三苑園三種婇女謂上中下後於一時其實力子昇處高樓將諸伎女共爲娛樂每日三時五百童子常來集見曾於他日其五百人出外畋獵竟日馳騁一無所獲遂住林野明日出遊多有所得至暮方還便相議曰日既將

暮無緣赴集待至明朝方見太子至第三日衆人方見于時太子告衆人曰仁等與我同生當共遊戲何意三日方來白言我等出畋曰何謂爲畋答廣殺諸鹿太子曰彼何飲食答曰飲水食草若如是者無損於人何緣傷殺答曰若見殺時心生喜悅太子曰仁等不應見他受苦心生歡樂諸人議曰由此太子不自出畋於我諸人便生譏賤我當令彼亦共畋遊時彼諸人至大王所白言大王王之太子生處深宮若敵國來必生怖懼何意不令太子遊獵若數出畋心便勇健與敵國戰情無退怯時勝軍王聞此議已告實力子曰汝今可出試學畋遊答言不願王曰汝是刹帝利種應習兵戈于時太子不敢違命隨衆而出諸人議曰今此太子父若終後當必爲

王我等今時盡心承事能令於後禄位增長白太子曰可於斯住我擁羣鹿令至於此即便安在合圍之處時彼諸人多擁羣鹿太子遥見羣鹿驚走身被箭中張口而至便作是念假使有人心無慈愍不懼後世尚不於此起毒惡心況加殺戮去此不遠有守圍人太子爲護彼情便放三箭遥射羣鹿或入髀間或穿角際箭便墮地曾無傷損諸有麞鹿至圍合所悉皆放出隨意逃竄時諸羣從皆作是念太子久來善習弓矢今日定應多殺麞鹿及至詳觀曾不獲一皆作是念或容太子已令車乘先載歸還時彼諸人問太子曰所獲麞鹿今在何處太子報曰猛獸驚奔幾將殺我彼守圍人報諸人曰君等何因遣不害人令其守當若此欲殺一不得遺直爾遥看

任其走出諸人聞已皆共瞋嫌我極艱辛身體傷損擁聚羣鹿斯皆放散我宜共害又更議曰若害此者波波國主定當殺我宜棄而歸是時太子便生是念此等與我撫麋共戲爲不獲鹿棄我荒林我若爲王於此諸人爲不饒益作是念已徐歸本城既至宮中以手支頰愁思而住時彼内人來至其所于時太子不以目觀内人見已入白王曰大王當知太子見我目不正視以手支頰愁悴而住王親顧問汝今何意懷憂不樂白言父王令我作屠獵事豈得不憂王曰畋獵之事爾不愛耶白言實非所愛王曰從今已去更勿出畋時實力子便生是念俗徒多難衆苦逼迫常被煩惱之所羇絆出家閑寂乃至盡形純一無雜圓滿梵行我今宜應以正信心從家趣非家而離塵俗爾時波波國有外道六師不遠而住所謂晡剌拏迦葉波子末塞羯利瞿舍梨子珊逝移毗剌知子阿市多雞舍甘跋羅子脚俱陀迦多演那子尼健陀慎若低子等非一切智懷一切智慢令諸人衆渴仰歸誠爾時實力子便往詣彼六師之所白晡剌拏迦葉波子曰何者是仁所宗法理於諸弟子以何教授勤修梵行當獲何果彼師告曰太子我之所宗作如是見作如是說無施無受亦無祠祀無善惡行無業因緣無異熟果無今世無後世無父無母亦無化生有情於此世間無阿羅漢正趣正行此世他世於現法中得自覺悟正證圓滿皆悉了知我生已盡梵行已立所作已辦不受後有此事皆無於此有命名之爲生此身謝已五大分離更

無生理名之爲死地歸於地水歸於水火歸於火風歸於風諸根歸空四人舉至焚燒之處以火燒訖但有殘骨更無所知愚智同此與者名施取者名受諸説有者皆是虛妄時實力子聞是語已便作是念此之大師皆正路行邪道猶如險途是可怖畏智者所棄不應修習説伽他曰

惡慧説惡法　實愚稱大師　此法將爲是

何者名非法

如是知已如擊空器但有虛聲棄之而去時實力子復更往詣末塞羯利瞿舍梨子所而白之曰何者是仁所宗法理於諸弟子以何教授勤修梵行當獲何果彼師告曰太子我之所宗作如是見作如是説一切有情無因無緣而有煩惱一切有情無因無緣爲煩惱所逼一切有情無因無緣而有清淨一切有情無因無緣而得清淨一切有情無因無緣而有無知一切有情無因無緣了無知事一切有情無力無勤無勇無進無自無他一切有情諸有命者無有威勢於六生中常受苦樂過此便無時實力子聞是語已便作是念此之大師背正路行邪道猶如險途是可怖畏智者所棄不應修習説伽他曰

惡慧説惡法　實愚稱大師　此法將爲是

何者名非法

如是知已如擊空器但有虛聲棄之而去時實力子復更往詣珊逝移毗剌知子所而白之曰何者是仁所宗法理於諸弟子以何教授勤修梵行當獲何果彼師告曰太子我之所宗作如是見作如是説若自殺教他殺自

斫教他斫自煮教他煮自盜邪行妄語飲酒及以教人爲殺等故穿墻開鑠守捉險途持諸劒輪殺害羣品於大地上所有有情悉皆斬斫令其命斷爲大肉聚殑伽河已南作斯惡業殑伽河已北設大福會不由此故有罪福因招罪福報又復不由布施持戒少欲知足而獲當果時實力子聞是語已便作是念此之大師背正路行邪道猶如險途多有怖畏智者所棄不應修習說伽他曰

惡慧說惡法　實愚稱大師　此法將爲是
何者名非法

如是知已如擊空器但有虛聲棄之而去時實力子復更往詣阿市多雞舍甘跋羅子所而白之曰大師何者是仁所宗法理於諸弟子以何教誨勤修梵行當獲何果彼師答曰太子我之所宗作如是見作如是說此七事身無能作無所作無能變化無所變化不可損害其體恒存何謂爲七所謂地身水身火身風身苦身樂身命身聚在一處猶如蘆束運動轉變互不相惱罪福苦樂亦不相忓假使有人斬截他首彼無苦痛於其身中孔隙之内刀劒隨過不損其命於此實無能殺所殺能問所問能憶所憶於其四方有一萬四千勝生産門復有六萬六千乃至五三二一半業差別又有六十三行六十二中劫二千地獄三千諸根三十六精氣四萬九千龍族四萬九千妙翅鳥族四萬九千以人頂骨食外道種族四萬九千露形外道種族四萬九千邪命外道種族有七種想七種阿蘇羅七種畢舍遮十種天七種人有七百七池有七

百七夢有七百七崖有七百七峯七種勝生十種增長八大人地如是經於八萬四千大劫所有愚智皆盡苦邊譬如有人以細絲縈擲虛空中還墮于地如是愚智經八萬四千大劫輪迴往復盡苦邊際於此世間實無沙門婆羅門能作是說我制戒禁令諸弟子常勤苦節堅修梵行未熟之業能令成熟業既熟已能捨衆惡至苦邊際必定能斷諸有苦樂說劫增減此事皆無然而必須流轉生死爾時實力子聞是語已便作是念此之大師背正路行邪道猶如險途多有怖畏智者所棄不應修習說伽他曰

惡慧說惡法　實愚稱大師　此法將爲是
何者名非法

如是知已如擊空器但有虛聲棄之而去時實力子復更往詣腳俱陀迦多演那子所而白之曰大師何者是仁所宗法理於諸弟子以何教誨勤修梵行獲得何果彼師答曰太子我之所宗作如是見作如是說若有人來至於我所作如是問有後世耶我報言有無耶我報言無亦有亦無耶我報言亦有亦無非有非無耶我亦報言非有非無若有問我爲是耶我報言是爲非耶我報言非爲是非耶我報言是非非是非耶我報言非是非若問後世一異亦如是答時實力子聞是語已便作是念此之大師背正路行邪道猶如險途多有怖畏智者所棄不應修習說伽他曰

惡慧說惡法　實愚稱大師　此法將爲是
何者名非法

如是知已如擊空器但有虛聲棄之而去時

實力子復更往詣尼健陀慎若低子所而白之曰大師何者是仁所宗法理於諸弟子以何教誨勸修梵行獲得何果彼師答曰太子我之所宗作如是見作如是說若諸人等見有所受苦樂之事皆由先世所造業因以苦行力能除宿業不造新業決生死堤證無漏法諸業便盡諸業盡故諸苦亦盡時實力子聞是語已便作是念此之大師背正路行邪道猶如險途多有怖畏智者所棄不應修習說伽他曰

惡慧說惡法　實愚稱大師　此法將為是
何者名非法

如是知已如擊空器但有虛聲棄之而去還歸本宅昇高樓上以手支頰作如是念於此世間人天魔梵沙門婆羅門頗有一人能持一二三四句神驗呪術明藥方法於生死中無明牢獄不用多功令我出離諸佛常法觀察世間無不見聞無不知者恒起大悲饒益一切為大護者雄猛第一無有二言依定慧住顯發三明善修三學善調三業渡四瀑流安四神足於長夜中修四攝行捨除五蓋遠離五支超越五道六根具足六度圓滿七財普施開七覺華離世八法示八正路永斷九結明開九定充滿十力名聞十方千自在中最為殊勝得四無畏震大音聲作師子吼晝夜六時常以佛眼觀諸世界誰增誰損誰遭重苦厄難之事誰趣惡道我今以勝方便於三惡道拔濟令出安人天趣使住涅槃陷欲泥者常思拯救無聖財者令得聖財佛出世間誰當獲益誰有無明翳覆其眼以大智藥

令自開明無善根者令種善根種善根者令其成熟其成熟者令得解脱如有説言
假使大海潮　或失於期限　佛於所化者
濟度不過時　如母有一兒　常護其身命
佛於所化者　愍念過於彼　佛於諸有情
慈念不捨離　思濟其苦難　如母牛隨犢
爾時世尊便作是念此實力子曾於佛所種諸善根猶如熟癰惟待鈹決今正是時堪任教化復觀此人爲受佛化爲弟子化爲神力化爲威儀化觀知乃由弟子威儀方能濟度時馬勝苾芻於人天中威儀最勝世尊即告馬勝苾芻曰汝可知時當觀波波國中實力太子時馬勝苾芻默然受教既至明日日初分時執持衣鉢入王舍城次第乞食食事既訖於食後時舉牀席已執持衣鉢漸次遊行至波波國於水蛭林住還以日初分時執持衣鉢入波波城次第乞食舉足下足觀視屈伸擎持衣鉢威儀進趣悉皆詳審時實力子於高樓上而遥見之行步安庠曾所未有威儀進止無有虧失既遥見已作如是念於此國内諸出家人此之威儀實所不見然出家者於聚落内整肅威容在蘭若中則不如是今我宜應令人伺察居林野處能如是不作是念已即令使者隨此苾芻所至之處若居蘭若簡絶人徒彼此容儀有別異不使者奉教隨馬勝後私觀察之時馬勝苾芻城中得食詣水蛭林衣鉢水羅置一面已振去衣塵以羅濾水澡手濯足取黄落葉布之於地却坐而食飯食已收棄殘葉舉置衣鉢更灑手足結跏而坐譬如盤龍威儀寂靜正身而住

時彼使人既觀察已還白太子曰城内見彼苾芻威儀庠序既至林野百倍勝前時實力子告御者曰汝今宜應速可嚴駕欲詣林所觀彼苾芻御者銜命嚴整駕駟太子乘車導從而往既至林所徒步而行便詣馬勝住處遥觀尊者馬勝跏趺入定作如是念我今不應令彼苾芻亂殊勝定待彼出定我當就禮作是念已隨處而住時尊者馬勝至晡後時方始出定時實力子即漸前行頂禮雙足在一面住白言大德爲是大師爲是弟子馬勝報言我是弟子非大師也復問之曰師與弟子優劣如何馬勝報曰極有優劣太子當知妙高山王比乎芥子以大海水同於牛跡亦猶白日等彼螢光于時具壽馬勝説伽他曰

妙高比芥子　大海同牛跡　空方藕絲穴　白日擬螢光　世間所有物　不可爲譬喻　弟子望於師　其事亦如是

時實力子聞是説已便作是念如苾芻説功德差别豈非更有妙覺世尊及殊勝法如是知已問馬勝曰大德我今頗得於此善説法律出家圓具成苾芻性於大德所修梵行不馬勝報曰太子汝之父母見聽許不實力子曰大德未曾聽許馬勝報曰若如來及如來弟子與他出家父母不聽無宜輒度實力子曰大德我以方便必令見許馬勝報曰斯極善哉時實力子聞是語已恭敬歡喜奉辭而去便歸本宫白父母曰二親當知我已正信令願出家父母報曰汝今知不我唯一子常所愛念觀視無猒假令命盡尚不欲離况復形存而當見别太子白曰見聽者善若不許

者我從今日更不飲食雖聞此語亦未見聽時實力子一日斷食如是二三乃至六日不飲不食時彼父母詣其子所而告之曰汝自幼童常受安樂於諸苦事曾所未經梵行難修獨身難住隨宜卧具蘭若難居至盡形壽猛獸同處至盡形壽從他乞食至盡形壽斷諸欲樂至盡形壽永絕嬉戲太子汝應住此受諸欲樂隨情布施修諸福業太子雖聞是語默無所對時彼父母令諸親屬勸實力子時諸親屬同來勸喻如父母所言悉皆向說然實力子默然無答時彼父母令實力子親友知識亦同勸喻如前父母所告之言悉皆向說然實力子同前默然第二第三亦無言答時彼知識見其堅固第二第三一無言答時諸親友知實力子志意堅固詣王及妃具陳情理其等殷勤誘喻執志不移觀此容色必無退轉恐損太子願垂聽許出家離俗明智共稱若許捨家全其壽命後不欣樂還歸本宮若離生緣更何所趣父母報曰必如是者宜聽出家滿其志願親友承旨報太子曰父母垂慈許令入道實力聞已慶喜彌增稍加飲食漸益康健辭違父母詣彼林中禮謁馬勝苾芻在一面坐白言大德我之尊親已見聽許幸願慈悲與出家法進受圓具教以威儀於大德所善修梵行時具壽馬勝報言如是即與出家并受圓具尋告之曰汝今知不苾芻作業有其二種謂讀誦修定汝爲讀誦爲修定耶便報師曰鄔波馱耶二種俱作便於晝日專心讀誦若在靜夜繫念禪思如是不久善閑三藏精勤策勵無捨須臾煩惱

斷除證阿羅漢果時馬勝苾芻所有弟子門人隨其意樂所學差別悉令受已詣餘村坊城邑聚落而作安居至八月十五日前安居滿作衣已竟執持衣鉢往波波城水蛭林所安置衣鉢濯足澡手詣其師處禮雙足已在一面坐時彼諸人各隨所證具白其師復更問餘三藏要義而白師曰我等既見鄔波馱耶親承諮決我等欲往奉見世尊報言具壽隨汝意去時實力子白馬勝苾芻曰鄔波馱耶我已得見如來法身未覩色身我今欲往覲佛色身答言隨意汝今當知如來應正等覺是大珍寶出現世間實難逢遇如烏曇跋羅華時乃一現時實力子既蒙許去至明日已於日初分執持衣鉢入波波城次行乞食還至本處飯食訖執持衣鉢詣王舍城如前

威儀洗手足已往詣佛所爾時世尊於無量百千苾芻衆中而爲說法世尊遥見實力子來告言善來今正是時隨汝意坐時實力子禮佛足已於一面坐時王舍城中諸苾芻衆不依同類分僧卧具所謂經師與律師經師與論師經師與法師經師與禪師律師與論師律師與法師律師與禪師律師與經師論師與法師論師與禪師論師與經師論師與律師法師與禪師法師與經師法師與律師法師與論師禪師與經師禪師與律師禪師與論師禪師與法師於經師律師論師法師禪師不以同類令聚一處如是不依同類分與房舍卧具之時諸苾芻共相將護失所受業各令善品不得增長如蓮華無水日見衰損爾時世尊便作是念此實力子於先佛所

宿有正願作如是念我當云何得爲僧伽作分卧具者爾時世尊告諸苾芻曰汝諸苾芻應差實力子與僧伽作分僧卧具人若更有餘如是流類具五法者應差作分卧具人若無五法即不應差設差應捨云何爲五有愛有瞋有癡有怖不知分與不分若具五法應差已差不應捨云何爲五謂無愛無瞋無癡無怖知分不分如是應差如常鳴揵椎敷坐具先言白已次總集僧對衆應問當勸喻云汝某甲能與僧伽作分卧具人不彼答言能

此苾芻作白羯磨（廣如百一羯磨中）

時實力子被衆差爲分卧具人已所有衆僧房舍卧具皆依同類而處置之經師經師共同律師律師共同論師論師共同法師法師共同禪師禪師共同彼得隨意同住言議無違所修善品日夜增長如蓮處池其水充盈見日開發時有諸苾芻半更方至時實力子以神通力於一指放光而分卧具復有餘諸苾芻衆情欲樂見實力子勝上人法神通希有者故至一更而來投宿時實力子二指放光爲分卧具有一更半至三指放光二更至者四指放光半夜至者五指放光與分卧具時諸苾芻既見殊勝神通事已各作是念我等不應令大聲聞具威德者爲分卧具而更以脅著牀縱意睡眠是不應作彼各初夜後夜減省睡眠端思而住由勤策故未證者皆證已證者不退爾時世尊告諸苾芻曰諸苾芻我弟子中分僧卧具此實力子最爲第一世尊聖教既弘廣已時婆羅門居士爲苾芻衆設諸飲食時六衆苾芻知有美好上妙飲

食即便往彼而噉食之時諸信心婆羅門等作如是語聖者大德耆宿何意不來六衆報曰如此麤食彼豈來食施主報曰世尊記我於供養中最爲第一彼諸耆舊寧容不食聖者仁於善說法律之中捨俗出家不慎口言出無慚語宜當速去更勿復來時諸苾芻聞是事已便往白佛佛言應差實力子爲分食人若更有如是流類亦應差遣作分食人不具五法者即不應差若差應捨云何爲五謂有愛瞋癡怖不知分與不分翻此應差准前作法如是應差令一苾芻作白羯磨廣如百一羯磨中

時實力子被衆差爲分食人已彼爲僧伽分三種食謂上中下時有客苾芻初日與上食第二日與中食第三日與下食至第四日令行乞食時實力子爲諸苾芻若客若主分授房舍及以卧具飲食所須隨現住者從老至少次第而與曾無虧失時實力子與二苾芻一名善友二名大地於生生中常爲怨惡從南國來至王舍城時二苾芻問餘苾芻曰誰是僧伽知食次者報言是具壽實力子時彼二人詣實力子處而報之曰我等二人隨次與食時實力子於初來日便與二人上妙食次時彼施主問曰明日誰當至我家食答言是友是地施主聞已作如是念彼二苾芻是惡行若來就食當設隨宜至第一日與中食次施主有事復無好食至第三日與麤食次時彼二人作如是語我今極苦云何實力子三日之中故心與我麤惡飲食共相惱亂令受大苦我當與彼作無益事彼二有妹苾

苾芻尼名曰友女住王園寺于時友女往二兄處至已各禮其足在一面坐時彼二人雖見妹來不相瞻視亦不共語是時友女問二兄曰何意二聖見我來至不相瞻視不共言語彼二答曰妹我被實力子乃至三朝與我食次極是麤惡令我食噉汝今云何不助於我自安而住友女報曰聖者我今欲何所作報言妹汝今宜往詣世尊所作如是白大德彼聖者實力子作不軌事共我行不淨行犯波羅市迦我亦當往作如是語如妹所言其事實爾我等先知友女報曰我今云何知彼實是清淨苾芻曾無愆犯云何輒以無根他勝之法而毀謗之彼二報曰乃至汝若不爲我等作如是語我等終不瞻視於汝共爲言説是時友女聞是語已俛仰須臾告二兄曰我當爲作兄言姊妹汝且住此我等先可至世尊所汝隨後來時二苾芻往世尊所禮佛足已在一面坐時彼友女斟酌兄至便詣佛所禮已而立白世尊曰大德彼聖者實力子作不軌事共我行不淨行犯波羅市迦時友地苾芻即便白佛實爾薄伽梵實爾蘇揭多如妹所説我等先知時實力子亦復在此大衆中住

根本説一切有部毗柰耶卷第十三

音釋

娠失人切懷孕也　褓博抱切抱也　䬫餬䬫音提餬音胡亦作醍醐酥之精液也　羇居宜切羇縻也　絆博縵切繫也　晡博孤切　轝羊諸切共舉也　鏁蘇果切　兢其陵切　忓胡旦切預也　隟綺戟切隙也　鈹普皮切刀也　蛭職日切　斟酌斟職深切斟酌量度也

根本説一切有部毗柰耶卷第十四

唐三藏法師義淨奉　制譯

無根謗學處第八之二

爾時薄伽梵命實力子曰汝聞斯語不白佛言我聞薄伽梵我聞蘇揭多佛言實力子其事如何實力子白佛言世尊我之虛實惟佛所知佛言實力子於此時中勿作是説應作是言若實言實若虛言虛實力子曰我不曾憶薄伽梵我不曾憶蘇揭多爾時具壽羅怙羅於世尊後執扇扇佛時羅怙羅白佛言世尊彼實力子何勞見問現見友女苾芻尼親在佛前云實力子共爲惡行犯波羅市迦兄弟二人面證言實佛告羅怙羅我今問汝隨汝意答羅怙羅若苾芻尼來至我所作如是説大德聖者羅怙羅作不軌事共我行不淨行犯波羅市迦時友地苾芻即便證云實爾薄伽梵實爾蘇揭多如妹所説我等先知羅怙羅我聞是語即問汝云其事虛實汝云何答羅怙羅白佛言世尊大德若憶云憶若不憶云不憶世尊告曰汝且癡人能云不憶何怪實力子清淨苾芻實無罪過云不憶耶爾時世尊告諸苾芻如實力子實無罪過汝等應知友女苾芻尼自言犯罪應當滅擯其友地二苾芻應可詳審善問其事汝如何見何處見以何因緣往見其事爾時世尊作是語已即便入室寂定而住時諸苾芻見佛寂定便共憶持實力子是清淨人友女苾芻尼以其自言共爲擯斥友地二苾芻審問其事汝如何見何處見以何因緣往見其事時諸苾芻具問之時彼二苾芻作如是説諸具壽彼

實力子我不見犯不淨行法得波羅市迦然由具壽實力子乃至三日與我麤惡食氣力衰羸極相惱亂我以欲瞋癡怖故作是說其具壽實力子實是清淨無有過咎不作不淨行不犯波羅市迦爾時世尊於晡後時從靜處起於苾芻衆中就座而坐時諸苾芻白佛言世尊我等諸苾芻見佛世尊入室寂定便共憶持實力子是清淨人友女苾芻尼由其自言已令滅擯友地二苾芻審問其事汝如何見何處見以何因緣而見其事我等具問之時彼二苾芻作如是說諸具壽彼實力子我不見犯不淨行法得波羅市迦然由具壽實力子乃至三日與我食次令食惡食氣力衰羸極相惱亂我以欲瞋癡怖故作是說其具壽實力子實是清淨無有過咎不作不淨行不犯波羅市迦爾時世尊聞是說已告諸苾芻曰云何彼二癡人爲少飲食因緣作故妄語毀謗清淨苾芻世尊即於爾時說伽陀曰

若人故妄語　違越於實法　不懼於後世
無有惡不造　寧吞熱鐵丸　猛焰燒身徧
不以破戒口　噉彼信心食

當爾之時於虛空中有諸天衆說伽陀曰

實力超三有　尚招於毀謗　是故有智人
不應樂生死　段食真可猒　苦中最爲極
猶如食子肉　增長諸煩惱

如何汝今知清淨苾芻實不犯罪以無根波羅市迦法而見謗毀爾時世尊以此因緣廣說如前乃至告友地苾芻曰汝二癡人知清淨苾芻實不犯罪以無根波羅市迦法行謗

毀耶彼二白佛實爾世尊佛以種種訶責汝所爲非非淨行非隨順行所不應爲告諸苾芻曰應知有三種人定墮泥犂獄云何爲三若人自行破戒勸他破戒此謂初人定墮泥犂獄若人自行不淨行於清淨苾芻以無根波羅市迦法而謗毀之此是第二人定墮泥犂獄若人作如是見作如是語言欲是淨言欲是妙欲可受用欲無過失於惡欲境極生愛著此是第三人定墮泥犂獄世尊爾時說伽陁曰

若人生世中　口常出刀劒　由此惡說故
常斬於自身　若讚於惡人　毀謗賢善者
由口生衆過　定不受安樂　猶如博弈人
失財是小過　於他清淨者　謗毀成大愆
經於百千歲　墮在肉胞獄　復於此獄中
更受四萬歲　若以惡心語　謗毀於善人
由斯惡業緣　當墮於地獄

爾時世尊作訶責已告諸苾芻曰我觀十利廣說如前乃至我於毗奈耶中爲諸聲聞制其學處應如是說

若復苾芻懷瞋不捨故於清淨苾芻以無根波羅市迦法謗欲壞彼淨行後於異時若問若不問知此事是無根謗彼苾芻由瞋恚故作是語者僧伽伐尸沙

若復苾芻者謂是友地苾芻若更有餘如斯流類懷瞋者謂情生忿怒言不捨者謂瞋恚不息清淨苾芻者謂實力子無犯者謂不犯其事以無根者謂無三根見根聞根疑根波羅市迦法者於四事中隨說其一法者已如前說謗者說不實事欲壞彼行者欲損彼人

清淨學處彼於異時者謂是別時若問若不問者謂說謗已情生悔恨不由他問知此事無根謗謗者諍也諍有四種諍謂鬭諍非言諍犯諍事諍由瞋故作是語者正出謗辭僧伽伐尸沙者已如前說此中犯相其事云何若謗清淨苾芻十事成犯五事無犯云何爲十謂不見其事不聞不疑便作如是虛誑想實無見等妄言我有見聞疑作是說時得僧伽伐尸沙或聞而忘或疑而忘作如是解作如是想云我聞疑不忘作是說時得僧伽伐尸沙或聞而信或聞不信而言我見或聞而疑或聞不疑或但自疑而云我見作是說時得僧伽伐尸沙是謂十事成犯云何五事無犯謂彼不見不聞不疑有見等解有見等想作如是語我見聞疑者無犯或聞而忘或疑而忘有聞疑想而言聞等亦無有犯如謗清淨人時十事成犯五事無犯若謗清淨似不清淨人亦復如是若謗不清淨人十一事成犯六事無犯云何十一謂不見不聞不疑作如是解作如是想實無見等妄言我有見聞疑作如是說時得僧伽伐尸沙或見而忘或聞而忘或疑而忘作如是解作如是想而云見聞疑不忘作是說時得僧伽伐尸沙或聞而信或聞不信而言我見或聞而疑或聞不疑或但自疑而云我見作是說時得僧伽伐尸沙是謂十一成犯云何六事無犯謂彼不見不聞不疑有見等解有見聞等想作如是說我見聞疑者無犯或見而忘或聞而忘或疑而忘有見等解有見等想而言見聞等亦皆無犯是謂六事無犯若謗似清淨人十一

事成犯六事無犯亦復如是時諸苾芻悉皆有疑爲除疑故白佛言世尊大德具壽實力子曾作何業由彼業故招異熟果生富貴家多饒財寶受用豐足捨俗依佛而爲出家斷諸煩惱證阿羅漢分房舍中説爲第一雖得勝果而被謗讟佛告諸苾芻汝等善聽我當爲汝説彼因緣諸苾芻若自作業必不於外地水火風四大之處果報成熟但於自己蘊界處中善惡之業果報成熟即説頌曰

假令經百劫　所作業不亡　因緣會遇時
果報還自受

諸苾芻於過去世一聚落中有大商主名曰漁人時彼商主賫持貨物共諸商人將詣大海欲求珍寶爾時世間無佛出世有獨覺聖者現於世間極恤貧賤常受麤鄙飲食卧具當時惟此爲勝福田時彼獨覺投此商主人間遊行於其夜中入火光定時警夜人見其光已報商主曰仁今知不此之苾芻聖行成就我於夜中見如火聚放大光明是時商主聞已深敬便詣其所禮雙足已作如是白聖者求食我願求福幸於商旅受我微供食已隨去時彼默然受其請食相隨漸次至大海邊商主問言聖者我今商旅欲入海中仁隨去不獨覺報言賢首汝爲妻子欲入大海求諸珍貨我何所爲而共入耶是時商主設彼食已以新妙氎而奉上之時彼大德但現神通而不説法爲欲憐愍彼商主故猶如鵝王飛騰空界身出水火現大神通凡夫之類若見神變速即歸心如崩大樹遍禮彼足發誓願言我於如是眞實福田所設供養此業所

招異熟之果願我當得生富貴家當得如是殊勝威德當得奉事勝此大師汝等當知彼時漁人即實力子是由昔供養獨覺聖人發大誓願今得生在勝富貴家受用豐足於我法中出家離俗斷諸煩惱證阿羅漢我爲大師勝彼百千俱胝獨覺能承事我不生厭背又諸苾芻此實力子雖得阿羅漢果然而尚遭惡言毀謗我今當說汝等善聽諸苾芻過去世時於一村中有大長者於同類族娶女爲妻得意相親歡樂而住雖經多歲竟無男女遂便以手支頰心懷憂歎我今舍內多有珍財竟無紹嗣我身没後定被官收其婦見之即便問曰聖子何意支頰長思似帶憂色報言賢首我今舍中多有財物現無子息如其没後並被官收既有此緣寧不愁悒其妻報曰若由我過無男女者君今宜可更娶餘妻令有子息報言賢首若人家内有二妻者乃至麨漿亦不得飲常於室中紛紜鬭諍婦報夫曰君可求來若彼顏狀與妹同者我作妹想看之若與女相似者我作女心瞻視時於異村有一長者娶婦未久便誕二男復生一女後於異時長者夫婦並皆命過時前長者爲求婦故至彼二兒之處求娶其妹彼便嫁與世間法爾得新棄故時彼長者心親後妻時彼前婦見其親密心生嫉妬未經多日前妻有娠白其夫曰君之後妻情有異念其夫告曰賢首汝生惡意婦便默然遂於後時誕一男子長至五歲智慧分明所有語言咸悉依實時人遂名爲實語者其母便念我雖生子然而夫主尚愛後妻我今作何方便令

使離別白其夫曰君於後妻雖極愛念彼於君所無貞素心其夫報曰賢首汝復生惡意婦便默然別設方計告其子曰汝豈不知婦人苦事子白母曰我不曾知即告子曰謂是嫉妒子報母曰此非善事便語子曰我欲於汝異母彰露惡名汝當爲證子白母曰爲實爲虛母言是虛子云世人共知我爲實語豈可隨母所說口出妄言母曰於我腹中懷汝九月於此小事汝不見從設爲作證無勞口說父若問汝但可點頭其子孝順不違母心遂便許可母於異時告其夫曰君之愛婦共他男子行邪惡事夫云賢首汝復生惡意婦曰君若不信應問實語父作是念我此童兒世人共許是實語者豈於我所而作妄語必無斯事時彼童兒去父不遠遊戲而住其父喚來置於膝上而問之曰汝知異母與他男子行惡事耶但女人情僞不學而知即便以手掩其子口而告之曰彼是汝母不須言說若事實者但可點頭彼即點頭當爾之時口出臭氣便於四遠惡聲流布彼非實語是妄語人於異母邊證其虛事實語之名即便隱沒時人皆喚爲妄語者其父見已告後妻曰汝行惡行不應住此便驅令出既被逐已往二兄處兄問之曰汝何意來妹報兄曰我被夫主之所斥逐汝有何過枉我行私汝若行私不應住此我實無私但由實語所證彼是妄語非實語者兄曰如何得知若不信者宜當爲問近住隣人時彼二兄私問隣伍諸人皆云彼無惡行時彼兄弟知清白已情懷恨惱後於異時忽有獨覺聖者因行乞食來至

其家即便請食食已其女憶所謗事發邪惡願如我今日被汝謗讟於未來世假令汝得阿羅漢果我亦謗汝終不相捨時彼二兄見而問曰汝發何願具以其事荅彼二兄兄曰我於彼時爲爾兄弟共證其事佛告諸苾芻汝意云何勿生異念彼時實語即實力子是彼異母者即友女苾芻尼是彼時二兄即友地二苾芻是實力子由其昔日惡謗母故於多千歲在捺洛迦受燒煑苦彼餘殘業於五百生中常遭惡謗雖於今日獲阿羅漢仍被惡謗汝諸苾芻由此應知純黑之業得純黑報純白之業得純白報黑白雜業得黑白雜報汝等當離純黑雜業勤修白品汝諸苾芻當如是學汝諸苾芻其實力子先作何業於分衣人中最爲第一汝等應聽乃往過去於此賢劫人壽二萬歲時有迦葉波佛出現於世十號具足時實力子於彼佛教捨俗出家至盡形壽勤修梵行而於勝果竟無所獲於命終時即便發願我於迦葉波佛最上福田教法之中出家捨俗於殊勝果竟無所獲如佛所記於未來世人壽百歲時有摩納薄迦必當成佛我於彼教當爲出家斷諸煩惱證阿羅漢如我今日鄔波馱耶於迦葉波佛弟子之中分僧卧具最爲第一我於來世釋迦牟尼無上正覺弟子之中分僧卧具亦爲第一由願力故於我法中分僧卧具最爲第一汝諸苾芻應如是學

假根謗學處第九

爾時佛在王舍城羯蘭鐸迦池竹林中住時具壽實力子在鷲峯山去此不遠有石砌池

於其池岸是實力子晝日遊處時蓮華色苾芻尼因具壽大目連善知識故得於善説法律而爲出家斷諸煩惱成阿羅漢彼便數數詣世尊所恭敬供養及餘耆宿尊德苾芻於具壽實力子特生尊敬由實力子不憚勞苦遂捨寂靜等持妙樂如法爲僧作授事人分房舍卧具後於他日是蓮華色苾芻尼禮世尊已次更參覲諸大德僧因至實力子所申禮拜已爲聽法故在一面坐時友地二苾芻與實力子前世怨結友地二人多得糞掃衣遂生是念我於何處當灑此衣遂便即往石砌池邊欲浣衣服既至彼已遂見二鹿飲池水已作不淨行行婬欲事是時大兄告其弟曰弟今見此實力子共蓮華色苾芻尼作不淨行行婬欲法我等宜往告諸苾芻弟報兄曰妹尼前已爲我等故被衆擯斥我今豈欲俱受擯耶兄報弟曰前是虚説今是實陳汝豈不見實力子共蓮華色尼作不淨行行婬欲耶弟便默然兄弟俱往告諸苾芻曰世間之人誰是可信我今兄弟共見實力子與蓮華色尼作婬欲事時諸苾芻聞是語已告友地曰具壽汝今一向棄人天路意專趣入三惡道中此實力子證阿羅漢居八解脱得上人法現大神通云何汝今以異分事波羅市迦法而謗讟之彼二答曰實非我過是眼過失宜挑兩目諸苾芻曰如世尊説應須詳審善問其事何所見何相見何處見汝等二人因何事往而得見之時諸苾芻既勘問已二人遂即具以上事告諸苾芻時諸苾芻有少欲者並共譏嫌訶責其事如何汝今知清淨

苾芻實無有犯便以異分波羅市迦法而謗毀之時諸苾芻以此因緣具白世尊爾時世尊即以此緣集苾芻衆廣如前說乃至爲諸苾芻制其學處應如是說

若復苾芻懷瞋不捨故於清淨苾芻以異非分波羅市迦法謗欲壞彼淨行後於異時若問若不問知此是異非分事謗我由瞋故作是語者僧伽伐尸沙

若復苾芻者謂友地二人也復更有餘如是流類懷瞋者謂先有忿恨不捨故者瞋心不歇也於彼清淨無犯苾芻者謂不曾犯他勝之罪異非分事者異謂涅槃乖生死故謂四波羅市迦法非是其分波羅市迦者於此四中隨以一事而謗於彼謗者誣說其事壞彼淨行者意欲令其虧失淨行乃至得僧伽伐尸沙廣如前說此中犯相其事云何若苾芻見彼苾芻犯四波羅市迦時作無犯想作無犯解作無犯忍可便作是語見彼苾芻犯波羅市迦作是說時得僧伽伐尸沙若苾芻見彼苾芻犯波羅市迦時作僧伽伐尸沙想作如是解如是忍可便作是語見彼苾芻犯波羅市迦作是說時得僧伽伐尸沙若苾芻見彼苾芻犯波羅市迦時作波逸底迦想作如是解如是忍可便作是語見彼苾芻犯波羅市迦作是說時得僧伽伐尸沙若苾芻見彼苾芻犯波羅市迦時作波逸底提舍尼想作如是解如是忍可便作是語見彼苾芻犯波羅市迦作是說時得僧伽伐尸沙若苾芻見彼苾芻犯波羅市迦時作突色訖里多想作如是解如是忍可便作是語見彼苾芻犯波

羅市迦作是說時得僧伽伐尸沙若苾芻見彼苾芻犯僧伽伐尸沙時作無犯想作無犯解作無犯忍可便作是語見彼苾芻犯波羅市迦作是語時得僧伽伐尸沙如是乃至見犯突色訖里多各有五番應知廣說如上無犯者謂如實說最初犯罪癡狂心亂痛惱所纏

破僧違諫學處第十之一

爾時世尊在王舍城羯蘭鐸迦池竹林中住時遭儉歲乞食難得時諸苾芻得神通者往贍部林由此林故得贍部洲名既至彼林取贍部果色香味具盛滿鉢巳持之而歸自得充足有餘分布與諸苾芻或復有餘苾芻去此林不遠有頻羅果林劫畢他果菴摩洛迦果同前持歸共餘分食或有苾芻往東毗提訶或往西瞿陁尼或北俱盧洲取自然香稻同前持歸共餘分食或往四大王衆天或往三十三天取天妙食同前持歸共餘分食或往餘方豐樂之處取其好食同前共分時提婆達多作如是念今遭儉歲乞食難得時諸苾芻得神通者往贍部林廣如前說乃至取其好食同前共分我若獲得神通力者亦能如前取歸共食尋便思念誰能有力教我神通我今宜應往世尊所諮問其事隨有所說我當受持時提婆達多於晡後時從靜處起往世尊所禮佛足巳在一面立白佛言世尊唯願爲我說神通事爾時世尊知提婆達多生邪惡念告曰汝可先淨尸羅勤修定慧於神通事方可修習時提婆達多作如是念世尊不肯爲我說神通事便即致敬辭佛而去

便往詣彼阿若憍陳如所共言談已而白之曰惟願上座爲我解説神通之事時具壽阿若憍陳如即觀佛心見佛知提婆達多欲生惡念遂告提婆達多曰汝可於色如理觀察方獲神通并餘勝德受想行識亦復如是時提婆達多便作是念上座阿若憍陳如亦不爲我説神通事便捨之而去復往詣彼馬勝苾芻跋陀羅婆澀波大名稱圓滿無垢牛王妙臂如是乃至五百上座皆詣其所請神通法是時五百上座苾芻皆觀佛心見佛知提婆達多欲生惡念亦復各各觀諸上座苾芻之心知提婆達多欲生惡念便告提婆達多曰汝可於色如理觀察方獲神通并餘勝德受想行識亦復如是時提婆達多作如是念斯等五百上座苾芻皆不爲我説神通法豈非諸人先作言契曾無有一教我神通時提婆達多復作是念誰能爲我説神通法是時具壽十力迦葉波在王舍城鷲窟中住時提婆達多便生此念十力迦葉波性無諂誑所言眞實是我家弟阿難陀鄔波馱耶彼能爲我説神通法作是念已即便往詣十力迦葉波處禮其足已在一面立白言上座願爲我説神通道法時具壽十力迦葉波不觀佛心及諸上座不知提婆達多欲起惡邪之念便爲提婆達多説神通法時提婆達多初夜後夜警策修習於後夜分依世俗道獲初靜慮即發神通轉一爲多轉多爲一或現或隱山石壁障身皆通過不能爲礙猶如虛空入地如水履水如地在虛空中跏趺而坐猶如飛鳥或時以手摩捫日月時提婆達多具斯德

已便作是念今諸苾芻乞食難得我爲先往贍部林中取香美果自食分餘爲往東西北洲四大王衆三十三天及以諸處同前取已分布餘人爲當先化摩揭陁主彼受化已不勞辛苦能伏多人復生是念此未生怨太子父亡之後當爲國王有大自在我今宜應先化此人不勞艱苦能伏多人時提婆達多即便化作上妙象身從太子後門安庠而入從前大門出從前大門入從後門出或作上馬同前出入或作苾芻剃除鬚髮被僧伽胝手中持鉢同前出入時未生怨太子作如是念此是提婆達多現神變事時提婆達多遂即變身爲童兒形具諸瓔珞便向太子懷中宛轉而住是時太子遂捉童兒抱持嗚噈便以涕唾內其口中時提婆達多爲貪利養纏繞心故遂咽其唾是時太子因斯發起惡邪之心作如是念奇哉提婆達多比佛大師其德殊勝轉深信敬欲伸供養是時太子於旦暮二時每恒從以五百寶車往提婆達多所而爲禮敬每於食時奉五百釜上妙飲食時提婆達多爲上首五百苾芻受斯供養時有衆多苾芻於晨朝時入王舍城次行乞食聞提婆達多自受如是勝妙供養未生怨太子於旦暮二時每恒從以五百寶車往提婆達多所而申禮敬每於食時以五百釜上妙飲食而供養之提婆達多爲其上首與五百諸苾芻受斯供養時諸苾芻聞是事已還至本處飯食訖於食後時收舉衣鉢洗足已往世尊所禮佛雙足在一面坐時諸苾芻白佛言世尊我諸苾芻於晨朝時入城乞食聞提婆達

多乃至與五百苾芻受斯供養具陳其事世尊告曰汝諸苾芻勿愛樂彼提婆達多受斯供養何以故提婆達多今被供養之所殺害如芭蕉著子如竹葦生實如騾懷妊皆自害軀提婆達多亦復如是受他供養必自害身汝諸苾芻若提婆達多得利養時此之癡人能於長夜受無利益苦惱之事是故汝諸苾芻勿當希求名聞利養設得之者心勿貪著

爾時世尊說伽陁曰

芭蕉若結子　竹葦生其實　如騾懷妊時
斯皆還自害　利養及名聞　愚人所愛樂
能壞衆善法　如劒斬人頭

時諸苾芻聞佛說已奉持而去爾時提婆達多既得如是恭敬供養即便發起邪惡之念世尊今者年衰老耄爲諸四衆苾芻苾芻尼鄔波索迦鄔波斯迦教授勞倦今可以諸大衆付囑於我令我教授我當秉執世尊宜應少爲思慮受現法樂寂靜而住提婆達多纔生此念神通即失神通雖失然不自知爾時有一迦俱陁苾芻是佛弟子曾於佛邊善修淨行學四梵住於欲除欲多修習已命終之後生處梵宮時具壽大目連在江豘山恐畏林住時迦俱陁以天眼觀見提婆達多神通退失如是知已猶如壯士屈伸臂頃於梵宮沒詣恐畏林至具壽大目連所禮雙足已而白之曰大德知提婆達多爲貪利養纏繞心故便起如是邪惡之念來白佛言世尊今者年衰老耄爲諸四衆苾芻苾芻尼鄔波索迦鄔波斯迦教授勞倦今可以諸大衆付囑於我令我教授我當秉執世尊宜應少爲思慮

受現法樂寂靜而住時提婆達多纔生此念神通即失善哉大德目連應往佛所具白其事時大目連默許其説時迦俱陀梵天知其許已隱而不現時大目連梵天去後即如其事而入勝定猶如壯士屈伸臂頃於恐畏林没至竹林中詣世尊所禮佛足已在一面坐時大目連以彼梵天所告之語具白世尊爾時世尊告大目連曰汝豈不先知提婆達多有邪惡心梵天於後來相告語大德我已先知梵天後告爾時世尊共大目連於此中間別説餘事時提婆達多共其四伴一孤迦里迦二褰荼達驃三羯吒謨洛迦底灑四三没達羅達多來詣佛所爾時世尊遥見提婆達多來告大目連曰汝當善護其言天授將至此之癡人親在我前自陳已大時大目連禮

佛足已即便入定譬如壯士屈伸臂頃於竹林没往恐畏林是時天授至佛所已頂禮佛足在一面立而白佛言世尊今者年衰老耄爲諸四衆苾芻苾芻尼鄔波索迦鄔波斯迦教授勞倦今可以諸大衆付囑於我令我教授我當秉執世尊宜應少爲思慮受現法樂寂靜而住世尊告曰汝之癡人如舍利子大目連我尚不以苾芻僧伽而見付囑況汝癡人食人涕唾而相付囑是時天授便作斯念世尊讃歎舍利子大目連喚我爲癡人死屍食唾愚人此是天授初於佛所起殺害心作不忍意我是提婆達多便三振頭捨佛而去爾時具壽阿難陀在世尊後執扇扇佛爾時世尊知天授去已告阿難陀曰汝今可詣羯蘭鐸迦池近竹林所但是苾芻皆令集在常

食堂中阿難陀奉佛教已即便往詣竹林中隨近所有苾芻皆令集在常食堂中已往世尊所白佛言世尊近竹林中所有苾芻悉皆令集願佛知時

根本說一切有部毗柰耶卷第十四

音釋

擯必刃切棄也　斥昌石切黜也　羸力追切病也　胞皮教切　謗補曠切訕也　讟徒谷切痛怨而謗也　恤辛聿切愍也　氎徒協切細毛布也　悒於急切憂也　鐸唐各切　鷲疾僦切　憚徒案切畏也　澀所立切　唼子答切口呷也　箄于鬼切　妊汝鴆切孕也　豘徒渾切　耄莫報切八年九十爲耄　褰去乾切　驃毗召切

根本説一切有部毗柰耶卷第十五

唐三藏法師義淨奉　制譯

破僧違諫學處第十之二

爾時薄伽梵詣常食堂於大衆中就座而坐告諸苾芻曰於此世間有五種師云何爲五如有一師戒實不淨自言戒淨然諸弟子由共住故知不清淨遂相告曰我之大師戒實不淨而自謂戒淨若其我等説向餘人師若聞時便生不樂我復云何而相依止我等宜黙彼自當知又復我師常以飲食衣服卧具湯藥病縁所須資給於我我等宜應共相擁護然彼師主作如是念我諸弟子覆我過失此是第一大師於世間住復有一師實命不淨自言命淨彼諸弟子由共住故知不清淨遂相告曰我之大師命實不淨自謂命淨若其我等説向餘人彼若聞時便生不樂我復云何而相依止我等宜黙彼自當知又復我師常以飲食衣服卧具湯藥病縁所須資給於我我等宜應共相擁護然彼師主作如是念我諸弟子覆我過失此是第二大師於世間住復有一師智見不淨自言智見是淨彼諸弟子由共住故知智見不淨廣説如前此是第三大師在世間住復有一師不閑授記自言善閑授記如實了知彼諸弟子由共住故知不閑授記廣説如前此是第四大師在世間住復有一師依止親近惡説法律自言所依之法是善説法律彼諸弟子由共住故知是惡説法律廣説如前此是第五大師在世間住汝諸苾芻我所持戒清淨無過我今自謂持戒清淨無有過失汝諸弟子不須擁

護於我我亦無心令汝覆蓋此是第一我住世間又復諸苾芻我住淨命我今自謂活命清淨無有過失汝諸弟子不須擁護於我我亦無心令汝覆蓋此是第二我住世間又復諸苾芻我智見淨廣說如前此是第三我住世間又復諸苾芻我善開授記如實了知廣說如前此是第四我住世間又復諸苾芻我之所依善說法律我今自謂善說法律廣說如前此是第五我住世間諸苾芻我今苦言慇懃告汝汝等應可至心奉行猶如陶師燒坏器時同爇薪火好者成就惡者破壞汝等宜當善順我言無貽後悔爾時天授命四伴曰汝等四人今應共我破彼沙門喬答摩和合僧伽并破法輪我沒代後獲於善名稱聲滿十方作如是說沙門喬答摩現在世間然而提婆達多有大威勢共孤迦里迦褰荼達驃羯吒謨洛迦底灑三沒達羅達多破彼和合僧伽并破法輪時孤迦里迦告天授曰我今與汝不辦斯事何以故然薄伽梵聲聞弟子有大威力天眼明徹鑒察他心其事雖遠而能遙見彼身在近人不見知我等所爲彼皆預了是時天授告其伴曰仁等宜應共設方便友人報曰方便云何天授報曰我今詣彼耆年宿德諸上座處當以種種上妙資具供給所須不令闕乏少年苾芻亦與供給令生歡喜或以衣鉢鉢袋腰絛教其讀誦作意相應友人報曰斯好方便是時天授廣爲矯誑欲破僧伽諸大苾芻覺知天授所爲進趣欲破僧輪以此因緣具白世尊天授有意欲破僧輪爾時世尊告諸苾芻曰汝等宜應別

諫天授若更有餘如是流類應可諫曰天授汝莫破和合僧作鬪諍事堅執而住天授應與和合僧伽歡喜無諍同心一說如水乳合大師教法令得光顯安樂而住天授汝今應捨作破僧事時諸苾芻奉佛教已尋即別諫提婆達多告言天授汝莫破和合僧作鬪諍事非法而住天授應與和合僧伽歡喜無諍同心一說如水乳合大師教法令得光顯安樂而住天授汝今應捨作破僧事時諸苾芻別諫之時提婆達多堅執其事無心棄捨云此事眞實餘皆虛妄時諸苾芻具以此緣而白世尊大德我已別諫提婆達多我等爲作別諫之時提婆達多堅執不捨而云此事眞實餘皆虛妄爾時佛告諸苾芻汝等應與提婆達多作白四羯磨對衆諫之若更有餘如是流類應如是諫當敷坐具次鳴揵稚應先言白後總集僧僧伽集已令一苾芻作白羯磨應如是作大德僧伽聽此提婆達多欲破和合僧作鬪諍事非法而住時諸苾芻已作別諫別諫之時堅執其事不肯棄捨云此事眞實餘皆虛妄若僧時到僧許可僧今與提婆達多作白四羯磨曉諫其事汝提婆達多莫欲破和合僧作鬪諍事執受而住提婆達多應與和合僧伽歡喜無諍同心一說如水乳合大師教法令得光顯安樂而住汝提婆達多應捨破僧事白如是次作羯磨大德僧伽聽此提婆達多欲破和合僧作鬪諍事堅執而住諸苾芻已作別諫別諫之時堅執其事不肯棄捨云此事眞實餘皆虛妄僧今與提婆達多作白四羯磨曉諫其事汝提婆達

多莫欲破和合僧作鬬諍事堅執而住提婆達多應與和合僧伽歡喜無諍同心一説如水乳合大師教法令得光顯安樂而住汝提婆達多應捨破僧事若諸具壽忍許與提婆達多作白四羯磨曉諫其事汝提婆達多莫欲破和合僧作鬬諍事堅執而住汝提婆達多應與和合僧伽歡喜無諍同心一説如水乳合大師教法令得光顯安樂而住汝提婆達多應捨如是破僧事者默然若不忍者説此是初羯磨第二第三亦如是説僧今已作白四羯磨諫提婆達多竟僧伽聽許由其默然故我今如是持時諸苾芻既奉佛教已即以白四羯磨諫彼提婆達多時提婆達多堅執不捨云此真實餘皆虛妄時提婆達多有助伴四人共相隨順説破僧事告諸苾芻曰大德莫共彼苾芻所有言説若善若惡何以故然彼苾芻是法語者是律語者依於法律方爲言説知而説非不知説彼愛樂者我亦愛樂時諸苾芻以此因緣具白世尊廣説如上乃至我亦愛樂世尊告曰汝等苾芻當與助伴四人作別諫法若更有餘如是流類亦應呵諫應如是作汝孤迦里迦褰茶達驃羯吒謨洛迦底灑三沒達羅達多知彼苾芻欲破和合僧作鬬諍事堅執而住汝等共爲助伴莫相隨順説破僧事莫向諸苾芻作如是語諸大德莫共彼苾芻所有言説若好若惡何以故而彼苾芻是法語者是律語者依於法律方爲言説知而説非不知説彼愛樂者我亦愛樂何以故具壽而彼苾芻非法律語不依法律而作言説不知而説非是知説堅

執而住汝莫愛樂破和合僧當樂和合僧應與僧伽和合歡喜無諍同心一説如水乳合大師教法令得光顯安樂而住具壽汝今可捨隨順破僧不和合事時諸苾芻奉教而作即以別諫諫彼四人作如是説汝孤迦里迦等四人知彼苾芻欲破和合僧作鬬諍事堅執而住莫共爲伴順邪違正諸具壽汝等勿於諸苾芻作如是語諸大德莫共彼苾芻論好論惡何以故而彼苾芻是法律語依於法律而作言説知而説非不知説彼愛樂者我亦愛樂何以故具壽然彼苾芻非法律語不依法律而作言説不知而説非是知説具壽汝莫愛樂破僧事當樂和合僧應共和合僧伽歡喜無諍同心一説如水乳合大師教法令得光顯安樂而住具壽汝今應捨隨順破

僧不和合事時諸苾芻別諫之時彼助伴人不肯受語堅執不捨云此眞實餘皆虛妄時諸苾芻以此因緣具白世尊大德我巳別諫孤迦里迦等我等爲作別諫之時孤迦里迦等堅執其事無心棄捨而云此事眞實餘皆虛妄佛告諸苾芻汝等應與孤迦里迦等作白四羯磨對衆諫之若更有餘如是流類同前集衆作白羯磨應如是作

大德僧伽聽此孤迦里迦褰荼達驃羯吒謨洛迦底灑三没達羅達多知彼苾芻欲破和合僧伽作鬬諍事堅執而住隨順於彼不和合事諸苾芻作如是諫時汝等莫向諸苾芻作如是語諸大德莫共彼苾芻所有言説若好若惡何以故而彼苾芻是法語者是律語者依於法律而作言説知而説非不知説彼

愛樂者我亦愛樂時諸苾芻爲作別諫別諫之時彼於其事堅執而住作如是語此事實爾餘皆虚妄若僧時到僧許可僧今以白四羯磨諫孤迦里迦等四人汝孤迦里迦等知彼苾芻欲破和合僧作鬬諍事執受而住隨順於彼不和合事諸苾芻作如是諫時汝等莫向諸苾芻作如是語大德彼苾芻所有言說若好若惡何以故而彼苾芻是法語者是律語者依於法律而作言說知而說非不知說彼愛樂者我亦愛樂何以故彼苾芻非法語者非律語者而彼苾芻於非法律堅執而住不知而說非是知說諸具壽莫樂破僧事當樂和合僧應共僧和合歡喜無諍同心一說如水乳合大師教法令得光顯安樂而住諸具壽汝今應捨隨順破僧不和合事白如是次作羯磨准白應爲諸苾芻既奉教已白言如是言我等當諫即以白四羯磨諫彼孤迦里迦等時彼四人堅執不捨云此眞實餘皆虚妄時諸苾芻以緣白佛大德我等以白四羯磨諫彼孤迦里迦等時堅執其事無心棄捨云此眞實餘皆虚妄佛告諸苾芻提婆達多共伴四人順邪違正從今已去破我弟子和合僧伽并破法輪有大勢力時提婆達多聞是語已便作是說沙門喬答摩與我授記告諸苾芻曰提婆達多共伴四人順邪違正從今已去破我弟子和合僧伽并破法輪有大勢力即告孤迦里迦等汝等當知沙門喬答摩與我授記提婆達多共伴四人順邪違正從今已去破我弟子和合僧伽并破法輪有大勢力時提婆達多於破僧事更增勇

猛諸苾芻聞具白世尊爾時世尊以此因緣集苾芻僧伽廣説如前乃至世尊問提婆達多苾芻曰汝實欲破和合僧伽作鬭諍事堅執而住提婆達多白言大德實爾爾時世尊告提婆達多曰汝非沙門非隨順不清淨不應爲非出家人之所作事世尊如是種種訶責巳告諸苾芻曰我觀十利爲諸苾芻制其學處應如是説

若復苾芻與方便欲破和合僧於破僧事堅執不捨諸苾芻應語彼苾芻言具壽莫欲破和合僧堅執而住具壽應與衆僧和合共住歡喜無諍同心一説如水乳合大師教法令得光顯安樂久住具壽汝可捨破僧事諸苾芻如是諫時捨者善若不捨者應可再三慇懃正諫隨教應詰令捨是事捨者善若不捨者僧伽伐尸沙

若復苾芻者謂提婆達多若更有餘如是流類言和合者謂是一味僧伽者謂是如來聲聞之衆欲破者謂欲爲二分方便者欲爲進趣勸作諍事堅執而住者謂提婆達多勸伴四人爲鬭諍事攝受而住諸苾芻者謂此諸人彼苾芻者謂提婆達多言者謂是别諫如教廣説捨者善若不捨者應可三諫乃至廣説僧伽伐尸沙者事如前説此中犯相其事云何若苾芻與方便欲破僧皆得惡作罪若别諫時事不捨者皆得𪓐罪若作白四羯磨如法如律如佛所教諫誨之時捨者善若不捨者白了之時得𪓐罪作初番了時亦得𪓐罪若第二番了時亦得𪓐罪若第三番羯磨結了之時而不捨者得僧伽伐尸沙若作非

法而衆和合若作如法而衆不和合若作似法而衆和合若作似法而衆不和合若不如法如律如佛所教而秉法並皆無犯時彼苾芻若於座上告大衆言大德我苾芻某甲犯僧伽伐尸沙罪者善若不說者乃至其罪未如法說悔已來若復共餘苾芻作白羯磨乃至白四法一一皆得惡作罪又無犯者初造過人或癡狂心亂痛惱所纏

隨順破僧違諫學處第十一

爾時世尊即於本座爲諸聲聞弟子欲制破僧隨伴學處告諸苾芻曰汝諸苾芻且未須起僧伽有少事業世尊知而故問廣說如前世尊即便問孤迦里迦等四人曰汝等實知提婆達多欲破和合僧作破僧方便勸作諍事堅執而住汝共爲伴順邪違正告諸苾芻曰大德莫共彼苾芻有所論說若好若惡何以故而彼苾芻是法律語依於法律而作言說知而方說非不知說彼愛樂者我亦愛樂不彼白佛言實爾世尊世尊告曰汝非沙門非隨順行不清淨不應爲非出家人之所應作世尊種種訶責已告諸苾芻廣說如前乃至我觀十利爲諸聲聞弟子制其學處應如是說

若復苾芻若一若二若多與彼苾芻共爲伴黨順邪違正隨順而住時此苾芻語諸苾芻言大德莫共彼苾芻有所論說若好若惡何以故彼苾芻是順法律依法律語言無虛妄彼愛樂者我亦愛樂諸苾芻應語此苾芻言具壽莫作是說彼苾芻是順法律依法律語言無虛妄彼愛樂者我亦愛樂何以故彼苾

芻非順法律不依法律語言皆虚妄汝莫樂破僧當樂和合僧應與僧和合歡喜無諍同心一説如水乳合大師教法令得光顯安樂久住具壽可捨破僧惡見順邪違正勸作諍事堅執而住諸苾芻如是諫時捨者善若不捨者應可再三慇懃正諫隨教應詰令捨是事捨者善若不捨者僧伽伐尸沙

若復苾芻者謂提婆達多一二多者謂孤迦里迦等一二人已去名之爲多順邪違正者共彼爲伴順其邪見違失正理諸苾芻者謂在此法中若好若惡者勿教提婆達多令其行善遮止其惡何以故彼是知法律人有所言説皆是隨順大師教法廣説乃至堅執而住皆是別諫之辭若不捨者僧應三諫廣説如上作羯磨法此中犯相其事云何若諸助伴苾芻知彼苾芻欲破和合僧廣説如前作惡方便共彼爲伴順邪違正皆得惡作餘有犯相如前破僧處廣説應知

汙家學處第十二

佛在室羅伐城逝多林給孤獨園時枳吒山有二苾芻一名阿濕薄迦二名補捺伐素三名半豆盧呬得迦作汙家法行惡行共諸女人言談戲笑掉舉倡逸摩打其身同一牀坐共一盤食同觴飲酒或自採華教人採華或自結鬘教人結鬘歌舞伎樂見他戲笑以物與之或高抄衣跳身返躑或爲象吼或作馬鳴或爲牛吼或作孔雀聲或爲鸚鳥鳴或拍水作聲爲諸戲笑或作所餘唱伎之具共彼女人作非威儀造諸過失時枳吒山有婆羅門居士及諸人衆見爲惡行生不信心起諸

謗議於此所有舊住苾芻不能以食共相拯給況復餘人爾時具壽阿難陀於迦尸國人間遊行次至枳吒山住於日初分執持衣鉢入枳吒山聚落而行乞食空鉢而出一掬之食亦無與者是時具壽阿難陀作如是念我憶昔日曾至此山人民豐樂乞食易得今者此山同前豐樂何意乞食迴無施者空鉢而出一掬之食亦無與者豈非於此有佛弟子於巷陌中罵詈女人共身相觸由此因緣遂令我今乞食不得時枳吒山諸婆羅門居士有五百人於常聚處有事須集時阿難陀往常集處告諸人曰仁等知不我憶昔日曾至此山人民豐樂乞食易得今者此山同前豐樂何故乞食迴無施者空鉢而入還空鉢出一掬之食亦無與者時此會中有鄔波索迦名曰水羅即便前執阿難陀手共向一邊而白言大德知不此枳吒山有苾芻名阿濕薄迦補捺伐素作汙家法行惡行共諸女人言談戲笑廣說如前乃至造諸過失令起謗議於此所有舊住苾芻不能以食共相拯給況復餘人若其尊者因至佛所願以此事具白世尊是時尊者聞是語已默然許之時鄔波索迦知彼尊者默然許已即便請曰唯願大德至我家中受一微供時具壽阿難陀默然受之時鄔波索迦即將詣舍安置勝座奉妙飲食令其飽足時具壽阿難陀食已洗鉢還來就座時鄔波索迦便敷卑座於尊者前聽說法要時尊者阿難陀為鄔波索迦種種說法示教讚喜辭別而去時具壽阿難陀還至住處囑授僧常牀褥等已執持衣鉢行詣室

羅伐城既至彼已洗手濯足往給園中安置衣鉢詣世尊所禮雙足已在一面住具以鄔波索迦所陳之事而白世尊爾時佛告具壽阿難陀曰汝今宜共老宿苾芻六十許人往枳吒山與阿濕薄迦補捺伐素作驅遣羯磨應如是作欲至彼山可於路次一處而住應差詰問苾芻若無五德即不應差設差應捨何謂爲五謂有愛恚怖癡於詰不詰不能解了若有五德此即合差差不應捨何謂爲五謂無愛恚怖癡於詰不詰善能解了如是應差如常集僧已應先問彼汝某甲苾芻能往枳吒山詰問阿濕薄迦補捺伐素不彼答我能令一苾芻作白羯磨如是應作大德僧伽聽此詰問苾芻某甲樂欲往彼枳吒山詰問阿濕薄迦補捺伐素苾芻若僧伽時到僧許可僧今差其甲苾芻爲詰問人往枳吒山詰問阿濕薄迦補捺伐素苾芻白如是次作羯磨大德僧伽聽此詰問苾芻某甲往枳吒山詰問阿濕薄迦補捺伐素苾芻僧今差此詰問苾芻某甲此苾芻某甲往枳吒山當詰問阿濕薄迦補捺伐素苾芻若諸具壽許詰問苾芻某甲往枳吒山當詰問阿濕薄迦補捺伐素苾芻者默然若不許者説僧今差詰問苾芻某甲往枳吒山詰問阿濕薄迦補捺伐素苾芻僧已許差詰問苾芻某甲竟由其默然故我今如是持諸苾芻我今當説詰問苾芻所有行法其詰問苾芻往枳吒山敷座鳴椎如常集僧應詰問彼阿濕薄迦補捺伐素若不肯集由其傲慢不敬衆故即應與作驅遣羯磨彼若來集者其詰罪人應問容許若

不許者與作驅遣羯磨若許問者應當詰問若云我不見罪便是慢衆即應與作驅遣羯磨若言見罪者僧伽即應與作驅遣羯磨如我所説詰問苾芻所有行法不依行者得越法罪時具壽阿難陀并諸耆宿苾芻聞佛教已奉辭而去於其中路差詰問苾芻時枳吒山有半豆盧呬得迦苾芻等是彼阿濕薄迦等惡行同伴彼聞具壽阿難陀并諸耆宿苾芻欲來至此與阿濕薄迦等作驅遣羯磨便作是念但是彼人身造惡行口陳惡説我等皆作當知具壽阿難陀及諸耆宿大德苾芻來至於此與阿濕薄迦等作驅遣羯磨已尋爲我等亦作驅遣我等宜應往室羅伐城詣世尊所及苾芻衆請乞懺摩復更議曰我等去時諸大德等於路相見必先爲我等作捨

置羯磨後當爲彼阿濕薄迦等作驅遣羯磨我等宜應别設方便冀免其難可預作衣幞所有利養並共平分聽聲而住若諸大德大門入時我等即從小門而出咸然此説未久之間具壽阿難陀并諸大德至枳吒山來詣住處從大門入時黄赤等苾芻從後門出急趣長途詣室羅伐城禮佛足已詣諸苾芻所隨其所犯應合説悔者對人説悔應合責心悔者皆自責心既除罪已共諸清淨苾芻一處而住衆僧所有如法制令皆隨護之時詰問苾芻於枳吒山住處敷座鳴椎集大衆已時詰問苾芻問阿濕薄迦等容許之事既容許已問罪虛實彼便答言所問我罪其事皆實是時大衆即便與作驅遣羯磨其羯磨文准事應作作羯磨已時具壽阿難陀及諸耆

宿並循來路還室羅伐城時阿濕薄迦等苾芻作如是念仁等當知於地倒者還從地起我應宜往室羅伐城詣世尊所求哀容恕及苾芻僧伽時阿濕薄迦等至夜過已明日晨朝執持衣鉢入村乞食還來本處食事既了囑授房舍及餘卧具便持衣鉢往室羅伐城既至住處時諸舊住耆宿苾芻皆不共語及黃赤等苾芻亦不共語時阿濕薄迦即便問曰具壽耆宿大德容可不言仁等於我因何不語我等身造惡行口說惡言仁等皆悉不同作耶何故今時不共言說彼便答曰事雖實爾然我至此隨其所犯應合說悔者對人說悔應合責心者皆已責心既除罪已諸清淨苾芻一處而住衆僧所有如法制令皆隨護之不復更與行惡行人言談聚集時阿濕薄迦等聞是語已便生嫌賤作如是語諸大德等有愛有恚有怖有癡有如是苾芻有驅者有不驅者時諸苾芻聞是語已而問之曰爾於何人說有愛恚怖癡阿濕薄迦曰謂具壽阿難陀并諸大德往枳吒山與我等作驅遣羯磨而於其中有不驅者諸少欲苾芻聞是語已嫌責阿濕薄迦等曰云何汝等知諸大德往枳吒山如法驅擯而故說彼有愛恚怖癡有如是同罪苾芻有驅者有不驅者時諸苾芻以此因緣具白世尊世尊告曰汝諸苾芻應可別諫阿濕薄迦等苾芻若更有餘如是流類應如是諫汝阿濕薄迦補捺伐素知諸大德往枳吒山如法驅擯莫故說彼有愛恚怖癡有如是同罪苾芻有驅者有不驅者然具壽等行惡行汙他家衆皆聞見衆共

了知汝等應捨有愛等言時諸苾芻聞佛教已奉持而去一一具說如佛所教乃至汝等應捨有愛等言時諸苾芻別諫之時其阿濕薄迦等如先所說堅執而住如我等言其事實爾餘皆虛妄時諸苾芻以此因緣具白世尊大德我等奉教已作別諫其阿濕薄迦等如先所說堅執而住而云我等所言其事實爾餘皆虛妄世尊告曰汝等應可白四羯磨諫彼二人若更有餘如斯流類如是應諫敷座鳴稚如常集衆衆既集已令一苾芻作白羯磨其羯磨文准事應作時諸苾芻受佛教已依法而作諫彼二人當諫之時而彼二人如先所說堅執而住而云我等所言其事實爾餘皆虛妄時諸苾芻以緣白佛我等以白四法諫阿濕薄迦等然彼諫時不受諫語而云我等所言其事實爾餘皆虛妄爾時世尊以此因緣集苾芻衆知而故問廣說如前乃至我觀十利爲諸聲聞弟子制其學處應如是說

若復衆多苾芻於村落城邑住汙他家行惡行汙他家亦衆見聞知行惡行亦衆見聞知諸苾芻應語彼苾芻言具壽汝等汙他家行惡行汙他家亦衆見聞知行惡行亦衆見聞知汝等可去不應住此彼苾芻語諸苾芻言大德有愛恚怖癡有如是同罪苾芻有驅者有不驅者時諸苾芻語彼苾芻言具壽莫作是語諸大德有愛恚怖癡有如是同罪苾芻有驅者有不驅者何以故諸苾芻無愛恚怖癡汝等汙他家行惡行汙他家亦衆見聞知行惡行亦衆見聞知具壽汝等應捨愛恚等

言諸苾芻如是諫時捨者善若不捨者應可再三慇懃正諫隨教應詰令捨是事捨者善若不捨者僧伽伐尸沙

若復衆多苾芻者謂阿濕薄迦補捺伐素乃至多人於聚落中者謂枳吒山汙他家者有二因緣而汙他家云何爲二一謂共住二謂受用何謂共住謂與女人同一牀坐同一盤食同觴飲酒何謂受用謂同受用樹葉華果及齒木等行惡行者謂行麤重罪惡之法家者謂婆羅門居士等舍見謂眼識聞謂耳識知謂餘識諸苾芻者謂此法中人應語彼苾芻者謂別諫之詞如前廣説若別諫時捨者善若不捨者諸苾芻應再三諫誨以白四法亦廣如前僧伽伐尸沙者亦如前説此中犯相其事云何苾芻知彼如法爲作驅擯羯磨而後説言有愛恚等皆得惡作苾芻別諫之時若捨者善若不捨者得窣吐羅底也餘並同前破僧處説

根本説一切有部毗柰耶卷第十五

音釋

坏（疋杯切未燒瓦器也）爇（如劣切燒也）絛（土刀切編絲繩也）半豆盧呬得迦（梵語也此云黄赤呬火利切）掉（徒弔切搖也）鬘（莫還切）躑（直炙切跳也）詰（去吉切問也）㒒（房玉切怕也）懺摩（言懺摩者此方正譯當乞容恕容忍者收謝義也若觸誤前人欲乞歡喜者皆云懺摩無問大小咸同此説若悔罪者本云阿鉢底提舍那阿鉢底是罪提舍那是説應云説罪云懺悔者懺是西音悔是東語不當請恕復非説罪誠無由致）

根本説一切有部毗柰耶卷第十六

唐三藏法師義淨奉　制譯

惡性違諫學處第十三

爾時薄伽梵在憍閃毗國瞿師羅園時具壽闡陀既犯罪已不如法説悔時親友苾芻見其如是爲欲令其利益安樂告言具壽闡陀汝所犯罪應如法説悔答言若犯罪者彼即自當如法説悔親友告曰汝身犯罪欲令誰悔答曰有追悔者彼當説悔告曰汝既犯罪應生追悔答曰諸具壽莫向我説若好若惡我亦不向諸具壽説若好若惡具壽止莫勸我莫論説我諸具壽汝種種姓種種類而來出家猶如種種樹葉風吹一處然具壽等亦復如是因我世尊證無上覺汝種種姓族來求出家時苾芻聞彼闡陀作如是説咸生嫌賤作如是語云何苾芻與諸苾芻同一佛法同一學處如法如律他諫悔時自身不受諫語時諸苾芻以此因縁具白世尊世尊告曰汝諸苾芻應別諫闡陀若更有餘類亦應如是諫汝闡陀與苾芻同一佛法同一學處如法如律而諫悔時莫自身不受諫語具壽自身當受諫語諸苾芻如法如律諫汝汝亦如法如律諫諸苾芻展轉相諫展轉相教展轉説悔如是如來應正等覺苾芻僧衆便得增長具壽汝莫違諫時諸苾芻聞佛教已白佛言如是世尊即如佛教諫彼闡陀廣説如前乃至汝莫違諫時諸苾芻別諫之時具壽闡陀如前所説堅執而住云惟此事實餘皆虚妄時諸苾芻以此因縁具白世尊大德我等如佛所教已作別諫諫彼闡陀彼苾芻如先

所説堅執而住云我所言其事實爾餘皆虛妄世尊告曰汝等應作白四羯磨諫彼闡陀若更有餘亦應如是諫敷座鳴揵椎如常集衆衆集已令一苾芻應如是作

大德僧伽聽此具壽闡陀諸苾芻於佛所説學處經中如法如律正諫之時自不受語作如是説汝諸具壽莫向我説若好若惡我亦不向諸具壽説乃至少許若好若惡諸具壽止莫諫我時諸苾芻便爲別諫別諫之時闡陀遂便堅執其事作如是語我説是實餘皆虛妄若僧時到僧忍聽僧今以白四羯磨諫彼闡陀汝具壽闡陀諸苾芻於佛所説學處經中如法如律正諫之時莫自身不受諫語作如是説諸具壽莫向我説若好若惡我亦不向諸具壽説乃至少許若好若惡具壽闡陀汝今應捨自身不受諫語白如是次作羯磨大德僧伽聽此具壽闡陀諸苾芻於佛所説學處經中如法如律正諫之時自不受語作如是説汝諸具壽莫向我説若好若惡我亦不向諸具壽説乃至少許若好若惡諸具壽止莫諫我時諸苾芻便爲別諫別諫之時闡陀遂便堅執其事作如是語我説是實餘皆虛妄僧今以白四羯磨諫彼闡陀諸苾芻於佛所説學處經中如法如律正諫之時莫自不受諫語作如是説諸具壽莫向我説若好若惡我亦不向諸具壽説乃至少許若好若惡具壽闡陀汝今應捨自身不受諫語若諸具壽忍許僧與具壽闡陀作白四羯磨曉喻其事汝具壽闡陀諸苾芻於佛所説學處經中如法如律正諫之時莫自身不受諫語

具壽自身當受諫語諸苾芻如法如律諫具壽具壽亦如法如律諫諸苾芻如是如來應正等覺苾芻僧衆便得增長謂由展轉相諫展轉相教展轉説悔故汝具壽闡陀應捨自身不受諫語違僧諫事者默然若不許者説此是初羯磨第二第三亦如是説結文准知時諸苾芻受佛教已依法而諫當諫之時闡陀苾芻如前所説而云我説實爾餘皆虛妄時諸苾芻以此因縁具白世尊大德我等奉教以白四法諫闡陀時然彼不受諫語而云我説實爾餘皆虛妄爾時世尊以此因縁集苾芻衆知而故問廣説如前汝闡陀何故堅執不捨種種訶責已乃至我觀十利爲諸弟子制其學處應如是説

若復苾芻惡性不受人語諸苾芻於佛所説戒經中如法如律勸誨之時不受諫語言諸大德莫向我説少許若好若惡我亦不向諸大德説若好若惡諸大德止莫勸我莫論説我諸苾芻語是苾芻言具壽汝莫不受諫語諸苾芻於戒經中如法如律勸誨之時應受諫語具壽如法諫諸苾芻諸苾芻亦如法諫具壽如是如來應正等覺佛聲聞衆便得增長共相諫誨具壽汝應捨此事諸苾芻如是諫時捨者善若不捨者應可再三慇懃正諫時隨教應詰令捨是事捨者善若不捨者僧伽伐尸沙

若復苾芻者謂是闡陀若更有餘如是流類惡性不受人語者若善苾芻以隨順言不違正理正勸諫時自用己情不相領納諸苾芻者謂此法中人於佛所説戒經中者佛謂大

師於戒經中説四波羅市迦十三僧伽伐尸沙二不定三十泥薩祇波逸底迦九十波逸底迦四波羅底提舍尼衆多學法七滅諍法經者是比次畧詮義依如是等法律勸誨之時不受他語自守惡性堅執而住諸大德莫向我説若好若惡等者謂好事不須勸惡事勿相遮此等皆是别諫之詞大德止者更重慇懃彰不受語乃至三諫廣説如前此中犯相其事云何知諸苾芻如法諫時得罪輕重亦如前説時諸苾芻咸皆有疑白佛言世尊此闡陀苾芻有何因緣依託如來族望勢力對諸善好苾芻前自恃憿慢作凌辱語佛告諸苾芻闡陀苾芻非但今日恃託我故慢諸苾芻於過去世亦恃託我於諸善好婆羅門居士中自衒已身亦爲憍慢汝今應聽於往

昔時石砌城中有婆羅門名曰月子於同類族娶女爲妻未久之間便誕一息與其立字名爲月光年漸長大頗知家業後於異時其婆羅門身嬰病苦彼之妻子捨而不問其家有婢作如是念此婆羅門於日日中百過舉手以求衣食資給我等今遭病苦妻子不問彼既是我曹主不相看侍是所不應即便往詣醫人之處告言賢首仁識月子婆羅門不醫人報言我先曾識今者如何其婢報曰今遭病苦妻子不問仁今爲我可處藥方醫人答曰彼之妻子既其不問更有何人爲作瞻養婢曰唯我看侍醫人即爲依病處方婢親供給蒙加藥餌病得痊瘳時婆羅門便生是念我遭疾苦妻子不問我今得活皆是使女之恩既有劬勞寧容不報命使女曰賢首我

遭病苦妻子不問我今得活皆是汝恩汝欲何求皆隨所願使女答曰大家若於我處存私愛者幸能降意共我交歡婆羅門曰汝今何用作此交歡我當與汝五百金錢放汝爲良長無賤稱使女答曰大家我雖蒙放不免賤名有愍念心交歡是勝婆羅門曰隨汝所願月期若過身淨之時可來報我後於異時月期身淨即便白主我今身淨是時家主共行交密便即有娠時婆羅門婦既自審察知夫與婢竊有交通即於婢所鞭打楚毒特異常時弊衣麤食不充身口使女自念豈有薄福有情託我胎內初有娠日婆羅門婦即便於我加其杖木與惡衣食後時月滿便誕一男使女生念此是薄福有情初有娠日婆羅門婦極加楚毒令我衣食不自充軀若其長大飢貧更甚作是念已即取孩兒置浣盆中欲棄於外時婆羅門見而問曰賢首此浣盆內是何物耶答言無物婆羅門曰可將來看乃見盆內有新生孩子問言汝欲棄耶使女悲啼而告之曰此薄福物處胎之後大家即便倍增嚴酷弊衣惡食不自充軀若其長大飢貧更甚由此因緣我今欲棄婆羅門曰此復何辜是我之過美言慰喻令其收養報其婦曰汝豈不憶我前遭病命在須臾而汝及子皆不相問我於今日得存命者皆是使女恩養之力汝若於此好惡共同者善若不爾者我當立彼以爲家長汝爲婢使令相供給時彼婦女既聞是語即便驚懾遂生私念此婆羅門稟性暴惡我不依教當被淩辱報其夫曰我實不知此之使女君有私愛從今已

去乃至戲笑亦不敢麤言而彼孩子由浣盆中欲棄於外家人因此名作浣盆其浣盆孩子凡所飡膳與父同食有請喚處攜以俱行後於異時其婆羅門身嬰疾病告長子月光曰我亡之後汝無所乏浣盆童子年在幼稚當須憂念苦樂是同于時月光敬受父教其父雖加藥餌不見瘳損因即命終如有頌曰

積聚皆消散　崇高必墮落　合會終別離　有命咸歸死

時婆羅門既身亡已妻子親族悲號啼泣以雜色繒綵嚴飾喪轝送往屍林如法燒已還歸本處懷憂而住于時月光命浣盆曰爾來共我一處同食其母報曰汝不應共婢兒同食兒告母曰比來常云是我之弟如何今日忽作婢兒使報子曰汝父在時禀性暴惡誰復敢對喚作婢兒于時浣盆聞斯語已往親母所白其母曰我豈實是婢所生耶母便報曰皆由往業誰復婢兒強弱相凌自是常事此婆羅門婦極是惡行汝今宜可自活他鄉于時浣盆即便辭母客遊他邑即自改名號爲月靜是時月靜漸次遊行室羅伐城時此城中有大臣婆羅門惟有一女儀容端正人所樂觀年漸長成可爲婚禮時婆羅門遂作是念我之少女不求族望不覓錢財不爲容色而作婚娉若其有人能於我所學四明論善通達者我當娉之是時月靜客遊他鄉情存學業詣婆羅門所而白之曰我今意欲就大師處習四明論問曰汝從何來答曰我從石砌城來問曰彼城人物汝並識不答云我識問曰汝識大婆羅門月子不月靜聞已不

覺啼泣彼便問曰汝何故啼答云彼是我尊身已亡歿師報之曰彼是我友久與别離今已云亡誠可悲悼因即攝受彼便鋭意勤學四明禀性聰敏未盈歲月於所習論咸皆洞曉時婆羅門便作是念我有宿願所生之女不求族望不覓錢財不爲容色若其有人能於我所學四明論善通達者我當娉之即便以種種瓔珞嚴飾其女召命宗親門設火祀左手携女右手持瓶以吉祥水注月靜手而告之曰摩納婆今我以女授汝爲妻月靜受之旋火三帀餘婆羅門同聲呪願願得長壽無病宗門吉昌即便廣設賔會共成婚禮爲大臣愛念檢校家室所有取與咸皆委付其家巨富多有珍財遠近商人無不臻湊時有石砌城商人持諸貨物到室羅伐城便見浣盆共相謂曰此之浣盆今者乃作大臣女夫善習衆藝其家巨富多有資財貧富無恒業命何定時諸商人既交易已持諸貨物還石砌城告月光云我於室羅伐城見汝弟浣盆善四明論爲大臣女壻其家巨富多有財産彼兄聞已便告母曰我聞浣盆在室羅伐勢力豪富有異常人其母聞之情生不喜後於異時月光家資漸見貧悴母便告曰如汝前聞浣盆者是汝之弟彼既巨富汝宜往看所有錢財或容相濟月光報曰前云婢兒今成兄弟不違母命便往室羅伐城于時浣盆聞有大兄其名月光與諸商旅來至此城即便疾往商人之處既迎見已歡喜跪拜而白兄曰我自立名名爲月靜浣盆之字勿復口陳兄答如是便引其兄詣所住宅報其婦曰此

是我大兄汝可存心好須供待婦既聞已依教供給其月光器量温雅易爲共住浣盆稟性獷暴難可秪承於妻室處常行楚毒于時新婦便白月光曰伯於家弟一乳所資何意伯則寬恕仁慈弟乃剛獷惡性伯便報曰家弟稟性如是汝復未誦家呪緣此苦楚共相煎迫婦言大伯幸願恩慈賜我家呪于時月光説伽陁曰

明呪不惠人　以呪換方與　或時得承事
或復獲珍財　若不如是者　縱死不傳授

婦言大伯奉上幾物得稱本情其伯答曰得五百金錢以呪相與其婦即便以五百金錢奉而禮足請曰幸願恩慈賜我家呪其伯報曰待我歸日當可持來婦既蒙許情欣明呪語其夫曰仁之家兄久至於此何不發遣令還故居夫云賢首汝辦路糧并設飲食我求商旅資贈行人即便出外求覓商旅新婦遂持五百金錢求請法術伯受物已即説呪曰

半城人共悉　親族並皆知　浣盆應默然
莎訶更勿語

説明呪已報新婦曰此呪義深汝當熟誦如其我弟更鞭打時即便報曰且勿行杖待我爲誦家呪若問呪義便可答言若更瞋訶我當廣説其夫出外覓得商旅如法贈送月光歸鄉還來舍内其婦生念我雖得呪未知驗不我今可試洗浴之具並不預安飲食所須亦不爲辦夫從索水報曰無水我今極飢可與飲食報言食亦未作即便瞋怒而罵之曰比爲兄在我不治汝遂便擧手欲打其妻妻曰君宜且止聽誦家呪報言誦看即説呪曰

半城人共悉　親族並皆知　浣盆應默然
莎訶更勿語
夫便問曰此之明呪其義云何答曰若更打我當説其義夫曰若不説義更不相打浣盆從此掩氣無言汝諸苾芻往時月子婆羅門者即我身是彼浣盆者即闡陀是往時恃我族望欺誑於人今者還恃我宗欺諸同梵行者是故汝諸苾芻不應憑恃勢力欺慢於人當自攝心謙下而住諸大德我已説十三僧伽伐尸沙法九初便犯四至三諫若苾芻隨一一犯故覆藏者隨覆藏日衆應與作不樂波利婆沙行波利婆沙竟衆應與作六夜摩那馱行摩那馱竟餘有出罪應二十僧中出是苾芻罪若少一人不滿二十衆是苾芻罪不得除諸苾芻皆得罪此是出罪法今問諸大德是中清淨不第二第三亦如是問諸大德我知衆清淨由其默然故我今如是持

二不定法

攝頌曰

若在屏障中　堪行婬欲處　及在非障處
無有第三人

爾時世尊在室羅伐城逝多林給孤獨園時具壽鄔陀夷日初分時著衣持鉢入城乞食次至故二笈多舍是時笈多遥見鄔陀夷來即爲敷設妙好牀座進而迎曰善來大德此處牀座宜應就坐時鄔陀夷即便就坐笈多禮已遂與鄔陀夷壓膝而坐爲聽法故時鄔陀夷即以美妙言辭爲其説法時鹿子母毗舍佉聞説法聲作如是念此是大德鄔陀夷爲彼笈多以妙言辭而宣法要美如新蜜我

當就彼聽其説法時毗舍佉即詣笈多處見與鄔陀夷壓滕而坐見已生念此非出家人之所應作若有不信之人見斯事者定謂苾芻與女人於私屏處共行非法長衆譏嫌我今宜可以此因緣白世尊知時毗舍佉便詣佛所禮佛足已在一面坐具以上事而白世尊唯願世尊從今已去爲諸聖衆制其學處令生憶念不應屏處獨與女人一處而坐慈愍故爾時世尊受毗舍佉請已默然而住時毗舍佉見佛默然禮已而去爾時世尊以此因緣集苾芻衆爲二事故一者爲令我諸聲聞弟子識知此事不應作故二者制諸學處故爾時世尊知而故問廣説如前乃至我觀十利爲諸弟子制其學處應如是説

若復苾芻獨與一女人在屏障堪行婬處坐有正信鄔波斯迦於三法中隨一而説若波羅市迦若僧伽伐尸沙若波逸底迦彼坐苾芻自言其事者於三法中應隨一一法治若波羅市迦若僧伽伐尸沙若波逸底迦或以鄔波斯迦所説事治彼苾芻是名不定法

若復苾芻者謂鄔陀夷若更有餘如是流類獨者唯獨苾芻一女人者更無餘伴女男黃門女人者若婦童女堪行不淨行在屏障者有五種屏處一牆二籬三衣四叢林五闇夜坐者若牀若座乃至高一尋內堪行婬處者謂處堪作不淨行事有正信鄔波斯迦者謂於佛法僧深起敬心得不壞信於四真諦無有疑惑得見諦果假令失命因緣不故妄語言三法者是舉數也隨一一法説者謂四他勝十三僧殘九十墮罪於此罪中隨一有犯

然此正信鄔波斯迦於罪不識亦復不識犯罪因起但見彼苾芻自稱得上人法共女人身相觸或時飲酒掘地壞生或非時食此是不定事無指准故彼苾芻應如法治令其說悔此中犯相其事云何若正信鄔波斯迦云我見彼苾芻共女人獨行不見住坐臥或云我見行住非坐臥或云見行住坐非臥或云見行住坐臥者此等皆依鄔波斯迦所說治之若正信鄔波斯迦見彼苾芻與女人共行住等對問之時而苾芻不拒其事者應共覓罪相羯磨應如是與敷座鳴椎先爲言白衆衆既集已令一苾芻作其羯磨佛告諸苾芻其覓罪自相苾芻所有行法我今當說彼得法已不應與人出家及受圓具及作依止不畜求寂雖是先畜不應與受圓具若見他苾芻破戒破見破威儀破淨命不應詰責與作憶念不應教授苾芻不應教授苾芻尼設先差者亦不應往不共作褒灑陀及隨意事不作單白白二白四若更有餘解毗柰耶者不於衆中說毗柰耶其得法苾芻不依教者得越法罪若此苾芻心生恭敬隨順無違者應於界內從衆乞解若衆知彼人悉皆依實無違背者應爲作解同前集僧已其得法苾芻如常威儀致敬已於上座前蹲踞合掌作如是言大德僧伽聽我名某甲僧伽與作覓罪自相法我心恭敬隨順無違今於界內從衆乞解衆僧爲我作羯磨者其事皆捨不敢違逆唯願僧伽爲我解覓罪自相羯磨慈愍故如是再三次一苾芻爲作羯磨其不定法初與第二事多相似於中別者即如初在室羅

伐城鄔陀夷苾芻與故二笈多是起犯人鹿子母毗舍佉鄔波斯迦而說其事第二在王舍城室利迦苾芻長者婦善生鄔褒灑陀鄔波斯迦前據三事是堪行婬屏障之處後是二事在不堪行婬處此爲異相應如是說若復苾芻獨與一女人在非屏障不堪行婬處坐有正信鄔波斯迦於二法中隨一而說若僧伽伐尸沙若波逸底迦彼坐苾芻自言其事者於二法中應隨一一法治彼苾芻若僧伽伐尸沙若波逸底迦或以鄔波斯迦所說事治彼苾芻是名不定法二不定法法竟

三十泥薩祇波逸底迦法

初攝頌曰

持離畜浣衣　取衣乞過受　同價及別主

遣使送衣直

有長衣不分別學處第一

佛在室羅伐城逝多林給孤獨園時諸苾芻多畜三衣每於嚼齒木時灑濯手足禮拜二師及禮世尊掃灑寺宇或塗牛糞或入村乞食或噉飲食受教聽法於此等時各別著衣舒張卷疊多有營務廢修善品讀誦思惟時諸少欲苾芻見共嫌耻云何苾芻多畜長衣廢修正業諸苾芻以此因緣具白世尊世尊集諸苾芻廣說如前問知實已種種訶責多欲不足難養難滿讚歎少欲知足易養易滿知量而受修杜多行告諸苾芻曰廣說乃至我觀十利爲諸弟子制其學處應如是說若復苾芻作衣已竟羯耻那衣復出得長衣分別應畜若不分別而畜者泥薩祇波逸底迦如是世尊爲諸聲聞弟子制學處已佛在

王舍城竹林中住爾時具壽大迦葉波在此城側阿蘭若小室中住時有居士每於長夜作如是念善哉我於何時得遇大迦葉波彼是人天之所供養我當施食以一上衣手爲被服而此願未滿時彼居士便持上衣詣具壽阿難陀處作如是語大德阿難陀頗知聖者大迦葉波今在何處阿難陀報曰賢首我聞聖者在阿蘭若小室中住居士曰大德聖者何時當見來此阿難陀報曰不久當至於十五日長淨之時定當至此居士曰大德知時我於長夜作如是念慶哉我於何日得遇大迦葉波彼是人天之所供養我當施食以一上衣手爲被服我有此願猶未滿足大德我擬施衣現持至此既居俗累多有嬰纏幸願大德見迦葉波來爲持此衣以伸供養哀愍我故而被著之時阿難陀便作是念我受衣者違世尊教若不受者障施主福大迦葉波又闕衣利我今持衣往問世尊世尊以此爲縁當有開許時阿難陀爲受其衣居士辭去阿難陀便持彼衣詣世尊所禮雙足已具以白佛佛告阿難陀善哉善哉阿難陀我未聽者今汝預知若有婆羅門居士施苾芻衣者彼諸苾芻須應爲受應捨舊衣當持新者時諸苾芻雖聞此語仍未解了所捨舊衣欲何所作佛言所有舊衣及餘長衣應於親教師及軌範師處作委寄想而持用之時諸苾芻不爲分別經久持畜世尊知已告諸苾芻曰我觀十利重爲汝等制其學處應如是說若復苾芻作衣已竟羯恥那衣復出得長衣齊十日不分別應畜若過畜者泥薩祇波逸

底迦若復苾芻作衣已竟羯恥那衣復出者有作衣竟非出羯恥那衣有出羯恥那衣非作衣竟有出羯恥那衣作衣亦竟有非作衣竟非出羯恥那衣初句者若苾芻浣染縫剌作衣已竟然僧未出羯恥那衣第二句者若苾芻作衣未竟僧已出羯恥那衣第三句者若苾芻作衣已了僧復出羯恥那衣第四句者若苾芻作衣未竟羯恥那衣未出言得長衣齊十日者謂是十夜長衣者謂受持衣外別有餘衣作分別法應畜若過畜泥薩祇波逸底迦者此物應捨其罪應說此中犯相其事云何若苾芻月一日得衣苾芻於十日内應持應捨應作法應與他若不持不捨不作法不與他至十一日明相出時泥薩祇波逸底迦若苾芻一日得衣二日不得衣三日得衣乃至十日得衣不爲持等至十一日明相出九日中所得衣皆泥薩祇波逸底迦如是乃至八日等所得衣作句日數多少准事應知若苾芻一日得衣二日得衣彼苾芻於十日内前所得衣應持後所得衣應捨等或可翻此若不作法至十一日明相出時二日中所得衣皆泥薩祇波逸底迦如是乃至三日等得衣准事應知若苾芻一日得二衣乃至二日等得衣應同前作法若不作法至十一日明相出皆泥薩祇波逸底迦若苾芻一日得衆多衣若前若後應持一衣餘皆作法若不作法至十一日明相出時皆泥薩祇波逸底迦若苾芻一日得衆多衣二日已去亦得衆多衣作法同前若不作法至十一日明相出時得罪同前此等皆是由前染後相續生

過故若苾芻犯泥薩祇衣此衣不捨其不經宿罪不說悔若得餘衣皆犯捨墮若苾芻其泥薩祇衣雖捨而不經宿罪不說悔餘所得衣並犯捨墮若捨衣經宿而罪不說悔得所餘衣並犯捨墮由前染故若苾芻畜長衣已犯捨墮不爲三事凡所得衣若鉢鉢絡水羅腰條乃至隨有所得沙門資具養命之縁並泥薩祇波逸底迦由前染故若捨衣經宿其罪說悔得所餘衣並皆無犯又無犯者最初犯人或癡狂心亂痛惱所纏如此初戒所明犯相三事法式自餘諸戒相似之事更不重言其不同者隨事別出

根本說一切有部毗柰耶卷第十六

音釋

閃失冉切　闡齒善切　揵椎梵語也此云鍾亦云磬又凡瓦木銅鐵鳴者皆曰揵椎揵巨言切椎音槌　衒黃絹切自矜也　餌而志切食也　痊瘳痊此緣切瘳丑鳩切病瘉也　酷苦沃切虐也　懾之涉切失氣也　攜戶圭切提攜也　臻湊臻側詵切至也湊千候切會也　獷古猛切麤惡也　[illegible]卑也切　褒博毛切

根本說一切有部毗柰耶卷第十七

唐三藏法師義淨奉制譯

離三衣學處第二

爾時薄伽梵在室羅伐城逝多林給孤獨園時諸苾芻多畜三衣隨安居處所得衣財浣染刺已內衣袋中繫縛使牢寄主人苾芻便著上下二衣遊行人間既去之後主人苾芻爲彼藏舉曝曬開張多有作務遂廢讀誦攝念思惟省事苾芻便生嫌賤咸作是語如何苾芻多畜長衣妨他正業時諸苾芻以此因緣具白世尊世尊以此因緣集苾芻衆爲諸苾芻讚歎少欲杜多正行告諸苾芻我觀十利廣說如前爲諸苾芻制其學處應如是說若復苾芻作衣已竟羯恥那衣復出於三衣中離一一衣界外宿下至一夜泥薩祇波逸底迦

佛在王舍城竹林中住是時具壽大迦葉波亦住此城西尼迦窟此時僧伽同一褒灑陀界時諸苾芻至十五日褒灑陀時並皆現集惟待大迦葉波時大迦葉波從窟發來路經賢雨河遇河瀑長渡水之時大衣被濕便緩去水曬曝待乾遂便晚至往褒灑陀處於大衆中就座而坐時諸苾芻白迦葉波曰我等諸人至褒灑陀日並已詳集惟待尊者何故晚來時具壽大迦葉波對大衆中具述前事我迦葉波年邁衰老大衣厚重擎負誠難爲斯來晚我今不知其事如何時諸苾芻以此因緣具白世尊佛言汝諸苾芻應與大迦葉波苾芻年邁衰老作不離僧伽胝羯磨若更有餘如是流類應如是與鳴揵椎集衆已下

至四人得爲作法時迦葉波苾芻隨其大小爲敬事已在上座前蹲踞而住合掌作如是白大德僧伽聽我迦葉波苾芻年邁衰老今從衆僧乞不離僧伽胝法唯願僧伽與我迦葉波苾芻年邁衰老不離僧伽胝法慈愍故如是三說時諸苾芻應作白羯磨（廣如百一羯磨中具述）若其僧伽與彼苾芻作不離僧伽胝法已應著上下二衣人間遊行勿致疑惑是時舍利子亦在此會坐便白諸苾芻曰我有風患僧伽胝重不能擔荷其欲如何諸苾芻聞已白佛佛言汝等應與舍利子爲有風患作不離僧伽胝法若更有餘如是流類如常集衆乃至四人應入衆乞准迦葉波乞法及羯磨應作說得法已同前遊行爾時世尊讚歎持戒少欲知足杜多功德爲最端嚴告諸苾芻曰前是創制後是隨開爲諸苾芻制其學處應如是說若復苾芻作衣已竟羯恥那衣復出於三衣中離一一衣界外宿下至一夜除衆作法泥薩祇波逸底迦衣已竟羯恥那衣復出有四句差別廣如前說言離一一衣者於僧伽胝嗢呾羅僧伽安呾婆娑三衣之中離一一衣異界而宿乃至明相出除僧羯磨泥薩祇波逸底迦此犯捨物同前作法此中犯相其事云何

攝頌曰

一二多舍村　牆籬塹圍繞　伎樂外道舍
鋪店及樓場　堂車船林樹　皆有四不同
於四威儀中　護衣應善識

有一舍村二分村多舍村牆圍村籬圍村塹圍村一村有一勢分有多勢分多村有一勢

分有多勢分一家有一勢分有多勢分多家有一勢分有多勢分如是應知若伎樂家外道家若鋪店樓及場堂車船林樹皆有一多勢分四種不同云何一舍村謂山野人同居一舍此齊幾何是其勢分謂盡舍內外有一尋又復齊其舂擣炒磨飡噉飲食聚會之處亦名勢分若苾芻衣在舍中身居勢分或衣居勢分身在舍中明相出時此無有犯若置衣舍內及勢分中身居異處乃至明相未出已來得惡作罪明相出時得泥薩祇波逸底迦一舍既爾二舍亦然云何多舍村謂村內人家門無次第撩亂而住此齊幾何名為勢分為異為同答此村無勢分有異無同離衣分齊據家為准云何牆圍村謂村四面以牆圍繞此齊幾何名為勢分謂盡牆內外有一尋又復齊其雞飛墜處又齊慚慼媿人便利之處是其勢分餘如前說云何籬圍村謂村四面以籬圍繞此齊幾何名為勢分謂盡籬內外有一尋又復齊其十二肘梯所及之處又齊六牛竹草迴轉之處是其勢分云何塹圍村謂村四面以塹圍繞此齊幾何名為勢分謂盡塹內外有一尋又復齊其牛羊足塵所及之處又齊棄糞掃時麤大甎石所及之處是其勢分云何一村有一勢分謂於此村有一園林一神廟衆集之處是謂一村有一勢分此齊幾何名為勢分謂盡園林外有一尋又復齊其舂擣炒磨飡噉飲食聚會之處是其勢分云何一村有多勢分謂於此村有多園林多神廟衆集之處是謂一村有多勢分此齊幾何名為勢分為異為同答此無勢

分但齊室中說云何多村有一勢分謂此多村有一園林一神廟衆集之處是謂多村有一勢分此齊幾何名爲勢分村中並是外各一尋又復齊其舂擣炒磨飡噉飲食聚會之處亦名勢分云何多村有多勢分謂此多村有多園林多神廟衆集之處是謂多村有多勢分此齊幾何名爲勢分爲異爲同答此無勢分餘並如前云何一家有一勢分謂此家中惟一家長兄弟不分是謂一家有一勢分事並同前一舍村說云何一家有多勢分謂此家中有多家長兄弟分別是謂一家有多勢分此齊幾何名爲勢分謂齊門來更無勢分云何多家有一勢分謂諸家中惟一家長兄弟不分是謂多家有一勢分云何多家有多勢分謂此諸家有多家長兄弟分別此齊

幾何名爲勢分何共何別答此無勢分云何一伎樂家有一勢分謂此家中有一家長兄弟不分是謂一家有一勢分此齊幾何名爲勢分宅中總是外有一尋又復齊其安置竿鼓琵琶簫笛撩理供具聚會飲食處來亦是勢分云何一伎樂家有多勢分謂此家中有多家長兄弟分別是謂一家有多勢分此齊幾何名爲勢分何共何別別謂據彼兄弟所居分齊共謂安置旛竿處來云何多伎樂家有一勢分謂此諸家惟一家長兄弟不分是謂多家有一勢分此齊幾何名爲勢分宅中總是外有一尋又復齊其安置竿等並名勢分云何多伎樂家有多勢分謂此諸家有多家長兄弟分別此齊幾何名爲勢分何共何別答此無勢分云何一外道家有一勢分謂

此家中同一見解無別意趣此之勢分宅中總是外有一尋又齊曬曝牛糞安置柴薪皮服軍持祠祀篋杓火鑪呪祭春擣飲食聚會處來云何一外道家有多勢分謂此家中有多見解意趣不同此之勢分何共何別謂齊此詞云何多外道家有一勢分謂諸家中同一見解無別意趣此之勢分宅中總是外有一尋又齊曬曝牛糞等處云何多外道家有多勢分謂此諸家有多見解意趣不同此之勢分何共何別答此無勢分云何一鋪有一勢分謂此鋪中有一家長兄弟不分此之勢分中間總是外有一尋又齊安置貨物計稱量度交易之處云何一鋪有多勢分謂此鋪中有多家長兄弟分別此之勢分何共何別謂交易坐牀云何多鋪有一勢分謂此諸鋪惟一家長兄弟不分此之勢分中間總是外有一尋又齊安置貨物等處云何多鋪有多勢分謂此諸鋪有多家長或兄弟分別此齊幾何是其勢分何共何別答此無勢分云何一店有一勢分謂此店中有一家長兄弟不分此之勢分中間總是外有一尋又齊安置小麥大麥油麻小豆粟米粇米劫貝絲綿衣裳等物計稱量度交易之處云何一店有多勢分謂此店中有多店主或兄弟分別此齊幾何是其勢分何共何別謂著物板牀處云何多店有一勢分謂此諸店唯一店主兄弟不分此之勢分中間總是外有一尋又齊安置麥豆等物云何多店有多勢分謂此諸店有多店主或兄弟分別此齊幾何是其勢分何共何別答此無勢分云何一樓有一勢分

謂此樓中有一樓主兄弟不分此之勢分中間總是外有一尋又齊聚會飲食處來云何一樓有多勢分謂此樓中有多樓主或兄弟分別此齊幾何是其勢分何共何別謂安置梯處云何多樓有一勢分謂此諸樓有一樓主兄弟不分此之勢分中間總是外有一尋聚會飲食云何多樓有多勢分謂此諸樓有多樓主或兄弟分別此齊幾何是其勢分何共何別答此無勢分云何一場有一勢分謂此場中有一場主兄弟不分此之勢分中間總是外有一尋安置穀麥筐斗之處云何一場有多勢分謂此場中有多場主或兄弟分別此齊幾何是其勢分何共何別謂場界畔云何多場有一勢分謂此諸場有一場主兄弟不分此之勢分中間總是外有一尋安置穀麥云何多場有多勢分謂此諸場有多場主或兄弟分別此齊幾何是其勢分何共何別答此無勢分云何一堂有一勢分謂此堂中有一堂主兄弟不分此之勢分中間總是外有一尋謂繫牛馬處剉草棄糞所及之處云何一堂有多勢分謂此堂中有多堂主或兄弟分別此齊幾何是其勢分謂到門内云何多堂有一勢分謂此諸堂有一堂主兄弟不分此之勢分中間總是外有一尋謂繫牛馬處剉草棄糞所及之處云何多堂有多勢分謂此諸堂有多堂主或兄弟分別此齊幾何是其勢分何共何別答此無勢分云何一車有一勢分謂此一車有一車主兄弟不分此之勢分謂駕車行住中間總是外有一尋飡噉飲食繫牛剉草棄糞及處云何一車有

多勢分謂此一車有多車主或兄弟分別此齊幾何是其勢分謂齊車軛何共何別共謂軾處云何多車有一勢分謂此諸車有一車主兄弟不分此之勢分謂駕車行處云何多車有多勢分謂此諸車有多車主或兄弟分別此齊幾何是其勢分何共何別答此無勢分云何一船有一勢分謂此一船有一船主兄弟不分此之勢分謂船行住中間總是外有一尋謂繫船處飡食噉飲食云何一船有多勢分謂此一船有多船主或兄弟分別此齊幾何是其勢分謂齊船邊云何多船有一勢分謂此諸船有一船主兄弟不分此之勢分謂船行住云何多船有多勢分謂此諸船有多船主或兄弟分別此齊幾何是其勢分何共何別答此無勢分云何一林有一勢分謂此林中有一林主兄弟不分此之勢分謂此林内中間總是外有一尋又復齊其採華之處飡噉飲食云何一林有多勢分謂此一林有多林主或兄弟分別此齊幾何是其勢分謂齊林來云何多林有一勢分謂此諸林有一林主兄弟不分此之勢分中間總是外有一尋採華及處云何多林有多勢分謂此諸林有多林主或兄弟分別此齊幾何是其勢分何共何別此無勢分云何一樹有一勢分謂枝葉交密所及之處中間總是外有一尋又於五月日正中時樹影及處若無風時華葉果子墮落之處及天雨時水滴及處云何一樹有多勢分謂樹枝葉疎散不交此齊幾何是其勢分何共何別謂是齊樹根云何多樹有一勢分謂此諸樹枝葉相交覆所及處

中間總是云何多樹有多勢分謂此諸樹各各相離枝葉不交此齊幾何是其勢分何共何別苾芻有犯無犯爾時具壽鄔波離白佛言世尊大德若苾芻行住坐臥時齊幾許來是離衣勢分佛言如生聞婆羅門種菴没羅樹相離七尋華果茂盛此七樹間有四十九尋齊此已來是行苾芻不失衣分齊過此便失若住坐臥時但一尋内若二界中間臥時衣角不離身來是其勢分若苾芻離衣宿應爲三事犯不犯丈並如前説

一月衣學處第三

佛在室羅伐城給孤獨園時諸苾芻多畜衣有得青衣不即作衣但知舉畜更望餘者若得如是相似之物我當作衣如青既然黄赤白衣及得厚薄亦皆貯畜時少欲苾芻共生嫌賤云何苾芻多畜衣物積而貯畜不肯作衣時諸苾芻以此因縁具白世尊佛以此縁具問諸苾芻諸苾芻言實爾世尊訶責廣説如前我觀十利爲諸聲聞弟子於毗柰耶制其學處應如前説若復苾芻作衣已竟羯恥那衣復出得非時衣欲須應受受已當疾成衣若有望處求令満足若不足者得畜經一月若過者泥薩祇波逸底迦若復苾芻衣已竟羯恥那衣已出有四句廣如前説言得非時衣者何者是時何者非時若住處不張羯恥那衣者一月謂從八月十六日至九月十五日若住處張羯恥那衣者五月謂從八月十六日至正月十五日是名時餘名非時若有望處者謂衣少更求得畜一月者謂有望處於父母兄弟姉妹師主等處當與我衣若

五年會若六年會若頂髻會若盛年會我當得衣若足者善若三衣隨一不足者得齊一月若過畜者泥薩祇波逸底迦廣如前説此中犯相其事云何

攝頌曰

有望無望處　望斷不同衣　新故糞掃衣條數肘量等

若苾芻月一日得少青色衣未作而畜有希望處若得如是同色衣時我當作衣即於是日得同色衣彼苾芻於十日内作衣應持應捨應作法若不持不捨不作法至十一日明相出泥薩祇波逸底迦若苾芻一日不得餘衣二日方得衣三日得衣乃至十日得衣彼苾芻於十日内作衣應持應捨應作法若不持不捨不作法至十一日明相出泥薩祇波逸底迦若苾芻十日不得餘衣十一日不得十二日不得乃至十九日不得衣二十日方得餘衣即應如前作法若不作法犯捨墮若苾芻二十一日不得餘衣乃至二十九日得餘衣三十日内作衣應持應捨應作分別若不持不捨不作分別三十一日明相出泥薩祇波逸底迦由前得衣相染續故如得青色衣既爾得餘色衣事皆同此若苾芻一日得青色衣不作而畜無別望處便作是念若得如是同色衣者我當作衣即於是日得同類衣時苾芻於十日内作衣應持應捨應作分別若不作法者至十一日明相出時泥薩祇波逸底迦若一日不得餘衣二日得衣乃至三十日得衣廣如前説如得青色衣既爾得餘色衣等事皆同此若苾芻一日得青色衣

不作而畜有希望處然希望處時節長遠不稱所求無力能得或於是日得青色衣於十日內應作衣如是廣說乃至三十日方得餘色衣事同前說若苾芻一日得青色衣不作而畜有希望處其所望處雖未得衣心不斷絶或於是日得青色衣如前廣說若苾芻日得青色衣不作而畜情有希望若所望處皆斷絶者彼苾芻所得之衣於十日內應持應捨如前廣說爾時具壽鄔波離白佛言大德有幾種衣佛言有二種一新二故新謂新織故謂曾經四月著用鄔波離復有五種衣一有施主衣二無施主衣三往還衣四死人衣五糞掃衣云何有施主衣謂有女男半擇迦爲其施主云何無施主衣謂無女男半擇迦爲其施主云何往還衣如有死人眷屬哀念以衣贈送置於屍上送至燒處既焚葬已還持此衣奉施僧衆云何死人衣於屍林中死者餘衣無主攝受云何糞掃衣此有五種云何爲五一道路棄衣二糞掃處衣三河邊棄衣四蟻所穿衣五破碎衣復有五種一火燒衣二水所漬衣三鼠齧衣四牛嚼衣五妳母棄衣若苾芻得新衣欲作衣者應浣染裁縫兩重爲僧伽胝兩重爲尼師壇一重爲嗢呾羅僧伽一重爲安呾婆娑若苾芻二重爲僧伽胝時若欲更著第三重者貼時得惡作罪至十一日明相出時便犯捨墮若苾芻於新僧伽胝擿去舊裏擬將別用擿時得惡作罪至十一日明相出便犯捨墮若苾芻於新僧伽胝擿去其裏浣染縫治還欲安此者無犯至十一日明相出時不安了者得泥薩祇

如僧伽胝既然於尼師壇事皆同此若苾芻有新嗢呾羅僧伽貼第二重貼時得惡作至十一日明相出時便犯捨墮安呾婆娑亦復如是若苾芻得故衣欲作衣者應浣染裁縫四重爲僧伽胝四重爲尼師壇兩重爲嗢呾羅僧伽及安呾婆娑若苾芻於二重嗢呾羅僧伽及安呾婆娑若欲更著第三重者貼時得惡作罪十一日明相出時犯捨墮罪若苾芻於此重衣若欲擿去或安不安有犯無犯廣如上説若苾芻得有主衣無主衣徃還衣死人衣准其新故重數應知若糞掃衣時隨意重數作無齊限爾時具壽鄔波離白佛言大德僧伽胝有幾種條數云何佛告鄔波離有九種別云何爲九謂九條十一條十三條十五條十七條十九條二十一條二十三條二十五條鄔波離初三種衣二長一短次三種衣三長一短次三種衣四長一短應作應持過此已上便成破納鄔波離白佛言大德衣之大小有幾差別佛言僧伽胝有三謂上中下上者竪三肘橫五肘下者竪二肘半橫四肘半二内名中若嗢呾羅僧伽及安呾婆娑亦有三種謂上中下量如僧伽胝說鄔波離復有二種安呾婆娑竪二橫五竪二橫四若極下安呾婆娑但蓋三輪是持衣中最小若泥薩祇衣最極小者但齊從橫一肘若苾芻犯捨墮應爲三事廣如上説又無犯者最初犯人或癡狂心亂痛惱所纏

使非親尼浣故衣學處第四之一

爾時菩薩從覩史天下託生劫比羅城淨飯王家于時四方有大名稱云釋迦族生太子

在雪山邊分殑河側劫比羅仙人所住之處去斯不遠有婆羅門仙人名阿私多善解占相王召觀察授記有二種瑞若在家者爲轉輪王化四天下爲大聖主七寶具足所謂輪寶象寶馬寶珠寶女寶主藏臣寶主兵臣寶千子圓滿有大威力勇健無雙能降怨敵盡斯大地窮四海邊無諸盜賊亦無酷罰以法理人安隱而住若出家者剃除鬚髮以正信心從家至非家當得成佛應正徧知名聞十方弘濟羣品是時所有諸國大王皆悉聞知釋迦太子生在雪山乃至名聞十方弘濟羣品各作是念我今宜往承事太子當於後時受其福祿又作是念今我無緣能見太子若我承事淨飯王者即爲承事太子身也時諸國王咸皆遣使并持國信至淨飯王所後時菩薩養在深宮年漸長大由見老病死故心懷憂惱遂往林中屏棄人事時諸國王聞是事已咸作斯念我今所以事淨飯王者意事太子而今太子既往林中情求出離我今何事徒爲費損於是使人及諸國信悉皆斷絶時憍薩羅國勝光大王與淨飯王國界隣近信物雖絶使尚往還於時時間遣使相問所遣使人是國大臣名曰密護是時密護至淨飯王所論國事已便於大臣鄔陀夷舍而爲停止若淨飯王遣使往問勝光王時使遣大臣鄔陀夷往時鄔陀夷至室羅伐城見勝光王論王事已於密護舍而爲停止時密護有婦名曰笈多顔貌端嚴人所樂見是時鄔陀夷便與笈多共行非法時彼密護聞婦與鄔陀夷私有交密便作是念此二惡人當斷其

命後更思念我若殺者擾亂王城爲大驚怖如何爲此罪過婦女殺婆羅門耶即便捨而不問後於異時寠護身死時勝光王以無子故所有資財收入王庫時鄔陀夷聞斯事已便作是念我今存在如何令彼笈多無所憑託便於夜中思利害事曉便往詣淨飯王所作如是白王與勝光王國界隣接見有如是不穩便事應遣使人往彼籌度若不問者當招禍敗王便報曰若如是者卿當爲使往彼商量時鄔陀夷即便往詣室羅伐城作如是念我今爲當先見大王先見臣耶作是念已復更思量求事之法理從下起即便往至國大臣所陳其本意云我啓王欲取笈多幸願仁恩助我言及大臣聞已然可其事時鄔陀夷即便詣勝光王所共論國事即白王曰幸願大王賜與停處王曰卿已曾來何處停止白言我先停在寠護之舍王曰今者宜應還停彼處便白王曰寠護身死王曰家主雖死宅豈死耶鄔陀夷曰宅雖不死產業皆無王命臣曰可覓停處安鄔陀夷鄔陀夷出已臣白王曰豈鄔陀夷更無停處然彼先與笈多交通本意緣斯欲爲啓白王今若能攝受此人即是攝受淨飯王矣時勝光王即令使者命鄔陀夷至便告之曰鄔陀夷我實不知卿與笈多先有交寠今以笈多與卿爲婦宅及財物亦並相供時鄔陀夷拜謝而去是時笈多聞鄔陀夷來詣其舍即出當門大聲啼哭鄔陀夷至門問笈多曰何意啼泣笈多報曰我之所愛夫主身亡仁豈於今亦當棄我鄔陀夷曰我本相爲而來至此已白王訖汝及

家資悉皆相與汝爲此住爲向劫比羅城笈多自念我今若往劫比羅者婆羅門婦不存我命我今宜應留住於此於其本宅是時鄔陀夷便有兩宅一在劫比羅一在室羅伐城爾時菩薩於六年中一無所有修苦行已後便隨意欲受上妙飲食即以飯食及諸酥油徧塗身體以暖湯水而爲沐浴遂便往詣勝光聚落二牧牛女所一名歡喜二名喜力受十六倍乳糜飽足食已復詣善行男子所取吉祥草時黑龍王讚歎菩薩向菩提樹下手自布草不令撩亂跏趺而坐端身正意心念口言若我諸漏未斷盡者我終不解此跏趺坐是時菩薩未解跏趺衆感皆盡爾時世尊降伏三十六億魔軍兵已證一切智受梵王請往婆羅痆斯三轉十二行法輪度五苾芻及以隨五苾芻已即便行詣白氎林中度六十賢部令住見諦又至勝光聚落度二牧牛女亦令見諦又至烏盧頻螺林側度千外道出家受具又至伽耶山頂現三神變教化令住安隱涅槃又至杖林令摩揭陀主頻毗娑羅王住於見諦并度八十百千諸來天衆無量百千摩揭陀國婆羅門等次至王舍城受竹林精舍亦與身子目連出家受具次往室羅伐城受逝多林給孤獨園次至憍薩羅說少年經令勝光王得見諦已住逝多林時勝光王遣使持書往淨飯王所白言大王王今慶喜太子已證無上正覺亦令有情同飡甘露今現住在逝多林中時淨飯王聞此信已以手支頰懷憂而歎往日一切義成太子修苦行時我常遣使問其安不使者尋還報我

住處比令使問竟無一還今者云來逝多林內其事如何時大臣鄔陀夷前詣王所便白王曰大王何故以手支頰懷憂而住王曰我今豈得不懷憂耶往日一切義成太子修苦行時我常遣使問其安不使者尋還報我住處比令使問竟無一還今有信云一切義成太子證無上正覺亦令有情同食甘露來逝多林寧不憂也時鄔陀夷即白王曰若如是者臣爲使去持信還歸王曰卿今去矣還於彼住亦不歸來鄔陀夷曰奉大王命臣必重來時淨飯王自裁書曰

始從受胎後　我養於世尊　煩惱火恒燒
常希最勝樹　今既長成已　徒衆數無邊
餘人受安樂　惟吾獨辛苦

書了印訖與鄔陀夷時鄔陀夷持王勑書往室羅伐至世尊所奉上勑書世尊受書便自披讀時鄔陀夷白世尊曰世尊能向劫比羅城不佛告鄔陀夷我共汝去時鄔陀夷憶昔太子踰城出家父王頻召竟不還國重白佛言必若世尊不肯歸者我今有力自強將去爾時世尊聞斯語已即說伽他報鄔陀夷曰

生死愛網若全除　此即誠無將導者
世尊威力無處所　汝何方便能將去
生死愛網若全除　此即將無全導者
世尊境界無處所　汝何方便能將去

根本說一切有部毗柰耶卷第十七

音釋

綟練結切猶絞也擎渠京切舉也僧伽胝梵語也此云重複衣胝辰
尼切嗢呾羅僧伽梵語也此云上著衣即十條也嗢烏没切呾當達切
䩵職緣切炒楚絞切矖曝矖所戒切曝蒲木切並日乾也㓶麤卧
切剝斫也軛於革切轅端橫木也軾賞職切車中所憑木也擿他歷切挑
也弶其亮切疕女黠切

根本説一切有部毗柰耶卷第十八

唐三藏法師義淨奉　制譯

使非親尼浣故衣學處第四之二

爾時鄔陀夷聞佛世尊説伽陀已頂禮佛足白佛言世尊我欲還宫白父王知佛告鄔陀夷爲佛使者理不應然鄔陀夷白佛言爲佛使者其事如何佛告鄔陀夷凡出家者方爲佛使鄔陀夷言我願出家然爲要契事須還報淨飯大王我今且去佛言待出家已方報前信鄔陀夷言善哉我今出家然而世尊爲菩薩時生生之處於二師二親及尊重類有如法教令曾不違逆由此因縁言無違者時鄔陀夷白佛言我今出家佛告舍利子汝與鄔陀夷出家令其長夜永得利益舍利子言如是世尊便與出家并受圓具所有行法略並告知時鄔陀夷既受教誡禮舍利子已詣世尊所禮佛雙足白佛言世尊我已出家佛言汝今可去然而造次勿入王宫宜至其門立而告曰釋迦苾芻今至門外若唤入者即應隨入彼若問言更有諸餘釋迦苾芻不答言更有若問一切義成太子亦作如是形狀耶答言亦作如是形狀汝亦不應宿王宫内若問一切義成太子宿王宫不答言不宿問何處宿止答言或阿蘭若或毗訶羅若問一切義成太子欲來此不答言欲來若言何時欲來答言過七日後方來至此時鄔陀夷禮佛而去爾時世尊神力加被令鄔陀夷如伸臂頃即至劫比羅城立王門外告守門者曰爲我白王釋迦苾芻今在門外門人問曰更有諸餘釋迦苾芻不報言更有門人即便入

白王曰大王釋迦苾芻來在門外得令入不王言喚入我觀釋迦苾芻其狀如何門人引入既至王所王識顏狀問言鄔陀夷汝今出家報言我已出家王便問曰一切義成太子亦作如是形狀答言大王亦同此狀時淨飯王無始劫來恩愛情重聞是語已即便悶絕投身擗地以冷水灑良久乃甦從地起已問鄔陀夷曰一切義成太子欲來此不答言欲來何時欲來過七日已方來至此時王即便命諸臣曰一切義成太子過七日已欲歸故居卿等應可修飾城隍莊嚴道路宮中內人亦令灑掃太子欲來鄔陀夷言世尊不住王家及內宮裏王曰何處居停答曰或阿蘭若或毗訶羅王告諸臣曰卿等往阿蘭若處屈路陀林同逝多林造一住處有十六大院院六十房是時諸臣奉王命已遂往阿蘭若屈路陀林同逝多林造十六大院院有六十房然大王教令隨言即成諸勝天人舉心事辦相應定力意念皆就於此城中街衢巷陌屏除諸穢以栴檀香水而徧灑之處處皆有殊妙香供懸衆繒綵建立幢旛布列香華誠可愛樂猶如帝釋歡喜之園時諸大衆久懷渴仰瞻望世尊企想而住爾時世尊在逝多林命大目連曰汝今宜往告諸苾芻如來欲向劫比羅城若諸具壽情樂欲見父子相遇者應持衣鉢時大目連受佛教已告諸苾芻曰諸具壽世尊欲向劫比羅城若諸具壽情樂欲見父子相遇者應持衣鉢隨從世尊時諸苾芻既承告已俱來從佛爾時世尊自調伏故調伏圍遶自寂靜故寂靜圍遶解脫解脫

圍繞安隱安隱圍遶善順善順圍遶離欲離欲圍遶阿羅漢阿羅漢圍遶端嚴端嚴圍遶如栴檀林栴檀圍遶猶如象王象子圍遶如師子王師子圍遶如大牛王諸牛圍遶猶如鵝王諸鵝圍遶如妙翅王妙翅鳥圍遶如婆羅門學從圍遶猶如大醫病者圍遶如大軍將兵衆圍遶猶如導師行旅圍遶猶如商主商客圍遶如大長者人衆圍遶如諸國王大臣圍遶猶如明月衆星圍遶猶如日輪千光圍遶如持國天王乾闥婆圍遶如增長天王鳩槃茶圍遶如醜目天王龍衆圍遶如多聞天王藥叉衆圍遶如淨妙王阿蘇羅衆圍遶猶如帝釋三十三天圍遶如梵天王梵衆圍遶猶如大海湛然安住猶如大雲靉靆垂布猶如象子屏息狂醉調伏諸根威儀寂靜三十二相而爲莊飾八十種好以自嚴身圓光一尋朗逾千日安步而進如移寶山十力四無畏大悲三念住無量功德皆悉圓滿諸大聲聞尊者阿若憍陳如尊者高勝尊者婆瑟波尊者大名尊者無滅尊者舍利子尊者大目連尊者迦葉波尊者名稱尊者圓滿等諸大聲聞及餘人衆往劫比羅漸次而行至盧呬多河時諸苾芻或有洗濯手足或嚼齒木或濾淨水或時澡浴是時劫比羅城所有人衆聞一切義成太子今欲來至皆大歡喜竟共奔走往屈路陀林時淨飯王於寬廣處敷設牀座以待太子是時乃有無量百千大衆雲集或有先世善根共相警覺或有情生喜樂作如是念爲父禮子爲子拜父耶時佛世尊便作是念我若足步入城中者諸釋迦

子各起慢情共生不信作如是議一切義成太子大有所失昔時去日百千天衆隨從空中於劫比羅城圍遶而去今者獲得無上妙智更乃足步而還欲令諸人息輕慢心故我今應以神變入劫比羅城爾時世尊隨心所念入三摩地既入定已於座不現共諸苾芻涌在虛空猶如滿月共相圍遶亦如鵝王舒翼而住行住坐卧四威儀中廣現神變爾時世尊先於東方入火光定現種種焰青黃赤白紅頗胝色或現變神通身上出水身下出火身上出火身下出水如東方既然南西北方亦復如是次攝神通於虛空中高七多羅樹時諸苾芻但高六樹世尊高六苾芻高五佛五衆四佛四衆三佛三衆二佛二衆一佛一衆與六人等佛六衆五佛五衆四佛四衆三佛三衆二佛二衆一佛一衆便居地世尊去地高踰一人行空而去并與無量百千俱胝人天大衆圍遶而去至劫比羅城時淨飯王既見佛已頭面禮足說伽陀曰

佛初生時大地動　贍部樹影不離身
今是第三禮圓智　降伏魔怨成正覺

時諸釋迦及餘大衆見淨飯王禮佛足已情生不忍共相唱言云何尊父禮子之足時淨飯王告諸釋子曰汝等不應作如是語當時菩薩初生之日大地震動放大光明普照世界其色晃曜過於三十三天於世界中間黑暗之處日月威光之所不及當爾之時並蒙光曜彼處所有舊住有情蒙光曜已互得相見共作是語仁等有情亦居此處爾時我見希有事已便禮佛足又復菩薩曾往田中觀

諸産業於贍部樹影結跏而坐遠離欲界惡不善法有尋有伺得喜樂定入初靜慮日已過午其餘諸樹影悉東垂惟贍部樹影而獨不移蔭菩薩身爾時我見希有事已復禮佛足此是第三禮世尊足爾時世尊於苾芻衆中及諸大衆就座而坐時淨飯王復禮佛足對面而坐此是第四禮世尊足時諸釋迦於屈路陀林中殊妙之處敷設勝座并上供養以待世尊及苾芻衆爾時世尊詣彼林所於大衆中就座而坐時淨飯王即以種種盡世微妙殊勝供養供佛僧已時淨飯王白飯王斛飯王甘露飯王及餘百千諸來大衆禮佛足已在一面坐或有諸人但爲合掌復有諸人遥望世尊嘿然而坐時淨飯王即以伽陀而問佛曰

佛昔在王宫　出乘象馬輿　云何以雙足
遊於棘刺中

世尊報曰

我以神足通　自在乘空去　周行大地盡
煩惱刺無傷

王復問曰

昔衣上妙服　容色多光彩　今著麤弊衣
如何得堪忍

世尊報曰

慚愧爲上服　被著甚端嚴　見者起歡心
寂靜居林野

王復問曰

昔飡香稻飯　盛以勝金盤　乞匃噉麤踈
云何得充濟

世尊報曰

我飡微妙法　味與定相應　蠲除飲食貪
愍物故哀受

王復問曰

昔昇妙樓殿　隨時以自安　比在山林中
云何不驚怖

世尊報曰

我斷怖根本　煩惱悉蠲除　雖處林野中
永絕諸憂懼

王復問曰

昔在王宮內　沐浴以香湯　比居林野中
牟尼以何浴

世尊報曰

法池福德津　清淨人所歎　智者於中浴
去垢不霑身

王復問曰

昔日在王宮　金瓶灌水浴　比在江池處
何器以澆身

世尊報曰

我浴淨戒水　灌以妙法器　智者共欽讚
能淨身心垢

爾時世尊以妙伽陀答淨飯王已次觀大衆意樂隨眠界性差別稱彼根機而爲說法其聽法者所謂白飯王斛飯王甘露飯王及餘百千諸來大衆同聞妙法得預流果或得一來果或得不還果或有出家斷諸煩惱證阿羅漢果或發獨覺菩提之心或有發趣無上菩提之心自餘諸衆皆令歸依三寶住正信中時淨飯王由極歡喜故未得見諦淨飯王及諸大衆禮佛足已恭敬而去其淨飯王更於夜中作如是念惟我一子有此威德餘無

及者爾時世尊知淨飯王心之所念欲令降伏家宗慢故至天曉已便命大目連曰汝當觀察愍念父王目連白佛言唯然世尊即便執持衣鉢詣淨飯王所時王既見目連來至便唱善來命之就座是時目連即如所念入三摩地既入定已隱身於座涌現空中時大目連先於東方入火光定現種種焰青黃赤白紅色頗胝迦色或變神通身上出水身下出火身上出火身下出水如東方既然南西北方亦復如是次攝神通現於本座時淨飯王白大目連曰世尊弟子更有如是大威德類如尊者不時大目連即爲父王說伽陀曰

牟尼聖弟子　皆有大威德　三明及六通

無不具足者

時淨飯王便作是念非惟我子有大威德於餘亦有如是苾芻具大神力前起慢心即便除斷是時淨飯王復作是念令者世尊惟人供養不見諸天時大目連知王念已便白王曰大王我今還欲往世尊所白言隨意時淨飯王亦詣佛所爾時世尊知父王念即於屈路陀林悉皆化作蘇頗胝迦時淨飯王欲東門入門人報曰大王勿入王曰何意門人報曰佛今純爲諸天說法王問門人曰賢首汝是何人門人答曰大王我是東方持國天王時淨飯王便往南門欲見世尊門人白言大王勿入王問何意門人報曰佛今純爲諸天說法王問門人曰賢首汝是何人答曰我是南方增長天王時淨飯王便往西門欲見世尊門人白言大王勿入王問何意門人報曰佛今純爲諸天說法王問門人曰賢首汝是

何人門人答曰我是西方醜目天王時淨飯王便往北門欲見世尊門人白言大王勿入王問何意門人報曰佛今純爲諸天說法王問門人曰賢首汝是何人門人答曰我是北方多聞天王爾時世尊便以神力加被淨飯王令於門外見佛世尊與諸天衆說微妙法時淨飯王見是事已便作斯念今佛世尊非惟人衆之所供養亦爲諸天而來親奉令淨飯王慢心息已便攝神變時大目連引淨飯王入見世尊旣至佛所禮佛足已在一面坐爾時世尊隨淨飯王及餘諸衆意樂隨眠界性差别隨其根機而爲說法令淨飯王以智金剛杵摧破二十身見高山得預流果旣證果已白佛言世尊我今所證非高祖所作亦非父母所作非王非天非沙門婆羅門非諸宗親之所能作我依世尊善知識故方獲斯事於捺落迦傍生餓鬼三惡道中拔濟令出安置人天能盡未來生死邊際乾竭血淚巨海越度白骨大山無始已來曾所積集身見窟宅今並除棄證斯妙果大德於生死流我今得出我今歸依佛法僧寶爲鄔波索迦惟願世尊慈悲鑒察我從今日乃至盡形不斷有情命乃至不飲諸酒頂受世尊所制學處時淨飯王禮佛而去便詣白飯王所報言太子可受王位彼便報曰有何意耶王曰我今見諦不能爲王問言何日報言今日彼便報曰我於世尊初來之日即於彼時我得見諦次往斛飯王後往甘露飯王所具稱王位彼悉自云我已見諦淨飯王曰若如是者我今欲灌誰頂令受王位彼便報曰釋迦童子名

曰賢善可稱王位時淨飯王即便灌頂以其王位受與賢善爾時世尊及苾芻僧衆於日日中入王宮内受其供養時淨飯王作如是念令佛弟子外道千人心雖端正身非嚴好由昔苦身形容瘦悴云何得令世尊門徒容儀可愛覩相生善若令釋種陪隨世尊方是端嚴人共尊重時淨飯王集諸釋種而告之曰諸君當知一切義成太子若不出家者當何所作彼皆報曰作轉輪王又問曰君等作何報言我等稱臣皆爲從者王復告曰今一切義成太子證甘露法亦令有情同飡斯味仁等何因不爲隨從彼皆報曰我今出家王曰各隨汝意諸釋子曰爲全家並去爲當家别一人王曰家别一人時淨飯王即便撾鐘宣令普告諸釋種中家别一人出家奉佛若不肯者必招咎責即於是時釋種之中賢善無滅等五百釋子悉皆出家如世尊説若捨貴族而出家者多獲利養時五百釋子苾芻極招利養爾時世尊便作是念此諸釋子本爲解脱而求出家今捨少欲耽著財利世尊欲令絶利養故即便旋往室羅伐城在逝多林如昔安住時具壽鄔陀夷於日初分執持衣鉢入室羅伐城次第乞食巡至故二笈多之宅在門而立是時笈多遥見鄔陀夷來瞻其顔狀知是故二即便以手撾胷而告之曰鄔陀夷仁令何意棄我出家鄔陀夷曰賢首如我世尊爲菩薩時便捨寶女耶輸陀羅瞿比迦窣伽閣等六萬婇女而爲出俗誰能共汝塵垢之面而沉溺耶笈多報言鄔陀夷若如是者我亦出家答曰善哉笈多報言我今

收斂家業尋當出家鄔陀夷曰宜疾勿遲遂捨而去然鄔陀夷於時時中數來看問告笈多曰汝未出家彼便報曰我之家業尚未收斂鄔陀夷曰要待憍薩羅國煨燼之後汝之家業方可了耶笈多報言今即收斂明當出家時鄔陀夷便作是念我於今時由昔俗累尚被黑鉢同梵行者所輕況復令彼出家更招譏議云六衆苾芻度苾芻尼便生追悔至天曉已執持衣鉢往王舍城既至彼已安居坐夏是時笈多付家業已便於他日往逝多林問諸苾芻曰彼向何處苾芻問曰彼者是誰報言聖者鄔陀夷諸苾芻報曰彼以遠趣王舍大城彼既聞已即便啼泣苾芻問言笈多何意啼泣報言聖者鄔陀夷令我棄俗許與出家我既付囑家産彼便遠捨而去我今不居俗舍復非出家寧不憂惱有人報曰爲剃刀故彼向王城欲取新刀剃汝新髮于時苾芻尼衆爲請教授來逝多林見彼笈多行啼憂悒問言笈多何意啼泣笈多具以前事告苾芻尼諸尼報曰汝誠無識豈有苾芻度苾芻尼耶還令尼衆度汝出家可隨我來至大世主喬荅彌處度汝出家時諸尼衆便將笈多至大世主處白言聖者此之笈多情願出家時大世主即與出家時鄔陀夷在王舍城作如是念我爲護惜諸黑鉢者故不與笈多出家我多喪失腰條雜物資身之具若餘黑鉢度笈多出家者乃至暫欲見我亦無由得雖及安居情常不樂時有摩訶羅苾芻從室羅伐城夏安居已來至王城時鄔陀夷於竹林精舍外近大道邊瞻望而住遂還見彼

老苾芻來髮若荻華眉長下覆偏肩垂臂徐步而行時鄔陀夷便作是念比之來者何上座耶既相近已告言善來善來上座老苾芻云敬禮阿遮利耶敬禮鄔波馱耶時鄔陀夷見無軌則不識二師即知定是摩訶羅也遂將入寺問言爾何從來報言從室羅伐來時鄔陀夷便生是念若我先問笈多消息聞者譏醜我應次第而問汝摩訶羅既從彼來得知世尊少病少惱起居輕利安樂行不在室羅伐爲夏安居彼便報言世尊無病安樂在彼安居又問苾芻苾芻尼鄔波索迦鄔波斯迦衆並得無病安樂如常所居於時時中奉覲世尊聽正法不答言所問之人並得安隱亦時時中來聞正法又問住位了教憍陳如住位迦葉波住位舍利子大目連等諸餘尊宿大世主喬答彌及勝光王長者仙授故舊鹿母毗舍佉善生夫人悉得無病安樂住不答言並安樂住又問汝識長者婦笈多不答言我識彼是大德鄔陀夷昔日之妻鄔陀夷曰彼豈今時尚爲長者之婦答曰已出家訖鄔陀夷問曰誰與出家報言是大世主鄔陀夷便作斯念既是出家或容再面即便喚言摩訶羅且來濯足時鄔陀夷取彼衣鉢掛在極高象牙杙上遂多與油令塗手足報言今此房中有食有利宜當安隱歡意而住彼便報言我不樂住時鄔陀夷便持鎖鑰而付與之告言如世尊説苾芻不應空棄住處捨之而去摩訶羅此是鎖鑰汝自當知説是語已即便涉路漸至室羅伐城逝多林内灑掃房宇以輭牛糞而塗拭已便掩半扇偃卧牀上

作歌詠聲而誦正法時有苾芻尼爲請教授而來至此諸尼聞此諷誦之聲識其響韻即便共往鄔陀夷所問言大德往時走去比何處來答言我前須往王舍城中尼問知已即便歸寺告笈多曰汝今喜滿阿遮利耶現已來至笈多問曰若箇阿遮利耶報言是鄔陀夷笈多曰因何是我軌範之師我豈從彼而受學業諸尼報曰汝無識人多有諸尼與大苾芻共相繫屬汝今宜往問其安不彼即具持屑香及油澡浴之物往詣彼房扣門而喚鄔陀夷問曰扣門者誰報曰我是笈多鄔陀夷曰善來善來長者之婦隨意當進是時笈多入而告曰大德我今豈是長者婦耶我已出家問言誰復與汝而爲出家報言聖者大世主與我出家鄔陀夷曰我有他事須向王城汝復何緣急求離俗彼便報曰豈非大德前作斯語汝當收斂家業我度汝出家我依斯教付囑家産大德棄我遠向王城若大世主不度我者我誠非俗亦非出家鄔陀夷曰我豈當時自貽重擔許言教汝今且可坐爲汝說法禮已便坐端心聽法時鄔陀夷即爲說法說法之時即便追念昔時所有歡笑之事問笈多曰汝憶往時在其園林天祠之處飡噉如是美妙飲食談話之時欲意便起欲心既起情多錯亂凡智慧女人有五不共事表知男女有欲盛心無欲盛心笈多覺知鄔陀夷欲心熾盛告言聖者我暫須出事了還來鄔陀夷作如是念此爲便利而欲出耶遂令暫出笈多出已撩舉衣急走而去時鄔陀夷聞其走聲即便出外隨後而去喚言禿

沙門女走向何處復更急趂生支觸體其精遂泄欲心既歇徘徊而住笈多知已亦復還來報言聖者我若許者我非苾芻尼仁非苾芻鄔陀夷曰姊妹如世尊說若自護者即是護他若護他者便成自護云何自護即是護他自能修習多修習故有所證悟由斯自護即是護他云何護他便成自護不惱不恚無怨害心常起慈悲愍念於物是名護他便成自護笈多報曰聖者可脫裠來我當爲浣時鄔陀夷即以衣付是時笈多見衣精已便生悔心即便自念我之身分未有聖者鄔陀夷所觸所見我不順彼實非善事作是念已陪發染心如佛經中說伽陀曰

諸有耽欲人　不見於義利　亦不觀善法
常行黑暗中

時彼笈多欲心亂故取精一渧置於口中復取一滴投女根内有情業力事不思議時有中蘊有情是最後生而來依託笈多之身便爲浣衣諸尼見問笈多具答其事諸尼更問我言謂汝爲求勝法往大德處寧知更有此惡事耶笈多報曰彼之大德是持戒者自出家後我之身分曾不重觸諸尼報曰不觸身分尚有斯事如其觸著汝欲如何諸苾芻尼知其事已往白苾芻諸苾芻白佛佛告諸苾芻彼尼無犯波羅市迦既其有娠應安屏室與食供給無令闕事當生其子名童子迦葉波於我法中而爲出家斷諸有漏成阿羅漢我弟子中辯才巧妙善能宣說最爲第一爾時世尊遂作是念若有苾芻令非親族苾芻尼浣故衣者有斯過失世尊以此因緣如前

廣說乃至我今爲諸弟子於毗柰耶制其學處應如是說

若復苾芻使非親苾芻尼浣染打故衣者泥薩祇波逸底迦

若復苾芻者謂鄔陀夷若更有餘如是流類言親族者謂從七祖父母兩人已來皆是親族過此便非苾芻尼者謂是笈多故衣者七種衣中隨是一數云何爲七一者毛二者芻摩迦三者奢搦迦四者羯播死迦五獨孤洛迦六高詀薄迦七者阿般蘭得迦言浣者下至水浸染者下至一入色打者下至手一打泥薩祇波逸底迦者廣說如前此中犯相其事云何若苾芻知非親族尼作非親族想令浣故衣犯捨墮染打亦如是於三事中或令三事俱作或令作二或令作一又於三中隨一爲初使非親尼皆得本罪若非親尼疑亦捨墮罪若是親尼作非親想得惡作罪若是親尼而起疑心得惡作罪又無犯者謂最初犯人或癡狂心亂痛惱所纏

從非親尼取衣學處第五之一

爾時世尊在室羅伐城逝多林中如佛所說若捨貴族而出家者多獲利養然諸釋種既出家已利養豐多彼於衣服常事料理長衣長鉢絡囊腰絛並多貯畜世尊知已作如是念此諸釋子本求解脫而爲出家於出離因悉皆棄捨不修善品耽著財利我今應爲說法令捨財利世尊時時爲其說法彼諸釋子不能見諦世尊復念何因緣故釋子出家不能見諦皆由耽著財利資生雜物我今若作訶責治罰者釋子苾芻無由開解應示諸佛

正覺調伏善巧化度之儀爾時世尊告諸苾芻曰汝等當知我欲於此夏安居三月之内宴默而住勿令苾芻輙來見我除一苾芻爲我請食者除長淨日時諸苾芻謹受佛教衆共立制於此夏安居内苾芻不得輙見世尊除一苾芻爲佛請食者及長淨日若違制者我等令其作波逸底迦罪說悔爾時世尊於三月内宴默而住無一苾芻輙得見佛除請食人及長淨日時有苾芻名曰小軍於王舍城作前三月安居佛於室羅伐城作後月安居是時小軍三月滿已隨意事了并作衣竟執持衣鉢順杜多行與諸門徒端嚴整肅往室羅伐城既至彼已小軍苾芻安置衣鉢洗手足已詣世尊所時六衆苾芻遥見小軍苾芻來世尊所共作是說此客苾芻破僧伽制復有說云我當令作波逸底迦罪說悔時小軍苾芻詣世尊所徐扣門扇佛與開門小軍入已禮世尊足在一面坐世尊常法見客苾芻來歡言慰問汝從何至何處安居佛見小軍歡言慰問汝從何至何處安居小軍白言大德我從王舍城來於彼安居世尊問曰王城苾芻已作隨意白言已作世尊問曰小軍何意汝自端嚴端嚴圍遶小軍白言大德若有人來見求於我欲出家者我便報言汝善男子當住阿蘭若常乞食但三衣糞掃衣樹下坐我爲讚歎如是等事若言能者我度出家若言不能令隨意去若有欲受圓具或求依止或求讀誦或學如理作意寂念思惟來求我者皆如前報若言能者隨彼所求圓具等事若言不能令隨意去由此緣故我身端

嚴門徒亦爾世尊告曰善哉善哉小軍汝能誓度無量人天利益無邊諸有情類來求法者令得安樂小軍當知若能讚歎杜多功德者則爲讚歎我身無異若有毀呰杜多功德者即是毀呰我身何以故小軍我於長夜讚歎稱揚如斯出要杜多功德然汝不應違僧制令小軍白佛言我實不知此處僧伽作何制令世尊告曰小軍我安居時告苾芻曰汝等當知我欲於此夏安居三月之内宴默而住勿令苾芻輒來見我除一苾芻爲我請食者及長淨日時諸苾芻受我教已又共立制於此夏安居内苾芻不得輒見世尊除一苾芻爲佛請食者并長淨日若違制者我等應令作波逸底迦罪說悔小軍白佛言大德我身是客彼是主人自立制令豈及於我佛告小軍無問客主僧伽制令咸須遵奉然我從今爲客苾芻制其行法凡客苾芻入寺之時即應先問舊住苾芻曰具壽今此寺中僧伽有何制令若問者善若不問者得惡作罪若主人報者善若不報者亦惡作罪佛告小軍然阿蘭若苾芻與其饒益免依僧制若阿蘭若人欲見我者無問時節隨意來見并與十三杜多功德相應者亦隨意來見若糞掃衣人但三衣人(此二與衣相應)常乞食人次第乞食人一坐食人鉢乞食人不重受食人(此五與食相應)住阿蘭若人樹下居人露處住人隨處住人屍林住人(此五與處相應)常坐人(此一與策進相應)小軍當知斯等諸人隨情見我是時小軍苾芻聞佛說已歡喜奉行禮佛而退時六衆苾芻即便往詣小軍之所白言具壽可見容許我欲詰問

小軍報曰具壽五部罪中隨意當詰報言汝犯波逸底迦罪須如法説悔小軍答言具壽我不見罪報云汝豈不見破僧制耶答曰僧伽有何制令即如前所制具以告之小軍曰具壽世尊告我云小軍我與蘭若苾芻作其饒益免依僧制隨意入見呾他揭多時彼釋種諸出家者聞斯説已各生是念諸仁當知具壽小軍在王舍城夏安居了來見世尊即得承事親共言談我等在此而不能得親奉承事此意即是由見多貪擯斥於我我等宜於長衣鉢物觀之如病如癰如箭當棄除之時諸釋子苾芻咸作是念我等宜將所有長衣鉢等向具壽阿難陀所隨有言教我等奉行時諸釋子苾芻各各自持長衣長鉢絡囊腰條諸資具物至阿難陀所作如是語善哉大德我等有此長衣鉢等資生之具願爲哀受時具壽阿難陀報諸釋子苾芻曰仁等且住待我當爲白世尊知時具壽阿難陀便詣佛所禮雙足已在一面立具以其事而白世尊佛告阿難陀可爲受取置一大房并語諸苾芻若有闕乏資具者隨意取用時具壽阿難陀唯然受教即還詣彼諸釋子處受其所有長衣鉢等置大房中以爲一聚告諸苾芻曰若闕乏者隨意於此取其衣鉢時諸釋子於彼長衣視如癰箭既棄捨已遠離多求樂修少欲即便共往詣世尊所禮佛足已在一面坐

根本説一切有部毗柰耶卷第十八

音釋

擗毗亦切　企遣爾切舉踵望也　屛息屛必郢切屛息謂屛除氣息也　昚音慎　濾良豫切漉去滓也　匃居太切乞請也　耶輸陀羅梵語也此云持稱亦云具偁　瞿比迦梵語也此云密護　密伽闍梵語也此云鹿子　煨燼煨烏回切燼徐刃切煨燼火餘也　悒一入切不安也　傴於武切俯也　杙與職切橛也　撩憐蕭切手取也　褰渠云切下裳也　趂丑刃切逐也　搦昵角切　羯播死迦白氎也　獨孤洛迦紵布也　高詰薄迦上毛緂也詰丁咸切　阿般蘭得迦比方地名其處有此衣也又釋云即是絲絹之衣也

根本說一切有部毗柰耶卷第十九

唐三藏法師義淨奉　制譯

從非親尼取衣學處第五之二

爾時薄伽梵由小軍苾芻故觀諸釋種意樂隨眠根性差別爲說當機微妙之法令彼五百釋種苾芻即於座上自證圓滿破無明㲉斷三界惑成阿羅漢三明六通八解成就得如實知我生已盡梵行已立所作已辦不受後有心無障礙如手撝空刀割香塗愛憎不起觀金與土等無有異於諸名利無不棄捨釋梵諸天悉皆恭敬時諸苾芻各生疑念而白佛言希有世尊有何因緣由小軍苾芻故遂令五百釋種苾芻遠離多貪求少欲行得殊勝果度生死海昇涅槃岸究竟令住安隱之處世尊告曰汝諸苾芻我於今時離欲瞋癡無愛無取於諸我慢悉皆除遣脫諸有支得一切種智證無上覺由小軍故讚歎少欲令五百釋種出生死海證大涅槃此未希有汝諸苾芻如我往昔具欲瞋癡有愛有取於諸我慢生老病死憂悲苦惱皆不遺除輪迴有支未得解脫非一切智亦由我爲小軍讚歎少欲呵責多貪令此五百人得五通具足此之因緣汝等當聽於過去時婆羅痆斯國有王名梵摩達多爲大法王時世豐樂人物熾盛無諸鬭戰干戈征罰邪僞惡人共相侵害亦無災横及諸病苦稻蔗牛羊在處充足等觀兆庶猶如一子時王夫人名曰妙梵於此城中有一大池亦名妙梵時王無子爲求子故祈禱世間一切諸神及同生天希望後嗣世俗皆云由乞求故獲得子息此誠虛妄

若由乞求得子息者於一一人咸有千子如轉輪王此事既無故知是妄但由三事現前方有子息云何爲三一者父母有染心二者其母腹淨應合有娠三者應受生者中有現前具此三緣方有男女其王一心求子而住于時有一有情於無上菩提誓願修證從地獄出託娠妙梵夫人諸慧女人有五別智廣說如上時彼王妃覺有娠已情生歡悅遂白王曰大王當知我所懷孕必是大王光顯國位令我有娠現居右脅觀此相狀是男不疑時王聞已即大歡慶廣說如上乃至胎成常令適悅時大夫人發如是念善哉我欲於城東門廣行福施如是南西北門及以城内普行福施獄囚繫閉咸皆放捨時大夫人以事白王王聞是已皆如所願四城門内廣施無遮所有獄囚並皆釋放夫人既遂所求此念便息夫人復生是念我今欲往華菀林泉暫爲遊觀王隨出觀此念便息復生是念我今欲往妙梵池中名華徧布共諸婇女乘船而遊白王知已爲作輕舟置於池内即命夫人并諸婇女乘船遊翫既至船所便誕一男得宿命智顏貌端正見者歡喜身色如金廣說如上乃至此兒今者當立何字諸親議曰今此孩子生在水中應與立字名曰水生時王即以太子授八乳母廣說如上乃至如蓮出池是時水生太子既長成已作如是念我何處死在衆合獄曾作何業我昔於人趣六十年中曾爲太子由作種種諸惡業故墮地獄中令處人道生在王家此非善處若得爲王還墮地獄遂便詭設方便身不起行現攣躄

相水生太子當誕之日五百大臣悉皆生子各取當時瑞應而爲立名既漸童年堪能入出大臣並將屢至王所時諸童子王令歡戲共爲跳擲王既見已便作是念水生太子若不躄者亦在此中共爲跳戲令我太子雖知跛躄終立爲王爾時水生聞斯語已便作是念王令無事苦見恩逼令我復應瘂而不語後於異時五百童子漸能言説俱至王所王復生念我之太子若不瘂者亦能言説先時名作水生太子既瘂復躄因即喚爲瘂躄太子水生之號人不復稱王於異時以掌支頰長歎而住諸臣見已俱白王曰大王何故以掌支頰似帶憂懷王曰我於今時寧不憂歎我既爲王富盛自在稱尊海内男女俱無雖有一兒身殘瘂躄是時大臣各命醫人俱會一處令觀太子何病所中時諸醫人共觀太子無别病狀來白王曰大王我等詳觀太子諸根明利更無病狀此恐多是情有憂懼所以不言時梵授王聞醫説已遂設方便欲使起行復令其語即命魁膾於屏私處而告之曰我此瘂躄太子於大衆前遣汝將殺汝可將去不應即殺膾者曰謹奉王命時王對衆人前即以太子付彼膾者遣令依法是時膾者便抱太子置寶車上從城中出詣屠膾所時瘂躄太子四顧城中見其富盛而發言曰令此城中爲空荒無物爲有人居是時膾者聞是説已尋將太子還付大王白言令此太子作如是説時王便抱瘂躄太子置在懷中告曰誰是汝讎我爲擯殺誰是汝友我當惠之是時太子聞是語已瘂而不答時王復命

膾者還將殺却膾者奉命同前將去太子于時見一死屍四人轝去而發言曰此爲死而更死爲活而死耶是時膾者聞斯語已還將付王王復同前置在懷中次第而問太子亦復瘂而不對王復同前付彼令殺將出王城是時太子見大穀聚作如是説此大穀聚若先不食根本者是時膾者聞斯語已還將付王王復同前次第而問太子亦復瘂而不言王復同前付彼令殺命膾者曰汝可疾去往彼屍林宜以太子埋於坑穽時彼膾者同前將去向深摩舍那掘地爲穽是時太子説伽陁曰

何意御車者　於此疾穿坑　我問當速答

穽坑何所爲

膾者報曰

大王生一子　口瘂不能行　爲此遣穿坑

欲埋無益子

是時瘂躄太子作如是念此魁膾者情懷磣毒手持利劔惟欲殺人斷他命根以爲活業心便驚怖或容以我塡棄深坑如是思已告膾者曰若其父王隨我願者我當口語足步還城是時膾人心生希有馳走白王王曰若太子須王位者我即與之況餘所求不隨其意于時大王大喜充滿告諸臣曰卿等即宜治掃街衢香華徧布懸繒旛蓋極令嚴好如有言曰

國主所出言　或復諸天類　及諸證定者

隨意事皆成

時諸臣等即奉王教莊嚴城郭悉令妙好于時無量百千人衆雲集街衢企望太子步還

城邑是時瘂躄太子足步還城至大王所禮
父王足說伽陀曰
大王今當知　我非瘂躄者　亦非愚騃類
畏苦故須然　我有足能行　有口分明語
恐入惡道苦　故作如是事
王曰愛子若如是者何不言說足步而行怖
懼之言有何意趣太子白言
願王當善聽　我爲說因緣　我於前世時
曾經六十歲　得爲王太子　具受五欲樂
由斯六十歲　墮在泥黎中　備受諸苦惱
不可以言說　業盡方得出　重獲於人身
我憶如是事　恐墮地獄中　定不願爲王
放我之林野
王曰愛子本作祠祀及修勝行設諸施會供
養仙人冀得子息以紹王位汝今何故捨而
出家太子曰
我不求受欲　怨諍由是生　願修眞梵行
斯能壞怨敵　我不求受欲　猶如於毒果
願修眞梵行　常飡甘露藥
王曰
世間所愛樂　惟王是極尊　何故汝今時
捨之求離俗
太子曰
終能生苦者　此不名爲樂　要求眞樂處
能令苦皆盡　願王今放我　捨俗往林中
王曰愛子汝今身處樓觀香華郁烈牀褥柔
輭寢息安寧絲竹音聲而爲賞翫上妙衣服
披著以時甘美餚饌隨情而食若出家者住
止山林寢臥枯葉狐狼虎豹吼叫相驚皮草
爲衣根果充食水皆熱濁欲飲無由汝今何

意棄捨尊榮樂居林野太子曰

寧住林野鹿皮衣　虎豹同居食根果
不作國王恒殺罰　來世善果共相違
願王放我隱山林　畢想勤修涅槃路

王曰愛子先當爲我斷彼三疑後欲出家未爲難也汝見城中所有富盛作如是語今此城中爲空荒無物爲有人居汝何密意作如是語太子曰大王當聽王令無事令人殺我竟無一人稱理而說王令何爲殺斯太子我緣此意故作斯語王曰善哉汝又第二見與死人便作是說爲死而更死爲活而死耶汝何密意復作斯語太子曰大王當聽若人自作惡行而身死者此謂死而更死若人自爲善行而身死者此謂活而身死我緣此意故作斯語王曰此亦善哉汝又第三見大穀聚復作斯說若先不食根本者汝何密意復作斯說太子曰大王善聽彼諸耕人從他貸穀食而作業後時穀熟積成大聚債主來索多並還他如若先時不食他物便成大聚人亦如是由行十善方獲人身若更造惡不修於善前世善根即便銷盡善根盡故亡失善道與此相違即不亡失我緣此意故作斯語王聞語已告言愛子此更善哉時王即便抱持太子哽噎流淚告言汝已決意志不可移今隨汝情修行善業我亦於後隨至山林時梵授王命諸臣曰若我太子不出家者當是何人諸臣報曰當爲國王卿等諸子復是何人報言是隨從者王曰太子今旣出家卿等諸子何不隨從諸臣白言謹奉王命令其出家去城不遠有一靜處有五通仙人禀性慈悲

哀憐一切是時太子與五百人出婆羅痆斯將諸侍從至仙人所求哀出家時彼仙人並隨其願既出家後勤教要法太子不久獲得五通後時仙人命過太子便依喪禮焚葬其屍是時痤㾾太子於五百人躬爲訓導痤㾾太子其名遂隱痤㾾大師勝號彰著時痤㾾大師作如是念何意五百弟子不得五通豈不由彼多畜鹿皮樹皮廣停祭器水器雜菜根果繁以自供養體常勞五通難證我今若作訶責治罰者彼五百人無由開解宜可示其菩提薩埵無上善巧化度之儀爾時大師告諸摩納薄迦曰汝等當知我欲於此夏三月内宴默而住勿令一人輒來見我唯除一取根果人并月十四日長淨之晨時諸弟子奉受其教衆共立制於三月内一人不得輒見大師唯除一供果菜人并長淨日若有違制我等令其作波逸底迦罪説悔其師於三月内宴默而住無有一人輒得入見唯除採果及長淨日爾時大師於其住處見一飛鳥報言善來飛鳥我今與汝所作相似汝所覓食惟求滿腹生知足意我所求食亦惟滿腹作知足心次見一鹿報言善來野鹿我今與汝所作相似汝所覓食惟求滿腹生知足意我所求食亦惟滿腹作知足心時諸弟子聞師與鳥鹿言説各生是念豈非大師捨默然禁戒詣師所禮已俱坐彼師默然不共其語時諸弟子復生是念豈我大師共傍生語不與人言即便捨去復更有一婆羅門子名曰能施遇來至此仙人遥見告曰能施我今與汝所作相似汝惟持一鹿皮衣一祭器我亦

同爾汝所覔食惟求滿腹生知足意我所求食亦惟滿腹作知足心不同此處更有餘類多畜皮衣廣停雜器貯諸果菜求覔疲勞時諸弟子聞是說已各生斯念今我大師讚歎少欲毀呰多求觀此意趣便是由見多貪擯斥於我我等宜應於諸盈長皮衣雜器觀之如病如箭如癰棄之河内宜著一鹿皮衣雜器各一衆共許可各以雜物棄彼河中惟一供身俱詣師所師觀根器而爲說法皆證五通爾時世尊告諸苾芻勿生異念往時瘂聾五通仙人即我身是以菩薩行化諸有情往時五百弟子即五百釋種苾芻是往時能施即小軍是我於往時由能施故令五百人捨離多貪修少欲行獲得五通今時由小軍故令五百釋種苾芻捨棄貪求遵知足行具足六通成阿羅漢究竟安住寂滅城中汝等應知作純黑業者得純黑異熟作純白業者得純白異熟作雜業者得雜異熟是故汝等應棄純黑及以雜業當可精勤修純白業觀此因緣汝當修學此是緣起然佛世尊未與苾芻制其學處

爾時佛在室羅伐城逝多林給孤獨園未遮苾芻尼住阿蘭若時有諸尼往靜林中修習靜慮受勝定樂時蓮華色苾芻尼與其徒衆五百人俱往闇林中在一樹下半跏而坐入滅盡定是時餘尼至日晡後各欲還向室羅伐城有作是言聖者蓮華色我喚令起復有說言聖者具大威神或容在前入寺便不喚起各自歸還時蓮華色至日暮時出定徧觀諸尼盡去便作是念我爲入城爲當住此即

便入定時有五百羣賊行劫盜巳至此林邊諸賊議曰半人分物半爲防守遂於林内見入定尼有云是木有云是人有云苾芻時彼賊中有還俗人報言是苾芻尼非苾芻也餘人問曰爾何得知報言苾芻全跏尼則半跏此既半跏明知是尼時諸賊徒生希有念君等當知如斯可畏大闇林中一苾芻尼能宿於此即便往詣賊將軍所將軍問曰仁於林内頗見希奇事不答言見有如斯可畏大闇林中一苾芻尼能宿於此將軍聞巳告防守人曰我試看之便見苾芻尼顏容端正人所樂觀寂定威儀覩而深敬歎曰今此林中有二可愛所謂朗月光明及苾芻尼容彩將軍曰宜應喚起我奉其食彼還俗人報曰此不非時食將軍曰林中苾芻尼有二可愛所謂容儀端正不非時食將軍曰令其飲酒彼還報曰此不飲酒將軍曰於此林中復有二種可愛所謂苾芻尼顏容端正不飲諸酒將軍曰今我幸會遇上福田而竟不果施一飡食便以貴價氎衣裹上妙食掛於樹枝作如是說即如聖者容儀寂定無所不覺無所不知我今留此衣食幸願慈悲當爲受用作是語巳捨之而去時蓮華色尼至天明巳從定而起便見大衆行跡之處便入定觀見彼五百賊徒至此而去復觀於我無醜惡事不知無有過不復見裹食掛樹便作是念此由淨心敬信所致復作是念若更待餘授食之者恐禽獸來壞其淨施我今宜可持此上食奉施僧伽然佛有教若尼惡觸苾芻是淨苾芻惡觸尼亦是淨遂即自手持去詣逝多林六衆

常法每一二人鎭居門首時鄔波難陀在寺門前經行而住遥見苾芻尼來問言大妹豈天未曉城門已開尼言大德我非城宿從闇林來報言大妹我曾晝日入彼林中起怖畏心身毛皆竪大妹如何獨住於彼手所持者是何物耶時苾芻尼具以縁告此時賊徒淨心留與鄔波難陀曰大妹由汝威儀賊生敬愛獲得此物彼若見我必當與杖令負物去鄔波難陀告言大妹若有得此新好白氎剌作兩重僧伽胝衣少欲而住修諸善品誠亦佳矣尼言聖者須此衣耶答曰必若有餘隨情處分答言且住我持初食奉施僧伽迴來至此以衣相施鄔波難陀作如是念若更有餘黑鉢見者必乞此衣我無由得報言大妹可住於此我當爲喚受初食人尼便許可時鄔波難陀即入寺中見受食人無事而住報言具壽施主在門擔食辛苦汝今無事閑住房中宜可急行受其施食彼便持器往詣寺門就苾芻尼受取初食尼與食已展白氎衣施與鄔波難陀既得衣已喜而呪願曰汝所施物是心瓔珞爲心資助定慧莊嚴得人天道隨情受用勝妙衣服終至無上安隱涅槃即便捨去時蓮華色苾芻尼便作是念我今爲向本處爲禮世尊我今已來當禮佛足便詣佛所禮世尊已在一面坐時苾芻尼五衣破碎世尊見已告阿難陀曰苾芻尼衆於安居時足利養不阿難陀白佛言足佛言何意蓮華色尼五衣破碎阿難陀曰大德此苾芻尼深信堅固意樂淳善其所得物於三寶中咸皆喜捨來從乞者不逆其意今日此尼得

好大氎施與尊者鄔波難陀佛告阿難陀苾芻於非親族尼處受取衣耶阿難陀曰苾芻受衣佛告阿難陀然非親苾芻不生是念此苾芻尼具五衣不隨所與時悉皆受取若親苾芻則不如是見其闕乏不肯受衣爾時世尊告阿難陀曰於大房中貯衣之處應取五衣與蓮華色苾芻尼時阿難陀奉佛教已便取五衣授與蓮華色爾時世尊以此因緣告諸苾芻廣說乃至於毗柰耶制其學處當如是說

若復苾芻從非親苾芻尼取衣者泥薩祇波逸底迦世尊爲諸苾芻制其學處已室羅伐城有一長者大富多財受用豐足所有家産如毗沙門王便於同望族娶女爲妻雖久共居竟無男女情懷憂悒作如是念我今舍内多有珍財無一紹繼我死之後所有資産以無子故沒入王家來世路糧又未修集以手支頰長歎而住其妻問曰何故情懷憂悒支頰而住報言賢首我今寧得不憂具述其事妻曰云何修習來世資糧報言賢首若能以好飲食供養佛及僧食已人人各奉一雙上好白氎是謂修習來世路糧預前安置妻言何故不爲是時長者往詣佛所禮佛足已在一面坐世尊爾時即爲長者演說妙法示教利喜默然而住是時長者從座而起整衣一肩合十指掌白佛言世尊唯願哀愍并苾芻僧伽明當宅中受我微供世尊默然受之長者知佛爲哀受已禮足而去時彼長者於其夜中具辦種種上妙飲食亘敷座席并安水器令使往白世尊時到世尊於日初分著衣

持鉢與苾芻衆隨從而去至彼長者設食之處就座而坐長者既覩佛僧如法坐已便以上妙飲食手自供養極令飽滿既澡漱已奉佛及僧人各一雙上妙白氎時彼長者取卑小席於世尊前聽受妙法佛隨根性示教利喜爲說妙法呪願頌已從座而去是時長者隨佛出已旋繞三帀禮足而退於高樓上修捨施念告其妻曰賢首應生極喜我已多作來世資糧妻便報曰仁今雖作我未修營長者報曰今所修福豈非共有妻曰雖知共有然我情願請大世主及苾芻尼僧伽就宅食已人施一雙上好白氎此即是我來世資糧長者告曰善哉善哉隨汝意作時長者婦即便往詣大世主苾芻尼所頂禮雙足在一面坐聽妙法已從座而起白言聖者及苾芻尼

衆唯願哀愍明就我家廣如前說乃至淨澡漱已時長者婦便以大箱盛妙白氎在上座前開之而住時大世主作如是念世尊制戒不許苾芻尼受上妙衣服我今若受便違學處若不受者障施主福諸苾芻尼失其利養尼衆各念若大世主受此衣者誠亦善哉時大世主知衆心已作如是念世尊亦應緣此事故聽受好衣時大世主總爲受衣爲長者婦作呪願伽陀已從座而去詣世尊所如常威儀具以前事而白世尊佛告大世主善哉善哉我未許者汝已知時從今已去聽苾芻尼受貴價衣於苾芻邊共爲換易時大世主奉佛教已禮足而去至尼住處分與上衣報言世尊有教聽苾芻尼受貴價衣於苾芻邊易取麤者隨意受用時苾芻尼受得衣已往

逝多林共諸苾芻欲爲換易時十二衆苾芻尼便持貴衣至六衆所報言聖者世尊有教聽苾芻尼受貴價衣於苾芻邊共爲換易今者宜可取此好衣與我麤者六衆報曰姊妹直爾持施我尚不受況復共爾愚昧無識不自由者爲換易耶諸餘尼衆各隨自意持所得衣詣老苾芻所述如上事以衣共易老苾芻言姊妹且住我當問佛時彼苾芻往詣佛所而白佛言大德有苾芻尼持好衣財來至我所求換麤者不知如何佛言我聽苾芻從尼受衣除換易換衣之時令苾芻尼歡喜無恨爾時世尊讚歎持戒少欲知足告諸苾芻曰前是創制此是隨開當如是説

若復苾芻從非親苾芻尼取衣者除貿易泥薩祇波逸底迦

若復苾芻者謂鄔波難陀餘義如上親非親義衣有七種廣如上説除貿易者易得無罪泥薩祇義捨悔之法並如上説此中罪相其事云何若苾芻於非親尼作非親想或復生疑從彼取衣得捨墮罪若苾芻於親族尼作非親想或復生疑得惡作罪又無犯者若苾芻尼將衣施僧或爲説法故施或爲受圓具時施或見被賊故施或時買得或換易得此皆無犯若苾芻尼衆人共識多獲利養便持衣物到苾芻前以衣置地作如是語聖者我今多有如是財物幸願慈悲爲我納受作是語已棄之而去取亦無犯又無犯者謂初犯人或癡狂心亂痛惱所纏

從非親居士乞衣學處第六

爾時佛在室羅伐城逝多林給孤獨園於此

城中有一長者娶妻未久告曰賢首我欲持諸貨物往詣他方交易經求與存家業妻曰年少之時宜受欲樂衰老之日方可求財夫言賢首少壯之時能忍辛苦凌冒寒暑正合求財至老年衰坐而受用妻作是念我不勸爲而自求作當隨其意報言任自經求便即爲辦所須路糧周給資遣彼持貨物往詣他處其妻於後作如是念我之夫主辛苦經求受諸寒熱飢渴等苦皆是爲我求覓財物我今不應端坐而住便往市中買好劫貝撚爲上縷織成妙氎種種香熏置於篋内時彼長者經求獲利還來本居其妻作好香湯令夫洗沐開箱取氎而授與之長者見已作如是念我先所留飲食之直縱令全賣亦未得此衣問曰賢首汝於何處得此上衣答言且宜著之彼便爲著更問曰何處得衣妻曰且當先食食已還問何處得衣妻遂以緣具告夫曰善哉賢首我作求覓人汝爲守護者善營家業如斯不久舍内資財必當豐贍妻曰此衣是我辛苦營得但自被著勿與餘人答言可爾時彼長者信心淳善往逝多林禮世尊足從城出時守門人見便作是念觀此長者所著上衣今日定當多獲財利是時六衆多住寺門時鄔波難陀見長者來觀其衣服作如是念看此長者著好衣服所求財利必得隨情我今若不留得此衣者我不更名鄔波難陀即便唱言善來長者仁何處來猶如初月久而方現報言聖者我比與易遠詣他方近始歸還故來禮佛問言長者多獲利不答言隨時多少且免空歸報言長者我已先知

見池流出表水澄深目覩好衣知多獲利然汝比來常有貪心經紀無歇曾不修造來世資糧汝且可來當爲說法是時長者爲聽法故在一面坐鄔波難陀凡說法時若說持戒因緣其聽法者皆謂自身即生天上若說布施因緣其聽法者乃至自割身肉持以奉施若說罪業因緣其聽法者即謂自身現墮惡道鄔波難陀爲彼長者說施相應法彼生淨信問言聖者我幸得聞如是妙法有一雙白氎當以奉施鄔波難陀即爲呪願汝所施物是心資等廣說如上旣呪願已即從索衣長者曰衣在宅內明日持來報言賢首如世尊說

修福宜應速　寧知明日存　終與死王軍
必定相遭遇

鄔波難陀曰長者汝所著衣極好白氎應持施我我當刺作兩重新僧伽胝少欲而住修諸善品福常資汝長者答曰非惜不與然而我妻先爲要契衣但自著必莫與人鄔波難陀曰長者我曾聞汝賢善淨信是大丈夫寧知汝今更隨婦語遂即近前強抽一氎得已細觀返手攜面問言聖者何意如此答言汝有施福無受用福空壞架上無成衣用我若更得彼一雙氎與此相似者用作僧伽胝汝福圓滿長者曰豈我露形而歸耶報言長者何假外儀將爲容飾但以性祛鄙悋慚愧爲衣無慚愧者雖著衣裳露體無別汝有儭衣不長者言有若如是者今此城中諸長者等身著儭衣手持麤杖放牧牛畜日暮而歸汝今亦可身著儭衣手中執杖隨他牛後以入

城中諸人見時全無怪者即強取下氎但著儭衣授與一杖逐牛而入門人問言長者向見出城著好白氎今還露體豈遭賊耶長者曰不遭餘賊但被聖者鄔波難陀為我說法強奪衣將門人聞已極生譏罵時給孤獨長者於日日中恒將五百從人禮佛雙足并諸大德耆宿苾芻既至城門門人告曰長者雖復多諸僕從然須在意勿被賊偷長者報曰豈往給園中間有賊報言長者路雖無賊園中有之長者曰咄男子汝禀惡性如黑羊毛不可迴改今此路中佛及僧衆常所遊履雖經多載汝不變白門人報言長者世尊善逝及苾芻僧衆足所履塵我觀頂戴敢不敬耶然昨日晨朝有一長者著上衣服欲往給園時鄔波難陀為其說法強奪將去令著儭衣

隨牛而入口陳譏罵人皆共知長者聞已便作是念我於今日以此為緣便往給園時鄔波難陀見而告曰善來長者報曰我不善來鄔波難陀曰汝先有烟今時火發長者報曰如何令我不火發耶餘出家者咸欲捨貪大德所為貪更增長鄔波難陀曰我作何事長者報曰豈非昨日有人欲來見佛仁為說法強奪其衣令著浴衣遣隨牛入鄔波難陀曰世言諸天喜施餓鬼便遮長者報曰豈可彼人金瓶澍水持以相施鄔波難陀曰長者勿作多言若不忍受隨情制戒長者曰我豈捨之宜應且住鄔波難陀默然而住時給孤獨長者往世尊所頭面禮足在一面坐白佛言世尊今此聖衆有從非親居士居士婦乞衣唯願世尊為諸聖衆作憶念事勿從非親居

士居士婦乞衣爾時世尊聞長者語默然許之長者知已禮佛而去世尊以此因緣集苾芻僧廣如上說問鄔波難陀曰汝實從非親居士居士婦乞衣耶答言實爾于時世尊種種訶責鄔波難陀已告諸苾芻廣說如前乃至於毗柰耶爲諸苾芻制其學處應如是說若復苾芻從非親居士居士婦乞衣泥薩祇波逸底迦爾時世尊爲諸苾芻初制學處佛在逝多林時有四十苾芻遊行人間被賊劫奪無有衣服時諸苾芻共作是議如世尊制不許從非親族居士若居士婦乞衣我於此處無有親族宜可還向室羅伐城於同梵行者邊從覓衣服我等如何露形而去議曰夜在道行晝當潛伏如是漸漸夜至寺門時彼苾芻初夜後夜警覺思惟聞扣門聲出見形露告曰無衣外道非汝住處彼言具壽我非外道汝是何人我是苾芻何處得有如是苾芻我被賊劫欲遣如何問言汝名何等我是四十乞食苾芻報言善來具壽便爲開門時諸苾芻競相供濟或與僧伽胝或嗢呾羅僧伽或安呾婆娑或僧脚崎泥婆珊耶波呾羅濾水羅至天明已時諸苾芻以緣白佛佛言由此緣故應除餘時餘時者若苾芻被奪衣失衣燒衣吹衣漂衣此是時爾時世尊讚歎持戒乃至廣說告諸苾芻前時創制今更隨開爲諸苾芻制其學處

若復苾芻從非親居士居士婦乞衣除餘時泥薩祇波逸底迦餘時者奪衣失衣燒衣吹衣漂衣此是時

若復苾芻者鄔波難陀乃至衣義並如上說

乞者謂從彼乞求言奪衣者謂被賊奪失衣者謂自失衣燒衣者謂被火燒吹衣者謂風吹去漂衣者謂被水漂有此難緣乞便無犯若異此者得時犯捨墮此中犯相其事云何事有三種謂價色量價者若苾芻不爲難緣從非親乞一迦利沙波拏直衣（迦利沙波拏義已如上不與取戒中辯說）若還得一迦利沙波拏直衣者乞時惡作得便捨墮如是增數乃至五十迦利沙波拏等隨乞隨得罪之輕重准上應知若苾芻從非親乞一迦利沙波拏直衣得二迦利沙波拏直衣乞時惡作得時無犯如是乃至五十迦利沙波拏等乞少得多有犯無犯亦准應知色者若苾芻從他乞青色衣還得青衣乞時得惡作得時招捨墮如青既爾黃赤白色及以厚薄應知亦然若苾芻乞青色衣得黃色者乞時惡作得時無犯如是餘色厚薄更互相望應知亦爾量者若苾芻從他乞五肘衣還得五肘乞時惡作得時捨墮或乞五得十乃至五十等准上應知是名三事若乞縷繢便得小片若乞小片他與寬衣皆無犯又無犯者謂初犯人或癡狂心亂痛惱所纏

根本說一切有部毗柰耶卷第十九

音釋

撝（吁爲切指撝也）攣躄（攣閭緣切手拘攣也躄必益切足不能行也）瘂（么下切不言也）膾（古外切屠膾也）穽（疾郢切陷坑也）磣（楚錦切）騃（語駭切癡騃也）撚（乃殄切以指撚物也）崎（丘奇切）繢（求位切織餘也）

根本説一切有部毗柰耶卷第二十

唐三藏法師義淨奉　制譯

過量乞衣學處第七

爾時薄伽梵在室羅伐城逝多林給孤獨園時鄔波難陀作如是念我等所有經求之處皆由給孤獨長者啓請世尊制其學處我等假欲乞求狹小布巾尚無由得況寬大耶然佛世尊或因少欲苾芻乏衣服故有別開聽我今宜應覓少欲者共相憑附或緣彼故少有所獲即便隨處求覓其人雖復周旋而未能見有人報云阿蘭若中有四十衆苾芻少欲而住即往詣彼寂靜林中見四十衆苾芻縫補破衣極生勞苦時鄔波難陀報諸苾芻曰具壽我所聞事與見不同比謂仁等四十衆苾芻在阿蘭若中受諸靜慮解脱勝樂寧知在此惟補破衣艱辛亂意諸苾芻曰大德我被賊劫鄔波難陀曰此不善事極受辛苦諸苾芻曰大德何故見憂鄔波難陀曰我不憂仁愍彼盜者爲貪心故枉行劫奪捨身之後當墮地獄設得爲人受貧窮報諸具壽如世尊説汝等苾芻若人由行偷盜數習力故命終之後當生地獄受諸苦惱設得爲人衣食闕乏緣此事故我出憂言然諸具壽徒勞艱苦縫此破衣新好氎布何不見乞諸人報曰誰捨三寶勝妙福田於我貧人輒肯相施報言具壽世尊每於處處讚歎仁等少欲知足有信心者皆樂供養何不求乞答曰我欲何處求乞衣耶鄔波難陀曰若無乞處何不請覓勸化之人彼能爲汝易得衣服答曰何處得有衆所共識大德苾芻捨自善品爲我

求覔鄔波難陀曰我等六衆苾芻各有九弟子成六十人共爲汝等求覔衣物汝若無違隨我意者我等門人因此亦得多少衣服答曰共得衣服於我何違鄔波難陀曰我等豈能自行乞食復覔衣耶若不辛苦得飽食者可爲覔衣諸人報曰此亦善哉時鄔波難陀還至寺已灑足而進既至房中思惟作何方便於此城中總能勸化惟除給孤長者不入其舍彼若見我常懷忿怒我今宜可先往貧家次行富舍後往勝光王宅及行雨夫人并勝鬘夫人仙授長者故舊居士毗舍佉母善生夫婦如是次第從彼乞求時有長者請佛及僧家中設食鄔波難陀見巳生念告諸弟子曰具壽明日汝等設有寺衆差使作務皆不須受報言我之二師少有驅使既至明日令一弟子往喚四十衆苾芻仁等可來我爲求衣使者到彼見諸苾芻悉皆入定使者便念誰能於此作麤獷心不觀後世觸誤定者令其驚覺即便還至鄔波難陀所報言阿遮利耶彼皆入定誰能驚覺時鄔波難陀忿而告曰癡人無智汝今作此至誠豈即盡諸煩惱遂便自往至靜慮堂以脚蹋門堂皆振動彼從定起問言大德何意如此報言汝四十人欲求衣服何故省事於此坐耶來可共去彼便報曰且少時住待嚼齒木鄔波難陀曰可來半路當嚼四十苾芻即隨而去鄔波難陀便與門人共爲議曰諸具壽我等六衆猶如白象所至之處人皆競集我等不應老少依次羣衆而去應可間雜前後別行即隨議前進既行半路嚼齒木巳入室羅伐市中貧

人行內叢聚而立鋪主問曰聖者今日有憂惱事耶報云我有憂事汝等頗聞有四十衆苾芻佛於處處讚歎稱揚少欲知足不報言我聞鄔波難陀曰此即其人悉皆被賊刼奪衣服鋪人聞已各相告語諸君悉可持諸弓刀牌矟之類共執羣賊六衆告曰被刼已久賊散他方諸人告曰我欲何作六衆報曰可施與衣時彼諸人即便收斂新故氎衣持以相施是時六衆束成大擔令諸少年荷將歸寺次至富人行中共聚而立彼同前問此如前答諸人各各將貴價衣持以相施彼復還令送歸寺內次往勝光王所攢集而住時王見問答事同前王便命彼毗盧宅迦曰汝今宜應總請將帥可即急去擒彼賊軍六衆白言遭刼已久賊散他邦王曰若爾聖者欲何所作六衆報曰可施與衣時勝光王即便人別各與十三資具勝妙衣服是時六衆即令弟子同前擔去是時四十衆苾芻告鄔波難陀曰大德計所得衣我等周足勿復更乞鄔波難陀報曰具壽汝等皆是懶惰之人豈不共我先有誠言若於仁等無有違者我亦因斯爲諸弟子覓少衣服何故自足更不肯來時諸苾芻聞皆默然爾時六衆苾芻遂便將至行雨夫人勝鬘夫人仙授故舊毗舍佉毋善生夫妻處各各問答具如上述時彼皆與十三資具上妙衣服所得衣處皆令弟子擔向寺中是時六衆報諸人曰世尊昨日與諸苾芻受他請食若於食處少百人者行便空缺爲施主所恠汝等當去滿彼食行亦當爲我送其鉢食時彼六衆遣諸人已自往寺中

選取上衣置之一處其故破者爲四十分時四十人赴請食已還來寺中六衆食了告弟子曰汝可喚四十少欲人來彼皆來至鄔波難陀曰具壽我是汝等守衣人耶宜各取衣彼見破衣共相瞻視六衆告曰汝等何故兩兩相看彼便報曰何因皆與破碎衣物鄔波難陀曰此用重氈作僧伽胝此縫作嗢多羅僧伽及安呾婆娑僧脚崎等足得充濟何所嫌耶若意不滿相隨更乞答曰且得充足更勿求餘便各將此破碎之衣往蘭若中隨事縫補於其城邑衆皆普聞四十衆苾芻王及諸人七處皆得十三資具時有苾芻至蘭若中見諸苾芻各自劬勞補破衣服告言諸具壽我所聞事與見不同林中苾芻問曰所言何義報曰我聞仁等七處皆得十三資具何意今時還縫破物諸苾芻報曰仁但耳聞我自肩負若爾何處得此破碎衣裳時諸苾芻具以緣報苾芻聞已極生嫌賤遂至住處白諸苾芻諸苾芻以緣白佛佛告諸苾芻乃至問四十衆苾芻曰汝等實爾受他施物不知足耶實爾世尊爾時世尊種種訶責不順正理心不調寂讚歎稱揚順理調善廣說乃至爲諸苾芻於毗柰耶制其學處應如是說

若復苾芻奪衣失衣燒衣吹衣漂衣從非親居士居士婦乞衣彼多施衣苾芻若須應受上下二衣若過受者泥薩祇波逸底迦

言奪衣等文並如上應受上下二衣者有二種上下衣一苾芻上下衣二俗人上下衣苾芻上下者若是新衣兩重作僧伽胝竪三横五若泥婆珊竪二横五俗人上下者上衣長

十一肘闊三肘下衣者長七肘闊二肘應受者謂作心領受若過受者謂過前數乞得衣時便犯捨墮釋名捨悔廣如前説此中犯相其事云何若苾芻從他乞俗人上下衣時依量而得若更乞時得惡作罪得便捨墮若乞苾芻上下衣時事亦同此若從他乞俗人上下衣時縱減俗量不應更乞若有長不却還主若從他乞苾芻上下衣時若少不充苾芻衣量應更從乞若有長應却還主若俗衣少更乞若苾芻衣有長不還得罪輕重准事應識若無心擬過乞者乞時得惡作罪得物犯捨墮犯捨墮已更得餘物悉皆同犯廣説如前又無犯者最初犯人或癡狂心亂痛惱所纏

知俗人共許與衣就乞學處第八

佛在室羅伐城逝多林給孤獨園於此城中有一長者先有自妻復行邪行其妻告曰仁者不應作此邪行之事其妻屢諫夫不隨語婦起瞋嫌共餘男子亦爲私合其夫每以家物贈彼私婦其妻亦以家物遺彼邪夫夫婦兩人破散財物幾將略盡長者稟性暴惡打其婢使常與弊衣惡食告言由汝散我家資婢曰我實久知破散所以然而二俱家主不敢斥言時彼夫婦知婢譏刺俱懷慚愧並默無言時鄔波難陀知是事已便往詣彼長者宅中爲彼夫婦毀呰破戒讚歎持戒告言善男子善女人如佛所説邪行之人命終之後當墮地獄若得爲人妻不貞謹夫有邪念若離邪行命終之後得生天上若生人趣妻室貞良夫不邪念説伽陀曰

由聽能知法　聞法離衆過　聞法捨惡友
聞法得涅槃

時彼夫婦既聞法已俱捨邪行時鄔波難陀復爲夫婦廣述歸敬殊勝功德報言汝等二人更應善聽如佛所說

若歸佛陀者　不墮於惡趣　捨離於人身
當得生天上　若歸達摩者　不墮於惡趣
捨離於人身　當得生天上　若歸僧伽者
不墮於惡趣　捨離於人身　當得生天上

時彼二人聞法歡喜深生淨信即便歸依三寶彼爲讚歎五戒功德汝等善聽如佛說有五種大施何謂爲五若離殺生偷盜欲邪行妄語飲酒是爲五種大施何故離此五事名爲大施由離五故得無所畏無諸怨結妻室貞良言則信受常不憍逸由此五故感無量樂常處人天故名大施時彼二人聞此法已倍生深信受五學處鄔波難陀令彼二人住歸戒已捨之而去時彼長者復於他日更以苦楚而打其婢妻曰仁者我未識業果之時常行苦楚今由聖者鄔波難陀善知識故令我識業異熟不應更行苦楚然諸世人自受業報貴賤無恒誰是奴婢從今已往勿行杖木夫言賢首善哉此說命其婢曰小女汝可澡浴賜以新衣告曰應勤家業施汝無畏婢作是念此二家長先皆不仁好行楚罰苦虐於我弊衣惡食尚不充軀今者恩慈事同父母復更思念自從聖者鄔波難陀入此舍後仁心撫育更不打我我今欲將何物報聖者恩若於家中偷竊少物將報恩者家主若知同前苦楚既無得處但懷媿心後於異時鄔

波難陀來爲夫婦説法而去時長者婦告其夫曰仁豈不知聖者鄔波難陀是我等善友令捨惡業住善品中歸敬三尊受五學處復能時時以法相授我等宜應奉施多少長者問曰欲作何事妻曰施一白氎帔其婢聞之便作是念我以此言持報聖者時鄔波難陀旦入城中次第乞食至長者家婢見禮足告言聖者我有善言欲以相報問言何事婢曰我家長者及以夫人欲將上衣持奉大德鄔波難陀聞已生念世間所有貪饕之人我當一數今聞獲利實稱本心然此婢子雖有此言我更窮詰便帶瞋色報言小女汝以何緣輒弄於我報言聖者豈敢相弄鄔波難陀報言小女若言實者家長設瞋我勸容恕若其虚者多與汝杖還同昔日報言聖者何事須疑但入宅中自當知矣時鄔波難陀即入其舍彼二夫妻見唱善來敷座令坐既禮足已便取卑座跪而聽法爲説法已告言長者許與大氎我今欲見時彼夫妻互相瞻視鄔波難陀見而問曰何故仁等更互相看彼二答曰聖者此是我等私屏之言誰當告知豈復聖者了他心耶鄔波難陀曰我從少來持鉢乞食齒落髮白於斯小事汝不信耶時彼長者便授與衣鄔波難陀受其衣已周徧觀察即便翻手面帶憂相長者問曰聖者何意如此報言長者汝有捨福無受用福惟堪拂履或用簾窻置在笐竿自然破壞長者問曰欲何所爲報曰更求好者施我作衣答言聖者更無可得報言可買與我答曰我無價直報曰且爲賖買後當還價是時長者復看妻面

妻曰聖者鄔波難陀於我等處誠有大恩可爲買衣遂所希望時彼長者即將鄔波難陀往至市中詣一鋪所鄔波難陀便作是念我令鋪主發動高心出上衣服報長者曰略觀此鋪多是貧人寧容得有上好白氎應向餘處別可求之是時鋪主聞此語已便起高心出好上氎報言聖者何故相輕試看此氎鄔波難陀曰實誠好物其價如何商人報曰直五十迦利沙波拏鄔波難陀曰三十當報商人曰誰當還價報言長者相還問長者曰何時當與長者言其時當與商人曰善隨意將去長者即便付與鄔波難陀時鄔波難陀報言長者無病長壽今所施物是心瓔珞是心資助定慧莊嚴得人天道乃至廣説鄔波難陀便持此氎往逝多林長者家貧不能依時還其氎價商人遂立長者於赫日中不聽其去有知識見問言何意住立日中爲有瘧病爲服酥耶報言我非瘧病亦不服酥債久不還被立於此問言何時負債豈汝祖父負他債耶報言由我於釋迦子生敬信心以衣見施嫌惡不受令買好者置此艱辛時彼知友聞此事已便起譏嫌沙門釋子貪求無猒諸苾芻聞已具以其事往白世尊世尊以此因緣集苾芻衆廣説乃至佛告鄔波難陀曰汝實作如是不端嚴事隨他所施無知足心更換好物令彼辛苦白言實爾世尊如前種種訶責告諸苾芻我今爲諸弟子於毗柰耶制其學處應如是説

若復苾芻有非親居士居士婦共辦衣價當買如是清淨衣與某甲苾芻及時應用此苾

芻先不受請因他告知便詣彼家作如是語善哉仁者爲我所辦衣價可買如是清淨衣及時與我爲好故若得衣者泥薩祇波逸底迦

若苾芻者謂鄔波難陀親非親等義如上說言衣價者謂金銀貝齒等辦者貯畜也如是衣者謂七種如上買者謂從他買言清淨者謂得如是堪受用衣與者謂施衣時某甲者謂鄔波難陀不受請者先未言許因他告知等者見他陳說往彼求衣強索其價爲好故若得衣時便犯捨墮此中犯相其事云何事有三種謂價色量云何爲價若苾芻從非親人得五迦利沙波拏直衣受時無犯不受此衣更過索者索時犯惡作得時犯捨墮如是乃至五十迦利沙波拏等隨覓隨得輕重准上應知是謂爲價云何爲色苾芻得青色衣受時無犯不受此衣更過索者索時得惡作得時犯捨墮如青既爾乃至餘色准此應知是謂爲色云何爲量若苾芻得五肘衣時受取無犯不受此衣更過索者同前得罪如是乃至多肘罪之輕重事並同前是謂爲量此泥薩祇衣捨衣方法事亦同前無犯者若乞縷繢便得小片若乞小片他與大衣此皆無犯又無犯者謂初犯人或癡狂心亂痛惱所纏

知俗人別許與衣就乞學處第九

佛在逝多林時鄔波難陀苾芻起犯因緣長者及婦各與外人私通因爲說法捨惡修善事並同前但以二人各辦衣價爲異令彼二價共爲一衣致使長者受大辛苦苾芻以緣

白佛乃至爲制學處應如是說

若復苾芻有非親居士居士婦各爲苾芻辦衣價買如是清淨衣與某甲苾芻此苾芻先不受請因他告知便詣彼家作如是語善哉仁者可共買如是清淨衣及時與我爲好故若得衣者泥薩祇波逸底迦此中犯相三種不同並如前說

過限索衣學處第十

佛在王舍城竹林園中時鄔波難陀作如是念我等所有經求之處皆由給孤獨長者啓請世尊制其學處我等假欲乞求狹小布巾尚無由得況寬大耶然我昔時共行兩婆羅門同一學堂從師受業我宜往見或容與我多少衣物便就彼宅門人止之聖者勿進報言賢首世尊制我五處不行唱令家婬女家酒家王家屠膾家此家豈是五處耶門人報曰聖者何須多作譏罵斯非唱令婬女等家然是婆羅門行雨之宅報守門人曰男子汝宜入舍報婆羅門云大德鄔波難陀今在門外須欲相見門人曰觀斯意氣似從勝光王斷事處來報曰癡人爲報者善若更遲延必當令汝招大杖罰門人自念看此形勢全無怖懼不同餘者必有所由當爲報知勿受其辱即便入報大德鄔波難陀今在門外云須相見婆羅門曰喚大德入誰復相遮門人聞已便作是念由此緣故豪望沙門全無怖意即便喚入婆羅門見遥唱善來敷座令坐既坐定已發美妙音讚歎施門殊勝功德若鄔波難陀發喜悅心讚布施者諸有信心婆羅門等聽法之時作如是念善哉妙法我等宜

應割肉持施時婆羅門聞法歡喜作如是語大德坐夏了日我當奉施六十金錢鄔波難陀曰賢首無病長壽即爲呪願念所施物是心瓔珞乃至安隱涅槃即辭而去時有二苾芻從室羅伐至王舍城爲禮佛故詣竹林中是時世尊命具壽阿難陀曰汝今宜往告諸苾芻如來欲往憍薩羅國人間遊行若有情願隨從行者可料理衣服時阿難陀受教而去告諸苾芻宣世尊教時二新來苾芻聞是語已憂心而住鄔波難陀問曰汝二少年何意懷憂彼二答曰具壽阿難陀告諸苾芻如來欲往憍薩羅國人間遊行若願去者當料理衣服大德我適來至猶未解息如何便往室羅伐城時鄔波難陀聞已憂惱作如是念我經多時纔蒙少施寧知更有障礙事生至明旦已即便往詣婆羅門家到已就座而坐作憂悒聲説施功德時婆羅門問言大德前來説法美妙音聲今者似帶憂色其聲卑下願聞其故鄔波難陀曰賢首我經多時纔得相見今時不久即欲别離作是語已懷憂而住世有言曰

摩揭陀人聞聲解　憍薩羅國覩形知

半字便了五王城　待言方解餘邊國

時彼婆羅門聞鄔波難陀所説便作是念此不爲我離别生憂但爲六十金錢而起愁惱報言大德隨仁何處作安居了我當奉遺六十金錢鄔波難陀曰賢首無病長壽善哉施心始終堅固所爲福利當招勝果即辭而去爾時世尊大衆圍繞如餘廣説至憍薩羅往室羅伐住逝多林時有商客從此城出將

諸貨物詣王舍城然王舍城古昔常法若於他處有大商旅至其國者王自看稅或令行雨大臣是時行雨看稅其物報商客曰汝若還歸室羅伐者當報我知答言爾商人交易既了詣大臣所報言我欲歸國即便付與六十金錢告言此物汝可將與大德鄔波難陀彼受物已作如是念若與行雨大臣先相識者彼定必是衆所知識大德苾芻我當於彼少爲利潤令彼生喜可買細氎將向彼城徃竹林中問苾芻曰何者氎衣堪苾芻著苾芻報曰賢首汝今豈欲施僧衣耶報言我無暇施然行雨大臣附我六十金錢與大德鄔波難陀我今欲以金錢買氎將去望稱彼心諸苾芻曰汝今定當輸其白氎并索金錢商人念曰今此苾芻或與彼讎隙即便更詣餘苾芻處具述前事苾芻報曰汝若不印金錢而將去者彼定索利商人便念彼此語同事須防慮徃大臣所令其印署大臣曰我今信汝豈勞須印商人曰雖相委信商人之法事須詳審于時大臣便爲印署商人持徃室羅伐城至逝多林問苾芻曰聖者鄔波難陀房在何處時諸苾芻示其住處彼徃不見問苾芻曰大德鄔波難陀今向何處報言暫向寺外閑靜之處商人報曰此之金錢是王舍大臣行雨所寄可爲領取彼來當與苾芻報曰賢首汝頗曾見炬火發焰以頭觸之商人即念此必與彼先有讎隙即詣餘苾芻處白言大德此之金錢是王舍大臣行雨所寄與鄔波難陀可爲受取彼來當付諸苾芻曰若其不印而將來者彼必定當從汝索利誰能爲彼

輒受此物汝自面付商人念曰所言相似此定是難我在家中待彼苾芻自解應答報苾芻曰若鄔波難陀還至此者可爲報知我在某處必須物者可來取之言已捨去鄔波難陀後來寺内苾芻告曰大德鄔波難陀善哉世尊有如是説若具戒行意清淨者隨心所願皆得成就仁者今日息意林中即便獲得六十金錢遠來供養鄔波難陀告言具壽何處得有施主佛及大衆千二百五十各與六十金錢苾芻報曰惟仁獨得不徧衆僧鄔波難陀曰誰能惠我六十金錢報曰是王舍城行雨大臣寄來奉施報曰彼是我舊知識先已有心與我此物誰爲受之好觀察不勿被揩損及以破落是私鑄物不堪受用報言無人爲受鄔波難陀曰我比住在惡友之中誰肯爲受作是語時餘人報曰大德何事憂惱商人留語我住某處若須者可來取之時鄔波難陀聞是語已即取僧伽胝疾行而去往彼家中時彼商人遥見急歩即自念言看此形勢定是豪族沙門問言仁是鄔波難陀答言是即便取錢報言此是大臣行雨所寄可領取之即爲廣作呪願商人曰此非我財勿爲我呪願應可爲彼行雨大臣鄔波難陀曰損汝何事汝亦於我大有功勞遠從他方持物來至借一小兒持錢將去到市店所即遣歸來聖者我無小兒報言癡人遠自王舍尚爲持來跬歩之間不肯送去即命小兒令送錢去語小兒曰當隨後去不得餘行若其與汝餅果之直必不應取是時小兒持錢隨去至一店上報言聖者此處安錢鄔波難陀便

作是念彼與生人教此童子不令隨我即報鋪主曰賢首此之金錢且爲收舉報言聖者我有家長鄔波難陀曰願汝常不自由復更向一賣香童子處告言賢首暫寄此錢報言我之尊人出外不在鄔波難陀曰願汝家長更勿重來復更詣一賣香童子創發信心報曰賢首暫寄此錢報言我有大人不敢受寄鄔波難陀曰我言謂汝少有信心寧知更是信心羅刹若汝元無少許信者從苾芻足倒曳門外彼遂無語報言聖者可安此處鄔波難陀遂便歸寺時諸商人先有制令若至日出不普集者罰金錢六十文毋告童子曰汝當早去勿令他罰時鄔波難陀夜便生念起追悔心賣香童子初發信心或容於我諱所寄物既至天曉將一小兒往彼店所時彼店主閉門欲出鄔波難陀報言賢首還我金錢答言聖者此處商人先有制令若至日出方來集者罰金錢六十文少時且住赴集方還鄔波難陀曰癡人我非汝僕使自取巳錢誰能脚疼於此久立若不還我而便去者違勝光王教更當罰汝六十金錢彼聞是語即便瞋罵捉其錢裹擲之於地泥印便破鄔波難陀曰汝當且住我試解看不指鈌不非私鑄不鋪主報曰仁豈檢看而付於我鄔波難陀曰雖我不看何故印破時彼鋪主銜恨而默既至天曉集期便過時諸商人來就家中將彼六十金錢物去其母報曰汝作何事違他衆制罰汝六十金錢子報母曰由與釋子共爲親友初發信芽即令摧折便起嫌罵苾芻聞已具白世尊世尊以此因緣集苾芻衆乃

至廣說問鄔波難陀曰汝實作如是不端嚴事耶實爾大德佛以種種訶責乃至我今爲諸弟子於毗柰耶制其學處應如是說

若復苾芻若王若大臣婆羅門居士等遣使爲苾芻送衣價彼使持衣價至苾芻所白言大德此物是某甲王大臣婆羅門居士等遣我送來大德哀愍爲受是苾芻語彼使言仁者此衣價我不應受若得順時清淨衣應受彼使白言大德有執事人不苾芻言有若僧淨人若鄔波索迦此是苾芻執事人彼使往執事人所與衣價已語言汝可以此衣價買順時清淨衣與某甲苾芻令其被服彼使善教執事人已還至苾芻所白言大德所示執事人我已與衣價得清淨衣應受苾芻須衣應往執事人所若二若三令彼憶念告言我須衣若得者善若不得者乃至四五六返往彼默然隨處而住若四五六返得衣者善若不得衣過是求得衣者泥薩祇波逸底迦若竟不得衣是苾芻應隨彼送衣價處若自往若遣可信人往報言仁爲某甲苾芻送衣價彼苾芻竟不得衣仁應知勿令失此是時

苾芻者謂鄔波難陀王者若男若女或復餘人以王法灌頂者悉名爲王大臣者執王政事相依而立婆羅門者貴種多聞居士者謂在家富贍等者諸餘雜類遣使者謂女男黄門送衣價者謂金銀錢等彼使持衣價等者謂持衣價到苾芻所白言大德者謂命前人此物是某甲等者謂述來處願爲納受是苾芻等者報不應受順時清淨者謂稱理而得彼使語苾芻等者謂問執事人苾芻言有者

指其人若僧淨人者謂大衆淨人若鄔波索迦者謂歸依三寶受五學處彼使等者明使意也買者或買或織與其甲苾芻者指所與人言清淨者謂堪受用善敎巳者謂善教示具報苾芻若二若三等者出言往返數令彼憶念得者善者謂稱求心若不得者乃至四五六返默然隨處而住者出默住數言隨處者有四處一廠處二舍處三田處四店處廠謂作瓦器等或剃髮處舍謂居宅田謂稻蔗等田店謂賣貨處有六詰問見彼六言隨事應詰云何為六若彼問云仁今何緣得至苾芻答云為彼事來若云仁極善來此處應坐答云爲彼事來若云食飯答云爲彼事來若云噉餅答云爲彼事來若云飲水答云爲彼事來若於此六種隨一事中見他語時尋聲即報不徐緩答令彼前人不暇作餘言者是則不名圓滿善好六種詰問若隨一事中見他語時尋聲未道徐徐緩答令彼前人得有容暇作餘語者是則名爲圓滿善好六種詰問若作如是求時得衣者善若不得衣過是求得衣者泥薩衹波逸底迦過者謂過三語六默而更往求得也若竟不得衣彼衣來處或自去或遣可信人去言可信者謂弟子門人是可委言報彼令知遣其收取勿使虛失此是還報法式若苾芻遣使報巳彼執事人來至苾芻所作如是語聖者可受此衣價苾芻應報彼曰此之衣價我巳捨訖汝當還彼送衣來處如是報者善若取衣者犯捨墮若執事人作如是語聖者仁可受此衣價彼之施主我共平章令其心喜若如是者取衣無

犯苾芻若不作如是次第受衣者皆犯捨墮旣犯罪已捨悔之法廣說如前此中犯相其事云何若人爲施主人爲使者人爲給事如法得衣者無犯異斯捨墮若人爲施主人爲使者非人爲給事如法得衣者無犯異斯惡作若人爲施主非人爲使者非人爲給事同前惡作若人爲施主非人爲使者人爲給事同前捨墮若非人爲施主非人爲使者非人爲給事同前惡作若非人爲施主非人爲使者人爲給事同前捨墮若非人爲施主人爲使者人爲給事同前捨墮若非人爲施主人爲使者非人爲給事同前惡作若苾芻從非人乞衣價時得惡作罪得便捨墮從龍乞衣價時得惡作罪得便捨墮若苾芻遣使往或以書印乞時惡作得便捨墮又無犯者廣說如前

用野蠶絲作敷具學處第十一

攝頌曰

高世耶純黑　分六尼師壇　擔毛浣金銀
納質并買賣

佛在逝多林給孤獨園時諸苾芻作新野蠶絲卧具若自作若教人作此物難得復是貴價時諸苾芻爲營造故多諸事業妨廢正修讀誦作意數數從彼婆羅門居士等乞野蠶絲諸外道輩見而嫌賤作如是語諸人當知此沙門釋子是殺生者不捨害業自作使人用新野蠶絲作卧具若用此者殺多有情如何以好衣食施彼禿人斷物命者時諸苾芻聞是語已往白世尊世尊以此因緣集苾芻衆問諸苾芻曰汝等實用新野蠶絲作卧具

耶實爾世尊佛言汝等難滿難養不順少欲知足之行種種訶責讚歎杜多功德少欲知足乃至我今爲諸弟子於毗柰耶制其學處應如是説

若復苾芻用新高世耶絲綿作敷具者泥薩祇波逸底迦

若復苾芻者謂此法中人新有二種一者新作二者新得此中新者謂新作也高世耶作敷具者有其二種一者楮褥二者衧成此敷具言二種皆取作者作自作教人得捨墮罪捨悔等法廣説如前此中犯相其事云何苾芻料理高世耶時若於一繭若於小團若於大聚或披或擘或以弓彈而作敷具作時得惡作竟時得捨墮若苾芻乞高世耶時及料理時皆惡作成犯捨墮若得先巳成或舊用物或是舊物更新料理而受用者並皆無犯又無犯者謂初犯人或癡狂心亂痛惱所纏

根本説一切有部毗柰耶卷第二十

音釋

牌矟 牌蒲街切盾也矟色角切矛屬 帔 披義切裠帔也 餮 他結切貪食也 笐 合浪切竹竿也 瘧 逆約切寒熱病也 跬步 跬犬蘂切半步也 衧 古罕切 繭 吉典切蠶衣也 擘 博厄切分擘也

根本說一切有部毗柰耶卷第二十二

唐三藏法師義淨奉　制譯

用純黑羊毛作敷具學處第十二

爾時薄伽梵在室羅伐城逝多林給孤獨園時諸苾芻用純黑羊毛自作敷具或復使人由其難得復是貴價時諸苾芻爲營造故多諸事業妨廢正修讀誦作意數數從他婆羅門居士等乞黑羊毛時諸少欲苾芻共生嫌賤以此因緣具白世尊廣說如前乃至爲諸弟子於毗柰耶制其學處應如是說

若復苾芻用純黑羊毛作新敷具者泥薩祇波逸底迦

若復苾芻者謂此法中人純黑者有四種黑一性黑色二性青色三泥色四牻色羊毛者非餘毛也新者有二種新謂新作新得此中意取新作作者謂自作使人作敷具者有二種謂貯褥及衦成此中意取衦成得捨墮罪者捨悔等法廣說如前此中犯相其事云何苾芻撩理羊毛時若於一片若於小團若於大聚或披或擘或以弓彈而作敷具作時惡作罪竟時得捨墮若得先已成者或舊用物或是舊物更新撩理者無犯又無犯者最初犯人或癡狂心亂痛惱所纏

過分數作敷具學處第十三

佛在室羅伐城逝多林給孤獨園佛制諸苾芻不得用純黑羊毛作新敷具時諸苾芻用四分黑毛隨著少許餘色雜毛作新敷具少欲苾芻便共譏嫌往白世尊世尊以此因緣集苾芻衆問答訶責廣如前說我今爲諸弟子於毗柰耶制其學處應如是說若復苾芻

作新羊毛敷具應用二分純黑第三分白第四分麤若苾芻不用二分純黑第三分白第四分麤作新敷具者泥薩祇波逸底迦苾芻義如上新有二種敷具有二種乃至此中意取衎成並如上說言純黑者有四種黑巳如上說言白者謂脇傍脊上及項邊毛麤者謂頭足腹毛言二分等者出其數量且如欲作十斤毛褥五斤純黑二斤半白二斤半麤自餘增減准此應知黑中分兩故成四分若異此者於後二中或減半兩或用純黑作時得惡作成便得捨墮若不爲巳或得先成或黑者易得餘者難求兩數增減並皆無犯又無犯者謂最初犯人或癡狂心亂痛惱所纏

作減六年敷具學處第十四

佛在室羅伐城逝多林給孤獨園時諸苾芻多畜敷具共相謂曰大德此褥太長即便棄却更作餘者此褥太短此太小此太寬此總破碎不堪撩理並棄故造新彼由作褥事務繁重生過同前諸少欲者共生嫌賤具以上事而白世尊世尊集衆問答訶責廣說如前乃至應如是說若復苾芻作新敷具縱心不樂應六年持若減六年不捨故更作新者泥薩祇波逸底迦此是世尊初爲制其學處佛在曠野林住處是時嚴風勁急苾芻患寒知事諸人所有卧具皆六年持由制戒故不敢造新由忍寒故所有營作悉皆停息爾時世尊知而故問具壽阿難陀曰何故知事苾芻營作停息阿難陀白佛言由佛爲諸苾芻制其學處不滿六年不得更作新敷具時營作苾芻敷具久冷不堪寒苦爲此營功並皆停

息佛告阿難凡諸知事營作苾芻畜其敷具雖未滿六年不免寒者彼苾芻應從僧伽乞六年內更作敷具應如是乞如常集僧已其知事苾芻往至衆中禮僧足已在上座前蹲踞合掌作如是白

大德僧伽聽我某甲營作苾芻於六年中不應更作敷具我苾芻某甲於六年內欲從僧伽乞作新敷具願大德僧伽與我苾芻某甲於六年內更作新敷具是能愍者願慈愍故

第二第三亦如是說

若其僧伽體知彼人是可信者即與其法或令持舊敷具來至僧中若太長者即應截却若太短者以毛添之太寬太狹准事撩理若有破處應將毛補若皆破碎不堪修補者僧伽應與其法令一苾芻作白羯磨應如是作（廣如白一羯磨中說）若知事苾芻僧伽與法於六年內隨意當作勿致疑惑爾時世尊讚歎持戒恭敬戒者隨順說法告諸苾芻曰前是創制此是隨開乃至應如是說

若復苾芻作新敷具縱心不樂應六年持若減六年不捨故更作新者除得衆法泥薩祇波逸底迦

苾芻義如上新者有二種廣說如前乃至此取秄成雖情不樂應六年持者要須滿六年持若年不滿或捨不捨更作新者得捨墮罪捨悔等法事並同前此中犯相其事云何若苾芻於此年中作新敷具即於此歲更復造餘造第二時得惡作罪成犯捨墮初造者無犯雖非同年於第二歲更作餘褥如是三四乃至五年更造新者得罪同前其最初褥無

犯若苾芻先有數具即於此年更造餘者當年若了得捨墮罪若當年不了乃至五年方始了者得捨墮罪若苾芻於此年中造新敷具未了更復造餘若俱了時云我持前捨棄於後或可持後捨棄於前後犯捨墮先造者無犯若初作未了於第二年乃至三四五年若俱了時云我持前我當捨後廣如上說若苾芻已造一褥即於此年更造一褥未了便休於第二年復更造一亦未了休第三第四第五年亦如是其未了者得五惡作罪初作者無犯若苾芻已造一褥即於其年更不造褥乃至第五年亦不作褥然至六年方更造者無犯又無犯者謂最初犯人癡狂心亂痛惱所纒

作新敷具不爲壞色學處第十五

佛在室羅伐城逝多林給孤獨園爾時世尊得無上智已於其四方有大名稱皆聞中國有佛出世時北方商人聞佛出世若有人能興供養者得大果報得大利益名稱遠聞資財巨富聞斯事已作如是念我今宜應持諸貨物往室羅伐城一得求利潤二得禮覲世尊作是念已便與五百商人將北方貨物往趣中國時諸商人至室羅伐安貨物已即便往詣給孤獨長者所作如是言長者當知我等今欲禮覲世尊長者答曰善哉善哉能生妙意如來應正徧知是應禮敬實難會遇時乃一現如烏曇跋羅華作是語已長者即便將彼五百商人往詣佛所頂禮佛足在一面坐爾時世尊即爲長者及五百商人宣說法要示教利喜令信樂已默然而住時諸商人

聞法歡喜禮佛而退即便往詣耆宿苾芻而申禮敬復欲徧觀房舍及大衆苾芻時給孤獨長者將諸商人周徧觀看時彼商人見諸苾芻於牀褥上尼師但那中間穿破問長者曰何意諸大耆宿苾芻尼師但那中間穿破長者報曰諸尊宿苾芻夜多端坐乃至天明由此因緣並多穿壞時諸商客極生敬重便將五百妙氎奉施衆僧時諸苾芻既得氎已作新尼師但那所有故者近一舊房安在露地總爲一聚爾時有一長者請佛及僧就家設供時諸苾芻時至皆去唯佛世尊獨留在寺令人取食然佛世尊有五因緣不赴請處云何爲五一爲宴默而居二爲諸天説法三爲觀察病者四爲看諸卧具五爲苾芻制其學處此中世尊意欲看其卧具并欲爲諸苾芻制其學處不赴請家爾時世尊苾芻出後未久之頃便持户鑰隨處經行周徧觀察詣一舊房見諸苾芻以故尼師但那聚之一處糞掃和雜狼籍在地世尊見已作如是念諸有施主深心信敬如己血肉割以相供修諸福業然諸苾芻捨故敷具非量受用無愛護心隨處棄擲爾時世尊取故敷具翻轉抖擻安在架上便於房外洗手濯足房中端坐時取食苾芻持食來至往世尊所世尊法爾共取食苾芻歡喜言問諸苾芻衆飲食好不得飽滿不取食苾芻白言世尊大衆皆得飲食飽滿世尊食已洗手濯足還入房中寂然而住世尊晡時從定起已往大衆中就座而坐告諸苾芻曰汝等去後未久之頃我持户鑰隨處經行周徧觀察詣一舊房見諸苾芻故

尼師但那聚之一處糞掃和雜狼籍在地我時見已作如是念諸有施主深心淨信如巳血肉割以相供修諸福業然汝苾芻於故敷具非量受用無愛護心隨處棄擲此非善事汝諸苾芻若於他信心施物稱量愛護順時知足而受用者斯曰善哉爾時世尊讚歎愛護順時知足受用信施巳告諸苾芻廣說乃至制其學處應如是說

若復苾芻作新尼師但那應取故者堅處縱廣佛一張手帖新者上爲壞色故若苾芻作新尼師但那不以故者帖新者上爲壞色故泥薩祇波逸底迦

苾芻義如上新有二種一謂新作二爲新得此中意取新作尼師但那者謂是敷具作者謂自作或使他言故尼師但那一邊者謂於舊尼師但那割取一邊堅好之處佛一張手者謂大師也其一張手當中人一肘半帖新者上者謂刺在新者上爲壞色故者爲欲令其得堅牢故若不帖者得泥薩祇波逸底迦其捨悔法式並如上說此中犯相其事云何若苾芻以故尼師但那如佛一張手帖著之時若減一指半指者亦得泥薩祇波逸底迦無犯者若以故者徧覆新者或總破碎不堪補帖新尼師但那者無犯又無犯者最初犯人或癡狂心亂痛惱所纏

自擔負羊毛學處第十六

佛在室羅伐城逝多林給孤獨園時六衆苾芻共相議曰難陀鄔波難陀彼諸黒鉢者以獼猴脂用塗其足凡欲去時得將行利養遠行初至復得供給多人愛敬衆所識知然而

我等喻若井蛙曾不遊行欲何所獲我等亦可四出遊行餘伴問曰當何所之鄔波難陀曰我今暫出求覓商旅復作是念我等衆徒若俱去者我之所有門徒眷屬施食之家悉被諸餘黑鉢侵奪宜留一人餘隨意去復共籌議誰當住此大德鄔陀夷令其看守所得之利迴還共分鄔陀夷答曰我住於此自餘五人出求商旅見有多人向泥波羅國苾芻問曰仁等何之答言我等欲向泥波羅國苾芻曰我等亦欲隨行商客曰聖者泥波羅國地多磽确如駱駝脊仁等未必樂住於彼苾芻曰我且共去試觀彼土聖者若如是者可共隨行即與商人隨路而去時彼苾芻既至彼國皆無愛樂便於他日往至鄽中問諸商客君等何時欲歸本國商人曰豈復聖者情不樂耶苾芻曰我初來到即於是日情無歡愛報言聖者我等貨物尚未交易不及言歸我有親知欲還中國當爲囑彼可共同行苾芻答言斯誠善事然泥波羅國有兩種賤貨謂羊毛雄黃時諸商客多買羊毛車載而去諸苾芻衆亦與同行然六衆苾芻性畏塵坌或在前去或在後行時六衆苾芻徐行在後於商旅内有一毛車忽然軸折時諸商人共相議曰我等今時若撩理軸者其聲遠聞必有賊至先當殺我後將財物我等宜應持其精貨棄載而行作是議時六衆便至問言仁等何意懷憂不進而住報言聖者我車軸折具以前事而並告知六衆問曰豈可棄羊毛耶報言棄去六衆報曰若其君等見容許者我爲作帽或作鞾氈或作立播我當隨力盡

持少多商人報曰隨意皆取於我無用時難陀鄔波難陀共相議曰今者豐饒糞掃之物時彼五人所有衣鉢令一人負其餘四人接草爲索束爲四擔隨路持行時諸商人見而報曰聖者我欲雇人來取其毛令時聖者並悉將至我欲酬價還取其毛苾芻報曰汝無識物我等豈是客作人耶汝若如是我當棄却商人報曰我等戲言幸無見責可持而去時商旅内有外道同行調六衆曰此之重擔何處當解得幾利潤六衆聞已忿而報曰破汝腹内蹋汝頭上我擔方解兼收其利彼便緘口默而無對六衆議曰我等若在商侶中行多招譏調我等應可在前而去至一聚落處多賊盜彼之村隅令人遠望遥見六衆擔來普相告曰仁等當知有象軍至諸人見已咸皆驚怖棄其家宅走入林中留諸强壯防守村邑共相告曰彼非象軍是駱駝也又曰彼非駱駝應是牛馱又云彼非牛馱是人擔物既近村已知是苾芻告言聖者奇特大擔有異常人能使村坊並皆走散六衆報曰汝無識者見有擔來怖云是賊賊若知者當來劫掠汝鎮驚走所有家業並悉持將彼聞默爾于時六衆見是事已便相謂曰難陀鄔波難陀我等若隨路行多招譏調可於荒野望直而行即便棄道而去時税關人隨處看守既見擔至而告之曰君等商人屢爲偷税不輸税直竊路而行六衆報曰無智者汝將我是偷税商人問云仁等是何答云我是六衆苾芻彼即報云聖者隨去復相議曰我等若至逝多門者諸黒鉢類共調弄我宜取小門

持擔而入既入小門有摩訶羅見而問曰汝客擔人何因破籬而入寺內報言老叟汝將我是客擔人耶問言仁等是何答云我是苾芻問云聖者是六衆耶報言我是即云善來善來大德時彼既入以諸毛擔總置寺中悉積如山見者稱異問言具壽仁等能持如斯重擔豈不畏彼世俗譏嫌即便報曰我豈唯噉食有調弄者三倍弄之時少欲苾芻共生譏議作如是語云何苾芻持是重擔所應恥事更以爲能而起高慢時諸苾芻以此因緣具白世尊世尊爾時集苾芻衆廣說如前制其學處應如是說

若復苾芻行路中得羊毛欲須應取若無人持得自持至三踰繕那若過者泥薩祇波逸底迦

苾芻者謂是六衆若更有如是流類行路者謂在道中得羊毛者謂是他物欲須者謂有所作應取者謂隨意持取至三踰繕那者指其里數謂無別人過此持去者犯捨墮捨墮之法廣如前說此中犯相其事云何謂七極微成一微塵此七成金塵此七成水塵此七成兔毛塵此七成羊毛塵此七成牛毛塵此七成隙遊塵此七成蟣此七成虱此七成穬麥此七成一指二十四指成一肘三肘半成一人四肘成一弓五百弓爲一拘盧舍八拘盧舍爲一踰繕那若有七村一一村間有一拘盧舍持毛去時行至半路皆得惡作罪若至村時皆得捨墮罪若從村處往曠野時半半拘盧舍得惡作罪滿滿拘盧舍得捨墮罪若在曠野處齊三踰繕那無犯過此犯捨墮

若爲作帽及作布羅或立播等容而持去者無犯又無犯者謂最初犯人或癡狂心亂痛惱所纏

使非親尼治羊毛學處第十七

佛在室羅伐城逝多林給孤獨園時六衆苾芻共相告曰我今宜可分所持毛難陀問曰可爲幾分其大德鄔陀夷留住於此亦與分不時鄔陀夷聞斯語已便作是念我之徒侶多獲利養作何方便與彼分耶問言仁等何所籌量其所得者各還自入仁得仁分我得我分鄔波難陀聞斯語已作如是念世尊法主今住於此諸來利養必是多得爲此鄔陀夷作如是語我等昔來常是六衆豈可今日爲五衆耶應爲六分平等與之難陀曰誰作分者闡陀報曰大德鄔陀夷久息於此宜可令彼爲我分張衆皆稱善時鄔陀夷總爲六分便將已物安自房中呵説迦曰大德鄔陀夷此所得物將來共分鄔陀夷曰具壽從汝等去來二十貝齒亦不曾得若不信者大衆現在及同梵行者何不問之補捺伐素曰豈知鄔陀夷欺弄我等鄔陀夷曰若得多物不共分者斯爲欺弄我少貝齒尚不曾得何成欺弄時彼五人聞已皆默時鄔陀夷作是念今多得羊毛遣誰撩理若與作家彼是難信無戒行故或容俱失若與十二衆尼彼亦難信爲人細算將充比來餅果之直其達摩陀那苾芻尼善持經藏所有眷屬亦復持經讀誦勤心修諸善品我與毛者經歷多時不能事訖其瘦喬答彌善持律藏所有門徒亦皆持律思量持犯商搉重輕我若付毛亦不能

得其大世主靜慮爲心所有門人皆修寂定稍有容暇得請治毛作是念已時大世主來禮世尊鄔陀夷見而問曰喬答彌如世尊説具禁戒者隨心所念事皆得成由淨戒力獲果如是斯由善説何以得知我適生念善哉大世主喬答彌若來大好今者得來深遂我願問曰大德欲何所爲答曰我有少許羊毛事須撩理能爲作不彼便答曰聖者我本故來禮世尊足若見佛已當令二尼就房相見所撩理物付與將來時鄔陀夷所有羊毛繫爲兩束安房門後時喬答彌禮世尊已欲還尼寺便遣二尼就房取物白言大德聖者喬答彌遣取羊毛報云於門扇後有兩束毛可持將去彼即入門欲持毛去以手牽挽尚不能動彼二尼報言聖者毛中豈有磨石耶鄔陀夷曰汝等少年豈可脊折時鄔陀夷以手小指擎一束著一頭上復以一束著一腰間時彼二尼頭痛腰疼辛苦至寺既至寺已棄之于地委卧在牀餘苾芻尼見而問曰汝等二人豈脊折耶將少羊毛現大疲苦報諸尼曰若壯於我試擎起看彼便欲舉竟不能動諸尼報曰此毛束内有磨石耶二尼息定便開毛束遂成大聚諸尼見已揚聲大笑時大世主聞其笑聲問曰汝諸具壽豈顛倒耶頭髮剃却腋下毛生至於今時不能寂靜何事諠笑諸尼報曰聖者大德鄔陀夷云少許羊毛尚致如是若言多者其欲如何大世主曰諸妹彼行惡行於佛教中常作毁壞如好河岸崩令墮落然佛所説有二善人一謂不許其事二謂許已令與此既許言事須周畢汝

等若能共撩理者隨取多少事了送還其毛既多卒難事畢時鄔陀夷作是念其大世主常樂寂靜勿使諸尼將充餅價思歎而住時有二尼撩理毛訖送與鄔陀夷報云聖者我送毛來欲著何處鄔陀夷曰汝等尚有餘心擬還我物便報尼曰大妹可著房中彼置房内捨之而去餘毛治訖亦皆送至其大世主爲撩理毛手皆赤色如染緋師便詣佛所禮佛足已在一面坐爾時世尊見其手赤問言喬答彌何因手赤如客染師白佛言大德如佛所言應作不作翻作餘事令我爲之佛言大世主所作何事時喬答彌具以其事而白世尊佛告阿難陀曰諸苾芻使非親尼治羊毛耶阿難陀曰大德諸苾芻令彼撩理爾時世尊以此因緣集苾芻衆問鄔陀夷曰汝實令非親尼撩理羊毛耶白言實爾爾時世尊種種呵責鄔陀夷已廣說如上乃至我今制其學處應如是說

若復苾芻使非親苾芻尼浣染擘羊毛者泥薩祇波逸底迦

若苾芻者謂鄔陀夷使非親尼者親非親義如上說羊毛者非餘毛也浣者乃至一入水染者乃至一入染汁擘者乃至一片泥薩祇波逸底迦者廣如上說此中犯相者苾芻於非親尼作非親想或復生疑令浣羊毛或染或擘並犯捨墮或浣染不擘或浣擘不染或染不浣擘亦犯捨墮若於親尼作非親想或復生疑令作三事撩理羊毛並得惡作餘如上說若親親想無犯又無犯者謂初犯人或癡狂心亂痛惱所纏

捉金銀等學處第十八

佛在王舍城竹林中時有聚落主居士名曰寶髻來詣佛所頂禮佛足在一面坐白佛言世尊曾於近日在大衆中王及諸臣並皆集會有作是問仁等頗知沙門釋子得受捉金銀不有人說言苾芻得捉復有說言苾芻不合此二所說誰爲稱理誰不稱理誰是法言誰非法言誰是謗佛誰爲不謗誰是勝人所恥誰非勝人所恥世尊答曰居士若彼說言沙門釋子得受捉金銀者斯不稱理斯非法言斯爲謗我是勝人所恥與斯名善何以故居士然實苾芻不得受捉金銀之物若有苾芻不受捉金銀者是沙門法是釋迦子是純善法第二第三我如是說若受捉者斯非沙門非釋迦子非純善法第二第三我如是說居士言大德我意如是若苾芻不受捉金銀之物斯眞沙門善釋迦子若受捉者非眞沙門非釋迦子世尊告曰善哉善哉居士如汝意解是善分别時寶髻居士聞佛說已歡喜信受禮佛而退爾時阿難陀住佛背後爲佛扇涼居士纔去命阿難陀曰汝今宜去近此所有諸苾芻衆悉皆令集常食堂中時阿難陀奉佛教已悉皆喚集還詣佛所禮佛足已在一面立白佛言世尊我奉佛教近此苾芻悉皆喚集在食堂中惟佛知時爾時世尊詣食堂中在大衆前就座而坐告諸苾芻曰有聚落主名曰寶髻來至我所禮我足下在一面坐作如是白廣說如上乃至辭我而退汝諸苾芻彼聚落主於王衆中作師子吼決定而說沙門釋子不合受捉金銀錢等我亦說

言沙門釋子不應受捉金銀錢等是故諸苾芻若爲修營房舍等事應求草木車乘人功然不應求金銀錢等我不說言得有方便令諸苾芻畜捉金等此是緣起尚未制戒佛在逝多林給孤獨園時六衆苾芻自手捉金銀錢或教他捉造作房舍或置牀座上時外道見生嫌賤言此沙門釋子自手執捉金銀錢等或教他捉廣說如上諸餘俗人亦皆如是斯與我等有何別處云何令他婆羅門居士等深生敬信持諸飲食惠此禿人時諸苾芻聞是說已以此因緣具白世尊世尊以此因緣集苾芻衆廣說如前問六衆曰汝實自捉或教人捉金銀錢等耶答言實爾世尊如上種種訶責已乃至制其學處應如是說若復苾芻自手捉金銀錢等若教他捉泥薩祇波逸底迦若復苾芻者謂六衆類自手者謂以手捉金銀者謂金銀及貝齒錢者金等錢教人亦爾皆犯捨墮捨悔之法廣說如上此中犯相其事云何若教他取時其事不同有十八種咸成其犯謂告彼云

汝取此物　汝於此取　汝取此爾許
汝將此物　汝於此將　汝將此爾許
汝置此物　汝於此置　汝置此爾許
汝取彼物　汝於彼取　汝取彼爾許
汝將彼物　汝於彼將　汝將彼爾許
汝置彼物　汝於彼置　汝置彼爾許

言汝取此物者謂金銀等於可見處教他取得惡作罪捉舉之時犯捨墮罪言汝於此取者謂於諸袋及鐵木等箱器之中教他取物得罪同前言汝取此爾許者謂百千億等教

他取物得罪同前言汝將此物者謂金銀等物敎他將來得罪同前言汝於此將者謂於袋等箱器之中敎他取物得罪同前言汝將此爾許者謂百千億等敎他取時得罪同前言汝置此物者謂金銀等敎他置時得罪同前言汝於此置者謂於箱器等中而安置之得罪同前置此爾許者謂百千億等敎他置時得罪同前此九皆據可見之處敎他作也言汝取彼物者謂金銀等於不見處敎他取物得惡作罪捉舉之時犯捨墮罪言汝於彼取者謂於諸袋及鐵木等箱器之中敎他取物得罪同前言汝取彼爾許者謂百千億等敎他取物得罪同前言汝將彼物者謂金銀等物敎他將來得罪同前言汝於彼將者謂於袋等箱器之中敎他取物得罪同前言汝

將彼爾許者謂百千億等敎他取時得罪同前言汝置彼物者謂金銀等敎他置時得罪同前言汝於彼置者謂於箱器等中得罪同前汝置此爾許者謂百千億等敎他置時得罪同前此九皆據不可見處敎他作也若苾芻自捉金銀錢貝齒者犯捨墮若苾芻捉成未成金銀者犯捨墮苾芻捉文相成就金銀錢貝齒者犯捨墮苾芻觸末尼寶薜瑠璃寶犯捨墮苾芻捉方國共所用錢犯捨墮若捉非方國所用錢得惡作罪若捉赤銅鍮石銅鐵鉛錫者無犯如是世尊爲諸聲聞制學處已佛在逝多林于時占波國有一長者在此城住深信純善以上妙物而行惠施時彼長者爲佛及僧造立住處門戶窻牖欄楯交飾殊妙莊嚴令人樂見爲生天路多諸僧衆在

此安居既安居了隨事意訖白長者曰我等今欲向室羅伐城禮大師足及諸耆宿尊老苾芻現闕衣服時當見施長者報言聖者此處之人無上妙衣氎今聞商旅將欲到來待來至時買以相惠苾芻言長者若無好物與麁惡者長者答曰聖者我之立性常施好物云何於今以惡物與若不待者衣直之錢可持將去答言長者世尊制戒遮我捉錢長者報曰若如是者我寧不施不能以惡物惠人時諸苾芻竟無所獲捨之而去隨路而進至室羅伐城諸苾芻見而告之曰善來善來具壽豈非汝等於安居處多得衣服云何著此麁麤破衣服而至此耶彼便答曰無衣可得苾芻曰仁在何處而作安居答曰在占波國又問依誰而住答曰某甲長者諸苾芻曰聞彼長者好施上衣豈不施耶答曰秖緣此故我不得衣苾芻問曰有何所以時彼苾芻具陳其事諸苾芻聞已白佛佛作是念諸有敬信婆羅門長者居士等歡喜欲施苾芻衣價我諸弟子情欲得衣我應作法令諸苾芻得無廢闕告諸苾芻曰若有他施衣價欲須便受受已即作彼人物心而持畜之然諸苾芻應可求覓執事之人苾芻不知欲覓何人佛言應求寺家人或鄔波索迦寺家人者謂是淨人鄔波索迦者謂受三歸五戒應問彼云汝能爲我作施主不若言能者即作委寄此人心而畜其物應使人持不應自捉時有苾芻向他方處作如是念我今至此未有施主起追悔心以事白佛佛言縱令遠去但令彼人命存已來常是施主時有苾芻未求得施主

他施與物苾芻疑惑不敢受之以事白佛佛言應受受已持物對一苾芻作如是語具壽存念我苾芻某甲得此不淨物我當持此不淨之物換取淨財如是三說隨情受用勿致疑心時有施主於邊隅處造寺施僧時時有賊來相驚怖彼諸苾芻空寺而去便有賊來取寺家物佛言若僧伽物若窣覩波物所有金銀錢寶等應牢藏舉方可移去佛言遣藏苾芻不知欲遣誰藏佛言若淨人若鄔波索迦令其藏舉彼藏舉者便偷其物佛言有深信鄔波索迦令其藏舉若無深信應使求寂求寂若無苾芻自手應爲藏舉苾芻不知若爲藏舉佛言應可穿坑不知使誰佛言應使淨人若鄔波索迦彼便偷物應令信者此若無者應令求寂求寂若無應自穿掘賊去之後應可如前而取其物還與僧伽佛言如我爲難所開事者難去之後則不應行若當行者得惡作罪又無犯者謂初犯人或癡狂心亂痛惱所纏

根本說一切有部毗柰耶卷第二十一

音釋

牻莫江切白黑雜色也 貯蓐貯直呂切蓐而欲切薦席也 衦古案切 撩力昭切理亂也 擘廣陌切分擘也 氎徒協切細毛布也 抖擻抖當口切擻蘇后切抖擻振舉貌 獼猴獼武移切猴戶鉤切 磽确磽口交切确口角切地薄瘠也 蹋徒合切踐也 緘古咸切封也 劫掠劫居怯切強取也掠離灼切捎取也 隟綺戟切孔也 蟣居豈切虱子也 穬古猛切麥也 擢詑嶽切粗畧而舉之也 腋羊益切左右肘脅之間曰腋 緋甫微切絳色也 浣胡管切滌也

根本說一切有部毗柰耶卷第二十二

唐三藏法師義淨奉　制譯

出納求利學處第十九

爾時薄伽梵在室羅伐城逝多林給孤獨園遠近皆聞中國有佛出現於世彼諸聲聞弟子有大神通作諸變化廣說如上若有人能於彼弟子作供養者得大果報饒益增廣是時北方有諸商客聞此聲譽自相謂曰諸君當知我等宜往中國興易一則多得利潤二乃供養三寶時諸商人遂即多賷北方貨物往趣中國漸至室羅伐於此城中有一露形外道善識天文妙閑算記聞有商客從北方來作如是念我今試往觀問商人或容於彼少有所獲即取相書占察前事觀知商主父毋名字及所持貨得利多少便詣商主所告言善來善來某甲商主汝父名某甲毋名某甲將如是貨來詣此方某日得爾許利商主聞已作如是念我比曾聞世尊弟子大有神變騰煙澍雨此即其人商主既生敬信便以北方朱色毛毯并北方奇果盛滿器中手自持奉彼既得已即便被毯往同徒處彼伴見已問曰汝於何處得此貴價上好物來報言北方商客我往看之爲說父毋名字彼心信敬見惠於我同徒告曰仁者我等常被沙門釋子之所輕懱每告我曰汝等曾不親近貴勝好人但惟狎習傭力賤品旃荼羅類仁今宜可被此貴服往詣沙門釋子之處刺彼心智答曰如是時露形外道即被毛毯往逝多林時鄔波難陀於逝多林門經行遊適遙見彼來便作是念外道被者是好貴物我若不

能得此物者不復更名鄔波難陀矣既漸相近問言外道汝今豈可新歸俗耶答言我不歸俗若如是者何被此衣報言北方商客我爲説彼眷屬名字既懷敬重用此相施鄔波難陀曰此非善事此非善事豈容年邁衰朽爲破戒耶宜應暫坐聊聽法要時彼外道隨言即坐時鄔波難陀以歡喜心爲其説法若鄔波難陀爲他宣説捨施法時彼婆羅門諸居士等皆欲割自身肉持以相施鄔波難陀因説法次而告之曰外道汝之大師性愛麤弊教汝門徒露形披髮多行少住常卧于地若汝大師情所愛樂好衣食者當許汝著價直千萬上妙之衣百味飲食隨意餐噉所住房舍價當五千由彼狹情不見容許我之大師情懷廣大許我弟子著萬價衣餐百味食所居房舍數直五千若汝被此貴價好服行乞食者信敬之人作如是念今此外道身行破戒至於飲食難以供身汝此上衣宜應與我我有毛毯持以相換我當被著巡家乞食若淨信人來問於我大德何處獲此上衣我當答彼有露形人姓名某甲輟已相施彼便知汝是深信人汝乞食時彼若見者當以酒糟盛滿銅器供養於汝時彼露形聞是語已便生信喜作如是言大德鄔波難陀若如是者可取此衣鄔波難陀即呪願曰無病長壽然汝徒黨貧苦是常鬪汝施時還令相奪彼言大德此之毛毯豈彼物耶是我自由幸無見處鄔波難陀曰若如是者我當爲受既受得已即便與一麤鞕毛毯時彼外道被之而去至同梵行邊彼便問曰仁者何處更得此

衣即報彼曰他與我換問言是誰答大德鄔波難陀共我迴易彼聞皆怒報言仁者此之釋子常思殺我餘雖見欺不同六衆六人之内無越鄔波難陀仁若施與餘大德者我亦隨喜而鄔波難陀欲飲我血將衣施彼誰堪忍耶即宜往索若得者善若不得者我同擯汝移汝坐處覆汝食器不相共語彼便怕怖往鄔波難陀所鄔波難陀既遥見來即作是念看此外道舉動形勢必當奪我上好毛毯便急入房閉戸而住外道既至扣門相喚鄔波難陀默然不對諸苾芻見問言外道汝何須見鄔波難陀報言將我毛毯故來相覓苾芻報曰汝若欲得舊毛毯者往世尊所求哀歸向時彼外道往詣佛所爾時世尊遥見外道來告諸苾芻曰汝等見彼外道來不白佛言見佛言彼爲毛毯故來若索得者善若不得者便歐熱血而致命終外道來至佛所作如是言大德鄔波難陀取我毛毯唯願世尊慈悲哀愍令彼還我若不還者我等同梵行者擯斥於我如前具說爾時世尊告具壽阿難陀曰汝自往告鄔波難陀願汝無病仍告之曰汝當還彼外道毛毯若不還者此之外道當歐熱血而取命終時具壽阿難陀奉佛教已往鄔波難陀所時彼遥見作如是念看此外道將佛侍者以爲使人必當見奪我之毛毯時具壽阿難陀報鄔波難陀曰具壽世尊願汝無病鄔波難陀聞是語已即從座起報言我今敬禮無上世尊阿難陀曰世尊有教宜當見還外道毛毯若能還者斯曰善哉若不還者此之外道當歐熱血而取命終鄔

波難陀曰敬奉佛敎豈敢有違若非佛敎遣我還者汝令外道滿贍部洲數如竹葦甘蔗皆歐熱血一時命終我鄔波難陀一毛不動具壽阿難陀可去我當還彼便語外道曰汝之大師先行妄語欺誑世間彼命終已墮在無間大地獄中在彼舌上有五百犂晝夜耕墾汝今妄語更倍於彼當有千犂常耕汝舌鄔波難陀曰汝已著我毛毯汝物我曾不用外道答言我亦不著時鄔波難陀取彼毛毯解其結處攝爲四疊安左手中右手搬拍遂令其毯悉皆碎破報外道曰汝舒兩手便以毛毯連頭總搭遂便倒地便蹴其脅語言外道急去急去勿令糞穢汙我住處外道報言大德我今命存得出去者更不敢入逝多園林此是緣起然佛世尊尚未制戒爾時六衆苾芻種種出息或取或與或生或質以成取成以未成取成以成取未成以未成取未成言取者謂即收取他方愛樂所有貨物載運將去覓防守人立諸券契是名爲取言與者謂與他物八日十日等而立契證是名爲與言生者謂是生利與他少物多取穀麥或加五或一倍二倍等貯畜升斗立其券契是名爲生言質者謂取寶珠等同前立契求好保證與其財物是名爲質言以成取成者謂以金銀等器取他成器言以未成取成者謂以金鋌取他金器言以成取未成者謂以金器取他金鋌言以未成取未成者謂以金鋌取他碎金苾芻如是交易以求其利時諸外道見是事已皆生嫌賤云何沙門釋子出物求利與俗何殊誰能與彼衣食而相供給諸苾

芻聞具以白佛佛言廣說如上乃至制其學處應如是說

若復苾芻種種出納求利者泥薩祇波逸底迦

言苾芻者謂是六衆言種種者謂非一事出納求利者謂作取與生貪而覓利潤得捨墮罪者作法廣說如上此中犯相者若苾芻為求利故收聚貨物作諸方便驅馳車乘往詣他方立契保人持輸稅物乃至未得利來但惡作罪若得利時便招捨墮若苾芻為求利故以諸財貨金銀等物出與他人共立契保乃至得罪如前廣說若苾芻為求生利將諸財穀舉與他人升斗校量共立契證乃至得罪如前廣說若苾芻為求利故納取珍寶真珠貝玉計時取利得不得利亦如上說若苾芻為利故以已衣換他衣求換之時得惡作罪得犯捨墮又復世尊在廣嚴城獼猴池側重閣堂中於此城中栗姑毗等自所住宅皆高六重七重見諸苾芻所居卑下即便為造高六七重嚴好房舍其舍經久多並隤壞施主見已咸作是念我等現存寺皆破壞命過之後其欲如何我等宜應施無盡物令其營造便持施物到苾芻所報言聖者此是無盡施物為擬修補當可受之諸苾芻報曰世尊制戒我不合受時諸苾芻以緣白佛佛告諸苾芻若為僧伽有所營造受無盡物然苾芻毗訶羅應三重作若苾芻尼應兩重作時諸苾芻得無盡物置房庫中時施主來問言聖者何意毗訶羅仍不修補苾芻報言賢首為無錢物主曰我豈不施無盡物耶報言賢首

其無盡物我豈食之安僧庫中今皆現在施主報曰其無盡物不合如是我之家中豈無安處何不迴易求生利耶苾芻報曰佛遮我等不許求利時諸苾芻以此因緣具白世尊世尊告曰若爲僧伽應求利潤聞佛語已諸有信心婆羅門居士等爲佛法僧故施無盡物此三寶物亦應迴轉求利所得利物還於三寶而作供養時諸苾芻還將此物與彼施主索利之時多與諍競便作是語聖者豈我已物生鬪諍耶時諸苾芻以此因緣具白世尊世尊告曰不應共彼而作出息復共富貴者而爲出息索物之時恃官勢故不肯相還佛言不應共此而作交易復共貧人而爲出息索時無物佛言若與物時應可分明兩倍納質書其券契并立保證記其年月安上座名及授事人字假令信心鄔波索迦受五學處亦應兩倍而納其質又無犯者謂最初犯人或癡狂心亂痛惱所纏

販賣學處第二十

佛在室羅伐城逝多林給孤獨園時六衆苾芻種種交易取與買賣時諸外道各起嫌賤此諸沙門釋子不生猒離而於今者爲交易事取與賣買此禿沙門與諸俗人有何異處誰復能於此禿人處沙門釋子以諸飲食而興供養時諸苾芻以此因緣具白世尊世尊以此因緣集苾芻僧訶責六衆廣說如前乃至我今制其學處應如是說

若復苾芻種種賣買者泥薩衹波逸底迦

若復苾芻者謂六衆也種種者謂非一事取與賣買者取諸餘處物賤此處物貴即從彼

取來也與者謂此處賤餘處貴即從此持去豐時買取儉時當賣尼薩祇者廣如前説此中犯者苾芻爲利故而作賣買買時惡作賣時捨墮若爲利故買不爲利賣買時惡作賣時無犯若不爲利買爲利故賣買時無犯賣時捨墮不爲利買不爲利賣二俱無犯若向餘方買物而去元不求利到處賣時雖復得利而無有犯又無犯者謂初犯人或癡狂心亂痛惱所纒

第三攝頌曰

二鉢二織師　奪衣并急施　阿蘭若兩衣

迴僧七日藥

得長鉢過十日分别學處第二十一

佛在室羅伐城逝多林給孤獨園時鄔波難陀作如是念所有我等求利之處佛悉制戒遂令我等求覓無由所有利養因斯斷絶憂愁而住時有六十人出遊園觀欲爲讌會時鄔波難陀見而生念若於此輩不獲財物者我不更名鄔波難陀矣即便取一好鉢圓滿光淨堪受用者以袋盛之置於腋下詣讌會所對彼一人爲其説法令生深信彼既信已問言聖者何意至此鄔波難陀曰賢首我爲鉢來報言我今無鉢若有買處買以相施時鄔波難陀便於腋下抽出其鉢而呈示之問曰如此之鉢價直幾多答曰直六十迦利沙波拏彼言我與六十迦利沙波拏仁當自買鄔波難陀報曰賢首願汝長命無病今此施物爲莊嚴心是心資助是定資粮得勝上果於人天中常爲法器如是六十人人别各乞六十迦利沙波拏便捨而去時彼諸人各讌

會已詳集一處時有一人告諸人曰君等隨喜我於向見聖者鄔波難陀釋種出家爲大法將善閑三藏無礙辯才我以六十迦利沙波拏用充鉢價時彼諸人聞此語已咸言我亦施彼六十迦利沙波拏便共議曰君等頗知若一苾芻可須幾鉢各云不知時有苾芻從此而過諸人問言聖者若一苾芻可須幾鉢答曰惟須一鉢時彼聞已共生嫌賤沙門釋子多貪利養此是緣起尚未制戒時六衆苾芻多得長鉢不自受用亦復不與諸餘苾芻少欲苾芻見已嫌賤云何苾芻多畜長鉢不自受用亦不與人以此因緣具白世尊佛以此緣集苾芻衆訶責六衆苾芻云何汝等多畜長鉢廣說如上乃至應如是說

若復苾芻畜長鉢過十日不分別者泥薩祇波逸底迦

苾芻者謂六衆等過十日者謂過十夜長鉢者除守持鉢餘者名長畜者作屬已心若更畜者得捨墮罪捨之法式如上廣說此中犯相其事云何若苾芻月一日得鉢於十日内應持應分別應捨應與他如是次第及以超間如初衣戒中廣說其事乃至捨之法式皆悉同前若小若白色或爲擬與欲受戒人者無犯又無犯者謂初犯人或癡狂心亂痛惱所纏

乞鉢學處第二十二

佛在室羅伐城逝多林給孤獨園於此城中有一賣香童子有一好鉢圓滿光淨堪得受用有乞食苾芻於日初分入城乞食巡至市中賣香童子見而告曰聖者我有好鉢堪得

受用必若須者隨意持將苾芻報曰我現有鉢童子曰若餘苾芻有須鉢者幸可遣來答言可爾時彼苾芻乞得食已還逝多林食訖洗器告諸苾芻曰具壽某處鋪上有賣香人有一好鉢若須鉢者可往取之時鄔波難陀去斯不遠聞此語聲便作是念我宜訶彼乞食苾芻更莫傳説勿令黒鉢之徒聞斯語已跳走而去便告乞食者曰具壽食信心食更無別言但肆貪心惟論衣鉢乞食之人作如是念世間多求常貪覓者鄔波難陀即是一數此聞我語尚致譏訶若更有餘者年宿德聞我此言更重訶叱即便默爾不復敢言時鄔波難陀告乞食者曰具壽汝親教師是我知識由此緣故我遂見訶勿懷悒恨彼便答曰大德我若更言願重訶責鄔波難陀曰具壽我尚未善審聽如何説云鉢與非鉢大德若未曉了何因見責雖然汝可更為説彼童子住在何處報言彼人住在某鋪有一好鉢極堪受用彼囑我云若有須鉢苾芻當遣來買鄔波難陀曰我聽此言猶未詳審作是語已即著僧伽胝疾行而去詣彼市中時彼童子遥見急行作如是念我今觀彼豪俠苾芻威勢麤猛必來至此奪我鉢將即便取鉢深置牀下時鄔波難陀遙見藏舉報言賢首何

故藏鉢即便展手自取其鉢而呪願曰願汝無病長壽廣説如前童子報曰聖者我與易人以利活命不以虛言而即相與可酬價將去報曰汝今豈可賣仙人之器乎説伽陀曰

若人施瓦器　當獲於金鉢　此報定不虛
何故生憂苦

童子曰聖者縱出多言非價不可鄔波難陀曰汝今慳惜此鉢當來必墮大癭鬼中當惡語時有一長者來至其所口云敬禮大德鄔波難陀時鄔波難陀即便報曰賢首誰當須汝空禮拜耶長者答曰何曾聖者所出言教我不依隨告曰若如是者可買此鉢持以施我長者即便問童子曰此鉢直價幾多答言爾許長者曰所論價直我後當還是時童子即便以鉢授與長者長者取鉢奉施鄔波難陀鄔波難陀即受其鉢呪願云願得長命無病乃至於人天中常爲法器廣說如上長者便去鄔波難陀報童子曰癡人汝言謂我鄔波難陀不能乞得少許鉢價汝今由此慳惜鉢故必當定墮大癭鬼中童子曰何須誇誕仁且得鉢我今獲價宜當疾去豈假多言時鄔波難陀便持此鉢入逝多林便以其鉢示諸苾芻告言具壽此鉢何如時有少年苾芻問鄔波難陀曰大德更有餘鉢不報言有若如是者現有一鉢合更求餘鄔波難陀曰我以脚蹋怨家項上更畜餘鉢少年問曰大德豈可有怨家乎鄔波難陀曰汝即是我第一怨家由汝不許我畜二鉢少欲苾芻聞是語已共生嫌賤云何苾芻現有一鉢而更求餘即以此事具白世尊世尊以此因緣集諸苾芻問鄔波難陀廣說如前種種訶責已告諸苾芻從今已去苾芻若現有鉢更不應求時有乞食苾芻其鉢有孔便持此鉢入城乞食有人施麨即以鉢袋盛之次得濕飯以鉢而受孔中漿出便濕其麨復汙鉢囊有多蒼蠅徧皆附繞諸小男女隨逐而行告言聖者曾

修多眷屬業如大商主長者貴人多諸徒衆之所圍繞蒼蠅眷屬亦復如是時給孤獨長者見諸童子報言汝等何故調弄聖者童子答曰我等豈敢輙爲調弄然此聖者昔日曾修多眷屬業譬如商主長者貴人衆所圍繞隨從蒼蠅亦復如是長者聞已告苾芻曰聖者於佛世尊端嚴敎中而爲出家何因作此羞恥之事苾芻報曰作何恥辱然佛世尊制諸苾芻現有一鉢更不應求長者曰聖者豈可唯畜如此穿壞鉢耶諸苾芻聞以事白佛佛言諸苾芻若鉢有孔應可補治時諸苾芻便以五種鎔瀉之物謂黑糖黃蠟紫礦鉛錫著熱物時即便脫落時諸苾芻以事白佛佛言不應用此而綴於鉢除此五種鎔瀉之物應作五種乾綴苾芻不知何者爲五佛言看

孔大小應以釘釘或於孔内安鐵鍱打之或安鐵鍱四邊釘釘或作摩竭魚齒或安屑末苾芻不知用何屑末佛言有二種屑末謂鐵末石末鐵鉢瓦鉢如次應用苾芻以水研末安鉢孔中尋便墮落佛言應用油研安其孔内諸苾芻依敎作已以猛火燒亦還墮落或火太微亦復還墮佛言應處中燒燒已澁鞕佛言應以物揩摩苾芻以水揩摩補物墮落佛言油拭方指若鉢有細孔以沙糖和泥徧塗孔處准法燒之若鉢有璺應鑽作孔以鍋綴之是名綴鉢法佛令苾芻五種綴鉢時有乞食苾芻失手墮鉢便爲五片時彼苾芻多鑽爲孔以細繩連綴持將乞食佛言凡是鉢者當須淨洗彼便解綴洗繩淨已還復繫綴遂致終日廢修善品餘苾芻見告言具壽汝

但以此解而復綴疎洗鉢器爲善品耶報言具壽如佛所制若鉢破者應爲五種乾綴時諸苾芻以事白佛佛言若鉢難得隨意修理若易得處應可棄之更覓好者爾時世尊讃歎持戒廣説如前乃至爲諸苾芻制其學處應如是説

若復苾芻有鉢減五綴堪得受用爲好故更求餘鉢得者泥薩祇波逸底迦彼苾芻應於衆中捨此鉢取衆中最下鉢與彼苾芻報言此鉢還汝不應守持不應分別亦不施人應自審詳徐徐受用乃至破來應護持此是其法

若復苾芻者謂六衆也餘義如上減五綴者謂不滿五綴也堪受用者謂得守持爲好故更求餘鉢者爲欲貪好更求第二鉢好謂勝妙也得者謂求得入手泥薩祇者廣説如上彼苾芻者謂是犯人彼苾芻應於衆中捨此鉢者當於衆中應差一苾芻令行有犯鉢若無五德不應差若差不應令作云何爲五有愛恚怖癡不知行與不行若具五德未差應差差已令作云何爲五叉上應知應如是差鳴揵椎集衆僧先問能不汝某甲能與僧伽行有犯鉢不彼答言能次一苾芻作白羯磨如是應作（廣如百一羯磨）

佛言行有犯鉢苾芻所有行法我今説之其苾芻應在和合衆中作如是白大德我苾芻某甲當行有犯鉢諸具壽明日各各自持已鉢來至僧中既至明日行鉢苾芻敷座鳴揵椎諸苾芻各持已鉢往至僧中時行鉢苾芻應持其鉢向上座前立讃歎其鉢上座此鉢

清淨圓滿堪得受用若欲得者隨意應取若其上座取此鉢者行鉢之人應取上座舊鉢轉與第二上座若不取者轉與第三第三取時上座更索初索不應與第二索亦不應與第三索應與上座得越法罪如法應悔如是乃至大衆行末最小者取此鉢時行末第三方索鉢者其法與上座相似乃至行了所得一鉢行鉢苾芻應持此鉢付彼苾芻作如是語苾芻此鉢不應守持不應分別亦不與人詳審徐徐如法而用乃至破壞此是其法如行鉢苾芻不依法行者得越法罪佛言得鉢苾芻所有行法我今當制應畜二鉢袋好者應安長鉢不好者應安舊鉢若乞食時應將二鉢得乾飯者著長鉢中若得濕餅著舊鉢中至住處已作曼荼羅安置二鉢應於舊鉢中食已應先洗長鉢次洗舊鉢如是乃至曬曝安置皆以長鉢爲先若內安龕及火熏時皆於好處先安長鉢若道行時舊鉢遣人持長鉢當自持無人爲擎者長鉢安在左肩舊鉢應安右畔自持而去若得鉢苾芻於此行法不依行者得越法罪此之治罰乃至盡形或至破來應好守護得泥薩祇者廣如上說此中犯相其事云何若苾芻鉢破堪爲一綴雖未安綴尚得受用更求餘鉢者求時犯惡作得便捨墮若苾芻鉢破堪爲二綴雖未安綴尚得受用更求餘鉢得罪同前如是三綴四綴事亦如前苾芻鉢破堪爲一綴安一綴已現得受用更求餘鉢求時惡作得便捨墮如是乃至四綴得罪亦爾若鉢堪爲五綴隨綴不綴或堪用不堪用更求餘鉢者無犯若

買得或施得此亦無犯又無犯者最初犯人或癡狂心亂痛惱所纏

自乞縷使非親族織師織作衣學處第二十三

佛在室羅伐城逝多林給孤獨園時鄔波難陀作是念皆由給孤獨長者制諸學處更欲勸化餅果之直亦不能得我今宜可入大城中或容教化少有所得即於晨朝著衣持鉢入城乞食於芳林處有五百女人撚白氎線見已便念斯等女人皆由自業無問晝夜常執白犂辛苦勞勤輸官課稅鄔波難陀即便就彼總告之曰諸妹頗汝皆得無病長壽時女默然竟無一對鄔波難陀告曰諸妹當有一法不久來至是衆多人所不愛樂咸不稱心名之為死當爾之時汝雖欲語求說無由時有白色女人即從座起以座授與鄔波難陀時鄔波難陀就座坐已女便禮拜當前而坐鄔波難陀告曰諸妹汝等頗曾修少善事不報言我未曾作告曰汝等不應不為善業此一女人具於二種善根令得增長一能於我所生淨信心植端正業令得增長二見我來便起設座禮拜恭敬於當來世生貴族業令得增長若更能施少許物者當獲珍財受用豐足汝等諸妹何所作耶彼皆報曰我等但知撚線而已何暇作餘鄔波難陀曰汝等頗曾少作當來道路粮不答言皆未曾作鄔波難陀曰斯亦不善彼便問言聖者何嗟歎耶報言諸妹汝於先世不修福業被賊劫來今受辛苦雖得為人更不修福被賊劫去諸女問言若爾聖者我等今時欲作何業能使

遠作當來路粮鄔波難陀曰諸妹汝等若能衆議同心造一大氎奉釋種內棄俗出家三藏俱閑是大法將辯才無滯衆共知者斯即是汝預作來世道路資粮諸女答曰聖者我等何處能得大氎復於何處逢遇如是勝上福田鄔波難陀曰汝豈不知我是釋種棄俗出家三藏俱閑爲大法將辯才無滯衆所識知汝言我何處能得大氎者汝豈不知

莫輕小施　以爲無福　水滴雖微　終盈大器
諸有智者　小福常修　於勝田中　能招大果

諸妹汝豈不能施一兩縷耶報言我能有云我施半兩有云我施一分如是乃至盡五百人咸隨喜捨鄔波難陀告曰諸妹既有捨心縷須精細彼云聖者我等皆是撚麤縷人不能精細然有一女能作細縷鄔波難陀曰試喚來看即便喚至鄔波難陀報曰少女汝試撚看彼即爲撚鄔波難陀曰此未能善更好撚看如是至三女人報曰聖者過此已往我所不堪鄔波難陀曰姊妹汝等咸應如斯細撚報曰除此少女我等不能鄔波難陀曰汝豈不能換其作業此爲撚細汝爲撚麤報言此女許者我等隨作鄔波難陀報少女曰汝樂福者可爲撚之彼便報曰聖者若撚細縷多時方辦幸勿疾催鄔波難陀見其許已呪願而去既經多日便來問縷諸女悉皆持縷相施鄔波難陀既受得縷皆與呪願此之施物是莊嚴心是心資助勝定資粮當獲人天上妙衣服時鄔波難陀即持其縷還詣寺中告諸苾芻曰具壽試看此縷麤細如何彼皆報曰極妙細縷然不知大德頗諳好織師不

鄔波難陀曰豈不仁等欺輕我耶我若向者不出家者一切伎巧無不精研何況織師而不識詶諸人報曰豈敢相輕恐不知處若須織師者於某坊中有僮額織師幷有巧婦善能織氎若得此縷必成好衣報言善哉具壽教處好匠者此即是仁爲我織氎鄔波難陀遂持其縷詣織師處素非親友而說頌曰

善人騰美譽　雖遠悉知聞　如大雪山王
人皆共瞻仰　愚者守癡惑　雖近不知聞
如闇射箭時　人皆不能見

汝今得大利益獲大名稱徧室羅伐城試爲看此縷線其狀何如彼看報曰大佳縷線我若織者當成好氎鄔波難陀曰賢首爲織織師報曰誰與我價鄔波難陀曰汝諸織師價常不足於未來世應作路粮時彼織師迴觀婦面婦便告曰仁豈不聞此之大德深相讚歎可宜施手爲織氎衣織師報曰聖者此縷極細多時方得幸勿相催即爲呪願而去旣經多日方重來看是時織師授與其氎時鄔波難陀受得氎已呪願而去還至寺中示諸苾芻曰諸具壽試看此氎其狀何如諸人報言大好白氎若其更得第二張者刺作兩重僧伽胝服省事而住修諸善品誠亦善哉鄔波難陀曰具壽仁等謂我無力能得第二張耶仁等試看我今如何教化其氎晨朝著衣持鉢便於別門入室羅伐城從他覓縷至僮額織師所廣說如前以縷相示彼言好縷我若織者成好上氎若爾爲織答言價出何人報曰汝之織師不解修福於當來世貧窮未休應可更爲資粮之業報言聖者前爲織衣

敢他飲食比來還債猶未能了今更虛作事欲如何鄔波難陀觀彼婦面夫言聖者假令婦欲我實不能鄔波難陀怒而告曰汝傭額織師我今指汝禿頂爲誓若我不能使汝織者我不復名鄔波難陀矣時彼織師瞋而告曰汝禿沙門我指爲誓我必不能與汝織氈鄔波難陀即便瞋怒思量而去時憍薩羅勝光大王有得意臣名曰賢善與鄔波難陀是舊知識遂行詣彼既至門所而問之曰賢善在不報言向市時鄔波難陀即便就市覓之是時賢善在酤酒家鄔波難陀至其門所遣信入喚爲報賢善鄔波難陀要欲相見可暫出來使者報知賢善尋出即便合掌云我敬禮大德鄔波難陀時鄔波難陀告言賢善無病長壽我比謂汝常勤公事寧知閑隙得在酒家報言聖者我因公事來至於此大德何緣至此相覓報言我有少縷可爲織衣仁當獲福報言我當奉氈何勞織耶鄔波難陀曰斯誠善事然我此縷是信心物豈虛棄耶時彼即便命一使者報云汝去語當織人汝等可爲大德鄔波難陀織好白氈鄔波難陀曰賢善此亦無勞告當織者然於其坊有一傭額織師并有巧婦可令彼織是時賢善即令使者汝今宜往傭額織師所報言賢善令織此衣時彼使者持縷至彼告曰大臣賢善遣將此縷可爲織衣織師見縷訖即便憶識報使者言我之番次先已織訖時彼使人持縷還去至賢善所具說所由賢善報曰汝去語之令織此衣後番相放使者便去以語報知織師答曰大臣賢善於城中秉權有力我寧

移去不住於此誰能越次爲織作耶使者還去具以其語報賢善知賢善復更報使者曰汝可還語當織之人令依番次爲織此氎鄔波難陀聞已告曰餘人不能管健額者賢善還令使者汝當更至健額之所報言爲織我還汝價使者便往鄔波難陀亦即隨出告使者曰愚癡人誰復令汝承事王臣汝合多與杖木令擔柴立豈容爲片作務頻遣賢善勞心汝豈不能至織師所作如是説賢善遣汝織斯白氎若言我不能者以手綰髮拳打脊梁若叫喚者卷其織具勿令執作若其婦女來唱喚時急曳頭髮牽使出門而告之曰汝令違拒賢善教令勝光大王必當罰汝五百金錢語言愚癡人汝若能得織成此衣者彼多與汝辛苦之直何須還往空置劬勞時彼使者還至織師所報曰賢善作如是語汝當爲織我酬汝價織師答曰我今不能越次織此氎衣使者以手攝髮拳打脊梁彼即大叫便卷織機其婦唱喚遂捉其髮曳之而去報言汝等違拒大臣教命勝光大王必當罰汝五百金錢婦聞是已便大驚怖告其夫曰我等繫獄誰當救濟必嬰枷鎖而取終亡我今宜可織此大氎織師即便報使者曰勿將我去付彼法官我當與汝辛苦之直隨汝來心可留其線使者留縷而去是時織師報其婦曰賢首我今爲織令其失縷復不成衣婦便報曰看此形勢豪猛沙門若織惡衣豈肯相放即便辛苦爲織氎衣既織衣了鄔波難陀便就彼家索取其氎織師告曰大德可不與我飲噉直耶報言窮人從我索酒何不飲毒

及噉糟耶時彼織師便生嫌賤出毀罵言沙門釋子造作惡行非沙門法如何自乞縷線或因說法或假託王力令非親人織衣共相惱亂時諸苾芻聞是語已具以白佛爾時世尊集苾芻衆問鄔波難陀彼言實爾種種訶責廣說乃至我今制其學處應如是說

若復苾芻自乞縷線使非親織師織作衣若得衣者泥薩祇波逸底迦

若復苾芻者謂鄔波難陀餘義如上自乞縷者或一兩半兩等使非親者廣說如上縷師者謂客織人衣有七種亦如上說若得衣者犯捨墮捨法如上此中犯相其事云何苾芻從非親乞縷使非親織皆得惡作得衣之時便犯捨墮苾芻從非親乞縷使親織衣乞時惡作得衣無罪苾芻從親乞縷使非親織乞時無犯得衣捨墮苾芻從親乞縷使親而織二俱無犯苾芻從非親乞縷自織其氎乞時惡作衣成亦惡作罪苾芻從親乞縷自織其氎乞時無犯衣成惡作若酬價織者無犯又無犯者謂初犯人或癡狂心亂痛惱所纏

根本說一切有部毗柰耶卷第二十二

音釋

毯 吐敢切毛席也
狹 胡夾切隘也
鞕 魚孟切堅也
擯 必刃切斥也
撥 所鎒切抹也
蹴 七六切踏也
脅 虛業切腋下也
鋌 待鼎切金銀鋌也
隤 徒回切摧也
讌 於甸切合飲也
跳 他弔切越也
癭 於郢切頸癅也
麨 尺沼切乾粮也
礦 古猛切金石璞也
綴 陟衞切聯也
鍱 與涉切鐵鍱也
拭 賞職切措也
壘 士運切鋒也
鋦 居玉切以鐵縛物也
曬曝 曬所戒切曝步木切並日乾也
撚 乃殄切以指搣物也
⿰言別 筆列切分辯也
⿰亻達 他達切
隙 苦戟切空閑也
綰 烏板切繫也

根本説一切有部毗柰耶卷第二十三

唐三藏法師義淨奉　制譯

勸織師學處第二十四

爾時薄伽梵在室羅伐城逝多林給孤獨園時此城中有一長者娶妻未久夫婦二人俱作邪行與外私通事廣如前從非親居士乞衣具説緣起乃至彼婦告其夫曰聖子大德鄔波難陀頻於我等爲説法要我等於彼未表敬心衣食之中宜伸供養長者報曰賢首善哉應作婦曰我有細縷令某織師織作鉢吒（言鉢吒者謂是大氎與褻衣量同總爲一幅此方既無但言衣氎前云衣者梵本皆曰鉢吒也此云縷條）持與大德鄔波難陀令其被服便將縷線與彼織師告曰賢首汝以此縷織作鉢吒擬奉大德鄔波難陀織師曰如是爲作時彼使女聞是説已作如是念我以此言當告大德鄔波難陀令彼歡喜時鄔波難陀晨朝著衣持鉢入城乞食次到其舍見彼使女掃灑門庭遥見鄔波難陀放箒而禮白言聖者我有喜言敢欲相告報言欲道何事女曰宅主夫婦欲以鉢吒奉施大德鄔波難陀曰世間貪求我當一數此之使女亦復諳知即告女曰汝今弄我報曰豈敢相弄鄔波難陀曰若其實者家長瞋時當爲求懺若其虚者多與汝杖還令依舊衣食不充女復報曰若大德不信應往某處某織師家自自觀見即便往彼到織師舍告言賢首此之鉢吒欲爲誰織織師報曰此爲大德鄔波難陀即便告曰汝頗曾識鄔波難陀不報言我不曾識報曰我是鄔波難陀賢首此之鉢吒本爲我織宜可長伸復令寛廣彼便答曰聖者如其線

少何處求之報言長者自當相與我亦復當與汝勞直即便捨去更於後日著衣持鉢入城乞食次至勝鬘夫人所住之宅便爲敷座令其安坐夫人禮足在一面坐爲聽法故時鄔波難陀即爲說法既聞法已白言聖者今日頗有受請食處爲巡門乞耶鄔波難陀報言巡乞勝鬘夫人便作是念誰有施食能過於我即便取鉢以好美團盛滿授與彼受得已願言無病出門而去即便往到織師之家報言賢首汝當展手既見展已持一美團授與令食彼既食已問言氣味何似答言聖者此歡喜團極成美妙問言汝曾得此美好食耶答言實未曾食報言可展衣裾彼即展裾以鉢美團悉皆傾與報言賢首爲我好織我更時時知汝辛苦於廣長中更可增益報言縷線誰當見添鄔波難陀曰施主邊索後時線盡往施主家于時夫在婦無報言長者我今縷盡當爲添之長者即便以縷相與復還縷盡更就家索于時婦在夫無報言大家我今縷盡更爲添之其婦即便以縷相與復還縷盡更就家索于時正屬夫婦皆在報言長者爲織鉢吒其縷復盡可更相添婦曰所織鉢吒豈更增大夫問婦曰我曾添縷汝亦添之報言我添長者曰豈可鉢吒倍更增廣織師報曰豈是新增初張機日大德親來於廣長中令我增益我便用語而更增廣婦便念曰吾今試往看彼鉢吒其狀何如即便持縷至織師宅見其鉢吒極甚廣大堅密嚴好即便努目含瞋告曰我此上氎不與苾芻我當爲彼更織餘氎語已使去時鄔波難陀時時

來問咄男子衣欲了未織師報曰我雖欲了仁今未了鄔波難陀曰汝言何義報言彼長者婦觀見鉢吒努目含瞋作如是語我此上氎不與苾芻我當爲彼更織餘氎鄔波難陀告曰男子知我於汝有恩情不報曰極知所遺美團食猶未盡報言男子見我在彼長者宅內汝當持氎至彼相還織師曰聖者宜去待我片時撩理餘纏送至彼家鄔波難陀即往其宅背門而坐時長者妻便來禮足向門而坐時彼織師持鉢吒至其婦遙見舉手相遮不令其進于時織師佯不相見低面而入便以鉢吒置婦懷內告言此是鉢吒時鄔波難陀即便覽取爲其呪願廣說如前婦便報曰聖者待長者來自手持施鄔波難陀曰我且爲染長者若來以仙人服如法相施婦便報曰聖者世尊有說白色爲勝報曰仙人服勝我爲染之即便離座出門而去時彼織師從婦索直報言男子汝今失我鉢吒更從索直即宜疾去其將衣者從彼覓錢是時織師即便疾詣鄔波難陀所報言聖者還我織價報言汝宜可向長者處求即便還來至長者處從索織價長者瞋怒同前發遣復至鄔波難陀所從索衣直報言更去彼當還汝即便復去報長者曰還我衣價彼便大怒而報之曰汝若休去我亦不言若更來者當以破瓦椀繫汝頸下繞室羅伐城告令人衆聞是語已還至鄔波難陀所告言聖者彼長者婦期剋於我汝若停息我亦不言若更來者當以破瓦椀繫汝頸下繞室羅伐城告令人衆唯願聖者愍我貧人當還織價鄔波難陀告曰

男子若他為我織衣服時令我還價者我令豈有三衣鉢耶汝若索者可來共算汝所得我美團之類計直幾多且論麵價乃至酥油糖蜜香物之屬及至算了過其織價報言男子汝處却負我錢因何從索織價久立日中因而放去時彼織師既得脫已極生嫌賤作罵詈言沙門釋子不知猒足恩義與我更徵其價非真沙門有何正法諸苾芻聞以事白佛佛以此緣集苾芻衆問鄔波難陀汝實作如是不端嚴事耶答言實爾世尊種種訶責乃至制其學處應如是說

若復苾芻有非親居士居士婦為苾芻使非親織師織作衣此苾芻先不受請便生異念詣彼織師所作如是言汝今知不此衣為我織善哉織師應好織淨梳治善簡擇極堅打我當以少多鉢食或鉢食類或復食直而相濟給若苾芻以如是物與織師求得衣者尼薩祇波逸底迦

若復苾芻者謂鄔波難陀及餘諸類親非親義及七種衣廣如上說先不受請者謂未曾告知便生異念者謂心欲求衣詣彼織師等者謂自述其意為我織者明為己身應好織者欲令衣長善應量故淨梳治者欲令衣廣及鮮白故善簡擇者謂除其結令精細故極堅打者欲令滑澤及密緻故我當以少多鉢食者謂與五種珂但尼食五種蒲膳尼食或以鉢食之類者謂以生穀等與之或復食直者謂與其價言苾芻者謂鄔波難陀以如是物者謂是上事得衣者謂衣入手泥薩祇者並如上說此中犯事其相云何若苾芻為求

衣故從座而起整理衣服持二五食等至織師所而授與之勸令好織皆得惡作得衣之時即犯捨墮親非親等並如上説

奪衣學處第二十五

爾時佛在室羅伐城逝多林給孤獨園時六衆苾芻常法如是若與他出家及受圓具若彼門徒共住之時未知師主行惡行者便與共住若其於後知其行跡即便棄捨與善苾芻而爲同住惟除佛教每日三時來詣師所恭敬禮拜時難陀苾芻有一共住弟子名曰達摩常懷慙恥追悔爲心於諸學處愛樂尊重彼未曾知難陀惡行與之共住既知行跡即便捨之與善苾芻而爲同住除三時禮于時世尊命具壽阿難陀曰汝往告諸苾芻世尊欲往憍薩羅人間遊行若諸具壽樂隨從者應擽理衣服時具壽阿難陀奉佛教已至苾芻所如教宣告時難陀苾芻聞是教已便告鄔波難陀曰世尊有教欲去遊行我等住此日歷百門方能滿腹若我隨佛出遊行者雖有十八種希奇利益然而無量百千大衆圍遶多飲濁水設樹下坐亦無由得我今寧可將一故識苾芻讃歎三寶在前而去若如是者我等方得安樂而行多獲利養時鄔波難陀聞已作如是語阿遮利耶仁今捨棄金鉢求瓦盂耶仁之弟子名曰達摩常懷慙恥追悔爲念於諸學處愛樂奉持彼尚懷耻不來餘人豈來相逐然佛世尊説四攝事謂布施愛語利行同事若行此者彼或容來我等皆無誰肯同住是時達摩有僧伽胝稍多故破有人與氎更欲造新便作是念我今當去

問鄔波馱耶欲造僧伽胝便持所得氎往難陀所時有乞食苾芻見達摩去問曰具壽達摩欲之何處彼便報言我有故僧伽胝今得此氎往問鄔波馱耶欲更新造乞食苾芻聞而告曰汝若更造新大衣者此之故物當與我來報言好是時達摩至難陀所白言鄔波馱耶我僧伽胝故今得此氎欲造新衣故來請白時鄔波難陀報難陀曰阿遮梨耶今正是時難陀報曰具壽達摩我有僧伽胝今持與汝何用造新達摩報曰不須鄔波馱耶我但縫此而作大衣鄔波難陀告曰達摩我昔別聞今時別見我比聞汝常懷慙恥追悔爲心於諸學處愛樂奉持我實不知汝違師教豈可汝師相勸爲惡是時達摩聞尊者責默然無對難陀便以僧伽胝而授與之彼便受

作如是語鄔波馱耶當受此氎難陀告曰具壽達摩我豈共汝換易衣耶此氎汝自受用達摩便念我今何用此癡物耶即便白師我今欲將此氎施與僧伽曾有乞食苾芻從覓故僧伽胝今欲與彼師曰隨意即以氎施僧伽胝與乞食者達摩便於他日著僧伽胝禮親教師足是時難陀報達摩曰具壽阿難陀傳世尊教今者欲向人間遊行能隨從者可撩理衣服我等若住於此日歷百門方能滿腹若我隨佛出遊行者雖有十八種希奇利益然而無量百千大衆圍遶多飲濁水設樹下坐亦無由得我等宜應讃歎三寳在前而去若如是者我等方得安樂而行多獲利養達摩報曰鄔波馱耶若從佛行有十八種利然鄔波馱耶將爲過患我今情樂從佛世

尊難陀報曰具壽汝隨我去達摩報曰鄔波馱耶我不前行願隨佛後難陀瞋忿即便告曰愚癡物我豈爲福與汝大衣本意望汝隨我後去若不去者還我衣來我不與汝是時達摩即自思念我寧無衣不能共此六惡行人相隨而去容生過惡即還彼衣爾時世尊大衆圍遶廣如上說隨路而去諸佛常法將欲行時猶如象王全身右顧勿令徒衆被服乖儀便見達摩著上下二衣欲人間遊履見已便告具壽阿難陀曰阿難陀豈安居後苾芻不得衣利耶阿難陀白佛言大德苾芻得衣佛言若得衣者何意達摩苾芻但著上下二衣欲人間遊踐時具壽阿難陀具已因緣而白世尊世尊告曰豈有苾芻與他衣已而更奪耶爾時世尊以此因緣問難陀曰汝實奪衣答言實奪佛以種種訶責廣說如前乃至制其學處應如是說

若復苾芻先與苾芻衣彼於後時惱瞋駡詈生嫌賤心若自奪若教他奪報言還我衣來不與汝若衣離彼身而自受用者泥薩祇波逸底迦

若復苾芻者謂釋子難陀與苾芻者謂是達摩衣有七種如前廣說與衣者謂與共住門人或復餘類後時者謂於別日惱瞋駡詈生嫌賤心者謂身語心現瞋恚相自作使人奪取彼衣離身者謂總離身自受用者謂屬已也泥薩祇波逸底迦者廣如前說此中犯相其事云何有三種相謂身語二俱身者若先與衣後懷瞋恨手自奪取或牽或挽然口不言乃至衣角未離身時得惡作罪離身之時

便招捨墮是名身業語者謂出其言而奪彼衣不動身手結罪同前二俱者謂以身語而奪其衣結罪同前言教他者若教苾芻奪彼衣時衣未離身二俱惡作若離身者俱得波逸底迦主有捨過若教尼奪罪亦同此下言三衆皆得惡作若諸俗人男女奪者得無量罪無犯者有二種一爲難事二爲順教言難事者若其二師見巳門徒於恐怖等處或在非時河岸涉險恐其失落强奪取衣此皆無過言順教者若其二師見巳門徒與惡知識而爲狎習或同路去奪取其衣勿令造惡是名順教又無犯者最初犯人或癡狂心亂痛惱所纏

急難施衣第二十六

佛在室羅伐城給孤獨園逝多林於聚落中有一長者信心賢善於阿蘭若中奉爲僧伽造一住處種種莊嚴悉皆具足有六十苾芻而住於此四事供養無不豐贍是時長者遇病身亡從此巳後供養斷絶時諸苾芻詣其子所告言賢首汝父造寺供養六十苾芻衣食豐足汝今頗能作是事不子答之曰有能施百或有施千乃至一億或有自身而不能濟我今不能如父供養時諸苾芻聞是語巳悉皆捨去于時有二年老苾芻是此村人出家離俗自行乞食住此寺中後於異時北方商旅旣見其寺即便俱入高聲讚歎周旋制底徧觀房宇皆見空虛便作是念應是苾芻宴默而住或可往詣晝日閑林更復細觀見二老者即便告曰阿遮梨耶此寺苾芻今在何處即以上事而具告知商主聞巳告同旅

曰我於長夜常有此念善哉我於何時得爲僧伽造一住處安置苾芻衣食供養此寺造訖現無施主我當補處供養衆僧即便張一大氈以物置上告諸人曰君等若能見隨喜者幸可量力各出少多共求福事時諸商人各持惠施便獲多物于時商主告老苾芻曰阿遮梨耶此物擬供六十苾芻於此安居以充衣食直此是月八日直此是十四十五日直此是供病醫藥直此是衣利有好苾芻招携住此我至夏末當更重來一百苾芻隨力供養作是語已禮拜而去一老苾芻報同伴曰今多獲利誰當藏舉報言小者當舉其時小者即爲舉之誰復當往室羅伐城喚諸苾芻來住於此報言小者小者答曰我已掌衣仁當自去時老苾芻即便往詣室羅伐城向逝多林六衆常法恒令一人住寺門首時鄔波難陀在門首住遥見老苾芻來髮如荻華鄔波難陀便作是念此老耆宿從何而來告言善來善來大德彼告曰敬禮阿遮梨耶敬禮鄔波馱耶鄔波難陀即生是念此是摩訶羅不辨尊卑即問之曰老叟從何處來答曰我從其處毗訶羅來告言老叟爲是毗訶羅爲是毗伽多彼便問言何謂毗訶羅何謂毗伽多答言衆事豐贍是毗訶羅所須闕乏是毗伽多報言往昔毗伽多今日毗訶羅鄔波難陀曰何意如是報曰北方商人來入寺中捨財供養須六十人我今故來喚苾芻衆鄔波難陀聞斯語已即作是念今此老叟勿令入寺告曰汝欲於此誑誘苾芻老叟知不勝光大王種種衣食供養苾芻及勝鬘夫人行

雨夫人并刹帝利給孤獨長者仙授古舊毗舍佉母善生夫人更有衆多淨信婆羅門長者居士等上座日日常爲呪願諸有苾芻未來至者情樂欲來現在衆僧歡心樂住四事供養曾無闕乏世尊大師親爲說法法食兩途皆無闕少若其大衆知汝欲來該誘苾芻者必當與汝作驅擯羯磨然我兄弟現有六人人各有十弟子爲愍汝故我等當行時老苾芻報鄔波難陀曰聖者我欲暫往禮世尊足方還故居鄔波難陀作是念若有諸餘黒鉢之類聞斯告時在前而去即便報曰老叟汝豈不聞佛說頌言

諸法心爲首　心勝心速疾　由心清淨故

讃歎并身禮　當受勝妙樂　如影鎮隨形

時鄔波難陀說此語已即捉其項按使低頭汝應口道南謨佛陀南謨達摩南謨僧伽彼便告曰阿遮梨耶我今渇乏應求水飲鄔波難陀報言老叟可於此住我以汝瓶添水令滿於此飲之即便取水令其飲訖報言老叟即宜可去更莫久留遠送登途勿令其返六衆常法至日暮時同聚一處有善惡事皆相報知時鄔波難陀便入寺内告六衆曰諸具壽我等何時免此辛苦彼問曰大德頗有少多奇異消息報言有其處聚落有毗訶羅北方商人來至其所情樂供養六十苾芻衣食豐足無所闕少諸人聞已咸云我去我等於彼作安居不鄔波難陀曰不於彼處而作安居我等往彼於前夏中皆食噉已還來至此作後安居即將門徒隨路而去既至彼已舊住二人遥見來至報言善來善來諸具壽即

便授與房舍卧具及諸小座安水器物于時六衆作如是議我等遠來有所求覓其所爲事宜共觀瞻即語老苾芻曰現有利養可將出來時二苾芻禀性質直所有利物並將出現此是六十苾芻供安居物此供常食此是月八日十四十五日所費之直此是醫藥所須及供衣之利是時六衆檢見利物自相謂曰此二老慳不肯施設精妙餐噉供養衆僧然此老叟已爲守護僧家資具頗成勞苦宜應放免驅役之事時二老人既蒙放免極生歡悦六衆相謂我等應差能檢校者日日之中能爲僧伽作十八種奇妙餅果供養僧者即便差作知事之人彼受僧教日日常營上妙飲食未久之間財物罄盡時知事人於上座前白言大德僧家食直今並已盡惟餘一日上座告曰具壽若戒不具者可待節日我等戒行具足豈待日耶現有八日十四十五日擬供養者皆預噉之其受事人依教即營悉皆食訖復白衆曰餘一日食在上座報曰五取蘊身常嬰病苦所有藥直亦可噉之現有衣資亦須分却各自持去隨路而歸即便相與分其衣直復白衆曰一日粥在鄔波難陀告知事曰喚老叟來報曰汝本請僧云三月内供養豐足未滿一月悉皆罄盡彼二答曰豈可施主遣日日中作十八種奇妙餅果常餐好食上座報曰老叟得食之時低頭餐噉今聞罄盡出嫌賤言鄔波難陀告知事人曰此二老叟衆應與作驅擯羯磨有餘復云汝二老人疾當求懺若更遲者久事低頭項筋舒脫彼二即便對衆求懺補捺伐蘇告大

衆曰諸具壽此二老人禀性愚直大衆慈悲可共容恕大衆即便布施歡喜鄔波難陀報老叟曰此聚落人全無信敬我等於此乞食難求若更有餘即可擎出必其無者我等當行彼二答曰大德更無遺子時六十人悉皆隨路往室羅伐城既至彼已咸坐後夏三月既了彼舊商人還來至此同前入寺讚歎禮拜巡房重見二老苾芻問言寺内苾芻今何所在報言賢首此無苾芻商人曰豈不我云請六十苾芻於此坐夏時二老人具以事告商主報曰仁於何處請得苾芻報言六衆苾芻并其徒伴商主報曰仁往大海取假瑠璃豈逝多林更無餘人仁等何因但請六衆是時商主及諸商人各生嫌賤沙門釋子無有恥愧破壞淨法我等初起信芽即令摧折諸苾芻聞以事白佛佛言夏中分物有此過生故諸苾芻不應夏中分夏利物若夏中分者得越法罪此是縁起尚未制戒即於爾時於此城中苾芻尼大世主常修寂定所有門徒亦皆宴寂法與苾芻尼常樂持經所有門徒亦持經藏斯之二人同居一寺若大世主門徒從定起已時法與尼告門徒曰諸妹世尊聽許諸苾芻尼出家圓具皆是大世主勸請之力如世尊説若人能護他意當生多福諸妹汝等亦應作無常觀是時門徒隨教而作若法與門徒讀誦之時大世主告門徒曰諸妹如來世尊於三大劫修諸苦行無量百千六波羅蜜多悉皆圓滿證無上智斯等皆爲饒益有情如世尊説若人能護他意當生多福諸妹汝等亦應誦無常經是時門徒隨教

而作時二苾芻尼及諸門徒相將護故所修善品不能增進如華少水有鄔波索迦名毗舍佉於法與苾芻尼深生敬信彼於苾芻尼所須資具皆隨意與時毗舍佉曾於一時至法與尼所爲申禮敬既至其所尼便告曰鄔波索迦多苾芻尼共在一處而作安居更相護惜所修善品不能增進如華少水汝頗能與苾芻尼衆别造寺不彼即報言聖者我大有物而無其地地皆屬王我無由得法與報曰必其能者我爲白王望得其地毗舍佉曰若得地者當爲造寺時法與尼即便往詣勝鬘夫人所是時夫人見法與來告言善來善來聖者可於此坐尼既坐已便禮雙足告言聖者何意得來報言夫人我今欲爲諸苾芻尼造一住處然地皆屬王無處能作我爲地故欲白王知夫人報曰聖者當去我爲白王時法與尼呪願無病從座而去是時夫人往詣王所白言大王王於今日獲得大利聖者法與苾芻尼來至王宅王言聖者何爲得來夫人報曰聖者意欲爲苾芻尼造一住處彼言大地皆屬於王爲求地故欲有啓白王便答曰必其聖者須我中宫將欲造寺我當捨與别造居宅若不欲者隨所樂處任情修造是時夫人得王敎已令使往報聖者王今隨願王言必其聖者須我中宫將欲造寺我當捨與别造居宅若不欲者隨所樂處任情修造時法與尼聞是敎已具報毗舍佉知時勝軍王有二將帥一名善劒二名善弓當爾之時善劒持兵出師他處是時彼婦與外私通近彼家邊有空閑處法與求地遂便至此法

與報曰此中造寺形勝可愛時畋舍佉即於此地造寺興功未久之間寺便成立時苾芻尼遂與門徒於此居止時善劔軍旋師歸故彼之婦女隨意遊從時彼諸人尋逐得已將還至舍以杖打之悉皆號叫出大音聲諸尼皆來白法與曰聖者我避天雨返溺河中時法與尼聞是語已作如是念彼諸人等有善根不即便觀察知有善根繫屬於誰皆在我所即報門徒曰諸妹爲欲化度當忍受之時法與尼遂以瓦盆置於一處告門徒曰諸妹所有殘食皆當置此時彼諸尼有殘餅食皆安於此時小男女來入寺中若是男者時法與尼以油置手令自摩頭以其殘餅而授與之若是女者時法與尼自持香油塗其頂上皆以殘餅與之令食時諸男女得餅果已悉將歸家其母見已皆問之曰汝於何處得此餅來答云聖者法與惠我令食諸母聞已皆作是念觀此憐愛便是聖者法與助我養兒由此事故便於尼處敬信倍深各生是念若我夫主更去征行我等皆當詣聖者所承事供養便於後時彼之夫主從軍而去時法與尼知彼諸女堪受化度便遣門徒灑掃庭宇以新牛糞而塗拭之并安澡豆及以淨水嚴設香華并供養具美音聲者差令讚佛時彼婦人夫主去已皆相呼命來入寺中至法與所時尼見已報言善來姊妹彼皆敬禮共相問訊授以澡豆灌以淨水令洗手已悉與香華教其右旋供養制底歌詠讚歎既供養已時法與尼於大衆前就座而坐時諸婦女皆致敬已當前而坐爲聽法故時法與苾芻尼

觀衆根機界性差别隨其意樂而爲説法令彼諸女心得開悟即於座上以金剛智杵摧破二十種薩迦耶見山皆得預流果廣説如前離三惡趣得涅槃道歸依三寶受五學處不殺生乃至不飲酒成鄔波斯迦時諸婦女禮尼衆已各並歸舍既至舍已灑掃家庭以新牛糞淨塗拭訖威儀庠序寂止而居後於異時夫主迴軍各在途中而作是念我家中婦共何男子行非法耶時彼諸婦聞壻歸還皆共出迎既相見已報言善來善來聖子辛苦即各引還至其居宅時彼諸婦各與其夫香油塗身湯水沐浴供以美食冠帶華纓時彼諸人各作是念希有今日禮節威儀皆問婦曰何意今者供給異常婦各白夫聖子知不我蒙聖者法與苾芻尼爲説妙法能令我等於生死中雖復流轉極重煩惱不復現行猶如往日時彼夫主各生是念聖者法與能調難調我之妻室於昔日來多造邪行我以種種杖楚苦言責罰然不能改由蒙聖者爲説法故便得調伏此則聖者惠我大恩我等宜應共白王知往至寺中禮拜聖者時法與尼觀彼根機堪受化度即便掃灑房宇廣説如前令彼諸人皆得見諦讚歎希有如前具説乃至歸依三寶受五學處作如是語聖者我從今日乃至不以故心損蟻子命然而我等持刀自活今時斷殺其欲如何尼便報曰賢首執無鏃箭持無弦弓手把木刀勿生害意諸人答曰我等奉行彼諸軍士既見諦已不飲酒不博弈不行邪行由斯家業受用豐饒所有象馬養餧如法亦皆肥盛後於異時

憍薩羅勝光王邊隅逆命發兵往征所去軍師皆被他敗復令將去還遭没落時國大臣進白王曰邊隅兵盛王師日羸王不親行彼難剋伐王聞是語即便宣令普告諸人於我國中持刀活命者悉皆隨我伐彼不臣王有二軍一名善劒二名善弓王既出已令善劒先鋒善弓後殿王見前軍人馬肥盛王問大臣曰此是何軍大臣白言是王善劒軍前鋒而去時王迴顧見其後軍人馬羸瘦王問大臣曰此是何軍大臣白言是王善弓軍以爲後殿王曰卿等豈可給軍粮不平等與大臣白言均平給與王曰喚來彼便喚至王親問曰汝軍得粮豈不均等白言大王得料相似王曰何故前軍人馬肥盛汝之軍衆羸瘦如是彼白王曰我等若執無鏃箭持無弦弓手把木刀不欲傷害所有兵器賣以充食我等軍兵亦皆肥盛王聞此語問前軍曰汝等豈可執無鏃箭持無弦弓手把木刀不欲傷害白言實爾王曰汝等豈欲將我至彼令他殺耶即便白言豈可器杖而能鬪戰終須人力方破彼軍王聞忿怒告云若器杖不能戰人能戰者汝等宜去降破彼城作是語已王便迴駕時前軍人詣法與尼處告言聖者王遣我等往伐彼城我等今時欲作何計法與報曰賢首仁等但去至彼邊城必當得勝然每於宿處誦三啓經既至邊隅圍彼城郭即於其夜通宵誦經稱天等名而爲呪願願以此福資及梵天此世界主帝釋天王并四護世及十八種大藥叉王般支迦藥叉大將執杖神王所有眷屬難陀鄔波難陀大龍王等時

彼軍人聞法與苾芻尼所説事已即便禮足歡喜而去每於住處誦三啓經旣至彼已徧圍城郭即於是日通夜誦經時彼將軍依法與尼所教之法遂廣爲呪願如前具説并設祭食供養天神當爾之時北方多聞天王須往衆多藥叉集處聞諸軍衆説呪願聲便生是念誰稱我名而爲呪願遂俯觀察見諸軍衆復作是念我此法弟非處驅馳即告般支迦藥叉將軍曰此之軍兵是我法弟非處驅役汝等宜應降伏此城付彼軍衆藥叉敬諾即便去斯不遠化作軍衆象如大山馬形如象車如樓閣人等藥叉時城内人遥見軍來生大恐怖共相告曰國之與命何者爲先國破更求命斷難續宜當保命宜顧城郭遂即各捨兵器開大城門自繫其頸求哀乞命時善勇軍見斯事已各起悲憐不加殺害取其將帥并諸封直皆大歡喜返斾而歸到其王所白言大王此是兵衆及封直之物王極欣慶告軍人曰所將封直用賞勞勤俘虜諸人設盟還放時善勇軍人便作是念我等出師安隱歸故斯等皆是聖者法與威神之力遂相謂曰由聖者力使我得勝今持此封直供養聖者即便持物往至其所報言聖者我等保命戰勝言歸國王歡喜賞賜豐贍今持至此略表丹心唯願慈悲爲受斯物法與報曰賢首若於三寶不興供養雖生天上而受貧苦汝等宜應於佛法僧而興供養當令汝等於長夜中常受安樂時彼諸人蒙斯教已皆往逝多林請佛及僧於三月夏安居内有所須者悉皆供給於日日中每於食前供養三

寶於食後時聽聞妙法初夜後夜繫念思惟後於異時復有邊隅不臣王命時王遂勑善弓軍曰汝等可去伐彼邊隅時善弓軍白大王曰我兵羸弱彼軍强盛可令彼去我更後畨王命善劒軍曰汝等可去伐彼邊隅彼軍白王我畨已了未合軍行王曰且應此畨後當免汝時彼軍人承王教已共相議曰前伏彼城是藥叉衆威神之力我今更去定死無疑然而我等於三月內請佛及僧隨有所須悉皆供給我等宜可奉彼夏衣從軍而去即持衣物往逝多林于時世尊宴默而坐諸人持物諸苾芻所白言聖者我等被使往伐邊隅於彼戰亡難期再入此是夏中施物幸爲受之時諸苾芻報言賢首大師世尊已制學處不許我等夏內分衣我不敢受報言聖者幸當受取置在一處待夏了日衆共分之諸人以衣置一房中便捨而去時彼諸人持先器杖帥旅而出時給孤獨長者見而問曰君等何之報言長者欲往征行長者報曰豈非君等先已征還答言行了若爾何故復更征行報言王遣我等且應此畨後當相免長者報曰且住於此我爲白王是時長者便詣王所白王曰王今何意使善劒軍王曰某城叛逆令往討之長者曰彼當畨未王言已去長者曰若如是者何故頻行王曰後畨放免長者曰王今知不執無鏃箭持無弦弓手把木刀能降他不然彼軍人皆是佛子乃至蜫蟻不故斷命前去征討乃是藥叉天衆爲伏彼城今者重行恐將沒落豈非大王傷害佛子是時大王知是佛子告大臣曰當宣我教告

毗盧宅家使知從今已去有征行處更勿差遣善劒軍人時諸苾芻夏安居了往諸人所報曰賢首我隨意事訖有衣與我彼便報曰聖者我先與之彼處應取時諸苾芻開房取物但見螻蟻土封積成大聚時諸苾芻以緣白佛佛言應差藏衣苾芻若苾芻五法不具者此不應差差不應作云何爲五謂有愛恚怖癡藏與未藏不能曉了五法具者此即應差差應令作云何爲五謂無愛恚怖癡藏與未藏善能曉了如是應差先當勸喻一苾芻曰汝其甲能與僧伽於夏三月中藏護衣不若言能者應敷座席次鳴揵椎以言白訖僧伽盡集令一苾芻作白羯磨爾時世尊讚歎持戒及尊敬戒者少欲知足行杜多行威儀嚴肅知量而受隨順苾芻所行之法爲宣說已告諸苾芻曰前是創制此是隨開爲諸苾芻制其學處應如是說

若復苾芻前三月夏安居十日未至八月半未滿有急施衣苾芻須者應受乃至施衣時應畜若過畜者泥薩祇波逸底迦

苾芻者謂佛法中人十日未至八月半者謂去隨意時有十日在前三月夏安居者非後安居也有急施衣者有其五種云何爲五或爲自病故施或爲他病者故施或將死時施或爲死亡故施或將行時施苾芻須者謂心樂欲衣者謂七中隨一應受者謂受囑已隨意分之乃至施衣時應畜者謂舉藏也何謂施衣時謂不張羯恥那衣一月若張羯恥那衣五月是謂爲時過此非時若過此時不作分別而畜衣者犯捨墮捨之法式廣說如前

此中犯相其事云何苾芻若於夏內分夏利養或過時而畜皆得捨墮若於十日中得五種急施衣分之無犯若在夏中或時施主欲得自手而行施者取亦無犯若其差得藏衣苾芻或可施主作如是語我行還自手當施雖過時分畜亦無犯又無犯者最初犯人或癡狂心亂痛惱所纏

根本說一切有部毗柰耶卷第二十三

音釋

諳烏含切悉也　繢求位切織餘也　荻徒歷切蘆屬　俘芳符切軍所獲

叛薄半切背也　螻蟻螻落侯切蟻魚紀切

根本說一切有部毗柰耶卷第二十四

唐三藏法師義淨奉　制譯

阿蘭若六夜學處第二十七

爾時薄伽梵在室羅伐城逝多林給孤獨園去斯不遠有一聚落彼有長者大富饒財多諸僕使彼有淨信心意樂賢善彼爲僧伽造一住處其狀高大有妙石門周帀欄楯悉皆嚴飾生天梯隥見者歡喜於此住處請六十苾芻夏安居已隨意而去時彼施主見寺空虛令人守護勿使賊徒盜牀蓐等是時復有六十苾芻人間遊行屆斯聚落求覓停處時有一人報苾芻曰聖者何不住寺耶答言賢首何有寺耶答言村外林中有好住處苾芻便往見守護人彼遙見已告言善來善來即便以次給與房舍并及牀蓐倚枕坐牀并三水拒告言聖者可先濾水我今暫往白長者知至已告曰長者今仁福德倍更增長有六十客苾芻來至寺所長者聞已即便驚喜報家人曰汝等今可取酥蜜沙糖石榴石蜜蒲萄胡椒乾薑蓽茇堪作非時漿物持往寺中令客僧伽來至住處欲作非時漿令其飽飲家人聞已咸將至寺時諸苾芻既濾水已各住威儀隨處而住是時長者便往寺中遙見苾芻如蓮華叢充滿寺內倍益信心極加歸敬說伽陀曰

若村若林中　若高若下處　僧伽居住者
令生愛樂心

作非時漿調和既了自手授與諸苾芻衆飽飲漿已禮僧伽足自執香鑪引諸僧衆出繞制底還歸寺中居上座前長跪而住上座爲

彼而作呪願呪願已長者白言明日中時惟願聖衆就我宅中哀受微供苾芻許之禮足而去彼於明日辦諸美膳供養僧伽僧伽食已各歸住處復於中後設非時漿既澡漱已爲說妙法上座復與呪願是時長者手執香鑪於上座前白大衆曰聖者此之住處我不爲身亦不爲親屬然本意者但爲僧伽造斯住處願見哀愍於此夏安居諸苾芻告長者曰法主世尊今現在室羅伐城於時時中闡說授記其甲苾芻證阿羅漢其甲苾芻成不淨觀勝光大王末利夫人仙授世主毗舍佉毋及餘長者婆羅門等並悉敬信我等至彼若法若義皆同受用我等欲往長者白言受法義利惟仁所知衣食資身我願供給願少留心於此停住四事供養當無缺乏上座告言諸具壽如世尊說若其施主有敬信者應須悲愍增長信心我今欲於此住既作留意即便於此內外觀察遂見香華滿樹美果豐枝清沼茂林皆可愛樂上座告曰諸具壽今此住處華果豐盈若前安居果實未熟我等宜作後安居作是議已便後安居時彼長者惟造一寺所有福業皆在其中於此聚落及餘村坊更無別寺諸人福業亦皆臻湊時諸苾芻於此安居多獲利養隨意事了猶未分散時有迦栗底迦賊共相議曰我等當作何業於一歲中不假劬勞豐足衣食有作是說我等宜應偷苾芻物餘賊報曰彼一日中過百門閭辛苦乞索僅得充軀彼何所有中有一賊諳委苾芻告諸人曰汝不知彼大有財物所以然知此造寺長者信心淳善惟造一

寺所有福業皆在其中於此聚落及餘村坊更無別寺諸人福業亦皆臻湊時諸苾芻於此安居多獲利養若不信者可共親觀諸人報曰若爾汝可先觀我當後去報言我且先行即便整理衣服緩步從容口誦伽他旋行制底便入寺内于時門所有一莫訶羅苾芻彼賊見已禮足而問聖者此是誰寺房宇莊嚴令人愛樂願生天者是其梯隥苾芻報言賢首是某甲長者之所興建問言聖者此是毗訶羅爲是毗伽多苾芻問曰何謂毗訶羅何謂毗伽多報曰若資具充滿是毗訶羅若所須缺乏是毗伽多苾芻報曰賢首若如是者此是毗訶羅非毗伽多於此住處資產豐足賊便報曰聖者若足食者不應餐土若足衣者不著樹皮仁之衣服應有多少時莫訶

羅稟性愚直便攜賊手共進房中報言汝觀架上衣物重復問言聖者此是仁物爲僧祇耶報言賢首是我私物問言聖者仁是上座爲是法師報言賢首我非上座亦非法師我是沙彌在僧之末報曰仁所有物我已知之然於衆家有卧具不報言賢首我在最下尚七事具足何況僧家問言聖者衆家廚内煑食之物爲用瓦器爲銅釜耶苾芻即便示其庫屋告言於此庫中充滿銅器既知此已賊便欲去報言聖者向來廢仁善品妨我家業今且辭去後更諮參報言好去賊乃禮足而行詣諸賊所告曰我於彼寺觀察財物如陸地舟宜可偷竊中有一人告諸賊曰我曾聞説有六十八善閑弓矢於此出家不可造次輒爲偷竊若衆集聽經方可入寺別人問曰

不知何日衆聚聽經其諳委僧人告諸賊曰八日已過月半當誦即便屈指數日而住至十四日上座自說波羅提木叉爲長淨事已令誦經者昇師子座纔始發端誦伽陀曰

佛在給園中　能斷諸纏惑　諸根皆寂定

告衆如是言

于時賊徒扣門而喚苾芻問曰汝是何人報言聖者我是善男子時諸苾芻便作是念或聚落人來此聽法我爲開門其門既開賊徒競入爭取財物苾芻告曰汝向報言是善男子今來入寺便竊我財賊言聖者我有二名在外名善男子入寺名賊苾芻告曰作汝名者非是好人偷得物已即便出寺苾芻議曰具壽如世尊說凡縠乳者不應令盡今此長者若見遭賊出物供寺復與我等定當傾竭宜往室羅伐城同梵行處求覓衣服共相謂曰我等形露如何涉途一人告曰晝入草叢夜當涉路不白長者於是便行漸至室羅伐城彼諸苾芻初夜後夜警覺禪定思勤修善品見露形者來其門前慞惶顧望彼諸苾芻遥問之曰汝露形拔髮之輩因何至斯此僧伽住非汝住處答言具壽我是苾芻非露形外道復問曰豈有如是形相苾芻答曰被賊偷劫欲使何爲問曰汝名何等答曰我名佛護法護僧護等彼便答曰善來善來諸具壽即爲開門彼便入寺或與三衣或有與裙或與僧脚崎或與漉水羅或與腰條或與波怛羅隨其所有皆共周給時諸苾芻以緣白佛佛言若諸苾芻住阿蘭若處者於三衣中應留一衣置俗舍内如佛所教蘭若苾芻於三

衣中應留一衣置俗舍内時諸苾芻如佛所敎以衣置村由前制戒還往村中與衣共宿時婆羅門居士告言聖者仁等何意於此宿耶報言此有我衣彼便報曰我等豈可盜此衣耶若不相信宜可持去時諸苾芻以緣白佛佛言不應彼宿時諸苾芻明相未出往至村中見諸女人露形而卧彼便問曰何故聖者未曉而來苾芻報曰此有我衣彼便報曰我等豈可盜此衣耶若不相信宜可持去時諸苾芻以緣白佛佛言不應夜往時諸苾芻便至村外待明相出遂被賊盜虎狼師子之所驚怖時諸苾芻以緣白佛佛言應於寺中待明相出時諸苾芻有三寶事須出界外皆不敢去云我有衣寄俗舍内苾芻白佛佛言阿蘭若苾芻應齊六夜得向餘處離衣而宿

時六衆苾芻出界外遂經七宿諸苾芻告曰具壽佛聽出界離衣六夜仁等何因故經七宿答言具壽遣經六夜至第七夜豈飲酒噉蒜耶少欲苾芻聞此説已共生嫌賤作如是語佛聽六夜得離衣宿云何苾芻遂經七宿時諸苾芻以緣白佛爾時世尊以此因緣乃至告諸苾芻廣説如上制其學處應如是説若復衆多苾芻在阿蘭若處住作後安居有驚怖畏難處苾芻欲於三衣中隨留一衣置村舍内若苾芻有緣須出阿蘭若界者得齊六夜離衣而宿若過者泥薩祇波逸底迦若復衆多苾芻者衆多謂三人已去苾芻謂是六衆在阿蘭若住處者去村五百弓有一拘盧舍名阿蘭若處四拘盧舍名一踰膳那從七極微至踰膳那有十八種差別如前廣

說住處者謂是寺也後安居者謂從六月十六日爲始有驚怖畏難處者驚謂恐有賊來怖謂虎豹狼等畏難謂蚊虻蛇蠍風熱等事言苾芻欲於三衣中隨留一衣置村舍內者三衣謂是僧伽胝嗢呾羅僧伽安呾婆娑村者謂有街衢巷陌可識置者安也若有緣須出界者謂有三寶事或別人事出界者謂離常住處所有分齊得六夜者謂得至六夜離衣而宿謂望村內所寄之衣若過謂至七日明相出時犯捨墮罪捨悔法式廣說如上此中犯相其事云何若苾芻於三衣中欲留一衣置村舍內從阿蘭若界離過六夜得捨墮罪若有八難隨一事來捨去無犯又無犯者謂初犯人或癡狂心亂痛惱所纏

預前求過後用雨浴衣學處第二十八

爾時佛在室羅伐城逝多林給孤獨園如佛所言苾芻應求雨浴衣時六衆苾芻預前求覓過後而用爭務繁雜妨廢正修少欲苾芻遂生嫌賤云何汝等故違佛言以緣白佛爾時世尊以此因緣乃至告諸苾芻制其學處應如是說

若復苾芻春殘一月在應求雨浴衣齊後半月來應持用若苾芻未至春殘一月求雨浴衣至後半月仍持用者泥薩祇波逸底迦

若復苾芻者謂六衆也若復更有如是流類春殘一月者謂去安居有一月在即是從四月十六日至五月十五日應求雨浴衣者謂洗浴物齊後半月來應持用者指用分齊謂有半月在當作隨意事謂從八月一日已去若苾芻未至春殘一月便預求雨浴衣至後

半月尚持用者得罪同前捨悔法式廣如上説此中犯相其事云何若苾芻欲作前安居即於春殘一月求雨浴衣若苾芻欲作後安居者便作是念彼尚求衣我何不求若求得者犯捨墮罪若苾芻作後安居彼持雨浴衣至八月盡仍尚持衣若前安居人作如是念彼尚持衣至八月盡我何不持若持者得捨墮罪若苾芻各依自夏求衣持衣者無犯又無犯者最初犯人或癡狂心亂痛惱所纏

迴衆物入己學處第二十九

爾時佛在釋迦處販葦人聚落爾時有一長者自起信心深生愛敬造一住處施與別人聖者羅怙羅時羅怙羅於此寺中時時住止因有緣務須往室羅伐城是時長者聞具壽羅怙羅捨其住處執持衣鉢往室羅伐城時彼長者見寺空虛即便以寺捨入僧伽時具壽羅怙羅事緣既了即便還來詣舊住處聞説長者以其住處施與僧伽羅怙羅聞斯事已往詣佛所禮雙足已在一面住即以上緣具白世尊我今欲如之何于時世尊告羅怙羅曰汝今可詣長者之處作如是語長者豈於我所見身語業有不善處生嫌賤耶時羅怙羅承佛教已即便往詣長者之處作如是語長者豈於我所見身語業有不善處生嫌賤耶是時長者即便禮足作如是語我實不於聖者之所見身語業有不善處起嫌賤心時羅怙羅呪願長者無病長壽即便捨去還詣佛所頂禮佛足在一面住白佛言世尊我承教至長者所告言長者豈於我所見身語業有不善處生嫌賤耶長者答我云聖者我

實不於聖者之所見身語業有不善處生嫌賤心于時具壽阿難陀在於佛後執扇扇佛世尊即告具壽阿難陀曰汝今宜往販葦人聚落告諸苾芻悉令集在常食堂中時具壽阿難陀奉命而去具宣佛教彼苾芻衆皆令集在常食堂中已還詣佛所頂禮佛足在一面立白佛言世尊彼聚落中諸苾芻衆我奉佛教皆已集在常食堂中惟願知之爾時世尊詣彼堂中於所設座就之而坐告諸苾芻曰若有施主以所施物施一別人後時復迴此物施一別人此則施者非法受者亦非法名不淨受用如是若更迴與二人或與三人或與僧伽斯等皆名施不如法受不如法不淨受用汝等苾芻若有施主以所施物施二別人後時復迴此物施一別人此則施者受者俱名非法所有受用皆是不淨如是若更迴與二人三人或與僧伽施者受者俱名非法所有受用皆是不淨汝等苾芻若有施主以所施物施三別人後時復迴此物施一二三人或與僧伽施者受者俱名非法所有受用皆是不淨汝等苾芻若有施主以所施物施與僧伽後時復迴此物施與一二三人與餘僧伽施者受者俱名非法所有受用皆是不淨汝等苾芻若其僧伽破爲二部先施此部復將此物迴與彼部乃至皆是不淨受用汝等苾芻若施一人不迴與一人施者受者皆名如法所有受用皆名清淨如是若施二人三人僧伽此部更不迴與餘者乃至受用皆名清淨如上廣說汝等苾芻前是施後非施汝等苾芻地屬於王物屬於主所有衣鉢

等物應屬苾芻施主所有施寺等物若有破落應自修補不應持此迴施餘人汝等苾芻應與羅怙羅先所住處時諸苾芻旣奉佛敎即便授與羅怙羅先時住處此是緣起然佛世尊尚未制戒

佛在室羅伐城逝多林給孤獨園有一乞食比丘與一長者受三歸依并五學處後於異時復爲長者讚說七種有事福業長者白言聖者我今隨力欲作少多有事福業苾芻問曰欲作何事白言我欲供佛及僧苾芻報曰頗有少許衣物施不白言聖者我是貧人但有一雙白氎聖者可爲我往稱我名號請佛及僧明日垂慈來我舍食時乞食苾芻便往園中見諸苾芻並皆詳集時乞食苾芻稱長者名請佛及僧明當就舍受其供食時諸苾芻共相謂曰此乞食人今於俗家成敎化者時有問曰彼長者家爲有施物爲無施物報言彼是貧人有一雙氎欲持奉施時鄔波難陀聞已作是念彼人請佛及僧以一雙氎擬將奉施彼必定是貴價之衣我若不能奪此衣者我更不名鄔波難陀矣作是念已即於其夜辛苦至明旣天曉已即便著衣持鉢到長者所見彼長者備辦飮食問言長者欲作何事報言我今具膳供佛及僧鄔波難陀報言長者如佛善說若有衆生於日初分以身語心修諸善業當知是人名初分善若有衆生於日中時以身語心修諸善業當知是人名中分善若有衆生於日暮時以身語心修諸善業當知是人名後分善仁今獲得三業初善由供佛僧自手營辦長者頗有多少施

耶答言我家貧薄但有一雙白氎報言長者暫可將來我觀其狀時彼長者即便取衣報言長者新物善哉然而長者有捨施福無受用福何以故佛之徒衆有千二百五十人得汝一衣更待獲得千二百四十九衣已方可共分汝今此衣於竿上而取銷盡又如佛說若時僧伽得少食利如小樹葉平等行之若得少衣應爲燈炷平等共分長者汝所施衣若共分張形狀如是何有受用之福利耶長者報曰聖者我今作何方便令得施福及受用福鄔波難陀報長者曰汝若能於釋種之中有出家者明閑三藏爲大法師善能敷演辯才無礙汝將此衣持施彼者便能具足惠施之福及受用福長者報言聖者何處得有如此福田我當奉施鄔波難陀曰我即其人是時長者便禮其足以衣授與報言聖者願慈愍故爲受此衣鄔波難陀報言長者汝雖解施未體其儀當待片時佛僧食訖持此白氎在上座前告大衆言隨喜然後當施於我長者報曰我如是作時彼長者即便灑拭庭宇敷以座席布列香華門安水器即令使者請佛及僧白言時至爾特世尊及苾芻僧伽於日初分執持衣鉢往長者家依次而坐時彼長者見衆坐已便以種種香美飲食自手供奉佛及大衆既飽食已長者即便持其白氎於大衆前口唱隨喜施與鄔波難陀爾時世尊自爲呪願已從座起去便即歸寺時藏衣苾芻告授事人曰可於鄔波難陀處索取白氎授事往索告言大德今日施物可與我來鄔波難陀答言具壽汝爲持氎至寺還

我來耶報言不還鄔波難陀口何意不還彼便答曰是大衆物鄔波難陀告言具壽汝之衣鉢何故不與將我衣鉢持施僧伽我不與汝彼乞食苾芻在長者家告長者曰仁今何意此處雷鳴彼處下雨長者答言聖者我有何過苾芻報曰汝先以氎擬施衆僧何因食訖迴與鄔波難陀長者答曰我欲如何大德鄔波難陀來至我所作如是言汝有施福無受用福何以故佛之徒衆有千二百五十人得汝一衣更待獲得一千二百四十九衣已方可共分汝今此衣於笐竿上而取銷盡并陳佛說均分衣食如小葉燈炷乃至廣說求好大德當施此衣我即其人宜唱隨喜當施我氎我聞此說如言便與豈有過耶時乞食苾芻聞此語已便往寺內餘苾芻見告曰汝乞食人長時教化得一施主彼便此處震雷別處下雨乞食者告曰我與長者俱有何過然有一人往至其家報長者云汝有施福無受用福廣說如上乃至唱隨喜已當施於我時彼長者隨言而作我及於彼何有過耶時有少欲苾芻聞此語已極生嫌賤云何苾芻知他施僧物自迴入已時諸苾芻以緣白佛爾時世尊即以此緣集苾芻衆問鄔波難陀曰汝實迴僧物用入已耶白言實爾乃至廣說我今爲諸苾芻制其學處應如是說

若復苾芻知他與衆物自迴入已者泥薩祇波逸底迦

若復苾芻者謂鄔波難陀若更有斯類知者或自知或因他告僧伽者謂佛聲聞衆物者有二種物謂食利物衣利物此處所言謂是

衣利迴者物定屬他化將入已泥薩祇波逸底迦捨悔法式廣如上説此中犯相其事云何若苾芻知屬一苾芻物自迴入已迴時得惡作得便捨墮如是乃至知屬二人三人或屬僧伽自迴入已得罪同前若苾芻知屬一苾芻物迴與他一人迴時得惡作得時亦惡作如是乃至知屬一人迴與二人三人或迴與僧伽自迴入已得罪同前若苾芻知屬僧伽物迴與一人迴時得惡作得時亦惡作如是乃至知屬僧伽迴與二人三人迴時惡作得時亦惡作若苾芻知屬一僧伽物迴與餘僧伽迴時惡作得時亦惡作若知與苾芻僧伽迴與苾芻尼僧伽知與苾芻尼僧伽迴與苾芻僧伽知與二部僧伽物迴與苾芻僧伽知與二部僧伽迴與苾芻尼僧伽若知苾芻僧伽物迴與二部僧伽知與苾芻尼僧伽物迴與二部僧伽若其僧伽破爲二部知與此部迴與彼部或知與此寺迴與彼寺知與此房迴與彼房知與此廊迴與彼廊或於房廊更互迴與或與此柱間迴與彼柱間或柱間物迴與門處或以門物迴與閣上如是廣説乃至展轉相迴皆得惡作若苾芻知與此佛像物迴與餘佛像若知與此窣覩波物迴與餘窣覩波若知與蹋道初隥迴與第二等或迴與塔身或與簷級或此畔物迴與餘畔或迴與覆鉢或迴與方臺輪相初級乃至寶餅法輪立柱或復從此迴至下基如上迴互皆得惡作罪若王力使迴者皆無犯若與此貧人物迴與彼貧人得惡作罪若覓不得者迴與無犯若苾芻與此傍生食迴與彼傍生得

惡作罪若覓不得迴與無犯若擬與傍生物迴將與人擬與人物迴與傍生得惡作罪若與出家物迴與俗人或復翻此得惡作罪若覓不得者無犯如是女男半擇迦苾芻尼及下三衆若多若少與此彼更相迴互准前應説若覓不得雖違本心與餘無犯又無犯者謂最初犯人或癡狂心亂痛惱所纏

服過七日藥學處第三十

爾時佛在王舍城竹林中住爾時具壽畢隣陀子弟子門人所有諸藥自觸令他觸或與飲食細末相雜或更互相和或自類相染糅在一處不知應捨不捨時與非時任情取食諸有少欲苾芻見是事已起嫌賤心作如是語云何苾芻所有諸藥自觸令他觸或與飲食相雜或更互相和或自類相染糅在一處捨與不捨亦復不知時與非時任情取食時諸苾芻以緣白佛佛以此緣集苾芻衆知而故問廣説乃至問畢陵陀子弟子門人汝等實爾所有諸藥自觸令他觸或與飲食相雜或更互相和或自類相染糅在一處捨與不捨亦復不知時與非時任情取食耶白佛言實爾大德于時世尊以種種訶責多欲不足難養難滿讚歎少欲知足易養易滿知量而受修杜多行告諸苾芻曰廣説乃至我觀十利爲諸弟子制其學處應如是説

如世尊説聽諸病苾芻所有諸藥隨意服食謂酥油糖蜜於七日中應自守持觸宿而服若苾芻過七日服者泥薩祇波逸底迦

如世尊者謂如來應正等覺説者有所曉示也病苾芻者謂此法中苾芻身嬰疾病所有

諸藥隨樂服食者謂與病狀相宜清淨堪食酥者謂諸酥油謂諸油糖謂沙糖蜜謂蜂蜜於七日者謂七日夜自守持之觸宿而食者謂得自取而食過七日者謂越限齊也泥薩祇波逸底迦者此物應捨其罪應說悔故名泥薩祇波逸底迦此中犯相其事云何若苾芻月一日得藥此藥即應於七日內自作守持或可捨或與餘人若不持不捨不與餘人至八日明相出時得泥薩祇波逸底迦若苾芻一日不得藥二日得三日不得乃至七日得此藥即應於七日內自作守持或可捨或與人若不持不捨不與餘人至八日明相出時得捨墮罪若苾芻一日得藥二日亦得於七日內此初日藥應守持二日藥或捨或與餘人或第二日藥自作守持初日藥或捨或與餘人若不持不捨不與餘人至八日明相出時得捨墮罪若苾芻如於一日二日相對作法如是二日三日乃至六七日相對作法餘如上法若苾芻月一日得衆多藥此藥即應於七日內自作守持或捨或與人若不持不捨不與餘人至第八日明相出時得捨墮罪若苾芻如於一日如是乃至七日得衆多藥此藥應於七日內自作守持或捨或與人若不持不捨不與餘人至第八日明相出時得捨墮罪若苾芻一日得衆多藥二日亦得衆多藥此初日藥於七日內應守持二日藥或捨或與人或第二日藥自作守持初日藥或捨或與人若不捨不與餘人至第八日明相出時得捨墮罪若苾芻一日不得衆多藥二日亦不得衆多藥乃至第六第七日方得

衆多藥第六日藥於七日内應守持第七日藥或捨與人若不捨不與人至第八日明相出時得捨墮罪若苾芻所有諸藥自觸令他觸或與飲食細末相觸或更互相和或同類相雜糅在一處不能分別者此藥即應與寺家淨人或施求寂若復苾芻於此諸藥不自觸不令他觸不與飲食細末相觸亦不更互相和亦不同類相染亦不糅在一處捨與不捨時與非時能善分別於七日内自爲守持自取服食應如是守持應在午前當淨洗手受取其藥一同梵行者作如是説具壽存念我苾芻某甲有此病縁清淨醫藥我今守持於七日内自服及同梵行者第二第三亦如是説若已服一日即告同梵行者云我此病藥已服一日餘有六日在我當服之如是乃至七日皆應告知若滿七日已尚有餘藥應捨與淨人或與求寂若不捨者至第八日明相出時犯捨墮罪若苾芻有捨墮藥不捨與人不爲間隔罪不説悔若更得餘藥悉犯捨墮由前染故若苾芻犯捨墮藥雖已捨訖未爲間隔罪未説悔若更得餘藥皆犯捨墮由前染故若苾芻犯捨墮藥雖已捨訖已爲間隔罪未説悔若更得餘藥皆犯捨墮若苾芻藥犯捨墮未爲三事若更得餘衣鉢網絡腰條但是沙門所畜資具活命之物若受畜者皆犯捨墮由前染故若苾芻犯捨墮藥已捨已爲間隔罪已説悔更得餘藥者無犯又無犯者最初犯人或癡狂心亂痛惱所纏

諸大德我已説三十泥薩祇波逸底迦法今問諸大德是中清淨不如是三説諸大德是

中清淨默然故我今如是持

根本說一切有部毗柰耶卷第二十四

音釋

梯隥梯土鷄切木階也隥都鄧切登陟之道也　蓽茇蓽畢吉切茇北末切　澡漱澡子浩切洗滌也漱蘇奏切蕩口也　臻湊臻側詵切至也湊倉奏切聚也　穀古候切取牛羊乳也　絛吐刀切編絲繩也　蒜蘇貫切葷菜也　蚊虻蚊無分切虻莫耕切並嚙人飛蟲也　蛇蝎蛇食遮切蝎許竭切並毒蟲也　笐竿笐下浪切竿古寒切掛衣竿也　級居立切階也　糅女救切雜也

根本説一切有部毗柰耶卷第二十五

唐三藏法師義淨奉 制譯

九十波逸底迦法

總攝頌曰

故妄及種子　不差并數餐　蟲水命伴行
傍生賊徒食

初別攝頌曰

妄毀及離間　發舉説同聲　説罪得上人
隨親輒輕毀

故妄語學處第一

爾時佛在王舍城羯蘭鐸迦池竹林園中爾時具壽羅怙羅於此城側温泉林住時有衆多敬信婆羅門居士等來詣其所問言大德世尊今者住在何處若佛世尊在竹林中時羅怙羅即便報云在鷲峯山若在鷲峯山報云在竹林中若在畢鉢羅窟報云西尼迦窟若在西尼迦窟報云在畢鉢羅窟時彼諸人欲求禮佛不能得見身體疲倦極生勞苦詣羅怙羅處時羅怙羅問諸人曰仁等得見世尊不答言不見諸人報云聖者何因故惱我等答言實爾我故相惱時彼諸人各生嫌賤時諸苾芻以縁白佛爾時世尊聞是語已於日初分執持衣鉢入王舍城次第乞食還至本處飯食訖於食後時即便往詣温泉林所羅怙羅住處時羅怙羅遥見佛來爲佛敷座即安置缾水并洗足器洗足手已往迎世尊收取上衣白言善來世尊願於此坐佛便就座坐已即取缾水自洗雙足於洗足器傾去多水餘留少許告羅怙羅曰汝見器中留少水不白佛言大德我已見之佛言羅怙羅若

苾芻故以妄語無有慙恥亦無追悔我觀如是愚癡之人説爲乏少沙門之法世尊復以器中少水總瀉于地告羅怙羅曰汝見少水盡棄于地不白佛言大德我已見之佛言羅怙羅若苾芻故心妄語無有慙恥亦無追悔我觀如是愚癡之人説爲棄盡沙門之法世尊復以其器傾側至地告羅怙羅曰汝見此器傾側不白佛言大德我已見之佛言羅怙羅若苾芻故心妄語無有慙恥亦無追悔我觀如是愚癡之人説爲傾側沙門之法世尊復以其器覆之于地告羅怙羅曰汝見此器覆在地不白佛言大德我已見之佛言羅怙羅若苾芻故心妄語無有慙恥亦無追悔我觀如是愚癡之人説爲傾覆沙門之法復次羅怙羅如醉象王有大力勢牙如車軸肥壯勇猛善能鬪戰往戰場中共他戰時四足兩牙尾及脊脇悉皆作用惟有其鼻卷而不出羅怙羅此象爲護命故不用其鼻以摧彼軍象師即念此之象王護惜身命羅怙羅若彼象王共鬪之時出鼻戰者是時象師即知此象不恪軀命自軍他軍遇便殘害無惡不作如是羅怙羅若復苾芻故心妄語無有慙恥亦無追悔我説是人無惡不造爾時世尊説伽陁曰

若人違實法　故作虛誑語　乃至命終來

無惡而不造　寧呑熱鐵丸　猶如猛火燄

不以破戒口　噉他信心食

爾時世尊復告羅怙羅曰於汝意云何何意世人手執明鏡羅怙羅白佛言世尊彼執鏡者爲觀已面善惡之相佛告羅怙羅如是如

是汝之所有身業造作應當數數善自觀察我今欲起如是身業此之身業爲害自身并害他身是不善事是苦惡業能於未來感苦異熟耶爲不害自身并不害他是勝善事是安樂業能於未來感樂異熟耶羅怙羅若汝作此觀察之時即能了知此之身業我今欲作能損自他是不善事是苦惡業能於未來感苦異熟此之身業應當檢攝即不應作羅怙羅若汝作此觀察之時即能了知此之身業我今欲作能益自他是勝善事是安隱業能於未來感樂異熟此之身業應當發起修其善事復次佛告羅怙羅汝之所有身業造作應當數數善自觀察我今正作如是身業此之身業能害自他當受苦報即不應作若益自他當受樂報便應修學復次佛告羅怙羅汝之所有身業造作應當數數善自觀察我曾已作如是身業此之身業能害自他當受苦報所有罪業應對佛前至誠懇惻說所作罪或於清淨同梵行者前說其愆咎發露說悔將來禁戒更不重犯若作善業能益自他當受樂報應發歡喜心於日夜中慶其所作勿爲放逸羅怙羅如於身業欲作正作已作三時觀察當知語業意業亦復如是羅怙羅當知過去未來及以現在所有行業皆由意生應數觀察棄捨惡念常起善心羅怙羅若有沙門婆羅門等於身語意業現起之時應善觀察令極清淨常多修習相應而住羅怙羅如於現在觀察三業令極清淨相應而住過去未來亦復如是是故汝今於三業中恒善觀察令極清淨相應而住勿爲放逸爾

時世尊説伽陀曰

羅怙汝當知　常觀察三業　不令造衆惡
是順諸佛教　此是聲聞業　汝今應可修
修習此行時　長善息諸惡

爾時世尊爲羅怙羅示敎利喜説是法巳時羅怙羅禮佛雙足歡喜奉行于時世尊從座而去此是緣起尚未制戒佛在逝多林爾時法手苾芻是釋迦子於此而住善能言説降伏他論于時中國有一摩納縛迦爲求學故往詣南方事廣如前第四波羅市迦劫比羅因緣中具説時摩納縛迦所事師主是南方婆羅門博通諸論與摩納縛迦及諸弟子漸次遊行經諸城邑遂到室羅伐城時彼城中有一婆羅門爲衆之首聞有南方大論師至告諸學徒曰汝等知不有婆羅門是南方大論師今來至此欲求敵論若彼論師於諸論中而立義者汝等各隨所習共相酬對若能破彼斯曰善哉若不能者宜當引彼往釋子中今與論議若其論師能破釋子此即是我婆羅門勝若其釋子伏得彼者斯亦是我婆羅門勝何以故能令八方震大名稱云南方有一大婆羅門善解四明妙通八術來求激論至室羅伐城城中有人能摧彼論我等諸人亦非墮負時彼論師於晨朝時以衣裹腹手執炬火入室羅伐城時彼城中婆羅門子問言大師何故以衣裹腹論師報曰所受學業滿我腹中恐其破裂故以衣裹又問何因於白日中手執炬火論師報曰我見諸人愚癡闇昧今輝智炬令使開明論師即便共彼學徒更相問難有激論處人咸杜口城中學

士悉皆受屈諸人白言大師何故欲自朋耶論師報曰豈可於此更有他朋也諸人云有論師曰彼是何人報曰是沙門釋子近日方興於四姓中獨稱尊勝多聞辯說人所共知師今可往共彼言論問曰彼居何處報言在此城中逝多林内問曰於彼衆中誰爲第一激論之主報曰彼皆博識聰叡詞辯分明作是語時法手苾芻遇有他緣因届其所諸人見來告論師曰大師今可且置諸餘沙門釋子宜應可共此法手苾芻以申論難論師即便正視苾芻告諸人曰略觀此相定是論主即往就之告言苾芻我於先師頗曾少學欲共仁者聊叙論端苾芻報曰斯誠大善我比有心欲求論難何當遇敵得盡虚懷仁既遠來深適吾願隨意當作論師問曰何日對談

苾芻報曰明日可作欲在何處於其華園共作期已捨之而去時彼論師既共期已即於此夜研覈兩宗預設科條討尋徵斥思惟不睡迄至天明時法手苾芻作如是念我若破得此論師者亦未能免巡百家門食方滿腹若婆羅門儻摧我者我之所有名稱華冠悉皆隱没時婆羅門即於晨旦趣彼華園佇望苾芻欲其來至然而法手不赴前期久待不來遂還城内是時法手斟酌過期便入城中次行乞食彼婆羅門見而問曰苾芻何故不赴華園報曰何處華園婆羅門曰仁豈不憶昨日共期云於其處將興往復法手報曰我忘其事婆羅門作是念我於通夜思搆論端苾芻乃云我不曾憶復作是念然此苾芻無過二種一是情識愚惷二是才辯過人復報

之曰明日赴期報云如是彼婆羅門明至期時便赴園內淹留相待還復不來企望躊躇覆歸城邑是時法手知過期已入城乞食彼婆羅門見而復問苾芻何故還不赴期法手報曰我豈風病耶豈惟論議一事更無餘業然我每於晨旦承事大師所未聞法敬心聽受門徒之輩復自教詔還往貴人逢迎說法婆羅門曰苾芻不應故心妄語答曰我實如是由此法手苾芻共他論者許期往赴而故妄言令彼論師屢勞往返諸外道輩聞斯事已各生嫌賤君等應知釋子沙門故心妄語共他論者結契園中故作虛言令彼論者空勞往復諸苾芻聞已具白世尊佛以此緣集苾芻衆問法手曰汝實作如是故妄語事共他期契故心不往耶答言實爾世尊爾時種種訶責乃至我今爲諸苾芻制其學處應如是說

若復苾芻故妄語者波逸底迦

若復苾芻者謂是法手義如上說故者謂是故心了知其事妄語者有九種妄語八七六五四三二種差別不同云何九種妄語謂以無根他勝僧伽伐尸沙波逸底迦提舍尼突色訖里多以無根破戒破見破威儀破正命而作妄語云何八種妄語謂以無根他勝僧伽伐尸沙波逸底迦提舍尼突色訖里多以無根見聞疑破正命云何七種妄語謂以無根破戒破見破威儀正以無根見聞疑云何六種妄語若苾芻欲作妄語生如是念我當妄語正妄語時作如是念我正妄語若妄語竟作如是念我已妄語以無根見聞疑云何

五種妄語謂以無根五部罪而作妄語云何四種妄語謂以無根破戒破見破威儀破正命云何三種妄語謂以無根見聞疑又有三種妄語作如是念我當妄語我正妄語我已妄語云何二種妄語謂我正妄語我已妄語無有一種成妄語者復有五種妄語何者是耶自有妄語謂得波羅市迦有得僧伽伐尸沙有得窣吐羅底也有得波逸底迦有得突色訖里多云何妄語得波羅市迦若苾芻實不得上人法自稱言得此之妄語得波羅市迦云何妄語得僧伽伐尸沙若苾芻知彼苾芻清淨無犯而無根他勝法謗此之妄語得僧伽伐尸沙云何妄語得窣吐羅底也若苾芻在僧眾中故心妄語非法說法法說非法非律說律律說非律此之妄語得窣吐羅底也云何妄語得突色訖里多若苾芻半月半月作褒灑陀誦戒經時彼問清淨不而實不清淨自知有犯作覆藏心默然而住此之妄語得突色訖里多除向所說四種妄語諸餘妄語悉得波逸底迦波逸底迦者是燒煮墮落義謂犯罪者墮在地獄傍生餓鬼惡道之中受燒煮苦又此罪若不殷勤說除便能障礙所有善法此有說義故名波逸底迦此中犯相其事云何因攝頌曰

若實不見聞　不覺不知想　及疑而異說
是妄語應知

若苾芻不見不聞不覺不知作如是想如是忍可便云我見我聞我覺我知如是說時語語皆得波逸底迦罪若苾芻曾見聞覺知而忘其事作如是想如是忍可不憶其事而云

不忘語語皆得波逸底迦罪若實見聞覺知後遂生疑彼作此想如是忍可言於見等無有疑心語語說時皆得波逸底迦若實不見聞覺知有見等想彼作此解後言我實有見等語語說時皆得本罪若實不見而有聞覺知彼作此想如是忍可後言我見無有聞等語語說時皆得本罪若實不聞而有見覺知彼作此想如是忍可後言我聞無見覺知語語說時皆得本罪若實不覺而有見聞知彼作此想如是忍可後言我覺無見聞知語語說時皆得本罪若實不知而有見聞覺作如是想如是忍可後言我知無見聞覺語語說時皆得本罪若實見而忘聞覺知不忘彼作此想後言我見不忘聞覺知亦不忘語語說時皆得本罪若實聞而忘見覺知不忘彼作此想後言我聞不忘見覺知亦不忘語語說時皆得本罪若實覺而忘見聞知不忘彼作此想後言我覺不忘見聞知亦不忘語語說時皆得本罪若實知而忘見聞覺不忘彼作此想後言我知不忘見聞覺亦不忘語語說時皆得本罪若實見而疑聞覺知不疑彼作此想後言我見不疑聞覺知疑語語說時皆得本罪若實聞而疑見覺知不疑彼作此想後言我聞不疑見覺知疑語語說時皆得本罪若實覺而疑見聞知不疑彼作此想後言我覺不疑見聞知疑語語說時皆得本罪若實知而疑見聞覺不疑彼作此想後言我知不疑見聞覺疑語語說時皆得本罪若實不見而作不見想有聞覺知作聞覺知想彼作此想後言我見不聞覺知說時得本罪若實

不聞作不聞想有見覺知作見覺知想彼作此想後言我聞不見覺知說時得本罪若實不覺作不覺想有見聞知作見聞知想彼作此想後言我覺不見聞知說時得本罪若實不知作不知想有見聞覺想彼作此想後言我知不見聞覺說時得本罪若實見聞覺知彼作此想後言我不見聞覺知說時得本罪若實見聞覺知而不忘其事彼作此想後言我見聞覺知而忘其事說時得本罪若實見聞覺知而無疑心彼作此想後言我見聞覺知而有疑心說時得本罪若實見聞覺知有見聞覺知想彼作此想後言我不見聞覺知說時得本罪若實見不聞覺知彼作此想後言我不見然有聞覺知說時得本罪若實聞不見覺知彼作此想後言我不聞然見覺知說時得本罪若實覺不見聞知彼作此想後言我不覺然見聞知說時得本罪若實知不見聞覺彼作此想後言我不知然見聞覺說時得本罪若實見不忘聞覺知忘彼作此想後言我見而忘聞覺知不忘說時得本罪若實聞不忘見覺知忘彼作此想後言我聞而忘見覺知不忘說時得本罪若實覺不忘見聞知忘彼作此想後言我覺而忘見聞知不忘說時得本罪若實知不忘見聞覺忘彼作此想後言我知而忘見聞覺不忘說時得本罪若實見不疑聞覺知有疑彼作此想後言我見有疑聞覺知不疑說時得本罪若實聞不疑見覺知有疑彼作此想後言我聞有疑見覺知不疑說時得本罪若實覺不疑見聞知有疑彼作此想後言我覺有疑見聞知不

疑說時得本罪若實知不疑見聞覺有疑彼作此想後言我知有疑見聞覺不疑說時得本罪若實見作見想不聞不覺不知作不聞不覺不知想彼作此想後言我不見然有聞覺知說時得本罪若實聞想不見覺知作不見覺知想彼作此想後言我不聞然有見覺知說時得本罪若實覺作覺想不見聞知作不見聞知想彼作此想後言我不覺然有見聞知說時得本罪若實知作知想不見聞覺作不見聞覺想彼作此想後言我不知然有見聞覺說時得本罪若苾芻凡所有語違心而說皆得波逸底迦罪若不違心而說者皆無犯又無犯者最初犯人或癡狂心亂痛惱所纏

毀呰語學處第二

爾時佛在室羅伐城逝多林給孤獨園時六衆苾芻於諸苾芻作毀呰語云眇目瘸躄背傴侏儒太長太麤聾盲瘖瘂拐行腫脚禿臂大頭哆脣齵齒是時六衆苾芻作如是等毀呰語時諸苾芻聞已慙赧憂愁不樂讀誦思惟悉皆廢缺懷憂而住時有少欲苾芻見其事已咸生嫌賤作輕毀言云何苾芻於苾芻處而作毀呰云眇目等如上所說時諸苾芻以緣白佛爾時世尊以此因緣集苾芻衆乃至問六衆曰汝等實作毀呰之語惱諸苾芻云眇目等耶六衆答曰實爾大德世尊即便種種訶責廣說如上乃至此非沙門所應作事所以者何汝等當聽往古世時於聚落中有一長者娶妻未久歡愛同居便生一女年漸長大長者單身躬爲耕墾時有居士之子

父母俱喪常於林野販樵爲業時居士子持其樵擔來至耕處田頭樹下棄擔息肩見彼長者躬自耕作就而問曰阿舅何故衰年自營辛苦應居村落翻在田疇報言善來外甥我無兄弟復無子息不自躬耕衣食寧濟彼便報曰阿舅我且代耕仁當暫息即便執犁代其耕作遂至日午家中食來喚言外甥可來共食亦既食已報言阿舅宜可還家然我未知舅之宅處至日晡後當出村外路首相迎長者聞已即便歸舍時居士子耕至日晚牛放青稊躬持草擔并取柴束驅畜而歸至彼村隅長者迎見遂即相將到其宅所時居士子掃除廠廂布以乾土并設火煙多與牛草長者見已作如是念我由此兒今受安樂我之小女當與爲妻令其食已報云外甥當

住於此勤修家業此之小女授汝爲妻報言甚善即依處分營作生業時彼長者家有二牛每令驅使大者爲性調善小者稟識貪饕雖復拘制犯暴是常童子發憤放石遥打折其一角因即立號名爲禿角後於他日尚犯田苗同前不止便放鎌斫遂截其尾因即名爲禿尾禿角後於異時居士子告長者言阿舅先所許親幸可作之爾時長者言好便告妻曰賢首衣服瓔珞當可辦之小女不久欲爲婚娶妻便問曰曾未與人如何辦具長者報曰吾已與人妻曰是誰報此居士子妻曰此人宗族本不委知如白胡椒莫了生處如何以女輒爲婚戚凡婚姻者親屬還往飲噉追呼氏族相應我方與女報其妻曰賢首此居士子自至我家由斯代勞得受安樂此若

無者還嬰辛苦不免躬耕妻報夫曰我實不能將所愛女與客作人世間之人多用妻語是時長者便作是念我若報云不與女者作人今日便捨我去我還不免自執耕犂今且宜應詭設方便勿令即去時彼作人復於異時告長者曰家長宜應作婚姻事長者報曰外甥我之親族其數寬廣聚集之時多須飲食宜待秋熟稻穀收成既收穀已復告成婚報言外甥事須沙糖宜待甘蔗收已復告成婚報言外甥餅麵是資當待麥熟既收麥已復告成婚報言外甥陳稻將盡可待新秔時居士子見作推延遂生此念無容田實總一時成看此事由便成誑我我今宜可往告衆人若不與者經官取定便對衆人告云阿舅可作婚姻諸人聞已告長者曰許言已久何

不爲婚是時長者怒而告曰諸君當知此是我舍客作之人我以何緣與女婚娶諸人皆然時居士子便作是念我不得錢復不得婦虛淹歲序靡見成功我今宜可損害其人方隨意去便將二牛半日驅使多與杖捶繫之枯樹曝以烈日方欲言歸近劫初時畜解人語其牛既遭苦楚大牛便告居士子曰咄男子汝先於我共相愛念恩同父母知我劬勞何故今時多行杖楚繫之枯樹曝以烈日棄我還家我於汝處有何愆過男子報曰汝無有咎然汝曹主於我有過牛曰彼有何過男子報曰先許我女今者違信牛曰何不經官男子報曰爲無證人牛便報曰我等爲汝而作證人男子曰爲作人語爲作牛音牛曰不作人語我當現相令人表知汝當爲盟令人

表信汝當引我爲證令人表知牽我兩牛繫於廄内莫與水草滿七日已可於地中多水草處放我令出乃至傍人來覩信驗我等禁口不噉水草我現相貌令王大臣信汝言實我當飲噉是時男子聞是計已即便俱解放茂草中自詣王所致敬白王大王其村長者許女爲婚使役多年今乃翻悔王喚長者問其虛實長者白云我實不許王問男子汝有證不白王言有王曰爲人爲非人白言非人王曰是何白言是牛王曰爲作人語爲餘語耶白言不作人語王曰如何成證白言彼有實信令人表知其牛於七日中繫在廄内莫與水草滿七日已可於地中多水草處放牛令出我引爲證必有奇相乃至大王未信已來牛終不食此若虛者我當死罪王命臣曰當依此言看其證驗大臣奉教便取二牛繫之廄内不與水草時禿尾禿角報大牛曰豈期顛倒惟獨我等日出西方幽閉廄中不聞水草大牛報曰豈非我許居士子爲作保證於七日中自餓而住乃至王未信來不食水草禿尾禿角報大牛曰若放我者逢石尚噉況水草耶大牛報曰此居士子愛念我等事同父母豈得違信誤彼人耶禿尾禿角曰雖實愛念恩同二親然常喚我爲禿尾禿角我聞喚時即欲以角決破其腹大牛聞已默爾而住彼居士子時復來看問其牛曰得安隱不大牛報曰我且安隱汝不安隱居士子曰何意如此大牛曰此禿尾禿角作如是言若放我者逢石尚噉況水草乎居士子曰若如是者我於今夜當急逃走對王爲誑命在須

叟大牛報曰汝不須走當與禿尾禿角穿鼻安繩其紖促繫我角放出之日若彼違信食水草時我以雙角舉鼻令上汝即報言今此二牛告第五護世世人共許有五種擁護者謂地水火風日時居士子遂與穿鼻禿尾禿角報大牛曰仁當觀此苦瘡於我大牛曰與著瓔珞何苦之有便以拘紖繫大者頭至七日已王及諸臣親共觀視多水草田放二牛出禿尾禿角既見水草即便欲食是時大牛遂以雙角舉小牛鼻向日而望王問臣曰何意二牛向日而望時有智臣白言大王今此二牛意欲啓王說如是事非直我二爲證亦兼告彼第五護世明明白日助我證知王見是事極生希有報諸臣曰畜生無知尚能爲人而作保證事既非虛宜以彼女共爲婚戚便放二牛俱食水草時居士子既得勝已娶女爲妻佛告諸苾芻汝等當知在傍生趣聞毀呰言尚懷害念況復於人是故苾芻不應惡語毀呰他人此是緣起猶未制戒爾時世尊復告諸苾芻作毀呰語時於現在世所作事業不能成就汝等當聽乃往古昔於一村中有長者住以行車爲業彼有二牸牛一名歡喜二名美味於春陽時各生一子毛色斑駁既漸長大歡喜之子其角廣長美味之兒頭禿無角是時長者爲其立字一名歡喜長角二名美味禿頭及其壯盛俱有氣力後於異時諸行車人各因飲牛共集池所作如是言誰牛最勝各云我牛勝長者答云我牛極勝諸人報曰何以得知汝牛極勝長者曰可於峻坂令牽重車共立明言賭金錢五百作

是要已便將已牛放峻坂處牽其重車時彼長者便喚牛曰歡喜長角宜可疾牽美味秃頭亦當急挽時秃頭牛聞毀呰語即便却住不肯挽車長者大怒便以麤杖而拷楚之餘人報曰汝今豈欲殺此牛耶既其不如宜當放却是時長者便輸五百金錢極大忿怒於其二牛多與杖捶繫之枯樹畜解人語已如上說是時二牛告長者曰仁先養我事同父母我有何過遂行楚毒長者報曰今由汝故罰我五百金錢歡喜長角報長者曰由汝口過自罰金錢我等何咎長者曰我口何過牛便報曰何故對衆人前毀辱於我不言好稱喚作秃頭若言好名不毀呰我者更於峻坂牽倍重載共立明要倍賭金錢一千長者報曰汝今更欲倍罰我耶牛曰勿毀呰我定當盡力後於異時各因飲牛事如前說長者答云我牛極勝諸人報曰豈汝今時更求重罰長者報言設更罰我君等何失宜於峻坂倍駕重車賭金錢一千明爲要契即如言契以牛牽車令上峻坂便喚牛曰歡喜宜可急牽美味當須疾挽二牛聞已便生喜悅盡力牽車令至平地既其得勝便獲金錢一千時有天神於虛空中說伽陀曰

雖有極重載　居在峻坂下　二牛心若喜
能牽出此車　若陳順意語　二牛聞慶悅
牽車出不難　主獲千金賞　是故常愛語
勿作逆耳言　若出愛語時　無罪常安樂

佛告諸苾芻彼傍生類聞毀呰時尚能爲主作無利益何況於人是故苾芻不應於他作毀呰語爾時世尊種種訶責諸苾芻已廣說

如前我今爲諸弟子制其學處應如是說若復苾芻毀呰語故波逸底迦苾芻義如上毀呰語者謂於他人爲毀辱事出言彰表他領解時得波逸底迦罪廣說如上

根本說一切有部毗柰耶卷第二十五

音釋

鐸徒各切 窟苦骨切 叡以芮切深明通達也 覈下膈切考也 惷尺尹切無知貌 躊躇躊直由切躇直魚切猶豫也 孿躄孿呂員切拘也躄彼益切跛也 傴委羽切背曲疾也 佅陟輸切短也 聾盲聾盧紅切盲莫耕切 瘖瘂瘖於今切瘂烏下切疾不能言也 拐乖買切 腫之隴切脹也 哆丁可切脣下垂貌 齵五溝切齒漏也 稊杜奚切稗也 廠庯廠昌兩切屋無壁也庯於甲切屋壞也 餮他結切貪食也 憤房吻切怨也 鐮力鹽切刀鐮也 詭居委切詐也 秔古行切不粘稻也 紖直忍切牛系也 牸疾二切牝牛也 駮北角切庬雜也 坂府遠切坡也

根本說一切有部毗奈耶卷第二十六

唐三藏法師義淨奉　制譯

毀呰語學處第二之餘

此中犯相其事云何

總攝頌曰

種族及工巧　業形相病五　罪及煩惱類

惡罵爲後邊

別攝頌曰

種姓織毛針　鐵銅及皮作　陶師幷剃髮

木竹作幷奴

若苾芻作毀呰語意往婆羅門種苾芻處作如是語具壽汝是婆羅門種出家今非沙門非婆羅門時彼苾芻聞是語已隨惱不惱此苾芻得惡作罪

若苾芻作毀呰意往剎帝利種苾芻處作如是語具壽汝是剎帝利種出家今非沙門非婆羅門時彼苾芻聞是語已隨惱不惱此苾芻得惡作罪

若苾芻作毀呰意往薜舍種苾芻處作如是語具壽汝是薜舍種出家今非沙門非婆羅門時彼苾芻聞是語已隨惱不惱此苾芻得波逸底迦罪

若苾芻作毀呰意往戍達羅種苾芻處作如是語具壽汝是戍達羅種出家今非沙門非婆羅門時彼苾芻聞是語已隨惱不惱此苾芻得波逸底迦罪

若苾芻作毀呰意往織師種苾芻處作如是語具壽汝織師種出家今非沙門非婆羅門時彼苾芻聞是語已隨惱不惱此苾芻得波逸底迦罪

若苾芻作毀呰意徃毛作人種苾芻處作如是語具壽汝是毛作人種出家今非沙門非婆羅門時彼苾芻聞是語已隨惱不惱此苾芻得波逸底迦罪

若苾芻作毀呰意徃縫衣種苾芻處作如是語具壽汝是縫衣種出家今非沙門非婆羅門時彼苾芻聞是語已隨惱不惱此苾芻得波逸底迦罪如是乃至鐵作種銅作種皮作種陶師種剃髮種木匠種竹師種奴種皆應廣說准上應知此論種族訖

若苾芻作毀呰意徃婆羅門種苾芻處作如是語具壽汝是婆羅門種出家今非沙門非婆羅門汝今宜應學自工巧及諸技術謂婆羅門所有威儀法式洗淨執缾及取灰土讀誦規矩氣聲蓬聲四薜陀書作諸施會施受方法時彼苾芻聞是語已隨惱不惱此苾芻得惡作罪

若苾芻作毀呰意徃刹帝利種苾芻處作如是語具壽汝是刹帝利種出家今非沙門非婆羅門汝今宜應學自工巧及諸技術若刹帝利所有威儀法式所謂乘象馬車執持弓箭迴轉進趣執鉤執索排稍之類斬截斫刺相扠相撲射聲等術時彼苾芻聞是語已隨惱不惱此苾芻得惡作罪

若苾芻作毀呰意徃薜舍種苾芻處作如是語具壽汝是薜舍種出家今非沙門非婆羅門汝今宜應學自工巧若薜舍所有威儀法式所謂耕田牧牛及興易等時彼苾芻聞是語已隨惱不惱此苾芻得波逸底迦罪

若苾芻作毀呰意徃戍達羅種苾芻處作如

是語具壽汝是戍達羅種出家非沙門非婆羅門汝今宜應學自工巧若戍達羅所有威儀法式所謂擔運樵薪餧飼諸畜持彼苾芻聞是語已隨惱不惱而彼苾芻得波逸底迦罪

若苾芻作毁訾意徃織師種苾芻處作如是語具壽汝是織師種出家非沙門非婆羅門汝今宜應學自工巧所有大氍小氍及被蓋物幷麻紵衣等時彼苾芻聞是語已隨惱不惱此苾芻得波逸底迦罪

若苾芻作毁訾意徃織毛種苾芻所作如是語具壽汝是織毛種出家非沙門非婆羅門汝今宜應學自工巧所謂大小氍毹或厚或薄方圓坐蓐等時彼苾芻聞是語已隨惱不惱此苾芻得波逸底迦罪

若苾芻作毁訾意徃縫衣種苾芻所作如是語具壽汝是縫衣種出家非沙門非婆羅門汝今宜應學自工巧所謂頭帽衫襖大小裙袴時彼苾芻聞是語已隨惱不惱而此苾芻得波逸底迦罪

若苾芻作毁訾意徃鐵師種苾芻所作如是語具壽汝是鐵師種出家非沙門非婆羅門汝今宜應學自工巧所謂大小鐵鉢針刀剃具斧钁等物時彼苾芻聞是語已隨惱不惱而此苾芻得波逸底迦罪

若苾芻作毁訾意徃銅作種苾芻所作如是語具壽汝是銅作種出家非沙門非婆羅門汝今宜應學自工巧所謂銅盤缾器鈴鐸等物時彼苾芻聞是語已隨惱不惱而此苾芻得波逸底迦罪

若苾芻作毀訾意往皮作種苾芻所作如是語具壽汝是皮作種出家非沙門非婆羅門汝今宜應學自工巧所謂富羅鞋履鞍韉坐具等物時彼苾芻聞是語已隨惱不惱而此苾芻同前得罪

若苾芻作毀訾意往陶師種苾芻所作如是語具壽汝是陶師種出家非沙門非婆羅門汝今宜應學自工巧所謂缾瓨甌器等物時彼苾芻聞是語已隨惱不惱而此苾芻同前得罪

若苾芻作毀訾意往剃髮種苾芻所作如是語具壽汝是剃髮種出家非沙門非婆羅門汝今宜應學自工巧所謂剃髮剪爪撩理卷舒等事時彼苾芻聞是語已隨惱不惱而此苾芻同前得罪

若苾芻作毀訾意往木作種苾芻所作如是語具壽汝是木作種出家非沙門非婆羅門汝今宜應學自工巧所謂牀座門窻屋舍等事時彼苾芻聞是語已隨惱不惱而此苾芻同前得罪

若苾芻作毀訾意往竹作種苾芻所作如是語具壽汝是竹作種出家非沙門非婆羅門汝今宜應學自工巧所謂箱篋席扇傘蓋鼻箭等事時彼苾芻聞是語已隨惱不惱而此苾芻同前得罪

若苾芻作毀訾意往奴種苾芻所作如是語具壽汝是奴種出家非沙門非婆羅門汝今宜應學自工巧所謂與他濯足洗身驅馳使役等事時彼苾芻聞是語已隨惱不惱而此苾芻同前得罪此論工巧訖

若苾芻作毀呰意往婆羅門種苾芻所作如是語具壽汝是婆羅門種出家非沙門非婆羅門汝今宜應作其自業謂婆羅門所有威儀法式洗淨執缾等業如前廣説時彼苾芻聞是語已隨惱不惱而此苾芻得惡作罪如是刹帝利種令作自業廣説如前得惡作罪若薛舍戍達羅及餘諸類乃至奴所作業廣説如前准事應説加其器具而此苾芻得波逸底迦罪此論作業訖

若苾芻作毀呰意往跛躄苾芻所作如是語具壽汝是跛躄出家非沙門非婆羅門時彼苾芻聞是語已隨惱不惱而此苾芻得波逸底迦罪如是乃至眇目盲瞎曲脊侏儒聾瘂柺行可惡相貌向彼説時彼聞是語隨惱不惱而此苾芻皆得波逸底迦罪此論形相訖

若苾芻作毀呰意往病癩苾芻所作如是語具壽汝是病癩出家非沙門非婆羅門時彼苾芻聞是語已隨惱不惱而此苾芻同前得罪如是身生疥癬禿瘡噎饑變吐乾痟熱瘧風氣癲狂水腫痔漏疵等所有諸病若苾芻作毀呰意往如是病苾芻所作如是語具壽汝是帶病出家非沙門非婆羅門時彼苾芻聞是語已隨惱不惱而此苾芻同前得罪此論病訖云何爲罪若苾芻作毀呰意往苾芻所作如是語具壽汝犯波羅市迦非沙門非婆羅門時彼苾芻聞是語已隨惱不惱而此苾芻同前得罪如是汝犯僧伽伐尸沙窣吐羅底也波逸底迦罪波羅底提舍尼突色訖里多非沙門非婆羅門時彼苾芻聞是語已隨惱不惱而此苾芻同前得罪此語罪訖云

何煩惱若苾芻作毀呰意往苾芻所作如是語具壽汝有瞋恚非沙門非婆羅門時彼苾芻聞是語已隨惱不惱而此苾芻同前得罪如是汝有恨覆惱嫉慳諂誑無羞恥惡行邪見同前得罪是謂煩惱云何惡罵若苾芻作毀呰意往苾芻所作種種鄙媟語而爲罵詈時彼苾芻聞是語已同前得罪無犯者若一住處有多同名苾芻若問他時他不識者應報彼云是如是種類苾芻悉皆無犯又無犯者謂最初犯人或癡狂心亂痛惱所纏

離間語學處第三

爾時佛在室羅伐城逝多林給孤獨園爾時六衆苾芻於諸苾芻作離間語時諸苾芻共相怨恨生大慚恥各懷憂悒不能樂住廢修正業讀誦思惟久愛念心因斯斷絶時諸少欲苾芻聞是事已心生嫌賤作如是語云何苾芻於諸苾芻作離間語即以此縁具白世尊世尊以此因縁集苾芻衆知而故問六衆苾芻汝等實作如是離間語不答言實爾爾時世尊告曰汝非沙門非隨順行不清淨不應爲非出家人之所應作世尊種種訶責已告諸苾芻曰汝等若作離間語者自損損他汝當善聽乃往古昔於險林中有母師子懷妊而住凡母師子欲至産日先多取肉後乃生兒時母師子爲求肉故往牛群處隨逐而行時有牸牛新生犢子爲護子故在後而行時彼師子便殺牸牛牽往險林是時犢子爲貪乳故逐死母行到其住處師子見已便作是念此小犢兒我今亦取後更起念此不須殺我若生兒將作朋友共爲歡戲便即生兒

二俱乳養皆漸長大後於異時母師子患臨命終際並喚兩兒俱告之曰汝等二子一乳所資我意無差義成兄弟須知人世離間之徒搆合諂言滿贍部内我終殁後宜好相看背面之言勿復聽採作是語已即便命終汝諸苾芻諸法常爾即説頌曰

積聚皆銷散　崇高必墮落　合會終别離　有命咸歸死

時母師子既命過已其兒於後取好麋鹿熱肉熱血以自資養日漸長大其牛由彼師子力故所護豐草隨情噉之形貌肥壯時有老野干常隨師子規覓殘食師子每食熱血肉已疾還住處與彼大牛而共歡戲所有殘肉餘獸野干尋皆餐噉時老野干作如是念我試觀察此師子王何處居止遂逐其後往至林中見與牛王共爲歡戲見已便念此二皆當俱入我腹我今宜可作離間事令其相殺時彼野干待師子去向牛王邊垂耳而住聖方國法喚老者爲舅名少者爲外甥牛見野干年老喚言阿舅豈可温風吹身困極垂耳耶野干報曰外甥何獨温風吹我身體更有音息有同火燄牛王報曰消息如何野干答曰我聞師子作如是語此肉聚牛能向何處我無肉時即便殺之以充口腹牛曰阿舅勿作此語我母終時俱告我曰汝之二子一乳所資我意無差義成兄弟須知人世離間之徒搆合諂言滿贍部内我終没後宜好相看背面之言勿復聽採野干報曰外甥看汝情懷死日無幾我言利益而不見聽牛曰阿舅以何相貌得知殺我野干答曰外甥此之師

子從窟出時奮迅身體三聲哮吼四顧而望如是次第來至汝前即知此時方欲殺汝作是語已捨牛而去詣師子邊垂耳而住師子見已問言阿舅豈可熱風觸體困極垂耳野干報曰外甥何但熱逼我身更有惡言有同火燄師子曰消息如何野干答曰外甥我聞牛王作如是語此噉草師子能向何處此母昔時枉殺我母我今必定決破其腹師子報曰阿舅勿作此語我母終時俱告我曰汝之二子一乳所資我意無差義成兄弟須知人世離間之徒搆合諂言滿贍部內我終沒後宜好相看背面之言勿復聽採野干報曰外甥看汝意謂死日無幾我陳利益而不見聽師子曰阿舅以何相貌得知殺我野干答曰外甥此之牛王從窟出時摇動身體出聲吼叫以脚爮地如是次第來至汝前即知此時方欲殺汝作是語已捨之而去汝等苾芻牛王與師子出窟之時常作斯事而皆未曾將爲過咎後於異時師子出窟奮迅身體三聲哮吼四顧而望來向牛前牛亦出窟摇動身體出聲吼叫以脚爮地向師子前此常所爲曾不存意及其內心有離間想彼二即便記所作事牛見師子現相而來便作是念此欲殺我師子見牛現其相貌亦作是念此欲殺我師子即便以爪而搭彼牛項牛便以角決師子腹須臾之間二俱命過時有諸天於空中說伽陀曰

若聽惡人言　必無賢善事　師子牛相愛
野干令鬭死

汝諸苾芻此傍生趣由其聽採離間之言不

憶母語遂至相殺何況於人作離間語是故汝等不應於他作離間事此是緣起未制學處爾時世尊復告諸苾芻復次汝等更當善聽乃往古昔於大險林有母師子及以母彪皆養一兒於此林中各不相見曾於一時其母師子出行求食時師子兒林內遊行遂到母彪所居之處其彪遥見作如是念我當殺此用充飲食復更思念此不須殺當與我兒以爲朋友共相歡戲時師子兒爲饑所逼遂向彪處共飲其乳時彼師子還歸住處不見其兒遂便尋覓周行山澤見在彪邊而飲其乳是時母彪見師子來遂欲奔走師子告曰姊妹幸勿奔馳汝於我兒能生憐念我今共汝一處同居若我出時汝看二子汝若覓食我護兩兒善惡是同斯亦佳矣既合籌議遂即同居便與兩兒各施名號其師子兒名曰善牙彪兒號爲善髆俱同育養皆漸長成後於異時二母俱患臨命終際並喚兩兒俱告之曰汝等二子一乳所資我意無差義成兄弟須知離間之輩充滿世間我終没後背面之言勿復聽採作是語已即便命終汝諸苾芻諸法常爾如前説頌爾時二母俱命終已其師子兒出外求食飽餐血肉疾歸林藪是時彪子欲出行時久而方至復於異時彪出求食食𦙍殘肉疾疾而歸師子見怪便問之曰兄弟汝比求餐久而方至何故今者疾疾而歸彪曰我藏餘肉疾噉而來師子告曰豈復汝噉陳臭肉耶答言我噉師子告曰我每出時取好麞鹿上妙血肉飽食而歸所有殘餘無心重顧彪言兄弟汝有勇健堪得此爲

我無力能食噉殘肉師子曰若如是者求食之時與我同去所得新肉可共俱餐作此籌量每多同去未同行時有老野干隨逐師子噉其殘食後見彪隨野干生念此二皆當俱入我腹我今宜可作離間事令其相殺時彼野干待無彪時於師子邊垂耳而住師子即便問野干曰阿舅豈可溫風吹身困極垂耳耶野干報曰外甥何獨溫風吹我身體更有音息事同火燄師子報曰此言何義野干答曰我聞猛彪作如是語此食草師子能向何處每以殘肉與我令噉我若有便必當殺之師子報曰阿舅勿作此言我母終時俱告我曰汝之二子一乳所資我意無差事同兄弟須知離間之輩充滿世間我終沒後背面之言勿復聽採野干報曰外甥看汝情懷死曰無幾我陳利益汝不見聽師子曰阿舅以何相貌得知殺我野干答曰外甥此之猛彪從窟出時奮迅身體三聲哮吼四顧而望如是次第來至汝前即知此時有心相殺作是語已捨之而去詣猛彪邊垂耳而住彪見問言阿舅豈可熱風觸體困極垂耳耶野干答曰外甥何但熱逼我身更有惡言有同火燄猛彪報曰消息如何野干答曰外甥我聞師子作如是語此食殘彪能向何處遣我辛苦求食與之我若得便殺之噉肉彪便報曰阿舅勿作此語我母終時俱告我曰汝之二子一乳所資我意無差義成兄弟須知離間之輩充滿世間我終沒後背面之言勿復聽採野干報曰外甥看汝意謂死日無幾我陳利益而不見聽彪言阿舅以何相貌得知殺我野

干答曰外甥若見師子出窟之時奮迅身體三聲哮吼四顧而望來向汝前即知師子有心殺汝野干作是語已捨之而去汝等苾芻師子與彪出窟之時常作斯事而皆未曾將爲過咎後於異時師子出窟奮迅身體三聲哮吼四顧而望來向彪前彪亦出窟搖鼓身體吼叫三聲周迴四望向師子前此常所爲曾不存意及其内心有離間想彼二即便詎所作事彪見師子現相而來便作是念此欲殺我師子見彪現其相已亦作是念此欲殺我復更思念我有大力勇健無雙此復何能殺害於我我今且問何因殺我説伽陀曰

形容極姝妙　勇健多奇力　善髆汝不應
惡心來害我

彪聞語已亦説伽陀曰

形容極姝妙　勇健多奇力　善牙汝不應
惡心來害我

是時善牙問善髆曰誰復相告云我有心欲行殺害善髆答曰此老野干善髆于時亦問善牙曰誰復相告云我有心欲行殺害善牙答曰此老野干善牙報曰由此惡物鬪亂兩邊令我親知幾欲相殺即噉野干撲之令死時有諸天説伽陀曰

不得因他語　棄捨於親友　若聞他語時
當須善觀察　野干居土穴　離間起惡心
是故有智人　不應輒生信　此惡癡野干
妄作鬪亂語　離間他親友　殺去心安樂

汝諸苾芻此傍生趣作離間時自招斷命何況於人是故汝等不應於他作離間事爾時世尊以種種方便訶責六衆苾芻告諸苾芻

廣說如前乃至我觀十利爲諸聲聞弟子制其學處應如是說

若復苾芻離間語故波逸底迦

苾芻義如上此謂六衆苾芻若更有餘如是流類離間語者若苾芻於他苾芻處作離間意所有言說得波逸底迦者義如上說此中犯相其事云何總攝頌曰

種族及工巧　業形相病五　罪及煩惱類
惡罵爲後邊

別攝頌曰

種謂是四姓　乃至於奴種　工巧事皆同
作業亦如是　於中有雜類　織師毛作針
鐵匠銅作人　皮作陶師種　剃髮幷木作
及以竹作人　類有十一殊　奴最居於後

若苾芻作離間意往婆羅門種苾芻所作如是語具壽有苾芻云汝是婆羅門種出家非沙門非婆羅門問言是誰答云某甲彰其名者得惡作罪所說種族亦惡作罪刹帝利種罪亦同此若薜舍等乃至於奴若彰其名及以種族皆得波逸底迦罪於中廣說如毀呰語學處無犯者謂最初犯人癡狂心亂痛惱所纏

發舉學處第四

爾時佛在室羅伐城給孤獨園爾時六衆苾芻知和合衆如法斷諍已更於羯磨而發舉之作如是語此之諍事不善滅除是惡斷事更應詳審爲其除滅時諸苾芻更爲斷諍除滅其事廢修善品讀誦思惟少欲苾芻便生嫌賤作如是語如何苾芻知和合衆如法斷諍已更於羯磨發舉事如上說時諸苾芻以

此因緣具白世尊廣説如前乃至我觀十利爲諸聲聞弟子制其學處應如是説

若復苾芻知和合僧伽如法斷諍事已除滅後於羯磨處更發舉者波逸底迦

者謂自解了説向他人和合者謂同一味衆苾芻義如上苾芻者謂是六衆或復餘類知者謂佛弟子如法斷者謂如法如律如大師教諍者四諍謂評論諍非言諍犯罪諍作事諍已除滅者謂事消殄後於羯磨更發舉者謂發舉其事令不止息墮義如上此中犯相其事云何若苾芻於評論諍事作評論諍事想知事除滅作除滅想或復生疑更發舉者波逸底迦事不除滅作除滅想疑更發舉者得突色訖里多

若苾芻於評論諍事作非言諍事想知事除滅作除滅想或復生疑更發舉者波逸底迦餘犯同前若苾芻於評論諍事作犯罪諍事想知事除滅作除滅想或復生疑更發舉者波逸底迦餘犯同前若苾芻於評論諍事作非事諍事想知事除滅作除滅想或復生疑得罪同前如以評論諍事爲初望餘三諍而爲四句餘諍爲首類此應知廣説總有十六句有五種別人云何爲五謂主人作羯磨人與欲人述自見人客人言主人者謂於諍事了初中後作羯磨人者謂於此諍事爲秉羯磨與欲人者謂於當時而與其欲述自見人者謂作羯磨時説其自見客人者謂於諍事不了初中後於此五中初之三人知和合衆於其諍事如法除殄更發舉其事者得波逸底迦後之二人於和合斷事更發舉者得突

色訖里多境想句如常應知又無犯者最初犯人或癡狂心亂痛惱所纏

獨與女人說法過五六語學處第五

爾時佛在室羅伐城逝多林給孤獨園時具壽鄔陀夷善解身相於日初分時執持衣鉢入室羅伐城次行乞食至婆羅門居士舍見有少婦問曰汝姑何如彼便答曰我姑暴急如兔中箭鄔陀夷報曰汝姑何過由彼兩乳中間及隱密處有暴惡相謂黑䵝赤䵝及以旋毛是此之過作是語已取食而去後於異時復至其舍問其姑曰汝之新婦性行如何報曰我家新婦性多懶墮不事恭勤惡罵好瞋出言麤獷鄔陀夷報曰新婦何過說相同前是此之過作是語已取食而去時鄔陀夷便於他日入室羅伐城次行乞食於婆羅門居士家因為說法問其姑曰汝新婦何如報言聖者我之新婦孝同親女或如小妹鄔陀夷曰非彼之德由彼兩乳中間及隱密處有良善相謂鉼魚文字盤屈等相是此之德復於他日見其新婦問言汝姑何如報言我姑如姊如母鄔陀夷曰非彼之德由彼兩乳中間如前具說所有徵相告已而去彼婦及姑後於異時因澡浴身體共相揩拭於隱密處各覩其相事同尊者鄔陀夷所言及於後時因有鬪諍共相期剋姑作是語汝敢對我為爭競耶汝不自知與外男子私有交通答言我敢說盟實無是事報曰若如是者如何令他男子知汝隱處有䵝等記于時新婦亦報姑曰我實無顏敢相斥觸敢道家長與外交通令他男子知其隱相請勿多言宜息斯事

及其彼二共懺謝已更相問曰誰曾告汝隱處相耶答言聖者鄔陀夷姑云我亦曾見鄔陀夷説是時彼二各共譏嫌大德何因故惱我等時有耆老苾芻因乞食次來至其家姑便問曰鄔陀夷者何如人也苾芻報曰彼是大臣子捨家棄俗持戒苾芻答曰若是持戒苾芻何因得知女人隱處有黶等相耶苾芻報曰彼解身相知有黶等答曰豈可有相皆告人知苾芻聞已還至寺中告諸苾芻苾芻以緣白佛佛言由説法故有如是過失從今已去不應俗家爲女説法如佛所説不爲女人説法時諸苾芻入村乞食女人白言聖者爲我説法苾芻報曰姊妹世尊不許爲女説法彼便答曰若仁不肯爲説法者我亦不能以食相施諸苾芻以緣白佛佛言汝等苾芻應爲女人作五句説法告女人曰姊妹色無常乃至受想行識無常苾芻入村乞食女人白言聖者爲我説法苾芻爲作五句説法姊妹色等無常女復請曰更爲説法苾芻報曰姊妹佛但許此不聽多説女人答言我亦但施少許飲食諸苾芻以緣白佛佛言與作六句説法報言姊妹眼無常乃至耳鼻舌身意無常苾芻入村乞食女人白言聖者爲我説法苾芻爲作六句説法姊妹眼等無常女復請曰更爲説法苾芻報曰姊妹佛但許此不聽多説女人答言我亦但施少許飲食諸苾芻以緣白佛佛言應置男子隨意多説苾芻乞食入村女人白言聖者爲我説法苾芻報曰應喚男子白言何用丈夫報曰世尊制戒應對男子爲女説法隨意多説女曰善哉我

有護者仁復無畏足得隨意爲我說法便喚男子苾芻說法而去時六衆苾芻次行乞食到女人處報言姊妹可坐我爲說法女人白言聖者小住待我喚男子來六衆報曰何須男子但令有一獼猴雞犬犢子小兒即爲女人說法而去時有耆老苾芻乞食而至女人白言聖者爲我說法苾芻報言應喚男子爲汝說法女人白言聖者此有獼猴雞犬犢子小兒隨有一時即得說法苾芻報曰我不應對如此男子爲女說法苾芻告曰誰教汝等將此當男而爲說法女言聖者六衆教我苾芻報曰非彼誰能作斯惡行諸苾芻以緣白佛佛言應對有知男子方可說法如世尊說爲女人說法應五六句時六衆苾芻爲女人說五句法時故心至六說六句時故心至七

時有苾芻見而報曰具壽如世尊說爲女說法應五六句何故仁今故至六七六衆報曰豈六七句飲酒噉蒜耶少欲苾芻聞生嫌賤作如是語如世尊說爲女說法不過五六句云何六衆苾芻故至六七語以緣白佛佛以此緣集苾芻衆乃至問六衆曰我制爲女人說法但五六句汝等故心說六七耶答言實爾大德佛以種種訶責廣說如前乃至我今爲諸弟子制其學處應如是說若復苾芻爲女人說法過五六語除有智男子波逸底迦苾芻義如上此謂六衆若更有餘如是流類女人者謂是有力解善惡語不得過五六語者若說五句法時故心至六若說六句法時故心至七法者若佛說若聲聞說者謂口宣陳除有智男子者謂非無知解男子波逸底

迦義亦如上此中犯相其事云何若苾芻於上閣中以五六句爲女說法故心至六至七各得波逸底迦若在上閣爲女說法已下至中閣時彼女人亦隨下閣作如是語聖者更可爲我宣說法要時彼苾芻應報彼曰姊妹我已說訖彼云聖者更願爲我宣陳妙法時彼苾芻應五六句爲其說法若至六七得波逸底迦如是乃至閣下或復至門或至簷前過說之時皆得墮罪若教女誦時或復彼問或復有智女人能於後後轉生異問者應隨所問答之無犯又無犯者最初犯人或癡狂心亂痛惱所纏

與未圓具人同句讀誦學處第六

爾時佛在室羅伐城逝多林時六衆苾芻與未圓具人同句讀誦於其住處作大閙聲如婆羅門誦諸外論又如俗衆在學堂中高聲習讀于時世尊聞其住處音響諠聒便告阿難陀曰何因住處作大閙聲如婆羅門誦諸外論又如俗衆在學堂中高聲習讀時阿難陀白言世尊此是六衆苾芻與未圓具人同句讀誦爲此寺中出大音聲如婆羅門等具陳其事佛告阿難陀豈諸苾芻與未圓具人同句讀誦阿難陀白佛言同句讀誦爾時世尊以此因緣如前廣說乃至六衆苾芻曰汝等實與未圓具人同句讀誦白佛言實爾大德爾時世尊以種種訶責乃至我今爲諸弟子制其學處應如是說若復苾芻與未近圓具人同句讀誦教授法者波逸底迦若復苾芻者謂是六衆若復有餘如是流類未圓具人者有兩種圓具謂苾芻及苾芻尼餘並名

爲未圓具者言句者有同句前句云何同句謂圓具者云諸惡莫作時其未圓具者便共一時云諸惡莫作是名同句云何前句謂圓具者云諸惡莫作聲未絶時其未具者同聲道此句遂在先云諸善奉行是名前句云何同字謂圓具者云惡字時其未具者遂同時云惡是名同字云何前字謂圓具者云惡字聲未絶時其未具者同聲道惡字遂在先云何是名前字言讀誦者謂言領受言法者謂佛及聲聞所說之法波逸底迦者義如上說此中犯相其事云何若苾芻於未圓具人作未圓具想及疑與同句先句讀誦法者得根本罪若於未圓具人作未圓想及疑與同字先字讀誦法者得根本罪若於未圓具人作圓具想及疑與其同句先句同字先字說者得惡作罪若於圓具者作未圓具想及疑同句先句同字先字說者得惡作罪若於圓具作圓具想無犯若口吃者若性急者若捷語者並無犯若教誦時若教問時無犯又無犯者謂最初犯人或癡狂心亂痛惱所纏

根本說一切有部毗柰耶卷第二十六

音釋

排穳 排步皆切旁排也穳祖筭切小矛也 氍毹 氍強魚切毹山芻切毛席也 鞍韉 鞍烏寒切馬鞍也韉則先切馬韉也 筩 徒紅切斷竹也 跛 布火切足偏也 噎饐 噎烏結切氣窒不通也饐一異切食不下也 瘧 魚約切寒熱疾也 [illegible] 胡官切皮病也 媟 先結切慢也 跑 薄交切足跑地也 彪 悲幽切虎文也 髆 補各切肩甲也 黶 於琰切面有黑子也 [illegible] 許驕切豈也

根本説一切有部毗柰耶卷第二十七

唐三藏法師義淨奉　制譯

向未圓具人説麤罪學處第七

爾時薄伽梵在室羅伐城逝多林給孤獨園時有衆多苾芻或老或少由未離欲煩惱現前行於非法遂犯僧伽伐尸沙後於明解律藏者就之聽習識知罪已各生追悔求欲除罪即便如法行其徧住及摩那卑便爲衆僧供給飲水或爲扇涼或於世尊髪爪窣覩波所以新瞿昧耶而塗拭之并餘作務時有信敬婆羅門居士等見而議曰世間有人善别寶玉觀諸寶物非僞濫者方收舉之此諸苾芻亦復如是善知因果收諸福業雖年老耄親爲衆僧供給飲水并諸作務而不辝勞然此六衆唯自養身不修勝福彼諸人衆作輕賤時六衆聞已告諸人曰汝等謂彼情樂福故而供給耶然彼非是好心自修福業但是僧衆與治罰事令其營作諸人問曰彼有何過衆與治罰六衆報曰此老苾芻自作如是如是非法之事時彼婆羅門居士聞行非法各生嫌恥作如是語斯等老宿尚作非理諸餘年少有罪何疑諸老苾芻於食後時復於窣覩波所同前塗拭是時六衆詣彼老宿苾芻弟子求寂處問言具壽汝等二師今何處去弟子答曰大德我之師主修諸福業彼便問曰修何福耶答曰於世尊髪爪窣覩波處以細軟牛糞而爲塗拭彼弟子等問六衆曰大德仁等何不修福六衆報曰汝等知不非汝二師自心求福於窣覩波所而爲供養但是僧衆與苦治罰令其受行弟子問曰我之

師主作何罪過而受治罰彼便答曰汝之師主自作如是如是非法之事時彼老宿苾芻既出罪已令諸求寂作衆事業彼便報曰師等何不自爲師曰我不應作求寂報曰師等尚作如是如是非法之事斯等作業何不合耶師便報曰雖有斯過我等如法皆已說除然此罪事誰向汝說求寂報曰是六衆苾芻時諸少欲苾芻聞生嫌賤云何苾芻於未圓具人說他麤罪時諸苾芻以此因緣具白世尊世尊告諸苾芻廣說乃至問六衆曰汝等苾芻實向未圓具人說他麤罪不白佛言大德實爾于時世尊以種種訶責乃至非出家者之所應作既訶責已告諸苾芻曰我觀十利爲諸苾芻制其學處應如是說若復苾芻知他苾芻有麤惡罪向未受近圓人說者波逸底迦如是世尊爲諸苾芻制學處已室羅伐城有苾芻名曰廣額有苾芻尼名曰松幹時此二人於諸俗舍作汚家事現不善相遂使諸人不生敬信時諸苾芻以此因緣具白世尊世尊告曰汝諸苾芻應差苾芻於諸俗家告語諸人云廣額苾芻松幹苾芻尼所作非法若苾芻不具五法即不應差設差亦不應遣云何爲五有愛恚癡怖不知說與未說若具五法應差設差應遣如是應敷座鳴揵椎衆既集已以言告知先當問能汝某甲能往諸俗家說廣額苾芻松幹苾芻尼所行非法不彼答言能次一苾芻爲白羯磨應如是作大德僧伽聽此廣額苾芻松幹苾芻尼於諸俗家作諸非法遂令諸人不生敬信此苾芻某甲能往諸俗家說廣額苾芻松幹苾芻

尼所行非法若僧伽時至僧伽聽許僧伽今許差此苾芻某甲於諸俗家説廣額苾芻松幹苾芻尼所行非法白如是次作羯磨大德僧伽聽此廣額苾芻松幹苾芻尼於諸俗家作諸非法遂令諸人不生敬信此苾芻某甲能往俗家説廣額苾芻松幹苾芻尼所行非法僧伽今差苾芻某甲於諸俗家爲説過人於諸俗家説廣額苾芻松幹苾芻尼所行非法若諸具壽許此苾芻某甲於諸俗家爲説過人於諸俗家説廣額苾芻松幹苾芻尼所行非法者默然若不許者説僧伽今已許差此苾芻某甲於諸俗家爲説過者向諸俗家説廣額苾芻松幹苾芻尼所行非法由其默然故我今如是持汝等苾芻我今爲彼於諸俗家説過苾芻制其行法彼苾芻應至

俗家作如是語諸仁當聽有汚俗家者有汚出家者譬如田畦稻穀滋茂便遭霜雹遂令苗稼盡見摧殘又如甘蔗莖幹敷榮遭赤節病遂令損壞無有遺餘仁等當知彼二罪惡之人亦復如是仁等莫與共爲親住虧損聖教當知此人自身損壞猶如燋種不復生芽令於聖教法律之中不能增長汝等當觀如來應供正徧知及觀上座尊者解了憍陳如尊者婆澀波尊者無勝尊者賢善尊者大名尊者名稱尊者圓滿尊者無垢尊者牛王尊者善臂尊者身子尊者大目乾連尊者俱恥羅尊者大准陀尊者大迦多演那尊者嗢頻螺迦攝尊者那地迦攝尊者伽耶迦攝尊者大迦攝尊者難提如是等諸大苾芻汝當觀察時彼告令苾芻應於俗家如是告巳即出

共舍時廣額苾芻聞斯事已便作是念衆僧爲我差彼苾芻向俗家中說我過失即便詣彼苾芻處作如是語汝於俗家說我過失耶彼便報曰我得衆僧如法教令廣額答曰我於是事隨合不合當破汝腹決取中腸繞逝多林令使周帀斬截汝首懸在寺門若皮油餅衆人共見彼聞是語即大驚怖告諸苾芻曰廣額於我欲相屠害遂以上事具告衆知我今不能更於俗舍陳說其事時諸苾芻即以此緣具白世尊世尊告曰彼之癡人能欺別人不能欺衆由是僧伽應作單白詳說其過敷座鳴犍椎衆既集已應言告知令一苾芻應如是作

大德僧伽聽此廣額苾芻松幹苾芻尼於諸俗家作非法事遂令多人不生敬信令無別人能於俗舍說其過咎若僧伽時至僧伽聽許僧伽今若見廣額苾芻松幹苾芻尼於諸俗家作非法處即應於彼說其過失當作是語仁等當知此罪惡苾芻及苾芻尼虧損聖教當知此人自身損壞猶如燋種不復生芽今於聖教法律之中不能增長汝等當觀如來應正徧知及觀上座解了憍陳如等諸大苾芻所有行跡白如是如佛所教令諸大衆於彼行處普告俗家時諸苾芻於諸俗家隨知不知悉皆告語遂令衆人不生敬信使乞食者飲食難求即以此緣具白世尊世尊告曰於諸俗家知彼苾芻苾芻尼行惡行處當說其過勿於不知處由此當知除僧羯磨爾時世尊讚歎持戒隨時宣說少欲法已告諸苾芻曰前是創制此是隨開乃至應如是說

若復苾芻知他苾芻有麤惡罪向未近圓人説除僧羯磨波逸底迦

若復苾芻者謂是六衆餘義如上言圓具者有其二種謂苾芻苾芻尼餘名未具言麤惡者有二種謂波羅市迦因起及僧伽伐尸沙因起此麤惡者有二種相一自性麤惡二因起麤惡言告語者謂彰露其事除僧羯磨者謂除大衆爲其作法波逸底迦義如上此中犯相其事云何若苾芻於不知俗家作不知想疑向彼説他麤惡罪者得墮罪若苾芻於知俗家作不知想疑向彼説者得惡作罪無犯者於不知俗家作先知想若大衆詳説其事或時人衆普悉知聞猶如壁畫人所共觀非我獨知説皆無過又無犯者最初犯人或癡狂心亂痛惱所纏

實得上人法向未圓具人説學處第八

爾時佛在廣嚴城獼猴池側高閣堂中時有五百漁人於勝慧河邊結侶而住彼諸漁人有二大綱一名小足二名大足廣説如前第四波羅市迦乃至此五百人悉皆出家精勤修習得阿羅漢爾時世尊在竹林聚落時逢饑饉乞食難得奉世尊教隨處安居彼諸苾芻俱往本村而作安居各生是念我等前時以不實事共相讚歎遂被訶責我等今逢時世饑饉乞食難求各以實德共相讚歎足得充濟遂至親族所作如是言乃至告云汝諸眷屬大獲善利汝聚落中得有如是勝妙僧衆於此安居此苾芻得無常想於無常苦想廣説乃至得八解脱後於異時彼諸眷屬來相看問時諸苾芻見眷屬來便即更互共相

讚歎汝諸眷屬大獲善利近汝聚落得有如是勝上僧衆於此安居此苾芻得無常想廣說乃至得阿羅漢果得八解脱時諸眷屬既聞説已白言聖者仁等證得如是勝果答言皆得時俗諸人聞得果者咸生愛樂於自父毋妻子親屬而不拯濟於諸苾芻各以飲食共相供給然佛住世與諸弟子二時大集一謂五月十五日欲安居時二謂八月十五日隨意了時廣説如前乃至諸苾芻三月既滿作衣已竟顔色顦顇形容羸瘦執持衣鉢往竹林村欲禮佛足既至村已時具壽阿難陀遥見諸苾芻來於同梵行者起憐念意遂唱善來即前迎接爲持衣鉢錫杖軍持并餘雜物沙門資具又問具壽仁等何處安居而得來至我於佛栗氏聚落三月安居今來至此

阿難陀曰仁等於彼安居三月之内乞求飲食不勞苦耶答曰雖於彼處得安樂住然乞飲食甚大艱辛時阿難陀即便報曰實爾具壽目驗衰羸容色顦顇准知飲食定是難求時捕魚村五百苾芻既安居了執持衣鉢亦至此村顔色鮮好容貌肥盛時阿難陀即便迎接如前具問於安居處飲食易求安樂行不報言我於彼住實得安樂所求飲食易得不難阿難陀曰具壽目驗肥充容色光澤准知飲食定是易求時阿難陀具問其事彼便答曰我於眷屬所自相讚歎云此苾芻得無常想乃至得八解脱阿難陀問曰所陳之事爲實爲虚答言是實問言具壽仁等豈合爲少飲食以已所得上人之法向人説耶即以此縁具白世尊世尊因此集苾芻衆知而故

問廣説如前汝諸苾芻爲飲食故以已所得向未圓具人説耶彼白佛言實爾大德爾時世尊即便種種訶責諸苾芻已乃至制其學處應如是説

若復苾芻實得上人法向未近圓人説者波逸底迦

若復苾芻者謂五百漁人苾芻餘義如上實得者謂其事是實上人法等者並如前第四他勝及次前廣説此中犯相其事云何攝頌曰

見想阿蘭若　舍中受妙座　能知於自相方便顯其身

若苾芻無虚妄心作實有想對未圓具人作如是語我見諸天龍藥叉健達婆緊捺羅莫呼洛伽阿蘇羅畢麗多畢舍遮鳩槃茶羯吒布單那者得波逸底迦若云我見糞掃鬼者突色訖里多若苾芻無虚妄心作實解想對未圓具人作如是語我聞天聲乃至羯吒布單那聲者得波逸底迦若云我聞糞掃鬼聲者得惡作罪若苾芻無虚妄心作實解想作如是語我詣天處乃至羯吒布單那處者得墮落罪若云詣糞掃鬼處者得惡作罪此等如前第四波羅市迦咸應廣説於中别者前他勝罪此云墮落前云麤罪此云惡作又無犯者謂最初犯人或癡狂心亂痛惱所纏

謗迴衆利物學處第九

爾時佛在王舍城羯蘭鐸迦池竹林園中爾時實力子苾芻被衆差令分張卧具及知食次彼有信心意樂賢善爲衆檢校勞苦無辭自已所有資生之物於三寶田中及上行苾

芻處悉皆施與如是施已自巳三衣並皆朽故時諸苾芻見此事已共相議曰此具壽實力子被衆差令分張卧具及知食次彼有信心意樂賢善爲衆檢校勞苦無辭自巳所有資生之物於三寶田中及上行苾芻處悉皆施與如是施巳自巳三衣並皆朽故若其有人施僧伽衣者當以此衣與實力子于時僧伽得好白氎時諸苾芻即以此縁具白世尊世尊告曰汝諸苾芻應作單白和衆與實力子此衣誠無過咎應如是作敷座席鳴揵椎如常集僧應如是作

大德僧伽聽此實力子有信敬心意樂賢善爲衆檢校無辭勞苦自巳所有資生之物於三寶田中及上行苾芻悉皆施盡如是施巳自巳三衣並皆朽故今時僧伽得好白氎若僧伽時至僧伽聽許僧伽今詳許將此白氎與實力子白如是時諸苾芻如佛所教便爲單白以僧白氎與實力子然具壽實力子與友地二苾芻積代怨讎業縁未絶於苾芻前作嫌毀言諸具壽何因衆僧能得利養隨親識處而迴與之時苾芻聞是語巳告言具壽作白之時汝豈不集同心許耶答言同集諸苾芻曰若爾何意作嫌毀言答曰豈可啼哭亦不得耶時諸少欲苾芻聞生嫌恥衆共非斥云何苾芻先共同心後便異説言諸具壽衆僧得利隨親厚處迴與別人時諸苾芻即以此縁具白世尊世尊告曰汝友地二人實作此語諸具壽衆僧得利隨親厚處迴與別人彼二白言實爾大德爾時世尊種種訶責巳廣説如上乃至我今爲諸苾芻制其學處

應如是說

若復苾芻先同心許後作是說諸具壽以僧利物隨親厚處迴與別人者波逸底迦

若復苾芻者謂友地二人餘義如上先同心許者謂先許其事後作是說者謂於後時作如是語隨親厚者何謂苾芻親厚謂親教師與弟子弟子與親教師又軌範師與依止弟子依止弟子與軌範師同親教師同軌範師及餘親友是衆僧者謂佛弟子物利者有二種一衣物利二飲食利此中利者謂是衣利已至衆中迴與者謂以僧物轉與別人波逸底迦者義並如上此中犯相其事云何若苾芻隨有多少衆僧利物先同心許後作是說諸具壽隨親厚以衆僧利物迴與別人者皆得波逸底迦若僧實不與輒自迴與者說時無犯又無犯者最初犯人或癡狂心亂痛惱所纏

輕訶戒學處第十

爾時佛在室羅伐城逝多林給孤獨園佛告諸苾芻汝等半月半月應說波羅底木叉經時諸苾芻隨佛所教半月說波羅底木叉經時六衆苾芻聞說四波羅市迦時默然無語說僧伽伐尸沙時二不定時三十泥薩祇波逸底迦九十波逸底迦四波羅底提舍尼衆多學法七滅諍法時六衆苾芻作如是語諸具壽若知其事及識其人何故於我所有瘡疣數更傷損仁等於此小隨小戒半月半月數宣說時令諸苾芻心生憂惱發起追悔時諸苾芻聞是語已報言具壽我今不爲汝等每於半月說別解脫經然而我等奉大師教

是故說耳于時六衆雖聞此語仍嫌毀未休云何用說此小隨小戒令諸苾芻心生憂惱發起追悔諸苾芻報曰若不用聞者汝等先來作何過失心生追悔時諸少欲苾芻皆生嫌恥作如是語云何汝等於半月中聞說四波羅市迦時黙然無說及說僧伽伐尸沙乃至七滅諍法便作是語諸具壽若知其事及識其人廣說如前乃至發起追悔時諸苾芻即以此緣具白世尊世尊告曰汝等六衆說戒之時實作此語廣問其事答言實爾大德世尊種種訶責已乃至制其學處應如是說若復苾芻半月半月說戒經時作如是語具壽何用說此小隨小學處爲說是戒時令諸苾芻心生惡作惱悔懷憂若作如是輕訶戒者波逸底迦

若復苾芻者謂是六衆餘義如上言半月者謂一月分兩戒者謂從四他勝終至七滅諍經者是次第相應義說者謂宣說時具壽等者謂叙述其情彰憂惱狀輕訶戒者謂出毀語以告前人隨義如上此中犯相其事云何若苾芻每於半月說四波羅市迦時說僧伽伐尸沙乃至說七滅諍時作如是語具壽何須說此小隨小戒令諸苾芻心生惡作者得波逸底迦或生惱悔憂熱或云思憶俗事或云不樂出家或云歸俗作斯等語皆得墮罪如是應知於餘十六事處及雜事處尼陀那處目得迦等處及於律教相應經處及餘經處此等時若苾芻作如是語具壽何用說此小隨小戒說此之時令諸苾芻生惡作者得波逸底迦若餘經處宣說之時作如是語具

壽何用依此經中說如是事令人惱悔等者得惡作罪又無犯者謂最初犯人或癡狂心亂痛惱所纏

第二攝頌曰

種子輕惱教 安牀草蓐牽 强住脫脚牀 澆草應三二

壞生種學處第十一

爾時佛在室羅伐城逝多林給孤獨園爾時有一莫訶羅苾芻愚昧無識欲爲僧伽造立大寺遂便斬伐勝妙大樹時有天神依樹而住是時此天過初夜分身光超絶來詣佛所頂禮佛足在一面坐此天身光周徧輝耀逝多園林白佛言世尊有一年老苾芻愚昧無識不解時宜欲爲僧伽造立大寺遂便斬伐形勝大樹此樹是我久所依止舍宅之處大德今既時屬嚴冬寒風裂竹幼稚男女夜無所依惟願世尊慈悲鑒察我欲何計爾時世尊即便命彼餘大樹神而告之曰汝所住處可見容此無依天神時彼樹神奉教安置爾時世尊至天曉已集諸苾芻於如常座安詳坐已告諸苾芻於昨夜中有一樹神光明超絶來至我所禮我足已在一面坐由天身光周徧輝耀逝多園林作如是白世尊有一年老莫訶羅苾芻愚昧無識不解時宜欲爲僧伽造立大寺遂便斬伐形勝大樹此樹是我久所依止舍宅之處大德今既時屬嚴冬寒風裂竹幼稚男女夜無所依惟願世尊慈悲鑒察我於今時欲作何計汝等苾芻此莫訶羅所爲非法伐彼天神形勝大樹令彼天神共相嫌賤乖釋子法佛作是念由此苾芻斬

伐大樹有罪過生以此爲緣從今已後苾芻不應斬伐其樹若斬伐者得越法罪此是緣起猶未制戒佛在曠野林如世尊敎苾芻不應斬伐諸樹時諸授事苾芻緣斯事故於諸營造咸皆廢缺于時世尊知而故問具壽阿難陀曰何故授事苾芻所有營作悉皆停息時阿難陀白佛言世尊佛在室羅伐城告諸苾芻不應斬伐諸樹由此緣故無木可求遂廢營作佛告阿難陀營作苾芻所有行法我今說之凡授事人爲營作故將伐樹時於七八日前在彼樹下作曼荼羅布列香花設諸祭食誦三啓經者宿苾芻應作特歎拏呪願說十善道讚歎善業復應告語若於此樹舊住天神應向餘處別求居止此樹今爲佛法僧寶有所營作過七八日已應斬伐之若伐樹時有異相現者應爲讚歎施捨功德說慳貪過若仍現異相者即不應伐若無別相者應可伐之若營作苾芻如我所制不依行者得越法罪此亦緣起仍未制戒

佛在室羅伐城逝多林給孤獨園爾時六衆苾芻自作使人斬伐樹木及諸生草乃至華果隨取而用于時諸外道等見是事已各生嫌恥作如是議此諸沙門釋子自作使人斬伐草木然我俗流婆羅門等乃至傭人亦自作使人斬伐諸樹及殺草等釋子沙門亦作其事雖復出家與俗何別誰當供養如是禿沙門耶時諸苾芻即以此緣具白世尊世尊以此因緣集苾芻衆問答訶責廣說如前爲諸苾芻制其學處應如是說

若復苾芻自壞種子有情村及令他壞者波

逸底迦

若復苾芻者謂六衆也餘義如上種子村者有五種子一根種二莖種三節種四開種五子種云何根種謂香附子菖蒲黄薑白薑烏頭附子等此物皆由種根乃生故名根種云何莖種謂石榴樹柳樹葡萄菩提樹烏曇跋羅樹溺屈路陀樹等此等皆由莖生故名莖種云何節種謂甘蔗竹葦等此等皆由節上而生故名節種云何開種謂蘭香芸荽橘柚等子此等諸子皆由開裂乃生故名開種云何子種謂稻麥大麥諸豆芥等此等諸子由子故生故多子種斯等總名種子村云何有情村有情者謂蛗螽蛺蝶蚊虻蟯蜋蟻子蛇蠍及諸蜂等此等有情皆依草樹木而爲窟宅若苾芻於草樹木若拔若破若斫截皆波逸底迦義如前説此中犯相其事云何攝頌曰

根等生種想　斫樹草及華　樹等經行處

青苔鉼架等

若苾芻於根種作根種想生作生想自斫教人斫得波逸底迦若疑波逸底迦若乾物作生想疑俱得惡作罪若苾芻於根種作莖種想生想及疑自斫教人斫皆得波逸底迦若乾物作生想疑斷壞之時皆得惡作罪如是根種望節種開種及子種皆有四番准前應作又以莖種自望及望餘四各有四番若想若疑俱得墮及惡作准事廣説若苾芻於五種子自作使人投著火中作如是念令此種子悉皆損壞得五墮罪若不損壞者得五惡作罪若苾芻於五種子自作使人投著水中

亦如前說若苾芻以五種子安著臼中以杵擣築令子損壞得五墮罪若不壞者得五惡作若苾芻以五種子置乾燥地或安熱處灰汁瞿咊耶及乾土等和糅一處令其損壞隨事得罪輕重如前若苾芻以五種子置在羹臛餠汁之中令其損壞得罪同前若苾芻以一方便斫樹斷時得一惡作得一墮罪若以一下斫兩樹斷時得一惡作得二墮罪苾芻若以一斫斷多樹時得一惡作衆多墮罪苾芻若以二斫斷一樹時得二惡作一墮罪若以二斫斷二樹時得二惡作二墮罪若以二斫斷多樹時得二惡作衆多墮罪若以多斫斷一樹時得多惡作一墮罪若以多斫斷二樹時得多惡作二墮罪若以多斫斷多樹時得多惡作及多墮罪如樹旣爾若於生草及蓮華等准事得罪多少同前若苾芻拔樹根者得墮罪若樹皴皮及不堅濕處壞得惡作若壞堅濕處及傷破處皆得墮罪若苾芻損樹草生葉得墮罪若損黃葉得惡作罪若損未開華得墮罪若華已開壞得惡作若果未熟壞得墮罪若已熟者壞得惡作若於生草地處以熱湯澆及牛糞泥等傾瀉其上令損壞者皆得墮罪若不壞者皆得惡作若作傾瀉物心無損壞意者悉皆無犯若苾芻於生草地經行之時起如是念令草損壞者隨所壞草皆得墮罪若但作經行心者無犯若於生草地牽柴曳席欲令壞者得墮罪若無壞心者無犯若於青苔地經行之時同前有犯無犯若於此地牽柴曳席及餘諸物得罪同前若於水中舉浮萍葉及青苔時乃至未離

水來得惡作罪離水得墮罪若拔地菌得惡作罪若苾芻於鉼瓨等處及衣服上若蓐席等及衣架等處有青衣白醭生者作損壞心皆得惡作若令人知淨方受用者無犯若五生種令人知淨者亦皆無犯又無犯者最初犯人或癡狂心亂痛惱所纏

根本說一切有部毗柰耶卷第二十七

音釋

欹去奇切　荾息遺切葷草也　阜螽阜房久切螽之戎切蝗類　蜣蜋蜣去羊切蜋呂章切蛣蜣也　皴七倫切皮細起也　醭音撲

根本説一切有部毗柰耶卷第二十八

唐三藏法師義淨奉　制譯

嫌毀輕賤學處第十二

爾時薄伽梵在王舍城羯蘭鐸迦池竹林園中于時實力子苾芻被衆差令分僧卧具及知食次時友地二苾芻與實力子積代怨讎業緣未絶此二苾芻共鄔波難陀一處言語時實力子在旁而過時二苾芻報鄔波難陀曰大德仁若被衆差分卧具及知食次者仁亦於我共相惱亂如實力子見欺於我鄔波難陀告曰具壽此苾芻被和合衆差分卧具及知食次汝等共知何因對面而作嫌毀彼二答曰上座豈可我自懊惱啼哭亦不得耶時諸少欲苾芻聞生嫌恥云何苾芻知他苾芻被和合衆差分卧具及知食次對面嫌毀以此因縁具白世尊世尊告曰汝等苾芻衆應作法訶責友地苾芻對面嫌毀若更有餘如是流類亦應作法而訶責之鳴揵椎等如常集僧衆既集已以言白知令一苾芻作白羯磨應如是作

大德僧伽聽此友地二苾芻知和合僧伽差彼苾芻分僧伽卧具及知食次此二苾芻對具壽實力子前而爲嫌毀若僧伽時到應聽許僧伽今訶責友地二苾芻對面嫌毀白如是次作羯磨大德僧伽聽此友地二苾芻知和合僧伽差彼苾芻分僧伽卧具及知食次此二苾芻對具壽實力子前而爲嫌毀僧伽今訶責友地二苾芻對面嫌毀若諸具壽聽許訶責友地二苾芻者應可黙然若不許者説此是初羯磨第二第三亦如是説僧伽今

訶責友地二苾芻對面嫌毀竟僧伽已聽許由其黙然故我今如是持于時僧伽既與友地二人作訶責對面嫌毀已後於異時友地二人共鄔波難陀一處言話時實力子在旁而過彼二便報鄔波難陀曰大德仁若被衆差分卧具及知食次者仁亦於我共相惱亂如似一人鄔波難陀告曰汝之二人知和合僧差此苾芻分僧卧具及知食次令汝二人假託餘事不道其名而作嫌毀彼二答曰我豈牒名及以氏族而爲嫌賤鄔波難陀曰若汝不道他名及以氏族得作嫌毀者我亦如是不道他名駡一切衆少欲苾芻聞是語已共生嫌恥作如是語云何苾芻知和合僧差分卧具及知食次假託餘事不道其名對面嫌毀即以此縁具白世尊世尊告曰汝等苾

芻衆應作法責數友地二苾芻假託餘事不道其名對面嫌毀准前應作

大德僧伽聽此友地二苾芻知和合僧伽差彼苾芻分僧伽卧具及知食次此二苾芻對具壽實力子前假託餘事不道其名對面嫌毀若僧伽時到僧伽應聽許僧伽今責數友地二苾芻假託餘事對面嫌毀白如是次作羯磨大德僧伽聽此友地二苾芻知和合僧伽差彼苾芻分僧伽卧具及知食次此二苾芻對具壽實力子前假託餘事不道其名而爲嫌毀僧伽今責數友地二苾芻假託餘事對面嫌毀若諸具壽聽許責數友地二苾芻者應可黙然若不許者説此是初羯磨第二第三亦如是説僧伽今責數友地二苾芻假託餘事對面嫌毀竟僧伽已許由其黙然故

我今如是持後於異時友地二苾芻由對面毀及假託毀僧伽與作二種責數羯磨此二苾芻由昔業力尚猶對面毀實力子事不停息時諸少欲苾芻聞是語已共生嫌恥云何苾芻對面嫌毀及假託毀即以此緣具白世尊世尊以此因緣如常集僧已告友地苾芻曰汝之二人實作對面假託輕毀分僧卧具知食次人耶答言實爾大德世尊種種訶責廣説如前乃至制其學處應如是説

若復苾芻嫌毀輕賤苾芻者波逸底迦

若復苾芻者謂友地二人餘義如上嫌毀輕賤者謂對面直言及假託餘事以言彰表波逸底迦義如上説此中犯相其事云何若苾芻被僧作法爲訶責已於十二種人被衆差者事未停息若嫌毀者波逸底迦若輕賤者波逸底迦若嫌毀輕賤者波逸底迦若復苾芻被僧作法爲訶責已於十二種人被衆差者事雖停息而嫌毀者波逸底迦若輕賤者波逸底迦若嫌毀輕賤者波逸底迦若苾芻不被衆僧作法訶責於十二種人被僧差者事未停息而嫌毀者得惡作罪若輕賤者得惡作罪若嫌毀輕賤者得惡作罪若苾芻不被衆僧作法訶責於十二種人被衆差者事雖停息而嫌毀者得惡作罪若輕賤者得惡作罪若嫌毀輕賤者得惡作罪境想句數准事應知又無犯者謂最初犯人或癡狂心亂痛惱所纏

違惱言教學處第十三

佛在憍閃毗國瞿師羅園時闡陀苾芻犯衆多罪不如法説悔時諸苾芻欲令利益安樂

而住諸苾芻告曰具壽闡陀汝自犯罪應如法説悔彼便答曰諸具壽其犯罪者自當説悔諸苾芻曰汝自犯罪遣誰説悔闡陀答曰若追悔者彼自當知諸苾芻曰汝自犯罪遣誰追悔闡陀答曰諸具壽仁等犯罪勿對我前而爲説悔應對餘人而爲説悔何以故仁等皆是種種族姓種種家生而爲出家譬如諸樹其葉各別被風所吹聚在一處諸具壽等亦復如是種種族姓種種家生而爲出家由我世尊證大覺故仁等皆來共相依止作如是語違惱教時少欲苾芻聞是語已共生嫌恥云何苾芻見他如法敎時出麤鄙言共相違惱即以此緣具白世尊世尊告曰汝諸苾芻應作羯磨訶責闡陀苾芻若有餘類亦同此作如常集僧令一苾芻作白羯磨應如是作大德僧伽聽此闡陀苾芻自身犯罪不如法説悔時諸苾芻欲令利益安樂而住諸苾芻如法告時違拒衆教若僧伽時到應聽許僧伽令訶責闡陀苾芻白如是次作羯磨大德僧伽聽此苾芻闡陀自身犯罪不如法悔時諸苾芻欲令利益安樂而住諸苾芻如法告時違惱衆教僧伽令訶責闡陀苾芻違拒衆教若諸具壽聽許訶責闡陀苾芻違僧伽教者應可默然若不許者説第二第三亦如是説僧伽令訶責闡陀苾芻違拒衆教竟僧伽已聽許由其默然故我今如是持時諸苾芻如佛所教作羯磨已于時闡陀便生是念此是我過由共諸人言相訓答如有説云

諸有智慧人　善護四種語　觀彼山林鳥

能言被籠繫

作是念已我今宜可默無言說後於異時復更犯罪時諸苾芻欲令利益安樂而住告言闡陀汝今犯罪應如法悔彼便無言默然相惱乃至再三語時默然無說少欲苾芻見而嫌恥作如是語云何苾芻自身犯罪他告語時默然相惱即以此緣具白世尊世尊告曰汝等苾芻衆應作法訶責闡陀苾芻默然相惱更有斯類亦應作法如常集僧令一苾芻作白羯磨應如是作

大德僧伽聽此闡陀苾芻自犯衆罪不如法悔時諸苾芻欲令利益安樂而住告言具壽闡陀汝自犯罪應如法說悔彼便無言默然相惱若僧伽時至僧伽聽許今僧伽訶責闡陀苾芻默然相惱白如是次作羯磨

大德僧伽聽此闡陀苾芻自犯衆罪不如法悔時諸苾芻欲令利益安樂而住告言具壽闡陀汝自犯罪應如法說悔時諸苾芻如法語時即便無言默然相惱僧伽今訶責闡陀苾芻默然相惱若諸具壽聽許訶責闡陀苾芻默然相惱者應可默然若不許者說此是初羯磨第二第三亦如是說僧伽今訶責闡陀苾芻默然相惱竟僧伽已聽許由其默然故我今如是持諸苾芻受佛教已訶責闡陀默然相惱于時闡陀雖衆作法責其默惱後於異時復自造罪諸苾芻同前教語時彼闡陀或言或默二俱相惱少欲苾芻見是事已便生嫌恥作如是語云何苾芻自身犯罪不如法悔他教語時若語若默共相惱亂即以此緣具白世尊世尊以此因緣集苾芻衆乃至爲諸苾芻制其學處應如是說

若復苾芻違惱言教者波逸底迦
若復苾芻者謂是闡陀餘義如上違惱言教者作惱他想以言表示波逸底迦義如上説
此中犯相其事云何若有苾芻往苾芻所作如是語具壽頗見苾芻新剃鬚髮著赤色大衣以物替鉢手執錫杖或以蘇蜜沙糖石蜜盛滿鉢中擎之而去彼見問時答言我實不見如是相狀苾芻我見苾芻兩脚行去若苾芻故作是語惱亂他時得波逸底迦若他來問頗見如前所説衣鉢形相苾芻尼從此過不報言我實不見如是形相衣鉢苾芻尼從此而過但見苾芻尼兩脚行去若苾芻故作是語惱亂他時得波逸底迦如是乃至正學女求寂求寂女同前問答得波逸底迦若他來問頗見俗人擔持甘蔗竹葦柴草蘇油餅等從此過不彼便答言我實不見如是之人但見有人兩脚行去若苾芻作是惱者波逸底迦若有問言頗見俗人男子著青黃赤白等色之衣持蘇餅等從此過不乃至報云但見俗人兩脚行去如男子既爾見女人等廣説應知惱心説時皆得墮罪如語既爾默亦同斯皆得墮罪無犯者若苾芻見有獵人逐麞鹿等來入寺內苾芻見已獵人問言聖者頗見有走鹿從此過不苾芻不應答言我見若是寒時報屠人曰賢首汝可暫入温室中少時向火若是熱時報言賢首汝可暫入涼室飲清冷水少時停息若獵者云我不疲倦我問走鹿即應先可自觀指甲報彼人云諾佉鉢奢弭若更問者應自觀太虛報彼人云納婆鉢奢弭（若據梵音諾佉者是爪甲義亦是不義鉢奢是見義弭是我義）

即是我見爪甲亦自我不見義苾芻眼看爪甲即表不是妄言彼人聞説道無即謂無不見物佛開方便救苦衆生若直譯云我觀指甲道理元不相見爲此留本梵音口授方能細解納婆亦兼兩義一目太虛二表不義亦不可譯爲東語於中可不准諸佉思之具知廣註即如此方觀臂上毛云我見毛亦是目其無義也

若獵者云我不問指甲及以太虛然問可殺有情於此過不苾芻即應徧觀四方作如是念於勝義諦一切諸行本無有情即報彼云我不見有情此皆無犯若苾芻於餘問時不如實説者皆得墮罪又無犯者最初犯人或癡狂心亂痛惱所纏時諸苾芻咸皆有疑俱請佛所白佛言世尊何因緣故闡陀苾芻見同梵行者如法勸時不相用語以言惱亂遂令僧伽作法訶責受斯憂惱世尊告曰此之闡陀非但今日惱諸苾芻違善友語於過去時亦由言故惱亂善友自受辛苦汝等當聽

乃往過去於一陂池有衆鵝群及以諸鼈同共居止中有一鼈共彼二鵝而結親友甚相憐愛後於異時遇天大旱陂水將竭時彼二鵝俱至鼈所報言知識汝可安隱居此泥中我向餘方更求池水鼈告鵝曰與汝久居情義相得將遭厄難棄我他行斯誠未可鵝曰其欲如何鼈曰汝等當可將我共去鵝曰若爲將去鼈曰汝等共啣一杖我齩中央共至清池豈非善事鵝曰我亦無辭共相攜帶然汝立性好爲言説不能護口必當棄杖墜落空中我見斯已更益憂苦鼈曰我當護口啣杖不言鵝曰斯爲善計即便覓杖各啣一頭鼈齩中央騰空飛去遂至一城市上而過時彼諸人於虛空中見鵝持鼈各生驚怪共相告曰仁等觀彼二鵝共偷一鼈鼈聞此聲默

忍無語又到一城還從市過時諸男女同前嗟歎鼈便自念我更幾時忍此辛苦長懸頸項護口不言即便報言我自欲去非是偷來作是語時遂便失杖墮落于地童子共打而致命終二鵝見巳情懷憂恨飛空而去于時空中有天見此事巳而説頌曰

善友利益言　若不能依用　墜落受辛苦
猶如放杖鼈

汝等苾芻勿生異念昔時鼈者即闡陀是昔時鵝者即難陀鄔波難陀是於往昔時聞善友語不肯依用遂至命終乃至今時亦復如是於同梵行者言不肯依用或言或黙惱亂諸人致使僧伽作法訶責

在露地安僧敷具學處第十四

爾時佛在室羅伐城逝多林給孤獨園爾時善施長者請佛及僧於舍受食時諸苾芻於日初分執持衣鉢詣長者家于時世尊在寺內住令人取食佛有五緣在寺而食云何爲五一自須宴黙二爲諸天説法三爲觀病者四爲觀僧敷具五爲諸苾芻制其學處此時佛欲觀僧敷具并制學處由此爲緣在寺內住令人取食爾時世尊衆僧去後便持户鑰徧觀寺內所有房舍乃至寺外隨近園林普皆觀察次至舊房於此房中多有敷具置在露地忽有非時風雨蒙霧而至佛作是念斯等敷具皆是信心婆羅門諸居士等自苦巳身減妻子分而施僧伽爲求勝福而諸苾芻受用之時不知其量不善守護隨處棄擲世尊見巳作神通力屏除風雨而有重雲靉靆垂布不散以待世尊收攝卧褥于時世尊自

取敷具安置室中便取雨衣出於寺外方欲灑沐即攝神通雷霆晝昏遂降洪雨高下同潤佛灑身已洗足入房宴默而住時取食苾芻持食既至安在一邊詣世尊所頂禮雙足世尊常法共取食人歡言問訊苾芻僧伽所受飲食得飽滿不答言大德皆得飽滿即便以食進奉世尊爾時世尊食事既訖即出房外嚼齒木洗足已旋入房中宴默而住爾時世尊至日晡時於如常座既坐定已告諸苾芻曰向者僧伽赴食之後我持戶鑰徧觀房舍見於露地多安臥褥時天欲雨我以神力皆悉屏除躬自收攝告諸苾芻曰諸有施主苦自己身施僧求福汝等不能如法受用虛損信施即說頌曰

於他信施物　知量而受用　自身得安隱
令他福德增

爾時世尊讚歎知足依法受用信施物已告諸苾芻廣說如前乃至我今爲諸苾芻制其學處應如是說若復苾芻於露地處安僧敷具及諸牀座去時不自舉不教人舉者波逸底迦如是世尊爲諸苾芻制學處已時有衆多苾芻隨逐商旅人間遊行遇至一城於此城中有苾芻住處時諸苾芻欲求停止時有一人告苾芻言聖者仁等何不詣寺而宿答言賢首我隨商旅制不自由若向寺停行伴便失彼言聖者但於寺宿商旅去時我當相喚時諸苾芻便詣寺所敷僧臥具隨處而宿於後夜時商旅發去惟有一馱彼人方覺即便疾起驚喚苾芻商人已發仁當急去時諸苾芻聞其喚聲即便疾起先灑手已分付臥

具既延時節商人遂遠時諸苾芻於後尋趂遂被賊劫衣鉢損失便至逝多林彼諸苾芻見而告曰善來仁等行李安樂報言何有安樂我被賊劫問言何故時客苾芻具答其事時諸苾芻聞是事已即以此緣具白世尊世尊告曰於住止處若有苾芻囑授而去時諸苾芻既聞佛教設有因緣皆囑授去爾時室羅伐城有二長者共爲讎隙一有信心一無信心其信心者作如是念我今何因增長怨隙可捨怨惡而爲出家便往逝多林中詣一苾芻而求依止爲出家法時彼無信長者隨問一人汝頗知彼某甲長者今何所在答曰彼已捨俗出家問言何處答曰在沙門釋子中報言彼處豈是施無畏城我當於彼以法治罰作無利事于時彼人是苾芻親友聞此

語已往告之曰聖者知不彼不信長者深相期剋作如是語豈逝多林是施無畏城我當往彼以法治罰作無利事苾芻聞已便作是念我由怖彼而來出家豈於此處還遭彼怖我今宜可逃避他方作是念已便至師所白言鄔波馱耶我由怖彼而求出家今聞彼來欲害於我本師問曰彼是何人答曰是舊怨家師曰若如是者欲向何處得免其難答言我今欲向王舍城中師曰隨汝意去即便辭師執持衣鉢發趣王城時彼不信長者往逝多林問苾芻曰聖者頗識某甲長者來此出家今在何處答曰已去問向何方答曰向王舍城報曰彼亦非是施無畏城我當往彼作無利事時彼長者便持路粮隨趂而去苾芻依時而去非時不去俗人則時與非時俱不

停息於其中路有一僧寺是時長者趂及苾芻遥見苾芻入斯寺内長者自念若入寺中欲共語者彼有多人必當害我明當在路我自知之作是念已别求息處時彼苾芻至天曉已告諸苾芻曰仁等今可觀察卧具我欲前行苾芻問曰欲何處去答曰欲詣王城苾芻報曰應尋此道勿行餘路報言好住遂即前行時彼長者旦入寺中問苾芻曰某甲苾芻今在何處答曰已向王城問曰取何路去答言此路時彼長者隨路急去趂及苾芻而告之曰咄禿頭沙門欲向何處苾芻答曰賢首我已出家欲除怨諍彼便答曰我於今時爲除怨諍即便以杖熟打苾芻幾將至死所持衣鉢悉皆破碎餘有殘命覆向寺中苾芻見問具壽何因作此困辱形容便問苾芻曰頗見俗人來此過不彼有何言時彼苾芻以事具說即告諸苾芻曰我若不告具壽所向之處必定不遭如斯苦惱諸苾芻遂以此緣具白世尊世尊告曰除時因緣餘當囑授爾時世尊讃歎持戒者及尊重戒者少欲知足者隨順説法已告諸苾芻曰我觀十利廣説如上前是創制此是隨開爲諸苾芻制其學處應如是説

若復苾芻於露地處安僧敷具及諸牀座去時不自舉不教人舉若有苾芻不囑授除餘緣故波逸底迦

若復苾芻者此法中人餘義如上僧者謂是如來聲聞弟子敷具者謂是大牀氈褥被緂氍毹偃枕等雜物者謂是小牀坐枯及資具於露地者謂無覆蓋處去時者謂離勢分時

具壽鄔波離白佛言大德離敷具時齊遠近來名爲勢分世尊告曰如生聞婆羅門種菴没羅樹法相去七尋方植一樹枝條聳茂華果繁實七樹之内有四十九尋若安敷具在露地時齊此遠近當須囑授離此勢分即須收攝若不自舉不教人舉者謂不收攝也有苾芻者謂現有人堪可囑授有五種囑授云何爲五應報主人曰具壽此是住房此房可觀察此是敷具此應可覺持此是房門鑰若於其處無苾芻者應囑求寂此若無者應囑俗人此若無者應觀四方好藏戸鑰然後方去若於中路逢見苾芻應報之曰在於某處我藏門鑰汝可取之言除時因緣者謂除難緣波逸底迦者義如上此中犯相其事云何若苾芻安僧敷具故不囑授捨而去者乃至未離勢分已來得惡作罪若離勢分便得墮罪若初去之時忘囑其事在路憶者應作是念我於某處安僧敷具若有同梵行者來見之時當爲舉攝此行苾芻應心念口言我更不應作如是事其所犯罪如法應悔若其於路逢見苾芻應告言具壽我在某處受用僧伽所有敷具汝當收舉念此苾芻定爲收攝復應心念口作是言我更不應作如是事其所犯罪應如法悔若到前住處方憶得者應作是念我於某處安僧卧具若有同梵行者來見之時當爲舉攝此苾芻應當心念口作是言我更不應作如是事若至住處見有苾芻欲向彼處者應告言具壽我在某寺某處受用僧伽所有敷具是當收舉念此苾芻定爲收攝復應心念口作是言我更不應作如

是事若苾芻於露地處安僧敷具迴入房中爲欲安坐寂止亂心既寂定已方隨意出遂至初更若不損壞敷具者得惡作罪若損壞者得墮落罪具壽鄔波離白佛言世尊大德凡敷具者有幾種損壞佛告鄔波離有二種壞謂風及雨若風吹卷攝是名風壞若雨濕徹是名雨壞若苾芻於日暮時露安敷具至半更時而不收攝不自他看守若不損壞者得惡作若壞得墮罪如是乃至一更一更半二更二更半三更三更半四更四更半平旦(西方夜有三時分十稍令難解故依此方五更爲數與今尋者易知耳)日出時小食時隅中時欲午時正午時過午時日角時晡時晡後時日暮時若苾芻齊此晝夜於時中安僧敷具不即觀察若未損壞得惡作罪若損壞者得墮落罪

攝頌曰

誦經居小牀　因聽師子座　俗人借坐物
觀時應借與　若是彼與物　用訖可持還
應書施主名　隨情造佛像　病者詳瞻侍
不囑五種人　受法代師爲　不依皆惡作
少年因斷食　俗坐見應收　火水損與時
先收於已物

爾時有婆羅門居士等來至苾芻住處作如是語聖者可爲我等演說妙法諸苾芻答曰賢首世尊現在仁等何因不往聽法耶彼云聖者惟一大師來求者衆或爲天龍藥叉健達婆阿蘇羅揭路荼緊那羅莫呼洛伽人非人等而宣法要我等造次無緣聽受仁等宜當爲我誦法苾芻報曰世尊未許爲人誦法時諸苾芻以緣白佛佛言應爲誦經苾芻白

佛不知如何爲彼誦經佛言應坐小座爲其誦法時給孤獨長者聞佛世尊許諸苾芻居座誦經便以五百小座奉施僧伽時諸苾芻悉皆一處高聲誦經便大諠鬧無可聽覽時諸苾芻以緣白佛佛言應令一人爲衆誦經餘者應聽時彼不知欲令誰誦爲老爲少便往白佛佛言應爲次第從老至少時少年者便在行末宣陳法要令諸聽衆心不殷重世尊告曰於上座處應爲誦經演法之時者老苾芻失恭敬相佛言應除二三上座應坐誦經當爾之時令彼法師之少威肅威嚴不足佛言於上座處置師子座令其誦經登陟之時稍難上下佛言若是定處應用甎爲蹋道若處不定應爲木梯法師棄唾爲人所嫌佛言應安唾器多集飛蠅佛言於内安草或置砂土久便氣臭佛言時當灑濯日曝令乾時聽法者一行而坐行末之人不聞説法佛言應作兩行敷其座席或爲半月形或作方池勢時有信敬俗人請諸苾芻就舍而食苾芻不許婆羅門居士等白言聖者若佛世尊未出于世諸外道輩是我福田今佛出世仁等是我勝妙福田我等來請仁不許者我等豈可棄善路粮而向他世時諸苾芻以緣白佛佛言若人來請應可受之彼設供時鈌少座席至苾芻處求借暫用苾芻不與佛言應與苾芻食訖自持而歸俗人告曰仁等當去我自持還苾芻畏懼不肯留與佛言留與施主報曰聖者且住飲非時漿苾芻不許佛言應住飲巳方行時諸俗人遇有緣事所留之座不及送還佛言應取時諸苾芻不知遣誰往

取佛言應鳴揵椎令少年者取復有俗人爲設供事來就苾芻借所坐物苾芻不與彼便報曰我爲仁等而設供養仁等自坐何不與耶佛言應與時諸苾芻食了棄去被賊所偷佛言應令苾芻爲守護者其守護人與俗同住諸人問言聖者豈可更欲重餐食耶苾芻報曰我不爲食看坐物耳俗人報曰我豈偷仁所留坐物若不信者可自持將彼不能持佛言應一邊住勿雜俗人時諸俗人同前喚食佛言若誦經者應在一邊誦經而住若修定者應在一邊端思靜慮仍觀坐物俗徒散已當可持行時有殘食及油不淨之物汙穢坐具苾芻棄去佛言若殘食汙應以水洗若油汙者應用澡豆若不淨汙以土牛糞而揩洗之方可持去如佛所教應爲誦法者時諸

苾芻露地而坐被日光所迫佛言應幕覆上時遭風雨棄之而去遂便損壞佛言應可收入不知誰收佛言大衆詳收於耆年坐處多有皺設老者力劣不能擎舉佛言少者應收上座老者可舉下行收入物時聚在一處致令爛壞佛言分散安置時諸苾芻更不誦經典佛言若露若覆隨情誦經時諸俗徒有敬信者皆以眞珠寶物金銀莊校上妙衣服覆師子座時諸苾芻不敢就座佛言作俗物想及無常想坐時無過時遭風雨苾芻但內僧物棄俗衣裳因斯損壞佛言應可內之時有施主造二住處一在村中一居蘭若其村中寺卧具豐饒在阿蘭若牀褥踈寡後於異時於蘭若中欲設大會時諸苾芻見無座席詣村中寺從其暫借彼不肯與佛言當與若疑

天雨及正雨爾時即不應與時在路若逢天雨應安樹下或在牆邊以一覆上彼用好覆佛言當以惡者而覆其上供設既了不即送還皆作是念彼此皆是一施主物佛言此是定屬不應餘用兩寺之物共相合雜難可辨知佛言於其物上應書寺名并可書彼施主名字云是某甲施物時給孤獨長者來詣佛所禮雙足已在一面坐白佛言世尊若佛世尊在衆首坐時衆便威肅若不坐時衆無威德若佛世尊見聽許者欲造贍部影像置於衆首世尊告曰隨意當作置於衆首于時大衆在露地坐遇逢天雨時諸苾芻棄像入寺時有婆羅門居士等見已譏笑仁等何故棄擲大師佛言應令俗人及以求寂移像令入若此皆無汝諸苾芻作大師想應可舉入時

有衆多苾芻各遇時患無人瞻養佛言若有病者應當瞻視佛遣瞻病苾芻不知使誰瞻視佛言應從上座乃至下座並應瞻病時有耆老苾芻皆來問疾佇立而住因生患苦佛言應坐看彼病人時諸苾芻自將座去不信俗人見而惟問聖者今欲觀舞樂耶苾芻白佛佛言諸看病者不應自持座去其瞻病人於病者邊多置坐物時六衆苾芻亦來問疾於病人所多作言話時瞻病人報言具壽且宜可去廢供病者六衆報曰隨汝意作誰復相遮報言仁當觀察我欲他行六衆報曰病者若亡汝收六物因何令我看病人乎作是罵已令病者觀察雜物即便出去于時病人不能收攝遂致虧損以事白佛佛言有五種人不應囑授令其觀察云何爲五一無慙恥

者二有讎隙者三年衰老者四病無力者五未圓具者時具壽鄔波離問世尊曰若二苾芻同坐一座若起去時誰當收舉佛言在後起者應收舉之若一時起小者應收如其同歲應共舉收之時有親教軌範二師出外經行弟子門徒住在寺內於諸善品不能增長如蓮華乏水佛言二師出時弟子隨去時彼二師自持枯座弟子隨後垂手而行佛言弟子門人應持牀座隨逐而去時彼二師於經行處自爲灑掃弟子閑住佛言弟子門人若見其師執掃箒時弟子代爲令其安住若師被衆差爲灑掃人不代無過若被二師爲針線作時弟子閑住佛言應可代爲勿令辛苦師被衆差作縫衣者不代無過時諸弟子受業之時受得業已即在師前而爲誦習佛言受得業已應離聞處在見處而爲誦習其習定者受得法已可向餘處靜慮安心若見二師爲衆使時亦應隨時相問代彼執勞若共二師出經行時將座去者應可持還時彼弟子在前而去師便在後遇有他事不得隨來佛言弟子還時應問師曰師欲歸不若言歸者應持座去若言未歸不須持座汝等苾芻如前所制不依行者皆越法罪

根本說一切有部毗柰耶卷第二十八

音釋

鼈（并列切介蟲也）㗸（胡讒切口含物也）齩（五巧切齧也）鑰（以灼切關下牡也）枯（知林切）靉靆（靉於改切靆徒亥切雲盛貌）隙（綺戟切釁也）

根本說一切有部毗柰耶卷第二十九

唐三藏法師義淨奉　制譯

不舉敷具學處第十四之餘

爾時薄伽梵在室羅伐城逝多林給孤獨園時有長者請佛及僧就舍而食于時有一少年苾芻策勵身心修諸善品便作是念今日佛僧受請我不入城乞求飲食且當念誦待至臨中赴其請處作是念已便持坐物出於寺外詣一靜處隨情作業時諸苾芻早去赴請鎖門而出詣施主家時念誦苾芻望時而入覩見寺門鎖閉已了便即生念我寧斷食不應棄僧坐物自招愆咎遂不赴請即便斷食彼諸苾芻食已迴還此苾芻亦相隨入寺乃至食勢尚存繫心善品食力既盡委臂而卧諸苾芻見問言具壽食是他物腹豈他耶汝何故貪食遂令飽悶善品廢修報言我不赴食何容飽悶時諸苾芻問其所以悉皆具告時諸苾芻聞斯說已以事白佛佛言苾芻不應早去赴請令他斷食應觀時節鳴揵椎衆僧詳集相顧而去師主咸可觀已門徒知其去不若閑門已後苾芻來至有小牀座應安樹下及以牆邊當赴食處不應造次輒爲斷食若無事斷食者得越法罪斷食者謂絕食一日時有婆羅門居士來至寺中用僧坐物及至去時棄在露地無人收舉致有損壞佛言若初見者即應收舉時有年老羸劣苾芻見僧坐牀棄在露地不能擎舉佛言老者應告授事人知其授事人應作敬心舉置牀座若不舉者得越法罪時有苾芻以僧敷具置於露地行乞食後有風雨來現在苾芻應可爲舉彼

得食已憶念疾歸時有施主以敬信心於山林中造一住處時有獵師爲捕禽鹿縱燎原野其火炎盛徧燒村邑遂來燒寺時諸苾芻見火燒寺即便競入取自衣鉢於僧祇物無人爲收咸從火化施主聞已來至寺所問苾芻曰聖者物不燒不苾芻答曰一不被燒有餘報曰但是僧物燒盡無遺施主曰僧物罄盡何言不燒苾芻曰我物不燒施主曰若僧祇物亦俱出者豈不善哉我久辛苦如割身肉減妻子分供養僧田冀望勝福云何仁等但收自物不顧僧祇作是嫌已捨之而去時諸苾芻即以此緣具白世尊世尊告曰若被燒時亦收僧物後於他日有餘苾芻被火燒寺聞佛有敎令出僧物遂各棄己衣物收出僧祇自物並燒遂便廢缺佛言自缺惱重不並僧祇若被火燒先出己物後取僧祇復有遭火諸苾芻等咸出己物置在外邊入取僧物未出之頃所有衣物被賊盜將佛言既出物已應使人看時諸苾芻遣强者看守弱者出物不能擎舉佛言令弱者看强者擎物時諸苾芻雖見盛火恐損僧祇便入取物遂被火燒佛言若火盛者即不應入物縱被燒此誠無過

時有施主於山谷中造一住處遭天大雨洪水瀰漫寺皆漂蕩時諸苾芻各出己物不顧僧祇事並同前但以水火爲異廣說應知佛言如我所制不依行者得越法罪餘義如上

不舉草敷具學處第十五

攝頌曰

南方二苾芻　兩村二住處　井邊染須草

經行穽瓦盆

爾時佛在室羅伐城逝多林給孤獨園爾時南方有二苾芻一老一少爲禮佛故向室羅伐城在道日暮入寺寄宿時諸苾芻遥見老者告言善來大德即依次與房及卧具等其少年者但與其房而無卧具此少苾芻立性勤策多覓乾草立與膝齊用充卧物其老苾芻便作是念試觀少者卧物有不便往見彼草敷厚暖即作斯念我若明朝還僧卧具恐廢行途應還卧具就此同宿即還卧具一處經宵至曉便去後有衆蟻依此草敷穿壞房舍時有長者請佛及僧就舍而食時諸苾芻於日初分執持衣鉢詣長者家世尊不赴令人取食有五因緣如前露地戒中廣説此時佛欲觀僧卧具并制學處由此爲緣在寺内而住令人取食爾時世尊衆僧去後便持户鑰徧觀寺中所有房舍乃至寺外近住園林次至一房於其室内見草狼藉多諸蟲蟻内外穿穴見已便念斯等房舍皆是信心婆羅門諸居士等自苦已身減妻子分奉施僧田以求勝福而諸苾芻受用之時不知其量不善守護遂令蟲蟻非分虧損世尊即便以神通力令土與蟻各在一邊便以綱輪具足百福莊嚴勝妙兩手捧蟻徐出於其房外陰涼之地安置諸蟻令無損傷于時世尊灑掃室已收彼糞土棄於房外洗手足已入房宴默時取食苾芻持食既至如前廣説乃至爾時世尊食事既訖即出房外嚼齒木洗足已旋入房中宴默而住爾時世尊日晡晚時就如常座既坐定已告諸苾芻曰向者僧伽赴食

之後我持戶鑰徧觀房舍隨所爲事皆具告知汝等苾芻諸有施主苦自已身施僧求福汝等不能如法受用虛損信施即說頌曰

於他信施物　知量而受用　自身得安隱
令他福德增

爾時世尊讚歎知足如法受用信施物已告諸苾芻廣說如前乃至我今爲諸苾芻制其學處應如是說若復苾芻於僧房內若草若葉自敷教人敷去時不自舉不教人舉若有苾芻不囑授波逸底迦如是世尊爲諸苾芻制學處已時有衆多苾芻共諸商旅人間遊行到一聚落日既將昏欲覓居止問一長者頗有宿處相容止不長者答曰先立要契方可相容苾芻曰其要如何長者曰明於我舍受食方行報言長者我依商旅事不自由行伴若停當受請食如其彼去我即隨行長者曰斯亦善哉便與停處苾芻白長者曰於仁舍中有臥具不報言無有時彼苾芻多有俗人及諸求寂共爲伴侶彼皆多覓乾草用充臥物積與膝齊一處同臥于時商旅星夜發去苾芻見已棄草而行長者至明作如是念我觀苾芻若有住者當爲辦食不覩苾芻見草狼籍時彼長者夫婦二人屏除亂草幾將半日此是緣起猶未制戒復有衆多苾芻隨諸商旅行至此村詣彼長者求覓宿處長者報言共立要契方可容宿苾芻曰其要如何長者曰不取乾草爲臥物者可隨意住苾芻問言長者舍中頗有眠臥具不報言無有苾芻曰堅鞕之地若爲安寢長者曰聖者先有仁等同梵行人投我寄宿多聚乾草非分狼

籍令我夫婦收除亂草半日艱辛爲此今時共爲要契時諸苾芻夜受辛苦明發便行漸次而去至室羅伐苾芻見之慰問安不報言何有安隱彼問其故報云於一村中不許草卧但眠鞕地辛苦通宵苾芻問曰汝於何村受此辛苦報言於其處村問曰寄宿誰家答曰某長者宅一人報曰我曾彼宿安隱草敷汝有何辜獨遭鞕地苾芻問曰所眠之草誰爲收除報曰我天曉巳自涉長途我來之後彼當屏棄苾芻報曰由斯惱亂彼致譏嫌遣我通宵鞕地而卧時諸苾芻以此因緣具白世尊世尊告曰雖在俗舍用草敷時亦應除棄聞佛教巳時有衆多苾芻隨逐商旅人間遊行至一聚落中有長者爲沙門婆羅門等故造一客舍遠求輭草以充敷具時諸苾芻於此宿巳並將其草棄糞穢處各趣長途長者至天曉巳往問苾芻但見其草棄不淨地不可重收因生嫌賤復有衆多苾芻隨諸商旅行至此村詣彼長者求覓住處長者報言我有福舍隨情居止苾芻問曰頗有多少眠卧具不答言無有苾芻報曰我等如何卧堅鞕地長者答曰聖者我爲行客沙門婆羅門等造此福舍我從遠處求覓輭草用擬供承諸寄宿客昔有仁等同梵行者來此寄宿至天曉巳咸將輭草棄不淨中若更欲求卒不可得時諸苾芻便於鞕地辛苦經宵時此苾芻漸次遊行至室羅伐彼諸苾芻問言行李安不報言眠卧鞕地何有安樂問言於何處宿受此辛苦報言於某村福舍苾芻報曰我曾於彼福舍中宿所有卧草旦並棄之答曰

由汝棄草致生嫌賤遂令我等鞕地而眠時諸苾芻即以此緣具白世尊世尊告曰所卧之草白施主知若云棄者即應除棄若云留者隨語應留若違言者得越法罪於一聚落有僧住處於此寺中卧具寡少時諸苾芻爲供客故遂於遠處求卧具草安一房中時有衆多苾芻人間遊行來至此寺問主人曰我欲投宿頗有多少卧具物不苾芻報曰此寺先貧無好卧具我爲客故遠求輭草必不嫌者隨意止宿彼既宿已欲棄草敷主人報曰我爲客故遠求此草實是難得無宜輒棄客苾芻曰仁等無知自身犯罪欲令我等亦犯罪耶作此責已即便取草棄外而去致令爛損後有衆多苾芻遊歷人間遇至此寺欲求寄宿問有卧具不主人答曰此無卧具我爲客故遠求輭草前有苾芻來此投宿所有草蓐並欲收棄我等不聽不肯隨語反相責數並棄而行故於今時更無可得彼便地卧天曉便行至逝多林諸苾芻見共相問答廣說如前乃至我於彼宿强棄其草答言由此緣故來寄宿者備受艱辛時諸苾芻以事白佛佛言此不應棄若有苾芻囑授而去遣棄方棄廣說如前若異此者得越法罪復有衆多苾芻共諸商旅人間遊行過至井邊即便止宿時諸苾芻多以乾草而爲敷具去此不遠有婆羅門宿時諸商旅曉便發去苾芻婆羅門咸留草敷俱隨商旅道逢商旅從遠而來時婆羅門逢彼商人所求之事皆得稱心即共商人返跡而去至前井處便爲宿止于時有諸露形外道於苾芻宿處便爲安止時露

形者共相告曰不知何物齧我身體餘者報曰汝於昨日多噉酒糟惡欲尋思共相齩齧持火來看見有衆蟻便作是語誰無智人曾於此宿去時不解舉此草敷時婆羅門聞而報曰前有釋子於此宿去露形罵曰沙門釋子於諸人中自云有智停宿之處不舉草敷婆羅門曰沙門釋子不斷殺生隨處即眠不作觀察去斯不遠有鄔波索迦聞此說時默然而記後至苾芻住處具以事告諸苾芻白佛佛言雖居曠野亦舉草敷時諸苾芻聞是教已復有苾芻隨逐商旅至蘭若村便爲止宿多用乾草以爲卧具商旅夜發苾芻棄草時節遲晚不及商人在後而行便遭賊劫漸次方至逝多園林苾芻見已共相慰問行李安不報曰我被賊劫何有安隱問其何故以

事具陳時諸苾芻白佛佛言雖在蘭若其草不應散棄可聚一邊隨意而去汝諸苾芻如我所制不依行者皆越法罪時諸苾芻爲染衣事於日光處布諸乾草以曬衣服草不收舉蟲蟻多生佛言染衣既了其草須棄復有苾芻爲染衣故勸留其草時彼苾芻不受其語遂便棄擲佛言餘有所須即不應棄應與彼人後曬衣巳不肯收棄云非我草佛言前與後時應問彼曰草若用訖汝能棄不若言能棄應可與之若云不能即不須與時有經行之處其地堅鞕令足傷損佛言應布輭草勿令傷足彼布草巳蟲蟻便生佛言應棄彼日日棄妨廢正修佛言不應數棄時可觀察若捨去時當須總棄又經行處有設供事須草稕坐同前致蟻佛言應以繩繫掛在樹枝

又經行處以瞿昧耶安在地上蟲蟻因生佛言安破死中勿令其濕爾時世尊讃歎持戒及尊重戒少欲知足已告諸苾芻前是創制此是隨開若有難緣不須囑授是故我今爲諸苾芻制其學處應如是說

若復苾芻於僧房内若草若葉自敷敎人敷去時不自舉不敎人舉若有苾芻不囑授除餘緣故波逸底迦

若復苾芻者謂此法中人餘義如上僧房者謂是如來弟子住處於中堪得爲四威儀行住坐卧敷具者謂若草若葉若自他敷不自舉去者謂離勢分時具壽鄔波離白佛言世尊未知齊何是敷具勢分佛言如生聞婆羅門種樹之法廣說如上有四十九尋是名敷具勢分及五種囑授乃至徧觀四方藏其戸鑰並廣說如上有苾芻不囑授者謂有苾芻而不告語除餘緣故波逸底迦亦如上說此中犯相其事云何若苾芻於僧住處若草若葉自敷敎人敷不舉而去有人不囑授乃至未離勢分已來得惡作罪若離勢分便得墮罪若苾芻初去之時忘囑其事在路憶得或時在路逢見苾芻或到前住處方始憶得或到住處見有苾芻以事相囑心念口言並廣如上說草敷有二種壞謂風及蟻風壞謂是風吹草卷蟻壞謂是蟻穿草穴若苾芻於日暮時在僧房中安草敷具若夜若晝時時觀察若壞不壞得罪輕重廣說如上若在甎鞕地或在沙石中無蟲蟻處布以草敷設不數看此皆無犯又無犯者謂最初犯人或癡狂心亂痛惱所纏

强牽苾芻出僧房學處第十六

爾時佛在室羅伐城逝多林給孤獨園爾時具壽鄔陀夷至彼衆多少年苾芻處勸喻之曰汝等共我人間遊行降伏他宗自獲名稱汝等所欲讀誦禪思及衣食利皆令無鈌時諸少年聞斯勸已各各自詣阿遮利耶鄔波馱耶所白言我今請問二師欲往人間隨意遊涉彼師問曰汝欲共誰以爲伴侶報云大德鄔陀夷共我爲伴彼師報曰具壽彼人惡性當惱於汝復白師曰大德鄔陀夷善言勸喻事同父母豈當惱亂時彼少年不受師言共鄔陀夷決意而去時鄔陀夷將諸少年出界外已報言具壽汝等豈得無有依止遊歷人間即並喚來令其長跪教說依止方共前行或以三衣袋與之令負或與鉢盂或與雜袋或與軍持淨器或與常用觸缾或與錫杖或與皮鞋所有資具悉令擎去自垂兩手著上下二衣調弄諸人隨路而去至一聚落近大井邊與諸門徒共爲憩息此聚落内有毗訶羅於日晡時便鳴揵椎諸人聞已白鄔陀夷曰阿遮利耶寺鳴揵椎我等往看報言具壽此或多是黑鉢之類嬾修善品鳴椎集僧欲有作務我等既疲道路誰能執作門徒答曰阿遮利耶此或容是分物揵椎我及界者合得其分如軌範師衆所知識有大福德財利易求我等少年誰當見施令欲入寺觀彼何縁師便告曰隨汝意去若有利者亦取我分少年入已問寺諸人云是分卧具揵推主人見來即便報曰具壽汝請卧具報云我有尊師亦當見授問曰彼復是誰答曰阿遮利

耶鄔陀夷主人曰彼亦受取即總授之時鄔陀夷於彼井邊多聚人物爲其談話問諸人曰此是誰村此是誰寺此是誰塔此是誰園林井浴池牛羊之屬目覩皆問彼便具答時諸少年共相議曰阿遮利耶何故來晚遂相告曰作其常事於師卧處皆爲敷設濯足水塗足油安在一邊各自洗足入温堂中誦所持經隨處眠卧時鄔陀夷既見日暮方入寺中四顧無人遂便大喚具壽具壽諸人出看告言大德鄔陀夷何故非時來入寺内大聲叫喚如牧牛人答主人曰我有少年在前而入恐有病患是故高聲少年聞已告言阿遮利耶因何大喚在彼房中敷設卧具洗塗足物並已具安可往彼卧怒而告曰汝等白誰爲洗足等事答言軌範來遲我等更相告白便自洗足報云汝可出寺誰能與汝不恭敬無怖懼懈惰之輩作依止師耶即便强驅令出彼居露地寒苦通宵既至天明俱申言敬白言阿遮利耶我欲辭去鄔陀夷曰具壽汝等何之答言還室羅伐報云且住我當與汝瞻病所須答言師主我本無病仁遣病生况復有病而能瞻養遂便棄去還逝多林時鄔陀夷亦復隨逐漸至給孤園時諸苾芻見少年者至唱言善來具壽行李安不報言同梵行者何有安樂聖者鄔陀夷驅我令出通宵寒苦僅得存生問言何故諸少年者具以事白少欲苾芻聞是事已共生嫌賤云何苾芻驅他苾芻出僧房外故相惱亂以此因緣具白世尊世尊集僧問鄔陀夷曰實作如是驅遣苾芻夜出房不白言實爾大德世尊種種

訶責廣說乃至爲諸苾芻制其學處應如是說若復苾芻瞋恚不喜於僧住處牽苾芻出或令他牽出者波逸底迦如是世尊爲諸苾芻制其學處

佛在室羅伐城逝多林給孤獨園時有苾芻居土窟房時此苾芻身嬰疾患天欲將雨五色雲興諸苾芻見報言具壽宜可急出天將大雨恐土房崩時彼病重不能自出時諸苾芻懼犯戒故不敢扶出天既洪雨土窟遂崩壓彼病人因斯命過佛言有此難緣應當牽出告諸苾芻前是創制此是隨開重制學處應如是說

若復苾芻瞋恚不喜於僧住處牽苾芻出或令他牽出者除餘緣故波逸底迦

若復苾芻者謂鄔陀夷餘義如上僧住處者謂佛弟子所住之處牽出者或言驅出或以手牽自作使人除餘緣者謂除難緣隨義如上此中犯相其事云何若苾芻以瞋恚心於僧寺中若自驅牽若他驅牽此法中苾芻令其出者皆得墮罪遇八難緣並皆無犯又無犯者謂最初犯人或癡狂心亂痛惱所纏

强惱觸他學處第十七

佛在室羅伐城逝多林給孤獨園爾時具壽鄔陀夷至彼衆多年少苾芻處勸喻之曰汝等共我人間遊行降伏他宗自獲名稱少年各往諮白師主欲去遊行廣說如前乃至夜入寺中發聲大喚遣令開戶彼既卧已不肯爲開時鄔陀夷即便脚踢門扇遂令溫堂震動時諸少年共相議曰可與開門彼有大力恐當損壞衆僧堂舍遂與開門彼便即入於

少年牀上縱身而倒或有傷腹或有損腰或有損足告言阿遮利耶我痛我痛告云若嫌痛者自當出去少年議曰此有大力若不出者當斷我命即便俱出露地而卧於一夜中備受寒苦既至天曉白言阿遮利耶我今欲去問曰何之報言向室羅伐城報云且住我當與汝瞻病所須廣說如前乃至到室羅伐城具告苾芻苾芻白佛佛訶責已告諸苾芻

我今爲制學處應如是說

若復苾芻於僧住處知諸苾芻先此處住後來於中故相惱觸於彼卧具若坐若卧作如是念彼若生苦自當避我去波逸底迦

若復苾芻者謂鄔陀夷餘義如上知者謂了其事苾芻先此處住者謂此法中人先在此中而爲止宿後來於中等者謂是縱身强爲坐卧彼嫌苦痛者謂被惱不樂也自當避我去者謂以此爲緣不由餘事波逸底迦義如上此中犯相其事云何若苾芻了知其事如向所說乃至避我去者皆得波逸底迦

攝頌曰

麤食及好食　寒熱瓦盆利　禪誦怖有無因斯共相惱

爾時佛在室羅伐城逝多林給孤獨園時具壽鄔陀夷至彼衆多少年苾芻處而勸喻曰汝等共我人間遊行廣說如上將諸少年投寺寄宿乃至各自洗足入溫堂中共相謂曰我於今日噉麤惡食氣力稍劣應可禪思即便跏趺繫念而住鄔陀夷夜入寺中發聲大喚具壽時少年者聞其喚聲報云阿遮利耶我等在溫堂中端心禪寂遂便入堂而告之

曰具壽豈不佛説諸無知者不應修定宜應且起誦習尊經遂遣通宵冷地而坐强使誦經時諸少年既受辛苦曉而告曰阿遮利耶我欲還歸問言欲向何處答言向室羅伐報云且住我當與汝瞻病所須答云師主我本無病仁遣病生況復有病而能瞻養遂棄而去乃至給園廣説如上苾芻聞已具白世尊乃至告諸苾芻若苾芻故惱他苾芻者皆得墮罪又緣起同前於中别者乃至時諸少年共相謂曰我等今日噉精妙食氣力豐足應可房外隨意誦經即便習誦乃至鄔陀夷見告言具壽豈不佛説若不習定智慧不生應入温堂坐禪繫念遂令通夜跏趺而坐身體疲倦既至曉已還逝多林乃至佛告諸苾芻若苾芻故惱他苾芻者皆得墮罪

又緣起同前於中别者乃至時諸少年苾芻共相謂曰具壽今時稍寒共入温室可爲止宿遂便入宿鄔陀夷見告言具壽何故入室白言時寒入室取暖報云具壽汝熱處宿恐染黄病汝等多人若其病者我獨云何能爲瞻侍汝可急出遂令露地而住冷水徧灑以扇扇之至明不睡至天曉已還逝多林乃至佛告諸苾芻若故惱他者皆得墮罪

又緣起同前於中别者乃至少年共相告曰今時極熱共入踈堂可爲止宿即便入宿鄔陀夷見告言具壽何故踈室而卧白言時熱此處極涼報云汝涼處卧或觸風得病或癃傷寒我復何能供侍汝等遂便入室總閉諸窻爲然炭火房門急掩毛緂通覆縱身坐壓令彼通夜不得眠睡至天曉已還逝多林

乃至佛告諸苾芻若故惱他者皆得墮罪
又緣起同前時鄔陀夷勸諸少年人間遊行若隨逐行者皆被惱亂無復一人共之爲伴遂便單已遊歷人間遇至一寺於此寺中無大小行處時諸苾芻夜有所須各安瓦盆至天曉已於外棄之寺內苾芻共知鄔陀夷是惡行者竟無苾芻喚入房宿便作是念此諸黑鉢不共我言於今夜中自解躓頓即便旋昇蹋道至第三層見有瓦盆在處安置便作是念此復豈是破瓦等耶遂以足指夾棄於外苾芻夜起欲大小便覓彼瓦盆無一可得遂於上層通水之處棄其不淨及至天明諸信心輩梵志居士來入寺中禮拜虔誠巡觀房宇時鄔陀夷告諸人曰汝等當觀黑鉢之類恒爲惡行穢汙僧田於寺上層棄其不淨諸俗人等聞生嫌賤時諸苾芻具以白佛佛言若諸苾芻故心惱他者皆得墮罪
又緣起同前時鄔陀夷既無伴侶獨遊人間至一寺所時諸苾芻知其惡行竟無一人喚入停息鄔陀夷即作是念我今宜可別設方便惱彼寺僧令諸黑鉢知我鄔陀夷是難欺人即便多服瀉藥在溫堂中隨處便利如世尊說諸有病者應須瞻侍寺中所有耆老苾芻皆來問疾問言四大何如答曰困弱時老苾芻暫相問已即便欲出報云老宿可住片時彼既暫留即還欲出如是至三耆年報曰鄔陀夷汝欲故心惱亂於我答曰我入寺內仁不共語暫時佇立何事辭勞苾芻白佛佛言若諸苾芻故心惱他者皆得墮罪
又緣起同前廣說如上乃至鄔陀夷到一寺

中多有苾芻修習靜慮時彼諸人知鄔陀夷是惡行者無人共語時鄔陀夷見斯事已生惱害心然此寺院始起半功時鄔陀夷便往詣彼造寺人處報云長者既有信心造寺何不早成豈不佛説

若勤修善時　罪惡心不起　於福不勤者　心便造諸惡

長者聞已告苾芻曰聖者我今多有財物此處匠者卒不可求報云長者世尊有教若營作處苾芻助成長者曰若共助成斯爲甚善鄔陀夷曰我當相助即便歸寺打揵椎已自爲作業如佛所教若聞揵椎衆僧應集衆既總集見鄔陀夷自擊甎擊時諸苾芻亦共擎持悉皆竟日執作不休共相謂曰具壽昔來此寺皆勤習定豈謂今日盡共營勞我等捨茲詰室羅伐彼諸舊人見客苾芻至各唱善來告言具壽我聞彼寺皆並修禪久願往彼隨喜相見仁有何事廢修靜慮得至此耶客苾芻報曰往時彼寺皆勤習定至於今日盡共營勞問曰何意如此答曰由鄔陀夷遣令如此具以事告時諸苾芻以事白佛佛言若諸苾芻故心惱他者皆得墮罪

又緣起同前乃至鄔陀夷到一寺中多有苾芻誦習爲業見鄔陀夷皆不共語寺未成就廣説乃至告彼寺主令諸苾芻盡日營作皆捨而去往至給孤園苾芻白佛佛言得罪同前

又緣起同前乃至鄔陀夷到一寺中當爾之時寺有賊怖時諸苾芻見鄔陀夷來知其惡行皆不共語時鄔陀夷見是事已遂相惱亂

至日暮時大開寺門當闇而立時授事人報云大德勿當門立我欲掩扉答曰汝之房戸自可牢閉大衆之門何干汝事時諸苾芻通宵大怖不得睡眠苾芻白佛佛言故心惱他皆得墮罪

又緣起同前乃至鄔陀夷到寺中寺無賊怖夜多開門時苾芻出寺便利時鄔陀夷見其不語便生忿怒遂牢閉其門當闇而卧時諸苾芻夜須便利報云大德勿復當闇我出便利答言具壽於汝房中穿牆而出我行疲極誰能爲起時諸苾芻既無出處或在簷前或門屋下或水竇處或在中庭而棄不淨至天明已諸信心者入寺禮拜時鄔陀夷見而告曰仁等看此黒鉢之類每於寺中糞穢狼籍仙人居處豈合如此作是語時令諸俗徒共生嫌賤諸苾芻白佛佛言若苾芻故心惱他苾芻者皆得波逸底迦罪又無犯者謂最初犯人或癡狂心亂痛惱所纒

根本說一切有部毗柰耶卷第二十九

音釋

燎 力弔切燒也　鞕 魚孟切堅也　齧 五結切齧也　擲 直炙切拋也

甎 職緣切甓也　憇 去制切息也　躓 陟利切頓也　墼 古歷切未燒塼坏也

閫 苦本切門限也

根本說一切有部毗柰耶卷第三十

唐三藏法師義淨奉　制譯

故放身坐卧脱脚牀學處第十八

爾時薄伽梵在室羅伐城逝多林給孤獨園時具壽鄔波難陀至彼衆多少年苾芻處勸喻曰汝等共我人間遊行必當降伏他宗自獲名稱汝等若欲讀誦禪思及以衣食病緣所須皆令無缺時諸少年雖聞此勸共知鄔波難陀禀性惡行不堪共居竟無一人許共同去時有乞食苾芻聞其覓伴遂告鄔波難陀曰我共大德人間遊行有同行人報乞食者曰此鄔波難陀爲人惡行汝今隨去必遭惱觸遂報同梵行者曰我滿十夏不依止他亦不就彼求受學業彼於我處欲何所爲知識報曰不相用語後自當知不受勸言遂與同去出至界外時鄔波難陀報云乞食者汝可爲我擎持衣袋吾年衰朽且宜相助乞食者答曰大德豈可不見佛法僧寶勝妙福田持以奉施而多畜此生惱物耶報乞食者曰我遣擎物汝不肯持亦未乖理然汝非我二師輒相訶責斯豈合耶時鄔波難陀便作是念此乞食者未須與語且忍共去後自當知遂漸遊行至一聚落即於林外詣井池邊俱共憩息村中有寺打揵稚聲時乞食者既聞聲已報言大德寺鳴揵椎我欲往看報言具壽此乃多是黒鉢之類嬾墮修善品鳴椎集僧别有作務我等既疲道路誰能共彼執作乞食者曰或是分利揵椎我既及界理合得之鄔波難陀曰汝宜可去若是分利揵椎者亦取我分答云如是遂至寺中問知乃是分卧

具揵椎主人苾芻報云阿瑜率漫宜受卧具報言我有大者亦爲受不問彼是誰報云是大德鄔波難陀答曰彼人衆所識知亦爲取分即便兩人卧具皆悉受之時鄔波難陀在於井處廣問諸人兼爲說法具如前說諸人既散時景將曛便入寺中高聲大喚彼乞食者在閣下房閉戸而卧聞喚聲已報言大德何爲高聲我於上房已爲敷置眠卧之具及洗足物並在一邊就彼應卧報言乞食者可爲開房欲有商度彼作是念若容入房乃至天明言未能了我今宜卧不與開門報言大德我行疲極無暇商量設有平章待至天曉時鄔波難陀知其意止不爲開門即向上房洗足入室問曰得塗足油安在何處報曰近在牀邊鄔波難陀善知聲相觀其卧處即移牀脚安彼頭邊放身而坐令牀脚脱打破彼頭報云大德打破我頭極爲苦痛鄔波難陀報云乞食者何故頭破彼作是念我若苦言或容更打即默爾而住至天曉已便往就别報言大德我今欲去問曰汝欲何之答曰向室羅伐城報云且住我當給汝病藥所須答言大德我本無病故破我頭設更有疾豈能瞻養說是語已捨之而去還逝多林時同梵行者見唱善來問安樂不報言被打頭破何有安樂具以緣告時諸苾芻聞是事已共生嫌賤云何苾芻在上棚卧知脱脚牀放身而坐令牀脚脱打破他頭以此因緣具白世尊世尊集衆問鄔波難陀曰實作如是惱亂事不白言實爾世尊種種訶責廣說乃至爲諸苾芻制其學處應如是說

若復苾芻於僧住處知重房棚上脱脚牀及餘坐物放身坐卧者波逸底迦

若復苾芻者謂鄔波難陀餘義如上僧住處者亦如上知者或時自作或被他教重房者謂居重閣危朽棚上脱脚牀者謂此牀脚不連上蓋及餘諸座放身坐卧者謂極縱身或坐或卧故令脚出傷損他人波逸底迦者廣釋如上此中犯相其事云何若苾芻知僧房舍有脱脚牀縱身坐卧欲惱他者皆得墮罪若是板棚或是甎地或脚以板支或時仰著此皆無犯又無犯者謂最初犯人或癡狂心亂痛惱所纏

用蟲水學處第十九

佛在憍閃毗瞿師羅園爾時具壽闡陀以有蟲水澆草土牛糞等諸苾芻見告云具壽闡陀勿以有蟲水澆草土牛糞等闡陀報曰豈諸生命我喚將來豈復有人數以相付豈可欲去我不聽行四海寛長因何不去江河池沼盆甕缾瓨何不走入諸有少欲苾芻聞是語已共生嫌賤云何苾芻以有蟲水將澆草等自作使人不顧生命時諸苾芻以緣白佛佛以此緣集諸苾芻問闡陀曰汝實用蟲水及以教人澆草等耶實爾大德世尊以種種訶責非出家人所應作事讃歎少欲尊重戒者廣説如前乃至制其學處應如是説

若復苾芻知水有蟲自澆草土若和牛糞及教人澆者波逸底迦

若復苾芻者謂是闡陀餘義如上知者或自知或他告語水謂井池等水蟲有二種一爲眼所見二爲羅所得若自用若使他澆草澆

土若和牛糞等者得波逸底迦義如上説此中犯相其事云何若苾芻於有蟲水作有蟲想若自用若教人用澆草等得波逸底迦疑亦如是若水無蟲作有蟲想用時得惡作罪疑亦如是若苾芻河池水處多有蟲魚苾芻殺心決去其水隨有蟲魚命斷之時皆得墮罪若不死者皆得惡作若於此水處堰之令斷於其下畔隨蟲命斷或時不死得罪同前若無殺心者無犯又無犯者謂最初犯人或癡狂心亂痛惱所纏

造大寺過限學處第二十

佛在憍閃毗瞿師羅園爾時六衆苾芻每於他寺生輕賤心作如是語此寺崩隤猶如客舍象馬之廐諸苾芻聞已告言具壽仁等於他住處得便居止而自不能安一基石依他處所强作譏嫌六衆聞已時難陀鄔波難陀共相告曰我等常被諸黒鉢類之所欺輕云汝恒居他寺自無居止乃至一石不能安置我等今應共造一寺令諸黒鉢曾所未覩于時難陀告鄔波難陀曰若我六人皆營作者諸餘黒鉢得我瑕釁作如是説六衆苾芻不修善品悉皆營作我等所有施食之家勸令心變我等宜應於六人内揀取一人識性聰敏善解説法能令細針引入麁𪋻杖我等六人誰能如是鄔波難陀曰具壽闡陀衆所識知辯才無礙能作如是針杖相隨阿説迦曰若如是者應可詳去共請其人勸爲授事即便詳去告闡陀曰具壽當知我等常被諸黒鉢者之所欺弄而云我輩恒居他寺多生譏恥乃至不能自安一石今應共造一寺令諸黒

鉢曾未見聞我等共營恐招譏議云往時六衆今作傭人具陳可不共請之曰大德仁可發勇猛志作授事人爲諸僧伽造一住處報云善哉既是勝田我當爲作于時闡陀受衆勸已即便洗足入已房中結跏而坐通宵不寐作如是念以何方便我爲僧伽能建大寺復更思惟今此世間人天諸衆於世尊所普生敬信彼某甲家於馬勝所偏生敬信彼家於吠陀羅所彼家於婆澁波所彼家於大名所彼家於滿慈所彼家於無垢所彼家於牛王所彼家於舍利子所彼家於大目連所如是及餘諸大苾芻皆有施主別生敬信我既無別施主當憑告誰而能造寺時此城中有一長者大富多財禀性慳悋乃至滌器濁水亦不惠人若能化彼令生信敬可爲僧伽造成大寺是時闡陀至天明已著衣持鉢入憍閃毗而行乞食先於餘家乞得麨已便詣彼長者家欲入其舍時守門者告言聖者此是大長者家無宜輒入闡陀報曰如佛世尊乞食之人但遮五處一唱令家二婬女家三酤酒家四旃荼羅家五王家豈可此家是前五種時守門人報言聖者大爲譏弄此非唱令乃至王家然是某甲長者之宅仁不須入是時闡陀便作是念求執衣裾尚不聽近欲求餘物其可得乎于時有一長者新誕孩兒爲大歡慶奏諸鼓樂多將舞者在門前過彼守門者貪觀妓樂便離其門是時闡陀即便竊入時彼具壽威儀庠序如離欲人長者遥見告曰善來大德闡陀宜於此坐暫時居止而言談由緒未得其便告長者曰我已巡門乞

得片麨仁可爲羅長者告婢可爲羅麨其婢爲羅是時闡陀觀所羅麨長者問曰仁何所觀闡陀告曰我欲觀蟲若有蟲者我不應食長者報曰若食蟲者當有何過報曰如世尊言若殺生者由數習故身壞命終墮於地獄餓鬼傍生受諸苦惱設生人中短命多病然闡陀苾芻妙閑三藏得無礙辯善識時宜應機說法即爲長者宣說法要讚修十善毀行十惡時彼長者既聞法已心生敬信即便入舍令辦種種上妙飲食并諸異味盛滿槃器持來供奉闡陀見已即便生念我聞木釜一賫便休若受此施即爲前食亦爲後供而告之曰施主我已受得他所施麨豈容見棄敢美食耶長者曰我等俗法先得麤食後逢美妙棄前惡食實無愆咎闡陀報曰長者俗人無戒隨意所爲我受戒品豈得同彼受他信施輒輕棄耶是時長者聞此語已倍生深信闡陀即便見辭而去長者告曰大德於時時間賜過我舍即便報曰我實欲得數數相過而守門人猶如暴惡琰摩獄卒不聽前進于時長者喚守門人告云汝見聖者闡陀入時不應遮止答曰依教是時闡陀便即思念若更有餘黑鉢者入不識機宜令其失信我今宜可預設方便不令其入報守門者曰咄男子汝今知不此家長者我以大緣令其敬信門人報曰我已知之告云汝從今後勿令諸餘黑鉢之輩輒入此門若放入者我令長者與汝重杖替以別人彼便報曰仁入此門非我所欲豈令餘者而輒進耶請勿爲慮是時闡陀於時時間來詣其舍爲長者夫婦宣揚

妙法令受三歸持五學處時長者報曰聖者若於資緣有所須者於我家中隨意當取請勿爲外于時闡陀雖聞此告一無所受後於異時來過其宅爲彼長者讚說七種有事福業長者聞說福利深生歡喜白闡陀曰聖者我今欲修有事福業答言賢首今正是時隨意當作長者曰欲作何事闡陀報曰可爲衆僧營造住處長者便念我已屢將家資奉施乃至縷線曾不見受今時雖許復爲衆僧觀此知足我深敬重白言大德今我舍內多有財賄得爲僧伽造立住處然無助我檢校之人闡陀報曰我願助汝成斯福事于時闡陀報長者曰仁今當往詣僧伽處諮問大衆求請我作檢校之人長者報云善哉我去即與闡陀相隨向寺入大衆中禮僧足已敬白大衆此聖者闡陀樂爲衆僧興造住處我爲施主幸願僧伽慈悲聽許差作授事人爾時舍利子爲衆上座見長者請便作是念此六衆輩比不被差常惱僧衆況今差遣相惱不疑報言具壽闡陀我昔營造逝多園林誰復差我具壽大唯陀造此瞿師羅園亦是誰差作汝若欲爲衆僧造住處者當自檢校何待衆差闡陀聞已便作是念黒鉢之徒不欲見我何況差許爲授事人衆既不差便共長者俱時起去詣長者家多取錢物往作甎人處告云賢首汝等豈能於一日中以成熟甎造三層寺一百口房不甎匠答曰若多與錢物衆人共爲此應可辦即隨索多少給與其錢次向壘甎匠處告云賢首汝等豈能於一日中刻削熟甎造三層寺不次向木匠處告云賢

首汝等豈能於一日中總集諸木造三層寺不次向泥匠及畫工處各隨所作問答同前次復多覓傭力之人將入寺中併功相助造三層寺一日便成然造寺時下無水竇上無泄渠戶中窻牖皆不安置無踈通處形若方篅但有小門纔通出入營造既訖便往至彼長者之家報云長者造寺已成應爲慶讚長者答曰今時不辦明日當作爾時世尊便作是念六衆闡陀所造之寺於後夜分必定崩隤若我及僧衆不爲受用所造寺者彼之施主見寺崩壞生大懊惱必歐熱血而取命終世尊告阿難陀曰汝今宜於瞿師羅園諸苾芻處而告之曰汝諸苾芻我每爲說客修善行發露衆罪汝等若有獲得勝定當以定力於初夜分往詣闡陀所造寺中各修善品時阿難陀奉佛敎已告諸苾芻曰諸具壽世尊有敎我每爲說客修善行發露衆罪汝等若有獲得勝定當以定力於初夜分往詣闡陀所造寺中各修善品時諸苾芻聞是語已得勝定者如佛所敎往彼寺中隨修善品世尊便於半夜亦往寺中起世俗心諸佛常法若起世俗心者帝釋諸天悉皆知意是時帝釋諸天來詣佛所禮佛足已在一面坐佛爲宣說諸法無常禮佛足已忽然不現時諸苾芻與佛俱去至後夜時四面雲起風驚雷震便下大雨滿彼寺中形如大篅水無出處其水浸漬寺便崩倒至天明已六衆聞之總生惶怖悉皆逃走時彼施主即於是日車載種種上妙飲食來詣寺所欲伸慶讚問苾芻曰我所造寺何者是耶有一苾芻晚暮出家與彼

六衆先有瑕隙報長者曰此是汝等猶如駱駝蹲伏崩倒汝須存意入巳寺中勿令門額觸汝頭髻長者見巳作如是念我捨珍財其數無量未曾受用遂見崩隤即便懊惱悶絶于地時諸親族以冷水灑面得少穌息世尊爾時命具壽阿難陁曰汝今宜往告彼長者曰多有施主奉爲如來造立房舍然佛世尊竟不受用於彼施主福亦隨生何况汝寺於初夜時有耆宿德行苾芻皆入受用於後夜分世尊自往及帝釋諸天皆來雲集入汝寺中共爲受用宣説妙法汝之福利無量無邊當須歡喜勿爲憂悒時阿難陁奉佛敎巳詣長者所具以佛語告之長者聞巳白阿難曰大德世尊大悲入我寺中爲受用耶阿難陁曰巳爲受用長者曰大德若佛世尊入我寺中巳爲受用者我能日日奉爲世尊造斯住處爾時長者問諸人曰我善知識六衆苾芻今在何處六衆傳聞長者見問皆疾來至到長者所長者即便請其食巳便以新氎人奉一張苾芻所須資具之物隨意供給時諸苾芻見是事巳報六衆曰仁等能爲長者造立大寺實是牢固六衆答曰汝何見譏我等六人能令長者深生敬信雖復損失財物然於我等敬信彌隆供以上餐人奉一氎沙門資具隨意當給其少欲苾芻聞是語巳共生嫌賤云何六衆苾芻於所作事理應羞恥反更自高時諸苾芻即以此縁具白世尊世尊集僧告六衆曰汝等實作如是不端嚴事耶六衆白言實爾大德世尊以種種訶責廣説如前乃至爲諸苾芻制其學處應如是説

若復苾芻作大住處於門楄邊應安橫扂及諸窻牖幷安水竇若起牆時是濕泥者應二三重齊橫扂處若過者波逸底迦

若復苾芻者謂是六衆大者有二種一施物大二形量大此謂形量大言住處者謂於其中得爲行住坐卧四威儀事作者或自作或使人於門楄邊應安橫扂及窻牖水竇若起牆時是濕泥者始從治地築基創起牆壁是濕泥者應二三重布其模墼若過著者得波逸底迦釋義如上此中犯相其事云何若苾芻爲僧造大寺用濕泥墼及曳泥模過二三重作者皆得噇罪若是熟甎及以石木或可施主欲得疾成雖過重數並皆無犯又無犯者謂最初犯人或癡狂心亂痛惱所纏時諸苾芻咸皆有疑請世尊曰具壽闡陀求僧差作授事人時有何因故尊者舍利子方便遮止而不聽作佛告諸苾芻此舍利子非但今日以善方便遮止闡陀乃往古昔亦曾遮止汝等應聽於過去世雪山之中極深險處有大群鳥依止而住中有鳥王共相統領因遭疾病遂致命終時諸群鳥既無其主更互相欺爲不饒益時諸群鳥共集一處而相告曰我等無主不可久存欲覓鳥王同爲灌頂共相領立我於何處當可得耶去斯不遠有老鵂鶹衆皆議曰此鳥耆宿堪可爲主我等若扶必有弘益去此非遠有一鸚鵡稟性聰慧善識機宜我等共問扶鵂鶹爲主是事可不即共往詣鸚鵡之處問言欲立鵂鶹爲主是事可不于時鸚鵡觀鵂鶹面而說頌曰

我不愛鵂鶹　以爲衆鳥主　不瞋面如此

瞋發欲如何
時諸群鳥聞此説已不立爲主便立鸚鵡以爲其主汝諸苾芻勿生異念往時鸚鵡即舍利子是老鵂鶹者即闡陀是昔扶爲主方便遮止令差授事亦方便不聽又無犯者謂最初犯人或癡狂心亂痛惱所纏
第三攝頌曰
不差至日没　爲食二種衣　同路及乘船
二屏教化食
衆不差教授苾芻尼學處第二十一之一
内中攝頌曰
佛令難鐸迦　教誡苾芻尼　爲説甚深經
皆證阿羅漢
爾時佛在室羅伐城逝多林給孤獨園佛於此處爲夏安居與五千苾芻俱有耆宿苾芻尼亦在此王園寺而作安居所謂准陀苾芻尼民陀苾芻尼末臘婆苾芻尼大衣苾芻尼善行苾芻尼曠野苾芻尼明月苾芻尼安隱苾芻尼少力苾芻尼憍荅彌蓮華色大世主苾芻尼等大聲聞尼咸於此住時大世主苾芻尼與五百苾芻尼以爲侍從往詣佛所禮佛足已在一面坐爾時世尊爲大世主等宣説法要示教利喜令歡慶已告言大世主時至可去時大世主聞佛説法頂戴受持禮佛足已即便出去爾時世尊見大世主出去之後告諸苾芻曰汝等應知我今年衰老朽氣力羸惙不復更能爲諸四衆苾芻苾芻尼鄔波索迦鄔波私迦宣説法要汝等從今已去者宿苾芻應爲次第教授苾芻尼時諸苾芻聞佛教已即依次第而爲教授時具壽難鐸

迦次當教授而不願去教授諸尼時大世主苾芻尼復與五百苾芻尼往詣佛所廣說如前乃至禮佛出去佛見大世主出去之後告阿難陀曰今當次誰教授尼衆阿難陀曰比來皆是耆宿苾芻更次教授今至具壽難鐸迦而情不樂欲教授尼衆時難鐸迦亦在佛邊衆內而住爾時佛告難鐸迦曰汝當教授苾芻尼應爲諸尼宣說法要何以故難鐸迦我當隨力教授苾芻尼汝亦教授苾芻尼我爲諸尼宣說法要汝亦如是宣說法要由此緣故令彼諸尼衆得大利益有大光暉能廣增長獲究竟處汝不應辭教彼尼衆時難鐸迦蒙佛教已黙然而受時具壽難鐸迦過於夜分至天曉已於日初分著衣持鉢入室羅伐城次第乞食既得食已還至本處飯食訖收衣鉢嚼齒木洗足已旋入房中宴黙而住時難鐸迦於晡後時從定而起著僧伽胝將一苾芻以爲後從向王園寺欲教授苾芻尼既至彼已時諸尼衆遥見難鐸迦來白言善來大德即爲敷座請其安坐時諸苾芻尼禮難鐸迦足已於一面坐時難鐸迦告諸苾芻尼曰我今爲諸姊妹說問答法門汝等善聽若解者言解若不解者言不解於義善解如理修行於義不決當可覆問大德此言之義我未能解諸苾芻尼聞是教已白難鐸迦曰大德我蒙善教深生希有慶悦無已如是大德善教我等我等咸皆隨所教事而爲問答順理修行時具壽難鐸迦告諸尼曰姊妹汝知內眼處有我我所不諸尼答言大德我不見有又問曰姊妹如眼既爾乃至耳鼻舌身

意內處有我我所不答言大德我不見有何以故大德我等順修正行實作此解以正慧見觀內六處實無有我心生信解了無我故時難鐸迦報諸尼曰善哉姊妹善能解了言所詮義此內六處無我我所如是應知又於外色處有我我所不諸尼答言大德我不見有又問曰姊妹如色既爾乃至聲香味觸法外處有我我所不答言大德我不見有何以故大德我等順修正行實作此解以正慧見觀外六處實無有我心生信解了無我故時難鐸迦報諸尼曰善哉姊妹善能解了言所詮義此外六處無我我所如是應知復次姊妹眼色爲緣能生眼識此之識性有我我所不大德無有如是乃至意法爲緣能生意識此等識性有我我所不答言無有何以故如上廣說乃至如是應知復次姊妹眼色爲緣能生眼識由此三和能生於觸此觸有我我所不乃至意法識三能生於觸此觸有我我所不答言無有何以故如上廣說乃至如是應知復次姊妹此眼色識三和生觸能生於受此受有我我所不乃至後三因觸生受此受有我我所不答言無有何以故如上廣說乃至如是應知復次姊妹此眼色識三和生觸此觸生受此受生愛此愛有我我所不乃至後三之愛有我我所不答言無有何以故如上廣說乃至如是應知復次姊妹譬如因器油炷及火方有燄生姊妹如燄無常乃至火炷油器皆亦無常姊妹若復有人作如是說器油炷火雖是無常然依此等所生之燄定是堅固不可變壞常住之法如是說時可

說此人爲實語不答言大德斯非實語何以故此器油等皆無常故所生之燄豈得是常姊妹如是內六處無常若復有人作如是說此內六處雖是無常然依此等所生喜樂定是堅固不可變壞常住之法如是說時可說此人爲實語不答言大德斯非實語何以故乃至廣說大德我等順修正行實作此解以正慧見觀內六處皆是無常心生信解由彼彼法生故此此法生彼彼法滅故此此法滅終能獲得寂靜清涼解脫之處難鐸迦報諸尼曰善哉善哉姊妹若能解了言所詮義心生信解了是無常由彼彼法生故此此法生彼彼法滅故此此法滅終能獲得寂靜清涼解脫之處復次姊妹譬如大樹根莖內外枝葉華果貞實具足此之大樹根是無常乃至華葉皆亦無常若復有人作如是說此樹根等皆悉無常然而樹影定是堅固不可變壞常住之法如是說時可說此人爲實語不答言大德斯非實語何以故此之大樹根莖枝葉乃至華果皆悉無常若無根等所依之物能依之影皆不得有難鐸迦曰姊妹外之六處皆悉無常亦復如是若有人來作如是語外之六處皆是無常然而依此所生樂觸定是堅固不可變壞常住之法如是說時可說此人爲實語不答言大德斯非實語何以故廣說如前乃至終能獲得解脫之處復次姊妹更說譬喻汝等應聽諸有智者以譬喻故能解其義如善屠牛人及諸弟子手執利刀斷其牛命方便剫剥外皮內肉皆不傷損然於腹中肝肚腸胃細割斬截悉皆除棄重取

其皮周徧蓋覆姊妹有人見時作如是語此牛與皮相連不別是有命牛可說此人是實語不答言大德斯非實語何以故此屠牛人及餘弟子手執利刀斷牛命時雖不損皮肉然於腹中肝肚腸胃割截除棄但重取皮周徧蓋覆此肉與皮不相連著姊妹我舉此喻欲曉餘義如理應知所言牛者謂有色身麤重四大父母精血羯刺羅等聚集成就復以飲食共相資養假藉塗香及澡浴等終歸磨滅破壞消散言內肉者謂內六處言外皮者謂外六處腹中五藏者謂欲貪等言善屠牛人及餘弟子者謂是多聞利智聲聞弟子言利刀者謂智慧刀謂佛子心持慧劒斬彼相應繫縛煩惱及諸隨惑對治損壞悉皆除棄是故汝等了斯事已當勤修學勿爲放逸後生悔恨姊妹若於汝等情所染著愛樂之處當善防心染未斷故於可瞋境當善防心瞋未斷故於愚癡境當善防心由癡未斷故於四念住當善護心正觀而住修念住已於七菩提分法應善修習多爲修習於菩提分既修習多修習已於八支道正念成就能除欲漏除欲漏已有漏無明漏心當猒捨生猒捨故便得解脫得解脫已證解脫智見即能了達我生已盡梵行已立所作已辦不受後有汝等姊妹如是應學爾時具壽難鐸迦爲諸尼衆示教利喜宣說法已從座而去既至明日時大世主與五百苾芻尼還至佛所如常威儀聽妙法已禮佛而去佛見大世主出去之後告諸苾芻曰汝等觀此難鐸迦爲彼五百苾芻尼正教正誡令得解脫而未證究竟

若於今日而命終者我不見彼諸苾芻尼有一繫縛煩惱而不除斷由斯結惑爲羈絆故重來此世而更受生汝等苾芻譬如白月十四日月在空中人皆觀見咸悉有疑云此明月爲滿不滿然此明月不是圓滿由未究竟故如是難鐸迦苾芻爲彼五百苾芻尼正教正誡令得解脱而未證究竟若於今日而命終者我不見彼諸苾芻尼有一繫縛煩惱而不除斷由斯結惑爲羈絆故重來此世而更受生爾時世尊記彼五百苾芻尼得不還果已告難鐸迦曰汝當教誡諸苾芻尼爲說妙法令速出離何以故我及於汝教誡諸尼令其解脱時難鐸迦聞佛教已默然受教時具壽難鐸迦至明日已於初分時著衣持鉢入大城中次第乞已還至本處飯食訖收衣鉢嚼齒木澡漱已於外洗足入房宴坐至日晡時從定而起著僧伽胝將一苾芻以爲從者詣王園寺欲教授苾芻尼既至彼已時諸尼衆遥見難鐸迦來白言善來大德即爲敷座請其安坐時諸苾芻尼禮難鐸迦足已於一面坐時難鐸迦爲諸尼衆宣說法要示教利喜既說法已從座而去時大世主苾芻尼將五百尼衆往世尊所禮足已廣說如前乃至禮佛而去爾時世尊尼衆去後告諸苾芻曰汝等觀此難鐸迦苾芻已正教誡五百苾芻尼悉令解脱得究竟處不是諸尼衆若於今日而命終者我不見彼一人於生死路而重遊履故於今時盡諸苦際汝等苾芻譬如白月至十五日月處空中人皆覩見無復生疑云此明月爲滿不滿然此明月是極圓滿由

究竟故如是難鐸迦苾芻爲彼五百苾芻尼正教正誡令得解脱入究竟處若於今日而命終者流轉路絶不復受生爾時世尊記五百苾芻尼得阿羅漢果已諸苾芻衆聞佛所説歡喜信受

根本説一切有部毗柰耶卷第三十

音釋

曛許云切日入也 棚薄耕切閣也 崩隤崩北騰切壞也隤徒回切摧也 瑕舋瑕胡加切玷也舋許覲切隙也 縷力主切線也 篅市緣切圓竹器也 蹲徂尊切踞也 店徒點切戶牀也 鵂鶹鵂許鳩切鶹力鳩切鵂鶹鵄也 㓟剝㓟敷羈切刀析也剝比角切也

根本說一切有部毗柰耶卷第三十一

唐三藏法師義淨奉制譯

衆不差輒教授苾芻尼學處第二十一之二

内攝頌曰

六衆教非理　大路及小路　佛令彰勝德
廣說昔因緣　因鼠獲多財　醫王心起慢
爲說智馬事　非聖勿稱量

爾時世尊令諸耆宿苾芻應爲次第教授苾芻尼時六衆苾芻至其次日便往詣彼苾芻尼處共彼諸尼言話戲笑或以身手互相捫摸於彼尼中有愛樂者共作非法若不愛者即不隨彼遂於廊下經行出嫌罵語時彼苾芻尼樂少欲持戒者便以其事往白苾芻苾芻聞已具白世尊世尊告曰雖當次第不應令彼六衆苾芻教授尼衆時彼六衆雖聞此教自爲次第教授諸尼還復如前共作非法佛言若不衆差不應教授是時六衆聞是語已俱出界外自相差遣還同前過佛言不應界外而相差遣聞斯語已是時六衆便於界内取病者欲不問餘人佛言不應如是別衆差人當於十五日褒灑陀時衆僧普集應當差遣教授尼人應如是差先當問能汝某甲能教授苾芻尼不彼應答言我能令一苾芻作白羯磨應如是作

大德僧伽聽此苾芻某甲爲教授苾芻尼人此某甲樂欲當教授苾芻尼若僧伽時至僧伽應許僧伽今差苾芻某甲爲教授苾芻尼人此某甲樂欲當教苾芻尼白如是次作羯磨大德僧伽聽此苾芻某甲爲教授苾芻尼人此某甲樂欲教授苾芻尼若僧伽許差苾

芻某甲爲教授苾芻尼人此某甲樂欲當教授苾芻尼若諸具壽許差某甲爲教授苾芻尼人者默然若不許者説僧伽今許差某甲當教授苾芻尼竟由其默然故我今如是持時諸苾芻聞世尊説令差教授苾芻尼人遂不簡擇即便差遣佛言若自不調能調於他若自不靜能靜於他若自不安能安於他自不斷滅能斷滅他自陷欲泥能拯濟他者無有是處告諸苾芻曰不應不爲簡擇輒便差遣若苾芻具七法者衆應差教授苾芻尼云何爲七一者持戒二者多聞三者住耆宿位四者善都城語五者不曾以身汙苾芻尼六於八他勝法善能分別七於八尊重法能善解釋云何名持戒謂於四波羅市迦法一無虧犯云何多聞謂能善誦二部戒經云何住耆宿位謂受圓具滿二十夏或復過此云何善都城語謂能善解王都言音語通方域云何不以身汙苾芻尼謂曾不與尼以身相觸設曾身觸此罪已如法説悔云何分別八他勝法謂於初八善識開遮云何善解八尊重法謂於八事善能開演若苾芻具七法衆應差作教授苾芻尼人如世尊説若具七法衆應差遣教授尼衆者時六衆苾芻雖不被差便行教授少欲苾芻聞生嫌恥云何苾芻不被衆差而便自往教授尼衆以此因緣具白世尊世尊以此因緣集苾芻衆便問六衆廣説如前種種訶責乃至我今爲諸苾芻制其學處應如是説若復苾芻僧不差自往教誡苾芻尼者波逸底迦如是世尊爲諸苾芻制學處已佛在室羅伐城逝多林給孤獨園於

此城中有一婆羅門娶妻之後婦每生子便即命終後於異時妻復有娠時婆羅門知是事已以手支頰懷憂而坐有鄰家老母來至其所告言婆羅門何故懷憂支頰而住答曰我婦薄福每所生子便即命終今復有娠設生還死寧得不憂老母報曰若至汝妻誕孕之日當宜喚我後時其妻至誕生日即喚老母母至婦所見誕一男老母取兒淨澡浴已持鮮白氎周帀裹身上妙生酥置於口內授與使女告云汝可抱此孩兒安四衢大路若見沙門婆羅門行過之時汝應殷重致敬告諸人曰此小孩兒禮聖者足至日暮時若命存者即可持歸若命不存隨處當棄汝可歸還是時使女隨教抱兒往四衢大路安在道邊諸外道輩於晨朝時禮諸天廟涉路而過是時使女遥見彼來遂便致敬指示孩兒告言聖者此小孩子禮聖者足彼呪願云令汝孩子無病長壽天神擁護父母所願悉令圓滿復有衆多耆年苾芻入室羅伐城欲行乞食亦從此過使女見之亦同前告白時諸苾芻如上呪願爾時世尊於日初分著衣持鉢入室羅伐城欲行乞食亦從此過時彼使女見世尊來殷重至心五輪著地禮世尊已指示孩兒合掌白佛此小孩子禮世尊足世尊告曰令汝孩子無病長壽天神擁護父母所願悉令圓滿如是致敬至日暮時就觀孩子見命尚存抱持歸舍家人見問孩子活不報言得活又問汝抱此兒安在何處報云在大路傍父母欣悅便集宗親爲大讌樂欲與孩兒施立名號諸人議曰今此孩子初誕生已

置之大路宜與此兒名爲大路此大路童子由勝資養身速長大學諸藝能書筭等技廣如上說於婆羅門所有法式著衣噉食灑淨軌儀唱誦音聲咸盡其妙義四明論解六作業具大智慧有五百童子就其受學時婆羅門不能離欲如有說云若人渴逼便飲鹹水渴更增多如貪婬者習欲之時貪更增長婆羅門染欲不捨婦更有娠將誕之時還命老母其母至已看其誕孕見産一男還復同前淨洗浴已裹以白氎授與使女告云可持此子安大道邊如前教示時彼使女禀性嬾惰便抱孩子置小路邊見有沙門婆羅門外道內道及以大師同前指示皆爲呪願廣說如上至日暮時孩兒存活持抱歸舍父母歡喜問使女曰汝抱此兒安在何處報云安小路傍父母即便廣設大會與子立名皆云此兒欲求長命置小路傍應與此兒名爲小路既漸長大令其受學其師先教讀悉談章禀性愚鈍道談忘悉道悉忘談時親教師報其父曰我昔曾教衆多童子未曾見此愚鈍小兒大路童子少授之時多所領解然此童子道悉忘談道談忘悉我實不能教其學問父聞語已便作是念非一切婆羅門皆有文學宜可教其闇誦明論將付明師令教誦業師乃教誦明論道蓬忘凳道凳忘蓬（此蓬凳二聲是婆羅門四明論中祕密之字能含多義統攝人神習誦之者廣生福智凡厥初學皆以手逐聲令其誦習亦云闡陀聲是節斷義然悉談蓬凳字不可翻是故存其梵韻耳）是時彼師告其父曰我昔曾教衆多童子未曾見此愚鈍小兒道蓬忘凳道凳忘蓬我實不能教其誦習時婆羅門聞斯語已復作是念非一

切婆羅門皆能誦習但作種姓婆羅門自然得活亦何事辛苦由此童子禀性愚鈍時人皆悉喚爲愚路父於愚路偏鍾愛念有請召處必將隨逐後於異時父婆羅門身縈重病雖加醫藥漸就衰羸告大路曰我沒世後汝無憂慮然愚路無識爾勿見輕安危共同始終相濟盡兄弟義當憶吾語如佛言曰

積聚皆消散　崇高必墮落　會合終別離
有命咸歸死

說是語已即便命終二子悲號具辦凶禮送至林所焚燒既訖懷憂而歸是時舍利子及大目連與五百苾芻詣憍薩羅國人間遊行至室羅伐城城中人衆聞舍利子及大目連與五百苾芻欲來至此出城迎接爾時大路於此城外在一樹下領五百人授其學業見諸大衆俱共出城問學徒曰今此人衆欲何處去學徒報曰此諸人衆聞舍利子及大目連與五百苾芻欲來至此共出迎候大路問曰彼二人者有何可觀我昔聞彼俱棄最上婆羅門種於第二族刹帝利種沙門喬答摩處而爲出家何足迎也彼門人中有摩納縛迦崇重三寶前白師曰大師勿作是語彼獲聖果有大威神若大師聞彼說法必當隨從而求出家時諸學徒每於假日或觀城市或往仙渠或採祠薪或禮天廟後因休假學徒出行大路念曰摩納縛迦稱讚佛法我今宜可竊往聽之便出城外見一苾芻樹下經行往詣其所告言苾芻世尊妙法爲說多少時彼苾芻即爲廣說十惡業道十善果報大路聞已心生敬信告言苾芻我當不久還更重

來遂捨而去於後假日重詣彼苾芻所還請說法苾芻即爲廣說十二緣生彼既聞已倍生深信白言聖者我頗得於善說法律而爲出家在如來所修梵行不時彼苾芻作如是念我今宜可許其出家令駕法轅令持法炬告婆羅門曰隨汝意樂婆羅門曰我於此處衆所知識不能出家當詣他方爲出家事苾芻遂即將向餘處而與出家并受圓具告言具壽如佛所說有二種業一者讀誦二者禪思於此二中汝樂何事答曰鄔波馱耶二種俱作便於晝日讀誦衆經未久之間善閑三藏於初後夜觀察思惟斷諸煩惱證阿羅漢三明六通具八解脫得如實知我生已盡梵行已立所作已辦不受後有心無障礙如手撝空刀割香塗愛憎不起觀金與土等無有異於諸名利無不棄捨釋梵諸天悉皆恭敬爾時大路既得果已便自生念我此讀誦勤苦思惟所應得者今已獲得我今宜往室羅伐城禮世尊足承事供養遂與五百門徒執持衣鉢漸次遊歷至室羅伐城時此城人聞具壽大路將五百人從憍薩羅人間遊行欲來至此時諸大衆咸皆出迎時彼愚路與兄別後家業日衰遂至貧窮乞求活命見衆人出問曰何意諸君俱出城郭諸人報曰聖者大路與五百人從憍薩羅今來至此是故諸人出城迎接愚路聞已作如是念此諸人等非彼兄弟亦非宗親尚出相迎我是其弟因何不去即隨俱出與兄相見兄慰問曰愚路與汝久别若爲存養答曰辛苦爲活問曰何不出家答曰我既至愚至鈍誰肯教我出家

大路便念不知此弟有善根不因即觀察見有善根雖有善根與誰相屬觀知屬巳告言可來與汝出家答曰善哉便與出家并受圓具授一伽陁令勤習誦

身語意業不造惡　不惱世間諸有情
正念觀知欲境空　無益之苦當遠離

爾時愚路誦此伽陁雖經三月不能誦得有諸牧人聞其誦聲悉皆闇得是時愚路起恭敬心詣牧人處請授伽陁彼便爲說然諸佛常法於二時中聲聞弟子悉皆普集一謂五月十五日欲安居時二謂八月十五日隨意之時若於初集來者各於師所受其學業所謂思惟讀誦既受得巳便於城邑聚落而作安居若後集來者試曾受經更請新業有所證悟皆悉白知時具壽大路所有弟子門人各隨處安居巳至後集時詣大路所試曾受經更請新業有所證悟皆悉白知若愚鈍者於六衆邊共相承事爾時愚路亦近六衆六衆告曰愚路汝之同學各向師所請受學業汝何不去請新業耶答曰我於三月誦一伽陁尚不能得何暇求新六衆告曰具壽可不聞說所受之業若不習者日增生澀豈有不誦得伽陁耶汝今宜可求教誦者是時愚路見苦勸進便徃到彼親教師邊白言大師幸願授我教誦之人大路聞巳作如是念爲是愚路自發此心爲是傍人共相激發又更觀察見被他人之所勸奬復觀愚路爲因勸讃方能受化爲因訶責堪化度耶觀由訶責方能受化遂乃手扼其項推令出房責曰汝是至愚極愚至鈍極鈍汝於佛教欲何所爲是

時愚路乃於房外泣淚交胷而長歎曰我非在俗復非出家今受艱辛欲何控告世尊常法於時時中或遊山澗或遊林藪或往屍林或遊於寺爾時世尊有因緣故往大路房到已便見愚路房外悲啼問曰汝今何意房外悲啼白言世尊我性愚鈍無聰慧力被親教師驅出房外既非居俗復非出家今受艱辛無控告處世尊告曰理不如是牟尼聖教非是汝師於三無數大劫備受無量百千苦行圓滿修成六到彼岸之所持來然此聖教但是我於長時具修萬行而自持來汝頗能於我邊親受誦不爾時愚路白佛言世尊我既至愚極愚至鈍極鈍云何能得於大師所親受學業爾時世尊伽陁告曰

愚人自說愚　此名爲智者　愚者妄稱智　此謂眞愚癡

然佛世尊於受學者親教句字無有是處爾時佛告阿難陁曰汝可教授愚路時阿難陁唯然受勑教其讀誦而彼不能受持學業時阿難陁往詣佛所禮雙足已在一面立白佛言世尊我旣親侍大師受持法藏指撝徒衆婆羅門等爲其說法而我無容得教愚路爾時世尊便喚愚路授兩句法我拂塵我除垢此亦不能隨言記憶世尊見已知其障重教令除滅告愚路曰汝能與諸苾芻拂拭鞋履不白佛言能汝今宜去爲諸苾芻拂拭鞋履即奉教而作諸苾芻不許佛言汝等勿遮欲令此人除去業障其兩句法汝等應教時諸苾芻令拂鞋履教兩句法愚路精勤常誦此法積功不已遂得通利時愚路苾芻便於後

夜時作如是念世尊令我誦兩句法我拂塵我除垢者此之字句其義云何塵垢有二一内二外此之法言爲表於内爲表外耶爲是真詮爲是密説作是思惟忽然啓悟善根發起業障銷除曾所不學三妙伽陁即於此時從心顯現

此塵是欲非土塵　密説此欲爲土塵
智者能除此欲染　非是無慙放逸人
此塵是貪非土塵　密説此貪爲土塵
智者能除此貪毒　非是無慙放逸人
此塵是瞋非土塵　密説此瞋爲土塵
智者能除此瞋恚　非是無慙放逸人
此塵是癡非土塵　密説此癡爲土塵
智者能除此癡毒　非是無慙放逸人

爾時愚路憶此頌義如理修行斷除三毒勤勇無怠斷諸煩惱於須臾頃證阿羅漢果平等運心愛憎無二破無明㲉永出樊籠釋梵諸天尊重供養廣説如上即於其處跏趺未起大路因行見其端坐然阿羅漢若不觀察智見不生乃牽其臂喚云具壽且起習誦然後思惟愚路苾芻見兄慈悲引臂喚起不離於座長舒其手如象王鼻隨逐而去大路迴顧見希有已問言具壽汝能證會此殊勝德愚路默然無對時彼愚路苾芻得勝果已諸外道輩共起譏嫌沙門喬答摩自云我證甚深妙法難知難悟非思量者之所能測大聰智人方能解了者斯誠妄説何以故今此愚路至愚極愚至鈍極鈍尚能證入何甚深耶世尊知已作如是念我此弟子德若妙高云何諂人皆起嫌謗今者宜應顯揚其德爾時

世尊告阿難陁曰汝今往勑愚路令教授苾芻尼時阿難陁奉佛教已詣愚路所告言具壽大師有命令具壽教授苾芻尼愚路聞已便作是念何意世尊捨諸耆宿大德苾芻令我教授苾芻尼衆意欲令我自彰勝德令我宜應滿大師意時有苾芻尼來入寺中請教授師問授事苾芻曰聖者誰爲我等作教授師報言具壽愚路彼尼聞已自相告曰仁可觀諸大德輕懱女人此之苾芻於三月中不持一頌云何欲遣教授諸尼然彼諸尼有閑三藏辯才無礙是大法師如何令彼來相教授我等試當就禮其足至已致敬白云阿遮利耶存念王園寺苾芻尼衆畔睇逝多林苾芻僧足奉問大德少病少惱起居輕利安樂行不令令我等請教授師愚路答曰與箄迦譯爲方便此語意道汝所陳者皆是趣涅槃之方便若譯爲好或六術者雖不異舊便乖方便之理爲此時存本字耳彼尼聞已自相告曰此亦解道與箄迦即辭而去至尼寺中諸尼問曰姊妹誰當欲來教授我等報言是聖者愚路時十二衆苾芻尼聞斯說已共相告曰仁等觀諸大德輕懱女人彼苾芻於三月中不持一頌云何欲遣教授諸尼廣說如上遂相告曰姊妹我等六人當敷師子座高十二肘六人當往室羅伐城於諸聚落衢路之所徧相告令諸人當知明日王園寺有大法師辯說無滯來教授諸尼說殊勝法若能聽者當得見諦於生死內不復輪迴如是諸人來聽其法愚路苾芻若當默然無有詶對大衆蚩笑由此緣故令諸愚者不復更來教授尼衆作是議已六人敷設高座六人徧告坊城隨所思

惟咸皆作了爾時愚路於日初分著衣持鉢入室羅伐城次行乞食既得食已還至本處飯食訖收衣鉢洗足已旋入房中繫念而住至日晡後從禪定起將一苾芻詣王園寺時彼寺內有無量百千大衆雲集或有先世善根之所警覺或有現緣共相啓悟時彼大衆見具壽愚路從遠而來共相問曰兩人俱至誰是法師有人告曰前是法師時諸大衆各生輕賤作如是語諸苾芻尼故心惱我此之愚路於三月內一頌不持豈能教授爲我說法有作是說我等且觀若能說法當可聽之若故相調弄起去非損去亦非晚諸人咸坐共觀得失是時具壽愚路見師子座高便作是念爲相調弄爲敬重耶觀知相惱無心恭敬時具壽愚路便舒右手如象王鼻按其高座令使卑小安庠就坐是時大衆處寬不能普見法師即便斂心入定既入定已隱身不現即於東方騰空而上現四威儀身出水火作十八變南西北方亦復如是現神道已還居本座告諸苾芻尼曰我於三月受一伽他汝等樂欲聞其義不假令我於七日七夜於一一字句分別其義亦未能盡即便爲說伽他之義身語意業不造惡者佛說不令有情造諸惡業所謂身造三惡殺盜邪婬語爲四罪妄語離間語麤惡語綺雜語意作三罪貪瞋邪見此等諸罪世尊不欲令諸有情隨心造作如是半頌善爲譬喻說未了時衆中一萬二千有情皆悉遠塵離垢得法眼淨明見眞諦或得煖法或得頂忍或世第一法或得預流一來不還或有出家證阿羅漢果或有

發趣聲聞菩提或獨覺菩提或無上菩提是時大衆咸悉歸依佛法僧寶歎未曾有爾時具壽愚路旣爲諸人宣説法要示教利喜已從座而去苾芻尼衆歡喜奉行時十二衆苾芻尼不遂所懷默然無説時六衆等遥見愚路從外而來各作是念今日愚路令衆多人不生敬信六衆不能對面言告但問從者苾芻曰愚路今日令幾人衆生不信耶答曰惟有希奇曾無一人心生不信然佛世尊於婆羅痆斯施鹿林所爲人天衆三轉法輪愚路今時更復隨轉乃至半頌伽陁説猶未了令諸大衆獲果無邊趣三菩提歸向三寶是時愚路便詣佛所禮佛雙足在一面坐爾時世尊告諸苾芻曰汝諸苾芻於我聲聞弟子之中心善解脱者愚路是也爾時世尊讃歎持

戒速得解脱毁呰破戒沉溺生死告諸苾芻曰前是創制此是隨開我今爲諸苾芻重制學處應如是説

若復苾芻僧不差遣自往教誡苾芻尼者除獲勝法波逸底迦

若復苾芻者謂是六衆僧義如上不差遣者謂不作白二法苾芻尼者謂此法中尼教誡者謂以戒定慧法而教授之除獲勝法者若得殊勝之法不差無過是故言除餘如上釋此中犯相其事云何若諸苾芻於界外差人者衆得惡作罪被差之人若往教誡得墮罪若雖於界内差人而非褒灑陁日衆得惡作罪被差之人若往教誡得墮罪若雖於界内復是褒灑陁日然衆不集得罪同前若差法無過然非持戒得罪同前雖復持戒然非多

聞未滿二十夏雖滿二十夏然非善解都城之語雖善解方言然曾汙苾芻尼不如法除悔雖復清淨然於八他勝法不能分別教示於尼此雖能說然於八尊法不能分別此等諸法若不具足者衆得惡作罪被差之人悉得墮罪若差遣如法衆德圓滿衆僧無過教授者無犯若於住處無教授尼人者應爲略教授法若苾芻尼來請教授人時若上座若授事人應告彼曰姊妹苾芻尼僧伽和合清淨無過犯不今此衆中無人樂往教授尼衆汝等僧伽當謹愼勿放逸答曰奧箅迦尼應禮足而去又無犯者謂最初犯人或癡狂心亂痛惱所纏時諸苾芻咸皆有疑欲請世尊斷除疑惑白佛言世尊以何因緣有十二衆苾芻又十二衆苾芻尼何故欲與具壽愚路作無利事反成大益唯願世尊爲說因緣世尊告曰汝等苾芻非但今日欲作無利反成大益乃往古昔斯等諸尼欲作無利反招利益汝等應聽過去世時於一聚落有婆羅門娶妻未久便生一息於後復誕一男如是乃至生十二子年俱長大各並娶妻廣爲居宅其母不久染患命終父既年衰兩目青盲一無所覩時彼新婦見不在時便與外人行邪惡事婆羅門善知聲相聞行聲時知是己子知是他人聞彼行聲知非己子即訶叱彼新婦曰汝莫如是造邪惡行時彼新婦知其瞋已共相告語此婆羅門當與我等作無利事我今宜可絕其美食便與麤飯投以醋漿時婆羅門年既衰耄不堪噉食時婆羅門告諸子曰汝諸新婦與我麤食投以醋漿豈能濟

命時彼諸子告其婦曰汝等何因與父麤飯和以醋漿婦告夫曰大翁福盡我等何過每煑飯時於其釜中投以白米變成赤飯和以美酪轉作醋漿其夫報曰何有斯理妻便答曰仁若不信當可親觀諸婦議曰我已告夫須求免過遂至陶師處告曰賢首汝頗能作兩枚瓦釜口一腹二各容數升陶師曰與我倍價我當爲作報言善陶師作已婦即酬直持歸爲翁作食在私屏處於二釜中一隔内投赤米一隔内置醋漿既對夫前即便一隔内投白米一隔内置美酪二釜俱熟遂告夫曰爲先與翁食君先食耶夫曰先奉我父其妻即於一釜中斟與赤飯次於一釜酌與醋漿次至夫邊授以白糜并安美酪兒既見已白其父曰慈父福德實爾消亡同一釜中看著白米及安美酪及其熟已變爲赤飯醋漿其父聞已竊作是念我從少小不行欺誑與立生計皆如法求財何故今時福業消盡蓋應是此惡行婦人自爲詐偽見欺於我老翁便伺人不在時獨入厨中摸諸釜器便闇捉兩釜俱腹中有隔遂即持釜藏之屏處諸子既至持釜告曰汝等當知非我福盡釜今福盡說伽陀曰

諸子汝當知　他釜一口腹　吾今福業盡
一釜兩腹生

時彼諸子見斯事已各忿其妻嚴加楚撻告云若更如是者當與重杖驅汝出舍是時諸婦聞是語已遂相告曰此老婆羅門共兒計校欲害於我我等宜應作餘方便斷其命根時有弄蛇人來入其宅諸婦問曰有毒蛇賣

不答曰須何等虵爲死爲活報言死虵忽作是念何意諸婦從索死虵豈非有意欲毒殺此老婆羅門耶問曰欲酬幾價答曰隨汝所索然諸毒虵被逼惱時毒在兩處謂頭及尾虵師乃出一黑虵以杖打殺截去頭尾取其中腹持付婦人時彼得已將用作羹羹既熟已持至翁所白言大翁有好肉羹能得食不時婆羅門作是念何處得肉與我作羹豈非方便欲殺於我復作是念我今老疾無濟念者何用活爲從是從非我當噉食報新婦曰必有肉羹將來我食授與食訖由羹氣故眼膜便開漸能見物然而詐云我死我死諸婦聞已願速命終白言尚有餘羹能盡食不報云能食其婦總皆授與重更食之眼轉明淨顧眄左右悉皆明察私心喜慶佯眠不起彼諸新婦如患眼時對婆羅門造諸非法婆羅門把杖忽起告云我今見汝勿復更然是時諸婦黙赧無對汝等苾芻勿生異念昔時婆羅門者即愚路是十二婦者即十二衆苾芻尼是往時欲害其命反成大利今時欲令恥辱更彰聖德時諸苾芻更復有疑問世尊曰具壽愚路先作何業得受人身至愚至鈍世尊告曰此愚路苾芻曾所作業增長時熟果報現前汝等苾芻凡諸有情自所作業善惡果報非於外界地水火風令其成熟但於已身蘊界處中而自成熟說伽他曰

假令經百劫　所作業不亡　因緣會遇時
果報還自受

汝等苾芻乃往過去人壽二萬歲時有迦葉波佛出現世間如來應正等覺明行足善逝

世間解無上士調御丈夫天人師佛薄伽梵時聲聞衆有二萬人俱於婆羅痆斯國住愚路是彼衆數明閑三藏爲大法師稟性慳法曽不教人乃至四句伽陀亦不爲說命終之後生在天宮從彼死已墮在人趣生販猪家年漸長大屠猪爲業於其村側有一大河渡河不遠有一聚落節會日至屠者念言我今若多殺猪持肉賣者儻無交易肉皆爛壞錢有損失宜并猪命將至彼村至日方屠以賣其肉此無損失得利尤多遂以繩縛猪安在船上其猪蟓觸搖動船艘其猪及船一時傾没救濟無處猪並命終時彼屠人亦隨流而去於河岸邊有五百獨覺依林而住是時有一獨覺取水河濱遥見一人隨流而下乃作是念此泝流者爲死爲活審細觀察知是活人即現神通長舒右手如象王鼻牽取其人於乾砂潬合面而去時彼溺人吐水旣盡即便起立四觀方城見有人蹤尋跡而行至獨覺處致禮敬已求依止住於日日中爲諸獨覺採花摘果取諸根葉以相給侍時彼獨覺各以殘食共相供濟時諸獨覺咸跏趺坐靜慮而住屠人見已亦學跏趺頻修不已得無想定於後命終生無想天處從彼終已生此人中汝諸苾芻勿生異念往時屠猪人者即愚路苾芻是由彼昔時慳悋於法乃至四句伽陁不爲人說又多屠殺諸畜生故復由生在無想天中由彼業緣至愚至鈍是故汝等苾芻不應慳法以清淨心爲他說法當如是學於諸有情常生悲愍遠離邪定當如是學

根本說一切有部毗奈耶卷第三十一

音釋

撝于爲切手指麾也　殼克角切　箅必計切　赧乃版切面慚而赤也　痆女黠切　蝝音灰掘也　艘疏鳩蘇曹二切船之總名　潬徒案切水中沙渚也　莫訶半託迦梵語此云大路　朱荼半託迦此云小路舊云周利槃特迦者訛也

根本說一切有部毗柰耶卷第三十二

唐三藏法師義淨奉制譯

衆不差輒教授苾芻尼學處第二十一之三

爾時諸苾芻見如上事咸復生疑重白佛言世尊何意愚路苾芻因少教誡自發正勤於生死中速能出離證得究竟安隱涅槃世尊告曰汝等當知愚路苾芻非但今日因少教誡而能證悟於過去時亦因少教自發正勤得大富貴安樂而住汝等應聽乃往古昔於其聚落有一長者大富多財受用豐足娶妻未久便生一子容貌端正廣說如前告其婦曰賢首吾今有子費用處多欲往海中求覓珍寶妻言隨意長者便念我若多留財物與婦人者此必驕奢恐造非法遂便少與於此聚落有一商主是其知識持餘財貨皆悉寄之告云今欲經求還期未卜我婦若於衣食有乏當可給濟即持財貨入于大海遭風破舶往而不歸被寄之人不爲存念時長者婦假親族力及自營爲養育其子年漸長大問其母曰我之祖父作何生業得存家道母作是念我若報云入海興易或恐此子亦往海中遭難不還我受孤苦遂即報云汝之祖父於此興易以爲活命子白母曰可與錢財我學興易母告之曰我於何處得有錢財但假宗親貧力養汝更無餘物遂汝所求然某甲商主是汝之父故舊知識可從覓物隨意經營其子聞已詣商主處時商主家有人取錢三返失利彼正瞋責求入無因其家婢使持糞掃出中有死鼠俱欲棄之長者懷恨告取錢人汝今知不世間有人解求利者能因此

婢所棄之鼠產業豐盈彼長者子遥聞是説便作斯念此大商主終不虚言豈不由此死鼠能得富樂即隨婢使觀其住止婢以糞鼠棄于坑内童子取鼠詣大市中見有飢猫繫頸於柱以鼠示之彼猫見鼠遂便跳躑是時猫主告童子曰可與死鼠童子報曰豈以空言便覓他物若酬價直我當與鼠猫主便以一捧豌豆用酬其直是時童子留鼠取豆便於瓦上熬之令熟即作是念我若盡食本物全無遂以衣裙裹豆瓶持冷水出向村外於賣樵人停息之處待彼歸還時賣樵者日晚俱至童子見來報言大兄時既炎暑可且停息時賣樵人即便暫止童子遂將熟豆行與諸人授以冷水諸人問曰小弟汝欲何去答曰我欲取樵報言我旦出城今始來至汝今若去齊暮不還徒事艱辛必無所獲時彼諸人各減一樵持以相惠童子得樵合爲一擔詣市賣之所得貝齒並買豌豆悉皆熬熟瓶持冷水還之舊處以待樵人諸人既來同前分布樵人見喜云賴穌息報言汝當日日於此相看我等人各剩持一樵以酬勞直童子緣此遂多獲利是時童子報諸人曰兄等持柴勿向市賣總積我舍我爲賣之計來酬價諸人許可與柴取直後於異時遇天陰雨霖過七日柴價增高更多得利童子自念我雖獲利終非久長賣柴爲活人所輕賤即買諸雜物自爲小鋪獲利轉多復作是念此之雜物商人所恥便置香鋪依價而賣倍獲多錢復更思惟此無大用便設金鋪得利彌甚映蔽諸鋪商人嫉之便與施號名鼠金鋪主衆

共議曰諸君當知由此鼠金鋪主映奪我等交易不成我等宜應共至其所激令入海多求寶物致令因此死而不歸即俱近鋪邊聞語聲處共爲議曰君等知不觀諸世間不紹繼人所爲日退譬如有人先時乘象後便乘馬棄馬乘輿復更棄輿步涉而行此鼠金鋪主亦復如是自祖父已來皆入大海求好珍寶自濟濟人遠近稱歎此兒今日不自存立開小金鋪貝齒交關辛苦求生誠哉可念彼聞此語便問諸人君等向來談論何事諸人具以事答聞是語已默然歸家問其母曰我之祖父曾入大海求覓珍寶爲富商主耶母作是念豈非此子他處聞知今我不應自作欺誑宜當依實以事告之汝乃祖乃父皆入海中爲大商主人共稱歎白母言我今亦欲往海洲求覓珍寶母曰汝不須去不久更白母知意正遂不遮止見母許已即令徧告城邑諸君若有欲入大海求珍寶者應隨鼠金商主不輸稅物安隱去還入海之貨當可預辦時有五百商人聞告令已各辦海物佇望行期時鼠金商主卜問良晨爲吉祥事遂共諸人將諸貨物車馬擔運往適海濵既至海已諸與易人望海生怖咸有退意不欲昇舶爾時商主恐人盡歸告柂師曰仁可以實報知海中珍貨之物柂師即便告諸人曰汝瞻部洲人各應善聽此大海中多有奇貨珍玩之物所謂末尼眞珠吠瑠璃寶珊瑚貝玉金銀赤珠右旋妙螺衆寶非一汝等若能入大海中得此寶者自於一形歡樂受用父母妻子親族知識及諸僮僕無辛苦者於時時間

悉能給施沙門婆羅門等當生善趣果報自隨得往天宮受諸快樂漸修勝福登涅槃路若樂此者宜共昇舶入大海中然世間人聞得富盛悉皆心喜即俱昇舶人多舶重商主便念既親勸上今者如何更令下舶即告柂師曰汝今宜可說大海中過患之事是時柂師聞商主語即便以實告諸人曰贍部洲人汝等當聽此大海中有大怖畏所謂摩竭大魚吞舟吐浪洪波洄洑淼漫無邊江豘海狶在處為難黑風卒起漂泊山隅裂帆摧幢控告無處復有青旗海賊非意忽來打破大船俱斷汝命遂令汝等棄所愛身父母宗親不復相見汝等當自思察不去為善時諸人眾多怯少勇聞斯告已下舶者多其舶遂便輕重合度三告令已便拔沉石長風鼓扇大舶淩波猶如駛雲一翥而去悉皆安隱得至寶洲柂師告曰贍部洲中所有商客皆悉須知此之寶洲多假瑠璃與真寶相似仁等應可善為試驗方可持之勿至本鄉方生悔恨又此寶洲有鳴鶴羅剎依止而住若見人時作諸方便出柔輭語諂誑於人遂令君等喪失身命又此洲中多是醉果人若食者於七日中不能醒覺仁等須知可為警慎又此洲處多有非人依止而住於七日中共相容忍過七日已便放大風吹破商舶時諸商人聞是語已各自防固多收珍寶如稻麻穀豆傾置船中是時柂師候風便還贍部如是七度安隱而歸其母告曰汝可娶妻安置家業兒白母曰我還債後方隨母教母告子曰非汝祖父先有債息因何今日云還債耶答曰我自

知有即以四寶造鼠四枚復以銀盤盛滿金粟上置四鼠詣父知識商主之家時彼商主共諸人衆論及鼠金諸君知不鼠金商主有大福德若執瓦石盡成金寶作是語時守門之人告商主曰鼠金商主來在門外報言喚入無宜見遮門人引入即以寶鼠金盤前奉商主白言此是本鼠此是利直商主告曰我不曾憶與汝錢財何故今時云酬本利答曰我爲憶之便以往日棄鼠因縁具報商主商主問言汝是誰子答云是某長者之子商主曰汝即是我知識之子我宜與汝豈汝酬還汝父去日以多少物置在我處尚未相還即以長女許彼爲妻瓔珞嚴身送至其宅世尊告曰汝等苾芻勿生異念往時商主即我身是鼠金商主即愚路是我於往日説少因縁言及死鼠遂令因此得大富盛今時因我説少教授便自策勵斷諸煩惱出生死岸成勝妙果永證涅槃爾時具壽愚路於善説法律中出家得果巳王舍城中有大醫王名侍縛迦聞佛世尊與具壽愚路至愚至鈍而爲出家便作是念若佛世尊來至此者我當請佛及苾芻僧伽唯除愚路不在請限爾時世尊爲欲化度諸有情故從室羅伐漸漸遊行至王舍城住羯闌鐸迦竹林園中時侍縛迦聞佛來至在竹林園往詣佛所禮佛足巳却坐一面佛爲説法要示教利喜既聞法巳從座而起偏袒右肩右膝著地合掌恭敬白佛言世尊唯願世尊及苾芻僧伽明日就舍受我微供世尊黙然而受時侍縛迦覩世尊威德嚴重不敢對面云除愚路禮佛而退往阿

難陀所致敬白言大德我於明日請佛及僧欲設微供佛德尊重不敢親對云除愚路時阿難陁報侍縛迦曰隨王子心令福增長時彼王子禮足而去時阿難陁王子去後往愚路所報言具壽仁今當知侍縛迦王子明日請佛及僧就舍受食唯除具壽一人是時愚路聞斯語已報阿難陁曰隨王子心令福增長時彼王子即於其夜備辦種種上妙飲食至旦敷設安置水盆遣使白佛今食已辦唯願知時爾時世尊於日初分著衣持鉢大衆隨行唯除愚路詣王子家到已觀水無蟲洗足就座而坐佛告阿難陁曰愚路坐處應可爲留時阿難陁奉教留處是時王子手執金缾盛滿清水從上欲行爾時世尊不肯爲受侍縛迦白佛言世尊何不受水佛言王子苾芻僧伽猶未普集王子白佛誰未到來佛言愚路苾芻尚猶未至王子白佛我不請彼佛言王子豈汝不以佛爲首普請僧衆白言世尊普請大衆佛言王子豈彼愚路在衆外耶王子曰不在衆外佛言若如是者應可往喚侍縛迦便作是念我敬佛故令人往喚不能尊重施其飲食便命使者曰汝今可往竹林中喚具壽愚路是時愚路於竹林中知王子意遂化作千二百五十苾芻皆如愚路形容不殊使者至寺喚具壽愚路具壽愚路時諸苾芻一時咸應使者不知誰是愚路便即歸還報王子曰於竹林內滿中苾芻我實不知誰是愚路佛告使者曰汝往寺中作如是語是眞愚路當可出來使者尋去到竹林中喚言是眞愚路當可出來是時愚路以神通力

詣彼留處就座而坐時侍縛迦見其來已供佛及僧次第行食至愚路所不爲殷重雖復授與無信敬心世尊便念我之弟子德重妙髙此侍縛迦以愚癡故而自傷損我今宜可彰其勝德爾時世尊飯食訖時阿難陁欲取佛鉢世尊不與然世尊常法若未收鉢諸苾芻衆咸不收鉢愚路見諸苾芻飯食訖不收鉢者有何因緣觀知欲彰我德便移半座長舒其手如象王鼻至世尊所而取其鉢是時王子在佛邊立見其手已是何大德現此神通隨鉢而行欲觀形狀知是愚路既見是已生大懊惱悶絶躃地時諸親族以水灑面方乃甦息便就愚路執足頂禮求哀懺謝說伽陁曰

栴檀之性恒涼冷　嗢鉢羅華體鎮香
金盤常發妙光明　吠瑠璃寶常鮮淨
罪惡之人常恚害　猶如畫石卒難除
聖人常與妙善俱　幸願哀憐容恕我

爾時愚路報王子曰我常懷忍豈有恨心是時王子便詣佛所禮佛足已敬辭而退時諸苾芻至住處已咸皆有疑請世尊曰大德何因緣故侍縛迦王子未知具壽愚路真實德時即不恭敬知已禮足求哀懺謝佛告諸苾芻非但今日作如是事於往昔時亦復如是汝等當聽於過去世有一大王名梵摩達多時北方有販馬商客驅五百匹馬往詣中國時彼商主有一草馬忽因有娠是智馬種從懷胎日時諸群馬不復嘶鳴商主便念我此群馬爲有病耶何因多日不復嘶鳴亦不跳躑後時馬生駒已五百群馬垂耳而住不敢

噴嚏作聲是時商主見斯事已即便生念何因有此薄福有情生馬群内由斯過故令我諸馬皆悉患生每常乘此草馬上妙草穀皆不與之漸次南行至中國境到一聚落名曰恭侍即於此處時逢夏雨商主便念我若去者馬盡漏蹄因此患生多有損失我今宜可於此居停既停住已於相近處村邑諸人隨其工巧各以奇物持奉商主既至夏了商旅將行時諸工人悉來送别商主隨先所得准物相酬時有陶師先以瓦器見奉商主聞其將去婦告之曰君今宜可往别商主或容憶念以物相酬是時陶師聞妻言已即將泥團作吉祥印持見商主商主見已告言男子汝來太遲我有資財並已去訖欲將何物以表念心然而商主於小馬駒情無愛惜謂非吉相告瓦師曰我今唯有此小馬駒汝若須者隨意將去瓦師報曰我多用功造諸器物將此駒子蹋之令碎此無用物於我何須爾時馬駒聞是語已跪就瓦師舐其雙足瓦師見已便生愛心遂即受取牽將至舍妻見問曰往商主處得何財物夫曰得此馬駒妻曰苦哉此物勞我作器隨成蹋損駒聞此語便至妻所舐其雙足其妻見已亦起愛心時彼馬駒於諸生熟瓦器之間行步周旋一無所損妻報夫曰可愛小駒善能用意行瓦器内竟無傷損是時瓦師遠去取土此馬駒子隨後而行時彼瓦師盛土滿袋小駒便去低背就之瓦師以袋安脊徐負其土還來宅中夫告妻曰可愛馬駒代我勞苦我於田中以土袋安脊汝在舍内可爲擎下常以稻糠和油麻

滓用充其食
爾時婆羅痆斯梵摩達多王有一智馬因疾而終時邊遠國聞王馬死各遣使報王王今宜可輸我國稅若不與者勿出城門若更出者繩縛將來王雖聞語不與其物怖不出城時販馬商人至婆羅痆斯國王既聞有北方馬至其數極多告大臣曰我須得勝皆由智馬今時馬死誠被欺輕我欲幾時城內潛伏卿等宜應爲求智馬諸臣受教共相馬人入馬商旅觀五百匹馬知此諸馬被智馬所調然而徧求不見智馬時相馬人見其草馬告牧馬人曰君今知不此之草馬必產智駒何意不見共問商主曰君於馬衆曾有出賣或乞人耶報言不曾賣馬然有一駒將爲不吉於其城邑乞瓦師家時相馬人告諸臣曰君等當知彼是智馬商主頑愚不別良駿棄醍醐上味持無用酥滓俱白王已往恭侍城到瓦師所而問曰君今何用此馬駒耶報言我令負土相馬人曰我與汝驢共相博換報言不可大臣報曰四牛兼車肯相換不報曰我愛此駒車牛無用諸臣曰汝可審思明當重來即便辭去馬駒雖居畜類智識過人相時而動便爲人語諸臣去後馬駒告瓦師曰向者人來欲何所覓報言覓汝若相求者何不與之仁今不應作如是念令我終身爲君負土稻糠麻滓而充食耶若有刹利大王受灌頂位百枝金蓋擎以覆身如是勝人我當持負若我食時於金盆內蜜和糠米隨意食之若彼諸人明日來至問馬駒者仁應報曰君等何故相輕若稱智馬詐爲不識喚作馬駒

若論價者索一億金或可以金盛之於袋以我右足盡力牽來若得此者當以相與諸臣明日來問瓦師男子汝思量未答曰我已思決曰與馬駒不瓦師即以智馬所言悉皆具答時相馬人聞是語已自相謂曰此之瓦師頑愚寡識寧知此馬智非智耶蓋應是馬思欲報恩於昨夜中教其作計大臣告曰瓦師隨智非智可論價直瓦師曰與眞金一億當可隨將或復滿袋盛金令馬右足牽得爲量諸臣議曰此有大力一倍牽金宜酬一億斯爲楷定諸臣遣使往白大王今獲智馬索金一億王得信已告使者曰隨索多少與價將來便持億金令使取馬其使到彼既與金已便將智馬至婆羅痆斯牽入馬廄安第一槽便以穬麥并草餧之馬不肯食王自親觀見其不食報掌馬人曰豈此智馬先有病耶白言大王馬實無病我今應問説伽他曰

汝豈不憶陶師舍　穀麥水草常闕乏
身體羸瘦唯皮骨　飢虛自食野田苗
日夜恒隨瓦師意　身常負土遭困辱
今爲國王乘御首　何因不食似懷憂

爾時智馬心懷不忍怒而報曰

我有迅足心驍勇　詳審智策衆無過
所有勝德汝皆知　何故令人共輕慢
惟汝能知於善惡　不依古法相遵奉
我今閉口寧當死　不被他輕而得生
縱被愚人久欺慢　我分不生憂惱心
見知已者暫生輕　令我懷愁不望活

時掌馬人聞此説已白大王曰王今宜可於智馬處隨古仙法所爲次第而供給之若非

次第必不肯食王曰如何次第答曰應可去城有三驛許平治道路幡蓋莊嚴王從四兵當自迎接所安置處以赤銅鍱而砌其地東宮太子自擎千枝金蓋而覆其上王之長女執金寶裝拂爲去蚊蠅國大夫人蜜塗穬米盛以金盤自手擎持用充其食第一大臣親執金箕以承其糞王曰如斯供給此即是王我復何用掌人曰此非常爾但齊七日延迎法式理必須然王曰已過之事不可重爲餘現前者應如法作即於廐中馬住之處布赤銅鍱太子自持千枝金蓋而覆其上王之長女執拂祛蠅國大夫人金盤授食大臣執箕爲其承糞馬見如是微妙供給即便噉食時掌廐人説伽他曰

大王今與汝　上妙供給事　所須皆稱意　於王當盡心

馬答彼人曰我隨君言所應作者心無怠慢爾時大王欲詣苑園臣以種種殊妙寶物而爲鞍轡莊嚴智馬至大王所是時智馬見王將御馬便偃脊王曰馬患背耶御者答曰此不患背恐王難昇所以偃脊王便御馬行至河邊馬不肯進王問御者曰馬有怖心不肯入水答曰此非怖水恐有霑濕灑著王身爲斯不入即結其尾盛以金囊涉水而過王至苑内縱逸而住遂經多日四遠諸國聞王住居苑内多興兵衆來捉城門王聞邊國兵衆俱至便乘智馬欲取後門而入城内於其中路有一大池名曰妙梵多諸蓮華嗢鉢羅等彌覆其上是時智馬既至池邊足蹈蓮華徐行而過得入城中邊賊逃散時王大喜告諸

臣曰卿等知不若有能於灌頂刹利大王救其命者彼欲如何以酬恩德諸臣白言合與半國王曰彼是畜生如何與其半國之賞宜應爲彼於七日中廣設無遮與作非時俱物頭會隨所須者皆悉給之諸臣奉教悉皆爲作時販馬商主見設大會問諸人曰何故非時作此大會諸人報曰君豈不憶於恭侍城以一馬駒乞瓦師耶彼是智馬舉世稱珍王以一億金就彼市得能活王命緣斯喜慶故設無遮商主聞已便作是念豈我留駒是其智馬我今宜往觀彼形容既至廐所智馬見已問言商主所賣衆馬獲得幾何我獨一身以一億金報瓦師訖商主聞已悶絶躃地水灑方甦便捧馬足申謝而去爾時佛告諸苾芻汝等勿生異念往時商主者即侍縛迦太子是往時智馬者即愚路苾芻是往昔商主未識智馬有勝德時便生輕懱知勝德已懺謝而去今時侍縛迦未知愚路有勝德時便生慢心及知具德禮足申謝是故諸苾芻凡夫之人自無慧目不應於他輒生輕慢當以智慧隨處觀察如是應學

第三攝頌曰

不差至日没　爲食二種衣　同路及乘船
二屏教化食

教授苾芻尼至日暮學處第二十二

佛在室羅伐城逝多林給孤獨園佛令難鐸迦教授苾芻尼應爲説法時蓮華色苾芻尼與五百徒衆來詣具壽難鐸迦所俱禮足已在一面坐求請教授宣揚妙法時難鐸迦即以圓滿句義美妙言辭爲其説法聽者忘疲

遂至日暮諸尼方去既至門所城門已閉時諸尼衆喚爲開門守門者曰門已關訖尼復告曰汝父敬信何因遮我當爲我開報云門鑰已付王家無由能得時諸尼衆既不得入遂相告曰去斯不遠有空園林可共投宿如世尊説雖居樹下亦依次共分彼便依次而分與之此是聖者某甲樹此是某甲地便作諠聲令外聞徹時有五百盜賊欲至城傍而爲偷竊聞彼尼聲便相告曰未可近城且當劫此諸老宫人時蓮華色尼觀智賊至便作是念勿令群賊劫同梵行現可惡相我當觀察勿使由此諠聲生他不信覩見五百群賊欲來竊盜遂化作毘盧宅家軍兵皷聲四合賊相告曰此是王軍四面圍合必當殺我命在須臾我等宜應四竄逃走賊既散已時蓮華色尼告諸尼曰姊妹有五百群賊夜聞語聲欲來相劫我以神力令其逃竄汝等宜應小聲分布即於此宿旦乃入城時婆羅門居士等見苾芻尼從外入來便生譏謗作如是語沙門釋子大有妙法男女雜居而修淨行少欲苾芻聞生嫌恥即以此緣具白世尊世尊集諸苾芻告難鐸迦曰汝實教授尼時乃至日暮耶答言實爾世尊種種訶責不知時宜不寂靜者讚歎知時能修寂靜告諸苾芻曰我今制其學處應如是説

若復苾芻雖被衆差教誡苾芻尼乃至日没時而教誡者波逸底迦

若復苾芻者謂難鐸迦餘義如上被衆差者謂以白二教誡者謂以三學法而教誡之此中犯相其事云何若日暮日暮想及疑皆得

墮罪若未日暮作日暮想疑得惡作罪若不日暮作不日暮想若雖日暮作不暮想者無犯若通宵説法或寺門相近或不閉城門此皆無犯又無犯者謂最初犯人或癡狂心亂痛惱所纏

時諸苾芻請世尊曰大德何因蓮華色尼護五百尼令免賊難佛告諸苾芻非但今日共相濟免於過去時亦相救濟汝等當聽乃往過去於聚落中有一商主娶妻未久告曰我今欲往他方興易經紀妻言善好既無子息我亦隨行夫曰長途險難誰相供給可於此住勿隨我行其婦見其遮止遂便啼泣行伴報曰何意須啼答言我欲相隨不將我去行伴報商主曰可相隨去商主曰誰相供給伴曰我爲供看即便將去既涉長途宿在山險諸人皆睡唯商主婦一人警覺時有師子來入商營是時婦人手旋火頭趂却師子空中天見説伽他曰

未必諸事業　男子悉能爲　雖復是女人

有智驅師子

佛告諸苾芻往時商主婦者即蓮華色苾芻尼是昔時於夜救諸商旅今復能護五百諸尼爲驅群賊

謗他爲飲食故教授苾芻尼學處第二十三

佛在室羅伐城逝多林給孤獨園佛令難鐸迦教授苾芻尼幷爲説法時大世主苾芻尼與五百徒衆詣難鐸迦處俱禮足已求請説法却坐一面時難鐸迦以深妙音演説句義女人少智卒未能解懷怖懼心不敢諮問時大世主及諸徒衆既聞法已禮足而去便詣

佛所禮佛足已在一面坐大世主白佛言世尊我等適往聖者難鐸迦所求請説法時彼聖者以深妙音演説句義女人少智卒未能了懷怖懼心不敢諮問如佛所説由布施故能得無畏若佛世尊許諸尼衆於苾芻邊設供養者我當隨力而爲供養佛言隨意應作時苾芻尼不知將何供養佛言應以五種正食或五嚼食或與署條等時有苾芻尼躬持乳粥及以美團入逝多林詣具壽難鐸迦處時六衆苾芻每令一人在寺門前經行而住時鄔波難陀於寺門前見苾芻尼問言姊妹所持何物答是乳粥及以美團問言欲與誰食答曰將奉尊者難鐸迦鄔波難陀曰姊妹若我鄔波難陀常得乳粥及美團者我亦常能教授尼衆次復有尼更持酪粥或持諸餅鄔波難陀見而報曰我比謂難鐸迦以如法心爲尼説法寧知但爲小小飲食因縁而相教授少欲苾芻聞是語已便生嫌恥云何苾芻作如是語爲飲食故教授諸尼以此因縁具白世尊世尊以此集苾芻衆問鄔波難陀曰汝實作是語諸苾芻爲飲食故教授於尼耶鄔波難陀曰實爾大德世尊種種訶責乃至我今爲制學處應如是説

若復苾芻向諸苾芻作如是語汝爲飲食供養故教誡苾芻尼者波逸底迦

若復苾芻者鄔波難陀餘義如上飲食者謂五噉五嚼餘並同前此中犯相其事云何若苾芻向他苾芻作如是語爲飲食故教授苾芻尼者皆得波逸底迦若見苾芻實爲飲食教授尼者説之無犯又無犯者謂最初犯人

或癡狂心亂痛惱所纏

與非親苾芻尼衣學處第二十四

佛在室羅伐城逝多林給孤獨園於此城中有一長者夫妻共居更無男女至年衰邁親舊知識物産資生悉皆將盡告其婦曰賢首我今年老不能經紀欲求出家婦曰我亦出家報言隨意即便相隨詣大世主處頂禮足已白言聖者我妻欲於善説法律而求出家唯願聖者與其出家并受圓具時大世主問知無難即與出家并受圓具時大世主報其夫曰賢首女人之法體多愛著仁可時時來相看問報言甚善夫即往詣逝多林中一苾芻處求哀出家苾芻聞已即與出家并受圓具時城内人聞長者出家嗟歎希有諸人皆以飲食衣服卧具湯藥而爲供養冀希勝福彼於異時被著上服往尼寺中詣故二尼處尼禮足已在一面坐頻頻舉目觀僧伽胝是時苾芻報言姊妹汝意欲得此大衣耶答曰必有盈餘施亦佳矣苾芻便念此意難違我與此衣更作餘者即與衣而去爾時世尊告阿難陀曰汝可告諸苾芻世尊欲向人間遊行若有願樂隨佛去者當持衣服時阿難陀奉教告知世尊便與大衆寂靜圍繞如上廣説世尊欲往摩揭陀國世尊常法將出行時即以全身右旋而顧如大象王觀察徒衆恐諸苾芻衣服不整見彼苾芻唯著上下二衣欲出遊行世尊見已告阿難陀曰苾芻豈可安居之處不得夏衣耶白佛言得佛言何故此苾芻無僧伽胝但著二衣隨我遊行時阿難陀具以事白世尊告曰苾芻以衣與非親

尼耶白佛言與佛言若非親尼者不知籌量有衣無衣得時便受親則不爾世尊以此因緣問彼苾芻汝實以衣與非親尼耶白言實爾世尊種種訶責廣說如前乃至制其學處應如是說

若復苾芻與非親苾芻尼衣除換易波逸底迦

若復苾芻者謂此法中餘義如上衣有七種並如上說此中犯相其事云何若於非親作親想疑與衣者得墮罪若親作非親想疑與衣者得惡作罪若親親想非親親想與衣者無犯若見遭難無衣服者與之無犯或因說法愛樂美言持大氍施或因受戒而施或復賣與或博換與又無犯者謂最初犯人或癡狂心亂痛惱所纏

根本說一切有部毗奈耶卷第三十二

音釋

跳躑 跳田聊切躑直炙切騰躍也 豌 烏官切豆名 洄洑 洄胡瑰切洑房六切水漩流也 淼漫 淼弭沼切漫謨官切水大貌 豘 徒渾切豕也 狶 香依切猪也 駛 音使疾也 翥 章庶切飛舉也 噴嚏 噴普悶切嚏丁計切謂鼻氣塞噴嚏而通也 穬 古猛切麥也 餧 於僞切飤也 鍱 弋涉切 嗢 烏沒切 諮 津私切諮訪問也 嚼 疾雀切咀嚼也 絛 他刀切編絲繩也

根本說一切有部毗柰耶卷第三十三

唐三藏法師義淨奉　制譯

與非親苾芻尼作衣學處第二十五

爾時薄伽梵在室羅伐城逝多林給孤獨園時笈多苾芻尼五衣破壞多有餘衣便作是念誰當爲我刺作大衣如是念時有餘諸尼來至其所告言笈多何故似有憂色彼便報言姊妹我之五衣並多朽故而僧伽胝極是破碎我今多有氎衣不知欲遣誰作諸尼報曰汝豈持金鉢從他乞食耶汝有聖者鄔陀夷衆所知識寧容憂念無人刺衣報言彼是尊德豈能爲我答言或容爲汝報曰彼定不能答言豈有將涉渡人聞水流聲即脫靴履可持氎去或能爲刺是時笈多即持白氎往鄔陀夷所禮足而坐時鄔陀夷見其大氎報言笈多若人得此新好白氎刺作複僧伽胝衣隨時受用修諸善品日有增益笈多曰大德若須理合持奉然我大衣極成破碎今將此氎憑爲作衣時鄔陀夷便作斯念我與刺者十二衆尼若有刺衣皆來憑我我復何容爲他勞苦若不刺者笈多見恨我今宜可作法刺之令如木釜一煮便壞不復更來令我縫刺報笈多曰可留氎去時六衆苾芻來見大氎問言大德此是誰氎報言是所愛人物問言誰是所愛報是笈多若如是者我等共爲即截其氎尋便刺了時鄔陀夷持此大衣詣經行處以五色線刺作自身共笈多尼相抱之像便持大衣置房中架上笈多既至問衣成未報言衣始刺成汝即來至遂便以衣置彼肩上告曰乃至未染已來不得輒開開

便獲罪是時笈多持衣而去彼同伴尼告言笈多可將衣來我試爲觀不知尊者如何刺作笈多報曰汝可不聞聖者鄔陀夷作如是語乃至未染已來勿輒開衣若開得罪既至寺內諸尼報曰我試看衣刺作何似報言聖者鄔陀夷作如是語乃至未染已來不應輒開若開得罪時有得意苾芻尼強就肩上抽取大衣遂便開張諸尼見已皆大譏笑作如是語聖者鄔陀夷久與笈多不能相見今日始得交頸同居時喬答彌大世主報諸尼曰汝等頭上無髮腋下毛長有何歡情而更諠笑諸尼白言聖者鄔陀夷作非法事由斯見笑遂問其故尼以事白時大世主告諸尼曰彼常惡行虧損聖教令法河岸日見崩隤諸苾芻尼以此因緣白諸苾芻諸苾芻衆聞生嫌恥具以白佛佛告鄔陀夷汝實與非親尼作衣耶白言實爾大德世尊集諸苾芻種種訶責鄔陀夷已乃至制其學處應如是說

若復苾芻與非親苾芻尼作衣者波逸底迦

若復苾芻者謂鄔陀夷餘義如上此中犯相其事云何得罪輕重六句同前無犯如上

與苾芻尼同道行學處第二十六

佛在室羅伐城逝多林給孤獨園時六衆苾芻難陀鄔波難陀作如是念共相告曰此諸黑鉢用獼猴脂以塗其足常遊四方將欲行時受他利養行還之日復受供給多人愛敬我等猶若井蛙未曾遊歷是故無緣得他利養我今宜可告姊妹知於日初分著衣持鉢往十二衆苾芻尼處告言姊妹汝等善住我欲遊方隨處教化時彼諸尼聞皆啼泣鄔陀

夷問言姊妹何故啼泣答曰大德行矣給苑空虛報言姊妹大師處世百千聖衆汝等何故輙謂空虛答曰諸黑鉢者聞我名時尚不歡喜豈容至彼許我安坐賜以言談爲宣妙法鄔波難陀曰若如是者可相隨去吐羅難陀尼曰苾芻與尼同一道行是事合不鄔波難陀曰道理合去誰復相遮多辦路粮可相隨去時苾芻尼隨言辦訖六衆苾芻著衣持鉢入城乞食既得食已往尼寺中十二衆見白言聖者可食小食六衆爲受所有路粮悉皆食盡告諸尼曰姊妹汝等造得路糧應可將來觀其好不尼便報曰向者小食並是路糧今已食盡六衆曰若如是者何得長途共相支濟更可多作若少乏者當受饑苦彼更營辦俱投商旅時有乞食苾芻亦欲隨去諸人報曰斯等六人並皆惡行若同去者被惱不疑乞食者曰我不從彼受業亦不依止爲師彼以何緣而相惱亂不受勤言遂即同去是時六衆既至界外自相謂曰我等何能久事容範宜各隨意作自威儀是時難陀與難陀苾芻尼難陀弟子及尼弟子乃至求寂及求寂女同在一處隨路而行其鄔波難陀等亦復如是時有婆羅門居士等見其合雜作如是語此是沙門婦此是男此是女此是兒婦此是孫子與俗不殊何有正法鄔波難陀聞而告曰獰惡婆羅門假令我今脚蹋汝胭多畜妻子法與非法何干汝事時彼乞食苾芻聞已生念我寧身死誰能共此惡行之人共爲遊歷遂即旋返至逝多林時諸苾芻見而問曰善來行李安樂不答言具壽寧有安

樂我共六衆同道而行彼行惡事虧損佛法問曰彼作何事即便具答少欲苾芻聞生嫌賤云何苾芻與尼同路人間遊行以此因緣具白世尊世尊知已待六衆至集衆問曰汝等六人實作如是不端嚴事耶答言實爾世尊種種訶責乃至制其學處應如是說若復苾芻與苾芻尼同一道行者波逸底迦如是世尊爲諸苾芻制學處已佛在給孤獨園有衆多苾芻尼在王舍城於王園寺三月安居夏既終已欲詣給園禮世尊足出求商旅於商人中見有苾芻遂相謂曰姊妹此有苾芻不合同去當更別求諸商旅中皆有苾芻復相告曰我雖久覓皆有苾芻不可同行但遥望商旅隨後而去時苾芻尼在後行時趂伴不及便被盜賊劫奪衣貲漸漸遊行至室羅伐詣苾芻尼寺尼既見已告言姊妹行李安樂不答曰寧有安樂在路遭賊劫我衣物諸尼報曰豈無商旅與同行耶答言有若爾何因遭賊答有苾芻不合同去緣斯在後遂遭賊劫諸尼曰九十六種諸外道類皆悉慈愍不棄女人唯佛世尊猶棄我等令無依怙被賊劫奪諸苾芻尼聞已白諸苾芻諸苾芻白佛佛言除時因緣復於異時有衆多苾芻隨逐商旅人間遊行飲食有闕佛言應持路糧如佛所教持路糧者諸苾芻不知遣誰持去佛言應令男淨人或女淨人此若無者令求寂男求寂女此若無者苾芻苾芻尼應更互持去更互授食又有衆多苾芻人間遊行有染患者諸苾芻棄之而去佛言不應棄去應可輿行苾芻力少不能持去佛言若有苾芻

尼應共輿去苾芻近頭尼在足處便生染心佛言苾芻近足尼在頭邊行至村坊俱看病人不行乞食遂闕飲食佛言應留一人看守病者餘皆乞食若苾芻尼病亦應准此將去

爾時世尊告諸苾芻曰前是創制此是隨開乃至應如是說

若復苾芻與苾芻尼共商旅期行者除餘時波逸底迦餘時者謂有恐怖畏難處此是時

若復苾芻者謂是六衆苾芻尼者謂十二衆期者謂同結伴行者謂涉路而去除時因緣者謂有難緣得同商旅若無商旅不能得去恐怖畏難乃至結罪並如上說此中犯相其事云何若苾芻共苾芻尼商旅同路行時若越半半拘盧舍皆得惡作滿滿拘盧舍皆得墮罪或從村詣野或從野詣村里數結罪咸皆准此又無犯者謂最初犯人或癡狂心亂痛惱所纏

與苾芻尼同乘一船學處第二十七

佛在室羅伐城逝多林給孤獨園時六衆苾芻難陀鄔波難陀共相謂曰此諸黒鉢用獼猴脂以塗其足如是等廣說如前乃至告十二衆知彼便啼泣令辦路糧遂共同船男女交雜諸人譏笑諸苾芻聞以緣白佛佛便訶責乃至制其學處應如是說若復苾芻與苾芻尼同乘一船者波逸底迦如是世尊為諸苾芻制學處已在給園中去斯不遠有河名曰難渡於此河外有村名曰白鴿村有長者造立大寺修營既畢欲施與僧便請二部僧尼就彼設供時有一尼勤修善品作如是念我於今日不行乞食且當作業待至臨中我

當赴供既修禪誦見日欲中遂到河岸見諸苾芻先在船上是時船主報言聖者宜可上船尼言賢首我不合去宜待後船船更迴來取人將去復喚尼上尼見苾芻復云在後船到彼岸繫纜而去時苾芻尼遂便叫喚船人船人可來取我船人不肯尼乃佇立河邊見日過午即便歸寺乃至食勢尚存能為習誦饑虛既逼倚卧一邊是時諸尼赴供迴已問此尼曰聖者食是他物腹豈他耶多食貪餮飽悶而卧報曰我不去食何悶之有問曰何因不食具以其事告語諸尼尼白苾芻苾芻白佛佛言除直渡世尊以此因緣告諸苾芻曰前是創制此是隨開為制學處應如是說若復苾芻與苾芻尼期乘一船若沿波若泝流除直渡波逸底迦

若復苾芻者謂是六衆餘義如上期乘一船者謂共乘船過津濟處沿波者謂下水泝流者謂上水直渡者謂正趣傍岸此中犯相其事云何若苾芻共尼同乘船計其遠近得罪輕重同前道行若篙棹折隨流而去或復柂折或避灘磧或柂師不用其語此皆無犯又無犯者謂初犯人或癡狂心亂痛惱所纏

獨與女人在屏處坐學處第二十八

佛在室羅伐城逝多林給孤獨園時具壽鄔陀夷於日初分著衣持鉢入城乞食次至故二笈多之舍是時笈多遥見鄔陀夷來即為敷座告言善來聖者可於此坐即共笈多相對而坐時鄔陀夷為其說法憶昔同歡告笈多曰汝憶昔日於彼園中或天祠處敷設如是卧具然如是燈明食如是飲食作如是歡

戲不答言我憶時有乞食苾芻亦至笈多舍笈多見已作如是念我今若起與食恐絶言談即便撝手令去時鄔陀夷見其撝手告言笈多汝對我前情無羞恥便與外人手相撝遣報言聖者我實不與外人漫相撝遣然有乞食苾芻欲來求食我作是念若起與食恐絶言談遂以手撝更無別意鄔陀夷曰豈我爲汝説四聖諦法而畏絶耶然我於昔時常自舉手從他乞匃得斯產業捨而出家汝今不能助成福事惠施乞人于時笈多即便重喚乞者以上妙飯食授與滿鉢時乞食者得食便去其鄔陀夷於此飯食訖歸逝多林彼乞食者便作是念我今宜往大德鄔陀夷所助其歡喜往彼告言大德當生慶喜我於今日受仁妙供鄔陀夷曰汝初入舍見作何事答曰見以手遮問曰後作何事答曰彼出好食持以相施報曰當爾之時我在舍内令施汝食問曰大德當時共女人一處坐耶答言爾曰此事合不答從合不合我已作訖何干汝事若汝不能共容忍者當告苾芻制其學處答曰我豈相捨即以此事白諸苾芻少欲者聞各生嫌恥云何苾芻與女人屏處獨坐時諸苾芻以此因縁具白世尊世尊乃至問鄔陀夷廣説如前制其學處應如是説

若復苾芻獨與一女人屏處坐者波逸底迦

若復苾芻者謂鄔陀夷餘義如上女人者謂堪行婬女獨者謂無第三人屏處有三謂牆柵及幔坐者謂一尋内縱身而坐結罪同前此中犯相其事云何若苾芻獨與女人在屏處縱身而坐無第三人得波逸底迦若在門

屋下或在房門前或令女人獨於此處摩煑諸藥大開其門來往諸人皆得見者無犯又無犯者謂最初犯人或癡狂心亂痛惱所纏

與苾芻尼屏處坐學處第二十九

佛在室羅伐城逝多林給孤獨園是時笈多既出家已次當授事時諸尼衆於日初分著衣持鉢皆行乞食惟有笈多獨在寺住時鄔陀夷入城乞食至苾芻尼寺是時笈多躬爲灑掃於寺門前遥見鄔陀夷來告言善來聖者即便放箒前禮其足在一面立時鄔陀夷便爲説法説法既久憶昔同歡告笈多曰汝憶往日於彼園中廣説如前乃至答言我憶時有老病苾芻尼在門屋下坐作如是念此之二人乃至毋嫁時事亦共評論時既延久笈多報曰聖者應去諸苾芻尼欲來入寺見不掃除恐生嫌恨我當掃灑鄔陀夷遂去笈多掃灑諸尼見問掃地何少答曰自汝去後我立不坐老尼聞已報曰仁等去後笈多不坐其事實爾然大德鄔陀夷來至於此立共笈多恣意言話乃至毋嫁亦並評論諸苾芻尼問笈多曰實作如是不端嚴事耶答言實爾諸尼聞已咸生嫌恥云何苾芻與苾芻尼獨在屏處立以此因緣白諸苾芻諸苾芻白佛佛以此緣集苾芻衆問答訶責廣説如前乃至爲制學處應如是説

若復苾芻獨與一苾芻尼屏處坐者波逸底迦

若復苾芻者謂鄔陀夷餘義如上釋獨等義廣説如前此中犯相立卧皆犯餘如前説

知苾芻尼讃歎得食學處第三十

佛在室羅伐城逝多林給孤獨園爾時具壽大迦葉波在城東園鹿子母舍時迦葉波於晡後時從靜慮起往世尊所禮佛足已退坐一面爾時佛告迦葉波曰汝今年衰朽老所著布糞掃衣極成重滯此應棄捨當隨我教依衆而住受别請食及施主衣應以刀截并染壞色而守持之時迦葉波奉教歡喜禮佛而去於此城中有一長者於長夜中作如是念善哉大迦葉波合受人天恭敬供養我當何時於已舍中得設微供延請來食長者聞佛令迦葉波依衆而住并受别請往詣其所禮足已在一面坐時迦葉波爲彼長者説微妙法示教利喜長者便念我若獨請大德詣舍食者或容不肯受我今宜可通請四人長者即從座起偏袒右肩合掌禮敬白言聖者唯願大德并已四人明日就家受我微供是時尊者默然受請時彼長者見受請已禮足而去既至舍已告其妻曰賢首我於長夜作如是念善哉大迦葉波合受人天恭敬供養我當何時於已舍中得設微供延請來食我於向者延請大德通已四人明來我舍爲受供養彼已慈悲許受我請賢首宜可多辦清淨上妙飲食其妻聞已尋皆備辦應合冷食今日修營堪熱食者明朝當作時彼長者至明日清旦便作是念我今若於三層舍下敷設座席乞食諸人共相諠閙若在第三層上烏鳥亂飛恐汙飲食宜於中層敷其座褥既敷設已即令使者往白尊者迦葉波大德飲食已辦幸願知時如佛所説若爲先首受他請者應在前赴時大迦葉波於日初分通已

四人往長者舍既至彼已便昇中閤就座而坐是時長者禮尊者迦葉波足已在一面坐時大迦葉波爲其説法示教利喜時吐羅難陀苾芻尼亦來乞食前入長者舍告其婦曰妙相無病長壽當施好食長者婦見報言聖者今日稍忙無暇相與問言何爲答曰尊者大迦葉波一切人天皆恭敬供養今我舍内聊設疏供請彼四人來此受食時將欲至仁可且去尼便報曰彼是外道出家至愚至鈍多有諸餘釋迦上族出家具戒爲大法師三藏俱明詞辯無礙何不供養乃施餘人時大迦葉波聞此語聲作如是念勿令此尼廣爲惡業故作謦欬金聲雅亮響徧宅中尼聞妙音知是迦葉波作如是語彼大龍象已至宅中長者聞已遂作是念前云外道出家至愚至鈍後更説云是大龍象便起怒心從閤而下彼下閤時急行震響尼聞行聲便作是念聽此行步響異尋常必當於我作無利事宜可急出勿令見我即擡裙急步疾出其舍長者告曰禿沙門尼何故逃走更不得來入我宅内尼遥報曰汝家如廁如獄停旃荼羅我蒙國王同宮内人無有障礙汝若觸著我者當截汝雙腕長者告曰禿沙門尼諸老宿尼蒙王恩澤非汝貪恚無識之人且放汝去長者自持種種上妙飲食竭誠供養飯食既訖收鉢澡手嚼齒木已長者及妻卑席而坐聽説妙法時大迦葉波爲説法要示教利喜從座而去至住處已往詣佛所禮佛足已却坐一面白佛言世尊我蒙佛教令依衆住受别請食由斯乃是外道出家至愚至鈍復是佛

弟子中爲大龍象我於今日得斯毀譽大德我於長夜自居蘭若讚住蘭若自常乞食讚常乞食自居樹下著糞掃衣讚居樹下著糞掃衣佛告大迦葉波汝見何利自居蘭若讚歎蘭若自常乞食讚歎乞食自居樹下讚歎樹下自著糞掃衣讚歎糞掃衣大迦葉波白佛言世尊我見二利云何爲二一者於現世中得安樂住二者於未來世能與多人作大燈炬示其正路時彼諸人咸共聞知作如是語佛在世時有大德苾芻捨俗出家淨修梵行大師所讚智者所稱自居蘭若乃至示其正路時諸苾芻等聞是事巳各自策勵如說修行勤求出道彼於長夜得安樂住說是語巳佛告大迦葉波善哉善哉汝能如是於長夜中與未來世同梵行者作大饒益哀愍世間人天等衆惠利一切令得解脱迦葉波若有毀呰杜多行者我毀其人若有讚歎杜多行者我讚其人何以故迦葉波我於長夜讚歎行此杜多功德稱揚顯説諸行中最迦葉波汝從今日常住蘭若讚歎他人住蘭若處乃至廣説汝等應當勤心修學時迦葉波奉教修習此是緣起尚未制學處佛在室羅伐城逝多林給孤獨園時世饑饉乞求難得時有淨信婆羅門長者居士等於諸大德尊宿苾芻常爲供養時六衆苾芻入城乞食詣十二衆尼所時彼諸尼見六衆至報言聖者就座可食小食鄔波難陀曰誰當授我答言我等報曰今日雖爾明朝遣誰答曰我當還奉報言姊妹設得此食未能支濟汝等若能順我等意爲饒益者諸婆羅門等先所供給諸

大苾芻種種供養汝當勸彼迴施於我若能
如是得好供給我當支濟時吐羅難陀尼白
言聖者我苾芻尼合作此事不鄔波難陀曰
深是合作誰復相遮豈令我等受餓而死尼
曰我等奉教時吐羅難陀苾芻尼入城乞食
到彼尊者憍陳如施主之舍至彼舍中作如
是語仁比於誰以食供養答曰聖者憍陳如
我常供養報曰汝若能於釋種出家明閑三
藏辯才無礙是大法師爲供養者仁等必當
獲殊勝福彼便問曰誰是釋種具斯衆德報
曰聖者難陀即其人也答曰我隨教作長者
遂便以憍陳如供養迴與難陀如是諸餘耆
宿尊德所有供養悉皆迴與六衆苾芻爾時
六衆於日初分著衣持鉢入城乞食至施食
家受諸飲食餅果之類盛滿角袋并持飯鉢
還歸住處諸苾芻見問曰袋中盛滿何處將
來報言願我姊妹無病長壽緣彼教化我得
美食諸苾芻曰具壽合遣諸尼教化飲食而
受用耶答曰據何不合深誠應理豈我不食
自餓而死少欲苾芻聞生嫌賤云何苾芻令
苾芻尼教化飲食而受用耶以此因緣具白
世尊世尊乃至廣爲問答爲制學處應如是
說若復苾芻知苾芻尼讚歎因緣得食食者
波逸底迦如是世尊爲諸苾芻制學處已室
羅伐城有一長者爲二種業一謂興易二謂
營農於曠野中耕地既訖下穬麦種即於田
處葺作小廬復持錢財餘處興易時有乞食
苾芻人間遊行至室羅伐出城觀望見彼小
廬作如是念此處閑靜堪爲止宿即便每日
入城乞食權停小廬由人氣故諸餘鳥鹿不

來侵損復蒙時雨苗實極成時彼長者他處經求安隱得至藏舉貨物洗浴食已告其婦曰我於先時於某處田中下麰麥種遂出經求不知今時可得種不遂往田中見苗實成熟便作是念我所種苗不作籬栅亦不使人而爲守護何故今時非意成熟即便按行見有人跡尋蹤而去至舊草廬窺户内觀見乞食者跏趺端坐宴默禪思長者便念我田得成由此人力遂前問曰聖者住斯答言如是長者告言聖者此是我田幸可依住若須華葉及菌木者隨意當取明就我家爲受疎供苾芻報曰我是乞食人不受他請便不相許時彼長者禮足而去既至家已報婦曰賢首應料理倉庫田麥極成婦曰仁誑我耶夫曰我先下種不安籬栅亦不使人而爲守護今極成熟何事相誑汝勿致疑婦問其故答曰我於田邊造一草室有乞食者於彼居停由其力故苗實成熟婦曰若如是者何不請來就舍受食答曰我已言請彼不肯受自云我是乞食之人不受他請婦曰彼乞食者日歷百家乞求辛苦方能滿腹仁不慇懃所以不受宜可更去苦相邀屈必應爲受時彼長者聞婦勸已遂便復去至已禮足白言聖者幸願慈悲明當就宅受我微供苾芻報曰長者我是乞食人不受他請長者報曰願當降意明至我家略受疎食勿違所請時乞食人見彼長者慇懃不已遂默然受長者見受禮足而去既至舍已告其婦曰賢首乞食苾芻已受我請明日許來應可爲辦上妙飲食其婦聞已即便備辦堪冷食者今日預爲須熱食

者明日營作是時有餘乞食苾芻來至田中草室之內喚乞食者曰可來共行乞食報曰有別長者來請我食時至當赴不及相隨餘乞食者作如是語汝大福德能獲利養爲物受請時至當行爾時吐羅難陁苾芻尼於日初分著衣持鉢入城乞食巡次至彼設供之家便入其舍見長者婦報言妙相願汝無病長壽當施我食婦人答曰聖者且去我有憂愁無容授食問曰何憂答曰請乞食者許來就舍今既不至恐其絕食是故懷憂尼便報曰我若喚來與我食不報言與食尼曰我雖蒙食其伴如何報言亦與守寺之尼誰當與食報言亦與吐羅難陀便作是念入城乞人今皆欲出新來入者即是其人尼往城門遥望而住其乞食者作如是念我既受請不爲乞食且修善品時至當行看時欲至著衣持鉢往赴城中時吐羅難陁見而便念此之來者是受請人即前問曰聖者於某甲舍受其請耶答言爾尼曰我於彼家已相讚歎報言姊妹我先令汝相讚歎耶便作是念如世尊說若苾芻尼讚歎得食即不應食我今寧可忍饑絕食不緣此故而犯其罪即欲回還吐羅難陀見其欲去報言聖者我不知仁名字氏族云何輒爾共相讚歎時乞食者報言姊妹若先是實後便妄語若後是實前言是虛說是語已遂還本處尼極羞慙便行乞食時彼苾芻還歸草室乃至食力未盡已來修諸善品食力消已遂便倚卧餘乞食者來問之曰食是他物腹豈他耶答曰我何所作報曰多貪飽食遂使不能修諸善品問誰貪飽食

答曰汝是多貪報曰我不曾食問曰有何因縁時乞食者具以其事白諸苾芻諸苾芻以縁白佛佛言除施主先有意受食無犯爾時世尊讃歎持戒訶破戒者告諸苾芻曰前是創制此是隨開爲諸苾芻制其學處應如是説

若復苾芻知苾芻尼讃歎因縁得食食除施主先有意波逸底迦

若復苾芻者謂是六衆餘義如上苾芻尼者謂吐羅難陀讃歎者有其二種一讃歎持戒二讃歎多聞食有二種已如上説食者謂吞咽也除施主先有意者若施主先有心請此苾芻設令讃歎食之無犯此中犯相其事云何如有衆多苾芻受俗家請若苾芻尼先往其舍作如是語仁等設供請何苾芻報言某甲尼曰欲行何麨施主報曰欲行麤麨尼曰應與細麨彼苾芻或有證得預流果者或得一來果者或得不還果者或有證得阿羅漢果者尼曰欲得何酥報曰羊酥尼曰應與牛酥彼苾芻得四果故尼曰欲行何鹽報言鹻鹽尼曰應與石鹽彼苾芻得四果故若行醋漿應與酪漿乃至諸菜餅果悉皆勸與勝上好者欲與非時沙糖漿尼曰應與石蜜漿欲與粟飯尼曰應與秔米飯欲與菜羹尼曰應與肉羹彼苾芻得四果故若諸苾芻知苾芻尼見彼施主行麤食時勸讃行好讃彼苾芻獲得勝果若苾芻知如是虚相讃歎食其食者皆得波逸底迦若苾芻尼讃歎苾芻云持三藏應與好食者得惡作罪若苾芻實得諸果實解三藏尼雖讃歎食之無犯又無犯者

謂最初犯人或癡狂心亂痛惱所纏

根本說一切有部毗柰耶卷第三十三

音釋

笓極瞱切 獰泥耕切惡也 胭因肩切胭喉也 賁尸羊切與商同 餮他結切貪食也 泝蘇故切流而上也 柂待可切船柂也 磧七迹切水渚有石曰磧 屏處屏必郢切蔽也 柵測革切編木爲柵也 慢莫半切帷也 灑掃灑所賣切掃先到切 篲徐醉切掃箒也 嫌賢兼切疑也 葺七入切覆蓋曰葺 ⿺麥廣古猛切麥也 麨齒沼切乾糧也 鹻古斬切鹹也

根本說一切有部毗柰耶卷第三十四

唐三藏法師義淨奉制譯

第四攝頌曰

數食一宿處　受鉢不爲餘　足食别非時
觸不受妙食

展轉食學處第三十一

爾時薄伽梵在王舍城羯蘭鐸迦池竹林園中時具壽大目乹連於時時中常往捺落迦傍生餓鬼人天諸趣慈愍觀察於捺落迦中見諸有情備受刀劒斬斫其身屎糞熢煨猛燄鑪炭燒煑等苦於傍生中見其更互相食噉等苦於餓鬼處見爲種種飢渴所逼等苦於諸天處見將墜墮愛别離苦於人趣中見有種種艱辛求覓資生衣食殺罰等苦既見是已於四衆中普皆宣告諸人當知如我所見五趣差别苦樂之報皆悉不虛汝等應信勿致疑惑受苦報者惡業所招謂殺盜邪婬乃至邪見不敬三寶欺慢尊親無慈愍心不持禁戒由斯惡行得苦異熟受樂報者善業所感謂不殺盜乃至不邪見崇信三寶敬重尊親具慈愍心奉持禁戒由斯善行得樂異熟諸人聞已歎未曾有悉皆舉手高聲唱言善哉聖者能爲我等盲冥之輩但見現在不覩未來親於五趣觀善惡事還來相告我等始知報應影響必不唐捐從今已去改惡修福希生善道不墮惡趣是時四衆既自聞已皆作是念我之男女或弟子等常爲惡業不勤修習清淨梵行欲令棄捨諸惡業故悉皆將至聖者大目乹連處令其聽法既聞法已與修善行免墮惡趣證殊勝果當爾之時四

衆雲集來聽法要人衆諠閙世尊知而故問具壽阿難陀曰何故大目乹連處四衆雲集時阿難陀白佛言世尊具壽大目乹連遊行五趣見諸苦惱於四衆中具説其事由此諸人爲聽法故皆來集會爾時世尊告阿難陀非一切時處常有大目乹連如是之輩頗亦難得是故我今勅諸苾芻於寺門屋下畫生死輪時諸苾芻不知畫法世尊告曰應隨大小圓作輪形處中安轂次安五輻表五趣之相當轂之下畫捺洛迦於其二邊畫傍生餓鬼次於其上可畫人天於人趣中應作四洲東毗提訶南贍部洲西瞿陀尼北拘盧洲於其轂處作圓白色中畫佛像於佛像前應畫三種形初作鴿形表多貪染次作蛇形表多瞋恚後作猪形表多愚癡於其輞處應作溉灌輪像多安水罐畫作有情生死之像生者於罐中出頭死者於罐中出足於五趣處各像其形周圓復畫十二緣生生滅之相所謂無明緣行乃至老死無明支應作羅刹像行支應作瓦輪像識支應作獮猴像名色支應作乘船人像六處支應作六根像觸支應作男女相摩觸像受支應作男女受苦樂像愛支應作女人抱男女像取支應作丈夫持瓶取水像有支應作大梵天像生支應作女人誕孕像老支應作男女衰老像病支應作男女帶病像死支應作轝死人像憂應作男女憂慼像悲應作男女啼哭像苦應作男女受苦之像惱應作男子挽難調駱駝像於其輪上應作無常大鬼髼髮張口長舒兩臂抱生死輪於鬼頭兩畔書二伽陀曰

汝當求出離　於佛教勤修　降伏生死軍
如象摧草舍　於此法律中　常修不放逸
能竭煩惱海　當盡苦邊際
次於無常鬼上應作白圓壇以表涅槃圓淨之像如佛所教於門屋下應作生死輪者時諸苾芻奉教而作諸有敬信婆羅門居士等見畫輪像問言聖者此之畫輪欲表何事苾芻答曰我亦不知何所表示諸人報曰若不解者何因圖畫時諸苾芻默無所對即以此緣具白世尊世尊告曰應差苾芻於門屋下坐爲來往諸人婆羅門等指示生死輪轉因緣如佛所教令指示者時諸苾芻遂不簡擇令無識解者開導其事不生物信更招譏醜佛言令知解者指示諸人時王舍城有一長者娶妻未久便誕一男顏容端正人所樂見告其妻曰賢首我今有子多有費用宜入大海經求珍貨妻告言善長者即便持諸雜物入大海中因風破舶往而不返其母辛苦或假宗親或以自力長養小兒以孤貧養育名曰貧生時貧生童子既漸長大付師受業遂與同學往竹林園至寺門下見畫五趣生死之輪問言聖者此名何物苾芻報曰此是五趣生死之輪白言聖者爲我宣說苾芻告曰汝當善聽所謂㮈洛迦傍生餓鬼人天趣別又問聖者此㮈洛迦有情曾作何業受斯斬斫碎身等苦苾芻報曰賢首此於十惡業道以極重心數作不息由彼業力今受斯苦又問聖者此傍生趣曾作何業受斯負重相食等苦苾芻報曰賢首此由造作十惡業道以輕微心數作不息由彼業力今受斯苦又問

聖者此餓鬼趣曾作何業受斯飢渴燒然等苦苾芻報曰賢首此由慳惜已物不肯惠施見他施時便為遮止於三寶處父母親族無分布心數習不已由彼業力今受斯苦又問聖者此之天趣曾作何業受勝妙樂苾芻報曰賢首此由以殷重心修十善業敬信三寶受持禁戒由彼業力令得生天受勝妙樂又問聖者此之人趣曾作何業受處中樂而有馳求活命等苦苾芻報曰賢首此於十善業道以輕微心而數修習由彼業力令得人身受處中樂而有馳求活命等苦童子白言聖者下三惡趣我所不欲生人天中情有欽尚聖者我作何業生彼天中答曰汝若能於佛正教中善說法律而出家者於現世中策勤修習斷諸煩惱盡苦邊際若不獲果有餘煩惱而命終者當生天上聖者若出家者當作何業答曰乃至命終無虧梵行曰我不能作更有何業得生天上若受八支及五學處為近住近事曰此作何事答曰若一日夜或至盡形不殺盜婬不妄語等白此亦不能更作何業當得生天答曰若以飲食供佛及僧由此福因當生天上聖者可用幾物得為飲食供佛及僧答曰可用五百金錢聖者此事可辦即從座起禮足而去還家白母曰我於向者詣竹林園於寺門下見有彩畫五趣生死之輪所謂捺洛迦傍生餓鬼及以人天下三惡趣我所不欲上之二趣心有愛樂母今欲得生人天不母曰欲得若如是者當可與我五百金錢奉佛及僧一中供養當得生天母曰汝少失父孤惸養育或以自力或假宗親

令始成人付師受業束脩之直尚自不充五百金錢卒何能得白言若貧無者我當傭力求覓金錢母曰汝今少年氣力微劣何能客作求覓珍財答言我當勠力望及餘人母見殷勤即放令去往市店所求自傭賃時有婆羅門居士等來覓作人曾不見問乃至日暮佇立行中諸人散盡遂便還舍母問曰得傭力處不答言曾無見問母曰豈有作人如汝束帶凡作人者頭蒙塵土著破弊衣在作行中他人見問既至明朝如母所說著麤衣服住作行中時有長者欲造宅舍來至行中覓傭力者將餘人去不問貧生于時貧生報長者曰我亦客作何不相顧長者曰汝容貌柔輭豈能執作答曰傭力之人豈先與價長者曰日暮方酬貧生曰我且爲作至日晡時若稱作功當酬價直若不愜意物不須與長者將歸令其作務諸餘作者並不齊心唯此貧生盡力爲作諸人報曰觀汝形勢未解客作但可度日何苦自身貧生報曰兄等知不我由惡業生在貧家今更欺人當生何道諸人報曰汝今未解且事勤勞不久之間嬾劇於我時彼貧生善能談說爲諸作者巧說當機諸人樂聞執作隨走欲聽其話不暇徐行貧生引之乃至終日一日之作比餘兩倍長者至暮自來檢察覩其所作倍勝於常問當作人曰汝於今日加作人耶報言不加若爾何故兩倍於前其當作人以事具告長者聞已極生歡喜遂與貧人兩倍之價貧人問曰兩日之價豈併相酬長者曰我心媿汝故倍酬直貧人曰若稱意者乃至宅成常容我作所

有價直且未須還作了之辰一時當付長者曰善哉遂常令執作至宅畢功長者筭錢欲酬作直唯得四百五十未滿所期貧人見已遂便啼泣長者曰何故啼泣豈我於汝相欺負耶答曰長者大人無容欺負然我本心求錢五百於佛及僧擬中供養錢既未足更復苦身爲此因緣我悲啼耳長者曰若緣福事我願助成貧人報曰長者添滿自成福業乖我本願不得生天長者曰汝以信心奉佛衆不報言如是若爾汝可往問世尊如佛所説汝當奉行時彼貧人尋詣佛所禮佛足已在一面坐白佛言世尊我爲供佛僧衆自賃已身求五百金錢在某長者家多時客作及至作了五百不充長者見欠爲我添滿爲當取耶爲不取耶佛言童子應可取之白佛言世尊他物相助恐不生天佛言童子汝初發心當生天處何況捨施而不生耶奉佛教已歡喜而去至長者處取五百金錢還詣母所白言慈母此是五百金錢幸願營辦供佛及僧母曰汝豈不知家道先貧觸途闕乏食手器具座褥皆無欲請佛僧若爲能濟汝今可去白傭力處長者令知彼舍寬容或能爲作貧人聞告詣長者處白言今我家貧觸途匱乏食手器具座席並無欲請佛僧事不能濟敢欲憑告就此宅中爲辦所須請佛僧食是事得不長者便念我造新宅得供佛僧斯成善事告曰汝可留物往請佛僧來就宅中爲受供養時彼貧生留物而去遂於明日往詣佛所禮佛足已長跪合掌白言世尊唯願明日就其宅中哀受微供爾時世尊默然受請見

佛受已禮足而去報長者知時彼長者即爲具辦種種上妙飲食於晨朝時敷設座褥安大水器布列香華令使白佛飲食已辦願佛知時爾時世尊於日初分著衣持鉢與諸聖衆詣長者家是時六衆苾芻問授事人曰今日誰家請佛僧衆報言某長者子六衆議曰彼客作人有何飲食我今宜往餘相識處求覓小食至彼舍已彼言聖者可食小食即皆飽食方詣請處爾時世尊并諸大衆至長者家各洗足已就座而坐是時貧生便以清淨上妙飲食手自供給悉令飽滿見六衆苾芻不能美食便詣佛所白言世尊我見衆中有諸聖者不能美食將非由此障我生天佛言賢首但施座褥定得生天何況佛僧爲受飲食是時貧人見佛僧衆飯食既訖收鉢器已便持小席在佛前坐聽說妙法佛爲宣說示教利喜從座而去當爾之時有五百商人從大海來過王舍城初至之日遇大節會所將珍貨無人交易共相議曰既無交易事欲如何飲食所須無求覓處中有一人曾近苾芻諳知法式告諸人曰宜可散問今朝何處供佛及僧其家必有餘殘飲食我等往彼而求覓之訪知某甲長者之宅已供佛僧我等往彼當以價直而求贖之即便至舍白言長者佛僧食訖必有餘殘求贖多少長者報言非是我食是此少年所設飲食商人就彼同前求覓貧人報曰我不須錢直爾相惠時彼商人悉皆恣食既飽滿已咸並稱歎白長者曰仁於今日獲大善利於已舍內供佛及僧我等商人亦蒙飽足長者報曰此非我食是此

少年所設供養問曰今此少年是誰之子報云是某甲長者子商主報曰此即是我知識之子便以大氎敷之于地并安珍寶普相告曰諸君當知我聞衆縷成衣滴水盈器仁有施者宜安此處須臾之間便成寶聚商主報曰當受此物貧生曰我但施食無求物心商主曰斯非食價此中一寶能成百供非關食直以慶喜心共相贈遺報言我今設食求覓生天仁雖見惠我不敢取勿緣此故障我生天商主曰汝信佛不答言我信若信佛者可往問佛隨佛所教當奉行之時長者子往詣佛所禮佛足已白言世尊我向設供尚有餘食與五百商人皆令飽滿時彼歡喜以衆多珍寶見惠於我爲受此物爲不受耶佛言受取白言世尊勿緣此寶障我生天佛言此是

華報果報在後時長者子禮佛而去爲受珍寶爾時王舍城中有一首望長者遇疾身亡更無子息衆人議曰長者身死首望交無欲覓於誰共相領攝宜應共覓大福德人立爲首望諸人議曰如何得知是大福德中有智者告諸人曰應以衆多種子置一瓨中令彼諸人以手探取若得一色種子者當立其人以爲首望即便如議以雜種子置一瓨中衆人各探咸得雜種獨此貧生得純色種子衆人雖見而僉議曰我等豈可立客作人以爲首望便令三取皆得純色諸人既見共生希有云是天神之所加護我等今者宜可同心請爲尊首是時郭邑共拜貧生以爲首望時設供長者見是事已即以衆寶瓔珞嚴飾其女而娉與之時貧生善業力故宅中珍寶忽

然自生衆人因此號曰善生時善生長者作如是念今我宅中所受果報皆是世尊威神之力我今宜可請佛及僧來至宅中受我供養是時善生長者往詣佛所禮佛足已在一面坐佛爲説法既聞法已即起長跪整衣一肩合掌恭敬白佛言世尊唯願慈悲與諸苾芻明當就宅爲受微供爾時世尊默然爲受善生長者見佛受已即禮佛足從座而去時善生長者即於其夜備辦種種上妙飲食廣説如前手自持食奉佛僧衆見收鉢已爲欲聽法便持小席在佛前坐爾時世尊知彼長者意樂根性隨機説法令彼長者心得開悟即於座上夫婦二人以金剛智杵摧破二十種薩迦耶見山得預流果既見諦已白佛言世尊我等由佛得解脱果此非父母高祖人王及諸天衆沙門婆羅門親友眷屬之所能作我逢世尊大善知識故於地獄傍生餓鬼趣中拔濟令出安置人天勝妙之處當盡苦際得涅槃樂乾竭血海超越骨山無始積集所有身見悉皆除滅獲得初果我今歸依佛法僧寶唯願世尊證知我是鄔波索迦鄔波斯迦始從今日乃至命終受五學處不殺生乃至不飲酒説是語已俱禮佛足歡喜奉行爾時世尊爲彼夫婦宣説法要示教利喜得勝果已從座而去至住處已時諸苾芻咸皆有疑請世尊曰彼善生長者曾作何業由彼業力爲客作人復作何業於其宅中珍寶自出世尊告曰今此善生先所作業緣合成熟果報不失凡諸有情先身所作善惡之業非於外界地水火風而令成熟然於自身蘊界

處中業果成熟即說頌曰

假令經百劫　所作業不亡　因緣會遇時

果報還自受

汝等苾芻此之因緣汝等應聽過去世時於聚落中有一長者大富多財受用豐足春陽之月衆華徧開茂林清池皆可愛樂異色諸鳥發和雅音所謂舍利鸚鵡百舌之類時彼長者將諸男女詣華林中共爲遊觀爾時世間無佛有獨覺者出興於世於貧窶類常懷哀愍住下房舍及以麤食譬如麟角獨現世間時此獨覺爲愍物故人間遊行至斯聚落於日初分著衣持鉢欲行乞食復自思念我今何故爲難滿身辛苦入村多處求食宜住園內若有節會人來隨彼所施用自充足是時獨覺即往園中長者遥見身心湛寂容儀庠序彌加信敬起渴仰心便就禮足白言聖者仁爲求食我爲求福宜住園中受我供養時彼獨覺默然許之長者於日日中奉施飲食後時長者有事須詣餘村告其婦曰賢首我今有事須往其村汝於聖者如常供養勿令有闕告已便去時長者婦晨朝早起備辦飲食其子問曰母今辛苦每日爲誰母曰爲上福田聞已怒曰彼不傭力而受他食母便訶叱汝莫作此口業重罪長者後還問其妻曰聖者飲食無闕乏不婦報之曰所供飲食無闕時須然我童兒於聖者處作口業罪具陳子語長者便念小兒無識自害其軀當墮惡趣即携童兒詣尊者處時彼獨覺遥見長者與子俱來便作是念長者比來獨行而至何故今日與伴俱來觀知事已不用口言以

身說法爲愍彼故踊身空界猶若鵝王現大神通作十八變上騰紅燄下流清水卷舒自在令生深信凡夫之人見神通時速能發悟如摧大樹頓首歸依遶禮尊足白言尊者慈悲淨意唯願哀愍速爲下來受我微誠略申供養時彼聖者爲哀愍故縱身而下長者即以隨時香華慇懃供養父子悉皆頂禮尊足而發願言此大福田是應供養而反爲惡罵出傭力言願於當來勿受苦報所有勤誠供養功德願於來世生大富家并得如是殊勝之果勝此大師我當承事不生猒背汝等苾芻勿生異念往時長者子者即令善生長者是由於獨覺所發瞋怒心作傭力語遂於五百生中常爲客作至今傭力惡業方盡復由志誠供養功德生大富家由昔願言并得如是殊勝果報令於我所得見真諦又願勝此大師我當承事不生猒背者我勝獨覺百千億倍供養於我無猒背心是故汝等苾芻若作純黑業得純黑異熟若作純白業得純白異熟若作黑白雜業得雜異熟汝等苾芻應離純黑及以雜業當修純白業得純白報如是應學此是緣起尚未制戒爾時世尊出王舍城詣廣嚴城住獼猴池側高閣堂中時有長者名曰勇利聞佛來至在高閣堂中便詣佛所禮佛足已却坐一面佛爲說法示教利喜令歡悅已默然而住時勇利長者即從座起頂禮佛足白言世尊唯願哀愍佛及衆僧明就我家爲受微供世尊爾時默然而受是時長者見佛受已禮足而去既至宅已告家人曰我已請佛及僧明當就食然佛僧衆疲

於道路汝等多辦上妙飲食時彼家人依言備辦長者於晨朝時敷設座褥安大水器遣使白佛飲食已辦願佛知時六衆苾芻前至此城往門徒舍彼見致敬報言聖者當食小食答曰我受他請又復白言可食少許菴沒羅餅答言好遂即飽食時有乞食苾芻從門前過長者出見亦喚食餅苾芻報曰我一坐食不應二處長者曰若如是者隨意將去就彼俱食即以小鉢受取赴彼請家爾時世尊不去赴請苾芻皆往有五因緣佛遣取食云何爲五一爲自宴默二爲諸天說法三爲觀病者四爲觀卧具五爲弟子制其學處此中所爲欲制學處住在堂中令人取食時勇利長者覩衆坐定手自奉獻種種清淨上妙飲食悉令飽滿時彼長者行食之時見乞食者於小鉢中所持之餅行食將了在乞食者前立乞食苾芻作如是念今此長者獨覩於我欲有言說乃至此未發言我當先語報言長者何但我獨食此菴沒羅餅彼六衆苾芻亦皆食訖長者答言聖者是何言歟乞食者曰非我獨食菴沒羅餅彼之六衆亦皆食訖長者聞已忿怒作色告言聖者豈我宅内無斯餅耶告家人曰汝可行此菴沒羅餅彼即行餅時取食苾芻受得食已往詣佛所頂禮佛足在一面立世尊常法與取食人共相言問今日衆僧飲食飽不白言世尊上妙飲食悉皆飽滿然彼勇利長者有忿僧衆佛言何意時彼苾芻以事具白佛言勇利長者出忿恨言是應道理爾時世尊飯食訖收衣鉢澡漱已出外洗足旋入房中宴默而坐於晡後時

便從定起詣常集處於僧衆前就座而坐告六衆曰汝等實作展轉食耶六衆白言實爾大德世尊種種訶責汝非威儀非隨順行非清淨法所不應爲云何汝等作展轉食旣訶責已告諸苾芻廣說如前乃至爲制學處應如是說若復苾芻展轉食者波逸底迦如是世尊爲諸苾芻制其學處佛在廣嚴城高閣堂中時有苾芻身嬰疾苦有解醫者來入寺中苾芻見已報言賢首宜觀我病爲處藥方醫言聖者可食小食報言賢首世尊不許醫言此即是藥非餘能療苾芻答曰世尊制戒不許我食醫曰世尊大悲爲有病緣必應聽食時諸苾芻聞斯事已以緣白佛佛言除病因緣又有苾芻爲營僧務或爲窣覩波事身體飢虛遂便偃卧瘦修善品時有淨信婆羅門居士等來入寺中見其偃卧作如是語聖者世尊教法一向勤修何故今時偃卧而住答言賢首我極虛羸報言應食小食答曰佛制不許諸苾芻白佛佛言除作因緣爾時世尊從廣嚴城往給孤獨園時有苾芻疲於道路身體羸損共相謂曰我身疲倦若佛世尊聽許我等食小食者雖涉長途身不勞倦以事白佛佛言除道行時爾時世尊至室羅伐城給孤獨園時此城中有一長者自立要期每於月八日十五日二十三日月盡日於此四日受聖八支近住學處又作要期請苾芻就舍而食乃至苾芻未來食者必不先食同於此日有餘長者請佛及僧就舍受食佛及僧衆赴請之後長者遂遣使人往詣寺中請僧來食使者至寺不見苾芻還報長者我於

寺内不見一人長者曰彼何處去答曰有别長者請佛僧衆就舍而食長者曰彼食苾芻隨喚取一使人去喚見彼苾芻悉皆食訖從舍而出白言聖者其甲長者家中設食唯願慈悲無違所請苾芻曰我已食訖還報長者苾芻食訖長者曰汝更疾去白言聖者可來就食食了之後以大氎施使者復去報苾芻曰可來就食食了之後以大氎施苾芻曰我已足食隨氎大小無宜更去使報長者苾芻足食更不肯來隨衣大小無宜重食時彼長者爲待苾芻日時已過遂便一日絕食時彼隣人聞是事已共生嫌賤云何此諸沙門釋子他施衣時亦不肯食違彼長者信敬之心由不受請令他絕食諸苾芻聞以此因緣具白世尊世尊告曰除施衣時爾時世尊讚歎少欲持戒敬戒者說隨順法告諸苾芻曰前是創制此是隨開廣說如前我今爲諸苾芻制其學處應如是說

若復苾芻展轉食者除餘時波逸底迦餘時者病時作時道行時施衣時此是時

若復苾芻者謂是六衆也餘義如上展轉食者謂數數食除餘時者謂除其時此中時者謂是病時病時者若苾芻於一坐時不能飽足作時者若於窣覩波所有營作及衆僧事業或時掃灑大如席許或復塗拭如牛卧處道行時者若行半驛回還或直行一驛施衣時者謂如拭巾裙量縵條量等此皆無犯結罪同前此中犯相其事云何施衣之時請有多種謂有衣施或無衣施等有十六番若苾芻前請有食有衣後請有食有衣兩請俱受

二處皆食並悉無犯若苾芻前請有衣後請無衣應受前請勿受後請若受已應轉與餘人若不轉與人受時惡作食得墮罪若苾芻前請有衣後請有衣有衣直俱受無犯若苾芻前請有衣後請無衣無衣直應受前請勿受後請若受已應轉與餘人若不轉與餘人受時惡作食得墮罪(此是初番餘句咸應准此)若苾芻前請無衣後請有衣俱受無犯若苾芻前請無衣後請無衣應受前捨後若苾芻前請無衣後請有衣有衣直俱受無犯若苾芻前請無衣後請無衣無衣直應受前請勿受後請若受已應轉與餘人若不轉與人受時惡作食得墮罪(此是第二四番)若苾芻前請有衣有衣直後請有衣俱受無犯若苾芻前請有衣有衣直後請無衣應受前捨後若苾芻前請有衣有衣直後請有衣有衣直俱受無犯若苾芻前請有衣有衣直後請無衣無衣直應受前請勿受後請若受已應轉與餘人若不轉與人受時惡作食得墮罪(此是第三四番)若苾芻前請無衣無衣直後請有衣俱受無犯若苾芻前請無衣無衣直後請無衣應受前捨後若苾芻前請無衣無衣直後請有衣有衣直俱受無犯若苾芻前請無衣無衣直後請無衣無衣直應受前請勿受後請若受已應轉與餘人若不轉與餘人受時惡作食得墮罪(此是第四四番)

又無犯者最初犯人或癡狂心亂痛惱所纏

根本説一切有部毗柰耶卷第三十四

音釋

捺奴逆切　煻煨煻音唐煨烏回切煻煨灰火也　諠鬧諠許元切譁也囂虛驕切聲也　轂古祿切車轂也　輻輪方六切輪轑也　溉灌溉居代切注也灌古玩切澆也　鑵古玩切瓶屬　馲駝馲音託駝音陀馲駝獸名　惸渠營切無兄弟也　勠力竹切并力也　傭餘封切雇作也　嬾劇嬾魯旱切惰也劇竭戟切甚也　匱求位切乏也　瓨胡江切長頸罌也　窶郡羽切貧而無禮也

根本說一切有部毗柰耶卷第三十五

唐三藏法師義淨奉制譯

施一食處過受學處第三十二

爾時薄伽梵在室羅伐城逝多林給孤獨園。於邊方大聚落中有一長者信心殷重爲諸四方沙門婆羅門等造一住處若有於此停住者施以飲食爾時世尊於室羅伐城現大神變時諸外道皆被驅逐人天咸悉深心歡喜敬仰世尊然外道輩奔趣邊方有六十露形外道至斯聚落詣長者所作如是語仁獲法利仁獲法利長者問曰仁等是何今來至此答曰我是出家人長者告曰善來我爲四方沙門婆羅門等造此住處仁可於斯隨意停息所須飲食我自供承時諸外道即於此住受長者供給時室羅伐城有淨信居士將諸賄貨至此聚落亦於長者店鋪停止便與長者情敦布素時彼長者手自授與露形外道餅果飲食長者令使命居士曰仁可暫來共我供養勝上福田居士聞已便作是念此言殷重多是佛之弟子我今宜往頂禮其足既至彼已見是無慚露形外道然而不能對面非毀遂默然而住時彼外道食了而去長者報居士曰好田好種豈不善乎居士答曰種實精好而田下惡鹹鹵磽确終無所收露形無慚常懷惡見長者報曰除斯之外有勝田耶居士曰有謂如來大師聲聞弟子長者曰彼若來者我當四事而爲供給時彼居士聞此語已默記于懷舊貨既盡更收新物即便還至室羅伐城到市店中安置貨已往逝多林禮苾芻僧足然六衆常法多於門首經

行時鄔波難陀在門外立遥見居士從遠而來遂便迎接告言善來居士猶如初月久而方現比於何處興易經求居士答曰敬禮阿遮利耶我比在某聚落彼有長者造一住處招携四方諸沙門等并好飲食常爲供養於佛弟子情懷渴仰鄔波難陀聞已便念若更有餘黑鉢之類聞此語者當在我前至彼住處我今宜可責彼居士勿使語人告曰居士汝常謂我不習禪思不勤讀誦恒念衣食以自活耶居士便念世間多貪不知猒足鄔波難陀是當一數此聞我告尚起譏嫌況復諸餘大德之類聞我此說重責何疑於是黙然不復陳告時鄔波難陀見長者去往語六衆苾芻曰具壽我等何能久受辛苦於此住居諸人告曰大德頗有好消息耶答言具壽亦有多少鄔陀夷曰消息如何鄔波難陀曰於某聚落有一長者以信施心造一住處并以飲食供養四方沙門婆羅門無礙受用宜可共行受其供養諸人問曰豈可六人悉皆往彼報言並去理亦何傷即六人俱行詣彼聚落時露形外道共相謂曰我等宜應暫出觀化必有好處移就彼方便留一人令其看守餘皆悉去是時六衆漸次遊行到彼聚落至長者家既相見已告長者曰願無病長壽長者問曰仁等是何答曰是佛世尊聲聞弟子長者告曰善來聖者我比翹心願見佛衆仁今得至深稱本懷我有宿心造一住處并設飲食意爲四方沙門婆羅門等作停止處仁今可住六衆報曰彼處頗有牀座卧褥被枕以不答曰先無六衆曰彼若無者豈地上坐

耶長者即送諸牀座幷以褥席是時六人往彼舍中時一外道見而告曰汝沙門釋子何故輒來此舍非是汝等住處報言外道非汝住處是何言歟汝若黙者得容且住若更出言必見治罰外道便念此有六人我唯單已誰能共彼以相禦敵勿令見辱宜當走避六人日日恒於長者家食後時長者有緣須往餘處白六衆曰我有少緣詣某聚落仁當如舊於我舍中受其供養至我迴還長者即告家人曰汝等如常供養聖者至我迴還勿令闕乏長者便去六衆如常受食時鄔陀夷報鄔波難陀曰誰能黙然無語於長時中依他軌範宜當顯露作自威儀鄔波難陀曰斯亦善哉時諸女人來授飲食鄔陀夷告難陀鄔波難陀曰汝等觀此美女眼耳口鼻膂髀手足悉皆端正眞堪受用女人聞已各並羞慙潛居室內待其食了取器而去長者事了迴還至家問家人曰汝等自我去來供養福田無虧乏不家人報曰何用如是惡福田耶長者問曰何出麤言女人答曰比見癡狂調弄舞樂之流出麤鄙言無如仁家福田所出之語長者曰彼作何事答曰此出鄙言調弄倡伎所未曾説我等聞已慙恥疚懷長者便念凡是女人樂觀男子露形之類遂彼染心由此因緣情生愛樂沙門釋子軌式端嚴衣服覆形女人不樂即便告曰外道露形汝等樂見沙門覆體情不欲觀其妻報曰若不信者當令自驗長者便念我試自觀察其虛實數日停住告六衆曰聖者我尚有事暫須出行仁等如常可受供給即於密室潛形窺覘六

衆時至就其食處長者之妻躬自授食六衆同前出言調戲可觀此女面首端正眉目纖長形儀合度實堪愛念長者聞已作如是念如婦女言非福田也我今不應頓絶供給宜設方便令其自去及至明日减其一餅闡陀告難陀鄔波難陀今朝餅果何意踈薄難陀曰具壽我於日日持其殘餅布施貧兒從今已去不復當與至第二日更除一餅阿説迦曰具壽今朝餅果全見空踈鄔波難陀曰我比食竟鉢有餘餅從今已去無復遺餘如是漸减乃至但有赤餅醋漿以充其食補捺伐素曰具壽飲食既盡我等可行鄔陀夷曰具壽既絶望心今應行矣未去之頃時語彼防守外道曰我等好食斷絶事由於汝汝可出去彼便出外遊行逢見諸餘先出外道問曰仁等比來四出求覓頗得多少好門徒不諸人告曰令汝看守因何出行答曰彼驅出我問是何人曰是沙門釋子問曰現有幾人答曰唯有六人外道議曰我等六十豈可不能禁六人耶打令熟手驅之令出時彼上座告諸人曰我今共去至彼舍中我若發聲道作事時汝等諸人十人捉一好打令熟曳出村隅作此平章共入村内上座告曰我等先當見彼長者既至彼已問其安不尋便問曰長者仁之住處本爲於誰答曰我造住處無准的心在中住者供給飲食外道曰長者中平意無偏黨即俱至常住處問言汝沙門釋子此非住處宜應急出勿更居停若不出者與汝毒手鄔波難陀聞而告曰拔髮外道出無義言沙門釋子此非住處若非我者豈屬汝

耶時彼露形怒而告曰汝等作事時諸外道十人捉一即便打搭難陀告曰具壽各各自當護其眼耳無令損瞎爲同梵行者所嗤告外道曰行者可打肩髆及以脊膂時諸外道打棒疲勞手足皆困遂便停歇闡陀告曰諸具壽次我作事時彼六人俱有大力展右手時撲五外道次舒左手復倒五人或以錫杖或以手足拳打脚蹴恣意熟椎鄔陀夷曰諸具壽當護本罪莫使命斷勿令我等得波羅市迦既熟打已悉皆推出諸婆羅門等見已相告汝觀釋子共外道鬪必定天神當下大雨是時六衆驅外道已阿說迦曰諸具壽我今戰勝不辱僧徒宜可俱行詣室羅伐爾時南方有一外道論師名鄔陀夷是盧迦曳多說無後出爲求論議來至室羅伐城入逝多林詣尊者了教憍陳如處作如是語苾芻我曾師邊受少學業欲於仁處共立論端時尊者憍陳如報言婆羅門諸樂論議者汝可共論此之言談非我所愛時婆羅門徧皆至彼諸大德所尊者馬勝尊者賢善尊者大名尊者名稱尊者圓滿尊者無垢尊者牛王尊者妙臂等既至其所求申論議皆如尊者憍陳如不共言論次至具壽舍利子所作如是語苾芻我前曾習少多學業欲於仁處共立論端時舍利子聞其語已作如是念試觀此人有善根不即便觀見有少善根雖有善根緣在誰處即觀此人與我相屬復更思念更有如斯有情之類因觀論議能受化不觀知更有彼受化者何時當集知至第七日皆來集會即於是日少立論宗尚留餘義於六日中悉皆

如是至第七日四遠咸聞南方論師是無後世外道來至於此與舍利子共相擊論竟無勝負時有百千萬億有情皆生喜樂或有先世善根之所警覺咸來集會時舍利子知衆既集觀時復至即以深法伏彼外道令使無言時彼外道既被屈已起敬信心合掌恭敬作如是白大德我願於善説法律而爲出家并受圓具成苾芻性於世尊所而修梵行時舍利子即與出家并受圓具教其法式彼便專心自勵斷諸煩惱證阿羅漢三明六通具八解脱得如實知我生已盡梵行已立所作已辦不受後有心無障礙如手撝空刀割香塗愛憎不起觀金與土等無有異於諸名利無不棄捨釋梵諸天悉皆恭敬是時大衆咸生希有作如是言諸人當知此大論師人無敵者今舍利子以無礙辯令其降伏與受學處證阿羅漢果諸來大衆敬信倍常時舍利子知諸大衆意樂隨眠界性差别當機説法遂令十二億有情或證暖頂忍法世第一法或得預流果乃至出家獲得阿羅漢果時諸大衆或發聲聞心或發獨覺心或發無上大菩提心皆於三寶深生敬信時舍利子於日初分摧彼外道於食後時六衆苾芻從彼聚落來至給園時諸苾芻既相見已告言善來具壽比者隔闊從何處來報言從某處大聚落來諸人告曰仁等薄福不覩大事近舍利子降伏南方論師外道令其捨俗得阿羅漢巨億徒衆獲果發心爾時六衆聞是語已報言諸具壽此未希有何以故其舍利子是第二大法將助佛轉法輪伏一外道何足可稱

假令舍利子被他屈時尚有大師共相救濟未爲奇特我等所作實成希有以我六人降六十外道苾芻問曰以何明術難陀報曰純用棒術又問曰說何法義答曰以身說法問曰爲當並死爲命存耶答曰當時命在至於今日死活寧知時諸苾芻具問知已各生嫌賤云何苾芻作極惡事理應羞恥而更因斯反生驕逸時諸苾芻以此因緣具白世尊爾時世尊集諸苾芻問六衆曰汝等實作如是不端嚴事損我法耶白言實爾大德世尊種種訶責廣說如前乃至爲制學處應如是說若復苾芻於外道住處得經一宿一食若更受者波逸底迦如是世尊爲諸苾芻制學處已時彼信心居士還持商貨到前聚落至舊長者店上安置長者猶尚供養露形還令使來喚彼居士共爲隨喜與福田食居士聞已便作是念我試往觀多是世尊聲聞弟子於彼見已仍是外道露形無有羞恥居士不能對面有所言說黙爾而住露形食已從座而去時彼長者報居士曰好田好種廣說如前勝上田者謂是世尊聲聞弟子長者聞已作如是語知識莫道彼字我不願聞何況欲見問曰彼已來耶答曰已來又問是何人答言六衆居士曰彼至於此作何事耶長者具報其事居士曰汝往大海收假瑠璃長者曰豈復世尊有好弟子居士曰有長者曰彼字何等答曰謂舍利子大目揵連等仁若見者必起殊勝信敬之心獲希有事長者曰彼若來者我當供養居士便念我若還彼當白世尊時彼居士交易既了更取餘貨還室羅伐城

安貨物已往詣佛所頂禮佛足白佛言世尊於其聚落有一長者彼爲四方沙門婆羅門等造一住處若有來者施其飲食於佛弟子情懷欽慕善哉世尊爲愍彼故令苾芻往遂彼信心世尊爾時黙然許之是時居士知佛許已禮辭而去爾時世尊作如是念誰於長者及其眷屬并諸人衆有宿緣耶即便觀知唯舍利子於彼有縁能令受化告舍利子曰汝可往某聚落度彼長者及其眷屬并諸人衆時舍利子從佛聞已即奉佛教將五百苾芻以爲圍遶詣彼聚落既至彼已便於長者施食之處而爲停息長者聞有尊者舍利子將五百徒衆來至住處即便往詣舍利子所頂禮雙足在一面坐時舍利子爲彼長者宣說妙法示教利喜黙然而住時彼長者即從

座起整衣左肩合掌稽首白言大德并諸大衆明就我家哀受微供時舍利子黙然受之長者見舍利子黙然受已禮足而去即於其夜具辦種種上妙飲食至天明已敷設座席安大水瓶即命使者往白舍利子及諸大衆飲食已辦幸願知時時舍利子於日初分著衣持鉢并諸大衆詣長者家就座而坐時彼長者見衆坐定自手行食悉令飽滿時舍利子知衆食已澡漱復訖便收鉢器是時長者自持小席於上座前合掌而坐白舍利子曰大德當爲說法時舍利子報長者曰若樂聞法者可於廣博顯敞之處多敷座席擊鼓唱令普告諸人仁等若樂聞妙法者明當總集聽大德舍利子宣揚法義作如是語教長者已爲彼長者隨時咒願說伽陀曰

所爲布施者　必獲其義利　若爲樂故施
後必得安樂
如是等頌教以福利資及存亡普爲有情離
障解脫爲呪願已從座而去然此長者於大
聚落中最爲稱首如尊者教遂於空地多敷
座席擊鼓宣令咸皆告知明日尊者法將舍
利子爲說妙法若仁等樂聞咸皆普集當希
見諦不於生死久没輪迴時尊者舍利子至
明日巳於小食時與諸僧衆就法場處昇座
而坐無量百千大衆雲集諸有情輩皆生喜
樂或有先世善根之所警覺令樂聽法時舍
利子知諸大衆意樂隨眠界性差別稱機說
法遂令彼長者并諸眷屬及百千有情得四
善根獲四勝果於三菩提隨緣發趣於三寶
處敬信彌隆時舍利子久爲說法背發風勞

復爲佛先制戒時過不食時彼長者請舍利
子及大衆曰願於我舍留神久住當以四事
共相供給時舍利子報長者曰以汝爲緣佛
爲苾芻當制學處我今欲去爾時舍利子身
帶風疾斷食飢虛將諸大衆詣室羅伐既至
彼已時諸苾芻問舍利子弟子曰善來具壽
行李安不報言有安不安彼問何故答曰我
鄔波馱耶廣爲濟度斯成安樂然說法時久
背纏風疾一日不食遂涉長途此不安樂時
諸苾芻聞是事已以緣白佛佛言聽諸苾芻
應畜偃帶以自安息又施食處應除病緣爾
時世尊讚持戒者如前廣說告諸苾芻前是
創制此是隨開應如是說
若復苾芻於外道住處得經一宿一食除病
因緣若過者波逸底迦

若復苾芻者謂是六衆餘義如上於外道住處者謂彼施主以其住處先與外道此處應受一食除病因縁者若有病縁過食無犯若無疾者過食得墮罪餘並同前此中犯相其事云何若苾芻於別住處已受一食若更經宿得惡作罪若受食者便得墮罪若於此宿餘處受食宿時惡作食時無犯若於餘處宿此處食宿時無過食得墮罪若餘處宿餘處食暫來此者無犯若此處所是多人共作或施主見留或是親族造此住處過食無犯又無犯者謂最初犯人或癡狂心亂痛惱所纏

過三鉢受食學處第三十三

佛在室羅伐城逝多林給孤獨園爾時北方有大商主來至此城郭外停止六衆聞之共相告曰難陀鄔波難陀我聞北方有大商主來至此城郭外停息我今暫往就彼相看必有容者少多勸化難陀報曰此亦善哉即便俱往自相告曰彼諸商人若喚我等食者應可報云我有飲食且得充濟若施衣者是要所須既到彼已問言商主自遠而至不疲勞耶答言聖者勞此相問六衆曰必有容者暫可聽法時彼商主恭敬合掌即便聽法既聞法已商人請曰聖者可於此食答言賢首我自充濟不勞辛苦便於他日更復相看爲其説法商主慇懃請其受食復還報曰我不須食後於異時商人議曰此處乏草當向其村逐草放牧即將牛馬往詣彼方是時六衆明日還去就彼商人欲爲説法既至彼已不見商主懷憂而住時有人來問言大德何故憂愁鄔波難陀曰此有商主是我相識資貨豐

瞻不見告辭捨我而去報言聖者彼非全去爲此乏草暫往其村遂草放牧兼賣貨物不久還來鄔波難陀曰願汝無病長壽作是語已即往彼村遥見商人說伽陀曰

邊方險路不應往　設令去者勿居停
非但處所不堪行　彼人勿共爲親友
山險居人初見好　如金揩石劇鮮明
中方居者則不然　始終不動如山岳

時諸商人聞此語已答聖者曰何因致恨苦見譏誚六衆曰賢首已與仁等略申情義廢我善品頻爲說法何不言別遂即私來答言聖者非我長來隨草故爾如其歸日還至室羅伐城相與告別闡陀曰賢首更可暫來聽我說法時彼諸人即共敬禮各取卑座坐而聽法爲說法已商主曰聖者可於此食答曰不須時彼商主告諸人曰仁等數請受食皆言不須豈非聖者乏少衣服仁等宜應隨已所有以衣奉施諸人報曰斯亦善哉遂便人人各以一張上好毛緂持用奉施闡陀便與咒願此之施物福利無邊鄔陀夷既得物已告言賢首汝比頻頻請我受食今可將來是何供養時彼商人即持餅果羅列目前鄔陀夷便舒大鉢報言賢首可著此中商主意念此鉢絕大若與滿者可足六人充一中食即盛以滿鉢奉鄔陀夷時馬勝苾芻復更舒鉢還與滿鉢乃至六人悉皆舒鉢商人俛仰咸並與之所有路糧無不罄盡乃至釜中飲食亦用相供時諸商人告苾芻曰聖者我所現作多少路糧並皆罄盡時諸商人報苾芻曰我欲令人相逐往至城中更覓路糧仁當看

買迴還之日幸給援人勿使中途致遭賊盜難陀報曰當爲汝看時彼商人遣人隨去既至寺已馬勝報曰賢者可爲我作如是事業隨言爲作尋復告言爲作此事如是展轉至日將暮告言男子汝可歸還時彼使人出城而去途經險處爲賊所劫既入營中諸人問曰路糧何似報言幾將失命寧有路糧問曰豈不聖者與汝援人答曰准理即是彼令賊劫問其何故答曰彼至寺中令我作務憑看市易總不言及至日將暮方遣出城由此夜行遂遭賊劫時諸商人聞是語已咸共譏嫌此諸釋子失沙門行云何委寄反被相欺此是緣起尚未制戒佛在室羅伐城逝多林給孤獨園時此城中有一長者娶妻未久便誕一女眇其右目後漸長大同年女伴皆並娉人唯此一女眇目無相其年雖大人無娶者於此城内復有居士於同望族娶女爲妻未經多時妻遂身死更娶第二亦復身亡如是乃至第七娶妻悉皆身死時人並皆喚爲妨婦即因此事以立其名時妨婦長者更欲娶妻人皆不與作如是語我今豈可令女死耶我不能與復求寡婦欲娶爲妻彼便告曰我於已命豈不悋惜入汝舍乎時彼長者求妻不得躬自營勞檢校家事後於異時有舊知識來至其家見其作務告曰仁何所爲答曰我營家事彼便告曰何意仁今自知家務曰已娶七婦皆悉身亡無第二人可知家業友人報曰何不求餘答言比日雖求人不見與皆云我豈不惜女耶娉向汝家命其早死若如是者何不更求諸餘寡婦長者具以事答

雖求寡婦亦不肯來知友曰某家有女眇其右目何不見求答曰彼亦不與知友曰試往求之或容相許是時長者便詣彼家至已問家長曰比得安不彼問何意得來答曰欲求娶仁女問曰何女答曰眇右目者父曰隨意爲婚問曰欲取何日父曰某日吉辰可得成禮既見許已歡喜而去還至家中待其吉日時彼知友既勸喻已作如是念我令知友覓眇目女共爲婚媾是所不應彼有惡相勿令至舍妨我知識時彼知友作是念已詣長者所問曰得眇目女不答言求得是時知友説伽陀曰

波羅舍修將淨齒　若人頭向西出眠
眇右目女娶爲妻　此亦能虧天帝釋
兩惡相逢必有損　譬如刀石共相投
夫婦皆是妨害人　若娶定當遭死事

説是語已報長者曰女眇右目是妨不疑仁若娶者恐遭夭喪宜可棄之我有一妹比者孀居若相應者共爲偶匹長者曰已有言交不可即棄宜設方便勿失彼情知識曰善時眇目父毋欲至吉辰即爲營辦種種會設六衆苾芻共彼長者先是相識六衆便於小食時著衣持鉢入城乞食至長者家見其營造奇妙餅食難陀問曰姊妹作何節會其毋報曰聖者仁外甥女欲娉他宗將至吉辰爲斯營辦難陀答曰姊妹我於今日得嘗少多不毋曰聖者此是仁物豈待他授難陀報曰餘時惠施自是常途今日珍羞且與多少時彼婦女禀性寬恕遂將餅食盡授六人既受得已即爲咒願無病長壽從舍而出時彼長者

來見餅無問言何故婦曰有福田來我皆持施仁今可往報彼夫家更待他辰別爲營辦長者報曰彼定不肯延至他日且先嫁女後設宗親婦曰彼既妨妻誰當與女令待餘日一時總費長者既受婦勸便向夫家報言賢首我家營辦所擬宗親六衆福田並皆持去現未能辦可待後時其人報曰已卜吉辰不能移轉若依舊日我娶爲妻若更在後必當見棄長者還家以言告婦婦白彼多妨妻誰卒與女留至他日方共交婚婦即漸辦餅食遂過先期夫家聞已遂娶知友之妹孀居寡婦以爲妻室其婦餅食既辦更令長者往命成婚報夫家曰我餅食皆辦可爲親禮彼人答曰前期既過我不須女長者發怒引至官司斷官准理長者不如還報其婦婦便大哭我女久居今始欲嫁事緣六衆棄不成婚隣伍聞之共生嫌賤六衆苾芻失沙門法壞清淨衆令成婚女爲夫所棄諸苾芻聞以緣白佛佛便集衆問彼六人訶責同前乃至爲制學處應如是說

若復衆多苾芻往俗家中有淨信婆羅門居士慇懃請與餅麨食苾芻須者應兩三鉢受若過受者波逸底迦既受得已還至住處若有苾芻應共分食此是時

若復苾芻者謂六衆也過二已去名曰衆多俗家謂白衣家婆羅門等往者謂到其所淨信者謂信三寶深心歸敬慇懃者謂心至極請者謂發言延請麨餅者謂所施食須者謂情樂也兩三鉢者鉢有三種謂上中下上者謂受摩揭陀國二升米飯中者謂受一升半

米飯小者謂受一升米飯應兩三鉢受者指其限齊還至住處者謂至寺中若有苾芻應共分食者謂與同梵行者共相分布若過受得波逸底迦者釋罪如前此中犯相其事云何若苾芻以三大鉢受他食時得惡作罪若吞噉者得波逸底迦若以二大鉢一中鉢受他食時同得惡作罪吞噉之時得波逸底迦若以二大鉢一小鉢受他食時得惡作罪吞噉之時得波逸底迦若以二中鉢一大鉢受他食時得罪輕重同前要而言之若苾芻乃至取他食時過四升半米飯分量已上皆得波逸底迦者取一大鉢一中鉢一小鉢或惟二大或二中一小或二小一大或二小一中或三中或三小等此皆無犯又若施主任取多少者取亦無犯又無犯者謂最初犯人或癡狂心亂痛惱所纒

根本説一切有部毗柰耶卷第三十五

音釋

磽确 磽五交切确口角切磽埆瘠薄也　髀 部禮切股也　疚 居又切痛也　覤 敕黠切視也　嗤 充之切笑也　髆 伯各切肩髆也　胯 苦瓦切兩股間也　啖 吐敢切　娉 匹正切娉問也

根本說一切有部毗柰耶卷第三十六

唐三藏法師義淨奉制譯

足食學處第三十四

爾時薄伽梵在室羅伐城逝多林給孤獨園告諸苾芻曰我爲一坐食時常得少欲無病起居輕利氣力康强安樂而住汝等亦應爲一坐食由一坐食故亦得少欲無病起居輕利氣力康强安樂而住如佛所說一坐食時有如是功德時諸苾芻皆一坐食然正食時見阿遮利耶鄔波馱耶及餘耆宿來至其處即便離座既離座已將爲足食更不敢食由少食故顏色痿黄身體羸瘦世尊見已知而故問阿難陀我一坐食乃至得安樂住教諸苾芻亦一坐食得安樂住何故諸苾芻顏色痿黄身體羸瘦阿難陀白佛言世尊如佛所說我一坐食得安樂住汝等亦應爲一坐食得安樂住時諸苾芻如佛所教爲一坐食正噉食時見二師來及諸尊宿即起離座既離座已將爲足食更不敢食由少食故顏色痿黄身體羸瘦佛告阿難陀若苾芻食時乃至未足已來隨意飽食若受食已更不應起如佛所教乃至未足已來隨意飽食若受食已更不應起者時諸苾芻隨得多少羹菜之類及食熟豆即謂足食起已更不敢食由此因緣身皆瘦損世尊見已問阿難陀曰我教諸苾芻凡欲食時行鹽已去乃至未足已來隨意飽食若受食已更不應起何故諸苾芻身體羸瘦不能充悅時阿難陀即以上緣具白世尊乃至身體羸瘦不能充悅世尊以是因緣告阿難陀曰有五種珂但尼食(是嚼齧義也)起

食不成足食云何爲五謂一根二莖三葉四華五果食此五時不成足食有五種蒲繕尼食是含噉義也食成足食云何爲五一餅二麥豆餅三麨四肉五飯噉此五時名爲足食若苾芻先食五種嚼食後時得食五種噉食若先食五種噉食更不應食五種嚼食若更食者得越法罪如世尊說五種嚼食不名足食五種噉食名足食者時諸苾芻所受得食纔食少許有緣起已即謂成足更不敢食身皆瘦損世尊見已知而故問阿難陀曰我說五種嚼食不成足食五種噉食方是足食皆令飽食何意苾芻身形瘦損阿難陀白佛言如佛所說五種嚼食不名足食五種噉食是足食者時諸苾芻所受得食纔食少許有緣起已即謂成足更不敢食由是因緣身形損瘦佛告阿難陀有五因緣方成足食復有五緣不成足食云何五緣成足食一知是食二知有授食人三知受得而食四知遮食五知捨威儀云何知食謂知是五嚼食五噉食云何知有授食人謂知女男半擇迦等云何知受得而食謂二五食從他受得而食云何知遮食謂遮二五食云何知捨威儀謂於此坐捨之而起具此五緣名爲足食云何五種不名足食謂知非是食知無授人知受得未食知不遮食知未離座是名五種不足食復有五種足食云何爲五一是清淨食二少有不淨食相雜三非惡觸食四少有惡觸食相雜五捨其本座是名五種足食復有五種不名足食云何爲五一是不清淨食二多有不淨食相雜三惡觸食四多有惡觸食相雜五未離本

座是謂五種不名足食復有五種足食云何爲五謂見行食者與食之時苾芻報云我不須或云去或云休或云已足食或云已了斯五皆是決斷不取無餘之言作此語時即名足食復有五種不足食云何爲五謂見行食者與食之時苾芻報云我且未須或云且去或云且休或云且待食或云且待了斯五皆是未爲決斷有餘之言作此語時不名足食如世尊説苾芻不應飽足食已更復受食時六衆苾芻隨足未足更復噉食少欲苾芻聞生嫌恥作如是語云何苾芻違佛所教隨足不足更受而食即以此縁具白世尊世尊以此因縁集苾芻衆問答知實廣説如上種種訶責告諸苾芻乃至十利故爲制學處應如是説若復苾芻足食竟更食者彼逸底迦如是世尊爲諸苾芻制學處已時有長者請佛及僧就舍而食有衆多苾芻身嬰病苦其贍病人亦去就食旣自食已并爲病者持食而歸時諸病人不能盡食贍病之人自足食已更不敢食復無求寂淨人可與令食便將殘食併棄一邊便成大聚時諸烏鳥競來噉食遂致諠聲爾時世尊聞其聲已知而故問阿難陀曰此之烏鳥因何作聲阿難陀白佛言世尊今日長者請佛及僧於舍受食於此住處多病苾芻時看病人爲持食來其病苾芻不能食盡看病之人自足食已更不敢食復無求寂淨人可與將所殘食棄在寺外便成大聚遂有烏鳥競來噉食因致諠聲世尊聞斯語已便作是念我今宜可爲諸苾芻得安樂住故及彼施主得受用福故聽作餘食法

食告阿難陀我今聽諸苾芻作餘食法隨意而食如佛所言聽作餘食法食時諸苾芻不知云何作餘食法即以此緣往白世尊世尊告曰若有苾芻已足食竟更有施主與五嚼五噉美好餘食時諸苾芻情希欲食者彼苾芻應淨洗手受取其食可詣彼現食苾芻未離座者當前而立作如是語具壽存念我苾芻某甲已飽滿足食竟更復得此珂但尼食蒲繕尼食等情希更食具壽當與我作餘食法時彼苾芻即應爲作餘食法食二三口已告曰可去此是汝物隨意當食時彼苾芻既作法已持向一邊任意飽食若苾芻既足食已情希更食不作餘法而食者得越法罪有五因緣不成作餘食法云何爲五謂住界外或遠處障處或居背後或在傍邊或所對人已離本座此皆不成作餘食法有五因緣成作餘食法云何爲五謂同一界内在相近無障處非背後非傍邊其所對人亦非離座此成作餘食法復有五緣不成作餘食法云何爲五謂在界外或遠障處或不以器盛或手不持捧或所對者已離本座此不名爲作餘食法有五因緣成作餘食法云何爲五謂同一界内在相近無障處或以器盛或手持捧其所對者未離本座此乃名爲作餘食法若其一人作餘食法已有衆多苾芻來共食者悉皆無犯勿致疑惑爾時世尊讚歎持戒及敬重戒者爲諸苾芻説隨順法告諸苾芻曰前是創制此是隨開爲諸苾芻重制學處應如是説

若復苾芻足食竟不作餘食法更食者波逸

底迦

若復苾芻者謂六衆也餘義如上足食竟者謂飽食已離其本座不作餘食法者謂不持二五等食對他作法更食者謂是吞咽此中犯相其事云何若苾芻足食足食想及疑皆得墮罪不足食足食想及疑得惡作罪不足食不足食想足食不足想無犯爾時鄔波離白佛言世尊食何等粥名爲足食佛告鄔波離若粥新熟竪匙不倒或指等鉤畫其跡不滅食此粥時名爲足食大德食何等麨名爲足食佛言若初和水攪時竪匙不倒或五指鉤其跡不滅食此麨時名爲足食又鄔波離凡是薄粥薄麨皆非足食又無犯者謂最初犯人或癡狂心亂痛惱所纏

勸他足食學處第三十五

爾時佛在室羅伐城逝多林給孤獨園時此城中有一長者娶妻既久竟無男女所有親戚亦並喪亡家道日貧年將衰邁報其婦曰賢首我今年老不復更能營辦生業欲捨俗務而爲出家其婦報曰必有信心可隨意去長者遂去至逝多林見一年少苾芻就禮足已白言大德我欲出家唯願慈悲隨我所欲苾芻答曰我今年少不應爲人作出家事長者曰我今創來至大德所幸願將導指授餘人得遂本心爲出家事時少年苾芻有親教師常修寂定住空林野便將長者往詣師處禮足已白言鄔波馱耶此善男子欲於善說法律而爲出家願親教師與其出家并受圓具慈愍故時親教師報弟子曰具壽我無容暇如世尊說寧作屠兒常爲殺害不與他出

家受圓具已而不教授弟子白言願親教師與其出家并受圓具我當教授讀誦作業師聞是語便許可之即問難法知清淨已遂與出家并受圓具告言賢首此是汝阿遮利耶汝當就其受諸學業所有進止並須諮問時阿遮利耶教彼讀誦及諸事業時老弟子年既衰邁不能記憶數有所犯其教授師頻令長跪發露罪咎時老弟子作如是念此阿遮利耶日日令我當前長跪説其罪過作何方便令彼對我長跪説過時有長者請佛及僧就舍而食爾時世尊著衣持鉢將諸大衆詣長者家飯食訖爲彼長者説妙法已并諸大衆從座而去時教授師與老弟子相隨而出往親識家到已主人白言聖者可食苾芻曰我已食訖長者曰若如是者日時未過隨意持去作餘食法慈愍食之師問老者曰汝欲得不答言欲得即持二分至寺外池邊時教授師報老弟子曰汝爲濾水爲作餘食法耶老弟子曰我作餘食法師便取水彼即入寺詣未足食苾芻處便將已分作餘食法師分不作師取水已來入寺中問言具壽作餘食法未報言已作即便取食師既食已老者白言願見容許欲詰犯事報言隨意老者曰師今有罪應如法悔師曰我不見罪答曰不作餘食法食報言具壽我豈不問汝作餘食法未汝云已作何意食已方云不作答曰我分已作非阿遮利耶分師曰具壽我實無罪准斯道理汝當有過即以此事告諸苾芻苾芻聞已共生嫌賤作如是語云何苾芻知飲食不作餘食法故令他食時諸苾芻以此因緣

具白世尊世尊以緣集苾芻衆問答因緣廣如上說乃至云何苾芻知食未作餘食法故令他食世尊種種訶責已告諸苾芻乃至爲十利故制其學處應如是說

若復苾芻知他苾芻足食竟不作餘食法勸令更食告言具壽當噉此食以此因緣欲使他犯生憂惱者波逸底迦

若復苾芻者謂老苾芻餘義如上知者或自覺知或因他告他苾芻者謂此法中人足食竟者謂飽食已不作餘食法者謂不對於人他不取食勸者謂遣更食以此爲緣欲令他犯結罪釋義並廣如前此中犯相其事云何若苾芻知他足食不作餘食法勸他令食此可噉嚼者波逸底迦又無犯者廣說如前

別衆食學處第三十六

佛在王舍城羯蘭鐸迦池竹林園中爾時提婆達多與衆多苾芻在近寺處別衆而食少欲苾芻共生嫌恥云何苾芻於近寺處別衆而食以此因緣具白世尊世尊集苾芻衆問答因緣廣說如上乃至云何苾芻別衆而食世尊種種訶責已爲十利故與諸苾芻制其學處應如是說

若復苾芻別衆食者波逸底迦如是世尊爲諸苾芻制學處已時有衆多苾芻身嬰疾苦有一醫人來至寺中諸苾芻問言賢首此苾芻染患請說方藥報言聖者當服如是如是藥兼與小食病苾芻曰誰能施與醫曰我能施與苾芻曰一切僧伽悉能施不報言非諸僧伽仁病當與答曰世尊制戒不許別衆食醫曰仁之大師常有慈愍緣斯事故必當開

許時諸苾芻以此因緣具白世尊世尊告曰除病因緣又諸苾芻爲窣覩波事及營衆事身生疲極隨處偃卧廢修善品時有信心長者入寺見已問言聖者佛之教法務在精勤何故晝眠不修善業苾芻報曰賢首我身饑乏長者報曰何不小食答曰賢首誰當與我報言我與苾芻報曰一切僧伽悉能施不報曰非諸僧伽仁困當與答曰世尊制戒不許別衆食長者報曰仁之大師當有慈愍緣斯事故必當聽許時諸苾芻以緣白佛佛言除作因緣又諸苾芻與商旅同行至一聚落乞食時至報諸人曰賢首暫時爲住我欲入村乞少飲食商人曰聖者此處險途多諸賊盜可隨我去我當與食苾芻曰一切僧伽悉能施不答曰不能或可隨力與二三四等苾芻曰世尊制戒不許別衆時諸苾芻並皆絶食廣說如前乃至佛言除道行時又諸苾芻附船而去人間遊行次至一村時諸苾芻報船人曰暫時爲住我欲入村乞求飲食船人報曰此處河險多有賊盜可宜共去我與仁食苾芻報曰爲一爲衆答曰我不能多或與三四五等苾芻報曰世尊制戒不許別衆食時諸苾芻皆一日絶食以緣白佛佛言除船行時如世尊說五年六年應作頂髻大會時有無量苾芻總集有淨信居士等別請苾芻曰聖者來食苾芻報曰爲一爲總居士報曰我不及衆但可二十三十隨力供養答言賢首世尊制戒不許別食時諸苾芻以緣白佛佛言除大施會時爾時影勝王未得見諦以竹林園施露形外道及生淨信得見諦已遂廢

外道奉施佛僧而爲受用時影勝王舅在外道中出家王白僧曰此是我舅願且留住乃至過失未生任其住止若過起者當遣出去王自供食時諸苾芻於初後夜警覺思惟外道見已起敬信心報苾芻曰我與苾芻食苾芻曰善爲一爲衆答曰我不能多我之飮食從王處來或十或二十事容得濟苾芻報曰世尊不許別衆食苾芻白佛佛言除沙門施食時爾時世尊讃歎少欲及尊重戒者爲說法已告諸苾芻前是創制此是隨開我今爲制學處應如是說

若復苾芻別衆食者除餘時波逸底迦餘時者病時作時道行時船行時大衆食時沙門施食時此是時

若復苾芻者謂提婆達多餘義如上別衆食者謂別別而食除餘時者謂除別時病時者於一食時不能安坐作時者或窣覩波或是衆事下至掃地大如席許或時塗拭如牛卧處道行時者若行半驛或一驛往來船行時者若附他船或半驛一驛大會者謂多人聚集沙門者謂佛法外諸外道類亦名沙門以彼勞身求道故此是隨開結罪同前此中犯相其事云何若苾芻於同界內作同界想及疑爲別衆食得波逸底迦若在界外作界內想疑得惡作罪若在界外作界外想及在界內爲界外想者無犯凡言住處有二種一根本住處二院外住處若於本處苾芻食時應問院外苾芻同來食不若不問而食者得惡作罪若院外苾芻食時應問本處苾芻來同食不若不問知四人同食者得波逸底迦若

三人食一人不食若三圓具一未圓具食皆無犯若以食送彼乃至鹽一七或草葉一握與彼衆處食皆無犯或時施主作如是語但來入者我皆與食或時施主造別房施云於我房中住者我皆與食斯亦無過又無犯者謂最初犯人餘如上說

非時食處第三十七

佛在室羅伐城逝多林給孤獨園爾時大目揵連與十七衆出家并受圓具以小鄔波離爲首悉皆少壯於小食時著衣持鉢入城乞食女人之行以貪愛爲首時有衆多女人見十七衆年少苾芻持鉢乞食即皆以手搥胷作如是語此諸苾芻從小至大勞母養育曾無報德便捨出家有何果利何不生已將土塡口棄之坑塹時十七衆聞斯語已咸生愧恥共相謂曰我今寧可絕粒忍饑不復巡家聞他惡說各歸寺所斷食而住乃至食力未盡已來修諸善品食力既盡悉皆偃卧時鄔波難陀見而問曰汝十七衆食是他物腹豈他耶云何飽食而卧不修善品彼言大德誰飽食耶答是汝等時十七衆即以上事告知鄔波難陀聞已默去是時有諸俗侶在園林中遊戲歡讌日已過中時十七衆亦至園內於衆人前自摩其腹說伽他曰

佛說美妙語　徧滿於世間　苦中無越饑
斯言最爲實

諸人見已問言聖者欲得食耶答曰欲得諸人以好飲食而持與之彼皆飽食既飽滿已各還本所兩兩相隨高聲誦習時鄔波難陀聞誦習聲來至其所問言汝十七衆何故今

時發起精進高聲誦習倍異於常十七衆答曰豈不曾聞世尊有説若心歡樂者能演於法義鄔波難陀曰汝於今日得好食耶答言於彼園中得飽足食鄔波難陀曰向我問汝云並饑虛何故今時乃云飽足豈可汝等非時食耶答曰午前不得中後不餐豈我忍饑而取命過少欲苾芻聞生嫌恥共作是語云何苾芻非時而食以此因緣具白世尊世尊即便集苾芻衆問答緣起廣説如上乃至云何苾芻非時而食世尊種種訶責告諸苾芻爲十利故制其學處應如是説

若復苾芻非時食者波逸底迦

若復苾芻者謂十七衆餘義如上言非時者有其二種一謂過中已去二謂明相未出已來結罪同前此中犯相其事云何若苾芻非時非時想及疑食者波逸底迦若時非時想及疑食得惡作罪若時作時想非時時想無犯又無犯者謂最初犯人餘如上説

食曾觸食學處第三十八

佛在室羅伐城逝多林給孤獨園時具壽哥羅常法如是每居村邑於小食時著衣持鉢入村邑中次第乞食威儀庠審防護諸根善安念住若得食時是濕飯者以鉢受之若是乾飯置鉢巾内既得食已所有濕飯當日食之乾飯曬曝舉之瓮内若遇風寒陰雨即以暖水潤漬用充其食既飽食已便受靜慮解脱等持等至微妙之樂諸佛常法安住世間於時時中往捺洛迦傍生餓鬼人天諸趣及山林河澗停屍之所或苾芻住處而爲觀察此中因緣爲觀住處爾時世尊便往具壽哥

羅所住之房見曬乾飯告阿難陀曰今此曬者是誰乾飯時阿難陀具以哥羅乞食之事如前廣説乃至受微妙樂佛告阿難陀頗有苾芻食曾觸食耶阿難陀白佛言有世尊集衆種種訶責嫌毀不寂靜讃知足行告諸苾芻曰我今爲諸苾芻制其學處應如是説

若復苾芻食曾經觸食者波逸底迦

若復苾芻者謂哥羅苾芻餘義如上曾經觸者有二種觸一謂中前受過午觸二謂過午受過更觸若苾芻知是曾觸食不作法而重吞咽者結罪同前此中犯相其事云何若苾芻於曾觸食作曾觸想及疑食者波逸底迦若非曾觸作曾觸想疑得惡作罪若非觸非觸想或觸作非觸想無犯佛言若諸苾芻曾所觸鉢未好淨洗若小鉢若匙若銅盞若安盥器而用飲用食者皆得波逸底迦罪若手觸鉢袋若拭巾錫杖若户鑰及鎖如是等物若觸捉已不淨洗手捉餘飲食乃至果等吞咽之時皆得波逸底迦罪若苾芻欲飲水時不淨洗口吞咽之時得惡作罪若以澡豆土等清淨澡漱者無犯又無犯者謂最初犯人餘如上説

不受食學處第三十九

佛在室羅伐城逝多林給孤獨園爾時具壽大哥羅苾芻於一切時常用深摩舍那處鉢（謂是棄死屍處舊云尸陀者訛也）著深摩舍那處衣食深摩舍那處食受用深摩舍那處卧具云何深摩舍那鉢若有人死棄在野田時諸親族以瓦甌鉢而爲祭器時大哥羅取以充鉢云何死人衣是諸親族以衣贈屍棄之田野時大哥

羅取以浣染縫刺爲衣云何死人食是諸親族以五團食祭饗亡靈時大哥羅取而充食云何死人臥具此大哥羅常在屍處而爲眠臥是謂屍林鉢衣食臥具也若人多死時大哥羅身體肥盛不復數往城中乞食若無人死時大哥羅身形羸瘦數往城中巡門乞食時守門者作心記念大哥羅苾芻若人多死身則肥盛若死人少身便羸瘦豈非聖者大哥羅食死人肉耶時此城中有一婆羅門娶妻未久便誕一女女既長大父遂身亡時諸親族具嚴喪禮送至屍林焚已歸舍其妻及女哭在一邊時大哥羅看燒死屍時女見已告其母曰今此聖者大哥羅猶如瞎烏守屍而住時有人聞來告苾芻苾芻白佛佛言彼婆羅門女自爲損害我聲聞弟子德若妙高作麤惡言共相輕毀緣斯惡業於五百生中常爲瞎烏時遠近人衆咸聞世尊記婆羅門女於五百生中常爲瞎烏其母聞已作如是語佛記我女五百生內常爲瞎烏何苦之甚母即將女往世尊所禮佛足已白佛言世尊唯願慈悲恕此小女緣無識故非毒害心輒出此言願見容捨世尊告曰豈我爲惡咒令彼受耶由此女子輕心麤語墮傍生中若重惡心當墮地獄女人聞已從座而去時城中人見守門者云具壽大哥羅食死人肉復聞小女所出惡言諸人即便作如是語我等宜應往屍林所看具壽大哥羅云食死人其事虛實復共議曰我等如何得知虛實可令一人作死人狀諸人共輿至屍林處遂遣一人爲死屍相其人報曰豈容令彼食我肉耶諸

人報曰汝不須憂我當相護時彼即便作死人像以黄薑油徧體塗拭卧在牀上安祭食五團共輿出城向屍林所時大哥羅入城乞食見輿屍出便作是念我今迴去食此五團何假巡門辛苦求乞時伴死人見苾芻迴告諸人曰大哥羅來必欲食我諸人報曰我共相護汝不須憂即便輿至屍林置之于地各入叢薄伺彼苾芻有一野干欲向屍處食彼五團時大哥羅便作是念忽此野干噉其祭食令我一日受其饑餓即便疾去驅彼野干時伴死人見苾芻來遂便大叫喫我喫我時彼諸人各執棒杖來至其所告苾芻曰聖者汝著大仙服捨俗出家而更於今作重惡業苾芻報曰我作何事諸人告曰汝食人肉答曰仁等見我持刀割肉而噉食耶答言不見諸人曰若如是者何意疾走向死人邊哥羅報曰我見野干來飡祭食此若食者我受饑虛意欲疾驅更無惡念諸人報曰任汝所言隨食何物然聲徧城郭云汝食人作是語已相隨而去告諸苾芻時諸苾芻聞是語已具白世尊世尊聞已作如是念凡諸苾芻由不受食有此過生是故我今勑諸苾芻受取應食令他證知故如佛所教受取方食諸苾芻不知如何成受佛言有五種受一身與身受二身與物受三物與身受四物與物受五置地受云何身與身受謂他手授以手受取云何身與物受謂他以手授以鉢受取云何物與身受謂他以鉢授以手受取云何物與物受謂他以鉢授以鉢受取云何置地受汝等苾芻應知有一邊國人多惡賊乃至父母兄

弟姊妹情多嫌惡不用相近若苾芻至此國時可於巷陌乞食之處作小曼荼羅壇應置鉢巳在一邊住心緣於鉢有施食者令著鉢中即名爲受又有五種受或牀或座或枯或衣或鉢苾芻應可用心仰手承其一邊令彼懸放皆名爲受有五種不成受食云何爲五謂在界外或見遠處障處或在傍邊或居背後或時合手是謂五種不成受食有五成受及上應知時有淨信婆羅門居士以諸好果供養苾芻苾芻不受諸人報曰若佛未出世我等皆以外道而爲福田旣出世閒我等以仁爲福田處我有所施仁不受者我等豈可捨善資糧欲行他世幸願慈悲爲我受取時諸苾芻以緣白佛佛言應爲受取作淨應食苾芻不知如何作淨佛言有五種作淨云何爲五謂火淨刀淨爪淨蔫乾淨鳥啄淨是謂爲五復有五種作淨謂拔根淨手折淨截斷淨劈破淨無子淨云何火淨謂以火觸著云何刀淨謂以刀損壞云何爪淨謂以爪甲傷損云何蔫乾淨謂自蔫乾不堪爲種云何鳥啄淨謂鳥紫啄損次五易知如佛所教作淨應食苾芻即便一一作淨遂至過中不得噉食佛言所有果等應爲一聚應以火刀於三四處而觸損之此名爲淨如世尊說受果應食時諸苾芻一一別受日遂過中佛言隨食總取不應別受又僧家淨人行果之時不能均等佛言應令求寂行之此復不均佛言應大苾芻受取自行仍不能均佛言應爲三等謂上中下應觀好惡均等與之其行果人所應得分行了方與或得惡者或可總無佛言

應先出分便出好者苾芻見嫌佛言彼之二師應爲受分仍得好者便起悔心佛言至於座次應爲受取時比座苾芻起而爲受佛言不應起受隨手及處應爲受取置鉢中時果便轉去苾芻更受佛言不應更受隨手及處應取食之手不及處應須更受苾芻行果時器物重大不能獨舉俗人來見報言大德我相助行苾芻不許佛言應可共行苾芻與俗各執一邊俗人先執苾芻在後佛言不應爾苾芻應先受取執一邊已次令俗人執後共行之俗人先放苾芻在後佛言不應爾應苾芻先放俗人在後苾芻行時諸苾芻更受而食佛言若於苾芻邊受得者即成舊受若俗人邊受得者便成新受時有淨信施主以瓨盛酥蜜油及沙糖來施現前僧諸苾芻不肯受佛言應受苾芻應行行時汙衣佛言應以草替若置地時瓨便轉側佛言下安支物行酥蜜已瓨歸本主彼言聖者豈施酥蜜瓨不施耶此亦隨仁所須受用苾芻不知得成淨不佛言應取置深水中漬七八日待諸魚鼈唼盡油膩應與僧家淨厨處用如佛所說受取應食六衆苾芻隨受不受取之而食少欲苾芻見已嫌恥云何苾芻故違聖教不受而食以此因緣具白世尊世尊集諸苾芻問其虛實廣說如前乃至爲諸苾芻爲十利故制其學處應如是說

若復苾芻不受食舉著口中而噉咽者波逸底迦如是世尊爲制學處已時有阿蘭若苾芻水及齒木無人授與便捨靜處至聚落中世尊見已知而故問阿難陀何處蘭若苾芻

棄彼住處來入聚落時阿難陀白佛言如佛所制不受之物不置口中而爲吞咽爲此蘭若苾芻水及齒木無人授與皆來入村求授與人佛告阿難陀除水及齒木時有諸苾芻人間遊行經過險路無人授食時有菩薩爲調伏有情故現作智馬獼猴熊羆爲諸苾芻授其果食苾芻不受時諸苾芻迴還白佛佛言若諸有情知授未授皆得授食勿致疑心由此因緣告諸苾芻曰前是創制此是隨開應如是説

若復苾芻不受食舉著口中而噉咽者除水及齒木波逸底迦

若復苾芻者謂大哥羅也餘義如上不受者謂不從他受得也食者謂二五等噉咽者謂吞咽也除水及齒木者謂除此物餘皆須受結罪同前此中犯相其事云何若苾芻不受食作不受想及疑等二重二輕後二無犯及無犯事廣如上説時諸苾芻咸皆有疑請世尊曰大德具壽大哥羅曾作何業常樂住在深摩舍那依佛出家斷除諸惑成阿羅漢而被謗讟云汝食人世尊告曰此大哥羅自所作業若善若惡因緣會合果熟之時還於自身蘊界處受不於外界地水火風而令成熟即説頌曰

假令經百劫　所作業不亡　因緣會遇時
果報還自受

汝等善聽於過去世時婆羅痆斯城有一獨覺名曰希尚依此城外古仙住處而爲居止常有無量百千萬億諸天徒衆隨逐其後每入城中須乞食時常在屍林邊過此棄屍處

有一藥叉依止而住食死人肉若希尚獨覺從林過時由諸天威勢此藥叉神即便逃避時諸死屍便被野干貍狗之所食噉藥叉作如是念此出家者常惱於我我宜作不吉祥事令不復來便以死人手棄彼鉢中令諸人見時此城人皆傳惡響此出家者每食人肉獨覺知已便生是念勿當令此無識藥叉受諸苦報爲憐愍故即於其前踊昇虛空現大神變上出烟燄下流清水作不思議令生正信諸異生類見神通時疾能改悔投身于地如大樹摧遥禮聖足求哀懺謝作如是語願大福田速放身下我之無識沉惡行泥幸降慈悲授手相濟時彼聖人即放身下藥叉使於鉢中取死人手棄之於外告城中人曰非出家者實噉人肉是我惡心爲此誹謗禮足申謝我作惡業惱勝福田勿於當來受大苦報深心禮敬所有懺謝功德於未來世當遇勝此無上大師承事供養當獲聖果佛告諸苾芻汝等勿生異念往時藥叉者即大哥羅是由於獨覺惡心誹謗影惡聲故復生悔恨求哀懺謝由惡業故於五百生中常被惡聲之所謗説由生悔心發誓願故得值遇我而爲出家斷衆煩惱證羅漢果我勝羅漢百千萬億得相遭遇恭敬供養心無猒捨汝等苾芻若作純黑業得純黑異熟若作黑白雜業得雜異熟若作純白業得純白異熟是故汝等捨餘二業當修純白如是應修

後攝頌曰

常處於屍林　及以守門者　諸人作伴死

共觀虛實事　受食有五種　苾芻開自行

險途許畜生　哥羅緣最後

根本說一切有部毗奈耶卷第三十六

音釋

痿邕危切麻痺濕病也　匕卑履切匙也　塹七豔切溝也　曬曝曬所賣切曝步木切曬曝並日乾也　漬疾智切浸也　栝知林切櫍也　蔫於虔切物不鮮也　劈匹歷切剖也　觜即委切鳥喙也　讟徒谷切而謗也然　貍郎知切狐貍也　佯余章切詐也

根本說一切有部毗柰耶卷第三十七

唐三藏法師義淨奉制譯

索美食學處第四十

爾時薄伽梵在釋迦住處人間遊行至劫比羅城多根樹園時釋子大名聞佛世尊今來至此多根樹園中即便往詣既至彼已頂禮佛足在一面坐佛爲說法示教利喜默然而住時釋子大名即從座起偏露右肩合掌恭敬白佛言世尊唯願慈悲佛及僧衆明日就舍受我微供爾時世尊默然而受時釋子大名見佛默然爲受請已禮佛而去既至舍中告家人曰佛及僧衆新來至此道路艱辛汝等宜應具辦美食與解疲倦時彼家人既承教已即於其夜備辦種種上妙飲食時六衆苾芻晨朝起已共聚一處上座難陀告諸人曰諸具壽我等宜可詣親友家觀其好不諸人報曰如是應行是時六衆共詣俗舍親友見之白言聖者可於此食六衆曰我等已受釋子大名請食諸人曰若如是者明當來食答言爾時釋子大名遣使往白飲食已辦願聖知時爾時世尊并諸大衆往大名舍於所設座就之而坐大名既見佛衆坐已即奉種種上妙飲食大衆食訖乃至爲其說法佛及大衆從座而去時釋子大名隨從佛後既出舍已繞佛三帀還入舍中於高樓上修習於觀時彼家人收攝座褥及餘食已是時六衆於三十家勸覓食已更相告曰日時將至可往請家既至釋子大名舍內見無坐處復無飲食闡陀報曰請佛及僧就舍受供不見敷座復無飲食欲令佛衆於一日中而絕食耶

家人報曰仁豈晝寢不覺他行佛及僧衆食了皆去闡陁曰看爾意況不與我食家人報曰聖者暫住待白家尊即便入白六衆苾芻今來索食大名曰所有殘餘任與令食遂命安坐授與飲食見彼單踈互相告曰釋子大名大張其口請佛僧衆受供家中如此輕微得請佛僧者我鄔陁夷亦能日日請佛及僧然此貧窮何所敢嚼告家人曰咄男子汝向其家取好乳來其家取酪其家取酥其家取魚肉及乾脯等家人即爲取來既飽滿已便歸寺内諸苾芻問曰仁等今朝何處受食答曰與仁同處諸苾芻曰我不相見答曰我在後至問曰食何飲食答曰乳酪酥肉是事豐盈諸苾芻曰我於彼家無如是食阿說迦曰彼貧寒人寧有此食我自從彼親友之家索來飽食諸苾芻曰仁等豈合於白衣家從索如是美好飲食六衆曰從合不合我已食訖豈令我等餓腹經宵少欲苾芻聞是語已共主嫌恥云何苾芻於白衣家從索如是美好飲食以緣白佛佛以此緣集苾芻衆問六衆曰汝諸苾芻如我所說上妙美食謂乳酪生酥魚肉乾脯如是美食汝於俗舍而乞食耶答言實爾大德爾時世尊種種訶責廣說如前告諸苾芻乃至爲十利故制其學處應如是說如世尊說上妙飲食乳酪生酥魚及肉若苾芻爲已詣他家乞取食者波逸底迦如是世尊爲諸苾芻制學處已時有苾芻身嬰患苦問醫人曰賢首爲我處方冀愈斯疾醫人報曰聖者宜可飲乳報言賢首誰與我乳答言聖者於門徒家乞取當飲報言賢首世

尊制戒不許從乞醫曰由病因緣佛當聽許苾芻以緣白佛佛言有病因緣乞好美食者無犯爾時世尊讃歎持戒及尊重戒者爲説法已告諸苾芻曰前是創制此是隨開重爲制戒應如是説

如世尊説上妙飲食乳酪生酥魚及肉若苾芻無病爲已詣他家乞取食者波逸底迦

如世尊説者謂如來應正等覺上妙飲食謂乳酪等無病者謂無病苦爲已者謂自欲得不爲餘人他家者謂四姓等乞取者謂乞覓也食者謂呑咽也結罪同前此中犯相其事云何若苾芻無病乞美食無病而食乞時惡作食便墮罪苾芻無病時乞有病而食乞時惡作食時無犯苾芻有病時乞無病而食乞時無犯食時墮罪若有病乞有病食無犯若苾芻入村乞食至彼門前女人見已持飯而出苾芻若須餘物者勿受其飯默然而住女人問曰聖者欲何所須作此言時即是表其隨情所欲苾芻須者即可隨覓此無有犯又若施主見苾芻時報言聖者有所須者隨意當索苾芻隨覓何物皆無有犯又無犯者謂最初犯人或癡狂心亂痛惱所纏

第五攝頌曰

蟲水二食舍　無服往觀軍　兩夜覩遊兵
打擬覆麤過

受用蟲水學處第四十一

佛在憍閃毘國瞿師羅園爾時闡陀苾芻用有蟲水時諸苾芻見而告曰具壽闡陀何因故心用有蟲水闡陀報曰此水内蟲誰數付我諸餘盎甕江河池沼四大海水何不往耶

自生自死於我何過少欲苾芻聞是語已共生嫌恥作如是語云何苾芻知水有蟲故心受用時諸苾芻以此因緣具白世尊世尊以此因緣集苾芻衆問其實不廣說如上世尊種種訶責已告諸苾芻乃至爲十利故制其學處應如是說

若復苾芻知水有蟲受用者波逸底迦

若復苾芻者謂闡陀餘義如上知者或自知或他告水有蟲者蟲有二種一謂纔觀即見二羅漉方見水謂諸水用水有二一謂內受用二謂外受用云何內受用謂是內身所有受用灑浴飲噉或嚼齒木或灑手足云何外受用謂於身外所有受用謂灑濯衣鉢若浣染衣若灑地若牛糞塗拭等波逸底迦釋義如上此中犯相其事云何苾芻用蟲水作有蟲想及疑皆得波逸底迦若水無蟲作有蟲想疑得惡作罪餘二無犯若苾芻知麨蜜糖油醋水漿及醋乳酪餅果等有蟲而受用者皆得墮罪又無犯者謂最初犯人或癡狂心亂痛惱所纏

知有食家强坐學處第四十二

佛在室羅伐城逝多林給孤獨園爾時具壽鄔陀夷解俗法術預知他事時鄔陀夷晨朝著衣持鉢入城乞食時此城中有一賣香少年初爲婚娶至香鋪所纔始開鋪便生邪念欲還舍內與婦交歡還閉香鋪時鄔陀夷見而生念自餘諸鋪今始開張此一少年何因掩閉即以他心道術而觀察之知其欲歸共婦歡戲我今宜可廢彼欲情即在少年前往其宅內就座而坐告彼婦曰汝來此坐我爲

說法婦便敬禮聽受法義正說法時少年來至告其婦曰汝宜取食與聖者鄔陀夷令其歸寺時鄔陀夷報少年曰賢首我廢善品來汝宅中令增信心爲汝說法汝不樂聽欲何所爲即強喚坐令其聽法既久聽已欲念便歇鄔陀夷知已從座而去時彼少年極生嫌賤作如是語云何苾芻知他俗人有欲樂意故相惱亂使失望心令於已妻不得自在此則何有沙門之法少欲苾芻聞是語已咸生嫌恥云何苾芻知有食家強爲住止即以此緣具白世尊世尊以此因緣集苾芻衆具問鄔陀夷廣說如上世尊種種訶責已告諸苾芻乃至爲十利故制其學處應如是說

若復苾芻知有食家強安坐者波逸底迦

若復苾芻者謂鄔陀夷餘義如上知義如上有食者男以女爲食女以男爲食更相愛故名之爲食家者謂四姓等強者謂他不許強縱自心坐者謂放身而坐結罪如上此中犯相其事云何若苾芻知他男女有欲意強於家中而坐者得波逸底迦若知無欲心者無犯又無犯者謂最初犯人具如上說

知有食家強立學處第四十三

佛在室羅伐城逝多林給孤獨園爾時具壽鄔陀夷晨朝乞食見賣香少年初爲婚娶爾閉香鋪染念歸家鄔陀夷見已前詣其舍廣說如前鄔陀夷既入舍已於戶扇後藏蔽其身家有婢使見苾芻默爾無言時彼少年從市歸家提其婦臂牽至屏處欲行非法其婢報曰家主此戶扇後有尊者鄔陀夷少年聞已作色而住報其婢曰聖者鄔陀夷在自房

中修習諸定受三摩地樂因何至此便覷戶扇後見鄔陀夷欲情遂歇作如是語云何苾芻失沙門法來至俗家屏處强立令他俗人於自妻室不得自在少欲苾芻聞是語已共生嫌賤以此因緣具白世尊世尊即便集諸苾芻問答同前世尊種種訶責已告諸苾芻乃至爲十利故制其學處應如是說

若復苾芻知有食家屏處强立者波逸底迦

若復苾芻者謂鄔陀夷餘義如上釋此戒相廣說同前但屏立爲異餘並可知乃至痛惱所纏

與無衣外道男女食學處第四十四

佛在王舍城羯蘭鐸迦池竹林園中時此城內有諸商人來詣佛所頂禮雙足在一面坐爾時世尊爲諸商人說微妙法示教利喜默然而住時諸商人既聞法已深心歡喜禮佛而去復詣具壽阿難陀所禮已而坐尊者爲說法要乃至默然而住時諸商人既聞法已即從座起白言大德世尊於此夏安居了當向何處阿難陀曰仁等自可往問世尊商人答曰世尊大師威德嚴重我等何敢輒有諮問時阿難陀報商人曰我亦見佛威德尊高豈能專輒有所諮白商人曰大德阿難陀若不問者云何得知如來大師三月夏了欲向某處阿難陀曰由觀相貌及以言說方知世尊欲向某處商人問曰覩何相貌及何言說得知如來欲向某處阿難陀曰若望彼方而坐嚼齒木者此是相貌若讚彼方人物者此是言說商人復問比者世尊向何方處而嚼齒木復於何處讚歎其人阿難陀曰近者世

尊向憍薩羅而嚼齒木讃歎室羅伐城所有人物時諸商人聞是語已知佛世尊不久當向室羅伐城禮足而去時諸商人即便收覓入室羅伐城所有賄貨爾時世尊三月夏了命阿難陀曰汝可告諸苾芻世尊今欲往憍薩羅人間遊行若有情願隨逐如來出行者應可撩理衣服時阿難陀奉佛敎已告諸苾芻如前具說乃至撩理衣服時諸商人聞阿難陀告苾芻衆世尊欲往憍薩羅國室羅伐城時彼商人往詣佛所禮雙足已在一面坐爾時世尊爲諸商人宣說妙法示敎利喜默然而住商人皆起稽首合掌白佛言世尊我聞如來欲往室羅伐城經遊道路所須四事佛及僧衆我悉供養唯願慈悲爲我哀受于時世尊默然爲受時諸商人見佛受已禮佛而去便詣尊者阿難陀所禮已白言大德世尊一日可行幾許阿難陀曰猶如輪王復問輪王之法日行幾多答曰兩踰繕那時諸商人准當程路每兩踰繕那安置所須於日初分供佛及僧食既了已商人前去如是准置乃至室羅伐城爾時世尊將諸大衆隨路而行自寂靜故寂靜圍遶阿羅漢阿羅漢圍遶如是等廣說如前往室羅伐時商旅內有露形外道亦與隨行于時外道每於行路爲饑渴所逼作如是念我今云何得設方便免斯饑苦便作是念應投釋子共爲徒伴可免饑虛雖涉長途而不勞倦即詣苾芻所白言聖者仁之大師性愛美好常以金犂而爲耕種許仁等弟子受百味食著千金衣上妙房舍價直一億由斯仁等於現在世得安樂住命

終之後必定生天當得解脫我之大師性愛麤惡麻滓之犂亦不耕種令我弟子拔髮露形乞食人間寢居鞕地由斯我等於現在世身常受苦命終之後生地獄中久淪苦海時諸苾芻聞是語已便作是念此之外道有信敬心告言外道汝今情樂苾芻所有鉢食之餘而能食不外道聞已遂生念曰苾芻殘食我不餐者必當饑虛受餓而死報苾芻言聖者我能食之苾芻答曰衆僧食時汝於見處隨意而住苾芻當以鉢中餘食見惠於汝答言極善便持大銅甌隨教而住時諸苾芻既並食已各持殘食授與露形餅果之類填滿其器時彼外道得滿器已持之出外於其門首商主見怪問曰誰以餅果見惠於仁答商主曰汝之所重爲福田者我與彼類而作福田彼以餅果見贈於我商主聞已語外道曰苾芻於汝起慈悲心持以相遺汝今乃說爲彼福田此非善事若其世尊聞此語者必緣斯事爲諸苾芻制立學處外道聞已情懷愧色報商人曰向是戲言勿以爲意即便辭去于時有別商旅從室羅伐城來彼商旅中有一露形外道彼既見此問言仁於行路有道糧不答言有問曰從何而得答曰有禿居士爲我濟辦時彼外道怒而告曰汝不知恩掌彼惠給得免饑虛乃出麤言云禿居士然我見彼釋子苾芻數有五百獲阿羅漢入般涅槃我等群類外道之中頗曾見有一涅槃不作是語已說伽他曰

云何汝身不陷地　云何舌不百片裂
云何諸神見此事　不以霹靂破汝身

野干每食師子殘　而常有念害師子
十力聖衆以食濟　汝今見罵不知恩
彼定證得一切智　於友非友心平等
汝等外道可惡人　尚亦相依蒙濟給
若人不識恩與義　當知此類不如狗
狗於人處解施恩　汝似惡蛇常吐毒
時彼露形外道說伽他已捨之而去此是緣
起尚未制戒爾時世尊於憍薩羅國人間遊
行漸至室羅伐城時此城中於一園處有五
百女人依此園林撚劫貝線以自活命時諸
女人見佛世尊三十二相八十種好諸功德
法悉皆顯現身如火聚放大光明亦如金輪
映發燈炬尊重徐進如移寶山又如金幢莊
以雜寶光明清淨智無所畏時諸女人既見
佛已心大歡喜譬如有人於十二年中勤修
妙定忽然通悟心主悅樂如貧窮人遇珍寶
藏如無子人獲得子息如求王者得灌頂位
女人歡喜復過於此時諸女人便詣佛所頂
禮佛足退坐一面爾時世尊爲彼女人演說
妙法示教利喜既說法已默然而住時諸女
人更相謂曰若佛世尊入王城已暫求禮敬
亦無由得我等宜可即於今時請佛及僧爲
受微供作是議已俱從座起各禮佛足白佛
言唯願世尊及苾芻衆明當受我所設供養
于時世尊默然而受時諸女人見佛受已辭
佛而去諸女即便詣尊者阿難陀所禮足已
白言王子供佛僧衆可費幾多阿難陀曰可
用五百金錢時彼女人各留一錢以充供直
作如是語王子我等貧人無有器具及諸座
席唯願王子爲辦供設及諸所須我等至時

手自行食阿難陀報曰我當爲作時諸女人留錢而去時給孤獨長者聞佛世尊遊化至此往詣佛所禮佛足已在一面坐佛爲説法乃至黙然而住是時長者即從座起整衣左肩合掌恭敬而白佛言唯願世尊及苾芻衆明當就舍受我微供世尊告曰長者我已受彼五百女人明日請食長者聞已心生隨喜禮佛而去時給孤獨長者次往具壽阿難陀所致敬禮足在一面坐見彼金錢問言尊者此是誰物答曰有五百女人留此金錢明當請佛及僧一中供養仁可持此金錢更添已物營造妙供明日持來長者於是持錢而去既至家中更添已物營辦上供送至給園時阿難陀遣使報諸女曰營辦既了可來行食諸女俱至白阿難陀仁是我等真善知識幸見慈愍自手助我供佛及僧時阿難陀即共行食有二女人一老一少少是露形外道來從乞食諸女報曰此是王子之供時露形女詣阿難陀從乞飲食白言王子我等饑乏願惠餘餐阿難陀曰坐與汝食彼二便坐時阿難陀授食之時不善觀察餅有相黏老者與一少者得二于時老者既食餅已問少者曰汝得幾餅報云得二老者曰王子與我一餅汝便得二定知於汝心生愛念當自嚴飾少者曰勿作是語今此王子棄上宫闈出家猒俗脱屣塵勞如捐洟唾豈當於我垢穢容儀而生顧眄老母曰汝豈不知凡諸丈夫於女人處愛樂不同觀斯意況似求於汝時少欲苾芻聞是説已各生嫌恥作如是語云何苾芻自手與諸露形外道及餘外道男女飲食

餅果之類時諸苾芻即以此緣具白世尊世尊因此集苾芻衆廣說如前問答訶責種種方便讚寂靜行毀不寂靜告諸苾芻乃至我觀十利爲諸苾芻制其學處應如是說

若復苾芻自手授與無衣外道及餘外道男女食者波逸底迦

若復苾芻者謂阿難陀自手等者謂以手授手食義同前無衣者謂是露形之儔及餘雜類外道皆得波逸底迦餘義如上此中犯相其事云何若諸苾芻自手與諸外道男女食者皆得墮罪若是親族或是病人與者無犯或欲以食因緣除彼惡見與亦無犯又無犯者謂初犯人或癡狂心亂痛惱所纏

觀軍學處第四十五

佛在室羅伐城逝多林給孤獨園時憍薩羅國邊隅反叛勝光大王令一大將領兵征伐其軍至彼遂被他降如是再三皆被他破是時大將歸白王曰叛者兵強王師力弱自非大王親臨無由降伏願王整旆除彼不臣時勝光王擊鼓宣令勑國人曰若有解武用者悉可從軍無由放逸若不去者罰五百金錢時六衆苾芻聞兵欲去共相告曰難陀鄔波難陀我等宜去觀大勝王軍士何如所發四兵堪能戰不便往路所見象軍來難陀問曰君向何處答言聖者今有邊隅不臣王命我等欲去除其叛逆難陀報曰癡人如此象軍豈能降彼我觀汝象其狀如猪邊隅大象形如山嶽看汝形勢有去無歸汝可暫還與宗親取別以苣藤水共相祭祀方可從軍時彼諸人聞此語已情懷不樂在一邊住次見馬

軍來鄔波難陀問曰君向何處答言聖者今有邊方不奉王命我等欲去征彼不臣報曰癡人如此馬軍豈能降彼我觀汝馬狀如鈍牛邊隅之馬其形若象看汝形勢有去無歸汝可還家廣如上說次見車軍來六衆見已問答同前報曰癡人如此車軍豈能降彼我觀汝車形狀朽壞彼車牢固形若峯樓汝可還家廣如上說次見步軍來六衆見已問答同前報曰癡人我觀汝等兵士如縛草爲人彼之兵衆如勇健藥叉汝可還家廣如上說時勝光王整軍後至見兵不進問曰汝等軍士何故不行白言大王我等奉命出征恐成不利今禿沙門披割壞服出無義言令我憂惱王問是誰答曰聖者六衆王曰彼是豪貴沙門隨情出語君等宜去不應採録時勝光

王便作是念勿被沙門數相惱亂命使者曰汝今可往詣世尊所頂禮足已當傳我言敬問世尊少病少惱起居輕利氣力調適安樂行不復傳我語唯願大德爲諸聖衆少有憶念爲制學處勿令苾芻往觀軍陣時彼使者既奉王教往詣佛所禮佛足已在一面立白言世尊勝光大王故遣我來禮世尊足敬問世尊少病少惱起居輕利氣力調適安樂行不爾時世尊告使者曰勝光大王得安樂不汝身健不使者白王有啓白令諸聖衆來觀軍陣極相擾惱唯願世尊少有憶念爲制學處勿令苾芻往觀軍陣爾時世尊聞使語已默然而許時彼使者知佛許已禮足而去世尊以此因緣集苾芻衆問六衆曰汝等實往觀整裝軍耶答言實爾世尊即便種種訶責

廣說如前乃至爲十利故與諸苾芻制其學
處應如是說
若復苾芻往觀整裝軍者波逸底迦
若復苾芻者謂是六衆餘義如上整裝軍者
謂將欲戰整帶甲冑裝束軍儀有一類軍謂
唯有象有二類軍謂象以馬有三類軍謂象
以車有四類軍謂象以步往觀者謂向其處
結罪如上此中犯相其事云何若苾芻觀整
裝軍者得波逸底迦若苾芻爲行乞食路見
軍來或時寺近大路或軍入寺或苾芻爲王
所喚或夫人太子大臣及諸人等所請設見
軍時並皆無犯若見軍時不應說其好惡又
八難緣隨一現前見亦無犯又無犯者謂最
初犯人或癡狂心亂痛惱所纏
軍中過二宿學處第四十六

佛在室羅伐城逝多林給孤獨園時憍薩羅
國邊隅叛逆王命討罰同前被破大臣白王
廣說乃至罰錢五百千時大王親帥軍旅自
往邊城至彼合圍尚未降伏大臣白王曰給
孤獨長者有大福力彼若來者或可歸降王
曰此亦善哉應與勑書命來至此令使賚勑
至長者處長者奉勑頂戴而受白世尊已尋
詣王營雖在軍中彼仍不伏時給孤長者身
形羸瘦時王見已問言長者豈可長者憶男
女耶長者答曰不思男女但思聖衆時勝光
王即便以書白諸僧衆今有少緣欲見聖衆
使往衆內宣王勑書大衆聞已即遣行籌諸
老宿苾芻作如是語我年朽老不復堪行其
少年者亦云不堪我豈至彼爲他添瓶取水
耶爲王說法我等不解空往何益時彼六衆

共相告曰難陀鄔波難陀今既大師住世我等亦存無上正法廣流化世若大師涅槃弟子隨滅所有正教悉亦淪亡我等今時幸有餘力於聖教轅當牽莫倦遂即取籌赴王軍所既至彼已爲王説法王大歡喜夫人太子及大臣等悉爲説法咸皆欣慶王命諸將曰好整軍兵共彼邊賊六衆聞已即相告曰我等豈能多日作他威儀今可作自儀式隨意而住可共觀彼大勝王所整軍兵其狀何似便詣路所見象軍來告軍人曰君欲何爲報言欲戰告曰汝等此象其狀若豬如何欲戰便捉象牙撲之於地見馬兵來向前問答此馬如牛即便捉尾擲置一邊見車兵來云此破車即便捉軸拔之路左見歩兵來云如草人便扼其項擲之軍外時彼四兵既見陵辱無可奈何各在一邊懷憂而住王伏後至問言卿等何故不行軍人答曰大王當知我等豈能降彼叛逆今禿沙門以惡身語極相折辱王曰是誰答云六衆王曰卿等宜戰彼是豪貴沙門無勞採録時勝光王便作是念勿被聖者數相惱亂命使者曰汝持我語往世尊處如前廣説唯願世尊爲諸聖衆少有憶念制其學處勿復更令久住軍内使者便去如前廣説問起居已辭佛而去爾時世尊以此因緣集苾芻衆問答同前乃至觀十利爲諸苾芻制其學處應如是説

若復苾芻有因縁往軍中應齊二夜若過宿者波逸底迦

若復苾芻者謂是六衆餘義如上有縁者謂是王等乃至衆庶所有請喚軍中者謂軍兵

欲戰四兵如前齊二夜者二夜應宿過此不應若過宿者波逸底迦此中犯相其事云何若諸苾芻往軍中過二夜而止宿者皆得波逸底迦若其王等請留住宿及八難事過宿無犯又無犯者謂最初犯人或癡狂心亂痛惱所纏

擾亂軍兵學處第四十七

佛在室羅伐城逝多林給孤獨園同前邊隅叛逆王師既去令命給孤長者遣使白衆對衆行籌六衆取籌乃至爲其說法咸皆喜慶王整軍兵將欲出戰六衆共行觀兵何似爲勇爲怯遂於險林之處預先藏伏四兵欲至便作叫聲所有軍帥逃走驚怖六衆就問君等何驚答曰賊城兵出我等逃竄六衆報曰非是賊來是我笑耳若彼賊城知汝怯弱者每於日日縲繫汝頸牽入城中我欲爲汝安布軍陣必望得勝諸人許可便與象軍見小象時云此何所用便撲一邊次與馬軍見患脚馬此何所用捉尾棄却次與車軍見有舊車此何所用即便捉軸棄在一邊次與步軍見徒額人云禿頭人此何所用便扼其項棄在一邊捨之而去時諸四衆既被辱已各在一邊懷憂而住王仗既至問諸人曰何不布陣諸人答曰臣等何有情賴欲布兵軍求決勝事王問何故廣答如前乃至彼是豪貴苾芻言何採録卿等宜應自布軍陣王作是念勿令六衆更爲擾惱我今宜可白世尊知便命使者敬問世尊述起居事已白佛言世尊六衆苾芻久宿軍中擾動兵衆唯願世尊少有憶念爲制學處令諸聖衆雖過二夜在軍

中宿勿觀軍士共相擾亂使受王語往世尊處皆悉白知世尊默許使去之後佛集僧衆問答訶責如前廣説乃至我觀十利爲諸苾芻制立學處應如是説

若復苾芻在軍中經二宿觀整裝軍見先旗兵若看布陣者波逸底迦

若復苾芻者謂是六衆餘義如上過二宿者謂過二日二夜整裝軍者謂將欲戰往布陣處旗者有四種一師子旗二大牛旗三鯨魚旗四金翅鳥旗兵有四種謂象馬車步陣有四種一稍刃勢二車輮勢三半月勢四鵬翼勢若觀此等軍陣之時苾芻便得波逸底迦

罪此中犯相其事云何若苾芻二夜在軍中若觀四兵未著甲冑未執仗者得惡作罪若觀整裝者得波逸底迦若其王等請留住者及八難事見亦無犯又無犯者謂最初犯人或癡狂心亂痛惱所纏

打苾芻學處第四十八

佛在室羅伐城逝多林給孤獨園大目揵連與十七衆出家并受圓具此十七衆咸皆親近六衆苾芻共爲狎習時鄔陀夷報言汝等可來作如是如是事業彼便答曰仁等豈復是我親教師軌範師耶所有處分我不能作時鄔陀夷便搭一人報云癡物汝等更復作何事業不受我言時十七人悉皆仰倒啼哭而言打我諸苾芻見問鄔陀夷曰何故打彼少年答曰我惟打一十七皆倒高聲啼泣苾芻問曰彼惟打一何故總啼報言上座若不總啼皆被打搭少欲苾芻聞是事已各生嫌賤作如是語云何苾芻以瞋恚心打他苾芻

以此因緣往白世尊世尊由此集苾芻衆問答訶責乃至我觀十利爲諸苾芻制其學處應如是說

若復苾芻瞋恚故不喜打苾芻者波逸底迦

若復苾芻者謂鄔陀夷餘義如上瞋者謂恚纏心起忿惱時打者謂打搭也苾芻者謂此法中人已受圓具釋罪如上此中犯相其事云何若苾芻以內身分或以外物或兩俱兼云何內身苾芻以瞋恚心若以一指打苾芻時得一墮罪若二得二乃至以五指打時得五墮罪若以拳肘頭肩髁膝乃至足指皆得墮罪是謂內身云何外物苾芻以瞋恚心將細草莛或以箭簳及餘器具乃至棗核或擲芥子遥打擲他隨一著時皆得墮罪是謂外物云何二俱若苾芻手執刀杖打擊前人及餘種種兵器之類乃至箒莛樹葉隨所著處皆得墮罪是謂二俱若爲令彼怖或爲成就呪術打搭前人此皆無犯又無犯者謂初犯人或癡狂心亂痛惱所纏

根本說一切有部毗奈耶卷第三十七

音釋

盎 烏浪切盆也　瓮 烏貢切甖也　鞕 魚孟切堅也　黏 尼占切黏著也　苣藤 苣勤侶切藤詩證切苣藤胡麻也　矟 色角切矛屬　髁 苦瓦切兩股間也　莛 唐丁切草莖也　簳 古旱切箭本也

根本説一切有部毗柰耶卷第三十八

唐三藏法師義淨奉制譯

擬手向苾芻學處第四十九

爾時薄伽梵在室羅伐城住逝多林給孤獨園時具壽大目乹連與十七衆出家并受圓具廣説如前令其執作彼不隨敎時鄔陀夷即便瞋忿努手向彼一十七人一時皆倒髙聲啼泣餘苾芻問其故何因瞋一十七俱倒答曰我若不俱倒地恐皆被打苾芻嫌賤以事白佛佛便訶責乃至我觀十利爲制學處應如是説

若復苾芻瞋恚故不喜擬手向苾芻者波逸底迦

若復苾芻等者事並同前言擬手者謂舉手擬他釋罪同前此中犯相其事云何有内外俱内謂苾芻努其一指擬苾芻時得一墮罪乃至五指得五墮罪或以拳肘從頭至足准事如前是謂爲内外者將草莛等擲擬前人如上廣説俱者謂手執杖等以擬前人皆得墮罪若爲利益令彼恐怖或復欲令呪術成就努擬前人並皆無犯又無犯者謂初犯人或癡狂心亂痛惱所纏

覆藏他罪學處第五十

佛在室羅伐城逝多林給孤獨園時六衆苾芻與他出家并受圓具而爲共住時諸弟子若未知彼是惡行人悉皆承事親近供養後既知已便捨而去與善苾芻共相狎習然爲敬佛敎故每日三時親爲敬禮其難陀苾芻有親弟子名曰達摩彼未知師是惡行者與之共住後既知已捨之而去與善苾芻同居

敬佛教故每日三時常來禮謁因白師曰鄔波馱耶存念我今請白欲向寺園閑靜之處隨情作業難陀報曰爾當謹慎鄔波難陀聞是語已報達摩曰汝持我座共爾俱行達摩白言豈阿遮利耶亦於晝日詣閑林處而逐靜耶鄔波難陀曰癡人汝意謂我心常散亂無所了知何靜慮門我不通解達摩答曰我實不敢作此思惟但問軌範師向晝日遊處不是時達摩便持彼座往晝遊處置一樹下即自斂身詣一靜處跏趺而坐繫念思惟鄔波難陀隨後而至達摩遙見白言大師彼處樹下已安座訖宜當就彼安靜而住時鄔波難陀即便往彼就座而坐衣覆頭面斂念思惟心不能安還從座起周迴四顧見一女人毀籬欲入鄔波難陀遙喚達摩曰達摩汝今知不有人毀籬達摩報曰阿遮利耶幸可思念逝多林經鄔波難陀曰癡人汝今方解依經而住汝豈不聞世尊之教於僧祇物不應捨棄我今自往遮彼女人即從座起旣至彼已問言少女何意毀籬女人便笑時鄔波難陀染心遂起即便捉臂徧抱女身嗚咂其口捨之而去往達摩所問言汝何所見答曰唯除交會餘事皆見鄔波難陀曰具壽雖知汝見勿告餘人報言大師乃至未見善苾芻來我終不說鄔波難陀曰汝親教師有鄙惡事我常覆蓋汝見我過不藏護耶達摩曰大師知他有麤惡罪共相覆護如此之事我當先說達摩便去告諸苾芻諸少欲者聞生嫌賤舉以白佛佛集苾芻乃至我觀十利爲制學處應如是說

若復苾芻知他苾芻有麤惡罪覆藏者波逸底迦

若復苾芻者鄔波難陀餘義如上知義亦如上苾芻者謂是難陀麤惡罪者有二種謂波羅市迦罪僧伽伐尸沙罪何故此二名爲麤惡自體及因皆麤弊可惡故言麤惡覆藏謂掩蔽也釋罪同前此中犯相其事云何若復苾芻見苾芻犯他勝罪時作心覆藏乃至明相未出已來得惡作罪明相出已便得墮罪若覆他殘罪事亦同此若苾芻見苾芻犯波逸底迦罪時作心覆藏乃至明相未出已來得惡作罪明相出已亦得惡作如是别悔法乃至惡作罪覆藏亦爾若説罪者恐他與爲障礙之事或爲梵行等難或復緣此令僧破者覆皆無犯又無犯者謂初犯人或癡狂心亂痛惱所纏

第五攝頌曰

伴惱觸火欲　同眠法非障　未捨求寂染　收寶極𨡧時

共至俗家不與食學處第五十一

佛在室羅伐城逝多林給孤獨園難陀苾芻有弟子名曰達摩性懷慚恥於犯追悔廣説如前乃至重佛敎故日别三時就師致禮時鄔波難陀語難陀曰大德當知達摩於我先有雠隙我必對佛僧及餘衆前彰其惡響作不饒益事或令一日絶食受饑難陀報曰此之達摩禀性持戒媿恥爲懷追悔在心曾無有犯何能與彼作無益事鄔波難陀曰我今必當令彼無食受餓難陀聞已便作是念寧使絶食不可令其漫彰餘過時有長者來請

難陀鄔波難陀就舍而食是時難陀報鄔波難陀今日我今達摩絕食鄔波難陀曰今正是時達摩時至欲得乞食便詣師處禮拜合掌白言鄔波馱耶存念我今欲行乞食師便報曰我於今日有一施主來請我食并弟子一人汝可與我就彼而食便白師曰豈我比來曾隨師後受請食耶鄔波難陀聞其語已而告之曰達摩我先別聞與今見異我意謂汝禀性持戒慚愧爲懷遵奉師言情無違逆豈復本師以不淨物而勸於汝何故汝今見違上命是時達摩既蒙大德訶責默然而止復白師曰我取水羅及乞食鉢方從師去鄔波難陀報言具壽更復何用水羅鉢爲於彼舍中自有淨器其水先濾亦復無蟲即可與我相隨而去是時達摩尋從師後有一乞食苾芻見而問曰具壽達摩欲何所適報言欲往請處乞食者報曰具壽知量而食達摩曰大德事未可知爲當得食爲絕食耶時乞食者相隨而去入室羅伐城時難陀鄔波難陀與其弟子至一店所其難陀達摩便住於此鄔波難陀即往施主家飽足食已還來店上難陀次往就舍而食達摩便白鄔波難陀曰阿遮利耶時將欲至我當行矣鄔波難陀報曰彼施主家衆事皆辦至便噉食更何所憂待至臨中我當共去達摩即起以足量影鄔波難陀報達摩曰癡人汝言謂我不護尸羅心常懈慢非時食耶汝今宜去若住於此令我不樂若語若坐無有歡心不如獨住汝勿居此達摩念曰我若持羅及鉢來至此者當行乞食今既無羅及鉢其欲如何遂歸寺所

乃至食力未盡已來專修善品及食力衰委脅而卧時乞食者還至寺中見達摩卧告曰具壽達摩食是他物腹豈他耶恣意飽餐遂令不能作業答言大德誰餐飽食報云何非今日受他請食答言不食問言何故即以上緣次第陳告時乞食者告諸苾芻苾芻聞已各生嫌賤作如是語云何苾芻故心令他苾芻絶食以緣白佛佛集僧衆問答虚實廣説如前乃至我觀十利制其學處應如是説若復苾芻語餘苾芻作如是語具壽共汝詣俗家當與汝美好飲食令得飽滿彼苾芻至俗家竟不與食語言具壽汝去我與汝共坐共語不樂我獨坐獨語樂作是語時欲令生惱者波逸底迦若復苾芻者謂鄔波難陀餘義如上餘苾芻者此法中人共至俗家者謂四姓家言美好飲食謂五嚼食及五噉食令得飽滿者謂恣意而食汝去等者是驅遣言語謂讀誦坐謂禪思獨坐等樂者明作惱意令彼絶食以此爲緣不爲餘事釋罪同前此中犯相其事云何若苾芻故心令他苾芻絶食者得波逸底迦若爲病緣醫遣絶食不與無犯又無犯者謂初犯人如上

觸火學處第五十二

佛在室羅伐城逝多林給孤獨園時此城中有諸商人往詣佛所禮雙足已次至阿難陀處問曰世尊夏了欲向何處阿難陀具答廣説如前觀其先兆欲向王舍城商主問知行日多少即皆預辦供設所須時阿難陀毎日常在商主前行遂見岐路奉待世尊世尊見已問言汝今何故住此不行阿難陀曰大德

今此二路一是直道多有師子虎豹恐怖難行一是曲路安隱無礙我今不知欲趣何路佛告阿難陁宜取直路怛他揭多離諸怖畏故爾時世尊便取直路至一聚落時聚落中有二童子在村門戲一人持鼓一人執弓時二童子見世尊來即便禮足白佛言世尊善來善來因何世尊欲從險道而爲遊涉唯願世尊勿生恐怖我等爲佛作引導人一在前行鳴鼓而去一持弓矢隨後而來世尊見去便作是念此二童子久植善根今遭遇我告曰汝等二人今可歸去如來大師久離怖畏師子虎豹何所能爲一人佛前聲鼓一人對佛彈弓禮佛足已遂還本處爾時世尊即現微笑有種種光從口而出所謂青黃赤白紅頗胝色此之光明或有沉下或復上昇其光下者下至速活地獄黑繩衆合小叫大叫小熱大熱阿毗地獄及八寒地獄光既至彼若諸有情受炎熱者皆得清涼若處寒冰便獲溫暖彼諸有情離苦安樂皆作是言我與汝等爲從地獄死生餘處耶爾時世尊爲欲令彼諸有情類生信喜故便遣化身往地獄内彼見化已咸作是說我等不於此死而生餘處必是由此希奇大人威德力故令我身心除苦得樂既生信已便能消滅地獄諸苦於人天趣受勝妙身常爲法器能見諦理其上昇者上至四大王衆天三十三天夜摩天覩史多天化樂天他化自在天梵衆梵輔大梵少光無量光光音少淨無量淨徧淨無雲福生廣果無煩無熱善見善現色究竟天所至之處光中演說苦空無常無我等法并復說

此二伽陀曰

汝當求出離　於佛教精勤　降伏生死軍
如象摧草舍　於此法律中　常修不放逸
能竭煩惱海　當盡苦邊際

時彼光明徧照三千大千世界已還至佛所若佛世尊說過去事光從背入若說未來事光於胷入若說地獄事光從足下入若說傍生事光從足跟入若說餓鬼事光從足指入若說人事光從膝入若說力輪王事光從左手掌入若說轉輪王事光從右手掌入若說天事光從齋入若說聲聞事光從口入若說獨覺事光從眉間入若說阿耨多羅三藐三菩提光從頂入是時光明繞佛三帀從頂而入時具壽阿難陀合掌恭敬白佛言世尊如來應正等覺非無因緣熈怡微笑即說伽陀曰

世尊遠離掉憍慢　於有情中第一尊
降伏煩惱及諸怨　若無因緣不微笑
如來自證真妙覺　諸有聽者皆樂聞
牟尼最勝願宣揚　大衆疑心爲開決

佛告阿難陀如是如是如來應正等覺非無因緣而現微笑汝見二童子引導我不白佛言見佛告阿難陀以此善根於當來世十三劫內不墮惡趣生人天中於最後身得成無上正等菩提一名法鼓音如來二名施無畏如來爾時世尊說是記已隨路而去至一村隅林中而宿如佛所說苾芻住處乃至樹下亦應隨次共分時六衆苾芻分得一枯樹夜被寒逼以火燒樹於此樹中有蛇依止蛇被烟熏緣枝而上垂身欲下六衆見蛇高聲唱

言欲墮欲墮時諸商人聞是聲已咸作斯念有師子入營跳擲而墮便大驚怖四向奔走于時世尊告阿難陀曰何意商旅四面逃奔阿難陀白佛言大德如佛教勑凡諸苾芻所在之處應隨長幼而共分之六衆苾芻今宵宿處分得枯樹被寒所逼以火燒樹於此樹中有蛇依止蛇被烟熏緣枝而上放身欲下六衆見蛇高聲唱言欲墮欲墮時諸商人聞是聲已咸作斯念有師子入營跳擲而墮便大驚怖四面奔逃世尊告曰汝可急去報諸商人如來在處離師子怖速命商旅勿復驚惶時阿難陀奉敎告知諸人咸至時諸苾芻見是事已悉皆有疑俱來白佛大德何意六衆作墮落聲驚諸商旅世尊因此重爲安慰令離憂怖佛告阿難陀非但今日驚怖商旅

乃往古昔已曾恐懼於他令彼四面逃走我爲安慰令離憂惱汝等當聽於過去世在彼水側有頻螺果林於此林中有其六兎共爲知友依止而居時頻螺果熟墮水作聲于時六兎聞果落聲形小志怯便大驚怖四向逃走時有野干見其奔走來問其故兎曰我聞水內有非常聲將非猛獸欲來害我緣此事故我等逃奔野干亦走如是猪鹿牛象豺狼虎豹及小師子等各相詰問聞斯語已悉皆奔竄去斯不遠於山谷中有一猛師子王依止而住于時師子見諸獸類惶怖奔馳而問之曰汝等皆有爪牙勇力何所怖懼各見驚馳皆悉報言我聞惡聲非常可畏定有猛獸來害於我爲此驚惶求安靡地師子報曰在何處所而作惡聲諸獸答曰我亦不知何處

作聲師子報曰若未委者君等莫走我爲審觀是何聲耶即問虎曰汝何處聞答曰我從豹聞如是展轉問詰至兎兎云此之怖聲是我親證非是傳聞仁等俱來共觀聲處于時諸獸咸悉共至頻螺林所兎曰此是驚怖起處須臾暫住還聞果落墮水作聲師子報曰此是食果非關恐怖爾時空中有天見已說伽陁曰

不應聞他語　便信當須親　自審觀察

勿如樹果落池中　山林諸獸皆驚走

汝等苾芻勿生異念往時師子王者即我身是往時六兎驚恐諸獸我已爲其作安隱事六兎者即六衆是今時復緣驚諸商旅我亦爲其作安慰事爾時世尊爲說昔緣令諸苾芻斷疑惑已告阿難陁曰汝今可去徧告商人汝等今日不應先去如來當在商旅前行時阿難陁如佛所教具告商旅汝勿先去爾時世尊及諸僧衆皆在前行至險林中有師子王欲來害佛世尊見來便舒右手於五指頭化出五師子彼聞此氣即便奔走世尊便於四面化爲猛火紅燄侵天飛光裂地八方徧合求避無由唯見佛邊清涼可愛是時師子便詣佛所頂禮雙足爾時世尊便以百福莊嚴衆相具足無畏右手摩師子頭告言賢首汝於先世已作惡業墮傍生中復於爾時常以害心斷他生命活自己身於此命終還生惡趣賢首諸行無常諸法無我涅槃寂滅汝於我所應生信心於傍生趣深起猒離時諸苾芻亦以手觸師子師子見觸作不忍聲佛告諸苾芻汝等勿觸師子何以故猛獸獷

烈性難親附若輙觸者致有損傷是故汝等莫觸師子若諸苾芻觸師子時得惡作罪若觸石師子草師子或泥土作及畫者並皆無犯調師子已佛與苾芻隨路而去時師子王辭佛而住便作是念我今不應親於佛所聞三句法更斷他命而活已身我今宜應要心絕食不復餐噉凡諸畜類火力增强不堪忍饑遂便命過生四大王衆天初生天者法爾有三種念我於何處死今於何處生由何等業招斯異熟即便自知從畜趣死今生四大王衆天曾作何業由於佛邊生淨信心時此天子復作是念我今宜應往詣佛所承事供養于時天子以天瓔珞莊嚴其身以天妙華盛滿衣角過於夜分放大光明來詣佛所即以天嗢鉢華俱牟陀華鉢沓摩華分陀利華布列佛前而爲供養禮佛足已在一面坐由此天身光明赫弈周徧晃耀蘭若林中悉皆明顯爾時世尊隨彼天子意樂隨眠根性差別而爲說法能令悟入四真諦理是時天子既聞法已即於座上以金剛智杵摧破二十種薩迦耶見山得預流果既見諦已白世尊曰大德由世尊故令我證得解脫之果此非父母高祖人王天衆沙門婆羅門親友眷屬之所能作我逢世尊善知識故於地獄傍生餓鬼趣中拔濟令出安置人天勝妙之處當盡生死趣涅槃路乾竭血海超越骨山無始積集薩迦耶見山以金剛智杵而摧破之得預流果我今歸依佛法僧寶唯願世尊證知我是鄔波索迦始從今日乃至命存受五學處不殺生乃至不飲酒作是語已時彼天子

深心歡喜得未曾有禮佛而去還適天宮時諸苾芻於初後夜警覺用心思惟而住見世尊處有大光明周徧晃耀蘭若林中便生疑念有何天衆來詣佛所由彼福力光徧林中至天曉已往詣佛所頂禮尊足在一面坐而白佛言我於昨夜見大光明徧滿林中便生是念豈非梵世諸天及天帝釋或四天王及餘殊勝大威德天來詣佛所親承供養由彼力故光徧林中爾時世尊告諸苾芻曰昨夜光明非是梵王帝釋及餘天衆威神之力汝豈不見林中大師子王親於我邊聞三句法諸苾芻白佛言我等已見佛言彼師子王從我聞法於此命過生四大王衆天既受天身報恩供養來至我所奉獻天華我爲說法既聞法已便得見諦還本天宮由彼力故光徧林中時諸苾芻聞是語已請世尊曰我等不知彼師子天曾作何業由彼業故招異熟報墮師子中復由何業命終之後生在四大王天復作何緣聞佛法已獲預流果得未曾有還本天宮世尊告曰汝等當聽此之天子前身作業因緣運合至成熟時不於外界地水火風令使成熟還於自身蘊界處中內善惡業而受其報即說頌曰

假令經百劫　所作業不亡　因緣會遇時
果報還自受

汝等苾芻應至心聽於過去世人壽二萬歲時有佛出世名迦葉波十號具足有二萬弟子以爲眷屬在婆羅痆斯國而爲住止彼迦葉波佛未出世時於此城中有婆羅門學善四明博通諸論時世人衆極生尊重同心敬

仰以爲大師若迦葉波佛出世之後人皆敬佛不復就彼共相承事時迦葉波應正等覺於無量百千大衆之中宣揚妙法時婆羅門在衆邊過見彼世尊於百千衆中而爲說法便生嫉妬口出鄙語作如是說此之沙門不知怖畏猶如師子在大衆中爲他說法諸餘聽者猶如小獸敬受其法時彼世尊聞此語聲告婆羅門曰婆羅門汝於天人師處出麤惡言當於地獄受諸苦報汝今宜可來至我所至心說罪罪得輕薄時婆羅門聞佛教已內興恥愧於世尊前自言其過旣說罪已即於佛邊歸依三寶受五學處爲鄔波索迦汝等苾芻勿生異念往時婆羅門者由其惡口親於佛前作輕慢語因彼惡業雖復說罪尚有餘報於五百生中常爲師子或受餘報今猶未息由於我所生正信心聞三句法得生天上由於迦葉波佛前歸依三寶受五學處緣彼業力今於我所證眞諦理得預流果還本天宮是故苾芻汝等當知作純黑業得純黑異熟作純白業得純白異熟若作雜業受雜異熟汝等從今當捨黑業及以雜業當莫放逸修純白業如是應學時諸苾芻及人天衆聞佛說已信受奉行爾時世尊漸次遊行到摩揭陀至王舍城住羯蘭鐸迦池竹林園中時六衆苾芻於然火處各以火頭共相調弄或作日月形外道見時各生輕賤作如是語仁等知不沙門釋子火頭調戲與彼童兒有何異相云何減割妻子之分給此禿人充其鉢食時諸苾芻聞是語已具白世尊爾時世尊集諸苾芻廣說如前乃至我觀十利爲

諸苾芻制其學處應如是説若復苾芻若自然火若教他然者波逸底迦爾時世尊爲諸苾芻制其學處不應觸火諸苾芻衆於如來窣覩波處更不燒香然燈以爲供養亦不承事親教師軌範師以暖湯水及熏鉢染衣等並不復作爾時世尊知而故問具壽阿難陀曰阿難陀何故苾芻不燒香然燈供養如來窣覩波處及以二師湯水等事阿難陀曰由佛世尊爲制學處不得觸火以此因緣諸苾芻衆遂便斷絶供養等事佛告阿難陀若觸火者作時守持雖觸無犯時諸苾芻不知云何作時守持佛言凡觸火時作如是念我爲供養佛故今須觸火或云爲法爲僧爲鄔波馱耶阿遮利耶及已自受用并同梵行者爲某事故今須觸火諸苾芻爲染衣熏鉢等事數數觸火觸時忘念而不持心便生悔恨惡作心我今如何故犯此罪即以此緣具白世尊佛言應云乃至事了長時守持時一苾芻身苦風病詣醫人所報言賢首爲我准如是病而處方藥醫人報曰凡是風病得火爲良當須近火報言賢首世尊制戒不許向火醫曰聖者世尊大慈緣斯事故必定開許以緣白佛佛言前是創制今更隨開應如是説若復苾芻無病爲身若自然火若教他然者波逸底迦

若復苾芻者謂是六衆餘義如上無病者謂除其病自他等義如前廣説此中犯相其事云何若苾芻以火頭共相戲弄或作日月輪形皆得墮罪凡苾芻然火之時應觀其事而守持之若不守持輙然輙觸者得波逸底迦

若滅火者亦得墮罪若苾芻捉火頭前火或抽火頭或翻轉火炭或翻轉糠麩等火隨作何事謂作食煑水然燈燒香等觸著之時皆惡作罪若以毛髮爪甲等棄火中者亦得惡作罪若此等事作時守持者無犯又無犯者謂最初犯人或癡狂心亂痛惱所纏

與欲已更遮學處第五十三

佛在室羅伐城逝多林給孤獨園時具壽鄔陀夷斷除煩惱得阿羅漢果已時闡陀苾芻遂往憍閃毘國靜緣而住其阿說迦補捺伐素二俱命過其難陀鄔波難陀在逝多林年並衰邁彼十七衆苾芻年漸長大勇健有力善三藏教便共詳議咸作是說我於長時常被六衆之所欺輕於彼衆中難陀鄔波難陀常爲毒害於二人中鄔波難陀更爲苦切我

等宜應爲作捨置羯磨一人告衆曰上座難陀即是其兄善明法務我等何能與作羯磨一人議曰我今應權爲誘誑不令入衆我等即便共爲羯磨作是議已遂至其所告言畔睇阿遮利耶答言願具壽無病白言上座所著支伐羅非常垢膩何不浣濯報言具壽我今年朽弟子門人見是衰邁各起輕心誰復肯爲洗濯衣服彼便答言大德可與我衣當爲浣濯于時難陀便以一衣付與令洗彼復報曰一種辛苦可總與衣俱時浣濯即便被一破服總與三衣彼得衣已咸悉漬以灰汁即往集處敷座席已便鳴揵椎俱至難陀所白言大德衆僧有事揵椎已鳴宜可暫入衆中共觀其事難陀報曰具壽我今如此形儀何得入衆若於衆中有如法僧事我當與欲

即便與欲彼持其欲往至衆中爲陳説已一人即起詰上座鄔波難陀所作如是語大德有罪我欲詰問幸見容許報云隨意白言大德頗憶於某時某處自作是語我當破汝等腹決取中腸繞逝多林其事實不鄔波難陀聞斯語已報言具壽豈已差之瘡重更傷損此事過去何勞在言白言大德如來大師亦依過去事爲諸弟子而制學處即便强與作捨置羯磨大衆散已時鄔波難陀詰難陀所啼泣而住難陀問曰爾有何事今忽悲啼報言被諸黑鉢與我作捨置羯磨難陀報曰彼與我弟作羯磨者便是自於村坊城邑三界之内驅遣其身於弟何過然我今時當爲申謝又彼僧伽作別衆羯磨作法不成我不赴集餘人報曰豈非大德前與欲耶難陀曰若作如是非所愛事我不與欲持欲不成是惡與欲少欲苾芻聞是語已各生嫌賤云何苾芻先時與欲後更追悔作如是語還我欲來不與汝欲時諸苾芻以是因緣具白世尊佛以此緣告諸苾芻問答虛實廣説乃至我觀十利爲諸苾芻制其學處應如是説

若復苾芻與他苾芻欲已後便悔言還我欲來不與汝者波逸底迦

若復苾芻者謂是難陀餘義如上　又苾芻者謂此法中人與欲已者謂先已言與後便等者是索欲詞釋罪同前此中犯相其事云何若苾芻先與欲已後便生悔報衆云還我欲來我不樂與者便得墮罪又無犯者謂最初犯人或癡狂心亂痛惱所纏

根本説一切有部毗奈耶卷第三十八

音釋

讎隙讎時流切仇也隙乞逆切怨隙也 獷古猛切惡也 糠𪍿糠丘剛切穀皮也𪍿與戢切麥𪍿也

根本說一切有部毗柰耶卷第三十九

唐三藏法師義淨奉　制譯

與未近圓人同室宿過二夜學處第五十四

爾時薄伽梵在室羅伐城逝多林給孤獨園時有衆多敬信施主來至寺中白諸苾芻曰聖者幸爲我等宣揚正法樂欲聽聞苾芻報曰賢首汝等有心樂聞法者當詣佛所佛自爲說彼云聖者唯一大師瞻仰者衆天龍人鬼皆願聞法知欲爲誰而演法要仁等亦可爲我誦經苾芻報曰世尊未許諸俗聞已共起譏嫌捨之而去時諸苾芻以緣白佛佛言我今聽諸苾芻隨時誦經世尊既許苾芻誦經彼便日日誦經不息諸有福德閑暇者晝常來聽既歸家已便於夜中告諸無福營作之人作如是語君等當知彼諸聖衆於日日中常誦正法言詞美妙令衆樂聞聽者忘疲如蜂食蜜時營作者聞斯語已報諸人曰仁等有福逢佛出世得聞法要獲大利益於日日中得未曾有報作人曰汝何不聽答曰仁有福德雖晝聽經家生得濟我等薄福作業求活恒去聞經終當餓死若其聖者夜誦經者我亦樂聽時諸苾芻聞是語已便往白佛佛言雖在夜中亦誦經法彼便通夜而爲誦經因生疲苦佛言不應晝夜誦經苾芻隨時少宣其法諸來聽者共生嫌意佛言不應隨宜當圓滿說時諸苾芻夜夜常誦諸作業人無暇鎮來時有福人既至家已同前爲說作人自歎我等薄福不得聞經若諸聖者每於月八日十五日二十三日月盡日通夜誦者我等常聞能生福利苾芻以緣白佛佛言當

於月八日十五日二十三日月盡日通夜誦經時有乞食苾芻在阿蘭若住告同住者曰今是十五日我欲向寺共爲長淨并復聽經便詣寺所慇懃聽法乃至夜半時乞食者作如是念今既非時無縁得往蘭若之處且留此住於一面坐諸聽法俗人亦住於此時知寺人將滅燈燭俗人告言聖者勿去燈明我助油燭有摩訶羅苾芻共於此卧不用心眠便在夢中見與故二共爲聚集遂即寱言説非法事俗人聞已遂即徧觀見摩訶羅仰腹而卧口説寱言説非法事諸俗見已共作是議仁等觀此年老苾芻尚爲斯事諸餘少壯當欲如何時乞食者聞俗嫌議旦詣林中於蘭若内習定之人見而問曰具壽於彼寺中同梵行者夜誦經時能令諸俗人生淨信不報言聽微妙法皆生喜信然而有一年老苾芻起俗譏嫌彼問何故即以事具答諸苾芻聞以縁白佛佛言由諸苾芻與未圓具者同一室宿及然燈燭有是過生是故我今不聽苾芻與未圓具人同一室宿及然燈燭此是縁起尚未制學處

佛在憍閃毗妙音園中時尊者舍利子有二求寂一是准陀二是羅怙羅于時羅怙羅有縁須至晝日遊處有客苾芻來入寺中見授事人已覓停止處其授事人見羅怙羅出外不在即便令客權止房中其客苾芻即取羅怙羅所有衣鉢置之房外時羅怙羅從外靜處還至本房見其衣鉢在房門外悵然而立于時准陀來至其所問言具壽何故愀然似帶憂色答曰我暫出遊有客來至以我衣鉢

棄在房前日時欲暮天復將雨我於今夜何處當卧准陀報曰隨處隨時且容身卧詎勞憂悒徙倚房前答曰仁具福德有大威神化作草菴即堪止宿我無威力其欲如何准陀聞已默然而去時有淨信施主爲佛及僧以妙香泥塗拭圊廁羅怙羅見已便作是念非時見佛欲有諮問無有是處我今宜可於此眠宿以度今宵遂入廁屋權時而卧即於其夜天降大雨去斯不遠於地穴中有大毒蛇依止而住水滿穴中其蛇遂出便徃廁上如來大師得無忘心作如是念若彼毒蛇螫羅怙羅者此必當死但有其名又釋迦種自恃高慢便生不信作如是語若羅怙羅不出家者繼轉輪王位今旣出家無所依怙卧於廁上被蛇所螫枉苦身亡作是念已便舒右手如象王鼻到羅怙羅所擎取其身至己房内安自牀上佛於是夜時行時坐以至天明有餘苾芻於晨朝時嚼齒木澡漱訖徃世尊所欲申禮敬世尊常法若欲爲諸聲聞制學處者未至苾芻待其總集其現至者不即令去時求寂准陀至羅怙羅所彈指警覺告言羅怙羅汝何處卧彼旣覺已知是佛牀即便驚起惶怖而立准陀告曰羅怙羅向使世尊不念汝者被毒蛇螫必定無常但空名在爾時世尊告諸苾芻曰凡諸求寂無父無母唯有汝等同梵行人共相慈念此等多是阿羅漢胎終將出離汝等若不共相愍護誰當見憂是故我今聽諸苾芻與未圓具人齊二夜同宿無犯時有苾芻忽得下痢不淨汙足房無燈燭求洗無由遂垂足牀前偃卧經宿天將

欲曉弟子門人入房參問不審鄔波馱耶四大安不答曰不安問言何故具以患狀告彼令知諸苾芻聞以緣白佛佛言應置燈明時諸苾芻置燈明已有病不眠因斯更重佛言苾芻有病須然燈者對卧無犯勿致疑心時看病人亦不敢卧因加疾病佛言其看病人雖卧燈明亦無有犯時彼病者須受藥食無人爲授遂闕所須佛言未受具人應令共宿時諸苾芻過二宿已遂不敢睡因更病生佛言病人雖過二夜共宿無犯有病苾芻不能自敢令受具者哺而方食時受具人出行不在佛言未受具者亦聽哺食若無此人雖大苾芻自取而哺時諸苾芻於日月光下不敢睡眠佛言日月之光非所避物卧時無犯如佛所制苾芻不得與未受具人過二夜宿時諸苾芻過二夜已驅出寺外被賊惡獸及蚊蟻等之所損傷佛言不應遣彼令出寺外時諸苾芻遣出簷外佛言不應驅出簷外應離房門勢分令其止宿時有苾芻畜一求寂夜令出宿有罪惡苾芻從外來至問求寂曰汝於今夜何處當宿答言於門屋下時彼師主聞其語聲問言彼說何事弟子具答師主聞已喚入房中一處止宿自便通夜或行或坐以徹天明時弟子門人共來叅問不審鄔波馱耶宿夜以來起居輕利氣力安不答曰不安問言何故是時師主具以事答弟子門人白師主曰師豈不聞如佛所言有二種事方成大人一者知是不可爲事即不應爲二者已爲其事即不應捨可令究竟師既愍彼求寂已爲攝養當存終始豈得辝勞師聞便默

爾諸苾芻聞以縁白佛佛言若有如此罪惡人來能驅擯者應共斥逐若不可者應將求寂往餘寺中若於夏内安居已後有惡苾芻來寺中者時彼師主應與求寂同房而宿以至夏終勿致疑惑至夏罷已能驅逐者可擯斥之若不可者應將求寂別詣餘寺時有衆多苾芻隨路而去并將求寂過二夜已便令出宿遂被惡獸之所傷害以縁白佛佛言不應令出應分苾芻以爲二處隨夏未滿共宿無犯時諸求寂夜起之時於路睡著苾芻棄之而去亦被傷害佛言不應棄去應令在前時彼求寂於小食時從索飲食苾芻不與佛言應與至午還索苾芻報曰已與朝餐因何更索遂不與食佛言少年火盛更可與食又與未具隨伴道行苾芻相告曰如佛所制過二夜已不許與未具者同宿彼便警覺通夜不眠遂生勞倦佛言應護明相不假通宵時諸苾芻猶尚疲勞佛言如在行路通夜應眠勿生疑惑時鄔波難陀有二求寂一名利剌二名長大與此二弟子過二夜宿諸苾芻見告言具壽佛制不許二夜共宿仁今何意故違佛語當可改之鄔波難陀曰此第二夜與第三夜有何異相又第三夜豈可飲酒食葱蒜耶時有少欲苾芻聞是語已便生嫌賤云何苾芻不奉佛教世尊不聽過二夜與未受具人同室宿而故違聖教與之同宿即以此縁具白世尊世尊集衆問答虚實乃至我觀十利爲諸苾芻制其學處應如是説

若復苾芻與未近圓人同室宿過二夜者波逸底迦

若復苾芻者謂鄔波難陀餘義如上有二圓具謂苾芻苾芻尼餘非圓具謂求寂等餘義可解室有四種一總覆總障如諸房舍及客堂樓觀等上總徧覆四壁皆遮二總覆多障於四壁少安窻戶三多覆總障即四面舍於四邊安壁中間豎柱四簷內入或低或平四多覆多障謂三面舍於四面舍無其一邊若半障半覆或多覆少障或簷際等並皆無犯又無犯者謂最初犯人或癡狂心亂痛惱所纏

不捨惡見違諫學處第五十五

佛在室羅伐城逝多林給孤獨園時有苾芻名曰無相自生惡見作如是語如佛所說障礙之法不應習行我知此法習行之時非是障礙時有衆多苾芻聞是語已往白世尊世尊告曰汝等苾芻衆應與彼無相苾芻作別諫事若復更有如斯等類應如是作往至其所而告之曰汝無相莫作是語如佛所說障礙之法不應習行我知此法習行之時非是障礙汝莫謗世尊謗世尊者不善汝無相世尊不說障礙法非障礙法以種種方便說是障礙法若習行者定是障礙法無相汝今應捨如是惡見如是應諫諸苾芻奉教而去至無相所如佛所教諫誨之時於其惡見固執不捨作如是語我說是實餘皆虛妄時諸苾芻見諫不隨便詣佛所作如是語大德我已如佛所教別諫無相諫誨之時彼於惡見固執不捨乃至廣說佛言汝諸苾芻應作白四羯磨諫彼苾芻應如是作鳴椎集衆衆既集已令一苾芻作白羯磨應如是作大德僧伽

聽此無相苾芻自生惡見作如是語如佛所説障礙之法不應習行我知此法習行之時非是障礙時諸苾芻爲作别諫别諫之時所有惡見堅執其事不肯棄捨云我説是實餘皆虚妄若僧時到聽者僧伽應與許僧伽今與汝無相苾芻作白四羯磨開曉其事汝無相莫作是語如佛所説障礙之法不應習行我知此法習行之時非障礙法莫謗世尊謗世尊者不善汝無相世尊以種種方便説欲是障礙法若習行者定爲障礙汝無相當捨如是惡見白如是次作羯磨應准白成時諸苾芻作白羯磨開諫之時無相苾芻所有惡見堅執不捨云此事是實餘皆虚妄時諸苾芻見其不改即以不隨諫事具白世尊世尊告曰諸苾芻應與無相苾芻作不捨惡見捨置羯磨應如是作餘亦如是鳴椎集衆等令一苾芻作白羯磨

大德僧伽聽此無相苾芻自生惡見廣説如前乃至若僧伽時至聽者僧伽應許僧伽今與無相苾芻作不捨惡見捨置羯磨乃至此無相苾芻如是惡見未捨已來衆僧不應共語共説可惡極惡如旃荼羅白如是次作羯磨應准白成時諸苾芻雖與無相作捨置羯磨然彼惡見堅執不捨時諸苾芻以緣白佛佛集僧衆問無相曰汝實作此語如佛所説障礙之法我知非障礙習行之時不爲障礙白佛言實爾大德世尊種種訶責廣如前説乃至我觀十利爲諸苾芻制其學處應如是説

若復苾芻作如是語我知佛所説法欲是障

礙者習行之時非是障礙諸苾芻應語彼苾芻言汝莫作是語我知佛所說欲是障礙法者習行之時非是障礙汝莫謗世尊謗世尊者不善世尊不作是語世尊以無量門於諸欲法說爲障礙汝可棄捨如是惡見諸苾芻如是諫時捨者善若不捨者應可再三慇懃正諫隨教應語令捨是事捨者善若不捨者波逸底迦

若復苾芻者謂是無相餘義如上作如是語者說其事也我知佛所說法者謂如來應正等覺法謂佛說或聲聞說說是彰表義障礙法者謂四他勝及衆教二不定三十捨墮九十墮四別悔衆學法習行之時非障礙者謂不能障沙門聖果謗者謂出非理言不善者招惡異熟諸苾芻見是語時應作別諫若不捨者作羯磨諫乃至結竟廣說如前此中犯相其事云何若苾芻作如是語我知佛所說等諸苾芻見是語時應作別諫捨者善若不捨者得惡作罪羯磨諫時若作白時及初二羯磨若不捨者皆惡作罪若三羯磨竟時便得墮罪若作非法等羯磨者彼無有犯又無犯者謂最初犯人或癡狂心亂痛惱所纏

隨捨置人學處第五十六

時無相苾芻得捨置羯磨往鄔波難陀處啼泣而住鄔波難陀告言具壽無相何故啼泣報言諸黑鉢者爲我作捨置羯磨鄔波難陀曰設與城邑聚落及三界有情作捨置羯磨者豈城邑等而非有耶且勿憂惱當求懺謝如是教已便共言說受用衣食同室而臥時少欲苾芻見是事已共生嫌賤云何苾芻知

彼苾芻是惡見人衆與羯磨未行隨法而與言談爲同住事即以此緣具白世尊世尊集衆問其虛實種種訶責乃至我觀十利爲諸苾芻制其學處應如是說

若復苾芻知如是語人未爲隨法不捨惡見共爲言說共住受用同室而宿者波逸底迦

若復苾芻者謂鄔波難陀餘義如上如是語人者謂是無相未爲隨順法者未作隨順懺摩之法不捨惡見共爲言說等者謂作教授依止等事於四室中同宿天明結罪如上此中犯相其事云何若苾芻知如是語人未作隨法爲言論共住等事便得墮罪若彼身病看侍無犯或共同居令捨惡見此亦無犯又無犯者謂最初犯人或癡狂心亂痛惱所纏

攝受惡見不捨求寂學處第五十七

佛在室羅伐城住逝多林給孤獨園時鄔波難陀有二求寂一名利刺二名長大時有異處衆多苾芻來至其所與二求寂以爲共住言戲掉舉身相摩觸時諸苾芻後生懊悔便自剋責所犯之罪應責心者責心而悔應對說者對說而除發勇猛心起決定意斷諸煩惑證阿羅漢獲大神通後於異時彼二求寂林中採華於虛空中見彼苾芻乘空而至遂遥問曰仁等是誰苾芻答言我是某甲彼二報曰仁等豈不昔與我等而爲共住言戲掉舉身相摩觸作諸罪業云何於今獲增上證彼便答曰此事實爾然我後時情生懊悔深自剋責所犯之罪如前具說乃至獲得通果求寂聞已便作是念此諸苾芻昔與我等共作如是如是非法之事云何於今得增上果

以此因緣我知佛所說法云習諸欲是障礙者此非障礙具以此事告諸苾芻時少欲者聞是語已不嫌不喜具以其事往白世尊世尊爾時告諸苾芻此二求寂所言非理汝等應可作別諫法而開曉之若有餘人作斯事者亦如是諫告言汝利刺長大莫作是語我知佛所說法欲是障礙者此非是障勿作是語謗讟世尊謗世尊者不善世尊不作是語佛以種種方便說行諸欲是障礙法汝今二人當捨惡見時諸苾芻奉佛教已往二求寂所如佛所教曉喻其事如是諫時彼二求寂所有惡見堅執不捨作如是語此事是實餘皆虛妄時諸苾芻即以此緣具白世尊我等奉教別諫彼二求寂時彼之惡見堅執不捨而云我說是實餘皆虛妄佛言汝諸苾芻應作白四羯磨諫二求寂如是應作鳴椎集衆衆旣集已令二求寂離聞處在見處應令一人作白羯磨應如是作

大德僧伽聽此利刺長大二求寂自起如是惡見作如是語我知佛所說法欲是障礙者此非是障苾芻與作別諫之時彼二惡見堅執不捨作如是語此事是實餘皆虛妄若僧伽時至聽者僧伽應許僧伽今與彼二人作白四羯磨曉喻其事汝等二人莫作是語如佛所說障礙之法不應習行我知此法習行之時非是障礙莫謗世尊謗世尊者不善世尊不作是說世尊以種種方便說欲是障礙法若習行者定爲障礙汝之二人當捨如是惡見此是其白一苾芻向二人所報言衆僧與汝作白四羯磨已作白竟汝今應捨惡見

若捨者善若不捨者彼苾芻應還衆中告言惡見不捨次作羯磨大德僧伽聽准白應作乃至初羯磨了如前令問若不捨者還報衆知次作第二第三了時亦如前問如是應作時諸苾芻奉佛教已喚彼二人爲作白四羯磨曉喻之時彼於惡見堅執不捨云此是實餘皆虛妄時諸苾芻即以此緣具白世尊我等已作白四羯磨諫彼二人彼於惡見堅執不捨云此事是實餘皆虛妄佛言汝等苾芻應與彼二求寂作不捨惡見擯羯磨如是應作鳴椎集衆衆既集已令一苾芻作白羯磨大德僧伽聽彼利刺長大二求寂自起惡見如前廣說僧伽爲作別諫及白四羯磨曉喻之時堅執不捨云此事是實餘皆虛妄若僧時到聽者僧伽應許僧伽今與此二人作不捨惡見擯羯磨應告之曰汝等二人從今已去不得更云如來應正等覺是我大師亦復不應隨苾芻後同一道行如餘求寂與大苾芻二夜同室宿汝今無是事汝愚癡人今可滅去白如是應一苾芻向二人所報言衆今與汝二人作白四擯羯磨已作白訖汝等應捨如是惡見若捨者善若不捨者還至衆中具告其事廣説如上次應與作羯磨准白應爲作一番訖還令苾芻向彼陳説衆已與汝作初羯磨説應捨惡見廣説如上乃至第三羯磨竟結文准作諸苾芻白佛言大德應如是作時諸苾芻承佛教已喚二求寂爲作驅擯羯磨已惡見不捨便往鄔波難陀所啼泣而住鄔波難陀問曰汝二具壽何故啼泣答言諸黑鉢者已爲我等作擯羯磨今欲如何

鄔波難陀曰若彼爲諸村坊城邑乃至三界作擯羯磨豈村坊等而非有耶汝勿憂惱當就懺摩便受彼二供給供養言談同宿少欲苾芻見是事已生嫌賤心作如是語云何苾芻具知如是惡見求寂大衆與作擯羯磨已受彼供承言談同宿即以此縁具白世尊世尊集衆問鄔波難陀廣説如上乃至我觀十利爲諸苾芻制其學處應如是説

若復苾芻見有求寂作如是語我知佛所説法欲是障礙法者習行之時非是障礙諸苾芻應語彼求寂言汝莫作是語我知佛所説欲是障礙法者習行之時非是障礙汝莫謗世尊謗世尊者不善世尊不作是語世尊以無量門於諸欲法説爲障礙汝可棄捨如是惡見諸苾芻語彼求寂時捨此事者善若不捨者乃至二三隨正應諫隨正應教令捨是事捨者善若不捨者諸苾芻應語彼求寂言汝從今已去不應説言如來應正等覺是我大師若有尊宿及同梵行者不應隨行如餘求寂得與苾芻二夜同宿汝今無是事汝愚癡人可速滅去若苾芻知是被擯求寂而攝受饒益同室宿者波逸底迦

若復苾芻者謂鄔波難陀餘義如上有求寂者謂利刺長大佛者謂如來應正等覺説者開導義法者若佛説若聲聞説欲是障礙者謂是五欲習行者謂作其事非是障礙者謂不能障沙門聖果苾芻者謂此法中人語彼求寂等者述其惡見與作別諫及與衆諫若不捨者應擯羯磨語言汝從今已去廣説其事是不應作共行同宿汝是癡人可速滅去

若苾芻者謂鄔波難陀知者或自知或從他聞攝受者與作依止饒益者謂給衣食同室者四種室中與其同宿結罪同前此中犯相其事云何若苾芻知是被擯求寂乃至同室宿者波逸底迦若是親族或時帶病若復令彼冀捨惡見雖權攝受並皆無犯又無犯者謂最初犯人或癡狂心亂痛惱所纏

著不壞色衣學處第五十八

佛在王舍城住竹林園時此城中有二龍王一名祇利一名跋窶由此二龍威神力故於王舍城有五百温泉及諸池沼常流不絕時降甘雨五穀熟成爾時世尊調伏難陀鄔波難陀二龍王已此二龍王每於月八日十五日二十三日月盡日從大海出昇妙高峯來詣佛所為欲供養及聽法故時祇利跋窶二龍王見難陀鄔波難陀來至佛所而申供養自相謂曰此二龍王每月於四齋日遠從餘處來至此城承事世尊并聞妙法我等云何在此城中不申禮敬我今宜往供養世尊是時二龍王來詣佛所禮雙足已在一面坐爾時世尊為彼二龍宣說法要令歸三寶受五學處從此已後身及資財並皆增盛既增盛已即共議曰我等宜可往大海中隨廣博處而為居止作是議已往詣佛所致敬既畢在一面坐白佛言大德我從世尊受歸戒已身及資財並皆增盛若大悲世尊哀憐許者我等今欲往大海中隨寛而住佛見請已告二龍曰影勝大王是國之主汝等欲去宜可白知時二龍王辭佛而去便相謂曰如佛所言似不容許便依舊住然二龍王若於夜中來

見佛者依本形狀若於晝日作長者形後異時中龍於晝日在世尊所聽佛說法影勝大王亦於彼時往竹林園既至門所命左右曰汝往佛所觀有何人時彼左右奉教而去既至佛所禮佛足已見二長者在世尊處即還王所白言大王有二長者在世尊處王作是念彼二長者是我國人見我來至敢不起耶時影勝王欲至佛所彼二龍王見大王來白世尊曰大德我今先且敬法爲敬王耶世尊告曰諸佛世尊及阿羅漢等咸敬於法以此因緣說三伽他曰

若過去諸佛　及以未來者　現在諸世尊
能斷一切憂　皆共尊敬法　言說及行住
常於一切時　尊重於正法　是故求益者
欲希富盛樂　應當尊敬法　常思諸佛教

時彼二龍聞佛世尊說敬法事雖見王來而不修敬王既見已便作是念此二長者是我國人見我來至不相敬重便生瞋恨至世尊所禮雙足已在一面坐佛知王意有瞋恚心別作餘言不爲說法時影勝王請世尊曰唯願大師爲我說法爾時世尊以此因緣說伽他曰

若無清淨心　而懷瞋恨意　不能解諸佛
所說微妙法　降伏鬪諍心　及無不淨意
能除於忿害　方解微妙法

時影勝王聞伽他已作如是念由二長者遂令世尊不時爲我演說法要便從座起禮佛而去命左右曰汝可伺彼佛邊長者辭佛去時應告之曰大王有教爾等二人宜當速去勿居我國于時使人奉命而往彼二龍王既

聞妙法禮佛而去將出竹園使人報曰大王有教爾等二人宜當速去勿居我國二龍聞已便作是念我此長夜情所樂者今不爲勞而能遂願即起密雲降澍洪雨從諸渠澗次入江河展轉隨流至于大海身及資財轉更增盛龍去之後王舍城側五百温泉並皆枯涸於時時中不降甘雨五穀不成人懷憂慼時影勝王見此事已便作是念王舍城内有二龍王一名山二名勝常居此城由彼威力能令五百温泉及諸池沼常流不絶於時時中每降甘澤五穀熟成無所乏少忽於今時温泉池沼並皆乾竭多時無雨五穀不成豈二龍王而命過耶或復逃竄向餘方國或呪龍者之所攝持或金翅鳥王之所噉食然佛世尊具一切智無不觀察我今宜往問彼所由時影勝王往竹林中禮佛足已在一面坐白佛言大德有二龍王在此城住具述威力盛衰所由不委今時居止何處爾時世尊告影勝王曰大王當知非彼二龍身死命過乃至亦非金翅所食然是大王自爲驅擯王曰我曾不憶與彼相見況驅擯乎世尊告曰我爲大王憶驅擯事王豈不憶曾於一時來至我所見二長者在我邊坐大王于時共作何語影勝白佛言世尊我不共語遣使留言報二長者勿居我國佛言彼二長者即是龍王化作人身來聽法要王曰彼二龍王今向何處佛言往大海中王聞語已便帶憂色而白佛言大德我之國界將衰損耶佛言王之國界未至衰損然可愧謝彼二龍王王曰彼在海中我住城邑既不相見求謝無由佛言每

於四齋日來至我所而申禮敬王至此日宜可自來我指示之當申懺謝王曰我懺謝時爲禮彼足耶佛言不應禮足宜伸右手告龍王曰願容恕我勿恨前言彼二龍王自當容忍後於異時至褒灑陀曰彼二龍王來至佛所禮佛足已在一面坐其影勝王亦於是日來禮佛足一面而坐爾時世尊即便現相示其處所此是二大龍王時影勝王便舒右手告二龍曰龍王於我願見懺摩龍王報曰懺摩大王王曰若容恕者願還來此住我國中二龍告曰我從此處至大海已身及資財非常廣大若來此者無處相容王曰若如是者當失我國龍曰唯願大王勿憂失國可於城外造二神堂一名祇利龍神堂二名跋窶龍神堂我今眷屬住此堂中六月一時盛興大會我等自來觀王國土不令闕乏王曰善當如是作時影勝王即於城外林泉之所造二神堂每年二時至節會日徧六大城所有諸人並皆雲集同於一時至節會日有南方樂者來至王城時彼樂人自相謂曰我等作何方便得使衆人情生歡愛多獲財利以自供身時有一人作如是議若說大人殊勝行迹可使衆人情生歡愛多獲財物諸人報曰若如是者世間殊勝無過於佛一切有情共所欽敬我若讚歎攝引衆人因此得財永無闕乏時彼樂人俱共往詣六衆之所禮足而白唯願聖者爲我宣說如佛往昔爲菩薩時在覩史天宮將欲下生贍部洲內作四種觀察欲界六天隨應作事咸皆爲作降神母腹及誕生時漸至童年出門遊觀見老病死等遂

適林中苦行六年將爲無益道成正覺普濟羣迷如是等緣頗皆爲說六衆報曰汝等聞此欲何所爲樂人告曰我欲修入管絃緝爲歌曲時鄔陀夷聞已告曰癡人汝將我佛法勝事奏入絃歌汝可即行不能爲說時諸樂人黙然捨去詣尼寺中至吐羅難陀苾芻尼處禮而告曰唯願聖者爲我宣說如佛往昔爲菩薩時在覩史天上來此下生乃至普濟羣迷願爲我說吐羅難陀聞而告曰汝樂聞此欲作何事樂人答曰我今欲取其事奏入管絃欲爲舞曲尼便報曰共作要契方可爲陳汝若與我餅果直者當爲汝說樂人曰此是小事必當奉與其吐羅難陀尼具足多聞善閑三藏即爲宣說始從生位終至菩提樂人聞已咸取其事修入絃歌樂人于時共相告曰此之勝事令信敬人情發歡喜作何方便令不信者亦起歡心我當一時俱呈兩伎令信不信咸唱善哉遂即徧覓希奇還入僧寺見闡陀苾芻飽食已訖復捨威儀忽有施主持妙飲食來與闡陀于時闡陀情希更食洗手受已往鄔陀夷所其鄔陀夷食尚未起即對其前蹲踞而住作如是語大德鄔陀夷存念我苾芻闡陀已足食訖復得如是美好飲食今欲更食願與我作餘食法時鄔陀夷取兩三口食已告曰去此是汝食隨意餐噉時彼樂人見斯事已便作是念此好緣由我若作者能令不信之輩亦發歡心即便往彼作樂之處手振鼙鼓廣集諸人作衆伎樂始從菩薩覩史天下迄至普濟羣迷並悉奏入管絃咸爲舞樂敬信之類生希有心皆云奇

哉樂人善爲歌唱多贈錢賄有異常倫于時樂者復更思惟不信之人終須汲引遂令一人作闡陀形復遣一人作鄔陀夷狀却坐而食其闡陀形者即以瓦椀盛灰滿中上置沙糖至鄔陀夷處蹲踞而住報言大德鄔陀夷存念我闡陀苾芻已飽足食復得如是美好飲食情希更食願與我作餘食之法時鄔陀夷樂人取沙糖食便以灰椀覆彼頭上告云此是汝物隨意食敢時不信人見其希有並皆大笑唱言美樂多遺珍財時諸看人戲散之後隨所至處如前次第話向餘人六衆苾芻展轉聞說共相議曰無識倡伎模我形狀戲場之內用作希奇我今宜可與彼樂兒作無益事即相謂曰我等宜應向姊妹邊共憶戲事即便至彼而告之曰姊妹如我世尊爲

菩薩時所有行迹當時有一樂者名高臘婆取菩薩行歌入管絃我等雖看有憶不憶即便共歌其事無有遺失遂即往至二神堂所去其不遠張設戲場青布傍遮紅襌上覆既布置已六衆俱來時鄔波難陀即著俗服以彩氎纏頭手拍鼙鼓自餘諸伴皆爲舞樂鼓聲繞發大衆雲奔棄彼戲場皆集斯處時彼樂人聞音奇絕亦並俱來觀其所爲咸成絕代共相謂曰此等爲是天爲龍藥叉乾闥婆等來此歌戲各生奇異共捨資財于時六衆戲訖散場所有錢財並收將去時諸樂人亦隨其後觀知住處便見六衆入竹園中樂人在門伺看其事時鄔陀夷出寺門外於其耳側尚有雌黄樂人見之問言向爲伎樂豈聖者耶答言是我故欲辱汝癡人豈容汝等假

我威光以爲活命反相調弄作我形儀對衆人前以當訶笑若汝去處我必隨行令汝長時一無所獲我等不將戲具借覓權充汝等攀持諸事辛苦見是語已樂人請曰唯願聖者恕我一愆鄔陀夷曰若汝得財悉當與我共爲盟要即我不隨行樂人議曰我若不與相惱未休是故今時得者皆與遂還本處咸共憂愁彼有知識來問之曰仁等何因各懷憂色答曰我今被罰豈得不憂問曰是誰答言釋子問言何意即以上事具悉告知時彼知識俱生嫌賤云何苾芻著俗白衣躬爲伎弄雖諸樂人並不免輸物時諸苾芻聞是語已具白世尊世尊爾時集苾芻衆如俗譏嫌問知虚實乃至我觀十利爲諸苾芻制其學處應如是説

若復苾芻得新衣當作三種染壞色若青若泥若赤隨一而壞若不作三種壞色而受用者波逸底迦

若復苾芻者謂六衆也餘義如上新衣者有二種新一謂衣體是新二謂新從他得此中新者謂是新衣衣有七種具如上説青者謂青色泥者謂赤石赤者謂樹赤皮染壞色者謂壞其白色若不染壞而受用者得罪同前此中犯相其事云何若諸苾芻得新衣於三種色中不隨一而壞者皆得墮罪無犯者謂最初犯人或癡狂心亂痛惱所纏

根本説一切有部毗柰耶卷第三十九

音釋

寱研計切寐中有言曰寱愀七小切色變也圊廁圊七情切廁初吏切圊廁圂也蜇之列切螫也螫施隻切蟲行毒也緝七入切續也蹲踞蹲徂尊切踞居御切鼗徒刀切有柄鼗也

根本說一切有部毗柰耶卷第四十

唐三藏法師義淨奉制譯

捉寶學處第五十九

爾時薄伽梵在王舍城鷲峯山於日初分執持衣鉢下鷲峯山入城乞食將尊者阿難陀以爲侍者于時遇天大雨水蕩崖崩見劫初人所安伏藏光色晃曜世尊告阿難陀曰汝應觀此是大黑蛇是大害毒阿難陀曰是可畏毒作是語時去斯不遠有一貧人常採根果以自活命聞稱毒聲便生是念我試往觀所云害毒其狀如何勿令於夜螫害於我既至其所見是伏藏光彩外發于時貧人見已欣喜竊生是念願此毒蛇恒螫於我父母妻子所有眷屬亦不辭痛遂將葉蓋細細持歸漸與宅舍以供衣食共諸親族隨意受用便大富盛時未生怨王弑父自立便令使者徧觀國邑誰有多財時彼使人見得伏藏者舍宅昌熾衣食豐盈奴婢牛羊有異常日便問之曰汝於昔時貧無衣食何故今日忽然富盛豈非竊得王家伏藏耶即便執捉送至王所王便問曰汝今卒富得我伏藏耶彼便拒諱王曰此違我命准法當死所有眷屬並收繫獄此應斷命時彼獄官即將其人欲往刑戮於其路中作如是語阿難陀此是大黑蛇是大害毒阿難陀曰是可畏毒然王國法將刑之人所有語言必須反奏見是語已即白王知王曰可喚將來既至王所王自問曰如汝所言有何義理彼人具陳昔事王於爾時於世尊所創發信心問彼人曰咄男子汝信佛語答言大王我實深信時王聞已淚落霑

衣報彼人曰此物與汝眷屬皆放時彼男子既得脫已喜不自勝作如是念我之所有富盛家業皆由世尊之所致也我今宜應禮世尊足請佛僧衆就舍而食廣說乃至食已聞法即於座上見四諦法獲預流果廣如餘說此是緣起尚未制戒佛在王舍城鷲峯山時鄔波難陀於日初分執持衣鉢入城乞食於路見教射人不申禮敬巡家漸次至教射堂中見無師主唯有諸徒鄔波難陀告諸人曰汝等學射徒費日功未能成就即自執弓箭左右而射放箭皆中告言汝等當覓上好師匠而學技能鄔波難陀告已而出時彼射師還至堂中諸人見時不致恭敬問曰汝等何故傲慢異常諸人報曰我廢生業欲學技能看此形勢似空費日師問其故諸人具以事答師聞語已便往寺中覓鄔波難陀見已禮足作如是語阿遮利耶斯乃是我活命之緣幸願慈悲勿相破壞鄔波難陀報言癡人弓射之術是我技能汝將活命無束脩禮其人禮而謝曰事已往者請勿致責自今已去謹隨上命即便貨賣教射之具所得之物送與鄔波難陀至射堂中憂懷而住親友見問何故憂愁彼以事答時人聞已便生譏議沙門釋子所作非法云何令他教射之人遂至貧乏此亦緣起尚未制戒緣起同前入城乞食時鄔波難陀乃至巡家至教樂堂中見師不在自取樂器具奏八音廣說如前乃至其人貨賣樂具遂至貧乏此亦緣起尚未制戒爾時世尊隨緣施化從王舍城至廣嚴城住高閣堂中時鄔波難陀於日初分時執持衣鉢

入城乞食於其中路見栗姑毗多諸童男以瓔珞具置在一邊而共遊戲鄔波難陀見其瓔珞謂藥叉物遂即收取時諸童子見取瓔珞便各競來牽其手足咸以塵土而散擲之遂還瓔珞鄔波難陀塵土坌身方還入寺苾芻見問豈與童子而共戲乎鄔波難陀具以事答此亦緣起尚未制戒佛在廣嚴城乃至六衆苾芻入城乞食路次栗姑毗園便入園中見諸戲具即取鼓樂如法擊奏猶如淨飯王所奏音樂及未生怨戰鼓之響時城內人聞斯聲已皆大驚怖作如是語定是未生怨王來襲我國即嚴兵革出大城門共相拒敵是時六衆便棄鼓樂俱出園外諸人見六衆來問言聖者未生怨王所有兵衆今在何處六衆曰彼未生怨何因至此問曰若不來者彼之戰鼓因何響振六衆答曰此是我等聊爲戲笑非是王軍餘人報曰仁可急去勿住此中栗姑毗來必是相辱即還入寺諸苾芻問何故空鉢而歸具以事答少欲苾芻聞是語已共生嫌賤云何苾芻共作如是不端嚴事乃至白佛廣說如前佛言我觀十利制其學處應如是說若復苾芻寶及寶類若自捉教人捉者波逸底迦爾時世尊從廣嚴城至憍薩羅國室羅伐城住逝多林給孤獨園時毗舍佉鹿子母聞佛來至欲申敬禮具諸瓔珞周徧嚴身禀性慚恥將見佛遂脱瓔珞付其從者著鮮白服入見世尊禮佛足已聽聞妙法從座而去時彼從者以其瓔珞置華樹下遂忘歸家時阿難陀見其瓔珞便作是念世尊所制由此當開即便收取自往白佛

佛言善哉善哉阿難陀我雖未許汝已知時若說戒時應云除時因緣復於異時毗舍佉問從者曰將瓔珞來報言寺中樹下忘不持來報云往取子聞語已白其母曰豈如庫內令彼取來寺中多人彼物定失母曰我在生來物不遺失汝但往取必定應得從者承命遂往寺中阿難陀見之便授瓔珞從者持至母告子曰我不失財斯言非謬子作是念我當試驗其事實不便取其母金印指環投於井中汲水之時隨水而得其子復將擲於江內魚見吞食漁人獲得詣市賣之家人買歸破腹而得復以金囊棄之於路時人見者皆謂是蛇避之而去子還收取既作如是多種試驗方知其母不失於物復有苾芻行至寺外見遺金囊持之而去後有人來苾芻報曰此是汝囊不彼人言是便與持去次有一人急走而來問苾芻曰見我金囊不報曰我已與他將去其人聞已懊惱命終世尊知已告諸苾芻不應如是輒即與人應問記驗相應者與不同者勿與復有苾芻見盛金囊棄之而去佛言不應棄去應以葉覆彼以葉覆棄之而去佛言不應棄去可以物蓋應於其處七八日中來去看守有人來認問相當者應可與之若不相當者將歸寺中可貯僧庫經五六月若有主來認相當應與無主來者應將此物買牢器物而舉用之後有主認若記同者應將物示此是汝物買得隨意將去若索利者應報彼云汝物合失得本應喜何不知恩更求利物爾時世尊以此因緣集苾芻衆讚歎持戒告曰前是創制此是隨開乃至

我觀十利爲諸苾芻制其學處應如是說若復苾芻寶及寶類若自捉教人捉除在寺内及白衣舍波逸底迦若在寺内及白衣舍見寶及寶類應作是念然後當取若有認者我當與之此是時

若復苾芻者謂六衆也寶謂七寶寶類者謂諸兵器弓刀之屬及音樂具鼓笛之流自捉使人及以結罪廣如上說苾芻在寺中及以俗舍若見寶等聽作是念然後收取若有主來我當持與此中犯相其事云何若苾芻自手使人捉諸寶物已磨治者皆得墮罪未磨治者但得惡作乃至捉假瑠璃亦惡作罪若捉嚴身瓔珞之具皆得墮罪乃至麥莛結爲鬘者捉亦惡作若捉琵琶等諸雜樂具有絃柱者便得墮罪無絃惡作乃至竹箣作一絃琴執亦惡作若諸螺貝是堪吹者捉得墮罪不堪吹者惡作諸鼓樂具堪與不堪得罪重輕亦同此說若執弓時有弦𢮩者便得墮罪無者惡作若刀有刃箭有鏃頭皆得本罪異斯惡作乃至彈毛弓及草莛箭亦皆惡作若像有舍利執得墮罪無舍利者惡作若作大師想擎持者無犯又無犯者謂最初犯人或癡狂心亂痛惱所纏時諸苾芻咸皆有疑以何因緣毗舍佉母不失錢財佛告諸苾芻汝等應聽乃往古昔迦葉波佛涅槃之後有一老母奉持戒行時訖栗枳王宫人遊戲園中遺瓔珞具時彼老母得此瓔珞繫竹竿頭欲求本主時王遣人尋此瓔珞於老母處得已奉王王見物喜怪其奇異嗟歎老母問曰既有好心理合嘉賞今何所欲老母白王更無

所欲不求現利願以此緣於未來世所生之處得不失財報由昔淨心今受斯果往時老母者即今毗舍佉母是由於往時不藏他物發願力故於生生中雖失珍財終還獲得是故苾芻得他物時勿盜藏舉如是應學

非時洗浴學處第六十

佛在王舍城時此城傍有三溫泉一王自洗浴二是王宮人三諸雜人其王洗處苾芻亦洗宮人浴處苾芻尼亦浴于時六衆苾芻洗浴之際便生是念我今試王信心厚薄意欲相惱沉吟久之不時速出王遂遣人取水別處而浴不入溫泉既洗沐已往詣佛所頂禮雙足聽聞妙法辭佛而退時具壽阿難陀聞是事已便往白佛佛言由諸苾芻爲洗浴故有是過生諸苾芻等不應洗浴時諸苾芻身不洗沐體多垢膩乞食之時婆羅門居士等見而問曰聖者豈復仁等身持垢穢將爲清淨耶何因不洗時諸苾芻以緣白佛佛言半月應爲洗浴於暑熱時彼諸苾芻不數洗故身體萎黃諸人見問聖者何故似帶病耶答曰我由世尊不許數洗身體煩熱致使之然諸人告曰世尊大悲以此爲緣必當開許以緣白佛佛言熱時應洗有苾芻病醫人令洗答言世尊不許以緣白佛佛言病時應洗苾芻或營衆作或窣覩波身垢不淨人見譏嫌以緣白佛佛言作時應洗諸苾芻涉道行時來往疲極委身而卧諸人見恠問曰仁等何不策修善品晝寢而住苾芻以緣白佛佛言若道行時應洗苾芻被風吹時身多塵坌垢穢不淨人見譏笑同前白佛佛言風時應洗

又觸雨時又風雨時泥汙身體同前白佛佛言若雨時若風雨時隨意應洗爾時世尊讚歎持戒乃至我觀十利爲諸苾芻制其學處應如是說

若復苾芻半月應洗浴故違而浴者除餘時波逸底迦餘時者熱時病時作時行時風時雨時風雨時此是時

若復苾芻者謂六衆也半月應洗浴者謂齊十五日一度聽浴故違者謂不依教行除餘時者若在餘時此則無犯熱時者春餘一月半在謂有一月半在當作安居（謂從四月一日至五月半）是及夏初一月謂入夏一月（謂從五月十六日至六月半是）此兩月半名極熱時若病時者若苾芻有病除多洗浴不能安隱者是作時者謂爲三寶所有作務下至掃地大如席許或時塗拭如牛臥處行時者謂行一踰膳那或半踰膳那還來者是風時者乃至風吹衣角搖動者是雨時者乃至兩三滴雨落身上者是風雨時者謂二俱有此是時者是隨聽法結罪同前此中犯相其事云何若苾芻每於開限洗浴之時常須心念口言而爲守持應云在其時中我今洗浴若不守持者以水澆身水未至臍得惡作罪水至臍者即得墮罪若入水洗者准此應知若先以煖水後以冷水如上浴時得罪同前或先池後河等事亦同此時有苾芻於河彼岸有請喚事不敢入水往赴其請佛言應去勿致疑惑苾芻有事渡河脚跌墮水心生疑悔佛言無犯苾芻渡橋墮落悶絕餘人見之便以水灑苾芻起已便生疑悔佛言無犯又無犯者謂最初犯人或癡狂心

亂痛惱所纏
第七攝頌曰
殺傍生故惱　擊攊水同眠　怖藏資索衣
無根女同路
殺傍生學處第六十一
佛在室羅伐城爾時具壽鄔陀夷曰初分時入城乞食遂至教射堂中其師出外但有諸生見教射處所置堋垛事無准的時鄔陀夷遂取五箭仰視虛空時有一烏飛騰而過鄔陀夷便射四箭遮烏四邊烏乃上飛遂以箭貫從口而出告諸生曰少年汝等應當求好師傳學斯技術後教射師迴至射堂弟子具說其事師作是念勿令苾芻數來相惱即設方計令彼諸生持其死烏繫竹竿上隨鄔陀夷後令彼惡響周徧十方作如是說仁等當知大德鄔陀夷有斯技藝空中落羽箭入烏腸時諸婆羅門居士等見斯事已各起譏嫌云何苾芻自執弓箭殺諸禽鳥此則肉不堪食筋皮無用於不應處而爲惡業少欲苾芻聞生嫌恥以緣白佛爾時世尊廣說如前乃至我觀十利爲諸苾芻制其學處應如是說
若復苾芻故斷傍生命者波逸底迦
若復苾芻者鄔陀夷餘義如上故者明非錯誤傍生者謂是飛烏或復諸餘禽獸之類斷命者謂殺其命根釋罪同前此中犯相其事云何言斷傍生命者謂以三事內外及俱而興方便斷彼命根若苾芻作殺害心乃至以一指損害傍生因此命終者得波逸底迦或當時不死後時因此死者亦得墮罪若後時不死者得惡作罪如是廣說如前斷人命學

處具說又無犯者謂最初犯人如前廣說

故惱苾芻學處第六十二

佛在室羅伐城逝多林給孤獨園時大目乾連與十七衆出家并受近圓彼十七衆遂便親近六衆苾芻時鄔陀夷告十七衆作如是語具壽汝等爲我作如是如是事答曰我不能作豈仁是我阿遮利耶鄔波馱耶令我執作鄔陀夷見是語已即便驅遣不許同住時十七衆遂向餘處而爲讀誦鄔陀夷便詣鄔波難陀處告言上座知不此諸小師不受我語事欲如何鄔波難陀曰汝今應可令彼小師各生惱悔廢其習讀當作是語廣說惱緣時鄔陀夷聞是教已如言即作告十七衆曰具壽汝等豈復能得漏盡入正定聚耶由汝皆是減年受具既無戒足衆善不生如是廣說乃至作法不成時十七衆便以此事告大目乾連時大目乾連爲除疑悔復告之曰佛說初人無犯況汝無過然復誰向汝等作如是語令生追悔報言尊者鄔陀夷少欲苾芻聞是語已便生嫌賤云何苾芻故令苾芻心生惱悔以緣白佛廣說乃至制其學處應如是說

若復苾芻故惱他苾芻乃至少時不樂以此爲緣者波逸底迦

若復苾芻者謂鄔陀夷餘義如上故惱者欲令心生惡作發起追悔少時不樂者乃至須臾情不安隱以此爲緣者非餘事也結罪如上此中犯相其事云何謂問其別事又問律教相應云何問別事若苾芻於他苾芻處作惱亂心往詣其所作如是言具壽汝憶某王

及其長者不答言彼已多時我不記憶報言具壽彼非多時汝不憶者即是生年未滿二十而受圓具更可近圓作是語時設彼苾芻心不生惱然此苾芻亦得墮罪如是問言汝憶其時日蝕月蝕儉歲豐年廣說如上云何問律教相應如作惱心問言具壽汝先於何處所而受近圓答言某處報曰彼處先無大界不結戒場大衆不集便成別住非善受近圓汝應更受又問具壽誰是汝阿遮利耶鄔波䭾耶答言彼是我二師報曰彼人破戒不合爲師汝則不名善受近圓又問汝向其處不答言去若向彼處皆是愚癡破戒之人或鄙惡類非是善伴汝定破戒作如是等語惱亂他時隨彼前人惱與不惱但使聞知皆得墮罪又問具壽汝取二師衣不答言曾取報言汝若取者有賊心故犯他勝罪問言具壽汝頗曾說諸行無常諸法無我涅槃寂滅不答言我說報曰汝若說此上人法者犯他勝罪如是說時作惱亂心皆得墮罪此中無犯者如有苾芻詰苾芻所作如是問具壽汝憶其王及其長者不答言我不憶報言具壽彼已多時汝雖不憶亦是年滿二十善受近圓又日月博蝕年歲豐儉如上應知是謂問其別事如有苾芻詰苾芻所作如是問具壽汝先於何處所而受近圓答言某處報曰我知其處先有大界舊結戒場汝即善受近圓如是問其二師問所向處問取師衣答曰此皆無過又問具壽汝說諸行無常乃至涅槃寂滅答言我說報曰汝不自稱得此上人法不答言不也若如言者說亦無過是謂問與律

教相應又無犯者謂最初犯人廣説如上

以指擊攊學處第六十三

佛在室羅伐城逝多林給孤獨園時大目乾連既與十七衆出家廣説乃至但有營事即十七人共相檢校更互助成如前殺戒中具言其事時十六人從一乞懺見彼不言即皆以指擊攊令其大笑因而致死少欲苾芻聞生嫌恥云何苾芻以指擊攊斷他命根以緣白佛佛言廣説乃至我觀十利爲諸苾芻制其學處應如是説

若復苾芻以指擊攊他者波逸底迦

若復苾芻者謂十七衆餘義如上以指擊攊者謂是身業結罪如上此中犯相其事云何若苾芻以一指頭擊攊他者得一墮罪乃至五指便得五罪若以拳擊攊得一墮罪若以足指准手應知若以指端示其黶處或指創處或指蚊蟲或示旋毛等並皆無犯又無犯者謂最初人廣説如上

水中戲學處第六十四

佛在室羅伐城逝多林給孤獨園時十七衆中有最大苾芻名鄔波離斷諸煩惱證阿羅漢果已便作是念我始觀察於久共住同梵行者於此衆中誰有善根誰無善根觀已知有繫屬於誰知屬於我時鄔波離爲作引導方便相隨俱往阿市羅跋底河濾水添瓶觀察水已正念用心爲洗浴事既洗浴竟住在一邊時十六人亦皆澡浴既入河中作浮作没或往彼岸或還此岸或沿波或泝流或打水鼓或擊水蛙或爲水索或爲水杵如是等類作衆伎樂身手掉舉共爲戲笑時勝光大

王於高樓上遥見彼戲告勝鬘夫人曰試當觀汝所重福田夫人白言大王此輩少年顔容盛壯能修梵行王不稱奇王雖年邁未能靜息彼水中戲亦何見責時具壽鄔波離觀彼王心知生輕慢欲令信故告諸人曰仁等可各整衣服俱持水瓶共還住處時鄔波離以神通力與同梵行者各昇虚空於王樓上飛騰而過時勝鬘夫人俯觀其影仰視希奇便白王曰王可觀此勝妙福田騰空而去王言夫人豈有證阿羅漢者水中戲耶夫人答曰此即是王之所聞知有未聞事王所不知王曰何謂也夫人曰心如電光須臾改易以堅固定猶若金剛刹那之間破無明惑王不應怪王聞語已默然無答時勝鬘夫人見斯事已便令使者禮拜世尊并申請白見諸聖者在水中戲唯願世尊於諸聖者而爲憶念勿令水中而爲戲樂爾時世尊聞是事已乃至我觀十利爲諸苾芻制其學處應如是說

若復苾芻水中戲者波逸底迦

若復苾芻者謂十七衆餘義如上若苾芻於水中戲如上所説浮没掉擧等事皆得墮罪此中犯相其事云何有其九事能生於犯云何爲九謂自喜教他喜自戲教他戲自跳教他跳掉擧弄影身相打拍若苾芻作水中戲意從牀而起帶持衣服往詣河池所脱上衣著洗裠身入水中乃至未没已來皆惡作罪身若没時便得墮罪出時亦爾若作求涼冷意者出没無犯或從此岸向彼岸從彼岸向此岸或泝波或沿流等皆犯墮罪若作學浮意者無犯若打水鼓廣説如前乃至以指彈

作聲皆得墮罪若瓶瓨甌器盛水而戲者波逸底迦乃至指彈得惡作罪若羹臛椀中打作鼓聲乃至指畫爲跡作調戲心得惡作罪欲令冷者無犯又無犯者謂初犯人廣如上說

與女人同室宿學處第六十五

佛在室羅伐城逝多林給孤獨園時具壽阿尼盧陀斷衆結惑證阿羅漢彼既自受解脫勝樂作如是念世尊於我已作大恩我於世尊欲作何事而能報德我今宜可利益有情此即名爲酬恩中勝作斯念已執持衣鉢人間遊行至一聚落此聚落中有一長者二男一女其女長成行不貞謹彼二兄弟因與他競他人告曰汝妹未嫁與外人私通兄弟聞已問妹虛實妹即答曰我實清謹世人漫說於後不久遂便有娠兄弟問曰汝言清謹何處得斯妹曰曾有禿人强逼於我因即有娠後遂生男時人名爲禿子母號禿子母是時具壽阿尼盧陀既至此村日欲將暮求宿處所時諸童子報言聖者彼處有禿子母舍必相容宿時具壽阿尼盧陀隨言即去投彼家宿時禿子母遂相容止便生邪念即於夜中就尊者所欲相抱捉于時尊者知其惡見以神通力上昇虛空女人見已生希有心求哀懺謝仰而告曰唯願聖者慈愍我故當爲下來是時聖者爲利益故縱身而下爲其說法女聞法已心便啓悟證獲初果既至明日其女兄弟至還見譏汝之姊妹非但俗旅雖釋迦子亦被拘牽彼二聞已俱生忿怒便就其舍欲殺苾芻是時尊者觀二童子及諸有情

根機時熟即昇虛空現十八變作希有事時彼聚落四近諸人各並雲奔共觀異相尊者復座即便爲衆宣說法要令彼兄弟及萬二千人皆得見諦廣說乃至阿尼盧陀見斯過已更不復於俗舍之中而爲止宿復於異時阿尼盧陀於一村隅苑園中宿即於此夜有諸賊侶欲偷劫此村過苑園中見苾芻宿共相議曰我欲盜財見不祥相我今宜可殺此苾芻時賊將軍先是尊者寺内作人既遥見之遂相憶識告諸人曰君等當知昔有商客入大海中遭諸厄難稱其名者安隱而歸如此之人不應造次便爲殺戮我等且去入村若不得物迴殺未晚諸賊相隨入村劫盜多獲財物還至園中是時尊者便爲群賊宣說法要示教利喜皆令見諦得預流果時彼諸人皆留盜物還彼村人其夜有天告村人曰汝等諸人賊所盜物皆由尊者阿尼盧陀威神力故所有財物並在村外苑園之中皆不將去汝至天明各往收取時彼村人聞天告命至天曉已便往園中到尊者所各禮足已在一面坐尊者爲其說法令萬二千人亦皆見諦時彼賊侶有五百人便求尊者而爲出家時阿尼盧陀將五百人詣世尊所世尊見至便命善來苾芻皆成出家并即圓具蒙佛教誡不久皆證阿羅漢果時諸苾芻問阿尼盧陀尊者得安樂行不答曰有安樂行亦有苦行問言云何答曰我利有情斯成樂行幾遭斬首是爲苦行問言何故即便具答投女宿事諸苾芻曰合與女人共室宿耶答曰只由不合有此過生少欲苾芻聞已嫌賤云何

苾芻與女人同室宿以緣白佛佛言乃至我觀十利爲諸苾芻制其學處應如是說

若復苾芻共女人同室宿者波逸底迦

若復苾芻者謂具壽阿尼盧陀餘義如上共者兼彼也女人者若婦若童女謂堪行婬境同室宿者室有四重如上釋罪同前此中犯相其事云何若苾芻與女同宿身在中閣女人在閣下應拔梯令上或門安居鑰或遣人看守若異此者乃至明相未出已來得惡作罪若過明相便得墮罪若苾芻在閣下女在中閣或苾芻在中閣女在上閣或復翻此廣說如前或苾芻在房女在簷前唯除梯一事餘並如前若女在房中苾芻簷下應外繫其戶餘如前說若在門屋下苾芻門内女在門前應内安關居翻斯外繫餘並同前假令共室若有夫主守護者無犯又無犯者謂初犯人廣說如上時諸苾芻咸皆有疑白佛言世尊具壽阿尼盧陀曾作何業生富貴家出家斷惑證阿羅漢廣化有情爲大利益唯願爲說佛告諸苾芻汝等當聽乃往過去迦葉佛時有一苾芻於聚落中住建大寺宇躬爲撿校設上供養願求解脫共住弟子有五百人持聚落中所有人民於苾芻處信敬深重乃至廣說由昔檢校供養衆僧故生富貴家由發願力故證阿羅漢彼五百弟子即今五百阿羅漢是昔聚落中所有居人即所化諸人是又問何因得妙天眼佛弟子中最爲第一佛言昔迦羅村馱佛制底之處與大供養時有群賊欲行竊盜入制底中見其燈闇遂便挑舉覩佛尊容情生歡喜即發大願願我來

世得遇大師承事無倦得妙天眼人中第一由彼願力今獲天眼最爲第一汝諸苾芻當如是學

根本説一切有部毗柰耶卷第四十

音釋

⿰女占處占昌渉二切 ⿰足替徂感切 跌徒結切蹶也 堋垜堋步崩切垜徒果切堋垜射埒也 蝕實職切日月侵虧曰蝕 攊狼狄切擊也 黶於琰切黑瘢也 臛黑各切肉爨也 扂徒點切戶牡也

根本説一切有部毗奈耶卷第四十一

唐三藏法師義淨奉　制譯

恐怖苾芻學處第六十六

爾時薄伽梵在室羅伐城逝多林給孤獨園時具壽大目乾連度十七衆出家并受近圓已此十七人便與六衆而爲共住於六衆邊受學法義自相謂曰我等無知不閑經典常被六衆之所輕忽宜各策勵勤爲習誦六衆知已時鄔陀夷便於初夜彼誦習時即反被毛毯作可畏聲云藥叉來欲害於汝共相恐怖時十七衆各大驚惶復於他日其十七人恨相恐懼即便共打鄔陀夷幾將命斷以油塗身委頓而卧苾芻見已問言何故答曰我爲少許戲笑之事致斯困辱以縁具告少欲苾芻聞是説已共生嫌賤云何苾芻怖他苾芻令生不樂諸苾芻以縁白佛佛言乃至我觀十利爲諸苾芻制其學處應如是説若復苾芻若自恐怖若教人恐怖他苾芻乃至戲笑者波逸底迦

若復苾芻者謂鄔陀夷餘義如上他苾芻者謂此法中人此中犯相其事云何若苾芻爲恐怖他意便作種種可畏形狀所謂諸雜色類如燒杌樹或復作諸鬼神等像云來食汝斷汝命根隨彼苾芻怖與不怖而此苾芻得波逸底迦罪若苾芻作恐怖他意便作種種可畏諸聲所謂師子虎豹及諸鬼神等聲云來食汝餘並同前若苾芻作恐怖他意便作種種可畏諸氣所謂大小便氣或鬼神等氣云此諸物欲來害汝餘並同前若苾芻作恐怖他意作不可意觸所謂麤鞕席薦及諸鬼

神惡觸之事云來害汝餘並同前若苾芻作恐怖他意便作種種可愛之色所謂國王大臣長者居士天神等像云此來害汝隨彼苾芻怖與不怖得惡作罪若作可愛聲所謂琵琶箜篅天龍等聲云此諸聲欲來害汝若作可愛氣所謂栴檀沉水龍腦鬱金天龍等氣欲來害汝若作可愛觸謂繒綵細氎等上妙諸觸及天龍等觸云此諸觸欲來害汝隨彼苾芻怖與不怖皆得惡作罪若欲令前人生猒離心爲說捺洛迦傍生餓鬼人天諸趣所有苦樂之事令發怖心者此皆無犯又無犯者謂最初犯人廣說如上

藏他苾芻等衣鉢學處第六十七

佛在室羅伐城逝多林給孤獨園時有長者請佛及僧就舍而食諸苾芻赴請世尊不去六衆苾芻與十七衆在後徐行至一池所六衆即便告十七衆曰具壽未須急去且共入池徐徐澡浴既入池已告十七衆曰共汝俱没誰後出頭十七衆既没六衆即便疾出取彼衣裳藏草叢下急行而去十七衆良久方始出頭四顧瞻望不見衣服各處而住時尊者舍利子及大目乾連人間遊行迴至於此諸人遥見知是其師白言鄔波馱耶我等俱被六衆藏置衣裳無緣得往俗家受供我等今者知欲云何時大目連即爲觀察見其衣服藏草叢下遂取衣裳與十七衆彼著衣已往赴請處既到坐次令苾芻起苾芻怪問何故後來共相紛擾十七衆答諸人曰大德我向無鄔波馱耶者我等悉皆絶食終日問言何故即以事具答少欲苾芻聞生嫌恥云何

苾芻藏他衣服共相惱亂時諸苾芻還至寺內以緣白佛佛言乃至我觀十利爲諸苾芻制其學處應如是說

若復苾芻知是苾芻苾芻尼若正學女求寂求寂女衣鉢及餘資具若自藏若教人藏者波逸底迦如是世尊爲諸苾芻制學處已時有苾芻寄餘苾芻衣苾芻但藏自衣不藏他衣時有賊至盜他衣去苾芻因此衣服廢闕佛言除時因緣藏者無犯前是創制此是隨開應如是說

若復苾芻自藏苾芻苾芻尼若正學女求寂求寂女衣鉢及餘資具若教人藏除餘緣故波逸底迦

若復苾芻者謂是六衆餘義如上苾芻等五衆並此法中人衣有七種腰條有三及所餘文並如上說此中犯相其事云何若苾芻自藏他苾芻等衣鉢資具若教人藏咸得墮罪除餘緣故者謂八難等並皆無犯又無犯者謂初犯人廣如上說

受他寄衣不問主輒著學處第六十八

佛在室羅伐城逝多林給孤獨園時鄔陀夷斷諸煩惱或證阿羅漢已廣說如餘難陀鄔波難陀依衆而住時鄔波難陀年衰朽老弟子門人無承事者衣裳垢膩欲爲浣染持與弟子告言此衣我無所用與汝將去時彼弟子心貪衣故即取浣染料理訖爾時世尊欲往人間遊行弟子即便持所浣衣寄親教師隨佛而去鄔波難陀後取其衣著用垢膩擧之舊處如是乃至世尊還來時有施主請佛及僧就舍而食時鄔波難陀弟子作如是念

我今宜取新浣染衣俗舍而食開袋見衣悉皆垢膩不堪被服便著隨宜破弊之衣往赴請處餘苾芻問何意著此垢衣而來受供即以事白少欲苾芻聞生嫌恥云何苾芻受他寄衣不問輒著以緣白佛佛言乃至我觀十利爲諸苾芻制其學處應如是說

若復苾芻受他寄衣後時不問主輒自著用者波逸底迦

若復苾芻者謂鄔波難陀餘義如上不問主者謂隨自意不從借著此中犯相其事云何若苾芻受他寄衣不問而用者結罪同前若是得意相知或是聞用歡喜雖復不問著用無犯又無犯者謂初犯人廣說如上

以衆教罪謗清淨苾芻學處第六十九

佛在王舍城羯蘭鐸迦池竹林園中時具壽實力子住鷲峯山於積石池邊經行遊履時嗢鉢羅苾芻尼遥見尊者來申禮敬彼苾芻尼剃髮未久低頭禮拜欲起之時頭戴實力子大衣而起乃至友地二苾芻見斯事已遂還住處告諸苾芻曰諸具壽欲令我等於何人處生信仰心而我自見實力子共嗢鉢羅苾芻尼身相摩觸廣說其事時諸苾芻聞已白佛佛告諸苾芻汝等善當究問彼二苾芻何所見云何見以何事故汝等往彼見身相觸時諸苾芻奉佛教已問彼二人所見虚實彼二答言謂具壽我等實不見實力子與嗢鉢羅尼身相摩觸但見禮拜以頭舉衣我有瞋恨忿心故作是說少欲苾芻聞是語已共生嫌恥云何苾芻於清淨無犯之人以無根僧伽伐尸沙法謗即以緣白佛佛言乃至我

觀十利爲諸苾芻制其學處應如是説
若復苾芻瞋恚故知彼苾芻清淨無犯以無
根僧伽伐尸沙法謗者波逸底迦
若復苾芻者謂友地二人餘義如上瞋恚者
謂懷忿恨清淨苾芻者謂實力子無根者謂
無三根見聞疑事餘如上説此中犯相其事
云何謂知清淨人以無根法謗十事成犯五
事無犯云何爲十謂不見其事不聞不疑便
作如是虚誑解想實無見等妄言我有見聞
疑作是説時得波逸底迦或聞而忘或疑而
忘作如是解作如是想而云我聞疑不忘作
是説時得波逸底迦或聞而信或聞不信而
言我見或聞而疑或聞不疑或但自疑而云
我見作是説時得波逸底迦是謂十事成犯
云何五事無犯謂彼不見不聞不疑有見等
解有見等想作如是語我見聞疑者無犯或
聞而忘或疑而忘有聞疑想而言聞等亦無
有犯如謗清淨人時十事成犯五事無犯若
謗清淨似不清淨人亦復如是若謗不清淨
人十一事成犯六事無犯云何十一謂不見
不聞不疑作如是解作如是想實無見等妄
言我有見聞疑作如是説時得波逸底迦或
見而忘或聞而忘或疑而忘作如是解作如
是想而云見聞疑不忘作如是説時得波逸
底迦或聞而信或聞不信而言我見或聞而
疑或聞不疑或但自疑而云我見作是説時
得波逸底迦是謂十一事成犯云何六事無
犯謂彼不見不聞不疑有見等解有見等想
作如是説我有見聞疑者無犯或見而忘或
聞而忘或疑而忘有見等解有見等想而言

見聞等亦皆無犯是謂六事無犯又無犯者謂初犯人廣説如上

與女人同道行學處第七十

佛在王舍城羯蘭鐸迦池竹林園中時此城中有一織師稟性麤獷難爲共住諸餘織師知其性惡不共婚娶便往室羅伐城娶織師女爲妻將歸故里住王城中常加苦楚鎮無樂意時彼隣家有一老母其女詣之告云阿毋我遠嫁此得惡夫壻恒加杖楚無有樂心我欲逃走其事如何毋默無對其女出外見有苾芻往室羅伐即與相隨尋路而去是時織師尋蹤急逐見一苾芻共婦隨路織師遥見待至一村喚諸相識共打苾芻幾將至死少得穌息漸至室羅伐城苾芻見問行李安樂不答言寧有安樂遂問其故具答所由諸苾芻白汝合與女人更無男子隨路行耶報云只由不合遭斯厄難少欲苾芻聞生譏耻云何苾芻與無男子女人隨路而去以緣白佛佛言乃至我觀十利爲諸苾芻制其學處應如是説

若復苾芻共女人同道行更無男子乃至一村間者波逸底迦

若復苾芻者謂此法中人餘義如上女人者謂堪行婬境更無男子者但有二人道謂曠遠路此中犯相其事云何若苾芻獨與女人於迥遠路相隨而去者得波逸底迦若一村間有一拘盧舍如是至七若未滿拘盧舍皆得惡作若滿皆得墮罪或從村至野或從野至村里數得罪與上相似若於其處他遣女人爲引導者無犯或時苾芻迷於道路女人

來爲指授者此亦無犯又無犯者謂初犯人廣說如上

第八攝頌曰

賊徒年未滿　掘地請違教　竊聽默然去　不敬酒非時

與賊同行學處第七十一

佛在室羅伐城逝多林給孤獨園有一苾芻於王舍城竹林中住爲夏安居時彼苾芻夏了作衣竟欲往室羅伐城禮世尊足出求商旅時有商人欲向室羅伐城此之商人是偷稅者苾芻不知共相隨去欲至稅所便取餘路偷道而行時彼稅官伺知偷路遂便捉獲俱縛將來知苾芻無過即便放去既得脱已漸至給園諸苾芻見問言善來行李安樂不答言何有安樂問言何故具以事答諸苾芻問言具壽豈合與賊相隨而行答曰只由不合見斯艱苦少欲苾芻聞生嫌恥云何苾芻與賊同道行以緣白佛佛言乃至我觀十利爲諸苾芻制其學處應如是說

若復苾芻與賊商旅共同道行乃至一村間者波逸底迦

若復苾芻者謂此法中人與賊者謂破壞村坊及偷關稅同道行者謂迥遠處共爲伴侶乃至一村間得波逸底迦此中犯相其事云何若苾芻與賊同行者得波逸底迦若一村間有一拘盧舍乃至七村廣說如上皆得墮罪若以賊爲防援引導人者同行無犯或迷失道彼來指示者雖同道去此亦無犯又無犯者謂初犯人廣說如上

與減年者受近圓學處第七十二

佛在室羅伐城逝多林給孤獨園時大目乾連與十七衆出家受近圓時諸童子既近圓已通夜不食而至天明飢火所燒身形羸瘦遂便啼泣爾時世尊聞邊房中有小童子啼泣聲告阿難陀曰邊房之内何意有童子啼泣聲時阿難陀白言世尊是十七衆出家近圓無非時食忍飢不堪因此啼泣世尊告白豈諸苾芻與減年者而受近圓成苾芻性耶白言世尊與受近圓佛告阿難陀若人未滿二十不能忍受寒熱飢渴乃至巡家乞食皆並不能以此緣故乃至我觀十利爲諸苾芻制其學處應如是說

若復苾芻知年未滿二十與受近圓成苾芻性者波逸底迦此非近圓諸苾芻得罪

若復苾芻者謂此法中人餘義如上未滿二十者謂減年人不堪進具言成苾芻性者雖以白四羯磨法受而不成苾芻此非近圓諸苾芻得罪者謂除本師所餘諸人皆得惡作罪此中犯相其事云何若人年未滿二十作未滿想欲受近圓諸苾芻問言汝滿二十未答言未滿若苾芻與受近圓者此人元不得戒本師犯墮罪餘人得惡作若餘人共住同受用者亦皆惡作若人未滿二十作未滿想欲受近圓諸苾芻問言汝滿二十未答言我自憶知心無疑惑未滿二十諸苾芻與受近圓此人不得戒得罪同前若人年未滿二十作年滿想欲受近圓諸苾芻問言汝滿二十未答言我滿二十諸苾芻與受近圓此人得戒成苾芻性本師無犯餘人亦無犯若人年未滿二十作年滿想欲受近圓諸苾芻問言

汝滿二十未答言我自憶知心無疑惑年滿二十諸苾芻與受近圓此人得戒成苾芻性本師無犯餘人亦無犯若人未滿二十然不自知心無疑惑欲受近圓諸苾芻亦不曾問設有問時亦不訓答然諸苾芻與受近圓此人得戒成苾芻性本師有犯餘人亦有犯共住等無犯若人滿二十作不滿想欲受近圓諸苾芻問言汝滿二十未答言未滿時諸苾芻與受近圓此人得戒成苾芻性本師及衆並皆有犯共住等無犯若人年滿二十作不滿想欲受近圓諸苾芻問言汝年滿二十未答言我自憶知心無疑惑未滿二十諸苾芻與受近圓此人得戒本師有犯餘人亦有犯共住等無犯若人年滿二十作滿二十想欲受近圓諸苾芻問言汝年滿二十未答言滿

二十諸苾芻與受近圓此人得戒本師及衆並皆無犯若人年滿二十作滿二十想欲受近圓諸苾芻問言汝滿二十未答言我自憶知心無疑惑年滿二十諸苾芻與受近圓此人得戒諸苾芻無犯若人年滿二十然不自知心無疑惑欲受近圓諸苾芻不問設問彼復不答諸苾芻與受近圓此人得戒諸苾芻有犯共住等無犯同前廣說此中初二非受近圓若與善苾芻同在一處若二若三爲褒灑陀是賊住故此應滅擯若人年未滿二十作滿二十想此成近圓有親屬來問言此人年未滿二十誰與受具者應與此人計胎中月及閏月若滿者善若不滿者退爲求寂更與受戒若不退爲求寂不更受戒者與善苾芻同在一處若二若三爲褒灑陀是賊住故

此應滅擯若人年十九而與近圓若未經一歲便自憶知未滿二十應計胎中月及閏月若滿者善若不滿者應退爲求寂更與近圓若不爾者與善苾芻同在一處若二若三爲褒灑陀此應滅擯若經一歲而憶知者名善受近圓汝諸苾芻若人於善說法律出家近圓成苾芻性難值遇故若人年十八而與近圓若未一歲憶未滿者應退爲求寂更與近圓若不爾者與善苾芻同在一處若二若三爲褒灑陀此應滅擯若經一歲憶未滿者計胎中月及閏月滿者善若不滿者應移其處更與近圓若不爾者同前滅擯若經二歲方憶者此即名爲善受近圓廣說如上聖教難遇故若人未滿二十而有疑心此應爲作憶念計其年月實滿不滿除去疑情若未滿者應以胎閏而爲計之若滿者善若不滿者廣說如前若人年滿二十作不滿想希求具戒與受近圓名爲善受若人年滿二十作年滿想希求具戒受近圓名爲善受又無犯者謂初犯人或癡狂心亂痛惱所纏

壞生地學處第七十三

佛在室羅伐城逝多林給孤獨園時六衆苾芻自手掘地或教人掘或造堤防或損蟻封等諸外道見皆共譏嫌云何出家苾芻作諸俗務掘地害命情無悲愍少欲苾芻聞已白佛佛集苾芻以種種方便讚歎持戒少欲知足訶責多欲作無益事廣說乃至我觀十利爲諸苾芻制其學處應如是說

若復苾芻自手掘地若教人掘者波逸底迦

若復苾芻者謂是六衆餘義如上自他同前

地者有其二種謂生地非生地云何生地謂性是生地或因發掘於三月中經天大雨是名生地若無雨者經六月後方名爲生釋罪如上此中犯相其事云何

攝頌曰

生想舉地皮　釘橛并畫地　牛糞崩河岸

泥牆濕性連　畫壁青衣損　沙石土相和

吉辰無淨人　打杙深四指

若苾芻掘損生地得波逸底迦若非生地者得惡作罪若苾芻舉地皮時若與地性相連者波逸底迦若不相連者得惡作罪若苾芻釘橛者波逸底迦若拔橛者得惡作罪若苾芻輒畫地者得惡作罪若輕爲記數者無犯若苾芻牛糞著地而發起者得惡作罪若但取牛糞者無犯若苾芻崩河岸時損生地者波逸底迦若有壆裂而崩墮者得惡作罪若苾芻揺動河池中泥者得惡作罪若坑在泥處而擎起者得惡作罪若牆上釘杙者波逸底迦若牛糞著牆發舉者得惡作罪若摧牆壁與濕性相連者得波逸底迦若有壆裂者得惡作罪若畫壁得惡作罪若作記數想者無犯若牆上生青衣損動者得惡作罪若掘石地石少土多者得波逸底迦罪若土少者得惡作罪若純石者無犯若掘沙地沙少土多者得波逸底迦若沙多者得惡作若純沙者無犯若營作苾芻欲定基時得好星候吉辰無有淨人應自以橛釘地欲記疆界深四指者無犯又無犯者謂初犯人如上

過四月索食學處第七十四

佛於釋迦處人間遊行漸至劫比羅城在多

根樹園時釋迦大名知佛來至便往佛所頂禮佛足在一面坐佛爲説法示教利喜即從座起合掌向佛白言世尊願佛及僧慈悲哀愍受我三月飲食供養并及一切所須之物世尊默然而受見佛受已從座而去既至宅中告家人曰我請佛僧三月供養汝等當辦勿令有闕時六衆苾芻聞是事已便作是念我等云何於三月中噉好飲食常得消化身輕安隱無病苦耶即往醫人處問其方藥醫人告曰先食油膩後當痢下雖多食噉而能消化時鄔波難陀聞斯語已皆如醫教於三月中常噉好食三月既了尚從廚人索好美食謂肉羹等從索不得時彼廚人往報大名施主時彼聞已便起譏嫌少欲苾芻聞是語已極生嫌恥云何苾芻受他請了非分强索以緣白佛佛言汝等勿復從他施主强爲乞索因生忿惱汝等當聽乃往過去於靜林中在大池側有一仙人跏趺而坐繫念思惟時有龍子從池中出以身繞仙爲遮寒苦并復報云仁何所須如是日日常以身繞時彼仙人由斯惱故遂嬰疾病懷憂而住有餘仙人來至其所問言何故身體衰羸頓至如是以事具答彼仙告曰龍子若來頂有明珠應可從乞彼惜珠故不復更來仙人聞已見彼龍來即從乞珠慇懃不已龍遂遠去説伽陀曰

飲食及衣服　皆由珠所致　仁雖强乞求
我實不能與　汝從我乞珠　出言如利劒
亦如大石壓　從今更不來

汝諸苾芻彼之龍子是傍生類聞强乞求因即遠去何況於人是故汝等不應從他强爲

乞覓復次汝應更聽於往昔時有一仙人於大林中修習靜慮時此林中多諸飛鳥鳴聲諠聒令彼仙人心不能定有餘仙人來至其所見不得定問言何故不定即以事答彼仙告曰仁今可於夜中然大炬火於彼林下作如是語汝等可與我翼并與我卵及小鳥兒以充食用時彼諸鳥聞是語已銜卵將兒移向諸處汝諸苾芻彼是鳥類聞强乞時尚皆遠去況復於人爾時世尊廣引譬喻種種訶責已告諸苾芻乃至我觀十利爲諸苾芻制其學處應如是説

若復苾芻有四月請須時應受若過受者波逸底迦如是世尊制學處已漸次遊行至王舍城住竹林園中至坐夏時影勝大王請佛及僧三月供養時具壽畢隣陀跋蹉姊夫復請供養畢隣陀跋蹉遂便白佛佛言今我隨開若别别請者苾芻應受無犯復有客苾芻來作如是念我不被王請遂行乞食于因見之問言我請衆僧何因乞食答言我不受請王曰諸有苾芻我便請之以事白佛佛言若更請者苾芻應受時諸苾芻作如是念王務繁多或容廢忘我行乞食王復遥見我已更請何意乞食苾芻告曰王法事繁或容廢忘王曰我更慇懃重請願受我食以事白佛佛言若慇懃重請當可受之時影勝王請佛僧食時既滿已巡行乞食王復遥見何因聖者仍行乞食白言王請食了是以行乞王曰我今常請時諸苾芻以事白佛佛言若常請者苾芻應受爾時世尊讚歎持戒少欲訶責多欲告諸苾芻曰前是創制此是隨開爲諸弟

子重制學處應如是說

若復苾芻有四月請須時應受若過受者除餘時波逸底迦餘時者謂別請更請慇懃請常請此是時

若苾芻者謂鄔波難陀四月者謂齊四月請者謂他延請受者謂許其事若過者謂過期限除餘時者謂別請時即是不及餘人更請謂數數更請慇懃請者謂更慇懃盡心而請常請者謂是長時延請此是時者謂隨開時釋罪如上此中犯相其事云何若苾芻他請麤食從索美好索時惡作食便墮罪若他與好食從索麤者索時惡作食時無犯如與乳等時便從索酪等索時惡作食時墮罪若病者無犯若苾芻巡家乞食女人見已持食而出若苾芻情有所希者應告彼女曰更不須飯若女返問聖者更何所須者此即是請隨所須者當就覓之無犯又無犯者謂初犯人廣說如上

遮傳教學處第七十五

佛在王舍城羯蘭鐸迦池竹林園中世尊法爾若制二部共學處時即二部僧伽並皆須集此之學處是二部共有然尼衆不集佛告具壽阿難陀汝可語朱荼半託迦汝當持此學處詣苾芻尼衆而爲宣告時阿難陀即往朱荼半託迦所具陳佛語時朱荼半託迦奉佛教已便往尼寺欲宣佛教於其中路見六衆苾芻便告之曰具壽佛爲二部僧伽令制學處六衆問曰是何學處即爲陳說若復苾芻有四月請須時應受若過受者除餘時波逸底迦若有別請更請慇懃請者常請者此

是時旣爲説已報六衆曰具壽此之學處應當修學六衆報曰汝是愚癡不分明不善好我今豈能用汝之言行斯學處我若見餘苾芻善閑三藏者當隨彼言受行學處作是罵已遂便捨去時半託迦又至十二衆苾芻尼處彼亦如是作非法言餘衆苾芻苾芻尼聞已歡喜頂受奉行時半託迦還住處已即以此事白諸苾芻時少欲者聞是語已以縁白佛佛言乃至我觀十利爲諸苾芻制其學處應如是説

若復苾芻聞諸苾芻作如是語具壽仁今當習如是學處彼作是語我實不能用汝愚癡不分明不善解者所説之言受行學處我若見餘善閑三藏當隨彼言而受行者波逸底迦若彼苾芻實欲求解者當問三藏此是時

若復苾芻者謂六衆也餘義如上具壽仁今當習如是學處者謂是所傳學處不能用汝愚癡等者謂思其惡思説其惡説作其惡作名之爲愚若不持經律論名之爲癡若於三藏不了其義名不分明若於三藏不善決擇名不善解餘文易知乃至釋罪皆如上説此中犯相其事云何若有苾芻餘苾芻作如是語具壽仁可習行如是學處彼便報云我不能用汝語便以愚等四事一一説時皆得墮罪若彼前人是實愚等説時無犯又無犯者謂初犯人廣説如上

默聽鬬諍學處第七十六

佛在室羅伐城逝多林給孤獨園時鄔陀夷斷衆結惑證阿羅漢具壽闡陀向憍閃毗省縁而坐阿説迦補捺伐素俱並命終難陀鄔

波難陀依大衆住時十七衆見是事已各生勇決報怨之心共作是議於六衆内極相欺惱者鄔波難陀常爲初首我等應與作捨置羯磨便向食堂所共爲籌議時鄔波難陀詣其窻所側耳而聽聞彼議論即入堂中苦爲觝責作如是語我必當爲汝等作大治罰汝等豈可不聞古仙頌曰

譬如絆象皮繩朽　風吹日曝已多時
雖復無力可如初　五百羣羊尚可縛

時十七衆知鄔波難陀覺其事已便出共詣溫堂之所評論其事欲爲捨置時鄔陀夷復於屏處聽其言説便入堂中更爲害語時彼十七便往上閣鄔波難陀住在中閣彼在中閣鄔波難陀住在閣下彼在房内鄔波難陀遂居簷下或復翻此彼在門屋下鄔波難陀即在門隅或時翻此時十七衆共作是議我等不能爲彼老人作捨置羯磨唐捐辛苦宜就其所共作懺摩便至其所請見容恕既媿謝已問言大德因何得知我等欲爲大德作其捨置彼便一一具答其事汝所至處我隨後聽少欲苾芻聞是語已共生嫌恥云何苾芻知他苾芻有鬭諍事共作評論而便竊往側聽其語作如是念隨彼籌議我當發舉時諸苾芻以緣白佛佛言乃至我觀十利爲諸苾芻制其學處應如是説

若復苾芻知餘苾芻評論事生求過紛擾諍競而住默然往彼聽其所説作如是念我欲聽已當令鬭亂以此爲緣者波逸底迦

若復苾芻謂鄔波難陀餘義如上餘苾芻者謂此法中人言評論事者謂初見不可意事

始作評論言求過者謂求覓過傃更相道說紛擾者謂情不舍忍發舉其事諍競者以此諍事入鬪諍門自結朋黨共相扶扇鬭諍而住默而聽者謂竊聽其言隨彼所說鬪亂者欲令紛競不止息也釋罪如上此中犯相其事云何若苾芻在於上閣共爲議論有餘苾芻陞閣之時應蹈階道作聲或謦欬或彈指若不作如是事陞閣之時但聞言聲未解其義得惡作罪若解言義便得墮罪廣說如前乃至門屋輕重之罪隨事應知若經行處若靜林中亦准事應識若有苾芻隨路行時共爲籌議苾芻後來所有行法皆准陞閣應知若不作者得罪輕重如上若苾芻先無舋隙偶爾聞之或復聽已欲令鬪諍方便殄息者無犯又無犯謂初犯人廣說如上

根本說一切有部毗奈耶卷第四十一

音釋

策勵策楚革切使進也勵力制切勉力也 緂吐敢切毛席也 杌五忽切樹無枝也 鞕魚孟切堅也 氎徒協切細毛布也 擾市沼切亂也 絛吐刀切編絲繩也 獷古猛切惡也 掘其月切穿也 羸力追切弱也 褒博毛切 璺裂璺文運切裂良傑切璺裂謂破而未離也 瓨戶江切長頸瓶也 壓乙甲切鎮也 謦欬謦棄挺切欬苦蓋切謦欬逆氣聲也小曰謦大曰欬 隙綺戟切舋隙也 殄徒典切滅也

根本説一切有部毗奈耶卷第四十二

唐三藏法師義淨奉　制譯

不與欲默然起去學處第七十七

爾時薄伽梵在室羅伐城逝多林給孤獨園時鄔陀夷斷諸結惑廣説如上乃至十七衆共爲籌議集苾芻衆已詣上座前作如是白我今有所詰問乃至欲與鄔波難陀作捨置羯磨時上座難陀作如是語鄔波難陀是老上座寧容輒與作捨置事十七衆白大衆曰若與惡人爲朋扇者衆亦與作捨置羯磨難陀聞已遂生怖懼以已毛毯聚在座上狀似人形默而起去時衆不知遂與鄔波難陀作捨置羯磨已便詣難陀泣而告曰何期黑鉢忽然與我作捨置事難陀報曰汝不須憂彼衆不集作法不成鄔波難陀曰誰不集耶答曰我不在衆少欲苾芻聞是語已共生嫌恥云何苾芻知衆集已作如法事默然起去諸苾芻以緣白佛佛言乃至我觀十利爲諸苾芻制其學處應如是説若復苾芻知衆如法評論事時默然從座起去者波逸底迦如是世尊爲諸苾芻制學處已時諸苾芻久在衆中其看病人及授事人事有廢闕由此爲緣佛更聽許若有緣者應囑授去世尊讃歎持戒乃至廣説前是創制此是隨開應如是説若復苾芻知衆如法評論事時默然從座起去有苾芻不囑授者除餘緣故波逸底迦

若復苾芻者謂是難陀餘義如上衆謂佛弟子如法評論者謂是如法單白白二白四羯磨默然從座起去者謂出勢分外不囑授者有苾芻不語知而去釋罪同前此中犯相其

事云何若苾芻知衆有如法事言論決擇有苾芻不囑授黙然從座而起去者乃至言聲所及處來得惡作罪捨此處時得根本罪又無犯者謂初犯人廣説如上

不恭敬學處第七十八

佛在王舍城羯蘭鐸迦池竹林園中時有二苾芻一名雜色二名象師子知諸苾芻集食堂中依世尊教欲殄諍事斯之二人一順衆命一便違教不赴衆所衆評論已不生恭敬令事紛擾少欲苾芻共生嫌賤云何苾芻衆殄諍時自不赴集見評論已不存恭敬諸苾芻以縁白佛佛言廣説乃至我觀十利爲諸苾芻制其學處應如是説

若復苾芻不恭敬者波逸底迦

若復苾芻者謂雜色餘義如上不恭敬者有其二種一謂大衆二是別人於此二處不恭敬時皆得墮罪此中犯相其事云何若苾芻知大衆集評論事時喚令赴集而不來者便得墮罪喚住不住遣去不去遣取卧具而不肯取不遣取時即便強取遣請房等事皆同此違衆教時皆得墮罪若苾芻見鄔波馱耶阿遮利耶作如是語喚來不來乃至房等事違別人教時皆得惡作若依道理而白知者非不恭敬此皆無犯又無犯者謂初犯人廣説如上

飲酒學處第七十九

佛在室羅伐城逝多林給孤獨園時憍閃毗失收摩羅山於此山下多諸聚落有一長者名曰浮圖大富多財衣食豐足娶妻未久誕生一女顏貌端正人所樂觀至年長大娉與

給孤獨長者男爲妻浮圖長者未久之間復誕一息容儀可愛初生之日父見歡喜唱言善來善來時諸親族因與立名號曰善來由此孩兒薄福力故所有家產日就銷亡父母俱喪投竄無所時諸人衆見其如此遂號惡來與乞丐人共爲伴侶以乞活命時有一人是惡來父故舊知識見其貧苦遂與金錢一文令充衣食從此離別漸至室羅伐城其姊從婢見而記識歸報大家曰我適出外逢見惡來非常貧窶其姊聞已深生惻隱便令使者送白氎金錢權充虛乏彼薄福故便被賊偷姊聞此事而嗟歎曰我今何用如此惡業薄福人耶即棄而不問時給孤獨長者請佛及僧就舍而食備辦種種上妙香饌瞻望佛僧渴仰而住是時惡來并諸乞侶聞長者設供擬拾遺餐遂共相携詣設食處長者遥見貧人命使者曰佛僧將至驅出貧人時乞伴各生此念斯大長者先有悲心我等孤獨常爲依怙何故今時苦見驅逐豈非惡來惡業之力殃及我等即便共舉擲之糞聚惡來既被同伴所輕遂於糞聚啼泣而卧長者令使往白時至爾時世尊於日初分執持衣鉢大衆圍遶往長者家欲詣食所爾時世尊由大悲力引向惡來處立告諸苾芻曰汝等當猒流轉諸有無邊苦海復猒生死資生之具汝等觀此最後生人更不流轉受斯苦惱不自支濟即告阿難陀曰汝於今日爲善來故應留半食爾時世尊入長者家就座而坐長者既見大衆坐定即以種種淨妙飲食供佛及僧皆令飽足時阿難陀由彼善來惡業力故

所許半食忘不爲留世尊大師得無忘念知阿難陀忘不留食即於已鉢留其半分時阿難陀食已生念我於今日情有擾亂違世尊教佛告阿難陀假使贍部洲四至大海滿中諸佛然此諸佛各說深法汝悉受持無有遺忘今由善來薄福力故令汝不憶汝今可去喚彼善來時阿難陀奉教而去至彼告曰善來善來彼不自憶善來之名默爾無對阿難陀復更唱言是浮圖之子先號善來非餘人也善來聞已作如是念說伽陀曰

我失善來名　今從何所至　豈非惡報盡
善業此時生　佛具一切智　一切衆所歸
由彼愛善言　名善來應理　我是無福人
諸親皆棄捨　禍哉衆苦逼　豈名爲善來

時阿難陀即引善來往詣佛所禮佛足已在一面坐佛告阿難陀與其半食阿難陀取鉢授與是時善來見半食已遂便流淚作如是語雖佛世尊爲我留分但惟片許寧足我飢世尊了知善來所念以慰喻言告善來曰假令汝腹寛如大海噉一一口摶若妙高隨汝幾時食終不盡汝今應食勿起憂懷善來便食食已歡喜世尊告曰汝之衣角是何物耶即便開解見一金錢白佛言此一金錢是父知識見我貧苦持以相贈由薄福故忘而不憶世尊告曰汝可持此金錢買青蓮華來善來去後佛及僧衆俱還本處是時善來奉佛教已遂詣賣華人藍婆住處入彼園中園主見已報曰惡來可去莫入我園勿由汝故樹池枯燥善來報曰世尊使我買青蓮華說伽陀曰

我於青蓮華　其實無所用　大師一切智
遣我買將來
爾時藍婆聞是佛使心生敬仰即說伽陀曰
牟尼大寂靜　天人咸供養　汝爲佛使者
須華任意將
是時善來與金錢已多取青蓮華還詣佛所世尊見已告言善來汝可持此蓮華行與僧衆善來持華從佛及僧次第行與時諸苾芻皆不敢受佛言於此施主生憐愍心當爲受用然諸香物皆益眼根覩之無過時諸苾芻悉皆爲受華乃開敷善來既見青蓮華已憶昔前身曾諸佛所修青處觀影像現前世尊復爲演說法要示教利喜便證見諦是時善來獲初果已即說伽陀自申慶讚
佛以方便勝羂索　牽我令住於見諦
於惡趣中興愍念　如拔老象出深泥
我於昔時名善來　後時人號惡來者
今是善來名不謬　由住牟尼聖教中
說是頌已即從座起禮佛雙足白言世尊我今欲於如來善說法律之中出家離俗修持梵行世尊以梵音聲告言善來苾芻汝修梵行說是語已即便出家鬚髮自落法服著身具足近圓成苾芻性是時善來從此已後發大勇猛守堅固心於初後夜思惟忘倦斷除結惑證阿羅漢果說伽陀曰
昔於諸佛所　但持瓦鐵身　今聞世尊教
轉作眞金體　我於生死中　更不受後有
奉持無漏法　安趣涅槃城　若人樂珍寶
及生天解脫　常近善知識　所願皆隨意
從佛世尊度舍利子大目乾連大迦攝波畢

隣陀伐蹉等已諸世間人不信敬者便生嫌議作如是語沙門喬答摩是盜世間珍寶之賊於大地内時有如斯人中龍象間出於世悉皆竊誘令其出家以充給侍佛亦曾度尼他賤人小路牛主勝慧河側五百漁人及善來等不信敬人復生譏謗沙門喬答摩貪覓弟子無有休息世有貧賤愚癡之人亦度出家以爲走使世尊聞已作如是念我大弟子德若妙高時衆無知輒爲輕忽無故招罪自害其軀令我宜應發起善來殊勝之德世尊法爾諸弟子中實有勝德人不知者佛即方便彰顯其德爾時世尊爲欲發起善來德故命阿難陀曰我今欲往失收摩羅山若諸苾芻樂隨逐者可持衣鉢廣說乃至到失收摩羅山時彼住處有一毒龍於菴婆林依止而住近此山邊所有穀稼常被傷損此山諸人聞佛來至悉皆雲集行詣佛所頂禮佛足在一面坐爾時世尊爲諸人衆演說妙法示教利喜默然而住時諸人衆即從座起禮佛足已白言世尊唯願哀愍明當就舍受我微供世尊知已默然而受時諸人等知佛受已從座而去即於其夜備辦種種上妙供養并貯水器敷設既訖旦令使者往白時至世尊於日初分執持衣鉢大衆圍遶往設供處便於衆首就座而坐山下諸人婆羅門等具設供養佛及衆僧各飽足已乃至俱詣佛所隨處而坐佛爲說法深心歡喜白佛言世尊我等常聞世尊善能調伏極惡藥叉謂曠野藥叉箭毛藥叉驢像藥叉等又女藥叉亦皆調伏謂阿力迦訶利底等又諸毒龍亦皆降伏謂

難陀鄔波難陀阿鉢羅龍王等世尊然此山下菴婆毒龍常於我等枉作怨讎横爲損害每日三時恒吐惡氣齊至百里所有禽獸聞其毒氣皆悉命終諸男女等形色黧黳盡無光彩唯願世尊哀愍我等降此毒龍爾時世尊聞是語已告阿難陀曰汝可將籌行與大衆能伏龍者當可取之于時大衆竟無取者世尊即命善來曰汝可取籌爲衆伏彼菴婆毒龍是時善來聞佛命已即便取籌於日初分執持衣鉢入聚落中巡行乞食飯食訖往菴婆龍所住之處時彼龍王遥見善來入其住處發大瞋恚騰雲晝昏雷霆震地便下雨雹欲害善來是時善來便入慈定所有風雨降澍之物悉皆變成沉水香末栴檀香末耽摩羅香末從空而下時菴婆龍轉更瞋發復下劔輪矛矟等物至善來上無不皆成天妙蓮華從空而下龍復放烟善來亦放烟龍復放火善來即便入火光定以神通力身如火聚周徧龍宫及餘住處火焰充塞時彼毒龍見大炎火心極驚怖身毛徧豎便欲逃竄遂見餘方猛焰俱徧惟善來處寂靜清涼毒龍遂往禮善來足作如是語願爲救護願爲救護善來告曰汝於前身作垢穢業墮傍生中復於今時更爲惱害作衆不善從此命終當墮何處欲何所依必墮地獄此不須疑是時毒龍白善來曰大德幸賜言教我於今時欲何所作善來答曰當受三歸并五學處至盡形壽要心莫犯是時毒龍即受三歸并五學處至盡形壽不殺生不偷盜不欲邪行不飲酒不妄語爲要契已頂禮善來忽然不現爾

時善來既伏毒龍往詣佛所禮佛足已白言世尊彼之毒龍我已伏訖爲受三歸幷五學處佛告諸苾芻我諸弟子聲聞之中降伏毒龍善來第一爾時失收摩羅山遠近諸人婆羅門等見伏毒龍衆無惱害皆大歡悅得未曾有各持香華供養之具往詣佛所以申慶悅禮佛足已各住一面白言世尊幸蒙聖力除彼毒龍欲申供養願垂納受佛告諸婆羅門居士男女汝等當知彼之毒龍乃是浮圖之子善來苾芻令其改惡爲受歸戒非是我力汝等宜應持此諸物供養善來以申報德是時諸人奉佛教已便持供養詣善來所頂禮其足白言聖者仁於我等降大慈悲施以無畏能令品彙並皆甦息願垂教命欲何所爲善來告曰各隨所依供養三寶時婆羅門等由善來故請佛及僧七日設食佛默然受時諸人等知佛受已禮足而去即於其夜具辦種種上妙飲食敷設座褥旦令使者往白時至供食備辦願佛知時爾時世尊於日初分將諸大衆往施主家設食之處諸婆羅門居士等見坐定已即以種種上妙飲食供佛及僧皆飽足已便於佛前聽說法要初日既然乃至七日悉皆如是有婆羅門是善來父先舊知識能呪毒龍爲怖龍故遂往室羅伐城改名而住時勝光王立爲主象大臣此人因事來至山下既聞善來降毒龍已生大歡喜往善來處禮雙足已白言聖者我輩有怖多並逃避今聞大德興悲愍心爲除怨害不任欣喜欲申供養願降哀憐明當就食善來不受時婆羅門重更請曰若不肯者唯願大

德還城之日先受我供是時善來哀愍爲受是時山下諸施主等供佛僧衆滿七日已俱禮佛足聽說妙法爾時世尊爲說法要示教利喜即於座上無量有情除疑獲果佛與僧衆漸至室羅伐城時給孤獨長者便往佛所禮佛雙足在一面坐爾時世尊爲說法已默然而住時彼長者即從座起白言世尊願佛及僧明就我家爲受微供世尊默然爲受長者知已作禮而去時婆羅門詣善來處白言聖者我先已請若至本城先受我食善來白佛佛言汝已先受今宜赴請善來詣彼婆羅門舍時婆羅門以上妙飲食至誠供養令飽食已欲使善來食速消化便以少許飲象之酒置飲漿中善來不知飲此漿已尋嚼齒木澡漱而去既至中路被日光所炙醉卧于地諸佛世尊於一切時得不忘念便於善來卧處化爲草菴蓋覆其身不令人見爾時世尊於長者舍飯食訖爲說法已還至善來處告諸苾芻曰汝等當觀善來所作昔於江猪山處降伏菴婆毒龍豈復今時能調小鱓汝諸苾芻若飲酒者有斯大失爾時世尊即以無量百千網鞔輪相福德殊勝莊嚴王手摩善來頂告言善來何不觀察受斯困頓爾時善來得少醒悟隨從佛後至逝多林佛洗足已於如常座就之而坐告諸苾芻曰汝等當觀諸飲酒者有斯過失讚歎持戒廣說乃至我觀十利爲諸弟子制其學處應如是說

若復苾芻飲諸酒者波逸底迦

若復苾芻謂是善來餘義如上言諸酒者謂米麴酒或以根莖皮葉華果相和成酒此等

諸酒飲時令人惛醉飲者謂吞咽也釋罪如前此中犯相其事云何若苾芻飲諸酒時能令人醉波逸底迦若不醉人飲得惡作罪若苾芻見彼諸酒有酒色酒氣酒味若能醉者波逸底迦若不醉者得三惡作若苾芻飲諸酒時有酒色酒氣若能醉者波逸底迦若不醉者得二惡作罪若苾芻飲諸酒時但有酒色若能醉者波逸底迦若不醉者得一惡作罪若食酒糟醉者波逸底迦若不醉者得惡作罪若食麴塊者得惡作罪若苾芻食諸根莖葉華果能醉人者皆得惡作罪佛告諸苾芻汝等若以我爲師者凡是諸酒不應自飲亦不與人乃至不以茅端滴酒而著口中若故違者得越法罪若苾芻飲醋之時有酒色者飲之無犯若飲熟煮酒者此亦無犯若是醫人令含酒或塗身者無犯又無犯謂初犯人廣說如上時諸苾芻見是事已咸皆有疑請問世尊善來苾芻先作何業生富樂家後遭貧苦常爲乞丐號曰惡來被諸同伴棄之糞聚復由何業逢值世尊斷諸煩惱得阿羅漢佛告諸苾芻汝等善聽乃往古昔無佛出世有獨覺者出現世間心懷哀愍口不說法時有長者詣芳園中欲爲歡戲有獨覺尊身嬰疾病爲乞食故著麤弊服來入園中長者見已便起瞋恚生不忍心告使者曰此之惡來勿令進入使者愍念未即前驅長者自起扼尊者頸推之糞聚告言汝何不往乞丐人中以爲朋類爾時尊者爲愍彼故猶若鵝王騰身空界作十八變凡夫之類見神通者疾起悔心如大樹崩遥禮尊足唱言善來聖者

真實福田願縱身下哀愍於我無識之人爲受懺謝勿令永劫受苦沉淪時彼尊者見其至心即放身下長者禮足爲辦種種上妙飲食華香供養悔除惡業發弘誓願令我所作供養善根於未來世生大富家得勝上導師承事無倦開悟於我趣解脫門汝等苾芻昔時長者即善來是曾於獨覺尊所爲惱害事唤作惡來推之糞聚由斯業故於五百生中常爲乞丐人名作惡來被諸同伴棄於糞聚由昔供養發願力故生大富家於我法中出家斷惑成阿羅漢汝諸苾芻自所作業還須自受果報不亡是故汝等當修善行勿爲惡業如是應學

非時入聚落不囑授苾芻學處第八十

爾時佛在室羅伐城逝多林給孤獨園時有餘處婆羅門來此城中娶婦共歸故宅未經多時誕生一女年漸長大其父將至舅家此女情願欲禮逝多林纔出門時見諸婆羅門居士婦女欲往禮敬入報其父父見伴去即令童女隨逐而行至寺門前時鄔陀夷見諸女人引入寺中次第禮拜至已房中爲說妙法廣說如上時鄔陀夷覩彼童女顏容姿媚遂起染心即摩觸彼身嗚唼其口是時童女欲行非法鄔陀夷不然其事女懷瞋忿遂以指甲自劃身形既還家已告其父曰鄔陀夷苾芻損我童女其父即告五百婆羅門知時彼諸人聞斯事已各懷瞋忿共集一處欲打鄔陀夷時五百人既至其所俱共牽曳乃至移足亦不能令動世尊知已作如是念此是最後教誡鄔陀夷事佛衰其力令無所堪諸

婆羅門見其力弱即共熟打幾將至死曳至王門時王於高樓上晝日而睡爾時世尊以神通力舒百福莊嚴手至王寢處彈指作聲令王警覺告言大王於斷事處善爲觀察善爲觀察不應造次王聞警覺知是佛聲時婆羅門於王門下作大叫聲有非理事有非理事王令使問曰有何非理使者詣門審問其事具以白王王聞語已便作是念世尊令我善爲觀察不應造次者意爲斯事王喚童女問其虛實答言是實時王遣入宫令勝鬘夫人親自觀察身有損不時勝鬘夫人即喚童女卧在懷中以實而問女復言實夫人乃命年老宫人解試驗者目檢虛實宫人觀已告夫人曰此女元無損處即以事白王王大瞋怒令婆羅門及此女子總付法官極苦治罰時勝光王即三反訶責鄔陀夷已欲顯如來聖教尊重故遂便釋放勝鬘夫人覆令使者命鄔陀夷至告言大德無上世尊大慈悲父於無數劫誓願要期發勤苦心堅修梵行捨輪王位國城妻子志存離欲拔濟三界愚癡有情我輩俗流當希出離況復仁等善説法律而爲出家剃髮染衣年衰朽邁於罪累法不能棄捨以染愛心躬行惡事令諸俗旅息信敬心苦哉痛哉鄙惡之極從今已往可宜改悔時鄔陀夷聞斯責已極生慙耻措身無地遂往具壽舍利子所頂禮雙足即以上事具悉白知時舍利子觀彼根性隨機説法并與教授彼既聞已深心剋責發勇猛心良久之間衆惑皆斷證阿羅漢果

根本説一切有部毗柰耶卷第四十二

音釋

丐古太切乞求也　窶郡羽切貧無禮也　餐七安切飲饌也　羂古泫切網也　貯直呂切儲積也　黧隣知切黃黑色也　籌直由切壺矢也　霆唐丁切疾雷也　稍色角切禾屬　竄七亂切藏匿也　彙于貴切類也　褥如欲切裀也　鱓市演切魚名　輓謨官切　麴丘六切　扼於革切持也　嗚唼嗚哀都切唼子荅切　爴居縛切爪持也　寑七稔切臥也

根本説一切有部毗柰耶卷第四十三

唐三藏法師義淨奉　制譯

非時入聚落不囑苾芻學處第八十之餘

爾時鄔陀夷既得果已便作是念世尊慈父於我實有大恩今作何事而能報德除利有情餘無報者時鄔陀夷遂即隨緣而行教化爾時世尊告諸苾芻曰我諸弟子聲聞衆中教化有情令得聖果者鄔陀夷爲第一

攝頌曰

大天大髻珠　醫人僧衆腹　梯受用兩倍

暴惡及童年　鉢及相撲人　是謂十三事

廣化十八億　咸令出苦津

大天者時具壽鄔陀夷作如是念今令諸有情誰繫屬我先受教化觀見一婆羅門承事大天堪任濟度時鄔陀夷於日初分執持衣鉢入室羅伐城次行乞食見彼婆羅門備設供養覓婆羅門與其飲食高聲唱言誰是婆羅門我當與食鄔陀夷曰我是婆羅門吾之大師是最上婆羅門彼人報曰汝非婆羅門是禿頭沙門鄔陀夷曰我今共汝往問大天我是婆羅門不二人共往至大天像所鄔陀夷問曰我是婆羅門不時大天像出言告曰聖者鄔陀夷實是婆羅門其師更是最勝大婆羅門彼見大天像語便大驚怪歎未曾有於佛教中深生敬信即請鄔陀夷宅中供養飯食訖即爲説法示教利喜彼聞法已見眞諦獲初果歸依三寶受五學處至盡形壽不殺生等白言聖者我願盡形壽供給一切所須之物飲食衣服卧具醫藥幸爲納受告曰我於餘人化緣未盡不應受此説是語已從座

而去

大醫者時具壽鄔陀夷復於他日觀諸有情誰堪受化見一婆羅門亦事大天不信三寶知堪受化即於晨朝執持衣鉢入室羅伐城見彼婆羅門同前設食覓婆羅門情希供養唱言誰是婆羅門我當與食鄔陀夷曰我是婆羅門吾之大師是最上婆羅門彼人報曰汝非婆羅門是禿沙門若眞婆羅門不作如是形相鄔陀夷曰婆羅門相其狀如何荅曰婆羅門者其髻高大猶如冠帽鄔陀夷曰若如是者我即其人以手摩頂大髻如冠忽然自現彼人見已深生信仰發希有心請入受食食已爲其說法示教利喜其婆羅門及婦俱獲初果既得果已歸三寶受學處奉四事至盡形尊者告曰我有化緣捨之而去

珠者時具壽鄔陀夷復於他日觀諸有情誰堪受化見一婆羅門亦事大天不信三寶知堪受化即於晨朝持衣鉢入城中至婆羅門家門外而立知彼婦意欲得好珠即便化身爲賣珠者入其舍內示彼好珠光彩鮮明形狀可愛告言我賣此珠汝若須者隨意當取時婆羅門問其價直鄔陀夷曰隨汝所酬彼少還價百分未一鄔陀夷即取其價時彼夫婦怪未曾有私自歎曰何意貴珠而取賤價鄔陀夷知其根熟便復本形時彼夫婦倍深信敬遂以上妙飲食供養食已澡漱爲說施頌復演深法夫婦聞已皆證初果歸依受戒盡形供養廣說如前時鄔陀夷捨之而去

醫人者時室羅伐城有婆羅門於三寶中心無信敬身嬰疾苦綿歷多年所有醫人無不

棄捨云是惡病不可療治時婆羅門更不求醫端然待死鄔陀夷觀彼機堪受化持衣鉢入城中到彼家立門外化作醫人報言我善醫療家人喚入病者告曰我病多時諸醫皆棄但知守死無可歸依化醫報曰汝不須憂呪術良藥力不思議須臾之間令得平復病人聞已深生欣慶鄔陀夷即爲誦呪稱三寶名彼婆羅門既聞呪已衆病皆除平復如故尊者見已還復本形彼家夫婦倍生敬信歎未曾有辦妙飲食請受供養食已說法俱證初果爲受歸戒廣說如前乃至捨之而去

僧衆者時室羅伐城有一婆羅門於三寶所不生信敬大富多財禀性慳悋無心捨施樂多積聚時鄔陀夷知彼根熟數往其舍頻從乞求雖勞去來竟無所得後於他日執持衣鉢還入彼家空鉢而出適到門首彼婆羅門從外而入問言苾芻於我舍中有所得不尊者見彼無信敬心寄言告曰汝既自無將何見與彼聞瞋怒報言沙門我有財食皆能周贍汝之眷屬何意言無輒相輕賤答曰若如是者明日我來就汝受食婆羅門曰斯誠善事時鄔陀夷更詣餘家乞得食已還至本處食訖禮佛白言世尊有婆羅門不信三寶禀性慳悋積聚爲務無捨施心今日忽然言請於我佛及僧衆明朝來食佛默然受彼婆羅門既至明日於其舍内初無營辦時給孤獨及餘長者聞請佛僧皆往彼宅見無備辦告婆羅門曰汝請鄔陀夷幷其眷屬即是佛及僧衆來汝宅中受一時食汝今何故無營辦耶答言我不與食諸人告曰若於今日佛及

僧衆來汝家中不施食者勝光大王必見治罰不相容捨時婆羅門聞已大懼復緣宿世善根現前開發遂多出物備辦上供擬施佛僧爾時世尊於日初分大衆圍遶往到彼宅就所敷座安庠而坐時婆羅門親自奉獻上妙飲食佛僧食已澡漱訖從座而去時鄔陀夷獨留而坐為彼夫婦演說妙法即於座上俱得見諦歸依三寶受五學處廣說如前

腹者室羅伐城有婆羅門亦於三寶無敬信心其婦端正罕有儔匹其人於婦極生愛念曾不許人輒入其宅時鄔陀夷同前觀察堪受化者見彼夫婦解脫時至執持衣鉢次第乞食到彼門前欲入其舍時婆羅門見而不許遂去小便時鄔陀夷令彼小便出不停息即入其舍面見其婦其婦慢心不相瞻視鄔陀夷化其婦腸令出腹外時婆羅門來見驚怖生猒惡心遂禮尊者請求懺謝鄔陀夷即攝神變令彼婦身平復如故夫婦二人歎未曾有鄔陀夷因為說法言身不淨無可保愛夫婦聞法俱證初果廣說如前

陞梯者室羅伐城有婆羅門其婦端正婦心不信敬鄔陀夷念誰當受教觀彼夫婦宿世善根繫屬於我機緣堪化便持衣鉢往到彼家時婆羅門有事先出尊者即入其舍彼婦遙見避之入室尊者隨入婦遂陞梯而上高閣尊者亦上其婦即便推梯令豎是時尊者因墮于地入滅盡定時婦遙觀無有喘息謂之已死正梯而下以手擎持雖盡氣力竟不能動便命家人共來擎舉亦不移動時婆羅門從外而來驚怪其事略問知已即自扶持

亦不能舉其家惶怖設計無由時有婆羅門鄔波索迦是其知識從外而至見是尊者鄔陀夷告主人曰此非已死是入勝定爲相濟拔來至汝家故現化耳宜可慇懃求哀懺謝時婆羅門執足頂禮求哀懺悔尊者出定因爲說法便獲初果廣說如前

受用者室羅伐城有婆羅門娶族望女以爲妻室儀容挺特好自誇談時鄔陀夷觀知此婦根機時熟堪任受化執持衣鉢隨緣入城至其宅內時婆羅門有緣已出其婦傲慢雖見苾芻一無所施亦不共語尊者順彼機緣宿世之事說伽陀曰

汝今受用昔時業　現在無心行捨施

曾見美女淚霑襟　不久還當自啼泣

爲說頌已出門而去于時彼婦不閑句義便作是念此之沙門罵詈於我心懷瞋惱婆羅門還見問曰有何苦耶婦曰向有沙門來罵辱我彼若活者我命不全其夫聞已怒目叱吒手援利劒逐彼苾芻欲斷其命時鄔陀夷遥見彼來化爲小室閉户而坐其婆羅門喚令開户尊者告曰汝可棄劒我當爲開婆羅門即作是念但得相及拳打令死便放其劒以極瞋心急喚開户尊者報曰捨此瞋怒暴惡之意當爲汝開聞已竊念此是聖人知我惡意便自悔責捨除害心即爲開户其人入已爲說妙法便獲初果受三歸五戒告言我於汝婦無惡罵詈爲說伽陀令思往事彼愚不解更起瞋心今可諦聽當爲汝說乃往昔時有一貧女見他美女綺飾莊嚴僕從自隨衆人愛敬貧女懊惱啼泣作如是念我今以

何方便可得如是隨意事耶時有鄔波斯迦是其知友告曰汝何憂苦女以事白答曰憂惱無益他之果報從因所生貧女問曰其因者何答曰於勝福田施以飲食至誠發願必獲其果時有獨覺聖人來從乞食女持食施心有所希時彼獨覺爲現神變貧女生信即發願言願我以此供養善根所生之處莫遭貧苦若得人身端正姝妙見者歡喜受用無闕汝婦由先施業發願力故獲端正報受用豐足生勝族中人所愛重今乃不信當何得耶時婆羅門既獲勝果復聞宿世因緣之事便請尊者還其本居爲設種種上妙飲食食已爲說法要婦聞法已亦證初果求受三歸五戒廣說如前

兩倍者室羅伐城有婆羅門其家巨富情懷慳悋有事他行即便支料妻食之分餘有庫藏泥封而去時鄔陀夷知婦堪化入其舍從乞食婦持已食一升米飯以施苾芻迴視器中食還如舊時鄔陀夷復於明日更將一伴來至其舍婦人見已二俱請食還同昨日飯器無減明將四人如是倍增至六十四來皆施食一升米飯不減如常此六十四人日日來食餘人見之心生嫉妬夫至告曰汝婦在家多爲費損常於日日食設百人看此所爲汝家當破時婆羅門聞斯語已還至家中訶責其婦何故我暫不在廣爲破費婦便告曰仁不須瞋所留我分持以供僧於餘庫物一無虧損其夫聞已深怪所言心欲試之驗其虛實時鄔陀夷欲至食時還將爾許苾芻來入同前食訖飯器仍滿婆羅門見已倍生希

有深發信心即請衆僧廣設供養食已説法于時夫婦俱見眞諦爲受歸戒捨之而去暴惡者室羅伐城有婆羅門婦性暴惡至節會日其婆羅門作如是念今日定有諸親識來對彼親賓婦若罵詈深爲醜惡作是念已便携稚子避向餘村鄔陀夷觀知彼婦化縁時至持衣鉢到彼家見彼婦人料理飲食尊者去之不遠而住婦人告曰爾欲覓食假令努眼大若鉢盂食終難得是時尊者即開兩眼大若鉢盂婦人又曰設使汝身分爲兩段我亦不與尊者化身即爲兩段于時婢使告婦人曰若殺苾芻犯國刑法當爲官婢役使終身其婦驚怖欲持死屍棄深坑内尊者入滅盡定不能移動即便執足懇到懺謝願復本形飯食任取尊者即起從其索餅婦人欲覓惡者施與觀察籠中悉皆是好隨將一箇持與苾芻諸餅皆出問尊者曰豈總將耶報曰我同梵行乃有多人汝自往行斯爲大善婦人持餅往給孤獨長者家見佛僧衆儼然而坐婦人持餅人各與一餅仍不盡婦人見已歎未曾有深生敬信因爲説法便獲初果還至宅中見餅如舊婆羅門知節會日過與子俱來見婦容儀庠審沉默觀其所作有異常時説伽陀曰

汝先志猖狂　何因今意別　我觀爾所作

與昔事不同

其婦荅曰

我昔不是狂　今非有别意　但由世尊敎

見諦預眞流

其婦即以上事具白其夫婆羅門聞已歎未

曾有倍深敬信遂往逝多林請鄔陀夷及佛僧衆明當就食鄔陀夷受已爲白佛僧如常廣說乃至佛僧食已還歸住處時鄔陀夷獨留其舍爲說法要令證道果得見眞諦是時夫婦乃至盡形延請供養尊者不受其婦白言我設一座唯願尊者餘處乞食就此而食尊者哀愍爲受而去

童年者室羅伐城有五百婆羅門子至節會日各持飲食詣園林中欲爲聚集時鄔陀夷便作是念今復何人堪應受化知彼五百婆羅門子根機將熟即於晨朝持衣鉢入園中就彼少年聚集之處諸人見已自相問曰此之苾芻是何種族而作出家有委知者答衆人曰此是婆羅門種捨高貴族而作沙門諸人聞已問尊者曰仁是大臣之子族胄高勝云何捨棄於此雜類卑下人中食無簡別坐集次第而爲出家尊者答曰世間婆羅門有名無義我所投者無上大師及諸聖衆能除罪惡此即皆是眞婆羅門時彼少年聞是語已撫手而笑于時尊者以神通力令諸年少頭上華瓔悉皆變爲葱蒜鬘帶所有餅食盡作牛皮諸雜餚饌俱成牛肉乳及飲漿盡變爲酒此等皆非婆羅門種食用之物時彼尊者於已鉢中變作種種清淨飯食告諸人曰汝觀我鉢及以身形比汝所爲誰是清淨誰無簡別時諸少年聞是語已各各循省自知鄙惡即相謂曰是彼尊者以神通力令我華瓔及諸食飲並成雜惡不堪食噉我等今時更無別計宜當就彼以申懺謝即俱禮足白言聖者我輩愚癡肉眼無識恃已族姓出鄙

惡言於聖者所輒相輕觸唯願慈悲受我懺謝異口同音說伽陀曰

皮肉血便利　苦樂根不殊　咸同垢穢身
云何四姓別　若身離諸惡　口亦無過犯
心極清淨者　名眞婆羅門　勝妙法莊嚴
善調修梵行　能除衆惡業　是眞婆羅門

時鄔陀夷聞說伽陀知其根熟便爲說法示教利喜五百童子即於座上斷煩惱見眞諦身及飲食清淨如舊各受歸戒廣說如前

鉢者室羅伐城有婆羅門善持呪術不信三寶常以呪力驅策鬼神令其駕車隨意遊涉時鄔陀夷復觀有情誰堪引接能入眞諦見此婆羅門根器將熟即持衣鉢往趣其家見婆羅門誦呪使神御車將出暫還下車旋液方去尊者令其小便出不停止即解其呪放彼鬼神時婆羅門少頃來至見鬼神皆散車不能動雖誦呪術悉皆無驗事窮失計告苾芻曰由汝解呪所作不成今欲遣誰給侍於我尊者取鉢開示告曰此當與汝作給侍人婆羅門曰此黑鐵盂如何侍我尊者曰隨汝所念皆從此出彼聞是語即試思念百味飲食纔念之時衆味具足滿此鉢中彼見斯事歎未曾有告言大聖斯之妙術願當惠我尊者即說伽陀而告之曰

明呪不惠人　以呪換方與　或時得供給
或多獲珍財　若不如是者　縱死不傳授

時婆羅門聞伽陀已爲貪呪故審諦思惟知神呪力有不思議既不授人何緣能得白尊者曰我無妙術可共相換復無珍財持用供奉但有身力以相給侍幸願慈悲教我明呪

尊者報曰爾欲得者可於如來善説法律而爲出家我當與汝如意神呪彼爲呪故依教出家剃除鬚髮著法服已白師言鄔波馱耶授我明呪師曰汝可受之弟子曰何謂也師曰所謂諸行皆無常一切法無我涅槃眞寂滅此是鉢中明呪於三夜中汝勤修習必有神驗於此句義當善思惟時彼弟子爲求驗故冀有成功於日夜中一心相續思三句法妙解眞源衆惑斷除證阿羅漢便詣師處禮足白言我今實得無上明呪我生已盡梵行已立不受後有如實而知鄔陀夷曰善哉善哉汝是眞報佛恩自他俱利於三有海不復輪迴

相撲者爾時有一壯士從南方來欲於中國求人捔力至室羅伐城於城門下脱衣拍髀高聲大叫我從遠來覓人相撲若有能者可來接手時此城中無人對敵時鄔陀夷知此壯士堪任受化於晨朝時執持衣鉢欲行乞食至城門下見斯壯士告言男子汝是壯兒欲來相撲答曰如是鄔陀夷曰汝當共我相撲爲當共我所撲得者而相撲乎壯士答曰仁撲得者我且撲之鄔陀夷曰彼有强力汝不能禁壯士曰要待對敵方知强弱鄔陀夷曰貪瞋癡三是我所伏汝試撲之壯士曰此有大力欺一切人我何方便能爲彼敵鄔陀夷曰先可出家方能對敵即剃髮染衣思降三毒未久之頃結惑皆除證阿羅漢詣鄔陀夷所白言大師我已降伏三種壯士四事究竟廣如上說如是鄔陀夷苾芻於室羅伐城教化十八億家皆令解脱爾時鄔陀夷化暴

惡女今得見諦廣説如前乃至爲受食座未久之頃時暴惡女爲兒娶妻身嬰疾病將死之時告家人曰我死之後隨有何事勿廢聖者鄔陀夷食座説是語已須臾命終彼婆羅門隨次而沒其子憂慼經時漸捨便棄其婦求學他方妻於後時煩惱增盛乃與賊帥客行非法尊者每至其家於座而食觀知此婦性多煩惱常爲演説離欲之法彼婦便念尊者聖力能了他心知我與人有私通事我夫若至必當告知今我宜應預斷其命即詐現病相告使女曰我今有疾汝今可往白尊者知屈來至宅使女往報是時尊者不預觀察來至其家固留至夜令喚賊帥至便告曰若此苾芻命得存者我終不活時彼賊帥恐其事露忿怒持刀斷尊者命將其屍骸棄糞聚中此是尊者先所作業今時果熟還於自身蘊器處受非於餘處乃至廣説爾時世尊於十五日褒灑陀時在衆中坐大衆皆集惟鄔陀夷一人不到時知座者白言不見尊者鄔陀夷諸佛世尊得無忘念即告衆曰我説鄔陀夷教化人中最爲第一今已被殺棄糞聚中汝等應爲長淨時諸苾芻爲長淨已佛言汝等應可俱行與鄔陀夷爲最後供養設利羅爾時世尊大衆圍遶夜至城門放大光明徧滿城邑其門自開皆謂天曉諸人咸起其警夜者知天未明時勝光王及勝鬘夫人等驚怪其事門人奏曰今佛世尊及諸聖衆俱至門首時王聞已總命羣臣勝鬘夫人部領宮內城中士女並悉奔馳俱到城門禮世尊足王先稽首白佛言世尊以何因緣無上大

師躬至於此佛告大王鄔陀夷苾芻教化人中我說第一今被他殺棄糞聚中我今故來爲彼焚身作供養事時勝光王聞是事已及勝鬘夫人便以四寶莊校喪轝躬從如來至糞聚所出尊者屍香湯洗浴置寶轝中奏衆伎樂幢旛滿路香煙徧空王及大臣傾城士女從佛及僧送出城外至一空處積衆香木灌灑酥油以火焚之誦無常經畢取舍利羅置金瓶內於四衢路側建窣堵波種種香華及衆音樂莊嚴供養昔未曾有王及中宮并諸士庶佛及聖衆各還本所爾時世尊至住處已告諸苾芻此由非時行招斯大過廣說乃至我觀十利爲諸苾芻制其學處應如是說若復苾芻非時入聚落者波逸底迦如是世尊爲諸苾芻制學處已非時不得入聚落時諸苾芻有看病人遂闕瞻視知僧事者僧事廢闕以事白佛佛言有苾芻者囑授應去應告彼曰具壽存念我有看病因緣或爲衆事須非時入聚落白具壽知彼答云奥箄迦時有苾芻於俗舍內先寄衣鉢其舍非時忽然火起苾芻即便往取衣鉢行至中途作如是念我不囑授非時入聚落是所不應遂即迴還覓人囑授須臾之頃衣鉢燒盡時諸苾芻以緣白佛佛言除因緣故告諸苾芻前是創制此是隨開應如是說若復苾芻非時入聚落不囑餘苾芻除餘緣故波逸底迦若復苾芻者謂此法中人餘義如上言非時者有二分齊謂從過午至明相未出聚落義如上入者謂至聚落餘苾芻者謂於其處現有苾芻而不告語除時因緣者謂有難緣餘義如

上此中罪相其事云何若苾芻於非時非時想疑得根本罪於時作非時想疑得惡作罪餘二無犯又無犯者廣説如上爾時勝鬘夫人知尊者鄔陀夷枉被賊帥所殺慇懃白王令捕賊帥爲護未來諸苾芻故時王即勑有司嚴加掩捕獲賊帥已王遣將賊投熱油釜中而斷其命賊之伴侶有五百人皆截其手彼私通女以其頭髮繫不調馬足放令蹋死時諸苾芻咸皆有疑白佛言世尊彼之賊帥曾作何業殺鄔陀夷受苦而死及私通女五百賊徒皆被刑戮佛告諸苾芻由彼王等於先世中自所作業還當自受非於餘處有物代受如餘廣説汝等應聽乃往古昔於婆羅痆斯城王名梵摩達多其王大臣聰明博識有五百弟子爲貪利故遂至王前詐陳預夢

云我夢見當於十二年中天不降雨國土荒亂人民飢饉王位將危王曰若如是者事當柰何欲作何計得免災厄大臣白曰應殺五百頭牛作耶愼若大會設婆羅門方免災難王遂出教總集五百頭牛俱在一處牛大吼叫王聞其聲便生悲愍告大臣曰豈俱殺此諸牛命耶臣測王意白言大王觀此羣牛欲殺之時有行婬者其牛合死時將設會總察諸牛遂有特牛㹀牛共爲婬事大臣曰此應合殺彼五百弟子一時舉手云此牛合死其大臣婦亦云合死遂殺二牛以供設會汝等苾芻往時大臣者即賊帥是其大臣婦者即私通女是五百弟子者即賊伴五百人是往時二牛即勝光王及勝鬘夫人是昔時被殺今還殺彼汝等苾芻凡諸有情自所作業果

報不亡雖經多劫緣合還受是故當知勿爲惡業修諸善品復次諸苾芻汝等當聽其鄔陀夷先作何業由彼業力令被他殺棄糞聚中乃往古昔於一聚落有捕獵人以屠殺爲業而自活命彼時有一獨覺來至林所而暫停息當是之日彼捕獵人一無所獲便生怪念我從昔來於此林中多獲禽獸何故今日而無所得遂見人蹤隨跡而去見一獨覺端居而坐是時獵者作如是念由此人來我無所得遂生瞋忿即滿張弓放以毒箭中其禁處獨覺聖者見此愚人起悲愍心爲現神變騰空上踊猶若鵝王時彼獵人見神通已深生追悼發言仰告我愚癡人不識賢聖願縱身下受我懺謝時彼聖者爲哀愍故放身而下受其懺謝因即命終時彼獵人以火焚形取其舍利起窣覩波種種供養因發大願勿緣此罪令我當受地獄報於未來世當得逢遇殊勝大師親承供養汝等苾芻往時獵人者即鄔陀夷是由昔殺他令還被殺復次諸苾芻汝等當聽此鄔陀夷先作何業得阿羅漢親事於我被殺之後棄糞聚中佛與僧衆王及大臣勝鬘夫人并諸宮女城中士庶俱至屍邊莊嚴寶轝移至勝處焚燒既訖取設利羅造窣堵波盛興供養乃往古昔有一乞師見一獨覺身嬰疾病爲乞食故次到其家時彼乞師不識賢聖遂便捉胭推出棄糞聚中彼身無力因即命過有餘獨覺乘空而度見其屍骸縱身向下以諸香華隨時供養乞師見已具問其故知是聖人便生憂悔我是愚癡不識賢聖自知無力能如法焚燒遂即

白王共爲禮葬王聞大聖非理涅槃總命羣官及後宫婇女城中士庶人物駢闐各持酥油并諸香木至聖者所焚身供養時彼瓦師作金色瓶盛其餘骨置雜綵轝往四衢道側造窣堵波隨力供養遂發弘願我之所作無間重業勿緣此故墮捺落迦以此慇重供養之業於未來世當得遭遇殊勝大師親承教旨不生疲猒獲得如是神通自在汝等苾芻彼時瓦師即鄔陀夷由昔所作惡業餘報於五百生中常被他殺投之糞聚由彼供養發願力故今値遇我成阿羅漢由此業故雖涅槃後我與大衆王及人民悉皆雲集焚身供養汝等當知又何緣故此鄔陀夷教化人中最爲第一於過去世迦葉波佛時鄔陀夷於彼出家爲大法師善能説法教化有情無量億數由彼業力於諸衆中教化第一是故諸苾芻當觀如是善惡之報如影隨形終不亡失善業勤修惡事當捨應如是學

第九攝頌曰

食明相令知　針筒牀脚量　貯華并坐具　瘡雨大師衣

食前食後行詣餘家不囑授學處第八十一

爾時薄伽梵在室羅伐城逝多林給孤獨園時此城中有一長者大富多財受用豐足時具壽鄔波難陀因行乞食至長者家長者即便持飯施與因爲説法施食之人獲五功德謂壽命色力安樂詞辯長者聞已深心歡喜頂禮其足歸依三寶受五學處時鄔波難陀復於他日至長者家長者白言聖者我今因大德爲善知識故欲請佛及僧就舍而食惟

願聖者爲我白知時鄔波難陀還至住處稱長者名爲請佛僧時鄔波難陀即於晨朝至長者宅報長者曰我有緣事暫至餘家我若不來不須行食作是語已捨之而去爾時世尊知彼長者不閑法式不來告白即便自將大衆詣長者家就其食處時諸苾芻報長者曰應唱隨意長者即便報言聖者我爲大衆設斯座褥佛言此即便是作隨意訖宜應就座佛及大衆坐時既久日復將中不見行食佛告阿難陀曰汝告長者日時既至應可行食日時過者食何所爲具壽阿難陀奉教而告長者報曰聖者鄔波難陀今未來到如是至三阿難陀曰若鄔波難陀不來者不欲行食耶報言如是具壽阿難陀以事白佛爾時世尊説伽陀曰

由他悉皆苦　自由便受樂　共有皆闕事
智者不應爲

時欲將中鄔波難陀方始來至遂便行食時諸苾芻有噉少許有不食者佛爲長者説施頌已從座而去鄔波難陀即於此住不往寺中當時是十五日衆僧欲作褒灑陀惟鄔波難陀不來赴集復無持欲人人衆皆久坐妨廢法事求覓不得令衆疲勞時諸苾芻共生嫌賤作如是語云何苾芻受食家請食前食後而不速來久住俗舍以緣白佛佛言食前食後有此過生乃至我觀十利爲諸弟子制其學處應如是説若復苾芻受食家請食前食後行詣餘家者波逸底迦如是世尊爲諸苾芻制其學已時有看病苾芻廢其瞻視知僧事者檢校有闕時諸苾芻以緣白佛佛聞

此已告諸苾芻前是創制今復隨開應如是說若復苾芻受食家請食前食後行詣餘家不囑授者波逸底迦若復苾芻者謂鄔波難陀餘義如上食家請者謂被他喚食家義如上食前者謂是午前若出行時過二家者便得墮罪食後者謂過午已後若出行時過三家者便得墮罪不囑授者謂不報人應囑施主云我往某處或囑苾芻云向某處結罪如上此中犯相其事云何若苾芻受食家請食前行過二家食後行過三家不囑授得墮罪若不以此苾芻為先首而請喚者無犯又無犯者謂初犯人廣說如上

根本說一切有部毗奈耶卷第四十三

音釋

澡漱（澡子皓切洗手也漱蘇奏切蕩口也）喘（昌兖切息也）挺（徒頂切拔也）叱吒（叱昌栗切吒陟嫁切叱吒怒而呵也）懊（烏皓切恨也）蒜（蘇貫切葷菜也）旋液（旋旬宣切液羊益切旋液溲便也）髀（部禮切股也）掩捕（掩衣檢切捕音步掩捕乘其不備而擒捉之也）戮（力竹切殺也）

根本説一切有部毗奈耶卷第四十四

唐三藏法師 義淨 奉 制譯

入王宮門學處第八十二之一

初總攝頌曰

初首二難陀　七日并善與　五人四希有
勝鬘教大王　二城有盛衰　月光於夜白
仙道出家已　影勝問伽陀　頂髻害父命
當生無間中　受二佞臣言　謗無兩羅漢
二臣收寶去　塵沙徧滿城　大臣以女男
各付於師主　紺顔隨師去　仙道等因縁
善財造寺縁　准陀論七福　壯士曠野手
紺容證不還　無比打針人　廣陳師子事
二人説善惡　紺容皆被燒　曲脊供僧人
入王宮爲後

難陀鄔波難陀者佛在室羅伐城逝多林給孤獨園爾時世尊告諸苾芻曰汝等當於蘭若樹下或空室中或山崖坎窟或草積内或居露地或在尸林或餘林中或住邊房受麤弊卧具向如是處簡息外縁端心靜慮求斷煩惱勿爲放逸後置憂悔此即是我眞實教誡如是世尊爲諸苾芻説思惟事令棄憒鬧時有苾芻得世俗通者便往妙高山而修靜慮佛告諸苾芻妙高山王者下從金輪與海水齊有八萬踰繕那從水上高出亦復如是其形旻方四面各有二千踰繕那人天樂觀相狀端正上有三十三天四寶所成東面水精南面吠瑠璃西面白銀北面黄金於此山下大海之中有龍王宮亦四寶所成受用無闕有二龍王名難陀鄔波難陀而住於此各有八萬四千諸龍以爲眷屬此二龍王假使

金翅鳥王不能損害所有飲食皆同諸天上妙供養時二龍王由貪愛故各以其身遶山七帀舉首而住俱作是念此等受用皆悉是我福業所招以惱嫉心故每日三時吐其毒氣齊二百五十踰繕那内所有鳥獸聞毒氣者並皆喪命龍吐氣已遂便睡著時諸苾芻修靜慮者由龍毒氣皮肉變色憔悴痿黄如世尊說汝等苾芻欲求戒淨可於半月爲褒灑陀求除罪故爲隨意事時彼苾芻至長淨日皆來集會時舊住者怪而問曰何故仁等顔狀異常痿黄若此其靜慮苾芻以緣具告諸苾芻曰龍爲惱害何不調伏答曰此惟世尊及大聲聞方能制伏非我所堪時諸苾芻以緣白佛佛作是念我諸弟子誰堪降彼二大龍王佛知大目乾連定能摧伏便告大目乾連曰汝當觀察難陀鄔波難陀二大龍王時大目連唯然受教即作如是方便入定從室羅伐城没於妙高山出在龍身上經行龍睡不覺復行頂上亦不覺知目連即入其腹振大雷霆睡仍不覺爾時尊者便作是念龍有二緣方可降伏云何爲二一者令其瞋怒二者發恐怖心我若遣彼生瞋怒者令贍部洲悉皆震動我今應可使其驚怖即化作龍身大彼三倍身遶二龍周圍七帀舉首而住龍覺身重即便睡寤見彼大身極生驚恐憂惶失計作如是念所居之處今被欺奪遂化作小身棄宮逃竄尊者大目連即復本形遮彼龍前整容而住問曰汝二龍王欲何所作答曰有大德龍來至住處欲害我命奪所居宮有此難縁逃向餘處尊者報曰我於向者

到汝宮所不見斯事龍曰我等親見尊者曰汝可還宮示我形狀龍曰大德豈復欲殺我耶尊者曰我共往看誰敢相殺宜可迴去示彼形容龍與尊者覆還住處但覩空宮更無餘物二龍問曰將非聖者見我憍暴現驚恐耶尊者曰或容如是彼龍白言聖者何緣來此尊者曰汝等當聽汝於過去作鄙惡業墮傍生中受斯惡報今時更復作猛毒心殺害有情無悲愍念從斯沒已除捺洛迦更無生處彼二龍王俱來禮足作如是語欲令我等當作何事尊者曰汝等今可歸依三寶受五學處至盡形壽不殺生乃至不飲酒於妙高山有禽獸等依止住者施以無畏勿令驚恐彼二龍白言我等愚癡自無覺慧幸蒙聖者拔濟苦津自誓要心謹依言教從今已去乃至命存歸依三寶受五學處於諸生類不令苦惱愛同已子除瞋毒心時大目連降二龍已欲還本處彼二龍王禮尊者足白言大德我隊迷津蒙恩救濟至世尊處幸持我語頂禮雙足不審世尊少病少惱起居輕利氣力安不復更白言唯願大師慈悲哀愍苾芻苾芻尼等飯食訖凡說福頌伽陀之時願稱我名以福垂濟捨此惡業生善趣中目連告曰當為汝白時大目連所為事訖猶如壯士屈伸臂頃於妙高山沒逝多林出詣世尊所禮雙足已白言世尊我已降伏二難陀龍令受三歸并五學處於妙高山所住有情皆起悲愍彼二龍王附申禮敬世尊足下不審大師少病少惱起居輕利氣力安不我以惡業墮傍生中受諸苦難唯願世尊慈悲救濟具陳

請意世尊聞已讚言善哉善哉彼二龍王能生猒離即告諸苾芻曰從今已去我諸弟子苾芻苾芻尼等每食了時說鐸蔽拏伽陀稱彼二龍王名字爲作呪願令捨惡道生善趣中當如是作若不依我教者得惡作罪是二龍王從斯已後每至月八日十五日二十三日月盡日夜復本形晝爲人像詣世尊所俱申禮敬受八支學處又每來時從妙高山至室羅伐城於路左右布列龍兵彌滿虛空以爲侍衛後於異時龍作長者形來詣佛所聽受妙法時勝光大王亦於彼時來詣佛所既至門外命左右曰汝往佛所觀有何人時彼左右奉教而去禮佛足已見二長者在世尊處聽佛說法即還王所白言大王有二長者在世尊處王作是念彼二長者是我國人見我來時敢不恭敬時勝光王欲至佛所彼二龍王見國主來白世尊曰大德既見國王合改常儀我今爲敬法坐聽爲敬王起立世尊告曰諸佛世尊及阿羅漢等咸皆敬法以此因緣說三伽陀曰

若過去諸佛　及以未來者　現在諸世尊
能斷一切憂　皆共尊敬法　言說及行住
常於一切時　尊重於正法　是故求益者
欲希富盛樂　應當尊敬法　常想諸佛教

彼二龍王聞佛語已雖見王來不修敬事王既見已便作是念此二長者是我國人見我來至不生敬重便起瞋恨至世尊所禮雙足已在一面坐佛知王意有瞋恚心別作餘言不爲說法時勝光王請世尊曰唯願大師爲我說法佛以此緣說伽陀曰

若無清淨心　而懷瞋恨意　不能解諸佛
所説微妙法　降伏鬪諍心　及以不淨意
能除於忿害　方解諸佛法
時勝光王聞伽陀已作如是念由二長者遂
令世尊不時爲我演説法要即從座起禮佛
而去命左右曰汝可伺彼佛邊長者辭佛去
時待至門外俱斬其首彼二龍王所有部從
見王懷忿作是語已悉皆驚愕怒而議曰我
等有力能碎高山傾竭大海王何勢力敢作
此言即卒起重雲震降雷電於虛空中皆下
刀仗劍輪箭矟未至地頃爾時世尊得無忘
念告大目連曰汝應速疾念勝光王及此城
中諸有情類時大目連唯然受敎即入慈定
纔入定已徧虛空中皆雨天華俱勿頭等而
墮于地乃至勝光王入宮已來天華徧落王
怪奇異歎未曾有遂告中宮妃后王子大臣
及婆羅門諸士庶等悉皆總集而下令曰我
於向者從逝多林迄至宮中天華灑落曾所
未見不知此事是誰威力時有近王説美言
者白言此是大王如法化人不行枉酷諸天
歡喜雨此妙華王曰我常以法安人福力應
爾宮內女人作如是語我等貞居惟事國主
於餘男子永絶邪心天神鑒質慶以祥瑞太
子曰我於父母盡心孝養靈祇感應致此嘉
祥大臣曰王有敎令我悉奉行助化國人致
使天華下落婆羅門曰我順四時恭祭天地
無虧淨行致此鮮華猛將曰國有强叛我先
出帥爲衆安撫獲斯嘉應國人曰我等躬耕
供王國稅無爽時節神明共知表察恭勤祥
華普散王聞衆議各述已能便作是念此妙

靈奇世所未見不知是誰福力我今宜往請問世尊如佛所言我當信受爾時勝光王即以天華盛滿衣裓乘大象王至給園外足步而去禮世尊已在一面坐即以上事具白世尊佛言大王此之天華非大王力亦非內宮及王子臣庶威德所致是大目連威神之力大王向使目連不為觀察不興悲愍者於須臾間室羅伐城王及百姓悉為塵粉由彼慈悲甚深定力遂致天華處處充滿是故王及臣庶於大目連皆應供養時勝光王白言世尊以何因緣但由聖者目連令我已身及以宮內國城人等不為塵粉得存性命此之恩力非是世尊非餘弟子佛言大王非我之力亦非諸餘聲聞弟子但是目連王若疑者可以衣裓天華置地王奉佛教棄華於地悉皆變成刀劍輪矟王既見已便大驚怖生怪愕心白佛言世尊此之兵仗從何所來佛言大王王豈不憶前令左右於難陀鄔波難陀二龍王處以瞋毒心出暴惡語遣斷其命時彼龍王所有部屬聞是語已皆發瞋恚便興密雲於虛空中雨諸刀劍及以箭矟時大目連見斯事已即入慈定勿令王眾并諸國人悉皆磨滅遂變兵器咸作天華令眾安樂王言世尊我不曾見彼二龍王何得遣人欲斷其命佛言王不憶者我今憶之王豈不憶向於我所有二長者見王不起王便發怒勅諸侍從斷其命耶王言我憶佛言彼二長者即是龍王為聽法故化作人形來至我所王曰由我肉眼不識神龍既有罪愆欲作何事佛言就二龍所而為懺摩王曰彼在妙高山我住

摩竭陁國相去懸遠如何媿謝佛言彼二龍王每月八日及長淨日爲聽法故必來我所王亦須至我當示彼龍王之身王可收謝王曰我於彼龍求謝之時禮其足耶佛言大王不應禮足宜舒右手至彼龍前告言二龍王我出麤言幸見容恕彼二龍王共相容忍王曰謹奉佛教當如是作禮佛足已還適本宫後至長淨日龍作人形來詣佛所王亦復至瞻仰世尊佛爲現相指示龍王時勝光王見佛現相即從座起整理衣服往一龍所展其右手作如是語幸二龍王見相容恕彼二答曰善哉大王共相容捨七日者爾時勝光王作是念由我麤語惱彼龍兵致使雲雷雨諸刀劒由得聖者大目連慈定力故變作天華存活我等我欲酬恩聖者請佛及僧於七日中以申供養即從座起頂禮佛足白言世尊願佛及僧於七日内至我宅中哀受微供爾時世尊見王請已默然爲受王見受已禮佛而去既出外已告大臣曰我緣聖者大目連故請佛及僧於七日中就舍而食卿等宜應掃飾衢路莊嚴城郭辦上味食以待佛僧大臣奉命悉皆備辦從王宫内至逝多林於此中間寶幢旛蓋香等徧滿既嚴飾已王令使者往白佛僧飲食已辦願佛衆知時爾時世尊於日初分執持衣鉢大衆隨從至王宅所詣其食處於先設座就之而坐時勝光王見衆坐已自持種種清淨上妙飲食奉佛僧衆既飯食已澡漱復訖佛爲大王說施頌伽陀并演妙法還歸本處初日既然乃至七日悉皆如是聖衆食已爲王說法還歸本處時勝

光王遂於後時夜中失火燒殺大象王令鳴鼓宣告國人曰從今已後不得夜中輒然燈火若有違者罰六十金錢其無錢者長繫於獄時諸苾芻咸皆有疑請世尊曰大德難陀鄔波難陀此二龍王曾作何業墮傍生趣又作何業所居宮宅皆四寶成受用飲食與諸天同類八萬四千諸龍以爲眷屬假使金翅鳥王亦無傷損佛告諸苾芻此二龍王所作之業還以自身而受其報無餘代者乃至廣說

假令經百劫　所作業不亡　因緣會遇時

果報還自受

汝等應聽乃往古昔此賢劫中人壽二萬歲時有迦攝波如來出現于世十號具足爾時婆羅痆斯城有王化世名訖栗枳國土豐樂人民安隱時有兄弟二人俱爲大臣一名難陀二名鄔波難陀彼二大臣以法非法助王治國臣有外甥名曰無憂於迦攝波佛教法之中而爲出家猒捨塵俗精誠靡懈未久之間斷一切惑證阿羅漢果每日三時向二舅所爲其說法作如是語唯願二舅勿以非法助王治國由此因緣於未來世當受惡報二舅答曰聖者治國之法不能純以善事而化於人阿羅漢曰若如是者來世資糧可應修集彼二舅報曰我於今時欲作何事答曰可爲僧伽造立住處報曰我當修造即造大寺施四方僧四事無闕所設供食及非時漿色香美味悉皆具足國內苾芻同王太子無所障礙諸苾芻尼事同後宮無敢侵擾彼二大臣由以法及非法助王治國有惡業故墮傍

生中由造寺字施四方僧故所有居宅皆四寶所成由以上妙飲食供衆僧故所受飲食皆與天同味由於苾芻苾芻尼等令無惱害得八萬四千諸龍以爲眷屬假使金翅鳥王不爲損害汝諸苾芻若造惡業還招苦報所有善因當得善果汝等當學善與者室羅伐城有一長者名曰善與大富多財豐足受用所有資産與北方毗沙門天王可爲儔匹仁惠無慳給養貧乏因號善與時彼長者曾於一時來詣佛所禮佛足已在一面坐聽說妙法從座而起白言世尊唯願慈悲佛及僧衆明當就舍受我微供世尊默然而受時彼長者見佛受已禮足而去即於其夜具辦種種上妙飲食旦令使者往白時至爾時世尊著衣持鉢聖衆隨從至長者家就座而坐時彼長者覩衆坐已自手斟酌種種飲食衆飲食已澡漱復訖長者夫婦即於佛前頂禮佛足長跪而住世尊觀彼夫婦根性差別隨機說法即於座上俱見眞諦獲預流果乃至廣說歸依三寶受五學處佛及聖衆各還住處時長者婦得果之日即於其夜便覺有娠於時時中供佛僧衆經九月已請佛及僧就舍而食佛爲說法夫婦二人得不還果即於是日其子誕生顏貌希奇人所愛樂額廣眉長鼻高脩直頂圓若蓋色美如金垂手過膝衆所稱歎過三七日歡會宗親其父以兒告諸親曰此兒今者當立何名舉衆咸云此之孩子父母得果之日來託母胎及其生時還得勝果斯之運會世所未聞如有神通理應嘉讚應與此子名曰神通長者養育孩兒授八乳

毋二供乳哺二作褓持二爲洗浴二共歡戲供給乳養無有闕乏廣説如上是時神通童子年既長大容貌希奇於王城下隨路而去時有宫人樓上遥見覩彼容貌染意便生即以華瓔遥擲童子墮其頭上有監察人見是事已便去白王大王知不神通童子於王内人有邪欲想從城下過宫人投以華瓔王聞是已不審思察即生忿怒命法官曰此之童子與内交通既犯常刑當斷其命法官奉敎執縛童子往至屠所便斬其首城中人衆見此童子非法枉死皆出大聲作如是語是非法王不審觀察神通無過枉被屠刑王見諸人説其非理便自思忖是我造次不審刑科卿等諸人捨斯一過爾時善與長者見兒死已作如是念我有珍財辛苦求覓咸爲神通

擬隆家業今既身死財何用爲我今宜應以已珍財於沙門婆羅門及貧乏者悉皆施與惟留金錢一文爲衣食本作是念已便於室羅伐城令人擊鼓宣告諸君當知善與長者現有財貨無遮總施奴婢雜畜並施隨縁若有須者隨意來取諸人聞已遠近俱集長者出物悉皆給施並稱求心歎未曾有是時長者以一金錢買諸貨物他日轉賣常得四錢每日日中以一金錢買諸香物磨作香泥塗拭佛殿又以一錢日日僧中巡次供養又以一錢舍内居人用充衣食餘有一錢留以爲本善與長者既家產罄竭財食貧無諸來乞人隨時給濟因此號爲麤惡善與時麤惡長者往詣佛所禮足已在一面坐佛告長者曰汝之舍中常能施不長者白言世尊我此家

中雖於日日惠施飲食然爲貧無不能精細事多麤惡佛告長者凡所施物若好若惡此二皆當獲異熟果長者若人施時隨好隨惡不以信心不生恭敬不自手不應時不清淨如是之人得報之時不能如彼大富長者隨意受用於其舍宅奴婢車乘飲食衣服牀榻卧具色聲香味觸而心悋惜不能受用長者由不信等所行惠施獲報如是長者又所施物若好若惡以深信心極生恭敬自手應時以清淨物持惠前人如是施者得報之時如大長者隨意受用於其舍宅奴婢車乘飲食衣服牀榻卧具色聲香味觸而心廣愛樂多受用由此因緣長者應聽乃往古昔有勝貴族大婆羅門名薛羅摩常於婆羅門處以八萬四千大象服以金鞍鈴鐸旗旛悉以金作於其象上覆蓋金網持以惠施又以八萬四千馬鞍轡莊校悉皆以金又以八萬四千車乘各以四寶金銀瑠璃頗梨所成金網幰蓋皆以師子虎豹文彩皮褥上綖敷置其中又以八萬四千諸妙樓觀亦以四寶所成又以八萬四千牀榻卧具亦四寶成所有敷設簟席氈褥皆是諸方珍奇上物於牀兩頭安置丹枕又以金鉢八萬四千盛滿銀粟又以銀鉢八萬四千盛滿金粟又以八萬四千雙上妙氎衣有其四種謂加尸細氎芻摩細氎紵麻細氎孤咕薄迦細氎又以八萬四千牸牛其角皆盛以金角咸有犢子俱以氎覆又以八萬四千童子皆用金銀寶物而爲瓔珞如斯等物皆持惠施諸婆羅門何況所餘上妙飲食種種衣服長者當知彼大潮婆羅門以

如是等八萬四千奇妙之物施婆羅門時所獲福德不如有人但以飲食供養外道離欲五通仙人其數滿百此之福德望前福德果報殊勝復次長者如彼大潮以如是等八萬四千奇妙之物施婆羅門及施外道一百隱人不如有人但以飲食施一贍部樹下未離欲染異生菩薩此之福德望前福德果報殊勝復次長者如彼大潮以如是等八萬四千奇妙之物施婆羅門及施外道一百隱人并施贍部樹下異生菩薩不如有人但以飲食施一預流向者此之福德望前福德果報殊勝復次長者如彼大潮以如是等八萬四千奇妙之物施婆羅門及施外道一百隱人并施贍部樹下異生菩薩及預流向不如有人但以飲食施一預流果者此之福德望前福德果報殊勝如是廣說一來向一來果不還向不還果阿羅漢向不如有人但以飲食施一阿羅漢果此之福德望前福德果報殊勝梵本具有恐煩故略復次長者如彼大潮以如是等勝妙樂具施婆羅門及一百隱人異生菩薩并四向四果不如有人以妙園圃施四方僧此之福德望前福德果報殊勝復次長者如彼大潮以如是等勝妙樂具施婆羅門及一百隱人異生菩薩并四向四果以妙園圃施四方僧不如有人於此園中造立寺宇奉施僧伽此之福德望前福德果報殊勝復次長者如彼大潮以如是等勝妙樂具施婆羅門乃至園中造立寺宇不如有人於此寺中施以牀榻臥具及諸座褥被枕之類此之福德望前福德果報殊勝復次長者如彼大潮以如

是等勝妙樂具施婆羅門乃至於彼寺中施以牀榻卧具及諸座褥被枕之類不如有人於此寺中施僧常食此之福德望前福德果報殊勝復次長者如彼大潮以如是等勝妙樂具施婆羅門乃至寺中施僧常食不如有人盡形壽歸依佛陀歸依達磨歸依僧伽受持戒行此之福德望前福德果報殊勝復次長者如彼大潮以如是等勝妙樂具施婆羅門乃至歸依三寶受持學處不如有人於一切有情於少時間修習慈觀此之福德望前福德果報殊勝復次長者如彼大潮以如是等勝妙樂具施婆羅門乃至廣説於一切有情修習慈觀不如有人於暫時間了知諸行悉皆無常悉皆滅壞是可猒患修出離想此之福德望前福德果報殊勝不可校量由是因緣長者當知常於諸行修無常等觀求出離行是要法門速得解脱如是應學如是應修勿爲放逸爾時善與長者及諸大衆聞佛説已頂禮雙足深心歡喜信受奉行從座而去爾時長者既至舍已於其夜中然明燈讀佛教時王使者每於夜中巡歷人家觀察明火於長者室見有燈明報言長者豈非大王聲鼓宣令普告諸人每於闇夜不秉燈明若違教者罰六十金錢若無錢者終身繫獄可不聞耶長者曰我久聞知警夜人曰若如是者何故然燈答曰我於夜中愛尋佛語報曰縱讀佛教豈免輸錢可速將來長者答曰我今貧悴何處求錢報曰若爾可來永繫牢獄答曰我無別計即可隨行使者便將置於獄内王所造獄闇有三重若品第尊高置於上

閣其次之類安在中棚卑賤庶人拘之下屋時麤惡善與長者既是勝流居在上閣時四天王知此長者地隣無學精苦勤心於初夜分來詣其所問言長者處在獄中是不應事長者曰大仙爲犯國刑非我自欲問曰違犯何事答曰夜明燈火被罰六十金錢我既貧無身須繫獄四天王曰長者欲於何處安置金寶我等持來隨情受用長者曰唯願大仙勿見憂慮王若知者或容見放大仙有暇暫聽妙法時四天王頂禮求聽長者哀愍爲宣法要四天身光如四火聚王遥見之便作是念何人獄中然大炬火次至半夜天帝釋來所發光明映四天衆其有問答如彼四天乃至求聽妙法至後夜時梵王來至身光晃曜倍勝諸天問答求聽聞法歡喜俱還本宫爾

時大王於一夜中悉遥見此光明奇特至天曉已問獄官曰誰於昨夜獄中然火掌人白言夜於獄内無然明者王令大臣親往檢察獄中普問無然火處還白王曰無人然火王曰第三閣内因禁何人獄官答曰有麤惡善與長者拘在上閣王曰可喚將來我自親問使者喚至王問長者前爲然燈禁在牢獄何故今者還然火耶長者答曰我昨夜中不記然火王曰於初更時見四火聚半夜有五後夜有六何故長者妄語云無長者即便具以四王帝釋大梵爲來聽法身有光明非燈燭也王聞語已深生尊敬歎仰希奇告言長者仁有大力今何願求隨所欲者我當給施長者答曰我今敢欲從王乞願王曰隨意所須長者曰我願於夜尋讀佛經唯願大王勿禁

燈火王曰隨長者意夜秉燈明乃至餘人亦皆隨意夜中然火爲讀佛經悉免其罪于時麤惡善與長者及以國人蒙王放免皆大歡喜

根本説一切有部毗奈耶卷第四十四

音釋

踰繕那梵語也此云限量繕時戰而究二切　翅矢利切　痿於危切痺濕病也　睡寤睡樹僞切寤五故切寐覺也　憍暴憍古尭切恣也暴薄報切惡也　鐸敲鐸達各切敲丘奇切　愕五各切驚遽貌　裾姜魚切衣裾也　褓博抱切小兒衣也　榻吐盍切牀狹而長者　棚薄庚切閣也

根本說一切有部毗柰耶卷第四十五

唐三藏法師義淨奉　制譯

入王宮門學處第八十二之二

爾時薄伽梵在室羅伐城逝多林給孤獨園時此城中有三長者一名善與二名善合三名戒勝此三長者各有別德因而立名能善廣施謂善與長者言無虛誑謂善合長者衆人信伏謂戒勝長者善能忍恕謂勝光王離邪欲心謂哥羅太子時憍薩羅國至八月半後多有賊盜名爲秋賊彼諸賊侶共相集會作如是議我等云何於此時中少作劬勞多獲財物於一年內受用隨情一人告曰今此城中善合長者多有資財珍寶豐足我等宜往到長者處共爲誣枉報言長者我等先有一億金錢寄長者處我今須用可見相還若言虛者我等共引戒勝長者而爲證人獲此資財於一年中豐足受用一人告曰彼戒勝長者豈爲我等作證人耶餘人議曰我以强力逼令作證問曰如何强力答曰此戒勝長者性多慚恥若大便時必當遠出村外入深林薄我當伺候彼欲去時執持利刀於草叢住彼若來至我即執捉告言長者若與我爲證爾命得存若也相違交斬君首諸人聞已咸云善計作此方便爲證不難即各持刀往我勝長者大便之處於叢薄中潛身而坐時彼長者於大便時至所行處在草叢內被賊所擒告言長者爲當樂死爲求活耶長者告曰我實不知君等何意賊曰當隨我言報曰隨汝所作諸賊告曰若隨我語斯則命存必若相違剸刃非遠長者曰有何言教賊曰與

我作證長者曰何事須證賊曰善合長者我等先寄金錢一億今欲徵索恐彼不臣須得人證長者曰此爲實寄爲是虛言賊曰此是虛言長者聞已作如是念我寧守死不爲誑事豈避一生之苦於無量劫受諸惡報作是念已向諸羣賊而説頌曰

寧以守法取終亡　不作背法而存命
守法定得昇天樂　背法當生地獄中

時彼長者説此頌已爲諸羣賊略宣法要告言諸君當知爾等皆由前世惡業因緣作欺誑事雖得人身衣食常乏今復更爲不善於此命終當生何道除三惡趣無處相容作如是等種種勸喻諸賊聞已起信敬心即便俱來禮長者足白言長者我等愚癡不閑善惡欲以非法共相誣謗既蒙告喻深心慶喜我等今時欲何所作長者曰無越三歸及五學處爲善趣因即便爲受三歸五戒至盡形壽不殺生等諸賊歡喜奉辭而去復次勝光王有一小弟名曰哥羅顏貌端嚴衆人愛敬至長淨日來詣佛所禮佛足已請受禁戒既受得已從座而去於一靜處檢攝内心是時魔女莊飾容儀來至其所告言王子今既少年應受欲樂衰暮之後方可攝心王子聞已告魔女曰汝以癡心迷惑於物我持淨戒不習邪途時彼魔女知王子意固守至誠不遂所求隱形而去爾時善與長者來詣佛所禮佛足已在一面坐聽佛説法時勝光王亦來佛所欲申禮敬至逝多林門命左右曰汝往佛所看有何人使入便見善與長者佛邊聽法廣如上説乃至王出門外告左右曰汝若見

彼長者出時報云大王有教長者速去離我國中時有諸天於長者處心生敬重聞是語已各懷忿恚於王身上便放毒蜂既被蜂螫疾入宮内蜂仍不放隨入宮中王被毒螫更無別計即還佛所禮足而白忽被蜂螫不審何緣唯願世尊救濟於我佛言大王由王向於善與長者起瞋恚心欲驅出國諸天忿怒放此毒蜂王曰我有此過今何所爲佛言大王宜應就彼而申媿謝王曰我媿謝時禮其足耶佛言不應致禮應至彼前而執其手告言長者我出麤言幸見容恕時勝光王蒙佛教已至長者所而申懺摩長者見已共相容恕彼諸羣蜂咸皆四散衆人見者各生希有時勝光王白佛言世尊我處王位從彼庶人而求懺謝豈非希有佛言大王大自在人於卑賤類而求懺謝斯實希有善與聞已白世尊曰我貧無物隨有常施此豈不是希有事耶佛言雖貧能施斯亦希有時戒勝長者及哥羅王子亦在佛邊戒勝長者具以秋賊而白世尊我爲喪命因緣不行誣枉此豈不是希有事耶佛言雖有命難情存質直斯亦希有哥羅王子白言世尊魔女妖姸來相惑亂我拘戒行不爲非法此豈不是希有事耶佛言若人富貴能受禁戒遠離邪欲於諸世間斯實希有爾時世尊以此因緣説伽陀曰

若人處尊位　求謝於卑微　或復少資財
隨有能行施　設遭於死難　不生欺誑心
富貴簡邪情　此四咸希有

爾時貧善與長者戒勝長者哥羅王子親對佛前各問深義世尊如理隨事而答時勝光

王亦在其中見彼發問不解其義但知瞻仰心懷憂悒禮佛而退既還宫中以手支頰心懷憂悒時勝鬘夫人見王憂色問言大王從何所來容色憂悴王以事報夫人曰由王寡聞不閑佛法國務之隙可讀佛經王曰我今年邁不能習讀又復國務繁劇無暇尋經若汝勝鬘及行雨夫人讀佛經者我於夜中聽受文義夫人曰善時勝鬘夫人便白王曰我生憍薩羅國聖者鄔陀夷亦生憍薩羅國我當就彼而受經業其行雨夫人亦白王曰我生摩揭陀國聖者舍利子亦生摩揭陀國我當就彼而爲讀誦王曰各隨所樂時勝光王往舍利子所申敬事已白言大德行雨夫人於尊者所欲受經法唯願慈悲哀申教授舍利子曰我今宜往白世尊知即往佛所禮佛足已白言世尊王欲請我爲行雨夫人授佛經法是事得不佛言應教舍利子還至王所報言世尊慈愍許我相教時勝光王既蒙許已復詣具壽鄔陀夷處白言聖者勝鬘夫人欲就尊者受學佛經廣説如上乃至許我相教王見許已便還宫内報二夫人曰彼二大德許相教授時二大德於日日中來入宫内爲二夫人教讀佛法後於異時勝光王國邊隅反叛王遣師伐被敗而歸如是二三乃至七返皆被他破逐北旋兵王聞敗已便作是念邊隅逆命師去被降須我自行方能翦剋王即嚴整四兵於後夜時師旅而去具壽舍利子善識時宜其鄔陀夷不知機變夜聞兵馬鈴鐸之響即便驚覺作如是念豈非王衆有事他行即於未明作天明想執持衣鉢入

王宫中時有内人報勝鬘夫人曰阿遮利耶鄔陀夷今來至此夫人聞已著輕紗衣出門迎接時鄔陀夷見彼夫人形體踈露注目而視夫人知已便生恥媿還入宫中更著餘衣至鄔陀夷所敬受經教再三反復猶未天明宫人見之共生譏議作如是語王雖信敬情無間然苾芻不識時機中宵而至王未藏寶及諸寶類而便造次輒到宫門時鄔陀夷教其讀誦迄至天曉勝鬘夫人問曰聖者今朝何處當食鄔陀夷曰隨所得處我當噉食夫人即取其鉢盛滿飯食授鄔陀夷彼得鉢已願言無病持之而出至王門下見舍利子從外而來鄔陀夷問曰大德若作如是精進用心云何能得斷諸煩惱我侵明起早入宫中爲彼夫人教授經法并受鉢食持出宫門仁

今始來何晚之甚舍利子曰具壽可去佛緣此事當制式叉時諸少欲苾芻聞是事已便往白佛世尊以此因緣告諸苾芻入王宫者有十種過失云何爲十一者王與夫人在一處住苾芻入時夫人便笑王即生疑豈非夫人與彼苾芻於私屛處行鄙惡事若不爾者何因見笑或可有心將爲惡事二者苾芻入宫夫人有娠王生是念豈非苾芻共爲惡行令其有娠三者苾芻入宫王失珍寶及諸寶類王作是念豈非苾芻偷竊我物四者王有密語聞徹於外王作是念豈非苾芻傳通密語五者苾芻入宫王瞋太子遷移職位太子念曰豈非苾芻於王讒搆令我今時致此憂慼六者苾芻入宫太子於父爲不義事諸人聞已豈非苾芻傳通密語令失孝義七者苾

芻入宫王之所重尊勝大臣被黜職位便作是念豈非苾芻於王譏說令我墮在不如意處八者卑位大臣王與重賞諸人議曰豈非苾芻爲其薦達九者王數出師征伐餘國人皆議曰豈非苾芻共王論說數令我等征伐疲勞十者苾芻入宫王出征伐告戰士曰其所得者悉皆自屬後既平殄王便劫奪諸人議曰此是苾芻教王奪我佛告諸苾芻以此因緣不應輒入宫内或令四兵不得安隱此非苾芻之所應作

攝頌曰

夫人笑娠寶　泄言瞋太子　損王黜舉事

數征還奪財

如是乃至我觀十利爲諸苾芻制其學處應如是說

若復苾芻明相未出剎帝利灌頂王未藏寶及寶類若入過宫門閫者除餘緣故波逸底迦

如是世尊在王舍城竹林園中爲諸苾芻制學處已告諸苾芻曰贍部洲内有二大城一名華子二名勝音此之二城互有衰盛若華子城盛則勝音城衰若勝音城盛則華子城衰時勝音城人民富盛有王御世名曰仙道正法治人國土豐樂無諸戰陣亦無病苦龍王歡喜五穀熟成廣說如上彼王夫人名曰月光顔容姝特衆所愛敬王之太子名曰頂髻有二大臣一名利益二名除患時摩竭陀國王舍城王名曰影勝以法理人國無災患如餘廣說夫人名勝身儀貌超絶國内無比王之太子名未生怨有一大臣名曰行雨是

大婆羅門種髙勝貴族爾時仙道大王曾於一時朝集大會告衆人曰頗有餘國豐樂熾盛與我國相似不時彼衆中有摩竭陀國興易之人作如是語大王於此東方有摩竭陀國王舍大城王名影勝彼國豐樂與王相似時仙道王聞此語已於影勝王生愛念心問大臣曰彼王國内何所乏耶答曰彼處無寶王曰唤諷寶人簡取好者便以妙寶盛滿金篋并王勑書遣使送往摩竭與影勝王語使者曰當報彼王從令已往王可共我爲敵國知識必有所須我當爲辦使持王信到王舍城影勝王所奉書具白王既覽書并開國信生大歡喜王曰彼之國中何所乏少諸人答曰彼無好氎時王即以摩竭陀國所出上氎盛滿箱篋准如上事報仙道王并致書曰敬覽來信并受國珍未面相親深慚遠意彼有須者我當爲辦使持王信到勝音城即以書及國信奉仙道王王見慶喜問使者曰王之形狀其量如何并問性行使者報曰影勝王其形長大一似大王性行雄猛躬爲征戰王即依量造五德上甲令使送去云何爲五一者盛熱之時著便涼冷二者刀斫不入三者箭射不穿四者善辟諸毒五者能發光明王造甲已并裁勑書曰今贈寶甲五德圓備若念我者幸當自著希招遠意勿惠餘人即以此甲付與使者使者持去到王舍城便以此甲奉影勝王白言大王此之寶甲具足五德仙道大王故遣送來時影勝王覽書觀甲心生希有唤諷寶者令其准價寶人白言大王此一一寶並皆無價然衆共商量准直金錢

十億王既聞已便生憂念遠方知友贈我寶甲此一一寶其價難知我國無此如何酬謝以手支頰低顏而坐是時行雨大臣入見大王似帶憂色問言大王何故面有憂色王曰我今寧得心不懷憂遠處國王贈我寶甲此一一寶其價難知我國更無奇異珍物既無報答為此懷憂大臣答曰願王勿憂有好贈物王曰何處得有大臣答曰彼之國王唯贈一領寶甲王之國內有佛世尊乃是人中妙寶一切有情共所尊敬十方世界無與等者王曰誠有此事欲如之何大臣曰可於氎上畫世尊像遣使馳送王曰若如是者我當白佛隨佛言教當奉行之時影勝王往詣佛所禮佛足已在一面坐以事白佛佛言大王善哉妙意可畫一鋪佛像送與彼王其畫像法先畫像已於其像下書三歸依云我從今日乃至命在歸依佛陀兩足中尊歸依達摩離欲中尊歸依僧伽諸衆中尊次書五學處一不殺生二不偷盜三不欲邪行四不妄語五不飲諸酒次書十二緣生流轉還滅所謂此有故彼有此生故彼生從無明緣行乃至積集而生此無故彼無此滅故彼滅從無明滅乃至積集俱滅皆廣書之復於像上邊書其二頌曰

汝當求出離　於佛教勤精　能降生死軍
如象摧草舍　於此法律中　常修不放逸
能竭煩惱海　當盡苦邊際

如是畫訖授與使人應報彼曰汝持畫像至本國時可於廣博之處懸繒旛蓋香華布列盛設莊嚴方開其像若有問云此是何物應

答彼言此是世尊形像捨轉輪王位而成正覺又問此下字義云何答曰是歸依三寶爲出離因次下云何答曰教持五戒生人天道次下云何答曰是十二緣生明三界五趣流轉還滅因果道理若問於上二頌其義云何答曰斯之二頌明勸諸有情依教修行破生死軍勿爲放逸速趣菩提時影勝王奉佛教已歡喜頂受禮足而去王即畫像上下具書其事以種種妙香徧熏尊像然後細卷內金函中次以金函內銀函中次以銀函內銅函中復以上妙香氎密裹此函置香象上嚴整衢路幢旛導從出王舍城時影勝王并作勑書報仙道王曰雖未相見使至覽書蒙贈寶甲世所希有今畫世尊形像三界最尊令使持將冀申供養既至彼已可去王城有兩驛半平治道路嚴飾城隍躬領四兵幢旛華蓋於廣博處張設尊儀慇懃供養獲大福德既封書已持付使人勑曰如我所囑當須憶念盡可爲之使既奉旨敬辭而去路經多日漸至勝音城可有兩驛半在於此停住遣信白王并持書去王得書已開讀忿怒告大臣曰未知彼國有何奇異勝妙信物書云可兩驛半平治道路嚴飾城隍華蓋幢旛集諸人衆遣我自領四兵遠出迎接看此形況意欲相輕卿等宜應總集四兵我自親往伐摩竭陀國大臣奏曰曾聞彼王有大度量不應以隨宜國信輕觸大王王今宜可且順其言親往覲察若稱王意斯曰善哉如不爾者興師未晚王曰誠有斯理隨書且作於兩驛半平治道路乃至王自親觀依彼來書盛陳供養引

至城邑於平坦處無量百千人衆聚集香華普設充徧街衢王開畫像瞻仰而住于時中國商人共來觀像咸皆合掌異口同音俱出大聲唱言南謨佛陀也南謨佛陀也其仙道王既覩尊儀聞佛陀號見所未見聞所未聞徧體身毛悉皆驚豎王便問曰佛陀之名何所詮表商主答曰大王中國有城名劫比羅跋窣覩中有淨飯王生一太子具三十二相有八十種好相師占之云此太子若在家者當爲轉輪聖王七寶圓滿千子具足降伏四洲以法化世若出家者當證如來應正等覺於人天内號曰佛陀此即是彼眞容影像王聞喜悦問曰此下文字其義云何商人曰大王此是歸依三寶王曰次下云何答曰此明五戒又問次下云何答曰此是十二緣生流轉還滅其上云何答曰此明勸誡猒離生死希求涅槃皆爲廣説時仙道王聞商人説十二緣生無明行等生滅道理善誦其文便還宫内即於初夜依文而思於後夜時捨諸緣務迄至天明結跏趺坐端身正念繫意現前思量觀察十二緣生生滅道理所謂此有故彼有此生故彼生從無明緣行行緣識識緣名色名色緣六處六處緣觸觸緣受受緣愛愛緣取取緣有有緣生生緣老死憂悲苦惱如是純大苦蘊積集而生所謂此無故彼無此滅故彼滅從無明滅則行滅行滅則識滅識滅則名色滅名色滅則六處滅六處滅則觸滅觸滅則受滅受滅則愛滅愛滅則取滅取滅則有滅有滅則生滅生滅則老死憂悲苦惱滅如是純大苦蘊積集皆滅時仙道王

於縁生理既深曉悟不起于座以智金剛杵摧破二十種薩迦耶見山得預流果既見諦已遥心慶悦渴仰世尊説伽陀曰

敬禮大醫王　善療於心病　世尊雖在遠能令慧眼明

時王歡喜即便裁書報影勝王曰我賴仁恩知有三寶悟縁生理得見眞諦苦海淪溺彼岸可期拔足淤泥歡慶何極然我欲得親見苾芻爲作方便令來至此使者持書至影勝王處王讀書訖往詣佛所頂禮佛足白言世尊其勝音城仙道王見佛形像得悟眞諦遣使持書來至於此求覓苾芻唯願世尊慈悲發遣説是語已禮佛而去爾時世尊便作是念誰與彼城有因縁耶能至於彼廣爲化度觀知聖者迦多演那於彼有縁能爲敎化世尊便命迦多演那曰汝可觀彼勝音城内仙道大王并諸眷屬人物之類時迦多演那唯然受教既觀察已辭佛而出執持衣鉢入城乞食飯食訖囑授卧具已便將五百苾芻隨路而去往勝音城時影勝王并作勑書遣使持去報仙道王曰承悟縁生得預流果復於苾芻樂欲相見佛令五百苾芻遠赴祈請仁可慇懃同大師想去城兩驛半許修治道路嚴設香華治整四兵自來迎接又於城内閑寂之處造一大寺營五百房牀榻卧具無令闕乏飲食所須悉皆預辦若作如是供養事者獲福無量使持書至授仙道王既讀書已如言悉作苾芻既至實迎入城即於空閑廣博之處懸繒旛蓋嚴設道場請苾芻坐時有無量百千大衆悉皆雲集爾時聖者迦多演

那隨彼機縁爲説法要令諸大衆皆蒙利益或得預流果者或得餘果乃至出家得阿羅漢果或有發趣聲聞獨覺乘心者或有發趣大乘者時勝音城有二長者一名底灑二名補灑往詣聖者迦多演那所至已禮足白言聖者我今欲於善説法律而爲出家於聖者所修治梵行時迦多演那知其心至即與出家并受圓具觀其根器敎以要法彼二便於日夜之中勤修無倦斷一切惑證阿羅漢果即昇虛空現諸神變身出水火便入無餘妙涅槃界彼諸親族即火焚燒爲供養已收其餘骨造二窣覩波時仙道王於日日中常詣聖者迦多演那處聽説妙法既聽得已還入宮中告諸宮人曰聖者迦多演那每常爲我説深妙法宮人白言大王有福逢佛出世因成果滿得聞正法王告宮人曰爾等何因不往聽法宮人答曰我等内人無由數出若其聖者迦多演那得入宮中爲説法者我等當聽王聞語已往聖者所頂禮雙足白言聖者宮内女人樂欲聞法唯願尊者興慈愍心暫入宮中隨彼所願時迦多演那白言大王世尊制戒不許苾芻入王宮中爲女説法王言聖者若如是者誰入宮中爲女説法答曰有苾芻尼許入爲説時仙道王聞是語已即作書報影勝王曰宮内女人樂欲聞法頗有方便得令苾芻尼來不時影勝王既覽來書便往佛所禮雙足已白言大德彼仙道王復遣書來云内宮妃后樂聞正法欲見苾芻尼其事云何爾時世尊聞斯語已便作是念何苾芻尼與彼城中宮人之類因縁感會共相濟

拔觀知世羅苾芻尼能化於彼佛告世羅苾芻尼曰汝當觀彼勝音城中宫人之類尼白佛言謹受聖教禮佛足已往舊住處囑授卧具竟執持衣鉢與五百苾芻尼俱向勝音城影勝王復與彼書令遣迎接造房五百供給所須敷設道場爲衆説法多人悟解發三菩提心時世羅尼日日自往王宫之内爲妃后等宣説法要彼仙道大王妙解彈箏其月光夫人善能爲舞曾於一時王在宫内自手彈箏月光起舞於其舞際見夫人身有無常相至第七日必當命終時王見已心生憂惱手所彈箏便投于地月光見已白言大王豈我舞曲不中絃管致使大王放箏於地王曰非關舞惡然我見汝身有死相於七日内必定身亡月光白王曰若如是者幸當見放我願出家王曰共立要契可遂汝情若出家已斷諸煩惱證阿羅漢果者我便望斷若有餘結惑而命終者於所去處當告我知夫人曰爾時仙道王即引月光至世羅苾芻尼處禮足已白言聖者月光夫人欲於善説法律而爲出家唯願聖者慈悲攝受與其出家并受圓具世羅報曰善哉大王即與出家并受圓具觀其業報知欲命終教授月光修無常觀月光依言而作於第七日忽爾命過生四大王衆天諸天法爾初生之時必起三念我何處死知在人中今生何處生在四大王衆天曾作何業於佛教中淨修梵行時月光天女作是念已若我不往禮世尊者是所不應即取瓔珞莊嚴其身即以種種上妙天華盛滿衣襆夜詣佛所天光晃曜滿竹林園便以妙華

普散佛所頂禮佛足在一面坐爾時世尊觀彼機性而爲説法彼聞法已得預流果説伽陀曰

世界人天咸供養　能除業惑生老死
於百千生難得逢　我今幸遇誠希有
我依大師除結惑　今時獲得清淨眼
超度苦流昇彼岸　究竟當入涅槃城

時彼天女説此頌已頂禮佛足往勝音城仙道王所時王於樓上獨寢天女旣至身光太明彈指作聲驚覺王睡王聞驚坐問曰作聲者誰答曰我是月光王曰夫人可來與我共卧天女報言大王我已身死生四大王衆天人天事殊理無同宿王若欲得與我交歡者於佛教中出家修道若一切煩惱悉永斷者衆望都息若有餘惑而命終者生四王天與我相見作是語已騰空而去時仙道王聞是教已驚喜交集念出家事通夜不眠至天曉已命大臣曰卿可往問月光大人今在何處大臣白言彼已身死王聞便念我今不應蒙大警覺不用其語處在居家可立頂髻太子爲王付以國事我當於善説法律而爲出家時仙道王告二大臣曰卿等當知我於頂髻愛念情深於卿二人情義亦重可於頂髻處止惡勸善我欲出家二臣聞已流淚交襟復命頂髻曰如汝比來順我言教從今已去二大臣言亦應聽受於諸國人以法而化我欲捨俗出家太子聞已悲泣難勝時仙道王旣付囑已鳴鼓宣令普告國人曰所有國政委付太子我欲出家我比爲王不能依法汝國人等各相容恕時諸人衆聞是告已荷王恩

惠悉皆啼泣不能自裁王立太子以知國事多出財寶廣設無遮沙門婆羅門及貧下類無不周給將一侍者徒步而去向王舍城時頂髻王及國人衆悉皆隨後送別而歸其王漸去至王舍城在一園中暫停息已告彼人曰汝今可往白影勝王曰有仙道王今在城外使者即便往至王所以事具白王聞驚起告諸臣曰其仙道王多有兵衆何不預報忽來至此使者白王彼無兵衆惟一侍者王聞語已便作是念彼是刹帝利灌頂大王我今不應空無備擬獨引入城即便修治道路嚴飾城郭躬引四兵至仙道王所歡言執手共相慰問同乘一象入王舍城即以香湯澡浴奉上妙衣既飲食已問言王今何故棄大寶位將一侍人躬涉遠途而來至此答言大王

我無别事本意故來於世尊所欲求出家并受圓具淨修梵行志求解脱時影勝王翹身合掌作如是語善哉佛陀善哉達摩善哉僧伽具大慈悲有勝威力能令如是刹帝利灌頂大王捨尊勝位來詣佛所而求出家并受圓具修苾芻行時影勝王即將仙道王詣世尊所爾時世尊與無量百千四衆圍遶演説妙法遥見影勝王共仙道王欲來入衆告諸苾芻彼影勝王并將進物來至我所汝等當知於諸如來所有進奉無過導引受化有情作是語已默然而住時影勝王共仙道王俱至佛所禮雙足已在一面立白言世尊此是勝音國仙道大王足步而至欲於如來善説法律求出家受圓具修苾芻行唯願世尊慈悲攝受世尊即告仙道王曰善來苾芻可修

梵行王聞是語鬚髮自落法服著身瓶鉢在手威儀進止如百歲苾芻時影勝王禮佛而出仙道苾芻即依衆住於晨朝時著衣持鉢入王舍城次行乞食時諸士女百千萬衆聞彼入城俱來瞻仰宮闈之類咸陞樓閣傾望竭誠共觀希有時彼苾芻既得食已還至本處飯食訖收衣鉢洗足而坐時影勝王諸臣翼從至仙道苾芻所躬申敬禮說伽陀曰

勝音國大王　捨百千城邑　今乞餘殘食
豈不生勞苦　先用妙金盤　衆寶以莊飾
今但持瓦鉢　豈不生勞苦　先食香秔飯
美饌隨所欲　今者食麤疎　豈不生勞苦
先著迦尸服　妙氎及諸繒　今被糞掃衣
豈不生勞苦　先處勝宮殿　侍衛以多人
今獨樹下居　豈不生勞苦　先在妙牀褥
細輭隨情樂　今時卧草敷　豈不生勞苦
先與上宮后　娛樂鎮隨心　今時獨寢息
豈不生勞苦　先乘無價象　寶馬及珍輿
今時徒步行　豈不生勞苦　庫藏皆盈溢
受用常隨意　今時無所有　豈不生勞苦

時仙道苾芻既聞是語亦以伽陀而答之曰

諸有難調事　我今皆伏除　乞食用資身
如牛負轅軛

影勝王曰

仁今有何意　作此憂愁語　心中所念者
我悉相供給

仙道苾芻曰

諸有樂法人　心無有憂戀　若不知法者
從冥入於冥　大王應善聽　我今說正法
由解正法故　生天得涅槃　此身無可愛

有一德應知　善調令住境　隨心即安樂
假使壽百年　形命終歸盡　云何爲妻子
財食常貪著　妻子如怨家　珍財常畏失
我今皆捨棄　解脫諸憂惱　人命將盡時
呪藥不能救　神仙及諸聖　無能違拒者
天雖有威力　勝處受長年　衰相現前時
必死無能救　諸王得自在　威力無人敵
多財有名稱　終歸入死門　假令修苦行
勇猛越諸人　設多兵衆力　詎能超死苦
非空非海內　亦非山石間　無有地方所
不被死所害　非空非海內　亦非山石間
無有地方所　不被業所害　死後身膖脹
皮肉漸分離　惟餘白骨在　觀斯何可愛
諸骨咸消散　但有空髑髏　形色甚可惡
誰當生愛樂　在熱處涼宮　若寒居暖室
常護持身命　不免死來侵　若人行善因
果不共他有　王等不侵害　是故應修福
若行十惡死　妻子皆不哭　殯送事隨宜
是名爲惡死　若行十善死　妻子皆憶念
殯葬並如法　是名爲善死　生時惟獨來
死時還獨去　自受於苦樂　無有共分者
伺命來取時　父子不相救　親屬及珍寶
無能贖命者　生老及病死　日夜恒隨逐
無有藏避處　終被死王牽　智者見是事
捨而求出家　當離煩惱海　不受胞胎患
我捨諸怨苦　得成苾芻性　終出生死獄
長趣涅槃城

時影勝王蒙仙道苾芻爲說妙法聞已恭敬深心渴仰白言聖者生死長遠卒難出離我處王位與寂靜相違但有隨喜未能解縛說

是語已頂禮而去

根本說一切有部毗奈耶卷第四十五

音釋

誣（武夫切，罔也）剸（側義切，揷刀也）螫（施隻切，蟲毒也）悒（於汲切，不安也）詉（彼列切，辨別也）篋（苦協切，箱篋也）髻（吉詣切，綰髮也）轅軛（元切，軾兩輈也。軛，烏革切，轅端橫木也）殯（必刃切，殯殮也）

根本說一切有部毗奈耶卷第四十六

唐三藏法師義淨奉　制譯

入王宮門學處第八十二之三

爾時勝音城頂髻王受父禪後初以正法化人未經多時便行非法彼二大臣利益除患白言大王當以正法化人勿爲非法何以故王之國人如華果樹以時漑灌勿爲衰損則條榦華果繁實可期王之百姓亦復如是恩養以法賦稅無虧雖復正諫彼行非法不肯悛改如是至三不用其語便生瞋恚告餘臣曰若人故與灌頂王教共相違逆者當與何罪時有佞臣前白王曰此何在言理當合死說伽陀曰

若臣拒王教　若牙齒搖動　若食中和毒
除之方樂生　大臣若多智　若鬧諸法律
富盛有兵戎　不除當自害

王聞是語告彼臣曰若如是者彼二老臣先王所屬我今不忍輒自加刑從今已去勿令與我更重相見即令門人遮不聽入立二佞臣以爲輔相佞臣得寵每於王所而說頌曰

苣藤不熬蒸　及以不摩擣　不苦加功壓
無緣可得油

國中人衆事亦如是嚴加苦切方辦國事王曰今以國政付卿二人其所作者即爲定量時二佞臣便以苦法驅馳百姓時有賓人從勝音城持諸貨物至摩竭陀國到仙道苾芻所仙道記識便問之曰

勝音頂髻王　大臣及兵衆　無病無恐怖
以法治人不

賓人答曰

王及諸大臣　兵衆皆安隱　雖無他恐怖
非法以治人

時仙道苾芻聞是語已次第更問誰爲第一大臣王用誰語苦逼百姓答言聖者昔二大臣遮不聽入更令餘二諂佞大臣王用其言常行苦虐令國人衆不得安隱仙道聞已告賫人曰汝往彼國告諸人曰勿爲憂惱待我三月夏安居竟當自至彼誨語其王時彼賫人禮苾芻足辭之而去漸至勝音城報諸人曰老王不久自來至此誨語小王不許非法苦楚人衆時彼佞臣聞斯語已白頂髻王曰王今知不昔日老王有心來此重貪國位王曰父已出家寧求王位大臣曰由貪愛心令彼追悔王曰其欲如何臣曰當斷其命王曰彼是我父云何興害大臣即便爲說頌曰

若父母兄弟　或復是女男　惡命作怨家
當須斬其首　假使有千子　共乘於一船
一子作怨家　諸子須沉没　存家殺一命
爲村除一家　爲城除一村　爲己棄一國

時彼佞臣作如是等種種勸喻王然其說佞臣即命諸屠人曰汝今可往弑彼老王我當賞汝時彼屠者於老王所戀慕情深雖被發遣心不樂去如是再三以金銀珍寶乃至聚落悉皆賞賜亦不肯行佞臣忿怒告獄官曰汝今可去收彼屠人并其眷屬繫之於獄獄官聞已驚走而去至屠人所并諸眷屬執縛將來屠人恐怖白言勿相執縛隨意所爲獄官曰汝弑老王我今放汝屠人曰去即皆手執利劒求覓老王隨路而行向摩竭陀國時具壽仙道夏安居竟往詣佛所頭面禮足白

佛言世尊我今欲往本勝音城世尊告曰隨汝意去當須思念業力難違是時仙道禮辭佛已至所住房屬授卧具執持衣鉢往勝音城行過半路逢彼屠人共相憶識問曰汝從勝音城來答曰如是彼處國王及以百姓各得安不具爲問答廣説如前乃至非法治國於大王所不願相見仙道聞已告言丈夫若如是者我當迴去時諸屠人即説頌曰

勇猛大王何處去　頂髻不欲願王生
故遣我等共相刑　王今命盡無逃處

仙道聞已告彼人曰丈夫豈復頂髻故遣汝等斷我命耶答曰如是仙道便念如世尊説當須思念業力難違者由斯事故寄作是説即報屠者曰賢首汝等可暫停息我本所爲而作出家雖復剃髮涂衣其事未辦汝等暫住待我少時求所爲事諸人報曰大王隨意時具壽仙道於一樹下結跏趺坐如龍王盤如佛言曰多聞之人有五種利益云何爲五一者蘊善巧二者處善巧三者界善巧四者緣起善巧五者於其所須教誡教授不求於他時仙道苾芻於斯五事悉皆善巧於五趣輪迴知無定相一切諸行皆悉無常善觀察已斷諸煩惱證阿羅漢果觀金與土平等不殊刀割香塗了無二想心無罣礙如手撝空能以大智破無明殼三明六通四無礙辯悉皆具足於三界中所有愛著利養恭敬無不棄捨證解脱樂説伽陀曰

已斷諸結縛　善拔衆毒箭　我仙道苾芻
仍不免王法

作是語已告屠者曰賢首我所作者今已作

訖汝所爲者當可隨情屠人白言大王我若歸國頂髻問言大王死時有何言説將何以報答曰汝當報彼作如是説

汝造多惡業　殺父貪國位　我獲勝涅槃
汝墮無間獄

復應告曰汝造二無間業一者弑父二者殺阿羅漢諸漏已盡當受極苦墮無間獄汝可至誠慇懃悔罪冀得輕微仙道復念我以神力乘空而去勿令由此受極重殃即生正念欲發神通於所求境心便迷亂乃至神通之字亦不記憶況復騰空而欲遠去復更念言世尊令我當思業力無可逃避説伽陀曰

假令經百劫　所作業不亡　因縁會遇時
果報還自受

時彼屠人即拔利刀斬斷王首頭落于地空中説伽陀曰

不思議業力　雖遠必相牽　果報成熟時
求避終難脱

是時世尊在竹林園中忽然微笑世尊法爾若微笑時於口中出五色光明或有沉下或復上昇其光下者下至無間并餘地獄若受炎熱皆得清涼若處寒氷便獲温暖彼諸有情各得安樂皆作是念我與汝等爲從地獄死生餘處耶令彼有情生信心已復現餘相彼見相已皆作是念我等不於此死而生餘處然此必由希奇大聖威德力故令我身心現受安樂既生敬信便能消滅地獄諸苦於人天趣受勝妙身當爲法器能見諦理其上昇者上至色究竟天光中演説苦空無常無我等法并復説此二伽陀曰

汝當求出離　於佛教精勤　降伏生死軍
如象摧草舍　於此法律中　常修不放逸
能竭煩惱海　當盡苦邊際

時彼光明周徧三千大千世界已還至佛所若佛世尊說過去事光從背入若說未來事光從胷入若說地獄事光從足下入若說傍生事光從足跟入若說餓鬼事光從足指入若說人事光從膝入若說力輪王事光從左手掌入若說轉輪王事光從右手掌入若說天事光從齊入若說聲聞事光從口入若說獨覺事光從眉間入若記阿耨多羅三藐三菩提事光從頂入是時光明遶佛三帀從足下入時具壽阿難陀合掌恭敬白佛言世尊如來應正等覺熙怡微笑非無因緣即說伽陀而請佛曰

口出種種妙光明　流滿大千非一相
周徧十方諸剎土　如日光照盡虛空
佛是衆生最勝因　能除憍慢及憂慼
無緣不啓於金口　微笑當演有希奇
安庠審諦牟尼尊　樂欲聞者能爲說
如師子王發妙吼　願爲我等決疑心
佛如大海妙山王　若無因緣不搖動
自在慈悲現微笑　爲渴仰者說因緣

佛告阿難陀如是如是非無因緣如來應正等覺輙爲微笑汝今當聽說伽陀曰

已斷諸結縛　善拔衆毒箭　彼仙道苾芻
仍不免王法

阿難陀彼勝音城頂髻王由惡知識故其父先王得阿羅漢無有愆負橫加逆害決定當墮無間獄中阿難陀白佛言世尊仙道苾芻

得阿羅漢今被弒耶佛言被弒時阿難陀聞已流淚傷感難裁時彼屠人遂持王頭及以衣鉢詣勝音城至佞臣所告言我見老王奉教弒訖此是其頭及以衣鉢時二佞臣見斯事巳生大歡喜往頂髻所白言大王王可欣慶於王國内無復怨家王曰誰是我怨家答曰老王王曰豈復先王今已命斷答曰今巳弒訖王曰如何得知佞臣即指屠者此等諸人親斷彼命頂髻問曰我父先王有幾兵衆欲來此耶屠者答曰彼是出家苾芻寧有兵衆單身隻步隨路而來便持衣鉢及以王頭呈示頂髻頂髻見已悶絶于地冷水灑散良久乃穌起便大哭問屠者曰父王死時有何言囑答言大王先王死時親説伽陀遣白王知

汝造多惡業　弒父貪國位　我獲勝涅槃
汝墮無間獄

又曰汝造二逆業一者弒父二者殺阿羅漢諸漏已盡墮無間獄當受極苦汝可至誠懲懃除悔冀得輕微是時頂髻聞是説已憂箭射心容色憔悴如斷生篳莖葉枯萎即便遣使喚二舊臣至而告曰何因卿等二人見我造作極重惡業不相遮止二臣答曰王教令我不得相見有何方便共相諫止頂髻即便勑二佞臣勿來相見立二舊臣重爲輔相從斯漸漸勸頂髻王正法治國時二佞臣既失寵已別爲方便欲改王心於舊二阿羅漢一名底灑二名布灑二窣堵波各於一邊造一小穴取二小猫兒各安穴内於日日中以肉餧飼教令識語每常持肉到穴邊時大聲喚

言底灑布灑汝各出來猫子便出又復告言汝等若實以邪諂事誑惑世間受信心衣食以自活命由斯惡業墮猫子中事不虛者各取肉臠繞自窣堵波還歸本宄作是語已方始投肉猫子得肉各繞其塔還趣宄中如是日日於窣堵波處教二猫子乃至淳熟體解人言時二佞臣作此事已至頂髻母所白言太妃王今羸瘦性命無幾豈得今時捨而不問王母報曰我欲如何由君二人教作如是極重惡業二臣白言豈可鑵落井中綆亦同棄母曰知有此事我欲何爲佞臣曰弑父之憂妃自開解殺阿羅漢心生悔惱我等爲除母曰欲若爲除臣曰底灑布灑自云得阿羅漢衆所共知斯乃誑惑於他說無後世寧知死已生猫子中以此證知無阿羅漢母曰此

若實者可令自驗足得除憂其母即便至頂髻所問言愛子何故汝今身極羸損痿黃困篤便白母曰我今寧得身心不苦由二佞臣教我造作二無間業先王無辜枉加弑害是阿羅漢諸漏已盡必當直趣無間獄中母曰汝不須憂我當爲說王曰幸願爲說除我深憂母曰此國先王非是汝父我因洗浴與外人交通因即生汝雖斷彼命非成逆罪王曰且知非父無重逆業殺阿羅漢其罪可無母曰此事汝可問有智人以詳虛實是時太妃辭子而去命二佞臣告言我子所有弑父之憂已爲除訖殺羅漢罪爾自當知時頂髻王即便總命群寮令集一處諸有智者亦喚俱來時二佞臣隨衆而至王便問曰朕聞殺阿羅漢得大逆罪其事如何時大衆中有白王

曰大王誰復知彼得阿羅漢復有説言阿羅漢者乘空來去道眼通明知有害身何不遠避二佞臣曰王何見憂於此世間無阿羅漢而令殺彼得逆罪也王曰我及諸人悉皆現見底灑布灑獲阿羅漢上騰虚空身變水火作諸神通入無餘依妙涅槃界卿等云何道其無實佞臣曰願王寬其罪使得終其事王曰欲作何事臣曰彼皆虚僞誑惑世間實更受生云無後有若實無者因何生在猫子之中各居塔下王曰如何得知臣曰王當目驗其王即便命諸臣曰我欲往彼觀其虚實王遂整駕及諸大衆百千萬人至制底所時彼佞臣便持肉臠在制底邊大聲喚言底灑布灑汝各出來猫子便出又復告言汝等若實以邪諂事誑惑世間受信心衣食以自活命由斯惡業墮猫子中事不虚者各取肉臠繞巳窣堵波還入本穴作是語巳方始投肉猫子得肉各繞其塔還趣穴中佞臣曰王今見不王曰我見佞臣曰今此世間無阿羅漢但有空言時王即便捨阿羅漢見發起邪心所有布施苾芻苾芻尼等飲食供養悉皆斷絶時諸五衆既無飲食並皆四散惟大迦多演那及世羅苾芻尼於此城住時迦多演那苾芻於晨朝時執持衣鉢入勝音城欲行乞食逢頂髻王出外遊獵尊者見王便生是念勿王見我生不喜心避之而去王逢見巳問佞臣曰何故苾芻遠相避去佞臣答曰彼苾芻作是念勿令弑父作逆之人塵觸我身爲斯遠去王聞大怒勑諸兵士各以土一把散苾芻上時彼尊者知是事巳即便化作小室在

中端坐彼諸人衆各以塵土棄尊者上便成大聚時利益除患二大忠臣見其非理便爲去土問言大德今此城人作無利事當受何報苾芻報曰齊七日來當雨塵土所有城郭塡壓無遺時利益大臣子名紺顔授與尊者大迦多演那以充侍者除患大臣女名紺容授與世羅苾芻尼以充給侍即於是日天雨珍寶乃至六日皆雨珍寶時彼利益除患二大忠臣各收珍寶貯滿二船於其夜中出城逃避隨河而去至一勝地各造一城以爲居止一名利益城二名除患城至第七日時世羅苾芻尼將給侍女以神通力往憍閃毗城即以侍女付瞿師羅長者令其養育尊者大迦多演那於第七日於此城中見雨塵土知是業力不可救濟即與勝音城中舊住天女并侍者童子見土滿城人無子遺乘空而去至大聚落止穀場中暫時停息整理衣鉢入村乞食由天力故場中稻穀自然盈滿是時場主見斯事已作如是語我此場中稻穀盈溢皆由天女威神之力即持户鑰授與天女報言乃至我未重來請勿棄去便往村中衆人集處普告之曰於我場中有天女至由彼威力場穀增多君等若能共立我兒爲聚落主者我當留彼天女以相擁護常受安樂諸人聞已咸云善好即立彼兒爲聚落主其父即向屏處便以利刀自刎而死時迦多演那乞得食已還至場中共伴分食食了收衣鉢告彼天女曰我欲前行汝被他屬不可隨去天女曰我有何事不得隨行尊者告曰受他户鑰其主未來若捨去者是傷信義須臾之

頃村邑諸人各持香華來申供養請天女曰我等有福幸聖來儀伏願慈悲留神此住隨所須者我皆供給天女報曰若其君等咨相留者可爲大德迦多演那造立寺宇并可爲我別立神廟四事供養無闕乏者我當住此諸人報曰此皆爲作即便造寺去斯不遠爲立神堂供養無闕時彼天女每於夜半秉持燈炬就尊者所聽聞妙法村人見者便作譏議云何神女夜詣苾芻共行非法神女聞已遂起瞋心呪彼村人皆令疾患諸人知已咸就神所共申懺謝患苦遂除尊者知已即辭神女留小銅盞以爲記念便令紺顏童子執法衣角騰空而去是時神女遂勸村人造窣堵波盞置於內名爲銅盞制底今猶現在時紺顏童子執師衣角懸身而去時人遙見皆悉唱言濫波底濫波底(是懸挂義)其所經過方國之處因號濫波(今北印度現有其國)尊者漸去至一小國其王命終絕無繼嗣時彼諸人皆知尊者神德高遠遂請童子立爲君主尊者許之遂便冊爲紺顏王留知國務從此復往步迦拏國尊者之母生此國中名賢善童女尊者就舍爲其說法令得見諦授之錫杖與作記念彼造錫杖制底現今供養尊者從此欲往中國路過雪嶺北方諸天俱來請曰唯願慈哀於我住處爲留少許記念之事尊者便念如世尊說中方之地不著布羅即便以屨付與天神諸神得已於爽塏之地造一制底名曰布羅制底是時尊者過縛叉河至布灑城內巡家乞食既飯食已剃除鬚髮并剪爪甲諸人見已請其髮爪作髮爪制底求貽供養尊

者次後從此南行王室羅伐城諸苾芻見告言善來大德迦多演那所有遊履得安樂不答言具壽有苦有樂時諸苾芻具問其故答曰隨處化人即是其樂在勝音城被塵土壓斯成是苦時諸苾芻尋問所由尊者具答其事苾芻聞已作如是語彼弑父人生極邪見且受如是現世華報未來苦果誰復代當時迦多演那洗手足已往詣佛所頭面禮足在一面坐爾時世尊知而故問迦多演那汝所遊履得安樂不時迦多演那以所經事具白世尊世尊聞已黙然而住時諸苾芻聞其説已咸皆有疑白佛言世尊唯願慈悲爲我宣説彼仙道苾芻以何緣故身爲國主受大快樂捨此勝位歸佛出家斷諸煩惱得阿羅漢不免刀殺佛告諸苾芻汝等當聽仙道苾芻所造之業因緣熟時必須自受無逃避處廣説如上説伽陀曰

假令住百劫　所作業不亡　因緣會遇時　果報還自受

汝等苾芻乃往古昔佛不出世有獨覺者出現世間情存哀愍拯濟貧乏知足而受不樂多求惟一福田喻如麟角來託林藪少欲而住多有麞鹿先爲依止時有獵人於此置弶常多獲鹿忽無所得怪其何故乃尋見人蹤至獨覺所發瞋怒意以箭射之聖者哀愍爲昇空界獵人求下聖者因即命終遂火焚屍灌八牛乳收其餘骨爲造制底種種供養頂禮悲哀願勿因此受三塗報所有供養功德生大王家資財豐足當獲如是功德希奇勝此大師承事供養心無猒倦汝等苾芻往時

獵師者即仙道苾芻是由昔以箭射獨覺尊故於多生中受地獄苦後得爲人五百生中常被刀箭所殺由昔願力得逢值我獲阿羅漢仍由不免刀劒所害而入涅槃時諸苾芻次復有疑白佛言世尊何因緣故王子頂髻及勝音城士女之類迦多演那被塵土壓利益除患持寶出城佛告諸苾芻此等諸人因緣運會業果現前廣説如上乃至果報還自受汝等當聽於過去世一聚落中有長者住娶妻未久誕生一息次生一女各漸長大男既娶妻女未成嫁諸餘女伴皆作婚姻斯之一女絶無人問時有獨覺尊者出現于世廣説如前有一獨覺人間遊行届斯聚落入村乞食時難嫁童女見聖者來便以糞掃棄彼身上即於此日有人問親其兄怪問何故今朝有人問汝答曰我於向者以惡糞掃棄苾芻上兄聞而笑女便以事告諸同伴諸女聞已咸希嫁娶競以糞掃投擲苾芻如是展轉盡大聚落所有人民並皆邪見將此爲善時彼聖者恐罪衆人遂便捨去復有五通仙者來至此處諸人復以糞掃而棄擲之仙見此已亦復捨去人皆生念於尊者所棄糞得福遂於父母之上亦棄糞穢時此聚落有二長者見行非法普告之曰仁等所作實乖法憲緣斯惡業必招苦果聚落諸人雖聞此語而邪見轉增惡心不息汝等苾芻昔時長者女者即頂髻是彼聚落中邪見諸人即勝音城中衆多人是是彼二長者諫止諸人者即利益除患二大臣是往時勸止不令邪見今時免難不被塵壓童女之兄見歡笑者即迦多

演那是由昔喜笑仍遭土壓汝等苾芻迦多演那若不證得無學果者今因壓土必致命終是故諸苾芻若純黑業得純黑異熟廣說如上乃至應當修學爾時憍閃毗城有一長者名曰善財語作金聲家有一億金錢於旦朝時出大音聲命諸作人曰賢首汝等可起營作生務此長者宅居近王宮人聞語聲作如是念此人聲相合一億金錢至朝集時王命臣曰此善財長者我聞其聲依如相法有一億金錢時王即喚善財至問言長者卿之宅內有幾珍財答言大王有一億金錢諸臣聞已知王善相歎未曾有由王知彼有妙音響時人因即喚爲妙音長者由彼長者乃至失命因緣終不口中故爲妄語王見驚嗟立爲國相長者以法輔政映蔽諸臣悉皆見嫉遂白王曰妙音大臣多行欺誑王聞是已即便試驗遂從貸用半億金錢令於百姓處隨意徵取時彼長者依數而取不枉一錢王勘知已深生希有重加其位時妙音大臣體知財食皆悉無常遂造義堂給施衣食令人守堂告其人曰若見有人容儀別者當須告我是時南方有五百隱逸遁俗之賔故弊充衣少欲爲務遠涉艱險欲向憍閃毗國於其中路無水可求即便共詣一大樹下告言可與我水時樹枝間忽展一手環玔莊嚴持瓶澍水彼五百人皆飽足飲已問言汝是何神答曰我於前身去給孤獨長者家不遠而住爲客縫衣人諸有貧乏不知長者居宅處者我即以手指示其處復由受持八支戒故今得生此屬四大王衆天時五百人見斯事已更

相告曰由持戒故報得生天我等亦應詣給孤獨長者處受褒灑陀八支淨戒彼行漸次至妙音長者所設義堂受供養已堂人還舍白長者曰有五百人云從南國形儀殊俗可喚問之長者命人問曰仁等從何所來答曰我等從南方來又問今欲何之答曰欲往室羅伐城給孤獨長者處受八支戒妙音告曰仁等可於此住待三月夏終我當共去答曰如是至夏終已妙音長者與五百人至給孤獨長者處慰問訖具陳其事時彼長者將此諸人往詣佛所俱禮佛足在一面坐爾時世尊觀彼根性隨機說法令出家已斷諸煩惱證阿羅漢果妙音長者得預流果既見諦已頂禮佛足白言世尊唯願哀愍往憍閃毗我當爲佛及諸聖衆造毗訶羅世尊默然慈悲受請即告大准陀曰汝今可共妙音長者往憍閃毗造毗訶羅時大准陀受佛教已執持衣鉢共妙音俱行至憍閃毗造一住處修營既了遣使白佛造寺事周唯願世尊及苾芻衆慈悲降赴世尊於日初分飯食訖執持衣鉢將諸大衆往憍閃毗至妙音園於寺外池所洗手濯足方入寺中時妙音長者即以金瓶注水佛爲受之請佛及僧受斯住處既至明日長者盛設供養供佛及僧飯食訖洗鉢器嚼齒木澡漱已大准陀及妙音長者并諸眷屬頂禮佛足在一面坐爲聽法故准陀白佛言世尊願爲我等開示演說作何福業獲大果利光顯無窮福常增長相續不絕佛告准陀有其七種有事福業無事福業我爲汝說當一心聽若有淨信善男子善女人成就

如是七福業者若行住坐卧若睡若覺於一切時如是福業獲大果利光顯無窮福常增長相續不絶云何爲七准陀若有善男子善女人以好園圃施四方僧此是第一有事福業獲大果利光顯無窮由此福故若行住坐卧若睡若覺於一切時如是福業獲大果利光顯無窮福常增長相續不絶復次准陀若有淨信男子女人於此園中造立寺舍施四方僧此是第二有事福業獲大果利光顯無窮福常增長相續不絶復次准陀若有淨信男子女人於此寺中施以種種牀座被褥沙門資具此是第三有事福業獲大果利光顯無窮福常增長相續不絶復次准陀若有淨信男子女人於此寺中常施美妙隨時飲食供養衆僧此是第四有事福業獲大果利光顯無窮福常增長相續不絶復次准陀若有淨信男子女人於新來客苾芻及將欲行者供給供養此是第五有事福業獲大果利光顯無窮福常增長相續不絶復次准陀若有淨信男子女人於病者處及看病人供給供養此是第六有事福業獲大果利光顯無窮福常增長相續不絶復次准陀若有淨信男子女人於風寒雨雪炎熱之時便以種種隨時飲食乃至麨粥持至寺内供養衆僧令無辛苦食已安住此是第七有事福業獲大果利光顯無窮福常增長相續不絶准陀當知此之七種有事福業若有男子女人要期結願相續作者此之福量不可數知得爾所福獲如是果感得如是勝妙之身但可名爲是大福聚准陀如五大河和合一處同流而去

趣於大海其名曰殑伽河琰母河薩羅喻河阿市羅伐底河莫醯河此之水量不可得知有若干斛百千萬億不能數知但可名爲是大水聚爾時准陀復白佛言世尊我等已聞有事福業無事福業願更爲說佛告准陀當知有七無事福業若有男子女人成就如是七福業者若行住坐卧若睡若覺於一切時如是福業獲大果利光顯無窮福常增長相續不絶云何爲七准陀若有淨信善男子善女人聞有如來若如來弟子於其村坊依止而住聞已歡喜生出離心此是第一無事福業獲大果利光顯無窮由此福故若行住坐卧若睡若覺於一切時如是福業獲大果利光顯無窮福常增長相續不絶復次准陀若有淨信男子女人聞彼如來若如來弟子欲來至此聞已歡喜生出離心此是第二無事福業獲大果利光顯無窮福常增長相續不絶復次准陀若有淨信男子女人聞彼如來若如來弟子涉路而來聞已歡喜生出離心此是第三無事福業獲大果利光顯無窮福常增長相續不絶復次准陀若有淨信男子女人聞彼如來若如來弟子至其村坊聞已歡喜生出離心此是第四無事福業獲大果利光顯無窮福常增長相續不絶復次准陀若有淨信男子女人詣彼如來若如來弟子處欲申敬禮見已歡喜生出離心此是第五無事福業獲大果利光顯無窮福常增長相續不絶復次准陀若有淨信男子女人見彼如來若如來弟子便即一心聽受妙法既聞法已發大歡喜生出離心此是第六無事福

業獲大果利光顯無窮福常增長相續不絶復次准陀若有淨信男子女人於彼如來若如來弟子旣聞法已歸佛法僧受持淨戒此是第七無事福業獲大果利光顯無窮福常增長相續不絶准陀當知此之七種無事福業若有男子女人要期結願相續作者此之福量不可數知得爾所福獲如是果感得如是勝妙之身但可名爲是大福聚准陀如五大河和合一處同流而去趣於大海其名曰弶伽河琰毋河薩羅喻河阿市羅伐底河莫醯河此之水量不可得知有若干斛百千萬億不能數知但可名爲是大水聚爾時世尊說是法已說伽陀曰

五河清潔淨諸物　如津孕寶導衆流
能令人獸等歸依　各競奔澍無停息
若人能修有事福　及無事福生歡喜
勝福常流歸此人　如衆河水投溟海

爾時大准陀及妙音長者人天大衆聞佛所說各生希有頂禮佛足歡喜奉行時諸苾芻咸皆有疑請世尊曰大德此妙音長者曾作何業大王聞聲表知其事因號妙音佛告諸苾芻乃往過去婆羅痆斯城於十一年中天旱無雨有一長者名曰善合處分一人爲掌庫者常出賜物於日日中以上妙飲食供養一千獨覺聖者其營食人每旦恒將一狗往白時至忽於别日忘不白知其狗看日欲午即走向千聖處謳謳作聲時諸聖者見狗聲别知是來請即俱往長者舍其狗又往白時至人處作聲彼人見已作如是念豈非此狗命聖者來遂即如常供養諸聖汝等苾芻如

是應知往時善合長者即我身是掌庫人者即給孤獨是白時至者即烏陀演那王是狗者即妙音是由彼往聲白聖者故令得好音如是皆由先世因緣今受其報時諸苾芻歡喜信受

根本說一切有部毗奈耶卷第四十六

音釋

溉灌　溉古代切灌古玩切澆也沃也
垔礙　垔胡界切礙午代切
弒　式吏切
膝　息七切脛頭節也
齋　租奚切與臍同
熙怡　熙許羈切怡弋吏切熙怡和悅也
餧飼　餧於僞切飼祥吏切餧飼以食飲之也
臠　力兖切肉臠也
鑵　古玩切水瓶也
鑰　以灼切關下牡也
爽塏　爽踈兩切塏苦亥切爽塏高明之地也
麞　諸良切
麨粥　麨尺沼切乾糧也粥之六切糜也
孑　居列切

根本説一切有部毗奈耶卷第四十七

唐三藏法師義淨奉　制譯

入王宫門學處第八十二之四

爾時薄伽梵在王舍城竹林園中時有南方壯士力敵千夫來至此城詣影勝王所自言勇健弓馬無雙王見歡喜加之重禄授其大將時摩竭陀憍薩羅二國中間大曠野處有五百羣賊殺害商旅由斯兩界人行路絶時影勝王聞是事已命大將曰卿可往彼二國中間曠野之處屏除羣賊權住於彼時彼大將奉王敎已將諸左右往曠野中見彼羣賊將便獨進鋒矢交刃射一百人餘四百人尚來共戰其將告曰汝等莫前勿令俱死宜釋甲仗去傷者箭觀其活不諸賊聞已看被射者爲去其箭尋並命終方知大將善閑射法更不敢戰餘四百人求哀請活大將愍之慈心向彼即於二界築一新城總集諸人共住於此從斯已後名曠野城時此城人衆共立制若有嫁娶皆延大將先令食已方爲歡讌時有一人家極貧窶欲爲婚娶無容辦食以命大將即自思念我貧無力請大將來令此新妻身未相觸宜當奉進以表素心便令其妻入將軍室方始歸家從此已後城内諸人以此爲式時有女子欲爲婚娶便作是念此城諸人久行非法自娉妻室先與他人欲作何緣能絶斯事便於晝日衆人聚處裸立小便諸人見已皆叱之曰汝是童女理合羞慚何故對衆人前作非禮事女子報曰若對丈夫可有羞耻對諸婦女何所羞慚諸人報曰我非丈夫耶女子報曰若是丈夫者豈有自

娶已妻先令他犯諸人聞已各起深慚即便共議我等可詳殺其大將伺彼入池洗浴之際諸人總集以刅刺之彼欲命終即便念曰非我本意汝自樂爲今實無辜枉斷我命遂發邪願願我捨此身後生暴惡藥叉食此城中所有男女發是願已尋即命終受藥叉身於此曠野叢林中住由其前身怨讎業故於此城中作大災害人多病死諸人知已皆往林中懺謝前過請於每日常輸一人以充彼食凡次死者於其門上懸牓告知或家主自行或遣男女充其飲食時有長者於百神所求得一子初誕之時門上見牓其婦憂愁懷抱瓔孩悲啼而住夫從外來見牓而進知婦憂苦報其婦曰業屬如此事當奈何汝不須憂勿生愛戀宜將孩子送與藥叉作是語已抱其孩子送至林處夫妻還歸昇高樓上四方觀察慇懃敬禮說伽陀曰

靈祇遍滿於世間　自伏諸根能濟物
我爲孩子求哀禮　願見慈悲相救護

爾時世尊常以佛眼觀察衆生如餘廣說乃至如毋牛隨犢佛爲憐愍長者妻子及曠野城中諸男女故知此城中堪受教化漸次遊行至曠野處爲暴惡藥叉說微妙法令生淨信爲受三歸及五學處乃至藥叉說頌請曰

云何丈夫最勝財　云何修行能引樂
云何味中爲第一　云何命中爲最勝

世尊告曰

信爲丈夫最勝財　善法常修能引樂
諸味之中實語最　於諸命中慧爲勝

藥叉請曰

云何足珍財　云何有名稱　云何人所敬
云何善友增
世尊告曰
好施足珍財　持戒有名稱　實語人所敬
無慳善友增
藥叉請曰
世間由幾生　由幾得名稱　由幾能成立
由幾能衰損
世尊告曰
世間由六生　由六得名稱　由六能成立
由六能衰損
藥叉請曰
云何離愚癡　晝夜無羈絆　能於緣不住
不怖於深坑
世尊告曰
定慧離愚癡　捨著無羈絆　於境緣不住
持戒越深坑
藥叉請曰
誰能渡瀑流　誰能越大海　誰能離諸苦
誰得心清淨
世尊告曰
信能渡瀑流　謹慎越大海　精勤離諸苦
有慧心清淨　汝今咸可問　沙門婆羅門
離實語布施　更有勝法不
藥叉答曰
我今何假問　沙門婆羅門　世尊大智海
能說眞妙法　我從今日後　遊履於人間
常禮佛世尊　敬重於正法　世尊大慈愍
降臨我住處　我今決定知　當盡生死際
爾時藥叉持此童子奉上世尊世尊受已授

與父母即説頌曰

蜜跡手授我　我手授父母　由手相傳故
應名曠野手

孩兒因此名曠野手年漸長大時曠野城未有君主衆人共議此曠野手童子有大福德親蒙世尊之所護念我等宜可策以爲王爾時世羅苾芻尼從勝音城將除患大臣女名曰紺容付與妙音長者令其養育年既長成儀容端正衆所愛敬國内無雙時摩竭陀國影勝大王憍薩羅國勝光大王憍閃毗國明勝大王及廣嚴城栗姑毗等并餘貴族咸賚信物各遣使人來就妙音求紺容女長者愁惱作如是念來求女者多是國王我若不與皆生怨恨容害於我報紺容曰今隨汝情堪爲偶對可自選取時諸王使并餘貴族不期而會於妙音長者苑園中住時彼長者即以種種上妙衣服無價珠瓔莊飾紺容令乘大象手執華鬘往衆人處汝所愛樂堪爲夫者當以此華擲彼身上紺容即便詣衆人所問言曠野手王住在何處衆人指示女即以華望彼而擲作如是語佛於藥叉手中所受童子當爲我夫諸人聞已咸皆四散妙音長者知女意至即爲嚴整上妙象馬僕使車乘種種衣服飾以珠瓔禮送紺容往曠野處夜闌門閉無由得入權居門下假寐通宵爾時世尊觀見曠野手堪應受化乃至廣説若曠野手與紺容相會者染愛纏縛於生死中未能出離無階聖果爾時世尊知是事已即從王舍往曠野城至彼城隅日光遂没即於其夜卧牛跡搶地時曠野手聞佛世尊來至城外

卧牛跡搶中天既曉已時曠野手欲禮世尊出城門下見紺容女車馬僕從問是誰女宿此城門時紺容女具以來意答曠野手王聞是事令往宮中時王詣佛所稽首白言世尊不審大師宿在荒田得安隱不世尊告曰曠野手於此世間得安隱眠者我爲第一爾時世尊説伽陀曰

能除於罪惡　不被欲所繫　離染歸圓寂
彼得安隱眠　能除熱惱病　一切希望斷
其心常寂靜　彼得安隱眠

爾時世尊爲曠野手種種説法示教利喜即於座上證不還果廣説如阿笈摩經禮佛足已從座而去既還宮已語紺容曰我捨諸欲更不躭樂汝雖來至隨意去住無人遮止紺容曰我樂住此願與佛子爲給侍人時曠野手爲佛及僧於此城外造僧住處四事供養無所闕少廣説乃至曠野手王遇疾而死生無熱天既起三心來詣佛所禮足而坐世尊告曰汝曠野手因何業故生無熱天即以伽陀答世尊曰

我由見世尊　及得聞正法　供養於僧衆
曾無猒足心　受行勝人法　遠離於貪愛
於三事常修　故我生無熱

時曠野手天子頂禮佛足忽然不現時諸苾芻夜見光耀咸皆有疑曉請世尊曰彼曠野手曾作何業纔見紺容從斯已後得不還果佛告諸苾芻汝等應聽乃往古昔有大臣子兄弟二人住居林野大名手足網鞔小名無網鞔大者修得五通小者就師受學其師有女名曰妙容顏貌端嚴年漸長大情希出適

至學生所作如是語父母令我與汝爲妻彼聞不許其女遂瞋學生恐怖即便逃走女尋趂及邀遣爲夫學生固守不隨所願女便執刀欲斬其首爾時學生知不免難即便合掌作如是說南謨大仙網鞔手足纔歸命已仙人應至即便携去共至山林牛跡搶處令其出家教修勝法證得五通汝等苾芻往時大兄五通仙者即我身是彼小弟者即曠野手是彼妙容者即紺容是我於往昔見將被害携至山林令得五通離女怨對我於今日還令免彼紺容所逼於生死海得永出離是故汝等於有漏中速求捨離爾時諸苾芻復有疑心請世尊曰何因緣故此曠野手纔初生已將與藥叉用充飲食世尊至彼令免厄難佛告諸苾芻汝等善聽當爲汝說乃往過去於一城中王好食肉時有一人欲求於王以雞奉獻王得雞已將付廚人令充羹臛彼獻雞者素有悲心便作是念我今不應進奉活雞令彼屠割即持倍價就廚人所求贖而放遂便生念此雞無辜緣我進獻幾將被殺此之惡業願勿受報我復贖放所有福業令我來世遭厄難時得勝大師來相救濟汝等知不往時獻雞者即曠野手是由昔願力令免厄難如是應知爾時曠野手身亡之後紺容還向憍閃毗妙音長者處時憍閃毗主鄔陀延王聞紺容女未被男觸還來本家便問大臣妙音共爲禮娶置妙華樓侍女千人令無闕乏每於日日與金錢一千其侍人內有女曲脊因以爲名時曲脊女於日日中常以千錢買香供給於香店處共賣香男子密媾私

情將五百錢以充食直餘有五百買香而歸後於異時共賣香男子同心設供請佛及僧廣説乃至食已聽法既聞法已即於座上俱獲初果既見諦理即便實用千錢買香持還宮内紺容夫人見彼塗香多於餘日便問其故彼曲脊女皆以前事具實白知是時紺容見其希有告侍女曰我身有難無容輒出汝可日日往世尊所聽妙法已來爲我説彼即往聽還至宮中紺容夫人自居勝座令彼説法曲脊告曰聽法之儀不應如此夫人知已爲敷勝座自居卑下請其説法既聞妙法證不還果時有外道婆羅門是磨沙國人名曰無憂婦名舍利後生一女色貌端嚴人所愛樂因名無比年漸長大自作是念若人與我容儀相似者當與爲妻爾時世尊到憍閃毗次行乞還本處飯食訖住闇林中時無憂外道來至佛所覩佛容儀無能比者遂作是念今此丈夫儀容殊特得與我女爲婚對者豈不樂哉外道還家告其妻曰我女得夫儀容相似可具瓔珞共爲婚娶婦便問曰彼是何人答曰是沙門喬答摩婦聞語已説伽陀曰

我曾於國中　見大仙乞食　行於不平地

隨彼足高低　如斯之大人　豈念於妻子

時無憂婆羅門聞斯語已瞋而告曰

舍利非善徵　吉祥言惡相　縱彼心精進

有大威神力　若見無比女　便生愛樂心

作是語已便以名衣諸瓔珞具莊嚴其女父母隨從送向佛所便於路中見佛足跡千輻輪相無憂見已報其婦曰此是女夫行處舍利覩見佛跡端嚴以頌報曰

染欲之人跡不正　急性多瞋踏地堅
愚癡者跡不分明　此是離欲人行處

我觀是相定非無比對偶之人無憂重説初頌報曰

舍利非善徵　吉祥言惡相　縱彼千輻具
有大威神力　若見無比女　便生愛樂心

次復前行見佛世尊卧草褥處報其婦曰此是女夫所卧草褥舍利觀見草褥不亂報曰

染欲人卧多穿穴　瞋者卧處草敷堅
愚癡人卧草縱横　此是離欲人眠處

我觀是相定非女夫之所眠處宜當旋踵共還故居無憂重忿報曰

舍利非善徵　吉祥言惡相　縱彼草不亂
有大威神力　若見無比女　便生愛樂心

作是語已便共相將往至佛所無憂即便説伽陀曰

仁當觀此女　美貌具莊嚴　須妻我見授
顏容妙相似　猶如十五夜　星月共相輝

世尊聞已便作是念若我與此無比女人作慈愍言者此女必當別我去時情生顧戀因此命終我今宜應現瞋忿相共其父語作是念已即向無憂説伽陀曰

魔王奉三女　端正世無雙　瓔珞盛莊嚴
我不生欲意　況此卑賤身　不淨遍充滿
令我足指近　亦無如是事

時無比女聞是語已心生忿惱觀父低頭于時無憂瞻仰尊顏而説頌曰

我女容華盛　端嚴無與比　仁今何所爲
無心相愛念

世尊報曰

世間愚癡人　於境生愛著　若觀斯美女
遂使心迷倒　我是第七佛　獲得無上果
如蓮出水中　不被欲塵汙

爾時無憂婆羅門及無比女聞是語已捨佛而去時有外道出家老苾芻去佛不遠見無比女便生染愛請世尊曰

佛眼遍明朗　受斯無比女　與我爲妻室
隨情當受用

佛聞此説默而不答時老苾芻染心逼故復白佛言

此是佛衣鉢　錫杖及君持　并戒並相還
我今隨女去

彼老苾芻即棄衣鉢并捨學處至無憂父所報言與我無比以充妻室其父罵之嫌不與語所願不遂便歐熱血因此命終時諸苾芻咸皆有疑請世尊曰以何因緣將無比女奉上世尊不爲納受佛告諸苾芻非無因緣汝等當聽乃往古昔有鍜師家唯生一女年雖長大恃自工巧不嫁與人然此鍜師能以鐵針一枚置於水上而不沉没時有婆羅門童子妙閑斯技於一針穴投以七針浮之水上亦不沉没時此童子欲伏鍜師詣其門下唱言我有針賣須者當取女便出門笑而報曰

汝是愚癡人　或可無心識　今來鍜師舍
而云我賣針

童子亦笑答

賢首我非癡　不是無心識　欲定彼憍慢
詣此云賣針　汝父若知我　有斯勝技術
必以汝相娉　并家所有財

于時鍜師聞是語已問童子曰汝之技術爲

實爲虛即自浮一針彼便浮七於彼童子便生愛樂遂許其女娉與爲妻童子告曰我是婆羅門族姓高勝豈鍜師種爲伉儷耶捨之而去汝等苾芻往時婆羅門者即我身是鍜師者即無憂是女者即無比是汝等苾芻我於往時具足煩惱尚棄其女況今離欲爲無上師而生貪染如是應知時諸苾芻復白佛言世尊以何因緣老叟苾芻由無比女遂致命終佛告諸苾芻汝等善聽此老苾芻非但今日由無比故自取命終乃往昔時亦相因故而致命終於過去時有城名師子劫王名師子頂爲大法王時世豐樂人民熾盛無諸怨爭干戈征伐諂僞惡人共相侵害亦無灾橫及諸病苦稻蔗牛羊在處充足等觀兆庶猶如一子時此城中有一商主名曰師子大富多財受用豐足所有珍貨及諸貲産僮僕傭人無所闕乏庫藏盈溢如毗沙門王於同類族娶女爲妻雖久共居竟無男女爲求子故祈禱神祇遍諸天廟山林河沼及同生天希望後嗣汝等苾芻世人皆云由乞求故便獲子者此誠虛妄斯若是實人皆千子如轉輪王然由三事方有子息一者父母交會二者其母身淨應合有娠三者中有現前商主與子業緣運會時有一天從勝妙天下應受貴位託蘊婦胎若聰慧女人有五別智一知男子有染心無染心二知時節三知從彼人得四知是男五知是女若是男者居在右脅若是女者居在左脅時彼人婦稟識聰慧知胎居右喜告夫曰商主知不我所懷孕必是光顯宗族現居右脅是男不疑商主聞已即

大慶喜作如是語我從久來常思繼嗣願得善子紹我家業不墜家門我既長養終懷返報廣爲惠施福利親族我没世後稱憶我名而爲呪願願我所有尊祖父母受生之處以福莊嚴即置其妻於妙樓觀縱意而住隨時涼燠供給所須常令女醫爲調飲食冷熱合度六味無差所不宜者皆不令食奇妙瓔珞以爲嚴飾譬如天女遊歡喜園乃至未誕以來居止牀座足不履地目不觀惡色耳不聽惡聲時經九月便誕一男顏貌端正見者歡喜身色如金頂圓若蓋垂手過膝目若青蓮額廣肩長鼻高脩直衆相圓滿人所稱歎經三七日已集諸親族商主以兒告諸親曰此兒今者當作何字衆共議曰此是商主師子之兒可名師子胤其父以兒授八乳母二供乳哺二作褓持二爲洗沐二共歡戲此子既爲八母供承無所乏少常以乳酪生酥熟酥醍醐及餘上妙甘美飲食而用資養速能長大如蓮出池漸至童年學諸技藝筭數書印取與出納皆盡其妙辯說開解智識聰明於八種術善能瞻相所謂男女象馬寶衣木宅其父爾時於春夏冬爲造三殿并三苑園置三婇女謂上中下昇妙樓觀奏諸伎樂而娛樂之商主師子於日日中自知家務日旰忘食其子見父躬自勤勞白言日晚何不時食父便告曰豈常受樂辦家業耶子聞此語作如是念我父年尊自知家務寧得閑縱貪爲逸樂宜自經求以濟生業即白父言口腹之重須自馳求坐食父財是事不可我今欲往入大海中求覓珍寶父告子曰汝今不應辛

苦自作馳求今我庫藏中多有財物金銀寶貨隨汝受用假使日日費用米麥亦不能盡乃至我存任情取用我過世後隨意經求子頻啓父我欲汎舶暫至寶洲父見慇懃從其所願告言隨汝意去可於苦事當忍受之其父即便擊鼓宣令普告城邑遠近商客諸君當知欲求珍寶者可與商主師子胤同入大海所在經過不輸稅直海中貨物普當備辦時有五百商人聞是告已集商主處共結行期既知期已各辭父母告別親知選擇吉辰將諸貨物人擔馬負隨商主去展轉城邑行至海濱商主遂以五百金錢雇船入海弁覓五人一能遠望二能鼓棹三能修船四能潛泳五能執柂于時柂師將欲舉帆普告商人曰大海之中厄難非一或猛風卒起漂泊山隅或鯨鱗鋸牙穿舶沉沒君等不應於急難時無所憑據宜將浮物各自防身時諸商人聞斯告已共相謂曰大海安危難可預識我等宜應隨柂師語各求浮物以自防身或將版木或持皮囊或浮瓠等俱至船所既入大海遇摩竭大魚碎破船舶時諸人眾各憑浮物出沒隨波宿業緣運餘命未盡遇值北風漂泊南岸至赤銅洲彼有眾多鳴鶴羅刹女在此居住時羅刹女隨樂變形若見破落商人能作美言詐為誘誑於其城上豎二幢旛一名慶喜一名恐畏此幡若動表吉凶相商人既至慶喜旛動諸女議曰今吉旛動可往海濱定有贍部洲人漂落至此即便化作美女容儀俱行海際彷徉四顧見有諸人憑託浮物而至於岸諸女各各化為瓔珞莊嚴其

身持上供具告諸人曰善來賢首漂泊洪波極受辛苦宜應就我居宅共解疲勞時此城內先有漂泊商人皆收置鐵城漸取充食即便共諸商人相隨詣宅諸女告曰堂宇衣服諸有所須隨意受用又我無夫今依汝活願爲儔匹情無間然多諸苑園皆可愛樂又指庫藏此是贍部洲中所須寶物金銀瑠璃眞珠末尼硨磲碼碯珂貝璧玉赤珠右旋如斯等物亦隨意取用與我歡居勿生疑慮然此城南不宜輒往爾時世尊告諸苾芻曰我不見有一事迷醉世間可愛可樂貪染繫縛過女色者當知女人是能沉溺一切男子若諸男子見女人時即便迷悶荒婬失忘於所作事皆忘次緒勝妙善品不復存心是故苾芻求解脫者當勤修習離欲之行於諸染境作

不淨觀如是應學時彼商人便與羅刹女歡娛讌樂積有歲時皆生一子復生一女時商主師子胤作如是念何意諸女於城南路不許人行我宜候妻中宵睡熟抽身徐起拔劒南行觀其所以即如所念夜起南行聞有衆人悲啼號叫而云苦哉贍部洲痛哉父母兄弟是時商主聞其聲已便大驚怖身毛皆竪次更前行見大鐵城高聳牢固周迴求覓竟無門戸亦不見有人畜蹤跡於此城北有尸利沙樹高出城隅商主登上見城中人遥問之曰汝何人哉號哭於此念贍部洲父母兄弟彼皆告言我是贍部洲人入海取寶當昇舶之日恐遭海難各持版木及以浮囊爲護自身望免其厄既入大海被摩竭魚觸破我船控告無路各持囊版隨風漂泊業命未盡

吹至南岸時有衆女儀貌殊絶齎持供養來至我所作如是言善來賢首我無歸趣以汝爲夫所有舍宅衣服飲食七寶珍奇皆隨意用廣説如前乃至勿生疑慮仍告我等於此城南無宜輒往同居歡讌積有歲時各於已妻皆生一子復生一女時彼諸女見吉播動知有贍部洲人船破而至即捉我輩隨次食之餘未食者置鐵城内當食之時現羅刹像儀容可畏長爪鋸牙䶩裂人體飡噉血肉髮爪筋骨無有孑遺乃至滴血墮地以指挑取并土吞之我次未至處鐵城内每日食一彼諸女者非是人類皆是羅刹君等宜應善自防衛不久亦當還遭此禍是時商主聞斯語已便大驚怖告彼人曰頗有方便仁及我曹免斯苦厄平安吉達還贍部洲不彼便告曰我無方便可得還至贍部洲中重見鄉國何以故我知業重求脱無緣我等共念穿鐵城下令作孔穴欲求逃難冀免縶縛其城即便更寬數倍復欲踰越而出城遂增高故知我等無緣得脱以待命終君等可有方便得還鄉國商主問曰其事云何彼便告曰我比曾聞於十五日褒灑陁時於虚空中有諸天人作如是語贍部洲人汝無智慧故守愚癡於十五日褒灑陁時不解北行尋求出路每十五日有天馬王名婆羅訶從海而出遊在岸邊食自然香稻無病充溢有大力勢舉首四顧如是三告誰有欲向彼岸還贍部洲君等宜應於十五日褒灑陁時於城北邊大海之際至天馬所待馬語時即便告言我等欲歸彼岸還贍部洲願見提攜安隱而去馬所陳

語君當奉行有此方便可還本國時師子胤商主聞彼說已深心奉持讚歎希有即便下樹尋路歸還依舊而臥至天曉已詣彼五百商人之所而告之曰君等宜可俱集其園須有籌議所有妻子並勿隨身時諸商人聞商主語於一園中並皆俱集商主即便具以上事並告衆人復更告曰此等諸女皆是羅刹君等宜應謹自防護

根本說一切有部毗柰耶卷第四十七

音釋

讌 於句切合飲也　祼 郎果切赤體也　讎 市流切仇也　槍 千羊切　羹臛 羹古衡切臛虛郭切肉羹也　媾 古候切合也　輻 方六切　踵 之隴切足跟也　鍛 丁貫切冶金也　伉儷 伉口浪切儷呂詣切伉儷配偶也　燠 乙六切熱也　額 五華切顙也　胤 羊晉切繼嗣也　旰 古寒切日晚也　汎舶 汎孚梵切浮也舶傍陌切大船也　瓠 胡故切匏也

根本說一切有部毗奈耶卷第四十八

唐三藏法師義淨奉　制譯

入王宮門學處第八十二之五

時諸商人聞是語已咸皆大怖無計所出至十五日褒灑陁時皆向城北詣天馬所時彼天馬從大海出於海岸邊食自然香稻是時有一無智商人不記前言見馬王已作如是語君等知不此是婆羅訶天馬王食噉香稻我等宜應就禮其足白言我向彼岸歸贍部洲時彼商主告諸人曰我於鐵城受彼言告事不如是乃至馬王未語已來無宜逼近要待馬王飽食香稻身體充悅舉首四顧三說是言誰向彼岸歸贍部洲聞是語時方至馬所求度大海時馬食訖四顧三告諸人聞已就禮其足合掌恭敬作如是語我等求向彼岸還贍部洲時彼馬王告諸人曰汝等若欲安度大海歸贍部洲者當依我教諦受思惟若不依者無由越度彼羅刹女必化作美容倍勝常日將諸男女來相誘誑作如是語我依汝活爲作歸依今棄我去欲何所適如上所陳宅舍珍寶咸皆具說若不住者汝之男女自可持將汝等若聞如是告時生顧戀心作妻子想愛彼珍寶及諸園觀情生願樂欲到還者縱昇我背必當墮落猶如熟果不住其枝時彼諸女復羅刹像皆競取食皮肉筋骨腸胃血髓髮毛爪齒皆盡無餘廣說如前乃至滴血在地悉皆取食若其汝等遵奉我教不起如是愛戀心者持我一毛亦不墮落能超大海至贍部洲時彼馬王於諸商人善教語已即便低身令彼附近或持騣尾及以

身毛隨情執捉時彼天馬踊身虛空望贍部洲騰驤雲路爾時恐畏旛動羅刹見怪作如是念今此旛動豈非贍部洲人棄我逃逝徧觀房舍不見有人即皆變形作美女像持諸男女咸至大海求覓商人既遙見已隨後啼泣告言賢首何意踈我并諸男女棄捨而去君等若並猒背我者汝之稚子各並携將時諸商人聞是語已各生顧戀於彼宅舍及以園池并諸珍寶起愛念時於天馬上身皆墮落猶如熟果不住其枝時羅刹女隨取食之如馬王所說惟商主一人心無顧戀憑附天馬得出海岸安隱無礙達贍部洲爾時世尊告諸苾芻曰汝等觀此諸人由生愛戀不順教故悉皆墜墮當知汝等若於自身作如是念眼即是我我有於眼乃至耳鼻舌身意亦復如是又念色即是我我有於色乃至聲香味觸法又念地界是我我有於地乃至水界火界風界空界識界又念色蘊是我我有色蘊受想行識亦復如是汝等苾芻若起如是我我所想於自於他情生躭著棄背正教欣樂邪道便當墮落生死海中受諸苦惱無有出期譬如無智商人棄天馬教愛羅刹女墮大海中汝諸苾芻若於自身不作是念眼即是我我有於眼乃至耳鼻舌身意色即是我我有於色乃至聲香味觸法地界是我我有於地乃至水界火界風界空界識界色蘊是我我有色蘊受想行識亦復如是汝等苾芻若能不作如是我我所想於自於他情無躭著受行正教棄背邪道即不墮落生死海中安隱快樂趣涅槃城譬如有智商主受天馬

敎棄羅刹女能出大海至贍部洲爾時世尊說伽陀曰

諸有無智人　不信於佛敎　當受輪迴苦
如愛羅刹女　若有智慧人　遵奉於佛敎
當出生死海　如隨天馬言

爾時世尊告諸苾芻彼諸商人不能奉持天馬敎故於大海中悉皆墮落被羅刹女之所噉食惟商主師子胤受天馬敎堅心專一安隱能得出於大海至贍部洲時師子胤妻大羅刹女不尋其夫住在城內諸羅刹女俱來告曰如我等輩尋覓逆夫持以歸還俱共噉食汝夫主去竟不遠求准此情狀遣還贍部若即尋覓獲得者善若不得者我當食汝不應致恨彼既聞已極生憂怖告諸羅刹女曰汝等固執苦令覓者我今宜往贍部洲內擒捉將來衆羅刹女曰斯爲甚善時商主婦即自騰虛超越大海屈伸臂頃至贍部洲化作可畏藥叉之像猛害倍常在師子胤前當路而住時師子胤覩藥叉像即拔利劒欲斬藥叉彼便驚走避道而住如是展轉不相捨離遂於中路逢遇商旅彼之商主與師子胤是舊知識情懷莫逆歡讌言離時彼羅刹化爲美女并携稚子具妙莊嚴便詣中國商主之前禮彼足已作如是白我是赤銅洲國王之女父母娉我與師子胤商主爲妻携我母子歸贍部洲於大海內遇摩竭魚觸破船舶所有珍寶散失無遺以我爲不祥遂便見棄我之幸會今得相逢唯願將母子就彼申謝彼即告言我當送去時彼商主見此婦人慇懃懇惻爲往師子胤處告言知識汝之妻室儀

容可愛復是王女如此儔匹舉世難求既無大慫不應輒棄宜應收采與彼同居時師子胤告曰彼非王女是赤銅洲暴惡羅剎衆中之女食人血肉非我妻也商主荅曰若如是者何緣至此時師子胤具告因緣商主聞已默然無語即以路糧并諸雜物贈已而去時師子胤漸漸歸還至于本舍時羅剎女亦隨其後并携小童至師子胤宅從倚門側在一邊住時彼衆人見其兒子共相告曰仁等當知今此童兒觀其貌狀是師子胤兒子不虛羅剎報曰君等鑒貌知是非虛宿緣薄福被父所棄告言姊妹從何處來汝是誰婦羅剎告曰我是赤銅洲國王之女父母娉我與師子胤商主爲妻携我母子歸贍部洲於大海內遇摩竭魚觸破船舶所有珍寶散失無遺

以我爲不祥遂便見棄流離辛苦得達於此幸願諸君將我及子就商主處而申懺謝時彼諸人詣商主父母處以事陳告于時父母語師子胤曰彼是王女宗族尊高隨汝遠來深可悲歎并携稚子益用傷懷汝可愍之無宜見棄違心之事仁者不爲時師子胤稽首三拜白父母曰彼非王女是惡羅剎於赤銅洲縱大暴虐漂泊商旅皆取食之我輩諸人並皆食盡我有餘福得奉尊顏父母告曰一切女人皆是羅剎何故爾婦獨與惡名宜應收納召入居室重白父母曰我知非人不堪共住尊必愛念隨意納之我向他家別求居止親曰我爲汝故喚入家庭汝若見嫌於我何用宜隨汝意令彼母子遂緣自活即遣使者驅之使去時彼母子既被擯斥便詣王門

諸臣總集嗟其美麗即便俱入白大王言門有女人儀容罕匹忽然至此靡識所由王言引入我自親問臣即召進王見女人姿容絶代美貌無雙便起染心極生愛著告言善來美女從何所來因何至此女便稽首白大王言我本住在大海南岸赤銅洲所是國王女其師子胤因風漂蕩舟檝無遺與諸商人漂至我國父母娉我與彼爲妻爲立新舍多賜珍寶經歷歲時誕生幼稚攜我母子遠度滄溟遇摩竭魚破其船舶遭大辛苦達贍部洲以我爲不祥便生棄擲令歸本宅復不相容無處存生故來啓白唯願大王恩慈動殖喚商主來爲我申謝王聞語已起悲愍心告言勿憂宜可寬意即遣使者喚商主來師子胤至致敬王已在一面立王告師子胤曰此是王女娉汝爲妻既生子息相隨至此因何非理輒爲擯斥設令有過亦可相容時師子胤進啓大王此非赤銅洲大王之女是惡羅刹殘害生靈具以海洲所經之事委悉陳述我之同侶總皆食盡惟我得存此羅刹女尚不相放飛騰大海變作美容王熟察之宜遠驅遂勿令縱暴王曰一切女人皆是羅刹何但此女獨見相嫌必汝不愛宜當與我白言大王我聞孝竭於家忠盡於國恐延大禍事在非輕大王有心生愛念者我不敢進亦不敢止必有禍生非臣之過爾時世尊告諸苾芻曰當知女人於諸男子是繫縛處是沉溺處貪染容色不信忠言不思其禍汝等應知時師子頂王心生愛著即令此女進入後宮時師子胤知王意正進諫無路遂在殿前告諸

輔相曰諸君當知王愛羅刹將入後宫必延大禍知非我過説是語已掩泣而出其王後時於羅刹女深生愛念倍異常流躭染荒迷不思國政時羅刹女縱諸妖媚總攝王宫令無自在便於夜半凌虚而還往赤銅洲羅刹女所諸女見來俱生慶喜問言商主今在何處告諸女曰姊妹汝何念彼一商主乎我别汝等至贍部洲到師子劫城師子頂王所彼遂納我令入後宫册我爲后我縱妖媚使城中人皆無自在王不理政心醉荒迷汝等可共俱行詣彼城所隨情噉食任意持歸諸羅刹女聞是告已歡喜踊躍飛騰虚空即於其夜至師子劫食噉城内所有人物至天曉已城門不開於王宫上見諸鵰鷲食人肉者飛滿空中輔國大臣俱集門所佇立經久待門不開各共高聲徧告城邑天明已久王門不開於内宫上多食人鳥飛騰亂下口銜骨肉人並驚惶圖計無所時師子胤聞斯告人便拔利劒趍走城門告諸人曰君等何議我於先時已相告白王納羅刹定招其禍今城門不開滿空飛鳥覩此相貌禍延王室諸臣曰其計何圖商主曰宜置高梯上城瞻察既安梯已商主乃拔利劒上城隅遥望宫中見死屍狼籍即便跳下誦神呪麾利劒擊彼五百羅刹四散馳走或持人手或有擘足或持頭腹飛騰而去城外諸人悉皆遥見于時商主大開城門諸人競入共覩荒殘輔相大臣號叫城邑共諸人衆灑淚宫中各並歸家荒迷無次後於他日總集諸人共相議曰國主大王自貽伊咎納羅刹女不受忠言今並滅亡

君等欲爲何計第一大臣告諸人曰先王已死復靡儲君寶位既虚百姓無主無君不立今當册誰次臣告曰爲國主者有智有勇方昇鼎位諸人告曰商主師子胤與五百人入海取寶餘人皆被羅刹所害惟獨一身得歸鄉國被羅刹女尋至本城不受其媚王納此女固詞直諫不受忠言荒婬失道以取亡滅商主拔劔獨入城中爲我國人屏除羣孽此則大勇大智餘莫過也大臣議曰誠如所言宜令彼人以爲君主即便共至商主之處同心請曰商主知不大王已死復無儲君國祚空虚不可無主國人今欲奉册爲王垂哀爲受是時商主告諸人曰我是商人經求活命寧堪重位爲國主耶可覔餘人以當寶位衆復請曰餘無堪者幸願慈悲受衆人請時彼商主如是固辭國人再三頻求頂禮爾時商主既辭不獲免告衆人曰我實不材無心當此隨衆人意共立盟言我爲王後所有教令無違逆者我當受册衆人稽首謝已咸曰奉行其大臣等即便灑掃城隍莊嚴殿宇以妙香水灌頂稱王萬機之務一朝權執王乃念曰我昔商人入海取寶同行之輩爲羅刹所食我時無力除彼怨害今爲國主所欲隨情屏除羅刹滿我宿願即便下令廣召呪師能役使鬼神者遠近咸集更持明呪靈驗肅成復簡兵旗令習弓矢命大臣曰卿等知不我有宿讎在大海外欲往除殄多須舟檝宜可營辦不久將行是時諸臣多造船舶卜日揆時嚴整四兵至大海口遇風陞舶欲達南岸時羅刹城内幽旛飄動諸女見已共相謂曰

姊妹當知今凶牅動必有贍部洲人念昔怨惡情懷酷暴來誅我等宜往海濱觀其所作總命徒侶俱臨海岸見諸船舶蓋海而來各並驚惶欲爲拒戰其時師子胤王總命維舟四兵俱下奮臂大呼與羅刹共戰乃縱神呪寘縛羅刹鋒矢既交殺戮過半明呪力故走叛無由所有餘殘請命求救王乃告曰共立要盟方存汝命汝從今後移向餘處不得重來更爲殘戮若隨教者得存餘命諸羅刹女稽首拜曰我等昔來廣興暴惡從今已往奉遵言教遷移遠去不敢傷殘時羅刹女拜辭王已遠適餘方時師子胤王平除舊城破鐵城獄重開疆宇建立新城召募諸人住斯寶渚廣收珠玉還贍部洲彼國因王以爲其號名師子洲爾時世尊告諸苾芻汝等勿生異念往時師子胤王者即我身是彼師子頂王者即老叟苾芻是彼羅刹女者即無比是往時師子頂由愛羅刹女故遂至命終今貪無比還致身死汝諸苾芻我於往時已曾捨棄彼羅刹女豈於今日遂彼求心是故汝等當善思惟知諸女人是沉溺境作不淨想深生猒離於我教誡專心奉持時諸苾芻及餘大衆聞佛說已歡喜奉行禮佛而去

爾時無憂婆羅門將無比女往憍閃毗娉與鄔陀延王時王便置無比於妙華樓給五百侍女日與五百金錢廣說乃至王授無憂爲輔國大臣時有二人來至王所樂爲奉事一人能說喜事一人能說憂事曾於一時王與二夫人一處同坐鄔陀延王嗁紺容夫人云南無佛陀願王長命無病無比夫人云南無

大天願王具壽無病是時無比情懷嫉妬便白王言紺容食大王食而思佛陀王聞語已默然無對又於他日數於王處搆扇讒言王作番次就二夫人處而受飲食次至紺容時無比夫人密作是計令捕鳥者將活鳥而進於王王曰我於今日誰處食耶無比答曰次至紺容王曰可持此鳥令充食用紺容見活不肯受之捕人還送王見怪言何不烹宰王復尋思由彼念善情存護命無比白言若爲佛及僧彼便殺鳥以充供養王曰可報紺容爲佛辦食無比即便教捕人曰汝可殺鳥授與夫人即殺將付紺容見死受以充廚捕人還報夫人已受王便大瞋爲我不受爲餘便殺王持弓箭往射紺容夫人遥見即入慈定王所射箭中路而墮廻鏃向王王便更射夫人白言王勿自害王曰何意如是夫人曰我證不還復無愆過王興惡意必招重罪王問知實便就禮敬懺謝前非情厚夫人作姊妹想從茲已後但有新穀新果必先見授日日常自問其安不時王邊境有城反叛王親領兵自往征伐遂勑大臣無憂留守都邑其二夫人掌率宮內王曰汝之二人勿相嫉妬晨昏靡息守護宮闈夫人曰善是時無比毎勸其父令害紺容無憂遂即作殺方便時紺容夫人夜讀佛經復須抄寫告大臣曰樺皮貝葉筆墨燈明此要所須便宜多進入大臣依教奉進於樺皮內密安火炭置在宮門夜被風吹火便大發光徹樓上城人咸至悉皆持水共救火災時無憂大臣更拔利劒遮不令進告諸人曰汝等豈欲劫內宮耶諸人遂散

時紺容夫人與五百婇女俱陞樓閣告諸女曰我與汝等自業所招卒難逃避說伽陀曰

我於城隙處　遥望見世尊　依教具修行
已獲眞實諦

諸女皆悉投身火聚猶若飛蛾同時命殞曲脊侍女從水竇出得免火災無憂大臣至天曉已收諸女骨棄在尸林苾芻入城爲行乞食見斯事已還白世尊佛因廣說如增五經乃至世尊將諸苾芻往尸林處觀五百諸女所有殘骸告諸苾芻說伽陀曰

世間癡所縛　惡事將爲善　貪愛繫愚人
常居黑闇獄　不善將爲善　觀察盡空無
當起猒離心　勿生於染著

爾時國人及留守臣見紺容死計無所出遂喚能說憂事人曰汝比受王禄今正是時往白大王云紺容夫人赴火而死廣說乃至其人即共大臣等議可畫一幀作紺容夫人所爲因緣投火死狀并與象馬各數滿五百童男童女亦各五百眞金一億別嚴四兵如是辦已我當爲去大臣即皆爲辦其說憂事人領斯兵衆詣王營所去營不遠遣使持書白鄔陀延王曰我是某國大王唯有一子被死將去我今求死來至此國欲以象馬乃至金寶將贖子命若允者善若不得者我當共戰願王助我時王啓封讀書而笑遣使往喚外國王來奉命尋至申問訊已問言知識比曾見有被死將去求索得耶答曰若被死將去求不得者可開此幀善爲觀察王遂開看告曰豈可紺容被火燒死耶答言已死願王寬其罪勿責於我恐王憂惱設此權謀說伽陀

曰

我不是王非子死　我是王臣食王禄

有非愛事白王知　唯願恩寛恕其罪

時王聞已遂即旋軍還憍閃毗國勑法官曰可執無憂身塗紫礦置熱陶内斷其命根又以無比頭髮繫不調馬足踐踏之令死時法官大臣遂殺無憂以無比夫人置地牢内王經七日不見無比極懷憂悴王問無比令何所在大臣曰王勑令死王曰紺容已被火燒無比令復身死卿等意欲令我出家諸臣皆默然無對臣知王念遂出無比將以見王王時大悦具問其故嗟歎希奇王有疑心遂往問佛廣説乃至請世尊曰何因緣故紺容獲得不還道果以五百婇女而爲侍從俱悉同時被火燒死唯曲脊女一人得活幸願世尊爲説本緣佛言大王當知乃往古昔婆羅痆斯國有王名梵摩達多其王最大夫人曾於一時與五百婇女遊觀華園入芳池浴既出池已時寒求火去此不遠有獨覺聖者造一草庵在中住止時彼夫人命一使女汝可以火燒彼草庵女遂往彼見出家者住草庵中不忍放火夫人即便自往放火諸女見已悉共歡笑俱言好火聖者見已心生悲愍便從火内飛騰太虚現大神通冀拔其苦諸女見已遥請下來求哀懺謝爲設飲食以申供養各爲發願爾時夫人者即紺容是彼侍女者即五百内人是由彼業力雖復紺容得聖道果然於五百生中及五百侍女被火燒死彼使女者即曲脊女是由不肯燒故常得免難善惡報應大王當知王又請問以何因緣其

曲脊女受曲脊報所聽受經一聞領悟而身居賤位佛告大王昔婆羅痆斯有一長者名曰善續爾時長者遂請五百獨覺聖人就舍而食時此衆中有一獨覺身患風疾食時手顫其鉢欲墮時善續長者有一小女見彼手顫便脱臂釧用支其鉢見不動已即便發願猶如此鉢不復動摇我於來世所聽妙法心無動摇領悟不忘復一聖人身患曲脊便於他日食時不見女問父曰有一聖者何不來食父曰聖者何狀女便戲心曲脊學聖者形如此聖人衆中不見又復常唤親戚爲婢大王當知由奉鉢支發願力故今得聞持聰明領悟由作輕心學聖人故今得曲脊報由昔唤人爲婢故常居賤類王復請佛何因無比於七日中居地牢内不得飲食而容貌不變

佛告大王於過去世有婆羅門女與剎帝利女共爲知友其剎帝利女有信敬心每施苾芻隨時飲食後時婆羅門女命剎帝利女就舍而食既至舍已有獨覺者爲乞食故來至其家剎帝利女報婆羅門女曰與聖者食女言我不能與報曰若不施者我自還家奉施其食時婆羅門女隨知友情持食施與剎帝利女見施食已教其發願即發願曰願我此福令生後生莫受勝報遭厄難時勿受飢苦由彼願力今不受飢顔容不變後於異時妙音長者供養佛僧有一使女常令供給此女遇疾因即身亡臨命終時便發是願我比役力供佛及僧所有福緣捨此身已當於妙音長者最大夫人託娠受生顔貌姝美與妙容相似鄔陁延王納我爲后作是願已即便命

終託娠夫人時經九月初誕之際室滿光明因名吉祥慧憶前生事年漸長大宿殖信心具壽阿難陀次行乞食遇至其舍時吉祥女頂禮足已白言聖者願持我語敬禮世尊并諸聖衆少病少惱起居輕利安樂行不時阿難陀還住處已持吉祥慧語爲禮世尊及諸大衆申問訊已佛告阿難陀汝識彼吉祥慧不白言不識佛言彼是妙音園中供養使女由供養僧發願力故還生妙音長者家廣説乃至既長成已於高樓上望鄔陀延王王遙見之謂是無比遂召長者問曰何故宅内久藏無比答曰不是王不信語重問是誰答曰是我之女王曰隨其是非當娉與我遂具盛禮迎娶後宫與五百婇女以爲給侍時吉祥慧欲見世尊及苾芻衆便白王知王隨其意

即辦供養請佛僧衆欲於七日受食宫中王自親往既至佛所具威儀已白佛言世尊吉祥慧請佛及僧宫中受食佛默然受王禮而去還報夫人令辦種種上妙美食往白時至世尊不去令舍利子與衆俱行既至王門不敢輒入王命令進舍利子作是念世尊制戒不許輒入宫門今得王教復不許違佛以此緣或容開許即入宫門安置坐定時吉祥慧夫人及王自手持奉上妙飲食食已聽法即於座上夫人獲預流果經七日已僧衆辭去諸苾芻既至佛所禮佛足已述如上事佛告舍利子善哉我未開許汝已知時汝等當知前是創制此是隨開爲諸苾芻重制學處應如是説若復苾芻明相未出刹帝利灌頂王未藏寶及寶類若入過宫門閫者除餘緣故

波逸底迦若復苾芻者謂鄔陀夷餘義如上明相未出者謂天未曉有三種相王及寶等並如前說宮門閫者有三種別謂城門王門宮門過者謂足越也除餘緣故者除得勝法如舍利子等釋罪如上此中犯者其事云何苾芻未曉未曉想及疑越城門者得惡作曉未曉想疑亦得惡作王門亦爾若越宮門想疑本罪次二句惡作次二句無犯若王王妃及太子大臣喚亦無犯又無犯者謂最初犯人或癡狂心亂痛惱所纏

根本說一切有部毗奈耶卷第四十八

音釋

騣（子紅切馬鬣也）騰驤（騰徒登切躍也驤思將切舉也）檝（即涉切）佇（直呂切久立也）禡（力制切災曰禡）揆（巨癸切度也）唼（作答切食也）讒（鉏咸切譖也）鏃（作木切箭鋒也）樺（胡化切木名）顫（之膳切四支寒掉也）閫（苦本切門限也）

根本說一切有部毗奈耶卷第四十九

唐三藏法師義淨奉　制譯

詐言不知學處第八十三

爾時薄伽梵在室羅伐城逝多林給孤獨園佛告諸苾芻半月半月應說波羅底木叉戒時諸苾芻奉教而說六衆苾芻聽戒之時作如是語具壽我今始知是法在戒經中說諸苾芻報曰豈可具壽於半月半月說戒經時不聽聞耶六衆答曰我今豈可惟聽說此更無餘事於諸欲境亦復思量諸苾芻白佛佛言此等愚人輕慢學處乃至我觀十利爲諸弟子制其學處應如是說

若復苾芻半月半月說戒經時作如是語具壽我今始知是法戒經中說諸苾芻知是苾芻若二若三同作長淨況復過此應語彼言具壽非不知故得免其罪汝所犯罪應如法說悔當勸喻言具壽此法希奇難可逢遇汝說戒時不恭敬不住心不慇重不作意不一想不攝耳不策念而聽法者波逸底迦

若復苾芻者謂是六衆餘義如上說戒經時者謂從四他勝乃至七滅諍法相次而說詮其要義我今始知等者謂六衆苾芻與餘苾芻屢同聽戒而彼故言我不知者意欲令他心生憂悔故諠惱時衆故諸苾芻當勸喻言等者明不恭敬等有所虧失故此中犯相者必芻見說四他勝時如是乃至十三殘罪七滅諍法作如是說者一一說時皆得波逸底迦罪若實不了知如愚癡人者說實無犯又無犯者廣說如上

作針筒學處第八十四

佛在室羅伐城給孤獨園有一工人名曰達摩善牙骨作先於無衣外道心生敬信因來寺中就乞食苾芻而聽法要遂於佛教深起信心復爲演說七有事福業彼旣聞已作如是念我先無知歸露形者彼以拔髮爲業苦身修行旣處邪邊靡涉中道我今宜應棄彼僞教契想眞宗現在當來糞希津濟然我家業貧窶難修福業宜可自勵役已惠人即便以自工巧告諸苾芻曰我善牙作若須針筒我當施手時有苾芻令造象牙針筒奇巧可愛餘苾芻嗟歎驚訝復令其作如是轉展乃至多人匠者象牙因斯罄盡復令骨作骨盡用角角復終盡時彼工人因致貧困衣不掩形食不資口時露形者見而告曰爾於昔時歸依我等家道豐贍今依剃髮遂致困窮以此察之孰爲勝侶時諸少欲苾芻聞是語已共生嫌賤云何苾芻使他工人不知量度以至貧窮復致譏醜以緣白佛佛告諸苾芻廣如上說乃至制其學處應如是說

若復苾芻用骨牙角作針筒成者應打碎波逸底迦

若復苾芻者謂此法中人其骨牙角如事可知有二種針筒一筒子二合子若用骨牙角作者二皆不許若自若他並不應作若成者即應打碎其罪說悔其所對之人應問云爾針筒打碎未若不問者得惡作罪問已方悔苾芻應用竹葦爲筒或氈片等以安其針時可數看勿令生垢此皆無犯又無犯者廣說如上

作過量牀學處第八十五

佛在室羅伐城逝多林時有苾芻人間遊行至逝多林門日暮門閉即於門屋下坐短脚牀既洗足已斂身入定有蛇愛冷在牀前住見苾芻垂頭遂螫其額因致身亡遂生三十三天端拱而坐時天帝釋遣五百婇女而爲給侍天女瓔珞出妙音聲能令聞者心生愛樂時彼天子雖聞其聲不相觀視彈指告言姊妹何因惱我天女見已嗟歎奇異遂以其事往白帝釋天主報曰汝等可持大鏡安在彼前女便置鏡時彼天人方覩自身具諸瓔珞周帀嚴飾深生猒離說伽陀曰

於此世間中　人身最難得　正信如來教
出家爲更難　如斯難遇事　而我已曾得
云何喪法眼　墮於牢獄中　我不得正見
終不受欲樂　由斯障解脫　當淪於惡趣
我居天女內　如被鬼神圍　入此愚癡林
云何當出離

法爾諸天初生之時得三種念我於何處死今於何處生復由何業力即便觀知從人中死生在三十三天由淨持戒善業所感作是念已時諸天女告天子曰大仙今可往禮帝釋方與我等共爲歡戲天子答曰姊妹天主帝釋者已能遠離染瞋癡耶白言未離天子曰姊妹我昔歸依大師世尊離染瞋癡而行禮敬云何今時禮具三毒姊妹頗有因緣能令帝釋禮敬我不天女答曰有勝苑園名爲妙地中有住處是天仙所居若在其中而出家者帝釋自往申其禮敬是時天子於天婇女作鬼神想棄之而去往妙地中天仙住處於彼衆內而爲出家爾時帝釋聞是事已詣

苑園中躬申禮敬稱善而退天子自念我若不往禮覲世尊即受天樂者是所不應令我先當禮世尊足是時天子以天四華置衣裾內諸妙瓔珞具莊嚴身猶如壯士屈伸臂頃於天宫没現逝多林由彼天光威神力故光明赫奕周徧照曜逝多園林詣世尊所頂禮雙足即以天華布在佛前虔誠供養遶佛三帀在一面坐以妙伽陀請世尊曰

我居天女內　如被鬼神圍　入愚闇稠林
云何修出離

世尊告曰

有妙平直道　去處無所畏　法忍爲大牛
牽車無亂響　慚愧充几㩉　專念爲侍從
智慧御車人　正見令前導　若有善男女
乘此安隱車　一心無異緣　能至最勝處

爾時世尊觀彼天子意樂根性隨機説法令得開悟即於座上以金剛智杵摧破二十種薩迦耶見山得預流果既見諦已白佛言世尊由佛令我於諸難中得解脱果此非父母高祖人王及諸天衆沙門婆羅門親友眷屬之所能作我逢世尊大善知識故於地獄傍生餓鬼趣中拔濟令出安置人天勝妙之處盡生死苦得涅槃道乾竭血海超越骨山無始積集身見之山以智慧杵而摧破之獲得初果我今歸依佛法僧寶始從今日乃至命存受五學處不殺生乃至不飲酒唯願世尊證知我是鄔波索迦即於佛前説自慶頌曰

我由佛力故　永閉三惡道　得開天妙門
長昇涅槃路　我依世尊故　今得清淨眼
證見眞聖道　超過有海岸　佛超於天人

離生老死過　有海中難遇　我逢今得果
我以莊嚴身　歡心禮佛足　右遶除怨者
今往赴天宮

爾時彼天於生死中得未曾得禮佛足已更以天華至誠供養便往天宮忽然不現時逝多林授事苾芻至天曉已便開寺門見彼苾芻在小牀上端坐命終復見毒蛇住其牀下即以此事往白世尊世尊告曰可爲焚燒復告諸苾芻曰不應下小牀上而爲寢卧亦不應牀前洗足違者得越法罪時六衆苾芻聞是制已遂作高牀脚長七肘緣梯上下諸婆羅門居士等見生嫌賤時諸苾芻以緣白佛佛言我今以此爲緣爲諸苾芻廣說乃至制其學處應如是說若復苾芻作大小牀足應高佛八指若過作者應截去波逸底迦如是世尊爲諸苾芻制學處已時具壽鄔陀夷身形長大坐彼牀時頻拄著膝苾芻白佛佛言前是創制此更隨開應如是說

若復苾芻作大小牀足應高佛八指除入梐木若過者應截去波逸底迦

若復苾芻者六衆也作大小牀者謂自作使人造此大牀及小座時應高佛八指者佛謂大師此之八指長中人一肘除入梐木者除牀脚入梐木此非是量若過作者謂量若過應可截去隨罪說悔如前應作此中犯相者若苾芻若爲僧作若自爲作過八指量者應截去其罪說除對說罪者應可問言牀脚截未若不問者得惡作罪其罪不應說悔若依量作者無犯又無犯者廣如上說

用草木綿貯牀學處第八十六

佛在室羅伐城給孤獨園鄔波難陀分得大牀以木綿貯安襯而卧有諸苾芻從他處來合與卧具其授事人隨次分與至鄔波難陀房爲彼年老并合得牀鄔波難陀便去襯物分散木綿令其寢息苾芻卧已天曉出房身衣總白諸苾芻見報言上座豈可卧在葦苕積中耶具以上縁告諸苾芻諸苾芻白佛佛言我今爲諸苾芻制其學處應如是説

若復苾芻以木綿等貯僧牀座者應撤去波逸底迦

若復苾芻者鄔波難陀餘義如上言貯物者有五種一木綿二草綿三蒲臺四劫貝五羊毛若復苾芻以五種物自貯教人貯皆得墮罪罪應説悔此中犯者苾芻若僧私牀座以木綿等而散貯者皆得墮罪𥿄應撤去罪應説悔對説罪者應可問言𥿄撤去未若不問者得惡作罪其罪不應説悔廣説如上

過量作尼師但那學處第八十七

佛在室羅伐城給孤獨園如世尊説汝諸苾芻若受用僧伽卧具及餘人物乃至私物應用襯替苾芻不識其量遂便大作小者棄擲或嫌長短作務煩多常有營爲妨修善品廣説乃至爲諸苾芻制其學處應如是説若復苾芻作尼師但那當應量作是中量者長佛二張手廣一張手半若過裁者波逸底迦如是世尊爲諸苾芻制學處已具壽鄔陀夷身形長大每至卧時爲護卧具故於其足邊以諸樹葉而爲襯替世尊因覲房舍見葉狼藉問知事已告諸苾芻曰前是創制此復重開廣説乃至應如是説

若復苾芻作尼師但那當應量作是中量者長佛二張手廣一張手半長中更增一張手若過作者應截去波逸底迦

若復苾芻者此法中人尼師但那者謂敷具也若自作使人皆悉同犯應量者如文可知若佛一張手當中人三張手總長九張手合有四肘半廣一張手半者當中人四張手復有六指此中制意者尼師但那本謂襯替卧具恐有所損不擬餘用然其大量與自身等頂上餘有一磔手在斯乃止與卧具相當又復佛望餘人身有三倍言二倍者蓋是部别若依二倍即尼師但那其量全小不堪替卧敷地禮拜不見有文故違聖言誰代當罪細論可不廣如餘處若苾芻不依此量而過作者物應截去罪應說悔餘問答等並廣如上說

作覆瘡衣學處第八十八

佛在給孤獨園如世尊說作覆瘡衣苾芻不知當云何作其量過大或時太小諸苾芻白佛佛言乃至應如是說

若復苾芻作覆瘡衣當應量作是中量者長佛四張手廣二張手若過作者應截去波逸底迦

若復苾芻等義如上說覆瘡者謂覆身瘡疥也其佛張手及有過截并說罪等廣如上說

作雨浴衣學處第八十九

佛在室羅伐城給孤獨園三月夏安居時毗舍佉鹿子毋往詣佛所禮雙足已在一面坐佛爲說法示教利喜默然而住時毗舍佉即從座起合掌恭敬白佛言世尊願佛及僧明當就舍受我微供爾時世尊默然而受時毗舍佉知佛受已頂禮佛足奉辭而去既至舍已即於其夜備辦種種上妙飲食佛於其夜天將曉時便於東方見多雲起形如圓鉢徧

滿虛空如是之雲能降大雨充滿溝渠爾時佛告阿難陀曰汝今宜往告諸苾芻今此雲起必降洪雨此雨霑濡有大威力若洗浴者能除衆病若諸苾芻樂欲洗者可於空地隨意洗浴阿難陀既受教已具以佛語告諸苾芻時諸苾芻悉於露地雨中立洗時毗舍佉母飲食辦已敷設坐具安淨水甕令其婢使往逝多林請佛及僧白言時至婢到門所覓諸苾芻時諸苾芻閉門而浴婢於門隙遥見苾芻露形於寺中浴便作是念此中不見苾芻皆是露形外道即便歸舍白其母曰我於寺内不見一人是苾芻者但見露形外道立洒雨中時毗舍佉便作是念今日天雨聖衆多在雨中露形而浴非是外道便遣餘人往扣門喚白言聖者毗舍佉毋令白時到爾時

佛與大衆著衣持鉢詣毗舍佉處既坐定已先行淨水次下美食種種珍羞無不備具衆既食了受水齒木淨澡漱已皆收鉢器時毗舍佉即於佛前以瓶注水聽説發願竟前禮佛足白佛言世尊唯願慈悲許我微願佛言隨汝所求欲作何願毗舍佉曰我有八願一者欲施苾芻衆雨浴衣二者欲施苾芻尼衆雨浴衣三者客苾芻來先我舍食四者將行苾芻當於我舍食已而去五者有病苾芻我施飲食六者看病苾芻我亦施食七者有病苾芻須醫藥者我當給施八者常施僧粥佛告毗舍佉曰汝以何縁施雨浴衣答言大德今日時至令婢詣門見諸苾芻露形而浴謂是外道大德我縁此故施雨浴衣令諸聖衆遮身洗浴又毗舍佉汝以何縁施苾芻尼雨

浴衣答言大德我憶曾見諸苾芻尼在河水中露身而浴諸俗譏耻出嫌誚言爲此施衣令障形醜隨處而浴又毗舍佉汝以何緣施客苾芻新來者食答言大德諸新來者未善委知乞食次第又復疲勞須食美食是故我施又毗舍佉汝以何緣施將遠行苾芻飲食答言大德行侶苾芻若乞食時恐失其伴故我施食又毗舍佉汝以何緣施病苾芻食答言大德諸病苾芻不得食者病便增劇是故我施又毗舍佉汝以何緣施看病者食答言大德若看病人行乞食者瞻侍便闕湯藥所須有乖時節是故我施又毗舍佉汝以何緣施病苾芻所須醫藥答言大德若無醫藥病即難差長時帶患廢修善品是故我施又毗舍佉汝以何緣施苾芻僧粥答言大德若諸苾芻不食粥者被飢渴逼是故我施爾時毗舍佉復白佛言世尊我聞其處苾芻命過佛記彼人得預流果有記一來不還阿羅漢果大德彼諸聖人頗曾來至室羅伐城受我供給供養不佛言曾受若曾受者我所施福由是因緣必定當得福智圓滿佛告毗舍佉善哉善哉汝所施福功德圓滿時毗舍佉即從座起禮佛而去佛以此緣告諸苾芻我聽諸苾芻畜雨浴衣隨處洗浴時諸苾芻不知其量太長太狹佛言不應如是當應量作廣説乃至應如是説

若復苾芻作雨浴衣當應量作是中量者長佛六張手廣二張手半若過作者應截去波逸底迦

若復苾芻等並如上説雨浴衣者謂天雨時

用若自作教人當應量作長廣如文若過者得罪同前說悔問答廣如上說

同佛衣量作衣學處第九十

緣處同前時鄔波難陀與佛等量作衣但被一邊餘聚肩上諸苾芻見謂是新客欲爲解勞報云我非新至同佛衣量作支伐羅苾芻譏嫌云何作此過量之衣以緣白佛佛言我因此事爲諸苾芻制其學處應如是說

若復苾芻同佛衣量作衣或復過者波逸底迦是中佛衣量者長佛十張手廣六張手此是佛衣量

若復苾芻者鄔波難陀佛衣者大師衣也長佛十張手當中人三十張手有十五肘廣六者當十八張手有九肘或復過此皆犯墮罪餘廣如上說

四波羅底提舍尼法

攝頌曰

非親尼自受　舍中處分食　不請向學家受食於寺外

從非親尼受食學處第一

佛在王舍城竹林園中爾時得叉尸羅城有一長者娶妻未久便誕一女身有三德如青嗢鉢羅華一者身黄金色猶如華鬘二者目紺青色猶如華葉三者香氣氛馥猶如華香生三七日諸親集會欲與立名云此孩子身如青蓮華應與立字名青蓮華年旣長大娉與同城長者之子命來入舍未久之頃青蓮華父遇疾而終其母後時不能守志遂與女壻私密交通其青蓮華先生一女年在幼稚忽於屏處見母與夫共行非法因發瞋怒便

持幼女而告夫曰汝無賴物何不共此行非法耶便擲木上因損女頭見有血出青蓮華忿而不顧遂以巾覆頭出求行伴見有商旅向未度城即入營中相隨而去于時商主見青蓮華儀貌端正問曰爾屬於誰答言若有能以衣食共相濟者我當屬彼商人便給衣食納以爲妻將至本家共居既久商主齎貨還向得叉尸羅城同伴知友語商主曰有財不樂欲待何時更覓端妍共爲婚娶商主答曰若有得與青蓮華儀容相似者方可爲婚其同伴曰其家有女倍勝青蓮便共往觀稱可其意即備婚禮納以爲妻歸未度城相隨而去去家不遠遂留少妻并留半貨既至舍已妻曰貨何少耶報曰我被賊奪妻曰何不急覓報曰我今爲此欲往追尋商主去後友人來問商主何之報曰云去尋賊友人曰非關尋賊只爲尋妻具以其事報青蓮華不久商主還來歸宅青蓮華曰君非遭賊故詐於我既有別婦何不將來夫曰室有兩妻無暇飲水恐有鬬諍故不將來報曰我能容忍必無忿競若年與我相似看如姊妹若全少者視之如女其夫受言遂迎少婦歸宅青蓮華聞是同鄉特鍾慈念曾於暇日便與少婦梳理頭髮見其頭上有一瘡痕問曰汝此瘡痕因何致損少婦報曰我小不憶聞家中說爲孩子時母因有事共父相嗔擲我木上當時被損故有此痕復更問曰住在何坊門户何向女便具告青蓮華的知是女深自感傷作如是念此既我女欲如之何往時與母同壻今復共女同夫嗚呼哀哉何惡之甚即復以

巾覆頭更求捨離覓同行伴往廣嚴城既至彼已不作婬女但與人私通未久之間人皆共美時諸婬女俱至其舍告言爾偷我法以自活命而不與我言義交通即掣帔巾强曳而去俱來問曰汝有何術能誘多人答曰亦無别術若有少年但令我見無不隨者諸女曰若如是者今此城中有一賣香男子作不淨觀成於諸女人久生猒離若能壞彼行我等立汝爲婬女中尊若不壞者當罰金錢六十問諸女曰彼是丈夫不答言是若爾彼何足牽即近彼而住詐設種種愛夫方便令其使女就買塗香復買諸藥云爲夫主身患所須彼賣香男子聞是事已念此女人必是貞謹乃於夫處能爲盡心遂生愛戀青蓮華遂詐云夫死悲號慟哭於賣香者門前而過彼

男子見倍生愛著廣説乃至終被此女壞其觀行諸婬女等共見嗟歎遂即立爲婬女中尊既與賣香男子久事還往因即有娠時廣嚴城東西兩門各有守門男子因相愛念共作是議我之二人交歡日久若生男女必爲婚娶時青蓮華未久之間便誕一子遂作是念我若養兒身不清淨恐諸男子嫌汙不來我今宜可棄此孩兒即以孩兒授與使女并授燈明告曰汝可持此置於道中屏處伺看誰將兒去是時使女棄近東門并安燈火時守門者遥見燈明來就觀察乃見孩子持歸與婦告曰宜善恩育當爲汝子時守門者便作大會告及宗親云我婦生子其西門人聞東門人生子便將禮直就之慶賀其青蓮華復於後時又生一女同前思念不自收養令

其使女夜棄西門時守門人同前收養爲慶樂事二家男女皆並成立其東門子因節會時爲諸友朋命同遊賞共以六十金錢與青蓮華同往芳園而爲歡戲衆共立制若於今日不同集者罰金錢六十其東門子不樂同歡諸人欲罰爲無錢物俛仰相隨既與交歡因生愛重將青蓮華入舍同住時廣嚴城衆皆議曰云何守門之子將衆婬女獨納家中彼東門子聞是語已懺謝諸人厚設歡會因娶爲婦其東門人報西門曰爾女長成可遂前要報曰汝男今娶婬女何事求婚答曰縱娶多妻斯亦何過彼便隨要以女娉之歸東門宅爾時尊者大目乾連來至其舍告新來女曰汝今知不汝夫舊婦是汝之母汝夫主者即是汝兄勿復於此更相嫉妬令汝因斯廣生惡業作是語已捨之而去後於異時青蓮華復生一子時西門女抱此孩兒門前戲弄時有相師婆羅門來至其所以頌問曰

汝容如妙華　於三寶深信　所弄之孩子
與汝有何親

時彼女人即便以頌答曰

婆羅門善聽　此是我之弟　亦是兒之子
亦復是我兒　復是夫之弟　此交是我父
亦父亦爲夫　聖者慈悲告

時婆羅門聞已笑而捨去時青蓮華室中聞語怪其所以問使女曰此女抱兒與婆羅門何所論說時彼使女具以其事告青蓮華時青蓮華聞是語已便作斯念我由何業前與母同夫後與女同壻今以兒爲壻又共女同夫作是念已投身躃地不勝慚耻即便出舍

覔王城伴棄之而去至王舍城停息未久時此城中有五百人常共遊集聞青蓮華共相謂曰彼女姿容世間希有今來至此可命同歡即以五百金錢與青蓮華携至芳園躭樂而住時尊者大目連知青蓮華堪任受化詣彼園內樹下經行時彼衆中有一少年告青蓮華曰汝見彼尊者不有大威神戒行清潔貪欲淤泥不能染汙汝能令彼生染心不青蓮華曰此何足言曾有賣香男子不淨觀成我亦令彼情生染著況復此耶諸人報曰聖者堅固汝不能動時青蓮華至尊者所現諸嬌態以身相逼尊者踊身虛空以頌告曰

汝將可猒骨鎖身　周徧筋脉相纏縛
元由精血所成就　依他活命來輕我
皮囊不淨常充滿　晝夜入出無停息
九孔恒流瘡不差　縱横穢氣鎮盈軀
若使諸人悟知此　如我識汝身不淨
譬如夏廁不可近　棄之遠去心無著
由彼盲冥無慧目　常被愚癡瞖所覆
爲此心迷愛樂汝　猶如老象溺深泥

時青蓮華自覩尊者神力希奇於自己身審知不淨遂禮尊者而說頌曰

我知可猒骨鎖身　周徧筋脉相纏縛
元由精血所成就　依他活命輒相輕
我身不淨常充滿　晝夜入出無停息
九孔常流瘡不差　縱横穢氣鎮盈軀
若彼諸人體識此　如大聖者知不淨
譬如夏廁不可近　棄之遠去心無著
由彼盲冥無識知　常被愚癡之所覆
爲此心迷愛樂我　猶如老象溺深泥

唯願大聖縱身下　爲我演説微妙法
於最勝教求出家　發願常修離欲行

時大目連爲愍彼故縱身而下觀機説法令見眞諦既得果已頂禮尊足求哀出家往諸人處還彼金錢共相媿謝諸人隨喜一時俱來禮尊者足時大目連將青蓮華詣世尊所頂禮足已具述其事爾時世尊爲青蓮華以書告室羅伐大世主苾芻尼與其出家便令敎誨勑青蓮華隨書而往時影勝王遣人送至室羅伐城既至彼已詣大世主所出家受學策勤不息未久之間得阿羅漢果佛所稱讃於苾芻尼中有大神力最爲第一爾時佛告諸苾芻汝等當觀生死海中轉迴不定誰非父母誰非男女及餘親識如青蓮華現見如是於親族中共行非法況隔生耶非證聖果況淪靡息是故汝等於三界中勤求出離如救頭然世間欲境無猒足期當速捨離修無常想作臭尸想晝夜繫心應如是學時諸苾芻咸皆有疑請世尊曰以何因縁青蓮華尼身具三德不乏男子於已親處常爲親亂既出家後得阿羅漢果於神力中佛讃第一世尊告曰汝等善聽此青蓮華尼因縁乃往古昔有一商主持諸貨物求利他方其婦於後被煩惱逼欲火燒心去之不遠有婬女舍每見男子入彼家中情生愛樂問一老母曰作何福業於所求事皆得稱心老母曰於勝上人行業成就者奉其飲食并諸供養於所求事皆得遂心時有獨覺聖者老母令其飲食供給以青蓮華奉持供養彼現神變女生深信即發願言以我此福於未來世得端嚴

身如青蓮華色香圓滿隨念所求男子無闕乃至獲大神力遭遇大師親得承事又復前身數爲媒媾令他父母兄弟姊妹男女之屬共行非法由供養發願故得勝妙身如華三德於諸男子無闕乏時由媒媾親屬今者於親受斯惡報復由願力得值目連而遇於我捨俗出家成阿羅漢如是應知

佛在室羅伐城時青蓮華苾芻尼既得果已敬重三寶常發是願初乞得食將奉僧衆次乞得者以充自食便於他日先食奉僧次擬自噉見乞食苾芻空鉢而去即以已分持施彼人一日之中絕食而住復於明日初食奉僧次欲自食鄔波難陀亦來乞食見青蓮華便作是念此苾芻尼但於僧衆而興供養亦有普意該別人耶我今應試即就索食尼心慇重闕已濟人還持已分奉施尊者同前絕食至第三日觸熱巡門身體飢羸悶絕于地時有外道俗人見已作如是議我聞青蓮華離欲得果如何今時見釋迦子顏容端正起欲染心投身擗地時諸苾芻聞共譏嫌以事白佛佛言我今爲諸苾芻制其學處乃至應如是說

若復苾芻於村路中從非親苾芻尼自手受食食是苾芻應還村外住處詣諸苾芻所各別告言大德我犯對說惡法是不應爲今對說悔是名對說法

若復苾芻者謂鄔波難陀餘義乃至非親並如上說苾芻尼者謂在此法中村路中者謂在途中自手者親自受取食者謂是二五噉嚼之類又食者吞咽入喉是苾芻者謂犯過

人村外住處者謂至寺處詣苾芻所者謂寺中人各別告者謂別別對說我犯惡法者謂善法所不應爲發言告曰此中犯者若苾芻於非親尼作親想疑於村巷中自手受取五噉五嚼而食咽者皆得對說罪若是親尼作非親想疑得惡作罪無犯者廣如上說

受苾芻尼指授食學處第二

佛在室羅伐城給孤獨園時遭儉歲乞食難得六衆苾芻被飢所苦往十二衆苾芻尼處時彼見已便請小食六衆不受告言諸妹汝若請我及諸大衆正食之時汝當指授令彼施主多與我等美好飲食我當食之時有施主請佛及僧就舍而食諸苾芻往世尊不去爲制戒故衆僧食時吐羅難陀尼告施主曰此聖者難陀是釋迦子捨俗出家善閑三藏是大法師可多與美好飲食并餘五人悉皆讚歎時彼施主於六人處數倍多與令諸苾芻並多絶食時彼施主知其非法無均等心遂生譏罵時取食人具以此事白佛佛言我制學處乃至應如是說若復衆多苾芻於白衣家食有苾芻尼指授此苾芻應可多與美好飲食諸苾芻應語是苾芻尼言姊妹且止少時待諸苾芻食竟若無一人作是語者是諸苾芻應還村外住處詣諸苾芻所各別告言大德我犯對說惡法是不應爲今對說悔是名對說法衆多苾芻者謂二三人已去白衣家者謂四姓等家食者謂受請食尼謂吐羅難陀指授者謂處分事此苾芻應可多與美好飲食者謂是過量與食諸苾芻等者謂出訶止言若無一人者謂極少限齊皆得本

罪應還村外住處等者指說悔法廣說如前此中犯者若苾芻食在上閣復有食在中閣於上閣處有苾芻尼指授其食彼苾芻乃至一人應爲訶止若不訶者諸苾芻犯對說法其中閣苾芻應問上閣有訶苾芻尼不不問而食皆得惡作若苾芻在閣下食有在門屋中食者若於閣下尼指授時准前訶止不問者得本罪門屋下人准中棚問不問惡作又若苾芻從門屋出復有苾芻從外而至聞指授聲應問出者有人訶苾芻尼不不問而食得惡作罪如是應知一施主家多處而食尼指授處皆得本罪餘悉犯輕或上或下准事應知若其施主緣爲此尼施僧食者尼雖指授苾芻無犯或雖指授情無簡別或見不得食令其與者並皆無犯又無犯者廣如上說

根本說一切有部毗奈耶卷第四十九

音釋

詮此緣切 訝吾駕切驚嗟也 覲渠吝切見也 寢七稔切臥也 梐部禮切 襯初覲切近身衣也 撤直列切除去也 甕烏貢切汲瓶也 誕徒案切誕生也 帔披義切帔被也 噉嚼噉徒濫切食也 嚼在爵切咀嚼也

根本說一切有部毗奈耶卷第五十

唐三藏法師 義淨 奉 制譯

學家受食學處第三

爾時薄伽梵在廣嚴城於此城中有一長者名曰師子先事外道因詣佛所聽受法故獲得初果見營田業多有過失即皆棄捨於三寶所深起信心意樂淳善常樂惠施由施三寶以至貧窮時舍利子與大目連從他方來至斯住處時師子長者二俱延請明當就食諸婆羅門居士見起譏嫌作如是語師子長者歸外道時家產巨富信苾芻後頓至貧窮衣不掩身食不充口故知釋子非歸依處舍利子大目連聞是語已便往白佛佛言汝諸苾芻應可爲彼師子長者作學家白二羯磨更有餘類亦應爲秉如常集僧應令一人作白羯磨應如是作

大德僧伽聽此師子長者信心殷重意樂淳善隨其所有悉皆惠施於三寶所曾無悋心諸有求人亦皆給與由是衣食悉皆罄盡若其僧伽時至聽者僧伽應許僧伽今許與師子長者作學家羯磨白如是羯磨准白應作

若苾芻知僧伽作學家羯磨已不應往彼受其飲食牀座卧具及爲說法時二尊者雖曾受請知衆作法不往赴食佛言若受請者就食無犯二人便往赴請六衆見去作如是語彼初見諦亦常請我等我今合往受彼飲食既至彼已飲食不充所食之分悉皆食盡童兒啼泣諸俗譏嫌苾芻訶猒云何苾芻知彼學家衆爲作法仍往彼舍受二五食世尊因此廣說乃至制其學處應如是說若復苾芻

知是學家僧與作學家羯磨苾芻先不受請便詣彼家自手受取珂但尼蒲膳尼食是苾芻應還村外住處詣諸苾芻所各别告言大德我犯對說惡法是不應爲今對說悔是名對說法如是世尊制學處已時師子長者婦告其夫曰因何聖者久不見來師子答曰僧伽知我家生貧乏衆作羯磨制不許來妻曰若如是者即是僧伽與我家中作覆鉢羯磨我之福業因何得生時彼長者即以其事往白佛佛言汝等苾芻從今以去向師子舍受用牀座并爲說法者無犯時諸苾芻往彼舍時空鉢而入空鉢而出其妻見已情生悒歎面帶憂色時諸苾芻以事白佛佛言苾芻不應空鉢而入時諸苾芻奉佛教已乞得鉢食持入其舍苾芻食時諸小男女情希殘食苾芻不與遂便啼泣以事白佛佛言應與苾芻以全餅果與之男女得已便持出外諸外道見問曰汝於何處得好餅果報言聖者與我外道曰師子受分迴與野干以瓶澍瓶更相供給苾芻聞已白佛佛言不應與全餅果可碎而與家人持葉與苾芻藉鉢苾芻不受佛言應受時廣嚴城栗姑毗等見長者家財食罄乏遂遣傭人助力耕墾昔時所費不多成實數倍未久既停久沃壤異常所費不多成實數倍未久之間衣食豐贍倍勝於前時彼長者既見家道隆盛思仰福田往詣佛所請解羯磨佛便聽許佛教長者曰應入寺中具以其事白上座知令鳴椎集衆於上座前向衆禮拜蹲踞合掌作如是白大德僧伽聽我師子於三寶所深起信心意樂淳善常樂惠施由施三寶

故以至貧窮由此僧伽哀愍我故爲作羯磨令諸聖衆不入我家我今財食還復豐盈然我師子先得衆法今從大衆乞解羯磨唯願爲我解羯磨法慈愍故三説如是白已禮衆而去是時大衆應令一人准所爲事作白四羯磨應解既作解已諸苾芻衆如昔還往隨受供養並皆無犯若復苾芻者謂六衆也餘如上説學者謂信三寶證得見諦家謂四姓僧謂世尊弟子羯磨者謂白二法於如是家先不受請輒往受食者得罪此中犯者於如是處受二五食噉咽之時同前得罪其説悔法如上若得解法食皆無犯又無犯者廣如前説

阿蘭若住處外受食學處第四

佛在劫比羅伐窣覩城多根樹園於此夏安居時諸釋子知諸苾芻前安居了於八月十四日俱往佛所禮佛足已白佛言世尊明日聖衆夏了我等送食來至住處願佛及僧慈愍納受世尊默然時諸釋子知佛受已禮足而退便於明日以好飲食滿車載去令諸使女隨從而行既至半途諸賊來劫賊帥令曰其釋迦女勿爲劫奪不用其言皆奪衣服形露羞恥入草潛形時六衆苾芻怪食遲至共相謂曰我等當行乞食無宜久住行至中途見諸飲食載滿車乘即便大喚誰在此中時諸釋女在草叢内遥告之曰我被賊劫露體無衣所有飲食隨自取噉六衆報曰汝何不出答曰我現無衣如何相見報曰汝身支分我悉曾見同汝已親何事羞恥可宜速出授我飲食諸女遂出露形授食是時六衆飽食

而去時諸釋迦子隨後而來見諸女被劫即皆四散討覓賊徒執捉將來欲加苦害諸女告曰賊帥無心令劫奪我諸人遂放于時賊帥求請釋迦子曰仁等慈悲恩流普洽寧容殺此無識之輩幸能釋放存彼微生時釋迦子皆放令去遂將飲食往至寺中與苾芻食諸釋女等於六衆處不與好食釋子問曰何意行食不爲平等報曰此皆食訖問曰誰當先與報言我與彼怪復問女皆具答釋子聞已極生嫌賤時諸釋子告苾芻曰聖者何不於險路處令人告知我等備擬免被賊盜苾芻以事白佛佛言於險林處應差苾芻五法成就令其看守無愛恚怖癡善知道路先應問能以事勸喻若言能者以白二法而差遣之應令一人准所爲事作白羯磨佛告諸苾芻其看守苾芻所有行法我今當說看守苾芻於寺四邊半踰膳那內悉應觀察若有怖處應可放煙或懸旛幟或於路中横布樹葉或書字告知若無怖處應懸白旛此之行法不依行者得惡作罪若看守人飢須食者於小食時隨情食餅須伴應與時諸苾芻聞彼六衆寺外林中險怖之處令露形女授與飲食共生嫌恥具以白佛佛言廣說乃至爲諸苾芻制其學處應如是說

若復苾芻在阿蘭若恐怖處住先無觀察險難之人於住處外受食食者是苾芻應還住處詣諸苾芻所各別告言大德我犯對說惡法是不應爲今對說悔是名對說法

若復苾芻者謂是六衆阿蘭若義如捨墮中說無觀察者謂未差遣看守之人住處外者

謂在寺外食有二五亦如上說此中犯者苾芻於險怖處無看守人作無看守想疑皆得本罪次二句輕後二無犯若於險處有看守人食時無犯又無犯者廣如前說

衆多學法

佛在婆羅痆斯仙人墮處施鹿林中時五苾芻雖復出家尚同俗服威儀容飾甚不端嚴爾時世尊作如是念過去諸佛云何教聲聞衆著衣服耶是時諸天前白佛言如淨居天所著衣服世尊即以天眼觀知如諸天所說事無差異即告苾芻曰汝從今後應同淨居天圓整著泥婆珊時六衆苾芻著衣太高淨信婆羅門等見不齊整便生譏誚作如是語此諸苾芻衣不齊整同無恥人諸苾芻聞已白佛佛言不應太高著衣應當學六衆聞已著衣太下俗復譏嫌佛言不應太下著衣如新嫁女應當學或時當前長垂猶如象鼻諸俗譏嫌佛言不應當前垂下或時腰邊細襵諸俗譏嫌佛言不應如多羅葉著衣應當學或時撮聚一角反擪腰邊猶如蛇頭諸俗譏嫌佛言不應反擪著衣猶如蛇頭應當學或時捉其上角團內腰邊猶如豆團佛言不應如是著衣猶如豆團應當學

如是世尊爲諸苾芻制其學處應如是說齊整著裙應當學不太高不太下不象鼻不蛇頭不多羅葉不豆團形著裙應當學

佛言圓整著三衣應當學時六衆苾芻著衣太高淨信婆羅門等見不齊整便生譏誚作如是語此諸苾芻衣不齊整同無恥人諸苾芻聞已白佛不應太高著三衣應當學六衆

聞已著衣太下諸俗譏嫌佛言不應太下著三衣如新嫁女應當學或被上衣垂前一角猶如象鼻諸俗譏嫌廣如上説如是世尊爲諸苾芻制其學處應如是説齊整著三衣應當學不太高不太下好正被好正覆少語言不高視入白衣舍應當學

佛在室羅伐城逝多林時六衆苾芻覆頭入白衣舍淨信婆羅門等見覆頭時作如是語同無恥人及新嫁女諸苾芻聞已白佛佛言不應覆頭入白衣舍應當學

六衆苾芻偏抄衣入白衣舍乃至佛説不偏抄衣應當學

六衆苾芻雙抄衣入白衣舍乃至佛説不雙抄衣入白衣舍應當學

六衆苾芻叉腰入白衣舍乃至佛説不叉腰入白衣舍應當學

六衆苾芻拊肩入白衣舍乃至佛説不拊肩入白衣舍應當學

諸苾芻聞已白佛佛言廣説乃至爲諸苾芻制其學處應如是説不覆頭不偏抄衣不雙抄衣不叉腰不拊肩入白衣舍應當學

佛在逝多林時六衆苾芻蹲行入白衣舍淨信婆羅門等見蹲行時作如是語同無恥人諸苾芻聞已白佛佛言不應蹲行入白衣舍應當學乃至苾芻足指行入白衣舍乃至佛説不足指行入白衣舍應當學

苾芻跳行入白衣舍乃至佛説不跳行入白衣舍應當學

苾芻仄足行入白衣舍乃至佛説不仄足行入白衣舍應當學

苾芻努身行入白衣舍佛言廣說乃至爲諸苾芻制其學處應如是說不蹲行不足指行不跳行不仄足行不努身行入白衣舍應當學

佛在逝多林時六衆苾芻搖身入白衣舍淨信婆羅門等見搖身時作如是語同無恥人諸苾芻聞已白佛佛言不應搖身入白衣舍應當學

苾芻掉臂入白衣舍佛言不應掉臂入白衣舍應當學

苾芻搖頭入白衣舍佛言不應搖頭入白衣舍應當學

苾芻肩相排入白衣舍佛言不應肩相排入白衣舍應當學

苾芻連手入白衣舍佛言不應連手入白衣舍應當學

佛言廣說乃至爲諸苾芻制其學處應如是說不搖身不掉臂不搖頭不肩排不連手入白衣舍應當學

佛在逝多林時六衆苾芻在白衣舍他未請坐輒便自坐淨信婆羅門等見自輒坐作如是語同無恥人諸苾芻聞已白佛佛言廣說乃至爲諸苾芻制其學處應如是說在白衣舍他未請坐不應輒坐應當學

佛在室羅伐城逝多林時六衆苾芻在白衣舍不善觀察輒爾便坐淨信婆羅門等見在白衣舍不善觀察輒坐作如是語同無恥人諸苾芻聞已白佛佛言廣說乃至爲諸苾芻制其學處應如是說在白衣舍不善觀察不應坐應當學

爾時世尊過十二年方至劫比羅伐窣覩城於第一日在王宮中食至第二日在自宮中受其供養佛衆食時瞿畢夫人自手行食時具壽鄔陀夷不善斂身令瞿畢夫人怪其非法後於異時獨至宮中夫人令坐朽牀放身而坐牀破倒地因致譏醜廣說乃至佛言苾芻若於俗家坐時不應放身而坐可善觀察應當學

或於俗舍累足而坐或重内外踝而坐或急斂足或長舒足或露身坐諸俗譏嫌佛言不應如是當制學處在白衣舍不累足不重内踝不重外踝不急斂足不長舒足不露身應當學

佛在江豬山時有施主請佛及僧就舍而食其行食者不善用心撫放美團苾芻於鉢不恭敬護遂多損破佛言恭敬受食應當學

佛在江豬山時六衆苾芻入菩提長者舍乞食長者與食滿鉢受飯復受羹臛鉢便溢滿流落汙地因生譏恥以事白佛佛言爲制學處應如是說不得滿鉢受飯更安羹菜令食流溢於鉢緣邊應留屈指用意受食應當學

或食未至預申其鉢如乞索人現饕餮相因生譏恥以事白佛佛言爲制學處應如是說行食未至勿預申鉢應當學

不安鉢在食上應當學

或復食時現憍慢相猶如小兒及諸婬女佛言不應如是憍慢而食恭敬而食應當學

或復食時極小入口極大入口如貧乞人佛言不應如是不極小摶不極大摶圓整而食應當學

佛在室羅伐城時有施人請佛及僧就舍而食時鄔波難陀苾芻與摩訶羅苾芻隣次而坐時摩訶羅大開其口向上而望時鄔波難陀便以土塊遥擲口中報云且食此物佛言不應如是預張其口若食未至不張口待應當學

佛在室羅伐城時有施主請佛及僧就舍而食時六衆苾芻含食言話諸俗譏嫌沙門釋子不知慙愧與俗不殊共生譏醜以事白佛佛言不應如是不含食語應當學

或復至施主家見羹菜少恐不充足先請得羹以飯蓋覆更望得諸俗譏嫌佛言不應如是不得以飯覆羹菜不將羹菜覆飯更望多得應當學

時有施主請苾芻食其食過甜六衆即便彈舌相告謂食大醋或復其食過醋六衆即便噂噍相告謂食大甜或有施主請苾芻食其食過熱六衆即便呵氣相告云食大冷呵熱方食或有施主請苾芻食其食過冷六衆即便吹氣相告云食大熱吹氣方食此等皆是倒說其事故惱施主佛言不應爾應制學處不彈舌食不噂噍食不呵氣食不吹氣食應當學

或時六衆受請食時以手爬散飯食猶如雞鳥或云食惡共相毁呰或復以食填頰細細取食或復食時齧半留半或復舒舌舐掠唇口佛言應制學處不手散食不毁呰食不填頰食不齧半食不舒舌食應當學

佛在室羅伐城時有施主先曾歸依露形外道近生信敬歸佛法僧遂請佛僧就舍而食

時彼施主行諸飲食及以麨團薄餅蘆菔是時六衆欲譏施主便以麨團作窣覩波像上置蘆菔覆以薄餅遂相告曰此是惡趣中露形外道晡剌拏塔漸取食之蘆菔便倒更相告曰此是露形外道作窣覩波令便崩倒施主見已息歸敬心佛言應制學處不作窣覩波形食應當學

或時六衆受他請食其美好者有餘在手即便以舌重舐其手鉢亦如是或時振手或復振鉢謂以鉢水振灑餘人汙彼衣服見他好衣生嫉妬故佛言如是等皆不應作應當學

時有施主飯食衆僧報言聖者多有好食莫多請麨六衆不信便多受麨後見好食欲棄其麨比坐有一摩訶羅苾芻四顧而望于時六衆便持麨團置彼鉢内遂令溢滿不暇受餘佛言常看鉢食應當學

時有苾芻食時鉢滿六衆傍觀共生輕慢云此摩訶羅大能敢食佛言不輕慢心觀比坐鉢中食應當學

六衆苾芻以不淨手捉淨水瓶遂令諸蠅競來附近招致譏醜佛言不以汙手捉淨水瓶應當學

六衆苾芻在江豬山於善提長者高樓上食以洗鉢水棄在好地施主生嫌佛言應制學處在白衣舍不棄洗鉢水除問主人應當學

緣在室羅伐城時有婆羅門孩兒遇病有鄔波索迦是彼知識來告之曰孩子若病宜往逝多林中從諸苾芻乞鉢中水令其洗沐必得平善時婆羅門即往求水見鄔波難陀從乞鉢水鄔波難陀便以殘麨飯内置鉢水中

而授與彼彼見雜水起穢惡心作如是語我兒寧死誰能用此鄙惡之物而洗浴耶以事白佛佛言不應以此穢水持施於人若有人來乞鉢水時應淨洗鉢置清淨水誦阿利沙伽陀呪之三徧授與彼人或洗或飲能除萬病阿利沙伽陀者謂是佛所說頌出聖教中若讀誦時有大威力但是餘處令誦伽陀者皆此類也即如河池井處洗浴飲水之時或暫於樹下偃息取涼而去或止客舍或入神堂蹈曼荼羅踐佛塔影或時已影障蔽尊容或大衆散時或入城聚落或晨朝日暮禮拜尊儀或每食罷時或灑掃塔廟諸如此事其類寔繁皆須口誦伽陀奉行獲福若故心違慢咸得惡作之罪但以東川法衆比先不行故因註言知聖教之有在其伽陀者如有頌云

世間五欲樂　或復諸天樂　若比愛盡樂
千分不及一　由集能生苦　因苦復生集
八聖道能超　至妙涅槃處　所爲布施者
必獲其義利　若爲樂故施　後必得安樂

佛言不得以殘食置鉢水中應當學

時有苾芻安鉢地上下無襯替招致譏醜令疾損壞佛言應制學處地上無替不應安鉢應當學

時有苾芻立洗鉢失手墮地打破其鉢佛言不立洗鉢應當學

時有苾芻於危險崖岸置鉢佛言不應爾不於危險岸處置鉢應當學

河水急流逆以鉢㪺遂令鉢破佛言不應爾不得逆流酌水應當學

六衆苾芻前人坐自已立爲其說法時有敬信三寶婆羅門居士等訶止苾芻曰大師世尊於無量劫勤修苦行捨頭目髓腦國城妻子求得此法云何仁等以逋慢心人坐已立輕爲陳說佛言不應爾人坐已立不爲說法

應當學
時有病人不能久立聽法佛言若是病人坐
卧高下於道非道及以車乘著鞾覆頭冠華
瓔珞持蓋刀仗并著甲胄等若是病者隨何
威儀爲説無犯爲制學處當如是説
人坐已立不爲説法除病應當學
人卧已坐不爲説法除病應當學
人在高座已在下座不爲説法除病應當學
人在前行已在後行不爲説法除病應當學
人在道已在非道不爲説法除病應當學
不爲覆頭者不爲偏抄衣不爲雙抄衣不爲
叉腰者不爲拊肩者説法除病應當學
不爲乘象者不爲乘馬不爲乘轝不爲乘車
者説法除病應當學
不爲著屐鞾鞋及履屨者説法除病應當學
不爲戴帽著冠及作佛頂髻者不爲纏頭不
爲冠華者説法除病應當學
不爲持蓋者説法除病應當學
縁在劫比羅伐窣覩鄔波難陀立大小便諸
俗人見共作譏嫌作如是語汝師世尊常懷
慚恥云何仁等得無羞愧同彼俗流立泄不
淨佛言不應爾不立大小便除病應當學
時鄔波難陀見有青草從彼乞用他不肯與
遂服瀉藥以不淨盆夜灑草上廢他受用鄔
波難陀往其舍見愁憂問其故彼具答鄔波
難陀曰是我汙汝不以草施因生譏罵佛言
不應爾不得青草上棄大小便及洟唾除病
應當學
時鄔波難陀持已故衣令浣衣人洗彼不肯
浣便起瞋心於彼浣衣水中故放不淨時彼

不覺以手觸水便汙其手遂起譏罵佛言不應爾不得水中大小便洟唾除病應當學

佛在室羅伐逝多林給孤獨園時城中施主請命佛僧就舍而食其看守人寺中守護鄔波難陀爲其請食故欲調弄不疾歸還從城出已至逝多林於其中間步量其地可有幾許時看寺人怪其遲晚恐日時過遂上高樹企望歸來時有俗侶見而譏笑沙門釋子陞上高樹與俗不殊佛言不應爾不上過人樹時有苾芻爲繫染繩不敢陞樹復有虎狼難至亦不敢陞因被殘害佛言不得上過人樹除爲難緣應當學

衆學法竟

七滅諍法

攝頌曰

現前并憶念　不癡與求罪　多人語自言
草掩除衆諍

佛告諸苾芻有七滅諍法應當修學

應與現前毗柰耶　當與現前毗柰耶
應與憶念毗柰耶　當與憶念毗柰耶
應與不癡毗柰耶　當與不癡毗柰耶
應與求罪自性毗柰耶
當與求罪自性毗柰耶
應與多人語毗柰耶　當與多人語毗柰耶
應與自言毗柰耶　當與自言毗柰耶
應與草掩毗柰耶　當與草掩毗柰耶

若有諍事起當以七法順大師教如法如律而殄滅之

忍是勤中上　能得涅槃處　出家惱他人
不名爲沙門

此是毗鉢尸如來等正覺說是戒經
明眼避險途　能至安隱處　智者於生界
能遠離衆惡
此是尸棄如來等正覺說是戒經
不毀亦不害　善護於戒經　飲食知止足
受用下卧具　勤修增上定　此是諸佛教
此是毗舍浮如來等正覺說是戒經
譬如蜂採華　不壞色與香　但取其味去
苾芻入聚然
此是俱留孫如來等正覺說是戒經
不違逆他人　不觀作不作　但自觀身行
若正若不正
此是羯諾迦如來等正覺說是戒經
勿著於定心　勤修寂靜處　能救者無憂
常令念不失　若人能惠施　福增怨自息
行善除衆惡　惑盡至涅槃
此是迦攝波如來等正覺說是戒經
一切惡莫作　一切善應修　徧調於自心
是則諸佛教　護身爲善哉　能護語亦善
護意爲善哉　盡護最爲善　苾芻護一切
能解脫衆苦　善護於口言　亦善護於意
身不作諸惡　常淨三種業　是則能隨順
大仙所行道
此是釋迦如來等正覺說是戒經
毗鉢尸式棄　毗舍俱留孫　羯諾迦牟尼
迦攝釋迦尊　如是天中天　無上調御者
七佛皆雄猛　能救護世間　具足大名稱
咸說此戒法　諸佛及弟子　咸共尊敬戒
恭敬戒經故　獲得無上果　汝當求出離
於佛教勤修　應降生死軍　如象摧草舍

於此法律中　常爲不放逸　能竭煩惱海
當盡苦邊際　所爲說戒經　廣釋戒要義
當共尊敬戒　如犛牛愛尾　我已說戒經
衆僧長淨竟　福利諸有情　皆共成佛道

根本說一切有部毗奈耶卷第五十

音釋

姑尺涉切　沃壤沃烏酷切壤而兩切沃壤潤澤膏腴之土　播幟播孚表切幟昌志切　襵陟葉切與揖同　擪益涉切指案也　蹲徂尊切踞也　跳他弔切躍也　仄阻力切不正也　踝胡瓦切腿兩旁曰踝　撚音薩與撒同　饕餮饕土刀切貪財也餮他結切貪食也　噂㗱噂補各切㗱子立切　爬蒲巴切　舐神紙切以舌舐也　蘆菔盧龍都切菔房六切蘆菔菜名　攣俱頵切抒滿也　屨俱遇切華屨也

摩訶僧祇律

東晋三藏法師佛陀跋陀羅共沙門法顯譯

清刻龍藏佛說法變相圖

摩訶僧祇律卷第一

東晉三藏法師佛陀跋陀羅共沙門法顯譯

明四波羅夷法初

若篤信善男子欲得五事利益者當盡受持此律何等五

若善男子欲建立佛法者當盡受持此律欲令正法久住者當盡受持此律不欲有疑悔請問他人者當盡受持此律諸有比丘比丘尼犯罪恐怖爲作依怙者當盡受持此律欲遊化諸方而無礙者當盡受持此律是名篤信善男子受持此律得五事利益

若能盡受持　調御威儀戒　五事功德利
世尊之所說　受持此律者　如其義善聽
若能盡受持　調御戒律儀　建立世尊教
是名眞佛子　佛法得久住　能行正法施

亦無疑悔起　請問於他人　比丘比丘尼
犯罪得依怙　遊化於諸方　所往無罣礙
婆伽婆三藐三佛陀從本發意所修習者今
已成就欲度人故住舍衞城諸天世人恭敬
供養尊重讚歎名聞十方供養中最爲求福
衆生得建立於福求果衆生得建立於果苦
惱衆生而得安隱爲諸天人開甘露門於十
六大國莫不宗伏知見自覺佛所住者住於
天住住於梵住住賢聖住住最勝住住一切
智心得自在隨意所住是故如來住舍衞城
爾時尊者舍利弗獨一靜處結跏趺坐正受
三昧三昧覺已作是思惟有何因緣諸佛世
尊滅度之後法不久住有何因緣諸佛世尊
滅度之後法教久住於是尊者舍利弗晡時
從三昧起詣世尊所頭面禮足却坐一面坐
一面已白佛言世尊我於靜處正受三昧三
昧覺已作是思惟有何因緣諸佛世尊滅度
之後法不久住有何因緣諸佛世尊滅度之
後法教久住爾時佛告舍利弗有如來不爲
弟子廣說修多羅祇夜授記伽陀憂陀那如
是語本生方廣未曾有經舍利弗諸佛如來
不爲聲聞制戒不立說波羅提木叉法是故
如來滅度之後法不久住舍利弗譬如鬘師
鬘弟子以種種色華著於案上不以線連若
四方風吹則隨風散何以故無線連故如是
舍利弗如來不廣爲弟子說九部法不爲聲
聞制戒不立說波羅提木叉法是故如來滅
後法不久住舍利弗以如來廣爲弟子說九
部經爲聲聞制戒立說波羅提木叉法是故
如來滅度之後教法久住舍利弗譬如鬘師

鬘弟子以種種色華以線連之若四方風吹不隨風散所以者何以線連故如是舍利弗如來廣說九部經爲聲聞制戒立說波羅提木叉法是以如來滅後法得久住舍利弗以是因緣故教法有久住有不久住者爾時尊者舍利弗白佛言唯願世尊廣說九部經善爲聲聞制戒立說波羅提木叉法令教法久住爲諸天世人開甘露門爾時佛告舍利弗如來不以無過患因緣而爲弟子制戒立說波羅提木叉法舍利弗譬如轉輪聖王不以無過而爲婆羅門居士而制刑罰如是舍利弗如來亦復如是不以無過患因緣而爲弟子制戒立說波羅提木叉法然舍利弗當來有正信善男子於佛法中信家非家捨家出家或有亂心顛倒起於淨想三毒熾盛而犯諸罪舍利弗是時如來當爲弟子制戒立說波羅提木叉法止舍利弗如來自當知時舍利弗言唯然世尊如來自當知時

是時舍利弗　偏袒而合掌　隨順轉法輪
請求最勝說　勸請於世尊　令正是其時
願爲弟子衆　廣制戒律儀　能令佛正法
長夜得久住　顯示甘露門　開化天人衆
彼住最後身　作此勸請已　爾時最勝告
尊者舍利弗　弟子未有罪　衆僧悉清淨
諸佛未曾有　無過而制戒　譬如世界主
王領其國土　無有無過人　而加其刑罰
彼喻此亦然　世尊天人師　未有諸過患
而制弟子戒　過患既已起　時有犯惡者
是時天人師　爲衆制律儀　過去未來世
佛眼靡不見　隨其事輕重　隨其輕重制

說此正法時　在於祇洹林　舍利弗勸請世尊答如是

爾時諸比丘白佛言世尊云何尊者舍利弗諸比丘未有過患而請世尊制戒立說波羅提木叉法佛告諸比丘舍利弗不但今日未有過患而請制戒彼於昔時在一城邑聚落人民居士未有過患亦曾請我制諸刑罰諸比丘白佛言世尊乃往昔時已有此耶佛言如是諸比丘白佛言願樂欲聞佛告諸比丘過去世時有城名波羅柰國名迦尸彼時國王號曰名稱以法治化無有怨敵布施持戒汎愛人衆善攝眷屬法王御世人民熾盛富樂豐實聚落村邑雞飛相接舉國人民更相敬愛種種衆妓共相娛樂時有大臣名曰陶利多諸策謀作是思惟今此王境自然富樂人民熾盛城邑聚落雞飛相接舉國人民更相敬愛種種衆妓共相娛樂時彼大臣往白王言今日境界自然富樂人民熾盛城邑聚落雞飛相接舉國人民更相敬愛種種衆妓共相娛樂願王當爲斯等制立刑罰莫令極樂生諸過患王言止止此言不可所以者何過患未起而欲制罰臣復白王當防未來莫令極樂生諸過患時王作是思惟今此大臣聰明智謀多諸朋黨不可卒制令若呵責或生咎釁爾時國王欲微誨大臣即說偈言

勢力喜瞋恚　難可卒呵制　横生人過患
此事甚不可　大人多慈愍　知人實有過
猶尚復觀察　哀愍加其罰　惡人喜惱他
不審其過罪　而加其刑罰　自損惡名增
如王好威怒　枉害加良善　惡名流四遠

死則墮惡道　正法化黎庶　身口意清淨
忍辱行四等　是謂人中王　王爲人中上
宜制忿怒心　仁愛恕有罪　哀愍加刑罰
爾時大臣聞王所說心大歡喜而說偈言
最勝人中王　願永禦黎庶　忍辱自調伏
道化怨自降　王德被無外　祚隆永無窮
以道治天下　常爲天人王
佛告諸比丘爾時國王大名稱者豈異人乎則我身是時大臣陶利者舍利弗是爾時城邑聚落長者居士未有過患而彼請我令制刑罰今諸比丘過患未起而復請我爲諸弟子制戒立說波羅提木叉法
爾時世尊從舍衛城隨所樂住已於憍薩羅國人間遊行與大比丘衆五百人前後圍遶詣憍薩羅國耕田婆羅門聚落到已於耕田林中住於是世尊晡時從三昧起周遍觀察上下諸方又復視前平地而發微笑往來經行時舍利弗見世尊從三昧起周遍觀察上下諸方又復視前平地而發微笑往來經行見已往詣衆多比丘所語比丘言諸長老我向見世尊從三昧起觀察諸方乃至往來經行諸長老如來應供正遍知不以無因緣而起微笑若往請問必當聞說過去宿命久遠之事我等今日當詣世尊問如此義如佛所說我當奉行諸比丘聞舍利弗說已即與舍利弗共詣世尊頭面禮足禮足已隨佛經行時尊者舍利弗白佛言向見世尊從三昧起觀察諸方乃至往來經行我即往詣衆多比丘所語比丘言諸長老我向見世尊晡時從三昧起觀察諸方乃至往來經行諸長老如

來應供正遍知不以無因緣而笑若往請問必當聞說過去宿命久遠之事我等今日當詣世尊問如此義如佛所說我當奉行不審世尊有何因緣而發微笑爾時世尊出金色臂指地告舍利弗汝見此地不舍利弗言唯然已見佛言此地是迦葉佛故園林處此一處是迦葉佛精舍處此一處是經行處此一處是坐禪處爾時尊者舍利弗即取僧伽梨襞爲四牒即布是地布是地已偏袒右肩右膝著地合掌白佛唯願世尊坐此座上當令此地爲二佛坐處爾時世尊即受而坐尊者舍利弗禮佛足已於一面坐而白佛言世尊有幾事利益如來應供正遍知爲弟子制戒立說波羅提木叉法佛告舍利弗有十事利益故諸佛如來爲諸弟子制戒立說波羅提木叉法何等十一者攝僧故二者極攝僧故三者令僧安樂故四者折伏無羞人故五者有慙愧人得安隱住故六者不信者令得信故七者已信者增益信故八者於現法中得漏盡故九者未生諸漏令不生故十者正法得久住爲諸天人開甘露施門故以是十事如來應供正遍知爲諸弟子制戒立說波羅提木叉法

是時舍利弗　偏袒而合掌　隨順轉法輪
請問於最勝　彼住最後身　合掌請問已
爾時最勝告　尊者舍利弗　有十功德利
如來所知見　故爲諸弟子　廣制戒律儀
攝僧極攝故　令僧安樂住　折伏無羞人
慙愧得安隱　不信令入信　已信者增益
現法得漏盡　未生漏不生　正法得久住

開甘露施門　說是正法時　在於耕田林
舍利弗請問　世尊答如是

爾時世尊於耕田聚落隨所樂住已從憍薩羅國遊行向跋耆國爾時世尊與五百比丘俱到跋耆國毗舍離城住大林重閣精舍爾時毗舍離城人民饑饉五穀不熟白骨縱橫乞食難得毗舍離城有長者子名曰耶舍信家非家捨家出家其父名迦蘭陀故諸梵行者皆稱爲迦蘭陀子時世饑饉乞食難得每至食時多還家食其母告耶舍言子汝甚爲大苦剃除鬚髮著弊衲衣持鉢乞食爲世人所笑今此家中大有財物汝父母錢及餘先世財寶恣汝所欲且汝愛婦今猶故在當共生活何以如是受諸勤苦汝當歸家受五欲樂自恣布施種諸功德供養三寶爾時耶舍白母言願母止止我樂修梵行其母復第二第三所勸如初耶舍答亦如先母復重言汝若不樂在家者當乞我種以續繼嗣莫令門戶斷絕財物沒官爾時耶舍即白母言今欲使我於此中留種子者當奉此勑母即歡喜疾入婦房語新婦汝速莊嚴著耶舍本所愛樂嚴身之服與之相見新婦答言爾即便莊嚴如教所勑爾時耶舍即與其婦共相娛樂如其俗法於是其婦遂便有娠月滿生子其家議言本爲乞種故今當立字名爲續種爾時世人皆名爲續種父續種母續種祖續種錢財一切皆名續種所有如是惡名流布道俗悉聞爾時耶舍聞惡名已爲續種子父大自慚愧恥其所聞作是思惟沙門釋種中未曾見聞有如此事此爲法耶爲非法耶我今

當以此事廣白尊者舍利弗舍利弗當以是事具白世尊如世尊教我當奉行時耶舍疾往詣尊者舍利弗所廣説上事尊者舍利弗與耶舍共詣世尊所頭面禮足却坐一面坐已尊者舍利弗具以上事廣白世尊佛問耶舍汝實有是事不答言實爾佛言耶舍是爲大過比丘僧中未曾有此愚癡人最初開大罪門未有漏患而起漏患天魔波旬常求諸比丘短而不能得汝今最初開魔徑路汝今便爲毀正法幢建波旬幢汝愚癡人寧以利刀割截其身若生著毒蛇口中若狂狗口中若大火中若灰炭中不應與女人共行婬欲耶舍汝常不聞我無數方便訶責婬欲爲迷醉欲如大火燒人善根欲爲大患我常種種方便稱歎離欲斷欲度欲汝今云何作此不

善耶舍此非法非律非如佛教不可以是長養善法時諸比丘白佛言世尊云何是耶舍比丘僧中未曾有此而彼耶舍初開罪門未曾有漏患而起漏患佛告諸比丘是人不但今日於我法中未有漏患而起漏患諸比丘白佛言彼過去時已曾有是事耶佛言如是諸比丘白佛言世尊願樂欲聞

佛告諸比丘過去世時此世界劫盡時諸衆生生光音天上而此大地還已成立諸衆生等從光音天還來至此時彼衆生身有妙光神足自在禪悦爲食諸有所須隨意所欲是諸衆生身光明照無有日月星宿亦無晝夜亦無一月半月四時歲數時此大地便有自然地味色香美味皆悉具足如天甘露等無有異時有一輕躁貪欲衆生甞此地味覺其

香美漸取食之即生著心其餘衆生見其如此展轉相効皆競取食爾時衆生食地味已身體沉重光明即滅貪著五欲退失神足然後世間便有日月星宿昏明半月一月春秋冬夏佛告諸比丘爾時輕躁衆生者豈異人乎即耶舍比丘是彼時耶舍於諸衆生漏患未起而起漏患今日復於清淨僧中先開漏門諸比丘白佛言世尊彼耶舍比丘先世已來乃如是耶云何其母巧作方便以婬欲誘誑其子佛告諸比丘是耶舍母不但今日巧作方便誘誑其子過去世時亦曾誘誑諸比丘白佛言世尊已曾爾耶佛言如是諸比丘白佛言世尊願樂欲聞

佛告諸比丘過去世時有城名波羅柰國名迦尸時彼國王號大名稱離諸怨敵布施持戒汎愛人物以法治化善攝眷屬時王第一夫人晨朝上高樓上觀察星宿見一金色鹿王從南方來淩虛北逝夫人見已即作是念我若得此金色鹿皮持作褥者没無遺恨若不得者用作此王夫人爲即自念曰若我語人見金色鹿王誰當信者又作是念若言是鹿不應乘虛若乘虛行不應言鹿夫人愁憂恐不信故即脱瓔珞著垢弊衣入憂惱房王於殿上治政事訖還入其室不見第一夫人即問侍者侍者答言夫人向入憂惱房住王便往就問夫人言誰犯汝者爲大臣王子爲餘夫人及餘侍者若犯汝者我當爲汝重治其罪汝今將無有所須耶若欲須金銀珍寶香華瓔珞當相供給若欲殺罰便可見語王種種問已夫人不答王即出去告餘夫人大

臣太子及餘人等卿等率往問夫人意諸人受教各各問已夫人猶故默然不對王使老舊青衣更問夫人此青衣者生長王宮多有方便即往入房問夫人言王是夫人之所恃怙如何王問而默然不答若有所求何緣不得誰犯夫人爲大臣王子及餘夫人欲有殺罰宜應白王夫人默恨無乃失耶夫人若喪王終不能相與俱死正可憂惱月日之間國中自有刹利婆羅門長者居士等皆各有女端正妙好與相娛樂足以忘憂夫人正可徒自死耳喻若瘂人眠中得夢誰能占者夫人不語難知亦爾爾時夫人聞青衣語即自惟曰此是名語便答青衣無犯我者別有所憶故不語耳汝聽我說吾近晨朝登樓觀看星宿時見有一金色鹿王乘空南來凌虛北逝若語人言鹿能乘虛誰能信者我欲得其皮持用作褥而不能得是以生惱自念用作王夫人爲是時青衣聞此語已具白大王王知其意甚大歡喜即問傍臣誰能得此金色鹿皮我今須之持用作褥諸臣答言當問獵者王告大臣勑我境內國中獵師盡使令集如偈所說

諸天隨念感　王者隨聲至　富者以財得
貧人以力辦

如是王教出已國中獵師一切皆集獵師白王何所約勑王告獵者我今急須金色鹿皮持用作褥卿等爲吾疾速求之獵師答王願聽小還共論此事王曰可爾獵師還已共相謂言汝等遊獵頗曾見聞金色鹿不彼各對曰我先祖已來常行遊獵未曾聞有金色鹿

名況復眼見時諸獵師共作要言今往答王無使不同既見王已各白王言我先祖已來相承遊獵初未曾聞金色鹿名況復眼見如所說

王者力自在　所求欲如教

王即勑有司令執諸獵者繫著牢獄時有一獵師名曰刪闍勇健多力走及驊獸仰射飛鳥箭無空落彼即念言我諸獵黨自惟無罪而見囚執當設權計脫此苦難我當白王應募求鹿若得者善若不得者我且遊散諸伴得出便白王言頗有見聞金色鹿不王告獵者汝等自可往問夫人爾時獵者即詣王宮白夫人曰誰有見聞金色鹿者夫人答言我親自見獵師白言見在何處夫人答言我於樓上觀於星宿晨朝見一金色鹿王從南方來凌虛北逝時彼獵師善相禽獸知此鹿王止宿在南食處在北止宿之處求無可得當於食處而求取之於是獵師便持弓箭漸次北行到彼雪山時彼山中有仙人住流泉浴池華果茂盛彼中仙人以二事除欲一者苦行二者閑居爾時獵師藏諸獵具假以人服詣仙人所禮拜問訊彼仙人者處在山澤中久不見人得獵者至甚大歡喜命令就坐與甘果美漿共相慰勞獵師白言止此久近答言止此已來經爾所時復白仙人止此已來頗曾見有奇異事不答言曾見復問爲見何等答曰此山南有一樹名尼俱律常有金色鹿王飛來在上食彼樹葉飽已而去獵師聞此甚大歡喜作是念言必是夫人所見金色鹿王今已得聞我願將果獵師方便更說餘

事然後乃問趣尼俱律樹道在何處仙人答言從此而去中間曲路委悉語之獵師聞喜呪願而去還執持獵具順道而進漸次前行遥見彼樹枝葉扶疎蔭覆彌廣至彼樹下尋覓鹿王不見蹤跡又無食處獵師便於樹下潛微伺之伺之不久便見鹿王譬如鴈王凌虛而來止此樹上形色光明照耀山谷食彼樹葉飽則還南尋復思惟此樹高遠非是網羂弓矢所及云何可得我今當還波羅柰城彼有大臣王子聰明智德我當問之即還其國便白王言如夫人所見但鹿所止住非網羂弓矢所及無由得之王告獵師汝可自往具白夫人獵師即白夫人已見金色鹿王都非網羂弓矢所及不知何由而得夫人問言彼鹿所住爲在何處答言住在尼俱律樹上食彼樹葉飽已還南如所說

利利百方便　婆羅門增倍　王有千種計
女人策無量

如是王夫人多諸方便便教獵者汝持蜜去至彼樹上蜜塗蓬葉鹿聞蜜香必食蓬葉敢盡次第塗下至彼施網羂處獵師如教還於山中持蜜上樹塗其蓬葉彼鹿來食隨蜜食盡蜜不塗處鹿輙不食隨蜜食葉漸次而下如所說

野獸信其鼻　梵志依相書　王者委有司
各各有所信

彼鹿尋香食彼樹葉漸下到其施網羂處便著羂獵師念言我若殺取其皮不足爲貴當活持去於是驅還獵者籠羈過仙人處仙人遥見驚而嘆曰咄哉禍酷雖能乘虛而不

能免此惡人之手即問獵者惡人汝用是爲獵師答言迦尸國王第一夫人須此鹿皮持用作褥仙人復言汝謂此鹿死後色如是耶內有生氣故外色如是可活持去汝可得賞仙人復問汝作何方便而得此鹿答言我作如是方便而得此鹿爾時仙人自慶善寂無此諸惡悲念夫人能爲巧惡方便痛彼鹿王貪味受困爾時仙人即說偈言

世間之大惡　莫過於香味　欺誑凡夫人
及諸林野獸　因風著香味　受斯苦惱患

獵師問曰我作何方便養育此鹿得生將歸國仙人答言以蜜塗樹葉而用養之若到人間以蜜和麨如是教令養之漸漸還國遂到人間此鹿形貌端正色若天金角白如珂貝目紫紺色一切人見莫不稚奇漸次行詣波羅柰城王聞鹿至勑諸城內平治道路掃灑燒香槌鐘擊鼓往迎鹿王觀者如雲莫不歡喜賀慶大王吉祥遠至夫人見已歡喜踊躍不能自勝以愛心重故前抱鹿王以昔染汙心重故令彼鹿王金色即滅王告夫人此鹿金色忽變當如之何夫人答王此鹿便是無施之物放使令去爾時佛告諸比丘彼時金色鹿王豈異人乎今耶舍比丘是時夫人者今耶舍母是往昔已來曾作方便誘誑其子令墮貪著受諸苦惱佛告諸比丘依止毗舍離比丘皆悉令集爾時世尊以是因緣向諸比丘廣說過患事起種種因緣訶責過患起已爲諸比丘隨順說法有十事利益如來應供正遍知爲諸弟子制戒立說波羅提木叉法十事利益廣說如上是故如來從今日當

爲諸比丘制戒未聞者令聞已聞者當重聞若比丘於和合僧中受具足戒行婬法是比丘得波羅夷不應共住

復次佛住毗舍離廣說如上時毗舍離城有二離車子信家非家捨家出家於毗耶離衆所知識能致供養四事具足彼比丘至時著入聚落衣持鉢入城乞食不能攝身口意繫念在前心意馳亂不攝諸根染著色欲取色淨相欲心增盛便作是念我著法服爲此欲事甚爲不可我當捨於法服著彼俗衣七日之内不還僧中隨意所爲作是念已即脱袈裟著彼俗衣便行欲事過七日已還著法服而來入僧入僧已還自猒汙愧身所行便作是念都不見聞餘諸沙門有如是事我今當以此事白尊者舍利弗舍利弗當向世尊具陳此事若佛有所教勑我當奉行時二比丘往詣尊者舍利弗所廣說如上時尊者舍利弗將二比丘往詣世尊禮足已却住一面以上因緣廣白世尊佛告舍利弗應遣令去是愚癡人不復得在如來法中更出家受具戒時舍利弗以哀愍故偏袒右肩胡跪合掌白佛言世尊當來有善男子於世尊法中信家非家捨家出家失意顛倒起於淨想無慙無愧三毒熾盛唯願世尊爲開方便令是善男子更於如來法中得出家受具足戒爾時佛告諸比丘依止毗舍離諸比丘皆悉令集爲諸比丘制戒乃至已聞者當重聞若比丘於和合僧中受具戒若不還戒而行婬法是比丘得波羅夷不應共住

復次佛住毗舍離廣說如上時諸比丘處處

安居安居已還詣毗舍離到世尊所禮拜問訊問訊已次第付房而住房盡不受有依屋苫草菴空地樹下住者爾時有一比丘依樹下坐作是思惟佛法出家甚爲大苦修習梵行亦爲甚難晝則風飄日炙夜則蚊虻毒蟲所齧我欲不堪於佛法中修淨梵行彼比丘作是心念口言諸比丘聞已便謂此比丘言汝捨戒耶答言不捨我但作是念我不堪於如來法中修淨梵行諸比丘以是因緣往白世尊是比丘捨戒爾時世尊告諸比丘喚彼比丘來來已佛問比丘汝實捨戒耶答言不捨佛言何緣致此世尊我於樹下作是心念口言於佛法中捨家出家甚爲大苦我不堪於如來法中修淨梵行佛告比丘汝云何於如來法中信家非家捨家出家而作是念我當堪忍於如來法中修淨梵行佛言是比丘不名捨戒是爲戒羸彼作戒羸說語得偷蘭罪爾時佛告諸比丘依止毗舍離比丘皆悉令集乃至未聞者當聞已聞者重聞若比丘於和合僧中受具戒不還戒戒羸不捨戒便行婬法是比丘得波羅夷罪不應共住

復次佛住舍衛城廣說如上時舍衛城有長者名難提信家非家捨家出家於舍衛城衆所知識能致供養四事具足餘多有名難提者但是長老行時亦禪住時亦禪坐時亦禪臥時亦禪時人名之爲禪難提時難提於開眼林中作草菴舍彼於其中初中後夜修行自業得世俗正受乃經七年過七年已退失禪定復依一樹下還習正受持求本定時魔眷屬常作方便於行正法人伺求其短變爲

人形端正無此種種華香瓔珞以嚴其身於難提前住謂難提言比丘共相娛樂行婬事來時難提言惡邪速滅惡邪速滅口作此言而目不視天女復第二第三所說如上時難提第二第三亦如是說惡邪速滅惡邪速滅而不觀視時天女便脫瓔珞之服露其形體立難提前語難提言共行婬來時難提見其形相而生欲心答言可爾時天女漸漸却行難提喚言汝可小住共相娛樂難提往就天女疾疾而去難提追逐到祇洹塹塹中有王家死馬天女到死馬所隱形不現時難提欲心熾盛即婬死馬欲心息已便作是念我甚不善非沙門法以信出家而犯波羅夷罪用著法服食人信施爲即脫法衣著右手中左手掩形而趣祇洹語比丘言長老我犯波羅夷我犯波羅夷時諸比丘在祇洹門間經行彷徉思惟自業共相謂言此是坐禪難提修梵行人不應犯波羅夷諸比丘即問其緣難提具爾我實犯波羅夷難提復言諸長老不說上事諸比丘以是事具白世尊佛告諸比丘是難提善男子白說所犯重罪應當驅出時諸比丘如教驅出諸比丘白佛言世尊云何長老難提久修梵行而爲此天女之所誑惑佛告諸比丘是難提不但今日爲天女所惑退失梵行過去世時亦爲彼所惑失於梵行諸比丘白佛言已曾爾也佛言如是佛告諸比丘過去世時有城名波羅柰國名迦尸時南方阿槃提國有迦葉氏外道出家聰明博識綜練羣籍衆技妙術靡不開達彼外道者助王治國時彼國王執持姧賊種種治罪

或截手足刖其耳鼻治之甚苦時彼外道深自惟念我巳出家云何與王共參此事便白王言聽我出家王即答言師巳出家云何方言復欲出家答言大王我今豫此種種刑罰苦惱衆生何名出家王即問言師今欲於何道出家答言大王欲學仙人出家王言可爾隨意出家去城不遠有百巖山有流泉浴池華果茂盛即造彼山起立精舍彼於山中修習外道得世俗定起五神通於春後月食諸果蓏四大不適因其小行不淨流出時鹿愛羣共相驅逐渴乏求水飲此小便不淨著舌舐其產道衆生行報不可思議因是受胎常在廬側食草飲水至期月滿產一小兒爾時仙人出行採果鹿產難故即大悲鳴仙人聞鹿鳴急謂爲惡蟲所害欲往救之遂見生一小兒仙人見巳怪而念曰云何畜生而生於人尋入定思惟見本因緣即是我子於彼小兒便生愛心裹以皮衣持歸養之仙人抱舉鹿母乳之漸漸長大名爲鹿斑依母生故體斑似母是故作字名曰鹿斑是童子漸漸長大至年七歲遜悌尊長仁愛孝慈採取水果供養仙人是時仙人念言天下可畏無過女人即便教誡子言可畏之甚無過女人敗政毀德靡不由之於是教以禪定化以五通如所說

一切衆生類　靡不歸於死　隨其業所趣
自受其果報　爲善者生天　惡行入地獄
行道修梵行　漏盡得泥洹

爾時仙人便即命終於是童子淨修梵行得外道四禪起五神通有大神力能移山住流

捫摸日月爾時釋提桓因乘白龍象案行世間誰有孝順父母供養沙門婆羅門又能布施持戒修梵行者案行世界時見是仙人童子天帝念言若是童子欲求帝釋梵王皆悉能得宜應早壞如所説

諸天及世人　一切衆生類　莫不爲結縛
命終墮惡道

皆爲慳嫉二結所縛諸天有三時鼓諸天阿脩羅共戰時打第一鼓俱毗羅園衆華開敷時打第二鼓集善法講堂聽善法時打第三鼓釋提桓因𢪛説法鼓無數百千天子皆悉來集俱白帝釋何所誨勑帝釋告言閻浮提有仙人童子名曰鹿斑有大功德欲方便壞之時無數天子聞此不樂便自念言壞此人者將減損諸天衆增益阿脩羅中有平心無當成敗無在又復歡喜助欲壞之有一天子而唱是言誰應行者時有答言是天女應行是諸天人遊觀諸園在歡喜園者在雜色園者在麤澀園者天女應行而便召之應時百千天女皆悉來集有一天女名阿藍浮其髮雜色髮有四色青黃赤白故名雜色差此天女往閻浮提壞鹿斑童子時彼天女白帝釋言我自昔已來數壞人梵行令失神通願更遣餘天女端正嚴好令人樂者時帝釋復於衆中種種説偈勸喻天女阿藍浮汝可使行壞俱舍頻頭如生經中説於是天女即壞仙人童子佛告諸比丘爾時仙人童子俱舍頻頭者豈異人乎即今禪難提是天女阿藍浮者今此天女是而難提曾已爲其所壞今作比丘復爲其所壞爾時世尊語諸比丘乃至

非人中亦犯波羅夷不應共住
復次佛住王舍城廣說如上時諸比丘處處夏安居安居已來詣王舍城禮拜問訊世尊各自隨所樂住或住毗波羅精舍或住白山精舍或住方山精舍或住仙人窟或住耆闍崛山窟或住辯才巖窟或住俱利園精舍或住夜叱園精舍或住師子園精舍或住七葉園精舍或住溫泉精舍或住散蓋窟或住菴羅窟或住畢尸窟或住猿猴精舍時有客比丘到此猿猴精舍詣先住知識比丘所共相慰勞相慰勞已彼舊比丘供給澡水洗於手足與中後漿示房舍處時客比丘各得止息爾時山頭有一雌猿猴從上來下到舊比丘前背住現受婬相時舊比丘訶叱令去如是復至餘比丘前背住現受婬相時客比丘作是念野獸之法甚易恐怖而今驅遣不能令去此必有異是中將無有共此雌猿猴作不淨行耶時客比丘語舊比丘言長老我今欲去汝可還攝牀褥舊比丘言諸長老今此住處有好牀褥前食後食安隱快樂幸可留意共於此住答言不住舊比丘慇懃三請客比丘不受彼請於是而去時客比丘心無疑者出便即去心有疑者便於近處隱身各共伺之時舊比丘見客比丘去已便攝臥具攝臥具已洗足而坐爾時山頂雌猿猴復從山上下至比丘前背住時舊比丘便共此猿猴行於非法客比丘遙見已共相謂言如我所疑今以顯露以是因緣往白世尊長尾園中舊住比丘作如是惡法佛言呼是比丘來來已佛問比丘汝實作是事不答言實爾世尊佛

告比丘汝不知佛制戒不得行婬法耶世尊我知制戒自謂不得與人非人不謂畜生佛言比丘犯畜生者亦波羅夷比丘當知有三事犯波羅夷何等三人非人畜生是爲三

復次佛住舍衛城廣説如上有一比丘時到著入聚落衣持鉢入城次行乞食至一家有一女人語比丘言可入大德共作是事比丘答言世尊制戒不得行婬女人復言我知不得常道中行自可於非道中行時此比丘即共女人於非道行婬行已尋起疑悔往白世尊佛告比丘汝不知佛制戒不得婬耶世尊我知制戒自謂不得常道行婬不謂非道佛告比丘非道亦犯波羅夷

復次佛住舍衛城廣説如上有一比丘時到著入聚落衣持鉢入城次行乞食至一家爾時家中有一男子謂比丘言可前大德共作如是事來比丘答言世尊制戒不得行婬彼言我知制戒不得與女人行婬而我是男子是比丘便隨彼意隨彼意已尋生疑悔具白世尊佛告比丘汝不知佛制戒不得婬耶世尊我知制戒自謂不得與女人行婬不謂男子佛言比丘男子亦犯波羅夷

復次佛住舍衛城廣説如上有一比丘時到著入聚落衣持鉢入城次行乞食至一家有一黄門謂比丘言可前大德共作如是事來比丘言世尊制戒不得行婬彼言我知制戒不得與男女行婬我非男非女是比丘便隨彼意隨彼意已即生疑悔具白世尊佛告比丘汝不知佛制戒不得婬耶世尊我知制戒自謂不得與男女行婬今此黄門非男非女

佛言比丘婬黃門亦犯波羅夷佛言比丘三處犯波羅夷何等三男女黃門是爲三

復次佛住毗舍離廣說如上時有一比丘時至著入聚落衣持鉢入城次行乞食至一家有一女人語比丘言可前大德共作如是事來比丘答言世尊制戒不得行婬女言我知不得汝可裹身我便露形是比丘便隨彼意隨彼意已即生疑悔具白世尊佛告比丘汝不知佛制戒不得行婬耶世尊我知制戒但我裹身彼則露形佛告比丘裹身露形亦犯波羅夷

復次佛住毗舍離廣說如上有一比丘時至著入聚落衣持鉢入城次行乞食至一家時有形女人語比丘言可入大德共作此事比丘答言世尊制戒不得行婬女言我知汝但露形我自覆身比丘便隨彼意隨彼意已尋生疑悔具白世尊佛告比丘汝不知佛制戒不得行婬耶世尊我知制戒但彼覆身我露形佛言彼覆汝露亦犯波羅夷乃至齊如胡麻亦犯波羅夷

復次佛住舍衛廣說如上爾時有比丘從異方來身生長大自於後道行欲行欲已然後疑悔具白世尊佛告比丘汝不知佛制戒不得行婬耶世尊我知制戒謂爲制他不謂自已佛言於自已行欲亦犯波羅夷

復次佛住舍衛城廣說如上有一比丘從南方來先是技兒支節調柔婬欲熾盛便於自口中行婬行婬已即生疑悔具白世尊佛告比丘汝不知佛制戒不得行婬耶世尊我知制戒非謂自口佛言自口亦犯波羅夷比丘

於三處行婬口大小便道盡犯波羅夷

復次佛住王舍城廣說如上有一比丘時到著入聚落衣持鉢次行乞食到一婬女家婬女語比丘言大德可前共作是事比丘言世尊制戒不得行婬女人答言我亦知不得行婬但身內行欲外出不淨比丘便隨彼意隨彼意已心生疑悔具白世尊佛告比丘汝不知我制戒不得行婬耶答言世尊我知制戒但身內行婬外出不淨佛言內行於欲外出不淨外行於欲內出不淨乃至齊如胡麻亦犯波羅夷

復次佛住王舍城廣說如上時北方有諸商客從遠方來到作是思惟我從彼來安隱至此不逢賊難宜應自慶便辦種種飲食集諸妓樂欲自娛樂爾時王舍城中有五百婬女共在一處時商人遣信喚彼最勝第一婬女言汝來娛樂我等婬女答言我先與王期夜輙往宿君若見喚晝當相詣商人忿言無知弊物汝常到王所爲何所得汝今若來娛樂我等我等當多與汝種種寶物時婬女貪寶物故即許商人便詐嚴莊一端正婢遣令詣王便勑婢言汝詣王所善作方便如我形相莫令王覺知非我身將王沐浴莊嚴待彼婬女遲想其至須臾便到王遥見婢來便知其非即逆罵言汝是何人而來至此婢時惶怖以實白王北方商人持寶遠至大持寶物與我大家大家利其財重故遣我來以副先期冀王不覺王聞婢言即大瞋罵何弊女人敢見輕欺即遣使者割去女形時商人等遥見使來知王所遣即便奔走使者即捉婬女割

去女形王使既反商人即還見婬女如此心各憐念重賞良醫以治其患此醫多方療遂平復時尊者優波離因此婬女知時而問世尊若有人割去其形若有比丘於壞形中行婬犯波羅夷不佛言波羅夷又復問言世尊若形離其身就此離形行婬犯波羅夷不佛言得偷蘭罪又復問言世尊此形還合瘡未愈於中行婬犯波羅夷不佛言波羅夷

復次佛住王舍城廣說如上時阿闍世王生一童子字優陀夷跋陀邏此兒陰爲蟲所食以種種藥治不能令差見兒患此瘡故時抱養者常以口含其陰暖氣噓之其痛小差數數含之不止彼得暖氣便失不淨失不淨時蟲便隨精而出此兒於是得差苦痛除愈從是已後常習此法口中行婬如是轉久強牽餘母人於口中行欲其兒有婦即作是念彼習此不已當復及我且豫作方便止此惡法於是脫衣裹面露其形體往詣姑所禮拜問訊時姑訶言汝癡狂耶何得如是答言不狂但大家子捨於常道而用其口是故覆之即向其姑具說上事爾時宮內展轉相語乃至外舍盡共聞知多共爲此口中行事時王舍城婆羅門居士詣阿闍世王所白言大王國中有此惡法流行云何口中是飲食處而行不淨王聞此言甚用不可即作教令從今已去若有作此及教他者當重治其罪爾時尊者優波離知時而問世尊若比丘比丘共口中行婬者犯波羅夷不佛言俱波羅夷又復白佛言世尊比丘與沙彌共口中行婬犯波羅夷不佛言比丘波羅夷沙彌驅出又復白

言世尊比丘與白衣共口中行婬云何佛言比丘波羅夷白衣知如之何又白世尊比丘比丘尼共口中行婬犯波羅夷不佛言俱波羅夷乃至外道出家比丘共口中行婬云何佛言比丘波羅夷外道知如之何

摩訶僧祇律卷第一

音釋

晡（博孤切申時也）舋（詐覲切瑕隙也）襞（必益切疊衣也）⿰馬夲（博昆切走也）羈（居宜切係也）麨（尺小切乾糧也）齩（五巧切噬也）羸（力追切）塹（七豔切坑也）刖（魚厥切刑也）果蓏（蓏魯果切果有核曰果無核曰蓏）舐（甚爾切舌餂也）咤（丑架切）叱（尺栗切大訶也）

摩訶僧祇律卷第二

東晉三藏法師佛陀跋陀羅共沙門法顯譯

復次佛住舍衛城廣說如上時欝闍尼國有一男子其婦邪行與人共通其夫瞋恨面相呵責後復爾者要苦相治其婦不止夫伺其婬時執彼男子俱送與王白言大王此婦不良與是人通願王苦治以肅將來時王大怒勑其有司令刖其手足棄於塚間時治罪者即將塚間刖其手足仰臥著地時有比丘在塚間行見此女人倮身在地彼不正思惟便生欲想語此女言共作是事女即答言此形如是猶可爾耶比丘言可爾女即許便共行欲行欲已而去爾時此女親里知識共相謂言當往塚間看此女人爲死爲活便共俱行往詣塚間見彼刖女仰臥在地身上猶有新行欲處皆共瞋言汝若痛中猶復爲此人之無恥乃至如是耶彼女答言人來見逼此非我咎問言逼者何人答言沙門釋子衆人驚怪自相謂言沙門釋子是女身壞如是猶故不捨況復全形者宜共防護無令近門此等敗人何道之有彼比丘尋自疑悔具白世尊佛言比丘汝不聞我制戒不得行婬耶比丘答言我知制戒謂爲全身但此刖女形壞佛言刖者若左手及右脚若右手及左脚是名刖女若婬者犯波羅夷

復次佛住舍衛城廣說如上有一比丘於祇桓中食已入闇眼林中坐禪時祇桓闇眼林中間有一女狂發眠地風吹衣起形體露現時比丘不正思惟欲心內發便共行婬行婬已尋即疑悔具白世尊佛告比丘汝不知我

制戒不得行婬耶比丘答言我知制戒但是女狂眠佛言婬狂眠女者亦犯波羅夷

復次佛住毗舍離廣說如上時有一居士婦父母家住久夫家遣信呼婦令速還歸將欲還作種種飲食自送之具時風刀起裂女身即便命終毗舍離土地下濕死人不得久停時宗親都集即送此死屍往著曠野送死屍出共相謂言當速疾去莫令壞爛使人猒汙送出外已值大風雨置屍一處以草覆之明當來燒夜則雨止天晴月出時有比丘夜遊塜間遇到是處聞新死屍身有塗香便謂是生人是比丘不正思惟欲心即起便婬死屍行欲已猶故不猒即擔死屍到自住處通夜行欲晨朝閉戶入村乞食死女親里明日持香油樵火欲燒死屍到其本處不見死屍復不見鳥獸所食蹤跡遍求不得開比丘草菴見死屍在中屍上看見有新行欲處見已便相謂言異哉沙門釋子死者尚不捨況復生人從今已去宜各防護莫令沙門得入人舍此等敗物有何道哉彼比丘尋自疑悔具白世尊佛言比丘汝不聞佛制戒不得行婬耶比丘答言我知制戒但彼是死女佛言婬死女亦犯波羅夷有三事比丘行婬犯波羅夷何等三死眠覺

爾時世尊告諸比丘依止毗舍離比丘皆使令集以十利故與諸比丘制戒乃至已聞者當重聞若比丘於和合僧中受具戒不還戒羸不出行婬法乃至共畜生是比丘得波羅夷罪不應共住初波羅夷緣訖

比丘者受具足善受具足如法非不如法和

合非不和合可稱歎非不可稱歎滿二十非不滿是名比丘於和合僧中受戒者若比丘受具足時善受具足一白三羯磨無障法和合僧非别衆滿十僧若過十是爲比丘和合僧中受戒

不還戒者欲先明還戒

還戒者是比丘還戒時若愁憂不樂心定欲捨沙門法不樂行比丘事不樂釋種子言我欲作沙彌我欲作外道我欲作俗人受本五欲若向比丘比丘尼式叉摩尼沙彌沙彌尼外道出家在家俗人言我捨佛捨法捨僧捨學捨説捨共住捨共利捨經論捨比丘捨沙門捨釋種我非比丘非沙門非釋種我是沙彌是外道是俗人如本五欲我盡受之是名還戒

云何捨佛捨佛者捨正覺捨最勝捨一切智捨一切見捨無餘智見捨羅睺羅父捨眞金身捨圓光捨三十二相捨八十種好若捨一一佛名號皆名捨佛如是捨佛是名捨戒若言捨過去未來佛是不名捨戒得偷蘭罪若不言捨過去未來佛直言捨佛者是名捨戒若言捨辟支佛是名捨戒過去未來同如捨佛又外道一切出家六師弟子各言有佛若比丘實欲捨佛假言捨外道佛是不名捨戒得偷蘭罪若戲笑捨佛得越毗尼罪若誤説心狂無罪

云何捨法法者非三世所攝其相常住所謂無爲涅槃離衆煩惱一切苦患永盡無餘若言捨此法者是名捨戒若言捨過去法未來法是名捨戒若不稱過去未來直言捨法是

名捨戒一切外道各自有法若比丘實欲捨此正法假言捨彼法者是不名捨戒得偷蘭罪若戲笑捨法者越毗尼罪若誤說心狂無罪

云何捨僧捨僧者世尊弟子僧等向正向智向法次法向隨順法行謂四雙八輩信成就戒成就聞成就三昧成就慧成就解脱成就解脱智見成就應所恭敬爲無上福田若比丘言我捨是僧是名捨戒若言捨過去未來僧是不名捨戒得偷蘭罪若不稱過去未來直言捨僧是名捨戒如比丘僧比丘尼僧亦如是若言我捨衆多比丘是不名捨戒得偷蘭罪若言我捨過去未來衆多比丘是不名捨戒得越毗尼罪若不稱捨過去未來衆多比丘直言捨衆多比丘者是不名捨戒得偷蘭罪如衆多比丘衆多比丘尼亦如是若言我捨一比丘是不名捨戒得越毗尼罪若言捨過去未來一比丘是不名捨戒得越毗尼心悔若不稱言我捨過去未來一比丘直言捨一比丘是不名捨戒得越毗尼罪如一比丘一比丘尼亦如是若言捨和尚是名捨戒差別如捨僧中說若言捨阿闍黎是不名捨戒得偷蘭罪若言捨過去未來阿闍黎是不名捨戒得越毗尼罪若不稱過去未來直言捨阿闍黎是不名捨戒得偷蘭罪若戲笑得越毗尼罪若誤說心狂無罪如彼外道各自稱爲僧若比丘實欲捨僧假言捨外道僧是不名捨戒得偷蘭罪若戲笑言捨僧得越毗尼罪若誤說心狂無罪

云何捨學學有三種有增上戒學增上意學

增上慧學增上戒學者謂波羅提木叉廣略說增上意學者所謂九次第正受增上慧學者所謂四真諦彼增上戒學增上意學增上慧學盡名爲學若比丘言捨此學皆名捨戒如前捨佛中說世間各自有學如工巧書筭技術等皆名爲學若比丘欲捨此學假言捨彼學者是不名捨戒得偷蘭罪如外道各自有學若比丘欲捨此學假言捨外道學是不名捨戒得偷蘭罪若戲言捨戒得越毗尼罪若誤說心狂捨戒無罪

云何捨說說有三種若十四日若十五日若中間布薩十四日者冬第三第七布薩春第三第七布薩夏第三第七布薩一歲中此六布薩是名十四日餘十八布薩十五日合二十四布薩是名十四日十五日布薩中間布薩者有比丘布薩時若僧不和合一比丘於衆中唱若僧和合時當作布薩若無一比丘唱者一切僧得越毗尼罪一比丘唱者一切僧無罪若十五日不和合應初日布薩初日不和合者二日乃至應十二日布薩若十二日不和合應十三日布薩若十四日應正布薩者十三日不應作中間布薩便就十四日布薩亦是中間布薩亦名正布薩若月大者乃至十三日和合得作中間布薩若不和合不得十四日應就十五日布薩亦名中間布薩亦名正布薩何以故不得頻日布薩應當隔日布薩是名中間布薩應十四日布薩者不得停至十五日應十五日布薩者不得逆十四日若有因緣者得作布薩若十四日若十五日若中間布薩盡名爲說若如是言我

捨是說是名捨戒如前捨佛中說彼諸外道亦有說若實欲捨此說假言捨外道說者是不名捨戒得偷蘭罪若戲笑捨說者得越毗尼罪若誤說心狂捨說無罪

云何捨共住共住有二種一者清淨共住二者相似共住清淨共住者衆悉清淨共作布薩是名清淨共住相似共住者不清淨作清淨相與清淨者共作布薩是名相似共住彼清淨共住相似共住盡名共住若言我捨共住是名捨戒如上捨佛中廣說彼諸外道亦有共住若實欲捨此共住假言捨彼共住是不名捨戒得偷蘭罪若戲笑說捨共住得越毗尼罪若誤說心狂捨共住者無罪

云何捨共利共利者有二種一者法利二者衣食利法利者名受誦問答衣食利者同受一施彼法利衣食利盡名共利若比丘言我捨此利是名捨戒餘如上捨佛中廣說若言捨法利是名捨戒如上捨佛中廣說若但言我捨衣食利是不名捨戒得偷蘭罪若言我捨過去未來衣食利不名捨戒得越毗尼罪若不稱過去未來直言捨衣食利者是不名捨戒得偷蘭罪彼諸外道亦有共利若實欲捨此共利假言捨彼利者不名捨戒得偷蘭罪若戲笑言捨共利者得越毗尼罪若誤說心狂捨共利者無罪

云何捨經論經論有九部若比丘言我捨此經論者是名捨戒若言我捨過去未來經論者是不名捨戒得偷蘭罪若不稱過去未來直言捨經論者是名捨戒若作技中以佛語作歌頌若言我捨此歌頌中佛語者是名捨

戒彼諸外道亦有經論若實欲捨此經論假言捨彼經論者是不名捨戒得偷蘭罪若戲笑言捨經論者是不名捨戒得越毗尼罪若誤說心狂捨經論者無罪

復次若比丘言我捨佛佛捨我我離佛佛離我我遠佛佛遠我我猒佛佛猒我我休佛佛休我如是皆名捨戒乃至捨諸經論亦如是是名還戒還戒者若瞋恚若卒說若獨說若不了說若因諍說若獨想說若說前人不解若向眠者說向狂者說向苦惱者說向嬰兒說向非人說向畜生說如是諸說還戒是不名捨戒戒羸者彼作是念我不如捨佛法僧乃至捨諸經論彼復作是念我當作沙彌作俗人作外道彼心念口言未決定向他人說是名戒羸若說戒羸事者語語偷蘭罪復作心念口言我不如捨佛乃至言我不如作本俗人復作是言我捨佛者勝乃至我習本俗人者勝是名戒羸說若說戒羸事語語得偷蘭罪是名戒羸若戒羸行婬法婬法者謂與女人有命三處中行婬三處初中後受樂是名行婬法若比丘戒羸行婬法得波羅夷罪不應共住人女有命及死三處行婬初中後受樂如是非人女有命及死畜生女有命及死三處行婬三時受樂是比丘得波羅夷罪不應共住若人男有命及死非人男有命及死畜生男有命及死二處行婬三時受樂是比丘得波羅夷罪不應共住人黃門有命及死非人黃門有命及死畜生黃門有命及死二處初中後三時受樂得波羅夷罪畜生者從象馬乃至雞是名畜生若犯此畜生得波

羅夷罪象身大乃至雞身小得偷蘭罪若象身小乃至雞身大者得波羅夷罪是故說乃至畜生得波羅夷罪波羅夷者謂於法智退沒墮落無道果分是名波羅夷如是未知智等智他心智苦習盡道智盡智無生智於彼諸智退沒墮落無道果分是名波羅夷又復波羅夷者於涅槃退沒墮落無證果分是名波羅夷又復波羅夷者於梵行退沒墮落無道果分是名波羅夷波羅夷者所可犯罪不可發露悔過故名波羅夷若比丘以染汙心欲看女人得越毗尼心悔若眼見若聞聲犯越毗尼罪各各裸形相觸得偷蘭罪乃至入如胡麻波羅夷若身大雖入不觸其邊者得偷蘭罪若衆生一道從是處食是處大小便若生若死若婬此衆生初中後受樂者波羅夷若女人身列爲二分就二分行婬者偷蘭罪若繫縛令合行婬者波羅夷若女人段爲三分比丘於下分行婬波羅夷中分行婬偷蘭罪上分行婬波羅夷若女人身青瘀胮脹於此行婬者波羅夷身若壞爛偷蘭罪身全枯乾者亦偷蘭罪若以酥油水漬潤不壞行婬者波羅夷若形壞偷蘭遮骨鎖相連膿血塗著行婬者犯越毗尼罪白骨枯乾者越毗尼心悔石木女人畫女人越毗尼罪若比丘不說還戒不說不還戒若戒羸不說還戒不說不還戒便作俗人隨其所犯如法治罪若作外道亦如是若褁不覆若覆不褁亦覆亦褁不覆不褁乃至入如胡麻波羅夷若比丘不還戒若戒羸不出相便作俗人形服而犯罪者隨其犯得罪若比丘於比丘尼邊強行

婬者比丘得波羅夷若比丘尼受樂者亦犯波羅夷若比丘尼於比丘所强行婬比丘尼波羅夷若比丘受樂波羅夷若比丘比丘展轉共行婬俱波羅夷比丘比丘尼共行婬者俱波羅夷比丘沙彌展轉共行婬比丘波羅夷沙彌驅出比丘俗人展轉共行婬比丘波羅夷俗人不犯乃至外道亦如是若比丘三種行婬人非人畜生復有三種女男黄門復有三種上中下道復有三種若覺若眠若死皆波羅夷若比丘眠心狂入定有母人强就比丘行婬比丘若覺初中後受樂者波羅夷是比丘若眠乃至入定若母人强就比丘行婬彼覺已初不樂中後受樂亦波羅夷是比丘若眠乃至入定若母人强就比丘行婬彼覺已初中不樂彼後受樂波羅夷是比丘若眠乃至入定若母人就比丘行婬比丘覺已初中後不受樂無罪云何名受樂云何名不受樂受樂者譬如飢人得種種美食彼以食爲樂又如渴人得種種好飲彼以飲爲樂受欲樂者亦復如是不受樂者譬如好淨之人以種種死屍繫其頸上又如破癰熱鐵燒身不受樂者亦復如是若比丘行婬若買得若雇得若恩義得知識得調戲得試弄得未更事得如是一切得而行婬者皆波羅夷若心住不自覺者無罪是故說若比丘於和合僧中受具戒不還戒戒羸不出行婬法乃至共畜生是比丘犯波羅夷不應共住解初戒竟

世尊於毗舍離城佛五年冬第五半月十二日中食後東向坐一人半影爲長老耶舍迦蘭陀子制此戒已制當隨順是名隨順法

四波羅夷第二戒初

佛住王舍城廣說如上爾時瓦師子長老達貳伽勸化立僧房種種莊嚴高大妙好彫文刻鏤香油塗地如紺瑠璃色常有供辦種種飲食時有長老比丘來問達貳伽長老幾歲答言爾所歲客比丘言汝小我應是中住達貳伽既與上座房住復更勸化起立第二房復有長老比丘來如前次第與房復更勸化起第三房復有長老比丘來亦復如前是時達貳伽念言我種種辛苦作房而不得住我當何處復得材木人工更造房舍常爲風雨寒熱蚊虻所困若辦此房始成得已傍人常待如猫伺鼠成便見奪奈何可辦便作是念我自工巧並有身力當於仙人窟邊黑石之上燒作完成瓦屋時達貳伽作是念已便於仙人窟邊黑石上燒作完成瓦屋種種刻畫安施戶牖唯除戶扇戶樞衣架餘者一時燒成其色純赤如優曇鉢華爾時世尊雨後天晴於耆闍崛山側往來經行如來佛眼無事不見無事不聞無事不識以是因緣故說契經令毗尼久住知而故問諸比丘仙人山窟邊黑石上如優曇鉢色爲是何等諸比丘白佛言世尊達貳伽比丘先勸化作僧房彫文刻鏤極好莊嚴成已上座次受復作第二第三亦復如是便於仙人山窟邊黑石上私作燒成瓦屋其色妙好如優曇鉢華今仙人山窟邊石上者是爾時世尊告阿難持我衣來阿難持衣授與如來爾時世尊著衣已往到仙人山窟黑石上世尊成就最上威儀所謂行住坐卧世尊不復用心行此威儀所以者

何業行功德自然殊勝非是諸天梵王所能及者如威儀修多羅中廣說爾時世尊以行威儀往到達貳伽燒成瓦屋所天神令屋戶自開其戶下小如來平入雖下不礙小而不礙爾時世尊入達貳伽燒成屋已便以金手合縵掌摩捫屋壁語諸比丘汝等觀此達貳伽比丘善能嚴飾作此好屋是達貳伽比丘雖得出家猶故不能猒本所習工巧技術猶未能捨而復焚燒傷殺衆生又此瓦屋寒則大寒熱則大熱能壞人眼令人多病有是諸患汝等當壞此屋莫使當來諸比丘習此屋法來世比丘當言世尊在時諸比丘各各自作屋住是故宜壞時諸比丘即壞此屋世尊壞此屋已還耆闍崛山時長老達貳伽比丘從村乞食還見屋已壞即作是言誰壞此屋時有比丘語達貳伽汝今大得善利何以故如來降屈顧臨此屋汝蒙此屋受用之福世尊知時故壞此屋時達貳伽聞是語已喜悅情至七日之中忘其飢渴過七日後便作是念我當何處更得材木起立房舍洴沙王木匠大臣耶輸陀者是我本知識必有材木即便著入聚落衣持鉢詣耶輸陀家共相慰勞言無病長壽我欲起立房舍未有材木汝能見施材木不大臣答言家自無材王材亦盡若迎材至當相給與達貳伽復言莫作是語云何王家而言材盡大臣又言尊者若不見信可自往看時達貳伽即便往詣作坊求諸材木見有五枚飛梯材即便取二枚持歸作屋先王舊法五日一遊歷觀府庫金銀寶藏宮人倚直象馬欄廐車輿武効次行木坊見

飛梯材少無二枚即問耶輸陀飛梯材何以少無二枚答言大王盡在不少如見第二第三寀行復問耶輸陀飛梯材何故少無二枚答言大王盡在不少王即嗔言汝不燒我材耶不持我材與敵國耶即使有司攝繫耶輸陀耶輸陀被攝已即便思念近尊者達貳伽曾來索材無乃持去即便遣信白達貳伽言尊者曾來索材不持此二枚飛梯材去耶答言持來復遣使白尊者我坐失此飛梯材故被攝在獄尊者當作方便自得無過令我早出達貳伽即報言汝但白王先達貳伽比丘從我索材脫能持去願勑檢校王即遣使喚達貳伽達貳伽便至王所長老達貳伽爲人端正儀容詳雅天人所敬王見歡喜即問言尊者達貳伽不取我二枚飛梯材耶答言我取王言尊者云何出家人不與而取達貳伽言大王先與非是不與王問誰與答言王自見與王言尊者我爲國王雖復多事不憶相見云何言與達貳伽言王不憶初受位時國中大臣集取一切河池泉水一切諸藥一切種子以水漬之白象牙上水滴灌頂拜爲王王時口自發言今我爲王國中所有水草樹木施與沙門婆羅門是故王與非是不與王言尊者我與國中無守護者不與有守護者何得倚傍先言僞辭見誣王言放此耶輸陀令去國中諸婆羅門及敬信士女皆歡喜言善哉尊者達貳伽方便智慧巧答大王得免斯過又令耶輸陀安隱得出時王舍城諸不信佛法者咸有恚言云何是沙門達貳伽倚傍僞理欺調於王苟得免罪恐自今已往我

等家中所有材木亦當取去而言王先見與當奈之何如是敗人何道之有諸比丘以是因緣具白世尊佛言呼達貳伽比丘來來已佛問達貳伽汝實取王家飛梯材不答言實取佛言汝出家人云何他物不與而取達貳伽言世尊王先見與非是不與佛言云何王與達貳伽言王初登位時口自發言國中所有水草樹木施與沙門婆羅門是故言與非是不與佛言癡人王與無守護者不與有守護者今此王材有守護者云何言與達貳伽汝常不聞佛種種因緣呵不與取種種稱讚與而後取耶云何汝今不與而取達貳伽此非法非律非是佛教不可以是事增長善法諸比丘白佛言世尊云何是達貳伽比丘最初開不與取佛告諸比丘是達貳伽不但今

犯最初不與取過去世時已曾最初犯不與取諸比丘白佛言已曾爾耶佛言如是過去世時此世界劫盡時諸衆生生光音天上世界還成光音諸天來下世間時天人行往虛空以禪悅爲食快樂善住所在遊行身光相照不以日月爲明爾時衆生無有晝夜日月歲數時節時水旣去地味遍生如天甘露時有一貪味輕躁衆生甞此地味覺色香美味心便貪著其餘衆生效而食之亦覺其美皆共取食食已其身麤重退失神通光明悉滅世間便有日月昏明歲數時節爾時衆生非男非女食地味久形色並異其食多者身色麤醜其食少者身色端正時端正者自言已勝見麤醜者輕彼不如恃端正故便起憍慢起憍慢罪故地味即滅更生地肥味如純蜜

時諸衆生皆驚歎言如何地味忽然而滅便復相與共食地肥其食多者形色麤醜其食少者身色端正其端正者憍慢轉增如是已後地肥復滅地肥滅已次生地芝味如石蜜其食多者醜食少者好亦復如前其端正者起憍慢心於是地芝忽然復滅地芝滅已次有自然業生粳米取已還復不覺增減朝取暮復暮取晨復比丘當知時諸衆生見地芝滅已遂生憂惱譬如丈夫憂惱所逼彼時衆生雖心憂怖而自不知已之過罪爾時衆生復食彼自然粳米食米漸久便有男女形生更相染著婬欲轉熾遂成夫婦餘衆生見已瞋恚打擲云何世間非法忽生是會非生天法從今已後當修善法生天之會佛告比丘時有衆生爲非法者慚愧猒汙藏隱不出或一日二日乃至一月於是便興屋舍而自障蔽爲非法故彼時衆生便作是念我等何爲竟日疲苦不如晨旦并取粳米兼明日食明日有衆生來喚共取粳米此衆生答言我昨并取彼衆生言此是好法便相効并取乃至十日二十日一月二月以貪意儲畜故粳米變生糠稽朝取處暮則不生爾時衆生便共聚會聚會已便相謂言我等本時皆自然飛行禪悅爲食快樂安隱轉食地味時彼衆生未有惡法以惡法起故地味即滅而地肥生地肥既生猶香且美次生地芝乃至粳米猶故香美我等今日當立制限分其米地令有畔界即便封之此分屬我彼分屬汝時有一衆生作是念若我自取已分不久當盡寧可少取他分令我分久在彼諸衆生見此衆生

不與而取便語之言汝今云何不與而取勿復更作然此衆生猶取不止乃至再三彼衆生重見如此便言云何衆生行不與取乃至再三從今已往若不與取者當加刑罰彼遂不已便即捉得痛加杖捶彼得杖已便大喚言云何世間有是惡法是衆生以杖見打是時打者捉杖放地亦大喚言云何世間有是惡法何種衆生不與而取妄有所說不知羞愧於是世間便有三惡法出何等三一者不與取二者妄言三者以杖打人是爲最初三惡法出佛告諸比丘是時衆生最初不與取者豈異人乎今瓦師子達貳伽比丘是也是達貳伽從過去最初時不與取今復於我正法中亦最初不與而取時諸比丘復白佛言云何是達貳伽比丘蒙世尊恩被袈裟洴沙王見已便放令去佛言如是諸比丘是達貳伽比丘不但今日蒙我袈裟而得免罪過去世時已蒙我恩著袈裟亦得度脫過去世時大海邊有睒婆梨樹上有金翅鳥是鳥身大兩翅相去百五十由延是金翅鳥法以龍爲食欲食龍時先以兩翅搏海令水兩擗龍身便現即取食之諸龍常法畏金翅鳥常求袈裟著宮門上鳥見袈裟生恭敬心便不復前食彼諸龍爾時是鳥以翅搏海見龍欲食龍甚驚怖便取袈裟戴著頂上尋岸而走是時彼龍化爲人像金翅鳥化爲婆羅門像追逐此龍而並種種罵言汝何不早放袈裟此龍畏死急捉袈裟死死不放爾時海島有仙人住處華葉茂盛時龍恐怖無所依怙便往投趣仙人住處仙人有大威德金翅鳥不敢便

入遥向仙人而説偈言
今此弊惡龍　自變爲人身　畏死求解脱
而來入是中　仙人德力故　我當忍飢渴
寧自失身命　不復食此龍
爾時仙人作是念誰説是偈便起出看見此
龍爲金翅鳥所逐即便説偈答金翅鳥言
當令汝長壽　常食天甘露　忍飢不食龍
敬心於我故
時金翅鳥蒙仙人威神飢渴即除是時仙人
復告金翅鳥汝坐犯戒受此鳥形汝今復習
殺當墮地獄廣説十惡乃至邪見如是一一
皆墮地獄畜生餓鬼及阿脩羅汝今宜當共
此龍更相懺悔後無餘怨彼即懺悔懺悔已
各還本處佛告諸比丘爾時仙人者豈異人
乎即我身是金翅鳥者洴沙王是龍者達貳
伽比丘是是達貳伽比丘本已蒙我袈裟得
脱金翅鳥難今復蒙我袈裟得脱王難時比
丘白佛言云何是洴沙王見是達貳伽比丘
著袈裟故放令解脱佛告諸比丘不但今日
本已曾爾諸比丘白佛言已曾爾耶佛言如
是過去世時有王善化人物離諸怨敵五穀
豐熟民多受樂節義恩良仁德孝慈布施持
戒時彼國有獵象師其家貧窮又多兒子兒
子各各求索飲食時獵師婦語其夫言居家
貧窮飢寒如是何不勤於家業獵師答婦欲
作何等婦言可勤修先人之業時彼獵師即
辦粮食執持獵具到雪山邊時有六牙白象
住在山下凡生象中有如是智便自念言以
何等故人欲殺我欲殺我者以我牙故是時
彼象其祖先死象取其牙藏著一處其父續

死復取其牙藏著一處出羣象外彷徉遊食彼時獵師次第遊獵歷諸山林遂至象所象遥見獵師便生念言是何丈夫乃至此中將非獵者欲來見殺即便舉鼻招喚獵師獵師明練相象之法若我不去此必見害便至象所象即問言汝來何求獵師即向説其來意象言汝更不來者當給汝所須獵師荅言我有所得不欲出門何況至此時象即以先藏祖牙與之獵師得已歡喜還國彼作是念我持此牙歸妻子衣食未得幾時我當屏處獨自食之若我強健便有婦兒一旦無我無五錢分便持象牙詣沽酒家時沽酒者遥見彼來便作是念此何處來我於今日必得少利便敷牀褥代擔象牙請彼令坐乘彼飢渴與酒令醉醉復更索便共書券得酒甚少上券

甚多後日醉醒復更索酒沽酒者言何故更索君似未解當共計錢若錢有餘當更相與算計既竟無一餘錢彼即念言我當何處更得錢財正當入山還殺彼象即便入山至先象所象見獵師問言何故復來獵師對象説其來意象言先與汝者今爲所在荅言無智所致放逸用盡象言汝能更不放逸者當復與汝獵師荅言我以悔前所爲何緣重爾若能更惠眞不出門象復持父牙而用與之獵師即持象牙還國復如前法無道用盡即作是念當殺彼象令若往者不令見我彼大象者於春後月天時大熱入池洗浴浴已還出在衆象前涼息樹下爾時獵師便以藥箭射彼大象中其眉間血流入眼象便舉頭看箭來處即見獵師便遥誨之汝弊惡人無有反

復如我今者力能相殺但恭敬袈裟故不殺汝即喚獵師汝可速來截取我牙以身障彼獵師不令餘象害之爾時林中有諸天神即說偈言

內不離癡服　外託被袈裟　心常懷毒害
袈裟非所應　三昧寂無想　永滅煩惱衣
內心常寂滅　袈裟應其服

佛告諸比丘爾時大象王者豈異人乎即今洴沙王是獵師者今比丘達貳伽是洴沙王曾已恭敬袈裟故恕彼獵師今復以達貳伽被袈裟故而不與罪諸比丘復白佛言世尊云何是洴沙王見達貳伽威儀庠序不起惡心佛告諸比丘是洴沙王不但今日愛樂威儀不起惡心諸比丘白佛言世尊已曾爾耶佛言如是過去世時有王善化人物離諸怨敵五穀豐熟民多受樂節義恩良仁德孝慈布施持戒汎愛人物王有一象名曰大身兇惡難伏威震遠近時諸敵國莫能當者有所討伐皆悉摧破諸有犯王法者皆令此象足蹈殺之王有此象怙之無畏彼象廏壞象便逸走到精舍邊見諸比丘威儀庠序又聞誦經殺生受苦不殺獲福象聞此言心即調柔時有罪人犯法應死王勑有司令象蹈殺時象以鼻三齅罪人都無殺心彼監殺者即以白王象見罪人直以鼻齅都無殺意王聞此言甚大愁怖便語來者象審爾耶答言實爾王召大臣共論此事大臣既集王告之言吾今為王無能勝者正恃此象今忽如是當如之何大臣是時即呼象子而問之言近象廏壞象至何處象子答言至精舍所大臣聰明

豫知此象見諸比丘必聞經法心意柔輭不欲殺生便教象子近象廄邊作博戲舍作屠兒舍作囚繫舍汝便繫象近此諸舍彼象見博者張目儛手高聲大喚見彼屠兒殘殺衆生又見獄囚拷掠楚毒象見是已惡心還生王送罪人象即蹈殺爾時諸天即說偈言

象見善律儀　又聞罪福聲　善心日夜增
惡行漸得滅　習近諸惡業　先心還復起
唯有明智人　直進而不迴

佛告諸比丘爾時大身象者豈異人乎即洴沙王是洴沙王宿世時曾見比丘威儀庠序愛樂歡喜今見達貳伽威儀庠序甚大歡喜不問其罪時達貳伽即作是念我作第一房上座次受驅我令出第二第三亦驅我出後續作燒成瓦屋世尊復勑令壞取王家材持用作舍世尊復見種種呵責徒自辛苦用多事爲自今已往止此苦事依隨僧衆苦樂住過時達貳伽便習無事晝夜精誠專修道業得諸禪定成就道果起六神通自知作證時達貳伽深自慶慰而說偈言

欲得寂滅樂　當習沙門法　止則支身命
如蛇入鼠穴　欲得寂滅樂　當習沙門法
衣食繫身命　精麤隨衆得　欲得寂滅樂
當習沙門法　一切知止足　專修涅槃道

爾時佛告諸比丘依止王舍城諸比丘皆悉令集乃至已聞者當重聞若比丘不與盜取者波羅夷不應共住復次佛住舍衛城廣說如上有一比丘時至著入聚落衣持鉢入城求糞掃衣於舍衛城邊求不得便至塜間亦復不得尋水而求亦復不得最後至浣衣處

求時浣衣者浣衣已竟別在一處與人共語時比丘往至衣所有異男子語浣衣者言彼出家人欲取汝衣衣主問言何道出家答言釋種出家浣衣者言無苦沙門釋子不與不取須臾比丘便取此衣向異男子復告浣衣者言沙門已取汝衣浣者猶故答言無苦沙門釋子不與不取時彼比丘便挾衣而去彼男子復告浣衣者沙門釋子已擔衣去衣主便起看之咄哉實持衣去便逐喚言尊者尊者是衣是王大臣許長者許各各有主願莫擔去比丘故去猶不放衣主便罵言敗行沙門若不還我衣當如是如是治汝比丘持衣往至住處開戶以衣敷牀上閉戶而坐時浣衣者持五種灰入祇洹有餘比丘在祇洹門間經行復有坐思惟者比丘便謂浣衣者言何以高聲大喚浣衣者言今我失衣何以問我高聲喚爲諸比丘言誰持汝衣答言出家人即問何道出家答言釋種子諸比丘問言持至何處浣衣者言入此房中諸比丘便往彼房以指打戶喚言長老開戶彼比丘默然不應有年少比丘多力强排戶入盜衣比丘即大慚愧低頭不語時年少比丘便於牀上取衣而出以其領數謂浣衣者言衣數相應不答言相應時諸比丘語浣衣者言此中出家有種種人譬如一手五指不齊雜姓出家何得一種汝好賢者莫廣語人我等自當上白世尊時浣衣者即作是言沙門釋子有王者力婆羅門長者力我向但恐都失此衣今既還得何所復說時諸比丘以是因緣廣白世尊佛言呼是比丘來即便喚來佛問比丘

汝實爾不答言實爾世尊佛告比丘汝不聞佛制戒不得不與取耶世尊我知制戒自謂城邑聚落不謂空地佛言癡人聚落中不與空地不與有何等異此非法非律非是佛教不可以是長養善法諸比丘白佛言世尊云何是浣衣者不信傍人爲彼比丘所欺耶佛告諸比丘是浣衣者不但今世不信過去世時亦曾不信諸比丘白佛言世尊已曾爾耶佛言如是過去世時有二婆羅門往南天竺學外道經論學已還其本國當其還時道由曠野經放牧處見二羖羊當道共鬪羊相觸法將前而更却時在前行者專愚直信語後伴言看是羖羊四脚之獸而用義讓知我婆羅門持戒多聞數數爲我却行開路後伴答言婆羅門汝莫輕信謂羊有義此非相重開路相避羊鬪之法將前而却在前行者不信其語爲羊所觸即時絶倒傷破兩膝悶絶躃地衣服傘蓋裂壞蕩盡彼時有天而說偈言

衣服裂壞盡　體傷悶躃地　此患癡所招　斯由愚信故

佛告諸比丘時前行婆羅門豈異人乎今失衣者是時後行婆羅門者今告異男子是時羝羊者取衣比丘是失衣人先以不信爲羊所困今復不信自致失衣本曾不信後行者語今雖告語亦復不信佛告諸比丘諸依止舍衞城比丘皆悉令集乃至已聞者當重聞若比丘聚落空地不與盜數取者波羅夷不應共住

摩訶僧祇律卷第二

音釋

倮郎果切赤體也　漬疾智切浸也　癰於容切疽也　户牖牖與久切户牖半門爲户以木爲窓爲牖　洴沙梵語也此云模實王名也洴薄經切　鹿居祐切馬含也　翅失利切鳥翼也　彷徉彷步光切徉與章切彷徉徘徊也　浣胡管切濯垢也　羖羝羖公户切羝都奚切壯羊也

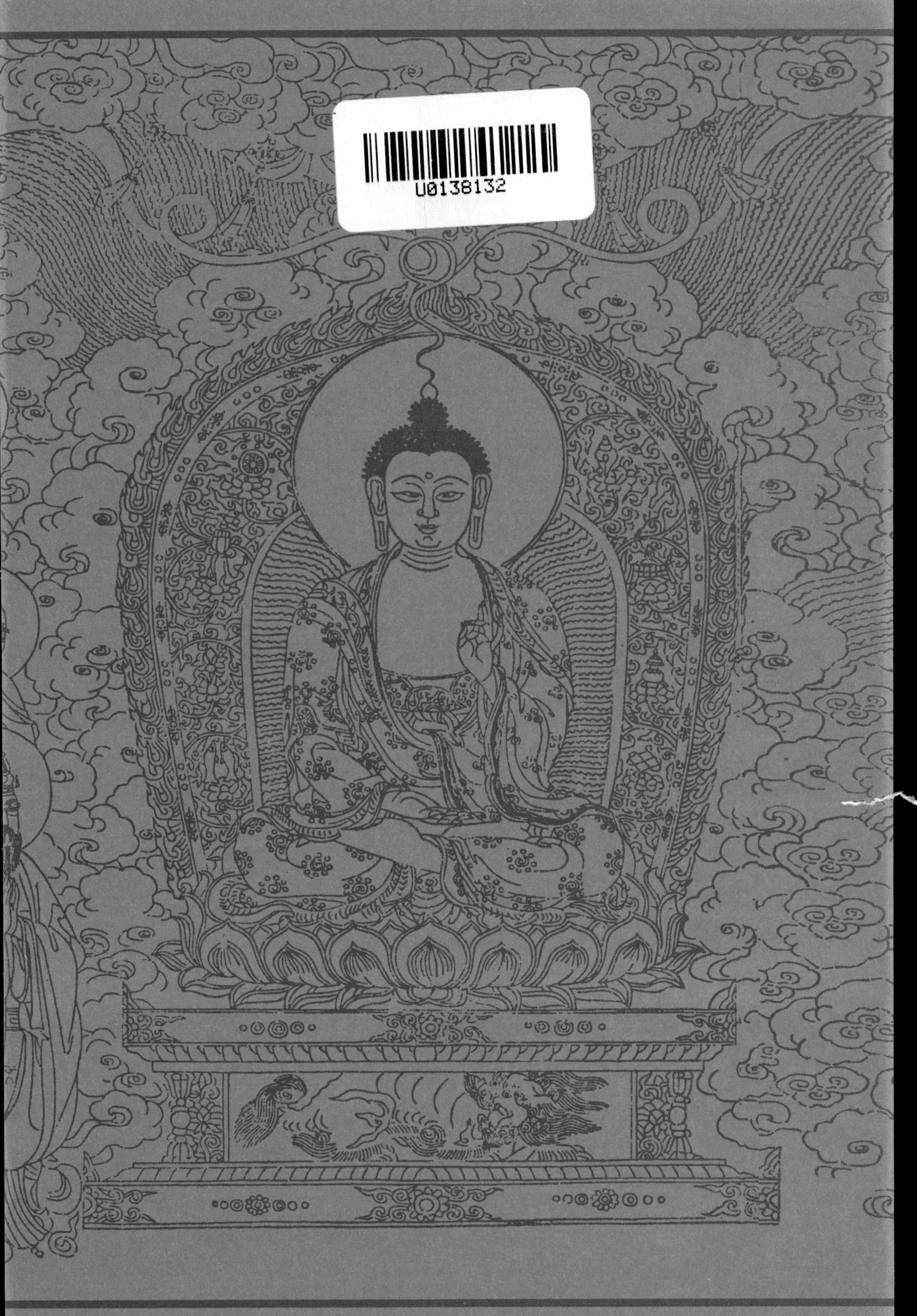